剑桥美国文学史

第八卷

〔美〕萨克文·伯科维奇／主编
杨仁敬 詹树魁 蔡春露 甘文平／主译

CAMBRIDGE HISTORY OF
AMERICAN
LITERATURE

诗歌和文学批评
1940年—1995年

本卷主译：杨仁敬　詹树魁　蔡春露　甘文平
本卷翻译：陈世丹　张龙海　谷红丽　王烺烺
　　　　　　萨晓丽　胡永红　孙　坚　王海燕
　　　　　　林　莉　范小玫　萧　飚　江春兰

这多卷的《剑桥美国文学史》是美国文学研究的新里程碑，广泛涉及美国文学所有分支中新兴的以及业已确立的各种走向，它包括一些学者和批评家的新近成果，可谓集三十年美国文学批评研究之大成，因此，它既代表了两代学术研究之间的交流和延续性，又体现了两代学术研究的差异和分歧。

《剑桥美国文学史》对美国文学的各种流派以及各个时期的文学作品给予广泛关注。美国文学资料的扩大，部分原因是由于一些过去被忽视的作品现在受到了关注，另一个原因是由于对这些资料的研究，无论就其数量还是多样性而言，都在急剧增长。《剑桥美国文学史》多样化的学术批评涉及社会、文化、意识诸方面，和以前的文学研究相比，它的视野和范围更为宏阔，更加多彩纷呈，这形成了当代文学研究的特点。

本卷内容涉及1940年至今的文学论述，涵括两种不同的资料与论述形式：美学和基本原理问题。

罗伯特·冯·霍尔伯格通过细读和美学评价追述了二战以来美国诗歌的发展历程，将美国诗歌作品看成是文化方面的成就——与整个社会发展有直接关系的美学发展过程。从伟大的现代主义诗人的作品入手，冯·霍尔伯格对从"垮掉的一代"和"黑山派"诗人到纽约和旧金山的解构主义语言学派诗人做了论述。伊万·卡顿和吉拉尔德·格拉夫论述了这一时期的理性认识和争论的历程，描述了从新批评初期渊源到结构主义和后结构主义的兴起、女性主义批评和少数群体批评的产生以及文化研究和新历史主义研究的展开这一日益壮大的文学批评的平行发展过程。与这两种论述相连的是这些共同的脉络：诗歌的学术研究、艺术与政治的联系以及我们所称的"文艺"的扩张。

本卷作者抛弃了对主要作家进行概括性论述的传统做法，决定撰写一部从内部展开的历史，一部间隙与关联的历史，即一部注重考虑艺术关联、权力与文学批评的历史。

CONTENTS

中文版序 I
致谢 IV
序言 VI

诗歌、政治和知识分子 001
罗伯特·冯·霍尔伯格

导言 003
第一章　诗歌在文化中的地位：1945—1950 005
第二章　政治 015
第三章　后卫派 047
第四章　先锋派 074
第五章　真实性 114
第六章　翻译 154
结束语：诗人的地位：1995 189
附录 I：诗人的传记 207

1940年以来的文学批评 255
伊万·卡顿和吉拉尔德·格拉夫

导言 257
第一章　政治与美国文学批评 259
第二章　美国学术批评的出现 272
第三章　新批评的全国化 293
第四章　经典、学术和性别 310
第五章　解构主义和后结构主义 337
第六章　从文本到实体 367
第七章　文化研究和历史研究 391

目 录　CONTENTS

结束语：学术批评及其分歧 …………………………… 419
附录Ⅱ：批评家的传记 …………………………………… 427

大事年表——1940 年至 1995 年 ………………………… 445
参考书目 ……………………………………………………… 488
索引 …………………………………………………………… 503
译后记 ………………………………………………………… 530

中文版序

能够把这部美国文学史介绍给中国读者,是本人莫大的荣幸——这种荣幸标志着两种文化富于戏剧性的会合。美国文学传说也许是世界上最年轻的,而中国文学传说则是非常古老的。但是美国文学在一个方面却比较年长:它是现代世界所诞生的第一个国家的产物。当然,在欧洲定居者到达以前,美国印第安人(或称土著美国人)已经在今天叫做美国的这片领土上居住了数千年之久,但是他们拥有的是口头文学而不是书面文学。按照我们现在的理解,美国文学传统基本是使用英语的作家们的产物。它始于 16 世纪末 17 世纪初,最初是由英国殖民者撰写的,它是这些新兴资本主义生活方式的先驱们创作的记叙文、布道文、日记和诗歌。19 世纪,它随着工业资本主义在大西洋两岸的胜利而繁荣兴旺;在我们这个时代,它作为自由主义、自由经营和市场开放的西方主要国家的文学依然经久不衰。

美国文学发展的结果是形成了一个比历史悠久、方面众多、异彩纷呈的中国文学统一得多的作品主体;在对现代性的种种状况进行表述方面,它也是世界上年代最长久、内容最复杂的民族文学。它是一种富于个人主义和冒险精神的文学,一种扩张和探索的文学,一种蕴涵种族冲突和帝国征服的文学,一种折射大规模移民和种族关系紧张的文学,一种反映资产阶级家庭生活和个人自由与社会限制不断斗争的文学。这些文学作品从探讨自然和"自然人"方面的问题转向探讨异化、歧视、城市化和地区及种族暴力方面的问题。它们受到一种民主美学的启迪(与人们所理解的那种欧洲"旧世界"的精英统治论针锋相对)——这是一种"普通人"和"寻常事"的美学;不同凡响的是它们对建立在奴隶制、土地的剥夺和资本主义的贪婪等基础上的文化犯下的种种暴行进行了持续的批评(这种批评往往成为激烈的谴责)。最后,这是一种始终由于有关身份的双重焦点而著称的文学:一方面它把这个国家奉为未来的土地,"明天之国",试图制造一种关于"美国"的救世神话;另一方面它又进行自我折磨,对于身为"美国人"意味着什么怀着一种极其痛苦的焦虑。对于中国作家来说,中国的概念是一个关于悠久历史的问题——关于绵延数千年之久的各种神话、传说和事件的问题。而美国作家所

○ 中文版序

一心追求的是重新创造自己身份这个含义深刻的现代主义问题。

自19世纪初以来已有几部美国文学史问世,但是其中鸿篇巨制之作只有三部。这三部文学史实际上记录了美国的成长历程。第一部出版于第一次世界大战期间的1917年,当时美国在国际舞台上初露锋芒;第二部面世于第二次世界大战结束后不久的1948年,当时美国充分展现了其经济和军事大国的实力。我们这部文学史是20世纪末叶全球化的产物,此时民族主义的含义本身已经受到质疑,在美国,对文化内聚力的一些基本说法有了一种新的、**批判**的意识。

这种新的意识表现为两种形式,即历史的形式和知识的形式。在过去30年间,学者们揭露了这个国家历史上受到压抑或者被人忽视的各个方面。我们已经认识到妇女和少数民族作品的重要性,非裔美国文化中心地位的重要性以及"地域"作家们诸多贡献的重要性。我们也已经认识到某些包罗万象的概念(包括"美国人"和"文学经典"之类概念)与其说是揭示了美国的生成过程,毋宁说是掩盖了这一过程。在知识方面,我所说的新意识与文学批评中心权威的崩溃密切相关。过去的30年是众多激烈竞争的理论和批评流派繁荣兴盛的年代:解构主义、女权主义、"同性恋"理论、新马克思主义、读者反应理论、新历史主义、多元文化主义等等。这部八卷本美国文学史是第一部着力展示一个意见分歧的时代而不是特意表述一种正统观念的巨著。我们无意一劳永逸地为千秋万代提供一篇关于美国文学的故事;我们无意伴称发现了我们国家文学传统发展**独一无二**的真正关键。恰恰相反,这部文学史代表了一代美国学者的独特观点(一种多元主义,有时互相矛盾,常常变化无常的观点),一种已经从本质上对这个领域的边界加以拓展和重新确定的观点。

因此这部文学史采用了与以前几部文学史不同的格式。我在本书的序言里比较详细地讨论了这种差别。为了适合这篇序言的目的,我要强调两点,第一点是关于分歧的问题。此前几部文学史不是基于有关文学、历史及其二者之间关系的一些共同的基本假定(即所有撰稿人一致赞同的文学—历史共识),就是基于权威"文学史名家"的某种宏论。而这两种选择对我们来说都是行不通的。如上所述,我们这部文学史反映了多种多样的评论方法和途径,其中不乏互相矛盾之处,但是每一种方法和途径都代表着当前文学研究领域的一个重要组成部分。

我要强调的第二点有关我们这部文学史每一部分(专论)不同寻常的篇幅。以前所有合作编写的文学史都要求专家就有关主题撰写较短的文稿:例如用15页篇幅论述南方小说家威廉·福克纳,用5页篇幅论述清教徒诗人安娜·布拉兹特里特,用30页篇幅论述18世纪启蒙主义散文。然后编辑们再将这一切组合起来,形成一个和谐的整体。我们的情况恰恰相反。每一位撰稿人都可以要求用足够的篇幅对他或她所采取的特殊途径进行解释。仅仅"充分地论述这个题目"(涵盖各种文本、运动和体裁等等)是不够的;我们必须考虑到不同见解的形成,其中每一种见解都是专家的声音,然而对于声称代表最终的权威又都持怀疑态度。所以,我们在每卷里提供的都不是一系列权威性的宣言,而是一组各不相同而又相互关联的叙述;它们一起构成了两种这个时期具有连贯性的对话式记叙文——一种没有确定答案的记叙文,其中的各个部分多彩多姿,有助于增进全书的深度和广度。

这是至今撰述得最为全面的美国文学史。它也是最具有挑战性的著作。读者将会发现他们自己在和各具特色的美国文学史专家对话,而与此同时,这些专家将就书中讨论的不同专题为他们提供内容最为丰富的论述。我们希望从这两个方面来看,中国学生不仅可以从阅读中获益,而且可以从中受到激励,用新的方式对美国文学进行思考,并且从总体上对文学研究进行思考。

萨克文·伯科维奇

致　谢

主编寄语：

　　我要特别感谢艾坦·伯科维奇、苏珊·米兹卢奇、赛勒斯·帕特尔。还要感谢协助制作索引的玛丽·安妮·贝尔斯凯维、负责校对工作的克里斯廷·爱德华兹以及整理参考书目的凯特·菲利普斯。最后，感谢亨廷顿图书馆时代－明镜研究基金会为我完成此卷的编纂工作提供了时间和资源。

萨克文·伯科维奇

诗歌、政治和知识分子

　　本卷部分书稿是我由约翰·西蒙·古根海姆和亚历山大·冯·亨博尔特基金的资助在环境优美的慕尼黑大学美国学院休学术假期间完成的，感谢伯恩特·奥斯滕多夫和汉斯·加布勒。我还要感谢当时暂时离开的芝加哥大学的硕士生们就近十年来美国当代诗歌的多次讨论，值得高兴的是，我们将可以在课堂上集中交流了。一些朋友阅读了部分书稿，我做了力所能及的修改。值此机会向杰西卡·伯斯坦、拉尔夫·约翰逊、基斯·图马、艾伦·戈尔丁、马乔里·珀洛夫以及艾伦·夏皮罗等表示谢意。我还要感谢帮我整理参考数目的斯蒂法妮·霍金斯和帮我查找资料的戴维·格拉布斯。非常感谢邀我撰写这部文学史的萨基·伯科维奇以及他的慷慨、热情的合作。

罗伯特·冯·霍尔伯格

1940 年以来的文学批评

　　我们共同处理所有的资料，而不是将资料分用于每个作者所撰写的章节。有时我们也将对话和争议写进了书中。由古根海姆基金以及奥斯丁研究院的得克萨斯大学基金在资助，伊万·卡顿利用学术年假的初期完成此项工作。

杰拉尔德·格拉夫在后期得到斯坦福行为科学高级研究中心科研基金的资助。我们感谢这些机构的支持。还要感谢得克萨斯大学的研究生珍妮特·E.海斯、凯瑟琳·M.凯恩以及西北大学的研究生威廉·萨维奇这些熟悉工作的科研助手。在撰写和修改"经典,学术界和性别"这一中心章节时,女同事安·柴科维奇、简·马库斯、莉莲·鲁滨逊以及研究生玛丽·安妮·伯尔斯凯维、凯瑟琳·M.凯恩给予我们极大的帮助。感谢萨克文·伯科维奇在长期合作中的指导和耐心。

伊万·卡顿
吉拉尔德·格拉夫

序　言

　　这部多卷本的《剑桥美国文学史》标志着美国文学研究的一个新开端。第一部《剑桥美国文学史》（1917）帮助介绍了英语写作的一个新分支。随后30年，在罗伯特·E. 斯皮勒（Robert E. Spiller）的主持下编写了《美国文学史》，帮助建立了学术研究的一个新领域。这部《剑桥美国文学史》体现了一代美国人的工作。他们重新界定了这个领域的范围。这些学者和批评家主要是在60年代和70年代初受过专门训练的，他们代表着美国文学所有分支：新的和业已确立的范围广阔的方向，代表着已经形成并将继续形成的现代文学研究的一个主要领域。

　　过去30年来，美国人所写的文学批评已经从边缘扩展到人文科学研究的中心。本领域的活力在全国性和全球性的美国文学中越来越大，在学术活动的范围里和有关问题的热烈争论中得到了反映。有意义的是：美国文本已经成为跨学科和学科内调查研究的热点。性别研究、种族研究和通俗文化研究在其他领域里已经贯串了这个专业的所有角落，但它们唯一最大的基础就是美国文学。至于多元文化主义和文学标准的种种争论，情况也是一样的：这些问题都是跨历史和跨文化的，但这些争论本身则常常变成美国的专著。

　　然而，我们要使自己处于这些争论之中。看来这是清楚的：他们所进行的活动为知识的更新和崭新的研究提供了源泉，发现了大量被遗忘或被低估的作品。我们现在更清楚地知道有人所称谓的"美国文学"（复数），这个术语是以坚持不同传统的美国、不同的美学甚至不同的文学概念为基础的。

　　这些发展扩大了美国文学的资料和内涵。对于这一代学者和批评家来说，美国文学史不再是一批公认的固定的美国名著的历史，也不再是以一种对美国文学固定的公认的历史观为基础的。应该说，对于固定性和一致性的追求仍将会继续，但这种追求现在是在一种批判的非中心化的氛围里进行的，即在争论、分裂之中，在不同阐释流派的相互补充中进行的。

　　这种冲突的景观标志着学术权威结构的变动。因此，一切文学史的实践，从18世纪它的起点开始，就依赖于对文学主体的本质及特征的业已建立的共识。今天，这种共识的运用听起来更像妥协的呼吁，或者像怀旧情绪。美国文学史的研究如今具有多重内涵，即作为一种多声部的、学术上多方面的、批判的和教师的行业。这个语境的权威是由知识既有差异又有联系的知识体系来体现的。我们可以称它为差异的权威。它部分地存在于异质性的能量中：各种意见不同的选区居民、物质的机构和各色各样的权威。差异的权威部分地存在于批评家联系的能力：即将他或她的方法的特殊性转变为一种挑战和参与，这样它实际上就获得了与别人相关的，有时是互补的，有时是冲突的阐释模式的实质和深度。

这部《剑桥美国文学史》从两个方面具有权威性：既是相互争论的又是相互补充的。从某种意义上说，这使它成了它所描述的一种特殊的正在进行中的市场文化的代表。我们的文学史基本上是多元化的，即是多种美国文学的联合史。但是值得注意的是，这种代表性在很大程度上是互相对立的。我们的文学史还是在专业范围内进行的关于文化模式和价值的争论的一种表述。其中一些叙述是值得赞扬的，因为它们揭示了社会成就和美学成就之间的相互关系。其他一些叙述则明显是相反的，有待它们将文学分析变成对自由主义多元论的一种批评。不过这些相反的叙述在本书所展现的一种复杂的关系中是值得称赞的。实际上，可以这样说，它反映了这部文学史最传统的一个方面。持相反意见的批评派所设想的崇高的道德态势——将文学作为抗拒和选择的想象的机会，是以我们从浪漫主义时代继承下来的关于艺术的定义为基础的。更早些时候，高雅的文学观认为伟大的作品中存在着理想的共同性。因此，如同在所宣称的艺术的自主领域里一样，它往往对社会准则和实践，特别是对那些西方资本主义的准则和实践进行直接的攻击。它培植了一种广泛的伦理和美学上的反律法主义，用马修·阿诺德（Mattew Arnold）的话来说，即歌颂文学对人生的批评。到了20世纪中叶，文学批评则表现为：一方面是新批评派对于工业社会的攻击；另一方面是新马克思主义理论的运用。

这里，对抗的与非对抗的方法之间的关系造成了一种对于民族化的难以解决的观点。它提出了一个问题，这个问题可能有许多种答案，包括后民族的或后美国的观点。这些观点的修正，有的在本书各卷里是不言明的，也许作为即将出现的文学史的形象或影子罢了。但最后，这里的"美国"称之为美利坚合众国，或将成为美利坚合众国的领土。尽管我们有几位作者采用了跨越大西洋或泛美的框架，尽管他们中有几位讨论了其他语言写的作品，他们所主要关注的仍集中在这个国家用英文写的作品，诚如从民族的含义上大家所理解的至今仍然这么理解的"美国文学"。从我们方面来说，这种限制标志着一种精心的选择。无疑地，在某种意义上说，它反映了时间、空间、训练和可用的资料的局限性。但还必须补充说我们的撰稿人最充分地利用了这些有限的资料。他们利用了时间、空间和训练以及可用的新资料的优势，可以将民族性本身变成文学史的一个问题。恰恰因为他们集中在美国的英语文学上，对他们来说，"美国"一词既不是叙述的主题——一种假设的或不可避免的或自然的前提，也不是一种客观背景即民族史。完全相反，它是多种文学与历史问题的是非之地。它自己所表现的是一种中性的领域，对所有权威的方方面面都是友好的，经过考察，变成或经常变成一种轻松的争论范围。

"美国"在各卷中是个历史性的条目即美利坚合众国。它也是一种群体的宣言，一个由口头法令组成和维持的民族的宣言，即一套通用的原则、一种社会联合的战略、一种对社会抗议的召唤、一种预言、一种梦想、一种美学理想、一种现代的比喻（"进步"、"机会"和"创新"）、一种包含的符号学（"熔炉"、"百纳被"、"国中之国"）和一种排斥的符号学，不仅排除了那旧世界，而且摈弃了美国国内许多大集团以及南美和北美所有其他国家。这么设想的一种民族性犹如一个修辞学上的战场。"美国"在这几卷中成了探讨文本的历史性和历史的文本性的不断变动的、多层面的焦点。

这并不是偶然的，这些是今天文学研究中两个最令人困惑的问题。在文学史研究中，从来没有将历史的理论化搞得更激烈和深入了。究竟是什么连接了这个领域里的特殊兴趣，结合了我们当前分歧中的各个派别，是历史上具有压倒一切的兴趣，如思想、比喻和神话的基础和结构；又如我们所阅读文本的物质和我们用以解读它们的精神，关于这一点，很难说得太多。即使我们承认伟大的作品是超越了时间和空间的，有些语言的结构已被提到很高的强度（即使我们相信，它们永恒的魅力变成了一种不断的对抗的根源），很明显，经过反思我们发现，关于美学上的超越概念本身是受时间限制的。像其对独立的文本的种种要求，从现象学的信仰到科学的客观性，美学对于高雅艺术的要求是由历史定型的。我们通过历史意识的识别，抓住它们超越的特殊形式，如灵感的美学以及含混、颠覆和不确定的美学。

对偶然性的认同同样扩展到历史著作中。一些史书比另一些史书更真实。有些史书一度充满所谓"肯定性"和"全面性"的光彩，但所有史书都是受其历史时期所限定的叙述文。这些也是如此。这里，我们的打算是将这种局限性变成开放结局的根源。以前问世的各种美国文学史都是整体化的或百科全书式的。它们提供了一种单一理想的权威式的叙事或一种多样性的简略评价，这种简略评价看起来像是概括，即使是简明精洁的概括也极大地妨碍了作者声音的发展。形成对照的是，这部美国文学史将通过大规模叙述的多声部展现出来。由于撰稿人人数有限，每人都有展示不同观点（前提、争论和分析）的空间，所以，他们各人的叙述采用论证的方法以理服人，而不是以自己的主张强加于人。不管有什么差别,各篇是相互联系的,通过主题、关注、焦虑和希望彼此相关,这对于这一代的美国人是很平常的。

本书作者的挑选,首先看其优秀的学术成就,其次看许多不同批评流派在他们的评论中所展示的意义。他们一起显示了过去30年来美国文学批评的成就。他们在这几卷中所撰写的文学史表明了几代人之间的鸿沟和联系。他们对现在归于美国文学标题下的大量资料提出了意见,他们表达了各种不同的兴奋和赞许,使这个领域得到显著的扩展。同时,他们反映了我们时代文学研究的不同的兴趣,也反映了第二次世界大战以来,尤其是60年代以来那构成我国大学、系科和大学生特色的人种论的多样性。

同样的特性贯串了这部文学史的组织原则。它结构的灵活性意味着它包含了美国文学史的多样化。有些主要作家不仅出现在某一卷里,因为他们属于不止一个时代。有些文本在某一卷中几次叙述和反复讨论,因为它们在不同的文化经验的领域里都很重要。有时,某个运动的故事从不同的观点反复提到,因为这个故事要求多种视角:比如有关主流和边缘的问题或一个时代的终结与另一个时代的开始同样涉及一个运动。这么交叉叙述并不是原先计划的,但它从一开始就受到鼓励。观点的不同往往导致文史资料完全而充分的利用。而且,它对细节(作家、文本、运动)的叙述也比以前发表的任何一部美国文学史更丰富、更精细。

这部文学史各卷都以各自的方法显示了各自的优点,本卷在资料和叙述形式两大不同体例的协调平衡上也许特别显著。首先是美学上的:二战以来美国诗歌的发展过程,罗伯特·霍尔伯格先生适当地采用细读和精细评价的方法来探讨;其次是体制上的:这期间专业的文学批评的发展,伊万·卡顿和吉拉尔德·格拉夫通过人文运动和争论来描述。它看来形成了一套大家熟悉的两者交叉:创作与批评、美学与认知、自由化作家与学院派作家。不仅如此,每种情况的叙述都是建立在两套术语相互作用的基础上的。霍尔伯格对诗歌的叙述成了一种文化成就的故事、一种美学发展的过程,它最终直接与社会的发展相联系。它的一个强有力的主题是诗歌的学术化。对于卡顿和格拉夫来说,那也是个主要的主题。他们也谈到单一的文化成就、建立艺术与政治之间的联系(从那一术语的广泛意义上讲)。的确,他们指出了1940年以来美国文学批评如何稳定地或混乱地扩大了"文学的"范围,以便包括文化行业的全部系列即从哲学到大众文化。在两种情况下,作者用内部叙述的方法来讲述他们的故事:从内部加以叙述,展现其变化的种种过程,而不是对已经出名的主要人物加以概括性的描述。

他们对方法的选择，并不一定是他们所使用的资料的同时代性的作用。事实上，现在的历史自觉地趋向于永久性的价值：将一些名著与过去的过眼的景观分开，以强有力的总体看法使直接的评判平衡。这样的评价在本卷中也是含蓄的，这里有主要的人物、中心作品，但它们的重要性从历史的叙述中流露出来；有关这些人物的传记资料分别作为文献列在附录中，它们在其他资料中提供了权威性的参考资料导读。但叙述的中心仍在文化时期和文化事件上，这样，读者的观点就可以同时展现和显示于语境中：诗歌的形成，十年又十年，有时一年复一年，如同诗人所经历过的一样，批评家在工作，从一场争论到另一场争论，从一系列问题到另一些问题，正像这个专业不断扩展和变化一样。

　　霍尔伯格先生由表及里的叙述是对作为话语的诗歌的信心的一种证明。他的前提是：一种文学文化的兴旺是靠许多诗人优秀的水准建立起来的：与其说是三位古典诗人，不如说是现代有影响的40位诗人。从这个观点出发，他揭示了当代美国诗歌作为一个整体，一种社会的、政治的和美学的有机体的"确实特殊的成就"，这个有机体是由不同的诗歌组成的。它们将继续存在于一代又一代的青年诗人的作品里。他的论述实际上涉及每个历史的集合点：报刊、网络和飞地；诗歌与其他艺术的关系（从抽象的表现主义到查理·帕克和麦尔斯·戴维斯的爵士乐）；诗人们越来越多地参与市民和学术社会机构的活动（其结果是诗歌更成为这种文学生活的专业化事件）；政治事件（从地区经济到国际战争）对诗歌的影响以及各种文人社区和社会运动：40年代和50年代从公众的抗议到激进的主观性的变化最后激进成了自我怀疑）；60年代至70年代随着伟大的现代主义者的觉醒而产生的对旧思想的焦虑；从"垮掉的一代"和"黑山派"诗人到纽约和旧金山的后结构主义诗人的先锋派面孔的改变。

　　这种多样化的文化史显然是通过诗歌的叙述和用诗歌自身的叙述来表达的。霍尔伯格先生撰写时仿佛吸取了而不是超越了新批评派的手法。他在结构上的分类（政治、先锋派、后卫派、形式主义、真情派等等）区别了美国活着的诗人。他对各派诗人的选择是以美学价值（而不是空谈理论）的考虑为指导的；而诗歌的引文很充分，足以让读者自己作出评价。其结果是传统与创新的巧妙结合：作为文化史的诗歌的分析和作为美学批评的文化史。

　　卡顿和格拉夫的论著可以用同样的术语来描述：用文学批评代替诗歌。它本身的连接并不令人惊讶，因为过去的诗人经常这样形成批评的过程。但是，那种联系是一种共生的形式：诗歌滋润了批评，批评家犹如手持圣火的人。像卡顿和格拉夫的著作的主体所提出的，区分我们各个时期的，是一种新的社会现实的兴起，一种植根于"文学"概念上的弹性宽广的世俗的学术主义，用爱默生的话来说，好像跨越了"优雅的缪斯"，而涵盖了人类关注的整个范畴：它曾被忽略地踩在脚下，"穷人的文学"、"随意的文学和下层人的文学"、"街上的哲学"、"家庭生活"的含义。

这种走向民主美学的变动产生了具有同样重大的文学专业的变动。从神学到文学的现象学的过渡，关键是浪漫主义诗人代替了神父。当前，在文学学术领域里的变化，被标榜为批评家代替了诗人。正像卡顿和格拉夫所说的，这是有些不同的：从写得好的诗，古老的"言语上的偶像"过渡到文化的"文本"的，言语的结构，其"深度"并不那么在于意义的等级，如同它存在于所达到的多层次的经验里，它所提出的普通问题的范围以及它将其引为焦点的日常生活的景观。试将惠特曼解读如下：神圣的文学走了，民主的诗人来了，由文学和文化的教授陪着来了。

或者也许有另一种方法：诗人陪着教授来了。因为事实是，这种过渡，像它以前的那种那样，矛盾一直是很深的。卡顿和格拉夫的叙述有个优点：它们说明了这些矛盾，而不是回避或缩小矛盾。另一个优点是他们善意地从各个方面提出问题。结果，他们修正了作家和批评家之间相互熟悉的二者交叉，使得二者之间能够达到多方面的交流。这是很恰当的，因为文学专业的变化第一次应该这么全面的标明，并跟当代诗歌的活动同样全面地加以叙述。

从早一点的变化来看，这也是恰当的。卡顿和格拉夫所讲的故事——在教育学和学术上所记录下来的戏剧性变化，应该经常采用持续不断的形式。他们用争论揭开了我们当前的"文化战争"，并进一步指出它概括而不是威胁着文学研究的现代准则。亦即，他们用将现在语境化的方法尽力了解我们的过去。但从一开始，这种批评的学术化成了焦虑的根源。贯串学术化全过程的是，有些流派的批评家斥责其他流派的"专门术语"。始终如一地，这种指责被引向侵犯粗俗语、未消失语或未完全消失语以及仅仅是通俗语言——具有威胁性的小文化，那渗入隔着围墙的文化圣殿的"文化的"语言。而且始终如一地，在卡顿和格拉夫的叙述中，这种"高雅"和"低俗"之间古老的斗争展开了植根于民主美学的新挑战：训练上的交换对训练上的自主、流动性对固定的分类、协商对分开的范围、层次对意义的水准等。

按照年代顺序，本卷的评述从20世纪40年代学术批评的论争写到90年代文学与文化研究中的有关辩论。卡顿和格拉夫沿着这个思路回顾了新批评提出的文本意义的问题、50和60年代理论的涌现以及70和80年代，随着民权运动、女权运动和反战运动的发展，文学学术理论涌入了女性、少数民族和社会活动等文学的学术领域。作者所描述的情节结构，无论如何是概念性

○序　言

的、共时性的、自我反思的、针对某个问题的。有一部分包括这部文学史与它以前的其他文学史的比较。本章的标题标明了我们时代的批评地图的主要地点：解构主义、新历史主义、女权主义、后殖民主义等等。在卡顿和格拉夫的评述里，这些令人生畏的结构（与反对它的负面反应）为累积的系列话语提供了背景因此，同样的问题得到重新界定，犹如它在各种批评的语言里一样。

　　对这些话语，有一种强烈的综合的推动力，将批评的运动与批评的时代联系起来，使每种话语模式从属于另一种话语中所表述的批评。这往往用一种特别强烈的有力的强调来加以补充。由于卡顿和格拉夫自觉地参加这些辩论，他们在分析中自觉地做到公正和平衡。他们同时是参加者、倡导者和解释者，阐明了解构主义的复杂性，评价了相对论的应用，并在学术实践中探讨了艺术、权力和批评（保守的和激进的）理论，而且往往是在学术实践中极端的关联所产生的语境。

　　综上所述，这两种叙述模式提供了表达主题的不平常的双极观点。它们展示了文学的双重含意，即作为诗的语言和作为文学研究的两个方面。它们传达了"美国人"的理想和学术的含意，如同这么表述：（1）文学批评史限定在美国文学史形成的语境中；（2）正在形成中的美国文学史是被放在批评史的背景里（互为补充或相互平衡），它构建了我们所指的美国文学。最后，这些历史是他们所使用的方法的例证。不管任何时期，历史的写作，往往是我们所讲的故事与我们追求的真理之间的一种反思，对我们来说也是看起来像什么与对它们像什么之间的一种思考。卡顿、格拉夫和霍尔伯格由表及里的叙述是探讨怎样使写作过程变成现代史的范例。他们每个部分的叙述以各自的方法证明将美国文学史作为一个发展过程来学习的优点，不是作为编年史或文学精品或文学发展过程的终结，而是作为正在形成中的课题来研究，对文学史的再形成、修改和创新采取开放的态度。

玛格丽特·里德
萨克文·伯科维奇

诗歌、政治和知识分子

罗伯特·冯·霍尔伯格

导 言

　　1945年以来，美国诗史像一部现代史那样令人不安。这样一部文学史符合什么样的现代意义？我想，这本书与其说有这方面相关知识的人会读，不如说有好奇心的那些人会读。我们所说的一般读者，指的是学生。一个学生也许尽力想在教授和诗人之间找到一条通道，我也是这样的。教授读诗是为了辨别从某年到某年，从这个诗人到那个诗人，从一个研究领域到另一个研究领域的不同类型的意义。对他们来说，那些重要的诗就是代表作，就是那些允许人们对持续性等等提出一般要求的诗歌。但诗人是为诗读诗的，寻找不管哪里都可以找到的那些精品。庞德说，一部艺术史是名作的历史，不是平庸之作的历史。

　　持续性恰恰不是诗人所关注的，而非持续性则是。诗人比较害怕写别人已经写过的诗。正如T. S. 艾略特所说的，诗人学习文学传统是为了了解已经存在的东西和已经取得的成就。诗人阅读历史和文学评论是为了发现什么东西不用再写。已经达到完美效果的诗——那就是青年诗人不该去重复写的诗。当代诗歌的读者呢？他们也是为寻找精品而读诗，他们想知道那些已经写得很完美的诗，以便他们能欣赏那些诗。我想，我的读者也是在感情和雄心的驱使下去寻找乐趣的。

　　教授们在撰写文学原理的形成时，倾向于考虑专业文学史家决定哪些诗可以入选文学史，这是不奇怪的。但是，了解文学史更传统的方法是记录那些继续活在青年诗人作品中的诗。

　　我尽量抱着两种目的去读诗。一种阅读的试验是根据那些把各个学科知识联系起来的主题叙述的连贯性。现在，政治理论、社会理论和历史提供了相关的术语，将文学与其他领域的探讨联系在一起。比如，40年代末和50年

◎诗歌、政治和知识分子

代的神学成了文学史一个似乎合理的邻近领域，而到了 60 年代则是心理学。为了像诗人一样地读诗，人们必须在很大程度上考虑诗歌艺术哪些方面在未来对于诗人是最重要的。但是，人们可以稳妥地只依赖于那些同类诗中最成功者。诗人最看中的诗不是那些代表作，而是那些特殊的诗。对这类诗歌阅读的考验当然是时间。但我已经挑选了下面要讨论的诗，以便让我的读者能自己看看我所选的、决定近 50 年来文学史发展的诗是否能引起他们的兴趣。虽然我有许多历史的主张可以在这里提出，我首要的看法是：1945 年以来的诗是非常出名的，这个时期是美国诗歌一个特别丰富多彩的时期，尽管出现了可悲的事实——诗歌在文学和文化中没广泛传播。我使自己的评论十分接近诗歌，因此，读者可以在诗中读到这段历史。我打算将这个研究作为文选和评论的一部分。唯有一部文选才能支持我的主张，我最关注的是使它令人信服。

一般来说，我在这里给自己作了一些限定，写些在我看来确实是特殊的东西。那些在许多其他诗中只能称为代表作的诗歌在下面的章节里几乎全部省略了。在此，我并不企图概略地叙述我所讨论的大部分诗人的生涯。我也不想回顾过去 50 年各种运动的发展情况和诗人的交往。为了代替代表性的文本，我通过分析几个文学刊物所反映的文学意见，构建特殊诗歌的语境。我已经将这些文学刊物当作作家之间合作的基础。虽然有些杂志只是差劲地介绍了令人惊讶的诗人，它们却准确地表述了许多诗人一致同意的领域。对于一部这么简短的文学史，我已经作出了选择，在叙述中暂时略去许多重要的、有意义的代表作，是的，不考虑一些有趣的诗人和诗作。相反地，我希望对典型的诗歌作出新的选择。在我的读者中，没有人会熟悉我所讨论的全部诗歌，少数人将熟悉其中许多诗歌。这种选择也许离开了当前的文学见解，它看起来只不过是偏执而古怪的，或者甚至是反复无常的。不过，我希望这将更好地证明我对这个时期诗歌的高质量满怀热情。

我所描述的读诗的两种方式的区别并不仅仅是方法上的。在过去 50 年里，这两种类型的读者之间的关系发生了非常戏剧性的变化。本书的主题之一是，描述美国文学生活中诗歌专业化的结果。如今，在我的两类读者之间，比 1945 年存在着更大的鸿沟。但是，这个问题比这里所提的建议更复杂，诚如我在第一章中想建议的那样。

第一章 诗歌在文化中的地位：1945—1950

相对于半个世纪后的今天，1945 年的诗歌在文学文化中占有完全不同的地位。那年冬天，有个批评家在《党派评论》（*Partison Review*）上振振有词地宣称："没有人能否认，对诗歌的讨论是一个社会给予文明的最高证明之一。"德尔莫尔·施瓦茨（Delmore Schwartz）随后称美国活着的最著名的诗人艾略特是个文化英雄，"他带给人类新的艺术和新的技巧。"诗歌、绘画和爵士乐似乎成了健康的艺术；而戏剧和小说则令人痛苦。（文学批评兴旺了，但当时没有人称它是一种艺术形式。）兰德尔·贾雷尔（Randall Jarrell）阅读了伊丽莎白·毕肖普（Elizabeth Bishop）、威廉·卡洛斯·威廉斯（William Carlos Williams）和其他人的新作后说，美国拥有比它所得到的更好的诗，"**我们的时代竟然有像他们一样的诗人，这有多怪呀！**"

像贾雷尔、罗伯特·洛厄尔（Robert Lowell）和约翰·贝里曼（John Berryman）一样的青年诗人在这种文化里享有特殊的地位。他们在纽约的文学圈子里活动。他们的诗歌和评论定期在最权威的刊物上发表，而且十分有趣的是刊物之间，比如《党派评论》和《西璜尼评论》（*Sewanee Review*）或《肯庸评论》（*Kenyon Review*）的意识形态上的分歧，对于诗人们没有影响。这些刊物中有两种是著名的诗人兼评论家艾伦·塔特（Allen Tate）和约翰·克罗·兰色姆（John Crowe Ransom）主编的。《党派评论》的编辑们给这些青年诗人在他们的评论中留下了自由回旋的特别空间，尽管严肃的政治分歧也许使洛厄尔悄悄地离开了这个刊物的编辑部。他是个拒服兵役者，从来不是个马克思主义者或反斯大林主义者。虽然某些散文家只能在这些评论上偶尔出现一次，但人们从阅读中分不清一篇特别的诗歌或诗体是否在一种或另一种这类刊物上刊登过。克里门特·格林伯格（Clement Greenberg）在 1948 年说：

○诗歌、政治和知识分子

"成功的诗人仍然支配着文学和学术领域，即使他的作品不像小说家的小说有那么多人读。"诗，是一种王冠，连《党派评论》那种刊物也不考虑意识形态而希望戴上这顶王冠，虽然它坚持一种反斯大林主义的、民主社会主义的立场。

重视诗歌的文学文化决不是对政府不满或唯美主义的。在二战期间和战后的年代里，美国作家明白，他们可以影响政治事件的进程。正如格兰维尔·希克斯（Granville Hicks）所说的，自由主义吸引人的地方之一正是在意识范畴这一点上，如同他所说的，知识分子能真诚地与非知识分子沟通。小阿瑟·施莱辛格（Arthur M. Schlesinger Jr.）宣称：事实上，自由主义者使他们自己卷入了对苏联过分的同情。"明晰、逻辑性和坚持事实"构成了评价所包涵的东西，那正是自由派知识分子应该更努力去运用的，以便在有关战后重建的政治讨论中保持他们适当的作用。政治参与的可能性对知识分子是有吸引力的。他们中有的还提醒别人要符合参与所必需的条件。

1945年，知识分子所面临的世界与我这一代人所了解的是大不一样的。那年秋天，乔治·奥威尔（George Orwell）从伦敦写给《党派评论》的读者一文中写道：

> 西欧大部分处于饥饿的边缘。整个东欧则有个由俄罗斯人强加于它们的"从上面来的革命"。它可能对穷苦农民有利，但提前扼杀了民主社会主义的任何可能性。在东西欧两个地区之间有个不可穿越的障碍，它一直贯串了经济前沿。德国已经遭受破坏到这种程度：该国人民简直无法想象怎么活下去，比凡尔赛条约后受到更严重的掠夺，总人口中大约有一千两百万人流离失所。到处是无法描述的混乱，人口混杂，住房、桥梁、铁路受到破坏，煤矿涨水，各种生活必需品短缺，缺少交通工具去分配现有的物品。在远东，如果报道是真实的话，千百万人被原子弹炸得粉身碎骨，俄国人正准备在中国的尸体上再大咬一口。在印度、巴勒斯坦、波斯、埃及和其他国家，普通英国人连听都没听过的麻烦事都快爆发了。

现在，我们遭受了奥威尔所描述的麻烦事造成的后果，能够明白为什么战后知识分子感到有必要对西方的政治、社会和经济结构如何重组，大胆地提出意见。1945年欧洲的版图比人们现代记忆中的印象模糊些。德国、波兰、捷克、匈牙利和南斯拉夫的边界是怎么划分的？它们怎么会被迫接受呢？为了回应时代，作家们提到这些问题。1945年，甚至在战争结束前，知识分子早

第一章 诗歌在文化中的地位：1945—1950

就讨论战后的世界该如何构建的方法。

最令他们感兴趣的是外交政策。作为"一个文学家"，T. S. 艾略特写道："这场大战结束时，和平的思想似乎更与'**效益**'的思想联系在一起——就是说，有什么可计划的"，以此作为深思熟虑的政策。在左翼方面，《党派评论》早在 40 年代末，字里行间对欧洲各国联盟的形成和如何发展就有强烈的兴趣。1947 年，奥威尔对许多读者说道："在我看来，一个社会主义的欧洲合众国，是今天唯一值得考虑的政治目标。"在自由主义中间派成员中，组建联合国的计划是从大战中盟国间的合作直接发展起来的。1942 年 1 月 1 日签订了第一个联合国宣言，提出了盟国结束战争的目标。1944 年夏天，敦巴顿橡树园会议扩大了联合国成员的范围。第二年春天的旧金山会议导致了 1945 年联合国宪章的签订。诗人查尔斯·奥尔森（Charles Olson）在 1946 年的联合国里为代表波兰的利益而工作，因为当时波兰还没有稳定的政府。在右翼方面，也有人希望超级大国吸收较小的国家加入联合国，这样可以消除战争的一些根源。温德汉姆·刘易斯（Wyndham Lewis）在《西璜尼评论》上写道：

> 与此（一个国家，一种投票计划）相反，我们当然应该坚持小国家自己合并成大单位，而不是使无意义的政体永久化，突然建立一个跟我们的政体很不同的世界。为了参加一次会议，必须坚持苏联和圣多明各具有同样的投票权，像我们在旧金山所做的一样。这样，两个圣多明各就可以通过投票压倒苏联——这是愚蠢而危险的。

从实际意义上说，地球表面的许多地方在 1945 年早被瓜分完了。有些诗人像奥尔森和毕肖普，他们及时地达到知识上的成熟，能够看到每天早晨新闻带来的版图的变化，在这个时期以后很长时间内继续写关于版图要求的诗，而不是关于民族或国家的诗。

当时还有一种认识，以为战后美国社会看起来应该跟 30 年代大不一样。老问题和新问题都需要解决。比如，在军队服役取消种族隔离以后，种族主义的法律就更难坚持下去了。南方作家唐纳德·戴维森（Donald Davidson）1945 年在《西璜尼评论》上发表了一篇有争议的论文，维护各州的立法权力，反对种族间的通婚和强加于老百姓的人头税，他也反对联邦的禁止私刑法。联邦政府可以走出战争阴影，比 4 年前变得更加强大，更加全面，这一点已经变得很清楚了。贾雷尔 1945 年在《西璜尼评论》上发表了一首诗《国家》，以一个人的身份说话，他的母亲被杀害，他的妹妹被国家征召入伍。发言人的精神垮了，尽管他的猫被带进新政陆军资源保护和供应公司。人们期

◎诗歌、政治和知识分子

待联邦政府特别在高等教育方面发挥新的影响。从二战一开始,许多士兵出现在校园里,战后他们又大量涌入校园。适合于现代民主的广泛的文学教育获得了发展。艾略特赞成以拉丁文、希腊文和纯科学的学习打基础的国际化的精英教育。西德尼·胡克(Sidney Hook)和约翰·杜威(John Dewey)提出以现代社会如何运转的知识为基础的教育。马歇尔·麦克卢汉(Marshall McLuhan)则认为英语学习可以代替古典文学学习在欧洲教育中所起的综合作用。

这些有关教育方法的争论被认为对知识分子的生活产生了直接的影响。战后,由于高等教育机构的扩展,为诗人和批评家增加了很受欢迎的就业机会。同时,文学文化在短期内会变成专业化。约翰·克罗·兰色姆在1937年提出了不再有争议的观点:文学批评属于大学。现在,很难说其他地方存在这种情况。兰色姆利用《肯庸评论》显示了文学批评在学术上的潜力。《西璜尼评论》1945年发表了一篇文章《美国文学学术研究之现状》,得意地叙述了前4年"我们文学的综合研究"所取得的成就。不过,《党派评论》的编辑们对文学教授职位的不断增多表示怀疑。威廉·巴列特(William Barrett)当时是《党派评论》的一个编辑和哥伦比亚大学的哲学教授。他在1946年写道:

> 人决定思想。你跟脾气古怪的美国专业学者一起待在英文系里面,不可能不受影响,特别是在学术发展的催促下,你会接触到你同事的观点。就他们来说,他们已经无法保留美国现代英语学会(PMLA)所说的他们自己的那种官僚主义的专业形式。近年来,先锋派学术性的批评文章有许多跟他们的同事在PMLA所发表的文章是不同的,虽然在基本兴趣或倾向以及主题的简单选择上差别并不太大——他们选择艾略特和已故的叶芝,而不是别人,比如雪莱和勃朗宁。

这类例证大量出现,以支持《党派评论》在对学术专著的偶然评论中出现的这种观点,这些专著太客气了,一般对文学不进行批评。1947年初,编辑们利用马克·斯柯勒(Mark Schorer,当时伯克利加州大学的英文教授)和哈里·列文(Harry Levin,哈佛大学比较文学的助理教授)一些评论所提供的机会指出:新牌子的文学学者那种放纵自己的蒙昧主义表明,教授们不愿意自己涉足政治,而且对涉足的作家们感到不安。文学批评的学者据说一般对文学是冷淡的,而且对现代文学更是如此。他们不相信著名的散文风格,对诗人和牧师很挑剔。

在这个批评家与学者之间人所共识的分裂的背后是两大历史的发展——

第一章 诗歌在文化中的地位：1945—1950

这在几年前已经直截了当地进行了讨论。首先是斯大林对苏维埃革命的背叛；其次是已经产生的美国国家和公共经济的前景。当巴列特采用"官僚主义的"一词来作为现代语言学会对文学的系统研究的特征时，他援引了如今已经丧失意义的特殊的文本。这个词贯串了30年代后期和40年代的社会批评和文学批评。贾雷尔想批评约瑟芬·麦尔斯（Josephine Miles，另一位伯克利加州大学的助理教授）太自鸣得意时，他非常尴尬地说："她是忧郁地官僚化了。"在40年代的中后期，这是个很带感情色彩的词，甚至精明的作家也屈就使用这个词。1937年，肯尼思·伯克（Kenneth Burke）提到"想象力的官僚化"是走向革命的一个不可避免的历史进程：

> 一种想象的可能性往往从乌托邦开始。当它体现在某一种社会结构的现实中，在各种语言和习俗的复杂性里，在各种财产关系、政府的治政方法、生产和分配里以及再三强调的例行公事的发展里时，它早就被官僚主义化了。

在伯克和他同代人的头脑里，最主要的思想是，这种官僚主义化的乌托邦显然是斯大林主义的俄罗斯。马歇尔·麦克卢汉提到，马克思的预言到了1946年被变成一种官僚主义的讽刺。

从1948年到1952年担任《党派评论》顾问的詹姆斯·彭汉姆（James Burnham）于1941年发表了一本很有影响的书《管理的革命》（*The Managerial Revolution*）。他主张：共产主义、法西斯主义和资本主义全都向一个国家发展，而经济则由管生产的经理们所控制。朝这个方向发展的重要的第一步就是俄国革命。他断言，斯大林政权自然地、不可避免地遵循列宁的路线。当彭汉姆描述该书所写的1940年俄国的情况时，字里行间流露出他的感情。

> 俄国以自由的名义讲话，却建立了历史上有名的最极端的独裁专政。俄国呼吁和平，却用武力占领别的一些国家。在抗击法西斯名义下，俄国与世界上主要的法西斯头目结盟。在国内，俄国宣称反对权力和特权，却在拥有巨大权力和广泛特权的阶层与广大人民群众之间制造了巨大的鸿沟。在理论上，"没有帝国主义的物质基础"的唯一国家，在实践上表明（至少是一度如此）它是个成功而残酷的帝国主义国家。"世界上被压迫者的祖国"，则用武装小分队将成千上万的人处死，把数百万人，实际上是上千万人流放到集中营和劳改队，并对其他国家的难民关上大门。一个"真正反对战争"的国家的所作所为导致了第二次世界大战。

17

这幻灭的连祷文说明，他特别想跟那些同样感到被斯大林主义的国家所背叛的其他知识分子谈谈。他们在1940年是军团的人。新经理们的统治阶级也许可称为官僚主义者。他承认大部分的区别是非物质的。这些能干的、自信的、愤世嫉俗的青年经理们会对新的国际意识产生一种偏见，尽管他们还没有很好地系统地加以阐述。它是一种纪律的意识，而不是个人主义意识，重视安全，而不是创新。他们的革命早在1940年就已经发展起来了。按照彭汉姆的见解，对斯大林和希特勒的真正偏见，甚至表现为一种细弱的但仍然无误的罗斯福新政的形式。对于彭汉姆的同代人来说，官僚主义证明自己在30年代和整个战争期间特别持久实用。据《党派评论》报道，左派和右派同样依靠非凡的官僚主义组织，最荒唐的例子就是斯大林主义的国家在集中营里对共产主义的犯人运用组织的技术："犯人—官僚们比异教徒养得更好，穿得更好。他们被用皮鞭和棍棒武装起来，而且他们自己很少挨打。"

这种情形有过灿烂的前景，因为它在战后的年代里也是挺普遍的。刘易斯和希克斯看来互有同感，与彭汉姆和《党派评论》其他编辑抱有同样的信念：世界上的经理们或官僚们是真正强大的。忠诚于各种政治信仰的知识分子像刘易斯和希克斯，期待着剥削强大的官僚阶层可能得到的利益。但是，这种前景对于自由主义者有特别的说服力和感染力。他们从来就不是马克思主义者，对苏联官僚阶层的扩展并不感到幻灭。社会学家大卫·贝兹伦（David Bazelon）1945年为《党派评论》写了一篇关于英国国内服务的研究报告的评论，并认真地总结说，官僚主义的思想具有民主的代表性，应该认真对待。但小阿瑟·施莱辛格两年以后在同一个杂志对此提出正确的批评。他写道："政客—经理—知识分子型—新政治派是聪明而有主见的……能使社会快速发展，使它足以逃脱在它自己的各种矛盾的重压下垮台的命运。"根据彭汉姆的分析，虽然苏联国家沿着官僚主义化的过程走得很远，美国文化按照它的技术的独创性传统，可以看出对走向未来的官僚主义国家具有特别的要求。教授被认为是知识领域里的官僚主义者。在与彭汉姆会面时，安德烈·马尔罗（André Malraux）说："跟我们在一起时，文化的代表是艺术家。跟你们在一起时，更可能是教授。"

几位作家，像莱昂纳尔·特里宁（Lionel Trilling）所感觉的那样，认为大学为文学批评提供了一个良好的知识环境，尽管对于诗人、小说家和剧作家来说相对不那么有利。但是到了1948年，许多人同意R.P.布莱克默（R.P. Blackmur）的意见，即大学将不可避免地成为文学文化的中心："我们社会的政治、经济和文化的变化正走向一切专业的学术组织化，他们的独特的自由仅仅体现在他们自己的作品里。这对于具有美国经验的那些人来说似乎太少了。"《党派评论》1948年散发过一次调查问卷，问及在文学领域里可以看到写作的学术化带来什么影响。一方面，兰色姆早在1947年已经提出过：莎士比亚拉丁语化的用词反映了作者努力想开发英语语言优美的学术资源；不能想象再有其他把学术诗合法化的例子了。另一方面是威廉·卡洛斯·威廉斯的用语风格（它来源于波兰母亲们的口语），被公认为学术诗的替代。诗人的选择本该会容易些。到了1948年，一个时期的诗歌风格便从奥登（Auden）的范例中发展出来。这就是经常提到的"学术风格"，对少数诗人比较合适。用贝里曼的话来说，这种诗歌景象"对工会成员来说是好的，但对艺术家来说是不好的"。

1945年至1948年之间出现的有关诗歌的评论和杂感往往好像是对年轻诗人说："要敢于当少数派！"作为一位批评家，艾略特为他的同代人和下一代人，使多数派和少数派诗歌之间的区别恢复了活力。兰色姆称自己为少数派诗人。一个又一个评论家对兰色姆或约翰·皮尔·毕肖普作出评论，似乎高度赞扬少数派诗歌在广为接受的社会习俗中发挥作用。不过，正如约翰·基拉里所说明的，艾略特对这个词用得很巧妙。"少数派"一词好像一直激发着多数派诗歌的梦想，尽管仅仅是秘密的。对于洛厄尔、贝里曼和加列尔来说，狄兰·托马斯的生涯则成了公开反对充当少数派诗人的令人瞠目的景观。他被认为是另一位莎士比亚，或一位假莎士比亚，但不是一个少数派或学院派的诗人。那些写诗支持少数派诗歌的人往往不太强调更高的艺术抱负，而是提供一种太令人怀疑而无法接受的装腔作势和过分自信的艺术情趣。

正是因为有些诗人走近文学声望的中心，也因为那个中心重视诗人，诚如金斯堡所说的，他们是自己带着强烈的抱负成长起来的一代人。洛厄尔以不断估量诗的声誉而著称。如同约翰·霍兰德所说的那样，洛厄尔和贝里曼、贾雷尔常常由于他们在文学上的地位而困扰。1948年，贝里曼对兰色姆在《肯庸评论》上改变了两首诗的顺序感到愤怒。W. S. 默温（W. S. Merwin）和布鲁斯·伯林德（Bruce Berlind）尽量安慰他，但他回答说："你们这些人是业余爱好者……我是个专业作家。在一年时间里，我将成为一个全国名人。"人们从奥尔森、罗伯特·邓肯、艾伦·金斯堡和西尔维娅·普拉斯（Sylvia Plath）等人身上可以看到另一种安排好的职业生涯，因为对青少年时代及其稍晚时产生的诗人来说，诗是一种职业，像其他许多诗人一样，他们总想获得成功。

在这类诗人中，有些人怀有如洛厄尔、贝里曼、贾雷尔和普拉斯等人的志向走进了单一渠道，其政治意义一直是模糊不清的。《党派评论》造就了一种文学,它强调在荒诞的政治状况下所产生的特殊情感和精神上的忧虑:卡夫卡就是个典型,尽管没有几个《党派评论》的批评家懂得德文。在40年代《党派评论》的背景下,卡夫卡的作品成为现代主义文学的最佳作品。这部分原因是形式主义的标准跟他的作品不相干。汉娜·阿伦特(Hannah Arendt)在1944年指出:"他不进行任何技巧实验。"在弗洛伊德对现代文学影响的旗帜下,这种情趣是独一无二的,但它无非是作为一种对斯大林主义的适当反应来理解的。它使左翼的美国知识分子很难保持实际的政治愿意,如同威廉·阿罗斯密思(William Arrowsmith)文中对《党派评论》的焦虑的文学原则表示强烈的反对一样。洛厄尔虽然自己思想意识上不受《党派评论》政治地位的约束,但他恰恰是个符合《党派评论》文学情趣的诗人。他曾说过,他女儿学说的第一句话本该是"党派评论"。继洛厄尔之后,贝里曼、贾雷尔和普拉斯也跟着走上这条同样死气沉沉的成功之路。

在《威利勋爵的城堡》(*Lord Weary's Castle*)的第二首诗里,洛厄尔写道:

> 没有希律王①的希律王世界;那一年
> 庄严的一九四五年,
> 把无数的损失堆积在,
> 我们烧成熔渣的净化山上。

洛厄尔的诗行往往表达了强烈的情感,他为什么要如此悲哀地以一个复活的祈祷者的姿态说出这个日子呢?他这里的笔调表达了那种认为1945年是划时代的一年那根深蒂固而令人不安的观念:欧亚的战争结束了,集中营里所发生的事情公开了,第一批原子弹爆炸了。由于历史性时刻是如此戏剧性地被表现出来,知识分子深深地感悟到自己的同时代性。如同哈罗德·罗森堡(Harold Rosenberg)1948年所评论的:"知识分子最近为自己标出的属于高雅文化的领域,是一般的历史经验。"不管人们谈论什么焦虑和失望,到了40年代末,对于建立一种适应当时历史时期的新的艺术,还是大有希望的。克列门特·格林伯格说:"任何时期,伟大的艺术风格必须跟它所处时代的真知灼见相吻合。"许多诗人都想成为"时代的诗人",尽管像每个诗人所了解的,这是个危险的梦想。谁嫉妒朗费罗呢?或者用柯勒律治的话来说,谁嫉妒那

---

① 希律王(Herod, 73—74 B.C.),犹大之王,在位期间 37—34 B.C.,以残虐闻名,见《圣经》马太福音第二章。——译注

"不朽的骚塞"①呢?加列尔在《党派评论》上评论洛厄尔的第一本书时说:"他的世界就是我们的世界——政治的、经济的和谋杀的世界——被残酷地坚持写下去,而我们一切新鲜而苍白的希望却消失了,希望的位置被盲目而血腥的天堂所代替了。"洛厄尔用这些术语追求成功,而他正是获得了那样的成功。最著名的评论他作品的文章,是欧文·艾仁普列斯(Irvin Ehrenpreis)写的《洛厄尔的时代》。

正是在美国文化处于最强有力的统一时期,洛厄尔扮演了截然不同的角色,进行了一场大众化的战争。他的诗没有提到正义的战争,也没有描述法西斯是危险的敌人或强大的意识形态。那本使洛厄尔在1946年奠定声誉的书写了死人、快死的人和疯子,而他们都成了胜利者。《威利勋爵的城堡》里真正的失败者毕竟是历史上反对耶稣基督的人,而且也是想在美洲新世界真正开始非商业化的新生活而失败的英国定居者。当然,这些并不是使《党派评论》感兴趣的失败:洛厄尔的历史观与反斯大林主义的左派的政治参与是没有关系的。从思想意识的观点来看,他是个古怪的人。1945年,贾雷尔说:"几年前,他既不会支持佛朗哥,②也不会支持效忠西班牙王室的人。人们看到他派遣几艘快速帆船,里边坐满了改变信仰的要去消灭整群内战者的民兵,这是有人性的行为,因此是值得的。"他可以没有危险地受到亲热的赞赏,因为他的修辞手段那么适合《党派评论》的看法,即文学应该如何对历史诉说。当1947年国会同意任命洛厄尔为国会图书馆馆长的诗歌顾问时,正式形成了这样的观点:以基督教的严正理由,美国诗人有权表示反对使庞德在华盛顿一家疯人院里继续受到监禁的作法。尽管他坚持低级的政治意识形态,但洛厄尔仅仅比他早4年,因反对征兵而被捕入狱。

洛厄尔批评美国是个倒退到17世纪这个国家的根基的商业国。他认为美国一直是贪得无厌的。"我们的北方大西洋舰队"不过是梅尔维尔的捕鲸船最近的反映。但这种对资本主义的批评是抽象的、无政府主义的。"我们强大的商人"几乎是寓言式的(贪欲之神不受约束的工业)或理论上的支柱,围绕着它,强烈的感情才能表达出来。在洛厄尔的态度与其表面的理由之间有一种古怪的矛盾。到了1946年,伟大的商人时代早已过去。美国巨大的财富已经集中在一些公共大公司手里。从政治上来说,洛厄尔的批评与其说是机敏

---

① 骚塞(Robert Southey, 1774—1843)英国湖畔派诗人。——译注
② 佛朗哥(Franco 或 Francisco, 1892—1975),西班牙将军。30年代,西班牙内战时期,在德国和意大利法西斯的支持下,举兵反对民选的民主政府并夺取了政权,1939年到1975年成了独裁者。——译注

的，不如说是有点书生气。他的真正的观点是他风格的一部分。

洛厄尔的风格是奥登文雅流畅甚至灵巧的风格的对立面。他的风格是造新词、英国习语（如munching）、捕鲸的神秘术语（如swingle, gaff）以及对普通用法的巧妙而抒情的扭曲（如 guns unlimber/And lumber down the narrow gabled street），以致很快被认为是反对当时风格的文雅，而这种风格对于像约翰·齐阿迪（John Ciardi）、卡尔·夏皮罗和其他诗人则是很有吸引力的。洛厄尔的机智是乏味的"荷兰的荷兰"（the Nether Land of Holland），诗中的学术性情趣只是为了轻松愉快。他的风格的粗鲁不仅表现在遣词造句上，而且更通常地表现在对待东欧移民的粗暴和傲慢的态度上，如《黑岩石里的圣诞》：

>……酒醉的波兰人夜班散步
>走过石子路，他们的自动电唱机隆隆响起
>"和撒娜戴着漂亮的面具"。

在必须提到的所谓洛厄尔梦想的压力下，这些普通的自卫的工人们变成了地狱里的野兽："波兰释放了它的狗/将月亮系在黑岩石的崖边。"洛厄尔把当代美国描写得如同地狱，它超过了任何公正而扎实的判断标准。他对待他祖国的一切都太过分了。这部作品展示了广泛的历史题材，但所表达的巧妙而强烈的感情却显得狭隘。"在黑岩石之谈"是刻意的歇斯底里的歌唱："我的心，跳得快些、快些。"洛厄尔拥有聪明才智，但他不是那种人们相信他能够对棘手的政治问题作出抉择的人。在这位诗人的眼前，区别消失了："一切讨论/在死亡的泥滩和瓦砾里结束了。"这些诗的力量在于它们的过分和任性的非理智。

这类诗在1950年以后长时间不受欢迎。但是以反斯大林主义思想意识为基础的《党派评论》的美学家更喜欢另一种生活，尤其是1959年洛厄尔发表了《人生研究》（*Life Studies*）并开始转向所谓的自白诗。洛厄尔、贝里曼和西尔维娅·普拉斯的诗在很大程度上都是以《党派评论》的观点为基础的。它是被一种公众的噩梦所困扰的私人的极端感觉。他们的人生也是从文学政治的成名中走过来的。据说，奥登嘲讽过贝里曼的自杀笔记，并说："行动吧！卡尔。"

第二章 政治

直到大约 1965 年,"政治"这个词常用来指国家的活动:外交策略的实施、警察权力的行使、边境的控制、投票权的使用等等。这些是美国知识分子视为"政治"的事情,现今大多数美国人仍坚持这一含义。比如诗人罗伯特·洛厄尔、艾伦·金斯堡和罗伯特·布莱都在作品中就这些问题强烈地表达过自己的感情。然而这种国家意义下的"政治"概念在其细则上随着国家的不同与时代的变迁也在发生变化,因为国家作为国家政权实施的所在地,其性质是不稳定的,而且国与国之间的差异也是很大的。例如,前苏联控制人民的大部分生活,隐私这一概念也成为"政治"了。然而在本体政治出现之前,隐私概念却是信奉自由主义的美国人凸显的本质,被认为是非政治的。《党派评论》曾评道,安娜·阿赫玛托娃(Anna Akhmatova)对 1923 年至 1939 年期间的所有政治事件的沉默态度本身就是一种政治对抗,也是其在斯大林俄国遭到迫害的原因。新近的美国政治诗史表明:诗歌的盛与衰与隐私这一词在二战后取得的非同凡响的地位是分不开的。

这个时期是从 1945 年 5 月 3 日庞德在意大利北部的拉巴洛被捕而戏剧性地开始的。他被带到比萨附近一座美国军事监狱,在那里他写出了最个人化的挽歌体诗歌,《比萨诗章》(The Pisan Cantos, 1948)。其后他又被送往华盛顿的圣伊丽莎白。他的经历最突出地说明了美国文学史上诗歌与政治的复杂关系。他的名字成了将现代艺术与民主政治艰难结合的代名词。当庞德坐在华盛顿收容所里时,各方知识分子纷纷就共和政体中诗人应有的地位发表见解。1945 年春天,布莱克默提出:"在任何可能的社会中,当代艺术家能否对艺术家的全部角色发扬光大或者——事实也的确如此——造成损耗呢?"他是在要求作家去隶属美国大学体系,当时一场突起的文学繁荣时期就要来临。

◎诗歌、政治和知识分子

23　艾伦·塔特回答说,艺术家的尴尬地位恰好显示了他或她与社会的不可靠关系。艾略特在同一期的《西璜尼评论》上也说:作家应警惕政治家和经济学家,这是"为了批评与警告的目的,因为政治家和经济学家的决策和行为可能会产生文化上的后果"。讲这些话时他可能想到的是他的朋友庞德,后者正因此而被控叛国罪。

庞德的经历代表了右翼诗人的遭遇,正如哈里·列文(Harry Levin)所说,路易·阿拉贡(Louis Aragon)是补充的左翼范例。阿拉贡在战争期间写了一些亚瑟寓言和传统的象征派诗歌,后来由马尔科姆·考利(Malcolm Cowley)翻译,1945年在《西璜尼评论》上连同评注一同出版。作为文艺复兴的一分子,他的诗保留着诗歌的纯洁;合作者是关怀政治的诗人。关怀政治的概念,如布莱克默提出的,也包含着与已存在的力量的妥协。当时在美国,人们对关怀政治的文学交战(La Littérature engagée)怀有浓厚的兴趣;很容易想象自由主义或左翼的政治诗歌之间的争论。然而,1948年萨特的《什么是文学?》(Qu'est-ce que la Littérature?)在《党派评论》上连载,他主张,诗歌不能成为文学斗争的一部分,因为"诗人是拒绝利用语言的"。两年前《西璜尼评论》曾提到瓦雷里(Valéry),用以说明诗歌是不受政治影响的。后来表明,萨特和瓦雷里的观点代表了当时文学知识分子的主流思想。1949年2月,博林根基金会把诗歌的首次奖项颁给了庞德,以表彰其第一部自传性的诗集《比萨诗章》。尊重这项颁奖的文人都明白这是对文学和政治脱离的肯定。德怀特·麦克唐纳德(Dwight Macdonald)认为这项颁奖意味着"不同领域之间(如诗歌和政治)的明显界限理应保持,这样艺术家的作品价值或科学家的研究价值才不会同他们的政治价值相混淆。"这代表着纽约知识分子文学观念的巨大改变。克里门特·格林伯格评论道:"如果作品被赋予了最大限度的诚实、严肃和抱负的话,美国的艺术家应该为其独树一帜而沾沾自喜了。"1948年列斯利·菲德勒(Leslie Fiedler)在《党派评论》上声称,罗伯特·弗罗斯特(Robert Frost)的《怜悯假面具》(A Masque of Mercy)由于诗人的非个人化而损害了作品。在《党派评论》为《比萨诗章》做的恐怖的黑色镶边的广告中,庞德的出版商恳请读者客观地读他的作品,应该享受他们"作为诗的美"。博林根奖用来证明同时也被人理解为庞德恰恰拥有这种出版商所倡导的客观,即非政治性的阅读方式。

24　知识分子经常提到诗歌和政治的对立,但这种对立有时是通过相互关联的词汇来理解的:艺术和生活、孤立与斗争、个人和集体、私人和大众。被意识形态辩论搞得精疲力竭的文艺评论家们给诗人施加了压力,迫使他们朝着上述每对二分法的第一个词语靠近;然而这种压力,究其根源,有着意识形态的动机。正如《党派评论》的编辑肯定无疑的那样，在 1943 至 1954 年苏联诗人的主要争论在于诗歌中个人主义的角色问题。而美国对诗人隐私的尊重与斯大林作家联盟构成了意识形态上的镜像。冷战对抒情诗的推崇产生了混杂而广泛的影响。最令人关注的一个结果是，自 1945 年以来，美国诗人写出了带有政治性却无辛辣讽刺的一批诗歌，它们数量不多，但思想严肃。我头脑中的这些作家都是有感于他们自身涉足帝国的种种活动而创作的。这些诗人并没有不理会美国政治力量所导致的种种劣迹；在他们的作品中描述了人类遭受的折磨和灭绝。但这些诗人都没有对在近期改变帝国的发展路线心存幻想。他们表达了同样的立场，思想上并没有超越国家的代理人。他们复杂的感情是这个国家的公民完全有理由感受到的。实际上，对诗歌隐私的侧重促使了一些诗人写出自我批判的政治诗歌。一个重要的政治观点是：所有的公民，尤其作为知识界的一分子，都应对共和国的国家行为负有某种责任。处身其中，至少在一定程度上享有其直接或间接的利益，因此判断国家正如评判我们自身一样，不但要详尽盘查，还要怀着良好的意愿在某种程度上予以接受和肯定。

现在往往会有这种印象：美国诗歌绝大部分含有抒情、个人化和自我反省的成分；诗人对政治漠不关心——简而言之，他们恪守 40 年代后期反斯大林的批判禁令。1980 年特伦斯·德普雪斯（Terence Des Pres）写道："当我读了对美国毁灭柬埔寨的描述时……"

> 我想，天哪，我怎能回过头再去阅读杂志上的下一首诗呢！下卷诗由于赤裸裸的唯我论而受到赞誉。妇女运动以及里奇（Rich）和皮尔斯（Piercy）的诗使我倍受鼓舞……然而我突然感觉在美国为数不多的几位值得关注的诗人之中，至少有三位，布罗茨基（Brodsky）、沃尔科特（Walcott）、西密克（Simic）游离于我们的传统之外，讲起话来仿佛来自另外一个世界。

从这个观点看，问题便在于政治诗人总是在远处的某个地方，写着别国或其他社会团体的政治生活。这是被美国文学界广为采用的一种便利的视角。《纽约书评》（*The New York Review of Books*）和《新共和》（*The New Republic*）给诗歌留下很少的篇幅，就是这很少的篇幅，大部分关注的还是异乡的诗歌。例如，约瑟夫·布罗茨基和德里克·沃尔科特经常出现在这些刊物上。把俄国的流亡者和加勒比海的黑人拉到纽约和华盛顿作为政治诗人来吹捧实在为上全之策：他们一个来自旧世界，一个来自新世界。若是让托马斯·麦克格

○诗歌、政治和知识分子

拉思（Thomas McGrath）、爱德华·多恩（Edward Dorn）、特纳·卡斯蒂（Turner Cassity）和巴拉卡（Baraka）出现在这些刊物上，那该多么令人不安啊！知识刊物和文艺评论家试图体现其品位的全球性这一习惯，就在二战后遗留了下来，当时的美国正盛行厚颜无耻的文化帝国主义。

在过去的20年间，美国知识分子的政治争论已从对国家活动的关注让位于性这一概念，后者在1945年时被认为是极私人化的。正如里奇说的那样，私人的已成为政治的了，个人化的诗歌与公众化的诗歌之间的界限已不再像1945年那样明显。家庭生活成了文化中具有政治意义的题材至少持续了20年。这起源于1959年《人生研究》的创办，从而引发了许多关于父母的诗歌，同时对两性角色的构成也有了仔细地研究。

我认为政治经历能够随着舆论和外界权威而改变。毕竟，是变化本身的可能性而非变化的状态激发着人们的政治热情。政治诗歌总关注另外的情形。原因、后果、取舍——这些是政治诗人的关怀所在。如果这种考虑合情合理的话，就必须记住：政治性创作关注的是发生有意识的行为的可能性。

出色的政治诗，在我看来，是对读者政治观点的挑战；它并不是简单地扩展政治争论中例行的生硬演说。优秀的政治诗与报纸迥然不同，这恰恰是对读者的挑战。政治诗人使范畴思维难以进行。那些满足于简单化或肯定读者观点的诗人低估了艺术的力量。

在当代诗歌中，对范畴思维的挑战可以细细品味，只要记住诗歌的读者大多在大学里的人文学科，而且经社会学家仔细研究，他们大多数是左翼。只要传统的左派观点在诗里亮相，他们的观点必将受到挑战或批判。当然，我并不是封杀诗歌里的左翼思想，可实际上，没有一个诗人能够做到唤起美国自由主义者去关注不可计数的少数民族、妇女和工人屡遭压迫的事实。

这确是近期美国政治诗歌的一个问题：诗人，像大多数美国人一样，并没有以政治的态度把政治当一回事。他们也会描述民众生活改变的可能性，可这些对政治家、政客和政治管理者毫无意义。如罗伯特·布莱等诸多诗人，其出发点不是出于对政治运作或政治代理人的固有兴趣。在离婚率为50%的国度里，协调或解决两个相爱的人之间的关系已成为众所周知的难题。可以想象，要消除互不相爱且数量巨大的人们之间的分歧，并营造共存的空间是一项多么艰巨的任务！然而，诗人并没有对此予以关注。

许多诗人认为其政敌动机卑鄙、智能低下，似乎美德和才智很重要。大多数政治诗可能会冒犯不读诗歌的人，然而却会得到读诗的人的共鸣。品达（Pindar）通常被人记成一个赞颂强者的诗人，但安·伯奈特（Anne Burnett）最近认为他通过神话的暗示使诗歌具有了微妙的批判的潜力，从而创立了颂扬诗的流派。马维尔（Marvell）的《贺拉斯颂》（*Horatian Ode*）是此类诗的杰出范例，这首诗既表达了恰当的钦佩之情又不失独立的政治分析。新近的许多诗集里充满了对改变信仰者的布道。很少有诗人能够明白他们并不是评判对手的动机和智力的权威，他们还往往认为政治问题并不难以解决，也不认为伦理上有什么麻烦。

谦卑和好奇成了一些诗人的守护神，而他们也确实建议广大民众应该生而有别，但是，在艾伦·金斯堡、罗伯特·布莱、高尔维·金内尔（Galway Kinnell）、罗伯特·邓肯或丹尼丝·莱维托夫（Denise Levertov）的诗中这种思维却了无踪迹。根据 40 年代后期流行的文学思想，诗人应该超越党派之争；这也说明了为什么政治是危险的话题。虽然近来的许多诗人已抛弃了这种观点，我认为还不应完全屏弃。如果政治诗人一开始就考虑到从诗人而非公民的角度创作，应该给予其盟友和敌人非同寻常的深刻理解的话，他们的作品也许比事实上会更有意义。

关于为什么大多数诗人不把政治当一回事，这其中有几个充分的理由。首要的一点，人们很难对美国的政治演说怀有多大热情，更不用说对其政治生活本身了。其次，也许是因为 40 年代那种认为诗人不应涉足政治的观点；的确，涉嫌政治体裁的诗人往往自觉离经叛道。第三，美国读者眼中的政治诗往往是讽刺，而英语的讽刺缺乏理解的深度，却以恶言谩骂之锋利见长。

这三个原因使得美国诗人难以创作杰出的政治诗，自 1945 年以来也有相当多堪称政治性的诗歌出现。大多数表达了与对手某种程度上的惺惺相惜。我把这些诗特意选出来希望人们予以关注，之所以这样做，是因为自二战以来，美国知识分子作为诗歌的自选读者对国事的参与已达到前所未有的程度。诗人理应意识到知识分子作为一个团体是不可能完全与国家分离的。

批评家与诗人对个人化题材的青睐似乎仅仅是战后自由主义在文学上的体现，实际上，它远远超越了公开标榜的自由主义。托马斯·麦克格拉思在 30 年代加入了美国共产党，之后先后经历党内整肃、二战，直到 1954 年后一直保有党籍。与同时代人不同的是，他不是由悔改的马克思主义者蜕变而来的自由主义者。他对自己极左的立场毫不动摇，为此经常失业。1954 年秋天，当着手写一首长诗时，他将其构思成在二三十年代和战争岁月里不断来回跳跃的一部自传。他着意使用美国诗歌中具有平民倾向的诗句，从惠特曼到瓦切尔·林赛（Vachel Lindsay）和卡尔·桑德堡（Carl Sandburg）以及其同代诗人艾伦·金斯堡。"我歌唱自己，"因而也歌唱美国。这种民族主义的诗歌传统，抒情性多于叙述性或戏剧性，进一步强化了战后自由主义对个人感受的倾斜。

麦克格拉思同惠特曼一样,是个乐于赞颂一切的饱含热情的诗人("啊!在完美的郊外/早晨,与臭虫一起,争夺你的鞋子!"),他的诗里有着无拘无束的幽默。也同惠特曼与那些平民诗人一样,他的许多备受推崇的作品很糟糕:冗长、陈腐、夸张。他最大的缺点是骇人的粗俗,主要体现在女人与性的主题上。"啊!伟大的性爱王国!而我本人:王国的全权大使!""了不起的阴门移动和成双的阴道!"还有"在庭院狂野的世界里,与卖淫女演练的同伴。"他把自己想象成热衷于女人的人,然而他把那酒吧间式的方式使他无法有趣而巧妙地描述其一生中的女人。不过,他的粗俗带有迷惑性,其最终是政治含义上的,是对初次遭遇男性性行为的痛苦的反应。

麦克格拉思的作品类似叶芝与罗特克(Roethke)的作品,现在看来手法已显老套,围绕象征和反复出现的短语展开。在《致一位想象中的友人的信——第一部与第二部》(Letter to an Imaginary Friend parts Ⅰ & Ⅱ,1970)的封面上,再现了打字稿上具有田园风情的一段。这一段是写珍妮的,一位来自北达科他州的农村姑娘,她是麦克格拉思的第一位性伙伴:"躺在我心爱的女孩身旁,手放在她小腹的灌木丛上/庞大的世界都集中我掌中……/周围鸟儿在唱着它们的圣歌"等等。这段写得并不出色,放在封面上更加突出了这一点。诗人似乎毫无多虑匆匆草就,以跟紧接着的一幕形成对比("或者是另一个珍妮……"——可怜的珍妮是英国文学的牺牲品原型,从《乞丐歌剧》[The Beggars' Opera]到《休·塞尔温·莫伯利》[Hugh Selwyn Mauberley]都有所表现),在这幕中珍妮在草棚里遭到一群农夫的轮奸。诗的主题要求田园段落构成温柔纯洁的性与"充满暴力的/男人世界"之间的对比。诗人对于后者的接触可能是通过珍妮才了解到的。但此前他曾讲述过一件事:他叔叔,一位农场主,攻击了他父亲的朋友兼雇员,一个名叫卡尔的世界产业工人组织的成员,他敢于为罢工的农场工人讲话。当他叔叔袭击他时,小麦克格拉思听到了"肉击"声。多年以后,当他在圣蒙妮卡(Santa Monica)居住期间,目睹了人们如何残忍地用性谋利的情景,他用了足足三页写那种击打声。在卡尔的世界里,男性工人出于商品交换和以歌唱和说大话自娱的需要,而不是出于掠夺的本能,联合在一起形成了"一圈饥饿的同伴"。

然而在这个"魔圈"里也有不祥的一面,麦克格拉思坦白承认了这种冲突:"在那个圈子里,团结和猥亵/像羔羊和狮子一样并存。"在草棚围着可怜的珍妮的那圈人,如同诗中其他地方出现的围起来咒骂吹牛的一圈人一样。男性的团结不仅有歌声和商品交换,还充斥着暴力和兽性的粗俗。当卡尔,一位居无定所、携带自动手枪的无政府主义者被麦克格拉思的叔叔殴打时,

第二章 政治

男性团体没有马上给予援助和同情。"他们把卡尔丢在那儿/丢在那天该死的灰尘中……"（作者省略）。硬汉们让他咀嚼被强者揍的羞辱。"但其后他们不愿再工作。"政治团结不能取代西部个人主义色彩的硬汉模式，男人们揍了一个又一个，然后聚集起来唱歌、吹牛、咒骂、轮奸女人。麦克格拉思虚张声势地（在我看来，颇带内疚地）处理了这种团结，尽管有时这让他感到厌恶。这种团结立足于西部游荡者的多愁善感与对男性兽性有节制地接受。他粗俗的语言时时提醒我们，他所做的选择以及这种团结的昂贵代价。然而，兽性似乎源于人类的一种需要，既不陌生也不完全令人讨厌。珍妮并不是一个不情愿的受害者："她想这样。"她渴望——

> 进入
> 燃烧
> 活活地……
> 活在另外的频率中，在更无法忍受的
> 深渊……
> 撕开孤寂的帐篷，走出肌肤，
> 在打入地狱的人群中，找到迷失的自治村，并在那里
> 创作，
> 在迷失的人群中，圆浑的歌曲与生活世界的圣歌……

这帮人的乐趣对她来说已是极致——男人呢？——则是团结的需要；这真是下层穷人的悲剧。

> 我死板地站在谷仓门口的污垢里，
> （听着头顶的撞击声，想着汗津津的
> 部位
> 楼上逝去的肉体
> 那些灵魂
> 被消受着和正在消受着）

男性团结一直是诗的第一和第二部分的核心：二战使它让位于牟取暴利，将来也是如此。战后透支消费提供了革命中失去的富足。"曾经是：**大家都有或者都没有！**"麦克格拉思说："现在是我要我的那一份！"经济危机使得美国人

诗歌、政治和知识分子

如此渴望富裕，因此当它到来时，所有的一切都被抛在后脑了。"当然，很难责备他们。"

诗中还流露了对失去"曾经/是：可能的；也就是说：将来永远不会到达……"的哀伤。麦克格拉思另一伤心处是他意识到富足的生活缓解了政治的极端。美国人想遥遥领先快速走向繁荣的梦想，在战后变得完全不切合实际，但革命如同梦想一样在快速衰退。"也许自治村会在污秽的美国夜晚失败，"他承认，"失败一段时间……"那同时呢？在战后意识形态已被取代的欢呼声中，追求改变的梦想如历史本身，石头般地凝固了。他在反驳"燃毁的诺顿"时宣称，"但一直被一单独男人所挽救/他有记忆并且苏醒过来。/而我也有记忆。"1968 年他完成了这首诗的第二部，一开始便表达了美国不可能发生激进的社会政治变化的意识。他认为诗歌不失为权宜之策："开端就在这里：/就在这页纸上。"

麦克格拉思在 1954 年时充分意识到他不可能看到一个新的美国了。在第四行，他写道："带着笑声和冷漠希望着"，而不是用革命方式使社会改变。他的诗从一开始就明显带有挽歌体的特点；政治斗争到了 1954 年已经消失，因此诗中几乎看不到政治策略的声明。它通过怀旧证实："要旨在于：这是一个糟糕的世界，而我们是要改变它的男孩。/它过去是一个糟糕的世界；而我们本可以改变它。"虽然革命是很有意义的事业，它却完全彻底地失败了："真实的是那种慷慨、满怀期待的渴望，/坦率而真实的创造美好的欲望。"在第一部的末尾出现了转折，诗人已经对政治上的失败漠不关心，但没有放弃人类团结的信念。所以，在麦克格拉思看来，就像金斯堡几年以后那样，"一切都改变了；世界变得神圣了；然而一切都没有改变：/没有什么在变化或需要改变；一切/都会变化和被改变……"麦克格拉思后来潜心研究起霍皮人的迷信来，金斯堡则转向佛教。对于一位北达科他州的爱尔兰裔美国天主教徒和新泽西州的犹太人来讲，这些都是不相关的遥远领域，其意义在于美国的社会政治前景深深地扎根于 50 年代中期，对美国诗人来说，再也没有其他超凡脱俗的领域了。

麦克格拉思是一个极具天赋的抒情诗人。他笔下的风景、儿子、老友和童年经历感人肺腑，尽管许多成人经历，比如婚姻、离婚、丧失亲友与严肃对话等等都不在他的描写范围之内。诗中出现的大多数人，包括他的母亲，没有给予充分的细节描写，甚至不能称为人物。在这部抒情的自传中其他人的感情和思想几乎没有一席之地。麦克格拉思也会提及人、情和物，但如果说富有新意是一种公正的测试的话，这些似乎没有占据他多少想象力。他似乎对一般问题更感兴趣。例如，他的细节颇费笔墨地谴责穆尔黑德（Moor-

第二章 政治

head）州立学院的老师不会教学，并且自称学会了如何去教，可对教学的具体内容却不置一词。又如，他讲到母亲伏在弟弟的尸骨上祈祷，可他连弟弟的名字及死因都未曾提及。在政治诗中，一般性和特殊性的关系十分重要，因为它是诗人的权威所在：哪种特殊经历，无论它是否是诗人的，可能会代表一个阶层的社会经历吗？麦克格拉思根据自己具有"时代的主要经历"的假设，力图创造美国左翼的传奇。在刻画西部农场工人和战争中工人的经历上，他做得非常成功。然而，这首诗却经常遭到批评，正如他也曾意识到的那样：自己的经历是时代的错误，他在北达科他州的农场长大，是没有机会接近50年代重塑美国的种种经历的。他对家庭生活的描述洋溢着感伤之情，一部分是由于这种生活方式已永不再现，另一个原因是麦克格拉思赋予了特殊的人物和经历以一般性的品质。

　　相互矛盾的是，他最突出的优点是仁慈，这对如此深深卷入政治的作家来说，实在令人不敢奢望。在第三部分的第三节第二段，他叙述了早期的天主教信仰，但怀着对建立大教堂的成熟思考（"人类会尽其所能希望被拯救，除了拯救他自己以外……"）资产阶级教区居民捐赠了彩色玻璃，希望自己能被人记住（P. J. 屠夫先生和太太以及其他人/本地盗匪和金融家,'上帝的所有人）。可一到教堂里，讽刺就消失了：

　　　　然而我的确闻到了我周围
　　的罪恶，忏悔的声音又沿柱身升起：
　　地狱之火与硫磺的气味：香料和香草编织
　　圣洁和汗水的熏香：野兽和天使交合的
　　　　　　体臭……

讽刺屠夫先生和夫人是不费多大力的，但这段孩子负罪心理的描写十分可信，可谓与诗人心灵相通。一般来讲，年轻人是没有什么可忏悔的，麦克格拉思却写了一个奇特的喜剧性故事：他竭力去冒犯并压制其忏悔神父——"神父，我对佳文选集有愧"。然而，这位爱尔兰裔的美国教区牧师不仅更加保住了自己的地位，而且最终更懂得分寸：三呼圣父三呼万福马利亚。麦克格拉思由讽刺的语调转向孩子般的好奇，再后来杂耍式的滑稽——态度的灵活多变颇为迷人，这源于作者的一种感知：生活原本要比意识形态的种种观点更多种多样更有趣好笑——如反教权主义欣然承认的一样。自我反省、社会批评和对众人愚蠢的善意玩笑是这首诗的基本混合色调。他在诗中把扮丑称为"笑料"，使人联想到中世纪乔叟式的喜剧观，还有它的双关语、和音与咒骂。他

诗歌、政治和知识分子

经常陶醉于粗俗的酒吧间式的虚张声势——"神圣的耶稣之母！恶心的春天！"——以及最低级的抒情品位，比如构成和声的成对词语——"闪烁的和阴暗的（gleamed and gloomed）"；"战争、妓女、器皿和途径（the wars and the whores and the wares and the ways）"——在诗里随处可见。《致一位想象中的友人的信》，是他迄今为止最大的成就，但也只是断断续续措辞之成功，尽管整部作品在其影响上取得的成就相当可观。（这并不是故弄玄虚：麦克格拉思的一位前辈大师英国诗人布莱克的作品便是如此。）

艾德莉安娜·里奇（Adrienne Rich）是美国最畅销的政治诗人；她的作品按部就班地再版。带有明显政治题材的诗歌一般受到读者不同凡响的欢迎，尽管人们往往说美国的诗人忽视政治。卡洛琳·福契（Carolyn Forché）1981年写的关于萨尔瓦多的作品《我们之间的国家》（*The Country Between Us*），受到广泛的评论并在电台上讨论，丹尼丝·莱维托夫关于有必要削减核武器的诗歌也十分畅销。50年代和60年代被称为先锋派诗人的加里·斯奈德（Gary Snyder）曾说过如果书卖不到3000册左右（一本诗集一般销量是2000册），诗人就得重新考虑自己的作品了。里奇、莱维托夫、斯奈德和其他人一起找到了喜爱自由诗的读者群，这种形式的诗与政治刊物上意识形态的论文接近。选取政治题材的诗人决不会失去读者和批评家的关注——事实上恰恰相反。里奇显然以同性恋女权主义诗人的身份写作。人们往往认为《改变的意志》（*The Will to Change*, 1971）是她第一部纯政治诗集，《潜至破船下》（*Diving into the Wreck*, 1973）是她第一部女权主义作品，这种认识不仅是对她的事业，也是对女权主义政治诗歌发展的误导。

50年代里奇的写作，正如她自己所说，受到奥登和当时主流文学季刊流行品味的影响。即使这样，她的艺术还是朝女权主义的方向发展。她最终形成的女权主义，部分来自于战后知识分子的自由主义思想。40—50年代的自由主义者认为美国人能够想出一条摆脱政治和社会问题的出路。50年代，知识分子以前所未有的数量进入到政府部门，院校体系也大大膨胀，人们非常强调思想和知识分子在阻止社会冲突和政治灾难中的作用。50年代这种坦率的坚持才智的主张也部分地出于专业群体自我提高的需要。

在50年代，人们认为，特殊的优秀的诗歌依赖于知识性，如复杂性、反讽和丰富的结构模式。几位有影响的文学评论家如诺思洛普·弗莱（Northrop Frye）主张，诗的知识性可以用来训练学生的思想，各种不同的诗选尤其是布鲁克斯和沃伦合编的《理解诗歌》（*Understanding Poetry*）在50年代大学校园里找到了大批的读者。不过还是往往会听到诗的智力美和艺术美不为普遍的美国文化所欣赏之类的语法。人们普遍有一种强烈的感觉：艺术和生活、美与实用在文化中是互相脱节的，尽管如此多的知识人士在制订国家的内外政策。

1958年，里奇写道：

> 美总是被浪费：即使
> 美妙的歌曲不是唱给聋子听
> 无论如何是唱给无动于衷的人

这首诗出自一位男士之口，他正参加自己曾十分爱慕的美丽女人的婚礼。诗的第二部分，是他在时隔9年之后对她的追忆。现在，她已是一位母亲，在寒风呼啸的冬天从晾衣绳上收回已冻僵的衣服。"我见识了你的一切才智，"他说，"总是保持不倦的姿态。"她经受住了9年婚姻生活的侵蚀。末尾，他祝愿她的丈夫，

> 他将你的美丽擦伤利用
> 而自己永远住在温室里
> 借你思想的摩擦点燃灯火
> 而你却在顶风中蹒跚

这不是里奇最好的诗；最后一行显露了她对陈腐的大人物的偏爱，其他段落（第一和第二节）则显示了当时普遍的利用伊丽莎白时代用词风格所做的学院式反讽。然而这首诗却阐明她女性力量的理想——美是智力上的东西，而才智在家庭里也是有作用的。在描写妇女时，她只是部分地使用赋予妇女的词汇（如家务和忠诚），有趣的是，她把描述50年代接受过大学教育、希望在专业化的社会里大有作为的男人的词汇用在女人身上。智力可以抵御资产阶级的中规中矩，随着智力的不断丰富，它在与日常琐碎的压力的斗争中愈发坚强。面对丈夫对她发怒，这名妇女变得更加明智而不是愤恨她不像米娘①作苟且偷生。

在诗集《媳妇的快照》(*Snapshots of a Daughter-in-Law*, 1963)中感情最强烈的诗是扉页上的组诗，它根据英美文学传统，仔细审视了妇女所受的压迫。在倒数第二节引用了约翰逊(Johnson)臭名远扬的关于女传教士的评论：

---

① 米娘（Mignon），小巧玲珑，娇小可爱之意。——译注

○诗歌、政治和知识分子

> 不在于是否做好，而在于
> 它毕竟做了？是的，我想起了
> 种种可能！或永远摆脱它们
> 为早熟孩子的奢华，
> 那岁月宝贵的慢性病人，——
> 亲爱的，如果可能，我们可否舍弃？
> 我们的挫折是一项闲差：
> 仅有才智我们已经足够——
> 它在碎片和粗糙的草稿中闪烁。

按照新批评派的标准，这种作品也许是令人称赞的，它确实仍然值得关注。这里，里奇批评了自己和妇女对文化上现存的男女品性两极化的太轻易的接受或拒绝。性别体系的得失可以更精确地计算出来。她指出，像约翰逊针对特殊妇女的粗鲁评论所传达的信息，要付出多大代价才能消除啊！在里奇眼中，战后美国的"新妇女"应当是智力发达，不会屈尊俯就："她的思想大放异彩，"里奇说，"我看到她冲进/齐胸深的水流中扫视……"她的英雄品味再次损害了最后一组诗，可是她能够自愿地检查自己的兴趣，这足以使这首诗在自二次大战以来政治诗发展过程中占有特别的地位。

诗集《媳妇的快照》以《走在屋顶的人》（*The Roofwalker*）这首诗结束。它是献给丹尼丝·莱维托夫的，诗中里奇被一种无形的力量所吸引，渐渐趋于公众诗歌的形式，这与她一直身处的具有思考倾向的文学文化氛围是相对立的。诗是这样结尾的：

> 这种生活我没有选择
> 它选择了我：甚至
> 工具都拿错了
> 不适合我要干的活。
> 我赤裸、无知，
> 一个裸体男人逃遁在
> 屋顶之间
> 有谁能够在不同的阴影中
> 坐在灯光下
> 靠着奶油色的墙纸
> 读着——并不是无动于衷地——

第二章 政治

关于一个裸体男人
逃遁在屋顶之间。

在随后几十年里，里奇经常弹此老调，这对她的作品损害不少。她对英雄人物的偏好直接演变成了自我膨胀：她仿佛在克服各种困难与个人爱好和写作技巧斗争，使自己变成社会需要的公众诗人。这是60年代诗歌的常见主题：人们可以在勒罗伊·琼斯（LeRoi Jones）的《已故的讲师》（*The Dead Lecturer*）和莱维托夫的《活下去》（*To Stay Alive*）中找到这样的主题。末尾漂亮的倒置则是花了心思以迎合文学学院派制造似是而非的隽语和采用重叠修辞法的恶心：里奇想表明她更倾心于阅读而不是在屋顶漫步。1961年，她转向她不信任的一种艺术创作，是由于民权运动的影响。如果它是女权运动的话，即使诗人讲到了赤裸裸的一个人，屋顶行人的形象也不会是个男人。里奇的女权主义——在这方面不仅是她——被民权运动与后来的越南战争一再延缓。

50年代备受欣赏的反讽侵蚀了自由主义诗人的权威。里奇意识到她的诗作越来越趋向政治化，同时也清楚她自己所精通的文学技巧帮不上什么忙：

在废弃的矿井里，过着无幻觉的生活——
　　充满着疑惑，是否仍然
在为他人模拟幻觉？这是一个谜
　　对于做梦者来说
曾经太经常太冷漠地想过。

反讽语调是她从奥登和其他人那里学来的。它在1960年时似乎是对政治诗的一种揶揄。相反地，她只想明明白白地讲出事实，可60年代对一个受过良好教育的作家来讲又能怎么样呢？

自从我不再是个孩子
　　就在一千张脸上找寻
我只求一事：想知道
　　如同知道自己名字一般
在一定时刻，我站在何处。

自从二次大战后以来，奥尔森一直悲叹自由主义者的摇摆不定，对信念的渴望成了知识分子摆脱不掉的咒语。奥尔森说，共产主义者和法西斯主义者了

○诗歌、政治和知识分子

解自己,但像他这样的新政们却无所适从。与奥尔森不同的是,许多知识分子都参加了在欧洲或太平洋的作战。与法西斯斗争的士兵没有理由被不稳定性所折磨:处处是战火弥漫,战线已经明显拉开。战后的年代里,被政治中心所吸引的知识分子缺乏鲜明的斗争目标。1946年冬季号的《党派评论》是这样评论广大士兵的:"羡慕他们,黄昏时学蛐蛐的叫声,/死去时,声称明确生活的目的。"

在诗歌方面,这种寻找信念的欲望在更后期个人化自传性题材的转向中得到了满足。一般是以金斯堡的《嚎叫》(*Howl*, 1956)或洛厄尔的《人生研究》(1959)的出版为标志的。50年代的知识分子认为公众性的领域、政要话语充满了亦真亦假的一种话语;个人经历被看成炽热感情的源泉。例如,对于家庭经历,每个人都有权抱着强烈的感情。里奇的《面对面》(*Face to Face*, 1965)表明,对饱含激情的私人化诗歌的渴求显然扎根于美国的文学传统。诗的最后一行来自里奇10年前曾引用过的艾米莉·狄金森题作《我的生命如此存在——如一支上了膛的枪》("*My life had stood——a loaded Gun*")的一首诗。1945年F. O. 马西森(F. O. Matthiessen)写了一篇关于狄金森的散文,题目是《个人化诗人的问题》(*The problem of the Private Poet*)。这位孤独诗人的强烈信念恰恰是里奇一开始舍弃而后来在写作中不断寻求的。50年代末期与60年代对公共话语感兴趣的自由主义者,如奥尔森、洛厄尔和亚瑟·米勒等人,对个人信念,甚至对加尔文教的新英格兰隐私产生了持久而浓厚的兴趣。里奇的诗告诉人们,私人生活是多么诱人、多么具有本土特色,以及对权威会造成多么危险的诱惑——"一只手/被人渴望和恐惧"。

1968年以来,里奇的诗不再涉及个人。"一种感情进入体内的时刻,"里奇于1969年写道,"是政治性的。那种触摸是政治的。"不论这种观念在政治上多么进步(尤其在妇女运动和同性恋权利运动中),它对于诗歌的价值仍让人怀疑。1968年以来,里奇一直作为一个把个人的自我不断从属于她的政治意识工作的人来从事写作。到了1971年,她认为自己笔下人物已如惠特曼的那样宽广:"很奇怪,"她写道,"有这么多女人……"——紧接着列出了短短的、笔下出现过的妻子和母亲等人物形象。在《来自牢房》(*From the Prison House*, 1971)中,她宣称自己产生了幻觉,问题是尽管她自称其幻影清晰,但仍摆脱不了她在意识形态上的忠诚:

这只眼
不用来哭泣
它的视觉

必须清澈明晰
尽管眼泪还留在脸上

它内容明了
决不会忘却
一切。

这种结论,首先要说的是充满了十足的乡下味与诗人的自我满足。除此以外还有一个更严重的缺点:用里奇自己的话说,她看不到"电视上的细节,""棍子和枪托/举起和放下,"还有:

女警察的手指
搜着年轻妓女的阴部
……
蟑螂掉进煎锅里
他们用这锅烧肉
在拘留所里。

60年代末70年代初,北方城市的警察镇压反战示威群众,他们成了自由主义者和左翼知识分子笔下嘲笑的敌人。这首诗引用的细节富有强烈的造反精神,但对于一位左翼诗人来讲谈不上是有力的细节。这些情景证实了人们的信念:警察就是恶棍、正义的人们奋起反抗不公的社会等等。里奇没有从知识和伦理方面对笔下的反面人物给予严肃的考虑。受理强奸案的警察与强奸犯或街区的其他人没有区别。坏人形象按他们的类型来看是真实的,她诗中所提供的选择总是过于宽容。

尽管萨特有异议,人们仍把里奇这样的政治诗人称为战斗诗人,然而引退诗传统上也是政治性的。政治诗提出各种不同的解决方法,尽管有时只是用暗示的方式。斯奈德诗歌的意义主要得益于主题的选择。他的诗很少使用暗喻——即把不相关的主题扯在一起;相反地,他不遗余力地选择自己喜欢的主题,并总使人们清楚有多少甚至具体是什么被排除在外。而他诗歌的政治含义恰恰就在排除在外的部分。正如里奇戏剧性地表现自己的斗争一样,斯奈德同样戏剧性地体现他的引退。他曾写过一首诗,诗中记述了当时任加利福尼亚州州长的杰里·布朗(Jerry Brown)访问他位于赛拉(Sierra)丘陵地带的家。布朗懒洋洋地躺着,刚刚从神秘的"东方"之旅中恢复过来,之后他和斯奈德一起朝一捆干草上射箭。诗的题目点出了意义所在:"他射箭,但不射栖息的鸟儿。"诗关注的是州长没做的事、他的选择和节制。这实质上是中国古代《论语》中的一首诗①。斯奈德的诗采用对偶的自由诗形式,句中有重音和不规则的五音步抑扬格(第2,4,7-9,12行),末行是三音步的抑抑扬格:"Striking deep in straw bales by the barn"。诗的这种韵律结构似乎意在音律上展现一种欢庆的意识,以及对当地自然法则的有序与和谐的刻意追求。70年代末斯奈德对布朗和他的政府抱有很大的热情,1979年竞选总统时,当另一位前加州州长即将大权在握时,他仍认为布朗是唯一令人感兴趣的人选。

斯奈德使古老的颂扬国家领袖的诗体重新焕发了青春。70年代末他同意在加利福尼亚艺术理事会任职:"我觉得站在篱笆里边一会儿是绝妙的机会,不像从前那样站在外面扔石头。"他和政府之间是坦诚的合作关系,关于这一点,早在油轮上工作时他就意识到:"所有人都卷进去了……要想谋生就得跟经济挂钩。"

罗伯特·洛厄尔也写颂扬诗,有几首献给一些前总统,还有一首献给1968年的一位总统候选人,然而斯奈德尝试这一诗体,更令人惊讶,因为自他文学生涯开始以来,一直不肯追随50年代自由主义者的政治舆论和支持此舆论的纽约文学圈。1954年他跟里奇一样,向《党派评论》、《肯庸评论》和《哈德逊评论》投寄诗稿,但均被拒绝。如果一个年轻人开始选择在其他地方发展,忽视纽约的文化活动,他又能成就什么呢?起点的不同对诗歌有什么政治意义吗?斯奈德的经历提供了一种答案;奥尔森和邓肯则是另一种。《党派评论》和40年代末50年代的其他主流评论刊物经常刊载来自巴黎、伦敦、柏林、慕尼黑、西班牙和罗马的作品,而没有汉城、东京或者京都的作品。尽管美国在大西洋、地中海和太平洋都有驻军,而且会在远东地区进行另两次战争,文学知识分子们对亚洲并不怎么感兴趣。在战后的岁月里,文学人士拜倒在欧洲文化的声誉之下,而不了解未来的政治。文学评论刊物将注意力放在美国对欧洲的政治和文化所负的责任上。如同奥尔森1949年前往墨西哥的尤卡坦(Yucatan)一样,斯奈德于1956年去京都研究禅宗佛教,这与许多东海岸的诗人飞向欧洲各首都如出一辙。

这种转变的视角对美国政治生活会产生什么样的批评呢?从表面判断,斯奈德采用的是有名的现代主义策略:毕加索在本世纪初转向非洲和太平洋

---

① 《论语》是有关孔子及其主要弟子言行的记录,采用的是语录式文体,引用诗歌很少,疑为《诗经》之误。——译注

第二章 政治

艺术，现代主义者转向异国原始模式时暗中拒绝了欧洲艺术的民族和学院传统，而对于斯奈德来说，批评美国民族主义特别重要。他视自己的作品直接与民族和国家的概念相对立。他不想自己的作品从属于国家；他力求保持个人生活和国人生活之间的距离。1968年，他儿子凯出世时，他写道：

> 祝福你，凯，
> 不，我的朋友
> 日光由绿色的花园映入
> 寸步不离这房间。
> 　　从拂晓至深夜
> 　　围绕这新的生命
> 　　开创我们自己的新天地。

这个新天地从花园里开始，和家人朋友一起，而不是在大街上。

尽管他自称不落窠臼，斯奈德还是受西海岸无政府主义政治传统的影响，他的无政府主义是通过肯尼思·斯（Kenneth Rexroth）接触的，他在几首诗中曾温情脉脉地回忆过30年代的工人运动。40年代末的自由主义者认为无政府主义具有道德上的诱人之处但于舆论政治并不可行。斯奈德的政治情感是从他父亲在美国经济衰退中的经历产生的；这也是他能够想象（并希望）这种经济和国家垮台的原因之一。

国家的优势和职责始于人们的劳动，因为对斯奈德来说，像对经历30年代的丹尼尔·贝尔（Daniel Bell）等知识分子来说，经济的基础是劳动。在《1954年夏天迟到的大雪与伐木工人罢工》（The Late Snow & Lumber Strike of the Summer of Fifty–Four），他把引退的主题和资本主义政治放到了一起。位于太平洋西北端的伐木工人通常只工作半年，因为搬运车冬天无法通行。此诗的讽刺在于罢工的工人都平平常常地钓鱼去了，因为他们已习惯了闲暇的生活。他们的罢工就像一场迟来的雪。人们期待一位诗人描写罢工工人的苦难、他们对工作和维持家庭经济收入的渴望以及老板们的残忍。可是，这首诗的末尾却以满怀遗憾的口吻讲到斯奈德必须回到温暖的低地：

> 我必须转身回去：
> 　　抓牢雪峰
> 　　于天地之间
> 　　在西雅图排队，

○ 诗歌、政治和知识分子

找工作。

斯奈德并不全心全意地期望更多的工作，可领取失业补偿金也未必光彩到哪里去。他并不是国家福利的积极参与者。

在另外一首题为《形成》(*Makings*) 的早期诗里，他以平静的怀旧心态回忆起昔日 30 年代的好日子，用的是四音步抑扬格：

> 我注视父亲的朋友们
> 圈着香烟，那时我还年幼
> 倚着我们糊着黑色焦油纸的小房间。
> 麦草在他们的手中脏兮兮的
> 听他们谈起汽车、工具和工作
> 人人都无事可做。

那个潇洒的男人世界在战争中烟消云散了，可是战争带来了繁荣。"看来，"斯奈德说道，"30 年代以来/我是唯一还穷的人。"对于跟他同一代的工人，斯奈德怀有矛盾的心情。"美国人，"他说，"工作起来棒极了——专心、合作、有尊严和信心——但同一个人到了家里或酒吧就变得懒散、厌烦和愚蠢。"在他一生的作品里，他曾多次在诗中提到与工人阶级一起聊天喝酒的愉悦与障碍：问题在于如何涉及他们的政治观点。《阿拉斯加狄灵哈姆的柳树酒吧》(*Dillingham, Alaska, the Willow Tree Bar*, 1983) 是一首感人至深的诗，它写的是对于每个"世界上开着的酒吧"都存在的自我毁灭的酗酒和喧嚷。劳动，从基督教意义上说，几乎像咒语一样压在工人的身上，而工人：

> 喝下去，
> 工作的、
> 瓦解世界的
> 痛苦。

斯奈德生于 1930 年，对经济危机有些印象。他长大成人时，正是美国经济开始由初级生产转向服务业，太平洋地区由于其廉价劳动力成为生产中心的时候。斯奈德的诗明显地对这种发展持批判态度。他赞扬直接的手工劳动的乐趣，即使它是在为伐木公司服务。从这个主题出发，他集中写了一系列其他类别的强烈的感官体验的乐趣，因为劳动的异化深入到生活的各个方面。在

《下班后》（After Work）这首诗中，他描述了本应遵循正确劳动形式的生活：如大蒜一样辛辣、炉子一样火热、斧子一样锋利等等。感觉更钟情于大而清晰的声音，而不是更细微的频率，许多斯奈德同时代的人，如理查德·威尔伯（Richard Wilbur）、奥尔森、乔治·奥本（George Oppen）和罗伯特·克里利（Robert Greeley）经常写到直接认识世界的必要性：认识论的主题——人可以确切地去认知——占据着1945年至1965年的美国诗坛。这段时期的头10年也是知识分子特别关注神学的时期；这些诗作是试图在意识形态思想的假想终结后建立信仰基础的努力的一部分。

斯奈德声称在战后美国可怕的主体经济体制下，没有办法避免模糊性和异化问题。但他的认识论是很初级的，关注强烈的反差而不是细微的差别，而且还带有掠夺性和十足的男子气概，除非你想得出女人被衬衫下冷冰冰的手镇住的魔力。斯奈德把妇女置于劳动之后的时期，这对于伐木业是正确的，但更一般意义上说是个时代错误。战争中美国妇女在国内起着关键的作用，战争结束后她们继续以前所未有的数量加入劳动大军。斯奈德的诗展现了对男人劳动的怀旧梦想，这对战后男性知识分子很有吸引力。丹尼尔·贝尔在1956年写到战后劳动力的质量由于心理学家的介入而或有或无地遭到了削弱。他讲到"心理的暴政"时，提到1925年费城纺织厂进来的一位护士。她有着"善解人意的耳朵"，"工人将他们的苦楚向她倾吐"，结果生产效率提高了。贝尔把咨询服务在工作场所的上升"大部分"归结于劳动力中妇女的出现。不良后果是"工作的问题向外突出，包裹在心理的小击小打之中"。贝尔用了护理（nursing）这个术语暗示，他认为妇女进入战后劳动力的行列使男性公民降为被动的病人。他的语言代表了一代人的忧虑，即劳动力中女性化的影响会导致劳资双方的直接冲突，从而使工作条件更加不可能改善。而斯奈德诗里如此节省笔墨，令人感到这些问题都不用提。像《下班后》那样，他的诗总是引人注目，但是读者受到多少细微而中肯的指导呢？

作为政治诗人，斯奈德的局限性还在于他对短小的轶事诗的专注。跟威廉斯和意象派诗人一样，他不会将观点详述、限定或者转来转去，这种做法在内容散乱无章的诗人如罗伯特·品斯基（Robert Pinsky）、A. R. 安蒙斯（A. R. Ammons）、爱德华·多恩和奥尔森的作品中经常见到。斯奈德的观点只有在隐蔽的时候才处理得最为成功。他意在追求尖锐性的表达，将自己的经历有时写得令人叫绝。由这种表现手法得出的政治推论是：改变是由自我认识那一刻开始的，就像一个小偷"突然停下那双长长的黑腿/他用手遮住耳朵/倾听思想的鸣叫。"经过漫长的过程，不同的人为共同事业或为协调意见而走到一起，但许多这一类政治行为是不能用这种手法表现的。斯奈德选取了一个特殊的范围,去挖掘诗歌和政治的可能性。在这个范围他做得很成功。

1974年以来,他一直渴望诗人担当老师的角色。诗集《斧头的把手》(*Axe Handles*,1983)中有一首感人的短诗,一个叫刘·威尔奇(Lew Welch)的诗人,于1971年自杀,返回人间告诉斯奈德说:"给孩子们讲轮回。/生命的轮回。其他的轮回。/就是这么回事,全会被忘掉。"随着斯奈德越来越认定自己的权威,他的诗让持怀疑态度的读者更难敬服。他们知道得比他要多。他最出色作品的魅力来自于被遗漏、压抑或像试验轰炸机那样从头顶飞过的部分。在智慧诗中,他总是太满足于自己要讲述的事实。但在《看着有待收拾的图片》(*Looking at Pictures to Be Put Away*,1968)小诗中,他能表达复杂的感情:一方面,他自己对自由自在的田园生活的渴望,另一方面,又感到那种生活的浅薄:"我们将记住什么呢/塞满食物和有着许多情人的躯体/二十年后的将来?"照片里的女孩已被遗忘,不是因为西方对化石燃料的开采(很多诗都写这个主题),而是他刚刚明白很多女孩并不够好。诗人也知道浪费和掠夺,但这不只限于他人。正如在一首相关的诗中所说,他"穿梭于森林、城市、家庭/像一条鱼一样",对所接触的生活没有刻骨铭心的感觉。在这些诗里人们听到诗人令人信服地陈述了帝国文化传染性的贪欲甚至渗透到它的批评者的私生活中。

作为政治诗人,斯奈德取得的成就尽管有限,却举足轻重。他写出的许多诗表明,从城市或现代生活引退出来不是出于一时的闹气,而是完全正常的考虑。他推崇平淡家居式的家庭生活和友谊,却丝毫不带有罗宾逊·杰弗斯(Robinson Jeffers)前辈的坏脾气。可以说,他所采取的政治立场是源于爱而非恨。他的诗作中有成熟的责任感。这在他许多同代人的作品中是找不到的:他从不将生活展现为社会或文化疾病的征兆,而这恰恰是金斯堡在其《嚎叫》的第一行所想做的。

然而,斯奈德对现实政治的建议却是令人吃惊的专断。这对一个习惯于远离中心的政治诗人来讲分明是很危险的。在《龟岛》(*Turtle Island*,1974)中,他建议政治家着手进行"唯一真正的解决方案",这本身就是民主政治的非政治词语:

> 要求所有国家立即参与制定使流产合法化的计划,鼓励输精管切除和绝育(由免费诊所提供)——免费子宫上环——尽力纠正传统的强迫妇女生育的文化观念——对两个孩子的家庭,取消减免其特定收入水平之上的收入税的规定,这样一来低收入的家庭就被迫小心谨慎——或者

付钱给这些低收入家庭,让其少生。

这项社会行动计划被附加在一本诗集上,成了狂热的立法措施和鼓吹节育用具交易的奇怪混合物。斯奈德鼓励其他国家实施特别形式的社会控制、平衡对他人权利的尊重和环境关怀这二者的关系,但证据表明,他对这些困难没有很多的考虑。在使用了诸如"要求"、"强迫"等词语之后,他似乎对自己的狂热变得神经兮兮起来,他继续写道:"应该加倍小心,保证没有人中圈套或被迫绝育。"正如他天真地看到的,对有三个或更多孩子的父母的税收惩罚和给那些屈于绝育的人的支票是不包含暴力和圈套的。

在同一本诗集里,有一首名为《明天之歌》(*Tomorrow's Song*)的诗,他采用智慧诗的模式,开头写道:

> 美国慢慢失去其委任统治权
> 在二十世纪中期和后期
> 它从未给予山川、河流
> 林木和动物,
> 一张选票。
> 所有的人心都离散了,
> 神话死了;连各大洲都不再永久不变,
>
> 龟岛又重现。

直到20世纪中期,斯奈德显然仍相信美国拥有世界人民委托的管理世界的权力。对于美国政府将公民权延伸至动物与无生命物体的失败,他极为计较。法庭应该任命某人在美国国会代表树、动物等等;这"很简单",他说,丝毫没想到"代表"这个概念与代表本质不同的另类讲话,在政治上会产生多大的困难。萨满教巫师代表野生动物和植物,尽管这在美国文化中不存在,斯奈德仍相信法庭能够找到会言语的动植物的合适代表。他将自己视为一个"在充满敌人的社会里的发言人",而且还把树和鸟想象成他的支持者。这种思想促成了迷人的诗篇,比如《我们用身心来发誓》,但也导致了鲁莽的政治言论。他没有解释为什么法庭任命的立法者比总统任命的内政部部长干得好,也没有讲为什么政府司法部门要去任命立法部门人员这一宪法问题。这些是诗人急于解决政治问题所提出的建议,也是他认为简单的原因,虽然在加州政府部门的工作经历使他认识到政治行为是"非常复杂的"。斯奈德认为诗人

○诗歌、政治和知识分子

44 通过他们的诗不是回答当代社会制度问题,而是永恒的现在;他们是医治者。拯救将来的真理明显要比当前公民的政治思考简单得多。

艾伦·金斯堡于1954年见到斯奈德,一年以后写就《嚎叫》。这首诗面世以后立即得到关注,并获得了迄今为止美国诗歌史上无与伦比的持续成功:已出版30多万册。与同时代其他大部分诗人不同的是,金斯堡和斯奈德都从其作品销售中得到慰藉;作品的普及也使他们深信自己真正代表文化中重要部分的人讲话。像洛厄尔在《总统登基日:1953年1月》(Inauguration Day: January, 1953)中那样,金斯堡认为整个美国文化出现了严重问题,被摩洛(Moloch)神①支配着。但1955年到底怎么了?像保尔·布列斯林(Paul Breslin)注意到的那样,摩洛神代表资本主义、工业化、侵略和理智。金斯堡在写《嚎叫》时29岁。在诗的开始,他断言他看过"我辈最出色的头脑被疯癫所毁灭。"他讲"头脑"而不说人,是将此失误置于50年代知识分子最爱用的词汇之中。其后几行他在提及这些年青人时说,"读过大学……充满幻觉……身处战争学者之间。"金斯堡讲到那些和他一样对自由主义梦想不抱幻想的人,后者怀有建立以大学为根据地的活跃知识文化的构想。大学相反地被看做是制定军事和政治政策的同谋。《嚎叫》呈现了50年代自由主义舆论的暗流。

金斯堡对美国的谴责是多方位的。他所引用的所有细节,带有惠特曼的宽广,象征着美国文化的普遍堕落。原子弹[洛斯阿拉莫斯②的警报器(the sirens of Los Alamos)]和大众媒介的繁殖(《时代》杂志和电视)加速了政治的失败。此诗的要么全有要么俱无的文辞源于两个事实:1)核武器意味着战争即将成为毁灭全世界的灾难;2)电视和大众新闻使美国文化趋于单一化。然而在《嚎叫》中有一种感觉,同《美国》这首诗一样,对国家的谴责并不是针对一切。金斯堡对30年代世界产业工人组织和纽约共产党带有明显的感伤情怀。在不远的过去,美国还存在着政治对立的堡垒,但战争结束后,纽约知识分子急转直下,反对有组织的政治对立行为。甚至《党派评论》也支持50年代自由主义的言论。在《美国》中我们可以清楚地看到存在类似《嚎叫》但不如其强烈的愿望:金斯堡想拥抱他的祖国——"在床单下拥抱和亲吻美国"。从社会批判的角度上看,《嚎叫》显得温和,而在《美国》中金

---

① 基督教《圣经·旧约》中的摩洛神是古代腓尼基等地所崇奉的神灵,信徒以焚化儿童向其献祭。此处指恐怖的神灵。——译注
② 美国新墨西哥州中北部城镇,著名的原子能研究中心。——译注

斯堡力图赋予自己个人魅力，表明诗的社会批判是基于人性而非意识形态的视角。此诗远没有《荒原》、《麦克弗列克诺》（*MacFlecknoe*）或《愚人传》（*The Dunciad*）那样具有讽刺性。金斯堡在诗中带着幽默和对祖国的深情，气愤和钟爱交织、严肃和戏谑更迭，正因为这种语调，上述提到的这些诗远远凌驾于文化纪实的层次之上。

　　布莱的《武装到牙齿的母亲终于裸了》①（*The Teeth Mother Naked at Last*, 1970）是继50年代洛厄尔和金斯堡之后对文化诗歌的又一尝试。布莱的诗强烈表达了对美国文化的严肃批判和全面审视的观点。他心平气和的语调得益于金斯堡的影响。布莱设法向人们传达：美国的对外政策是很不公正却是不可避免的。美国士兵的残忍被视为等同于毁灭与创造的自然轮回：

　　海军营进来了。
　　这发生在季节变换时。
　　这发生在树叶过早地从树上飘落时。

布莱超脱了人们预料的愤怒。在巧妙地描绘约翰逊和尼克松总统在记者招待会上照例撒谎时，他说："不要生总统的气"。布莱笔下总统口中很有趣的谎言在严肃意义上恰恰根植于文化之中。总统回答的问题——阿巴拉契亚山脉何时隆起？芝加哥的人口有多少？成年的鹰体重多少？佛罗里达州大沼泽地的总面积是多少？怀俄明州的州府在哪里？——都是老师和父母提问学童的。总统可笑的谎言向人们暗示美国的对外政策是由一群坏孩子操作的。但他进一步指出这个国家的智力发育受到了严重的损害。像诗的第一部分中垂死的轰炸机飞行员一样，总统也想死去，这就是他为什么撒谎的原因。"部长撒谎，教授撒谎，电视记者撒谎，牧师撒谎"：整个国家都变坏了。布莱在诗的沉重时刻声称：美国的财富必然导致一种求死的愿望："这就是国民生产总值上升的结果。"尽管布莱在有些诗中提到了美国政府的官员，但并没有因此暗示国家的外交政策会因人员的改变而不同。

　　布莱对越战的分析，并不是真正政治意义上的，首先是伦理的（如总统是个说谎者），其次是心理上的。布莱握着轰炸机飞行员的手，"他心中有个空洞的地方，／源于他父母一晚从外面醉醺醺地回来。"读到这里不仅使人想到1863年居于华盛顿的惠特曼，还使人想到金斯堡的"楼梯下尖叫的孩子！相拥哭泣的男孩！公园里流泪的老人！"正如这些诗人看到的，居主体地位的

---

① 这里指的是武装到牙齿的祖国即美国的战争机器。——译注

诗歌、政治和知识分子

美国男性文化的堕落始于家庭中,并且追随一生。政治时刻在变换,但心理却依然故我。

布莱形成的基调是他采用超现实主义手法的结果:

> 直升机在头顶飞。死亡——
> 蜜蜂快来啦。特级马刀
> 像一结结神经能量
> 掠过四周,回来了。

诗开头的长长几行所营造的平静气氛被打破,诗句形成了有力的跨行连续,仿佛驱于某种新的压力。但下面一行基调陡转:

> 这是汉密尔顿的胜利。
> 这是中央银行的胜利。

布莱是从奥林匹斯山上远远地观看战争的,尽管他称自己犹如惠特曼靠近垂死之人那样接近它。至于汉密尔顿的财政策略与越南轰炸机的联系究竟怎么样?仍需仔细说明。如果没有散乱的解释,诗行之间的流动会激起对诗人超然的理解,以及他不情愿剖析美国东南亚军事行动的直接政治原因。这时又可以感觉到诗人对政治的不耐烦。当布莱意在分析和解释时,他的诗变成超现实主义了:

> 正是因为铝窗帘布行业
> 在美国这么兴旺
> 我们才放火把整个村庄烧遍。

这是一种拙劣的解释,可这诗中的玩笑,含义是很严肃的。布莱意在指出美国人由于自己的富裕而忽视了其行为的具体后果。铝窗帘布在某种程度上确实可以防御炸弹爆炸造成的大火。金斯堡和布莱都指出心理决定政治历史,家庭的浪漫故事是美国政治的基础,美国的社会现状是不合常理的。

对于比布莱和金斯堡小 15 岁或 20 岁的诗人来讲,重新恢复这些年长诗人直到 70 年代中期仍排斥在外的某些情感与手法是很有必要的。在品斯基和 C. K. 威廉斯(C. K. Williams)的作品中,我们可以看到这种试图恢复的努力,他们不仅将韵律而且把连贯的叙述带回到美国主流诗歌中。在《美国的解释》(*Explanation of America*,1979)中,品斯基这样对女儿说:

> 有一天,东南亚战争,在某个地方——
> 或许你和比你年轻的人——
> 将成为历史和痛苦
> 我是萨贡托(Saguntum)①;但永不能驯服
> 或者,我想我是"历史"。

在他的诗中,中心有个阴影,有时他称之为美国人对死亡的爱恋,但更大程度上是受美国在越南经历的影响。布莱在《武装到牙齿的母亲》(*The Teeth Mother*)中想象这个阴影穿越平原,和总统的谎言一道,"走进大草原的草丛中,犹如蜿蜒一英里长的大篷马车旅行队跨越普拉特河。"W. S. 默温(W. S. Merwin)则将它想象成附在风景上的毁灭标志。一般来说,在诗歌中它指代60年代美国的外交政策。诗人品斯基关注的问题在于从阴影中走出来,在更广的范围内接近70年代中期的美国题材和风格。《一种解释》(*An Explanation*)试图努力对在60年代极端的政治和文化氛围下诗歌失掉的美国主题的态度和处理方式进行复位。

这首诗是用了无韵体的形式,60年代最著名的诗人如洛厄尔、里奇、默温、莱维托夫和金内尔都明确抛弃了传统的韵律诗形式:自由诗成为60年代惯用的形式,它具有为意识形态和艺术辩护的功能。金内尔和其他一些人认为韵律诗过于专制。为了返回英国诗歌的主要韵律规范,品斯基引人注目地拒绝了由于60年代对诗歌的重新关注而产生的形式限制。更笼统地说,他的风格始终是恰当的。下面是这首诗的开头几行:

> 虽然解释跳舞的理念
> 或别的东西的理念
> 大家对此都略有所知
> 因为他们是孩子,孩子可以自学
> 不用解释,但孩子喜欢
> 有时候听听解释,

---

① 萨贡托:古时西班牙城,公元前219年被罗马车的迦太基统率汉尼拔攻陷,引发古罗马与迦太基间的第二次布匿战争。——译注

> 我想告诉你我的国家的情况，
> 或我对它的想法：解释它
> 如果不对你，就讲给想象的你听。

品斯基重新恢复了散乱的散文的种种技巧和那些韵律英语诗的资源。写出上述诗行第一个句子的诗人不会埋怨散文句法的局限：这一句子建立在英语从属原则上，语法复杂，句子很长。这位诗人将英语句法推到了几乎德语的长度，再加上从句的细致精美，都向读者表明他有别于1911年庞德和休姆（T. E. Hulme）所设定的现代主义诗歌的程序，并拒绝仅限于揭示令人愉悦或迷惑的碎片。

品斯基利用诗歌犹如人们利用杂文一样，通过它进行思考和解释抽象的问题，比如这里关于他的国家的性质。很显然，他意在采取一种认真、慎重甚至是犹豫的方式；以这种方式写作的人不会向读者讨个诗人的特许证。品斯基给《美国的解释：给女儿的一首诗》所附的副标题有着若干重要性。措辞的风格展示了为人父母的美德：仁慈、周全、慎重、宽容、关心和坚韧，这些在布莱的《武装到牙齿的母亲》中是见不到的。60年代末的诗人不可能将其风格定位在父母美德的基础上。爱德华·多恩的《为女儿作诗产生的问题，悬而未决》(The Problem of the Poem for my Daughter, Left Unsolved, 1965) 便是相关的一例。

如果你期待诗人将未来或过去想象成一个与今天迥然不同的世界，或者他极力反对我们现在一起拥有的世界，那么你肯定会感到失望，因为这首关于美国的诗是写给一个年轻的女儿。品斯基对一代代人的延续很感兴趣，并预言女儿的世界与他的世界相似。从女儿身上，从女儿的《关于孩子的随笔》(Essays on Kids) 中，明显可以看到父亲的影子；在女儿的这本书之前，他写了一首诗歌，题为《关于精神病医生的一篇随笔》(An Essay on Psychiatrists)，那是他最著名的一首长诗。女儿一定会在自己的世界里闻到父亲的气息。"孩子是命运的可怕人质，"他说，"他们把我们和未来联系在一起。"品斯基想象他的国家会渐渐抚平越南战争的创伤，即使他和他的同代人身上依然带着它的烙印："仿佛我们是一个家庭，有些人/夜晚在路上干了件坏事，/于是我们都长了白头发，或有了尾巴……"作为父亲，他希望有个值得女儿生活的未来，对一向乐观的美国人来说，这个愿望实在算不了什么。美国人自创国家的信条表明选民的命运构成了美国梦的残酷形式。"新希望又诞生了，"他说，

虽然它要求阿兹特克①式的活体解剖
失去的一切必须再恢复完整。

这首诗审视了适合于80年代的美国人的一种希望。"住在一间牢房里，/其外还有许多牢房，你还能/指望什么呢？"这便是此诗的中心问题。跟布莱不同，品斯基喜爱"多头的帝国"，因为它无论如何都"超出我的愤怒或赞美"。他眼中的美国是一个多姿多彩的梦，没有人"会斡旋/于忙着征服、发了疯的移民之间"。这种种族混合体在"第三章 地方政治"（第58—85行）中有着详细的记述，其实它不过是受许多作家蔑视的个人主义的消费者社会。品斯基声称这个社会取得了各种各样的成果，包括劣质货和犯罪，这些使得他讲到其性质或价值时不由得谦卑起来。这个国家已远非他所能解释或判断，尽管他为此确实做出了最常见的几种解释，试图指出其真相与缺陷一样多。

出于谦虚或对60年代严厉评判的怀疑，品斯基认为国家随着年龄（和暴行）的增长变得越成熟了。

因为一切事物都有来龙去脉，
亦真亦假，一切看起来都是本国的。
新英格兰河边的砖厂
在沉思，古典地；铁马怪异，
钢制油鼓，乐声阵阵；丑陋的郊区
伦敦的"别墅"，维多利亚的列维特敦，
都渐渐文明和城市气了。

根据这种观点，情况自然变好了，这当然是一件好事，因为政治受着投票的限制。品斯基想主张人们接受如监狱般帝国的种种限制。"拒绝限制是一种自尊，或是弱点，/众所周知，这个国家无处不是如此，/不同种族，不同阶层，皆有此好。"他还鼓动他的女儿喜爱它的疯狂并谨慎地满足于它的种种限制。

这一立场的明显敌人便是自鸣得意的情绪。品斯基翻译了一封贺拉斯的书信，信的内容是关于在萨宾人农场上生活的优点与罗马附近安宁的迷人乡村。贺拉斯面临的一种选择是：过一种引退的生活还是参与帝国都市的活动。品斯基说：

---

① 阿兹特克人，墨西哥印第安人，有高度文化，约自公元1200年起在墨西哥中部建立帝国，1521年为西班牙殖民者征服。——译注

○ 诗歌、政治和知识分子

> 而不能在你的宿命论和愉悦之间筑巢
> 这也许太自鸣得意
> 一边是死亡，另一边是美妙的农场，
> 远离政府的荆棘……

最后，他为自己做出了选择。他说："积极斗争去拯救/共和国，"但对于他的女儿，"有点像巢穴或农场；/不同的渴望在轮回/如线一样穿过子孙后代。"这首诗的开头描述了波士顿郊区的家庭生活（这是他女儿的布朗尼团体上演的一个剧目），也就是他自己的生活。他所谓的巢穴或农场指的是一种远离美国主要城市的富足美好的郊区生活。为维持共和国而斗争的生活，在这本书里没有提到。这里没有美国的布鲁特斯①：那种渴望仅留在话语上和从罗马来的一个人物身上。他对女儿的期望与对自己舒服的生活相差无几。此诗的力量部分在于品斯基勇于在众多文学知识分子中采取极端的立场：当代美国更值得珍爱，而不是谴责。他的诗歌重申了他和女儿两辈人乐于他们所过的生活的权利，而不是仅仅梦想或假装梦想某种变革。

威廉斯的《从我的窗口》（From My Window, 1983）是近来在诗歌中恢复叙述的趋势之一。威廉斯善于讲故事，也就是说他在形式上有些倒退。他着手恢复20年代现代主义者未曾解决的叙述传统。如果说品斯基的诗在形式和风格上接近散漫的随笔，威廉斯的诗则像一个短篇故事。他的叙述清晰、直接，语言散漫、自然，就像小说的某些手法。甚至有的地方写得很松散，仿佛他一点都不想被认为是技巧熟练的诗人：故事便是一切。

对于最近的政治诗歌，故事有着特殊的意义。人人皆知越南战争是被拍摄最多而且首次播映的战争。叙述模式中饱含着负罪感，观看晚间新闻越南战争消息时，人们除了恐惧感之外还有一种同谋的感觉。比如查尔斯·西密克呼吁人们注意"世界上每天发生的悲剧是如何在每天早晨和晚上到达我们这儿的。在事件发生后能够如此快速地向我们提供原始数据，叙述之详尽我们每个人都成了窥淫犯，成了窥视死囚行刑室的汤姆②"。

沃尔特·本雅明（Walter Benjamin）认为第一次世界大战中出现的机械化

---

① 布鲁特斯（85-42B.C.），罗马贵族派政治家，刺杀恺撒的主谋者，后逃希腊，集结军队对抗安东尼、屋大维联军，因战败自杀。——译注
② 汤姆：窥视者汤姆，英国传说中人物，系一裁缝，因偷看 Lady Godivie 裸体骑马过市而致双目失明。——译注

战争结束了讲故事的叙述模式。从前线归来的战士意识到他们战争中毫无意义的付出后沉默不语。威廉斯的诗歌发掘了叙述他人故事时的负疚心理，特别是关于那些战争致残的人。负罪感并不仅仅基于本不应看到的事情；进一步的问题在于人们看到电视上恐怖的杀戮之后再也无所作为了。个人勇气被无助的感觉毁灭殆尽。战争和政治代理的概念在每晚的当日报道中变得琐碎而平凡。霍华德·聂默罗夫（Howard Nemerov）的近期诗作《在全国哀悼的时候》（On An Occation of National Mourning），讽刺了国家播放感情从而伪造悲痛的行径。

> 人人都承认这是多么难！整个
> 国家在哀悼并被人看见这么做，但
> 这能做到，银铃般的陈词滥调
> 在它们的地窖里等待着这样
> 一种紧急情况

　　故事的叙述，就像旗帜的升降，只是使国人习惯于暴行，继续朝着同一方向前进。越南战争对都市居民与帝国边缘之间的距离提出了质疑，正是这一距离给叙述提供了空间。从前线归来的战士讲述着他的故事。

　　威廉斯的诗歌采用传统的结构形式：从春天开始以对冬天的回忆结束。老兵和他的同伴在通往威廉斯的楼房途中走出了一条弯弯曲曲的路线，诗人回忆去年冬天同伴走出的那条不对称的"8"字形路径。这一象征性的结构本身超出了诗的叙述成分，提出了关于生存、再生和回忆的问题。故事的象征性结构将老兵置于永恒、季节轮回和数字"8"的标志之下。像藏红花一样，他在春天出现，想再大干一番，可寒冬时的下场表明他的存在是多么容易而自然地从大都市的观景里被抹掉。

　　我所讲的叙述模式的负罪感不仅仅是左翼自由派诗人的负罪感，因为他们都反对战争，目睹了它的种种后果；这种负罪感本身既不令人吃惊，也不特别可信。威廉斯使人注意到，关注别人是如何会混淆双方的视听。"图谋"这个词（第14行）暗示发生在他的窗下的情景，有些为他而演的含义。同伴似乎一直都意识到有人在注视他。他的身上有双重的揭示，仿佛他渴望某种共鸣，或者仅仅希望被人关注。城市将一切付诸于奇观异景中；都市生活充斥着不自然的造作。也许问题在于威廉斯对奇景所形成的偏见挡住了使他意识到这一幕为他而演的可能。实际上，任何事情都不能简单地想当然接受。

　　那句"我想知道他们是否是情人"，漂亮地点到了80年代人与60年代战

◎诗歌、政治和知识分子

争伤亡人员之间的感情撞击。他们是同性恋吗？现在我们可以理解这种事情，那可不是60年代的问题。这部分美国文化当然与他们毫不相干。问这个问题（即使问自己的话）也显得多么好色。好色恰恰是这首诗、也是讲故事的论题：它正是诗歌的艺术和80年代的情感通过理解所揭示的东西。威廉斯正如马路对面的房地产代理商一样是个窥阴狂。他试图说明自己优越于美国中产阶级的房地产代理商（"感谢上帝，他们至少没有狂笑"，第19行），可归根结底中产阶级和富有诗意的窥阴狂并无二致。这就是我所说的同谋和复杂化问题成了最好的政治诗歌中的一部分。

雪中踱步的同伴不断使我们想到人类一年中在这个国家所受的苦难。几个小时甚至只需几分钟的雪花便可使他的足迹消失，城市依然如故，仿佛他从来没待过。春天，慢跑的人和测量员又回来了，仿佛战争及其造成的伤亡不曾有过，或通过全国退伍军人协会和"津贴"的发放可以处理好。越南战争到了80年代中期变成另一种景观，被人从远方欣赏，同时也被人误解。

在品斯基和威廉斯的作品中，我们看到了传统诗歌技巧的恢复，这源于对在美国进行反抗的极限有了成熟的认识，不仅仅基于某种不可避免的循环反应。最后讲到的两位诗人让我们意识到极限不是美国独有的，所有的帝国均染有此病。阿伦·杜根（Alan Dugan）的《在弗拉阿塔前的大屠杀》（*The Decimation Before Phraäta*, 1983）其实是一首古老的罗马诗歌的变种，其内容是关于罗马帝国军队的。军团士兵对军官吼道，"请把我们杀死吧！"于是军官照办了。每10人中有一人死在他的屠刀之下，原因是军队违反了"某项规定"等等。这就是帝国军队如何卓有成效地保持其高度纪律性的。在弗拉阿塔的野蛮抵抗被镇压了，但罗马军队却没有占领城池，反而将部队开走，似乎军事目标毫不重要。"那个帝国简直无法理喻，"野蛮的演讲者说，"但是我们已卷入其间。/他们回来为了夺取弗拉阿塔，现在我们成了轻骑兵/作为帝国第十一军团（奥古斯坦）的辅助力量/永远失去了家园。"

即使在对付野蛮人的游击战略时，帝国军队的军事优势仍是巨大的。它混淆视听，让人以为它并不想扩张，还大批杀害自己的军队。它的动机似乎超出了个人利益的范畴，受到某种神秘而抽象的思想所驱使。帝国的敌人和帝国军队本身在心理和军事力量上都被降服。更重要的是，帝国无所不在："我们和马儿行在他们的侧翼/因为没有别的地方可去也没有别的事情/要我们这些野蛮人去做：这是一个世界帝国。"诗尾伤感的话语有感于美国人的经历，他们一样无法避免或破坏那不能逃脱的、包容一切的社会经济秩序。诗人、批评家、教授，当然还有士兵，都是帝国的一部分。

第二章 政治

1967 年，安东尼·赫克特（Anthony Hecht）写了一首同类的诗歌，这首叫做《看，田野上的百合花》（*Behold the Lilies of The Field*）的诗写的是罗马皇帝瓦莱里安被一野蛮的国王捕获的故事。当着他的军队的面，瓦莱里安被拷打和羞辱，他的士兵被强迫观看这一切。但他保留了自己的尊严，突然他不再遭受折磨，伤口上也被敷了药。他很快恢复并受到很好待遇直到……突然，在一次公众集会的场合，他被慢慢地活剥。诗歌发自于瓦莱里安的一个部下之口，他还给心理医生讲述母亲的不诚实。杜根在对关于罗马帝国的希腊诗歌的模仿中所透露的永恒在赫克特的作品中得到了强调（杜根的版本特意回顾了希罗多德对波斯军队的描述）：对诗人们来说，帝国主义远远凌驾于历史细节和民族的概念之上。无论是波斯、希腊、罗马或美国，帝国主义在实施其强权统治时充满了残暴、毫无理性和无情。某一帝国的政治理念毫无意义，这就是抽象的政治诗歌的要旨所在。赫克特的故事叙述者被母亲的谎言和瓦莱里安的遭遇而弄得虚弱不堪。瓦莱里安是最后一个保留其诚实品性的政治人物；而现在却成了一个被填塞的玩偶。"随着他的逝去，罗马的荣耀也随之灰飞烟灭。／最后，我被人勒索。母亲替我付了钱。"他的母亲惯常撒谎，对待朋友和家人使用不同的谎言；却保留了她私生活的真实。她这种截然不同的态度使她在儿子眼里成了妓女，但另一方面正是这种羞耻才使她的儿子能够幸存下来。

诗人的公众角色问题对赫克特和杜根来讲是个古老的记忆。诗人足以抵御帝国力量的时代已经一去不复返了。作为国家的敌人，他现在只是在风中飘曳的一个古怪的玩偶。政治动机并不特别重要；帝国主义结构本身，不管是罗马还是美国，要杜绝对立的可能。连道德上的愤怒也变得不相干；敌人已没有可以占据的外在空间。帝国囊括了一切。

骗局在于，不管被迫入伍时还是在屈服时，杜根的野蛮人从没有过顶峰时刻。他们就这样被狡猾地吸收进罗马军团。屈服的经历就像一个空白，围绕这一空白出现了许多诗歌，它们并不回避问题反而进行了分析。对于 60 年代末和 70 年代的美国知识分子来说，是否对抗帝国文化的问题有一定意义，而且，像杜根笔下的野蛮人或赫克特的罗马人一样（党派的分界在这一分析层次恰好交叉），敌对的知识分子是否也会被军队裹挟而去呢？我们不都是合作者吗？帝国吸收了它的敌人：他们也成为自由主义秩序的一部分景观。1968 年美国最受推崇的对抗性期刊《党派评论》受到文化自由代表大会的赞助，而这一个大会的资助者是中央情报局。有些诗人当然清楚：当他们从一个校园到另一个校园朗诵反对越南战争诗篇时，他们也在履行士兵的任务。更强大的军队必然产生受雇佣的敌人，而这些敌人固执的抗议声必定使帝国

诗歌、政治和知识分子

不仅学会宽容,而且也走向多元化的兼容并蓄。

在这里,我的论点是:40年代末期人们讨论政治和诗歌的批评语境强调诗人受惠于私人经历,诗歌就是从中产生的。诗人们似乎已经吸取了这个概念,即使在随后的30年中他们肯定不再将自己局限于私人话题。相反地,他们创作了多样化的政治诗歌,甚至将政治主题与个人经历多种多样地联系起来。一个结果是政治的心理化;另一个结果是集中关注同谋关系,因为在这个问题上政治变成令人烦恼的个人化。我讨论的诗人中有几位倾向于个人应对国家政治行为负有责任。近来诗歌这个方面是从这些诗人的诚实产生的,但最终也是从战后强调诗歌的私人品质产生的。高度尊重隐私对里奇和莱维托夫的诗歌造成了损害,他们将时代对个人化的诗人所提出的公众性要求戏剧化了。那种声称1945年后的美国诗人应该保持私人化的说法有着多种理解,其中之一是对在帝国的共和制下公民的同谋关系进行慎重的分析。

第三章 后卫派

后卫派，有谁会觊觎这一称呼呢？在过去的 50 年里，非常多的艺术家宣称是先锋派，对于一位诗人来说，很容易把韵律说成是有时候或者一直是他或她适用的技巧——洛厄尔有时这样解释他的选择。但是在战争刚刚结束的几年里，更常常把采用韵律形式当作契合关系的标志，而且可预见到的结果就是 50 年代的诗选之战。当然，自从 1960 年以来，自由诗这种实验派诗人的技巧标志，已经主宰了诗歌的写作。但战后一个更深层次的真相是，它与出生于 19 世纪 80 年代的那一代人的先锋派实验一直是背道而驰而且占有优势的。这种反应真正开始于艾略特和庞德 1919 年短暂地重新使用四行诗之时，并在哈特·克莱因（Hart Crane）、约翰·克罗·兰色姆、艾伦·塔特和伊弗·温特斯（Yvor Winters）20 年代晚期和 30 年代的作品中得以延续。奥登 1939 年移居纽约增强了这一反应，因为他影响了整个 50 年代年轻的美国诗人。战争刚过不久，许多诗人确实想以后卫派出名。于是，年轻的诗人迫切希望把现代主义的一代诗人抛在一边，好像美国诗歌从未经历过国际性的先锋派，好像这仍是英国诗歌。后卫派的思想从三方面考虑有其诱人之处：第一，对普通的知识分子和新闻记者而言，现代主义者在 1945 年的政治记录是笔可疑的遗产；第二，不只是在政治上，像庞德和艾略特这样的诗人很难融入由发行量巨大的杂志，比如《新共和》所代表的文化圈子。《诗章》（Cantos）和《荒原》里深奥的引证及其中预知的厄运与战后正在建立的热情的社会科学性的文化氛围格格不入。第三，对更特别的诗人而言，逐渐走出庞德、艾略特、威廉斯和史蒂文斯的阴影这种前景完全可以使人望而却步。出生于 1880 年前后的一代人到 1945 年时都已经名正言顺地成了巨人。如何能超越《诗章》和《荒原》来发展现代主义的技巧呢？自由诗、拼贴和联想

诗歌、政治和知识分子

的步骤——这些技巧不仅为现代主义者彻底试验过,且为其所掌握。庞德、艾略特和威廉斯晚期的诗歌——《比萨诗章》、《四个四重奏》(*Four Quartets*, 1936—1943)和《佩特森》(*Paterson*, 1946—1958)——实际上恢复了前现代主义诗歌的重要特征,即连贯的抒情人物、松散无绪的叙述。玛丽安·莫尔(Marianne Moore)尤其受到后卫派诗人的喜爱,正是因为她使年轻诗人易于接受现代主义,好像它有诱人的独特之处。

庞德、艾略特和威廉斯的自由诗中的现代主义在诗人们当中被理解成所谓学院派诗歌的对立面,而学院派这一称呼有失偏颇。"学院派"一词带有广义上的机构味道:诗歌有的发表在季刊上,有几家就设在大学里,也有发表在《纽约客》(*The New Yorker*)上的。从1945年直到50年代末期,发行量大的刊物奖励、出版韵律诗和发表短评。后来金斯堡把其中的一位诗人莫娜·范·杜因(Mona Van Duyn)当作一位杂志诗人而不屑一顾,但二次大战后的15年间,更有分量的贬义词为"学院派的",不仅因为它自然表示了统一性、传统性和拘谨性,而且因为它指出了文学文化的能量与权威之所在:各所大学。先锋派诗人都很清楚美国大学迅速增长的财富和权威,他们自己就来自这些最负盛名的高校:奥尔森、克里利、阿什伯里、奥哈拉和布莱来自哈佛,金斯堡来自哥伦比亚,罗伯特·邓肯和加里·斯奈德来自伯克利。学院派诗歌一词显示战后诗人与社会权威之间爱恨交加的关系。1950年还把"学院派"一词用于嘲讽的诗人们在70年代表明,他们至少跟其对手一样热切地盼望获得50年代形成的以大学为基地的文学文化的承认。

理查德·威尔伯比其他任何人都更经常地被称为50年代的诗人。当他1963年将以前的四本诗集汇成《诗集》(*Poems*)出版时,他将其以逆时顺序安排:他对于别人仅凭其早期的成功之作来理解他感到不快。可以理解,他把最新的作品放在最前面,意在强调他告别了前10年的诗作。威尔伯在50年代获得多种奖励和好评,他的诗定期发表在《纽约客》上,其名声已进入当时的主流文学刊物。但是,后来的威尔伯从未真正地出现,他的创作生涯没有突出的发展,而且他1963年以来就越来越少发表他自己的诗作。20世纪50年代的韵律诗有种静止,或者更糟的是,自满的因素,好像风格的发展本质上毫无吸引力。洛厄尔早在1959年就注意到了这一点,并在《人生研究》中探索新的方向,梅里尔(Merrill)在迟得多的《伊弗雷姆的书》(*Book of Ephraim*, 1976)中也得出相似的结论。其他的诗人,如安东尼·赫克特、约翰·霍兰德、理查德·霍华德,甚至还有伊丽莎白·毕肖普都坚信他们为50年代刊物的口味而建立起来的风格。詹姆斯·迪基(James Dickey)在假装缓和他自己对于威尔伯缺乏发展的怀疑时,把问题说得非常直白:"如果有人已

第三章 后卫派

经是世界上最有魅力、最亲切的人，那他就没有必要努力改变自己。"威尔伯仍旧受人称赞，但事实上是被作为50年代的最佳诗人来获誉的。

他的风格反映了50年代诗歌的许多特色。他的诗故作华丽装饰，显然用了很多和谐音和元音韵，表面上受霍普金斯（Hopkins）的影响，其语言一直用比喻，凡事皆借助他物来看，他自我批评时称之为"这疯狂的替代"。他讲究象征、明喻和漂亮的词句，讲究那些象征性的语言，而决非自发或突然显现的神来之笔。他的诗总让人读来觉得机智，但难以有说服力。50年代的学院派风格的诗歌中弥漫着一种淡淡的亲英情绪：用 blow 来代替 bloom 这样的词表示威尔伯这样的诗人是如何翘首期盼欧洲人的欣赏，从文学史，而非政治史的角度来看，这种欣赏是生不逢时的。50年代题材的老一套——绘画、社会类别、动物、异国风情——在威尔伯的作品中都清晰可见。首要的老套是诗的主题从任何意义上来说根本不必那么大，蛤蟆之死就很合适。50位诗人很有特色地宣称对其主题没有强烈的感情，这是艺术而非生活。针对这种诗歌标准的反应是说它太浮浅了。它对社会和政治问题避而不谈，并且说难听点就是——自以为是。但威尔伯不像表面上那样冷淡，但政治上肯定不是自以为是。

他的诗歌背景中是对政治历史的一种几乎是很模糊的恐惧感，在显然产生于他第二次世界大战时当步兵的经历的诗中，这种感觉最为清楚。《埋了地雷的地方》（*Mined Country*, 1946）是一首自然诗，写曾埋有地雷的战后欧洲景色。威尔伯表示关于风景的传统联想已变成不过是古怪的东西："有的计划出了岔子。/危险沉入草场，树林鬼影憧憧，/机智盖上鲜花！"这时，陷阱和炸弹的经历都不再新鲜，使人怀疑威尔伯赋予埋过地雷的风景的重要意义。诗的结尾处有几种情绪混杂在一起，表明他仅仅间接地运用了主题。

  阳光照耀的田间草，森林地面，这么掺杂着
  最早的信任，你必须捡回
  你很久以前学过的一切，去剥夺
  那个哑巴孩子的继承权，
  告诉他相信同样的事情，从不停止
  把东西掏空，但不让他们缺乏
  以某种形式恢复的爱：确信
  整个世界都疯了。

首先，像"阳光照耀的田间草"表明威尔伯此处不在意于抓住任何特定的风景，而在于乡村风景的一般意义。其次，恢复对风景的爱的冲动显得莫名其妙的抽象：为什么要恢复爱？威尔伯似乎不知道怎样说明这个恢复："某种方式"就行。第三，什么东西能使最后一句中预示灾祸的断言合乎情理？士兵们正在用探雷器清理这片地方，除去战争的痕迹（第9—12行）。军事技术完全改变了人的传统理解，这种感觉在诗中没有得到很好的印证，而这诗受到比威尔伯愿意讨论的力量更大的一股力量的驱使。战争的新技术与地雷无关。此诗中的几处张力暗示出威尔伯想表达核战争产生的感觉，但他仅能间接地开始讨论这一热点话题。

《马铃薯》（*Potato*）这首诗从1946年到1963年和《埋了地雷的地方》一起发表，同样用抑扬格五音步诗行写成，表达了在一个疯狂的世界里对抱负的怀疑态度。这首诗关注维持生计的价值，马铃薯在艰难时期养育了低微的人们。这种植物开的花是"二流的"，但对1946年欧洲数量巨大的饥饿的人来说却是美丽的。当威尔伯用这种50年代的象征模式写作时，他能自如地运用比《埋了地雷的地方》更准确的描写性语言：

> 切开生生的，它发出清凉的臭味，
> 矿物酸从做好的饭菜的毛孔中渗出；
> 就像挖开一座令人振奋的怪坟；
>
> 里边最初的石头味道，死去的奴隶们的手；
> 人们在最早可怕的森林里喝的水，
> 燧木条，和泥煤块，还有掩埋营地的焦木。

这里政治历史的结果（奴隶制、恐怖、战争）被移植到明喻上，与威尔伯自称要讨论的话题有点距离。宗旨与媒介之间的惯例分离使得他的题材的政治特点只能从一个角度来看。他的策略是坚持使用小的间接话语，避免宏大；像马铃薯或以马铃薯为食的人一样，他似乎只图生存。在这些诗中，抱负往往不受信任，就好像宏大壮观本质上是骗人的。无论是政治上，还是文学上，这种态度都是很尖锐的。在"美国之音"的谈话节目中，威尔伯提到苏联的文化部长叙述他们党是如何鼓舞苏联诗人的。威尔伯的观点是标准的自由民主派的观点："我不应小心翼翼地把我的诗歌思想局限在政治和经济上，毕竟它们不是整个现实；我不愿违心地承认从怀疑、矛盾和保留产生的那种诚实。"取而代之的是一种对待政治诗的极权主义方法。这种方法是作为诗歌与思想之间联系的原则性叙述的一个例子来谈及的，和一种抛开政治话题（至

第三章 后卫派

少是暂时地）并怀疑雄心勃勃的诗人要建立的"纲要性知识结构"的自由倾向。

这种不信任感是针对上一代的现代主义者，如庞德和叶芝的，他们对极权主义，而不是二流的精英很关注。威尔伯的同时代人不用别人提醒就知道他们的早期写作生涯被披上"伟大的"阴影。威尔伯第二部诗集《仪式》（*Ceremony*，1950）的开篇之作就叫做《那时》（*Then*，1948）——秋季之前：

> 这些现今的歌手
> 说的是如今的家世，和一年的损失，
> 鸟儿依旧在齐鸣
> 直到有去无回的树叶
> 不朽地落下。

这首诗虽然是用传说的方式表达的，但并没有一本书开头那种特别阴郁的调子，当时大多数美国人，不论在大学内外，同刚过去的时间相比较，都能看出现在明显进步的地方：以往的世界大战变成了和平！以往的萧条变成了繁荣！以往妻离子散的家庭如今夫妻孩子大团圆！以往的意识形态和阶级斗争变成了越来越多的共识！但对1948年的诗人而言，诗歌的"盛季"只能成为一种回忆。威尔伯的诗同他的许多同代人的诗一样，在某种意义上是学院派的，即它坚持自身的特殊历史和特殊兴趣，同全国的特殊历史和特殊兴趣泾渭分明，而且确实截然对立。

他想象一种艺术，根本不是通过采用某种政治效忠或像庞德那样的方式，而是通过宣称艺术的他性来回应政治和经济的压力。他在《漂流木》（*Driftwood*，1948）中思考了几片抛在岸上的漂流木的命运，暗示威尔伯要抵抗特定的政治和经济压力。它们曾经是活的树木，在拿来使用——用在建设城市和进行战争（第9—12行）之前，"只知道自己的性质，并把此给予树叶"：

> 在巨大的普遍性的水面上
> 漂浮着它们的单一性，
> 在它深深地包容的一切里
> 他们从不溶入。（第17—20行）

在战后的美国社会，个人的观点似乎受到繁荣的发展和对消费品的一致欲望

● 诗歌、政治和知识分子

增强的威胁。意识形态、阶级、种族和职业差别的标志由于相同的政治、大众媒体和消费者信用而变得模糊。区分人不再靠性格,而是凭职业和社会效用。在这种环境中,仅仅与众不同这一观点就获得了抵抗的光环。个人主义这个古老而根深蒂固的资产阶级意识形态的支柱,对威尔伯和他的许多同代人来说有着对抗性的重要意义。在最后两节,诗的政治意义表露得很明白;

> 在干巴巴的连续退位时,
> 在湿漉漉的共谋时,
> 它们适合被当作标志,
> 这些象征极其合情合理。

> 它落在无家可归的遇难的船上
> 久久地在各海洋的车床旋转
> 尽管如此,却拯救了它们所有
> 密集而不生长的谷物。

1948年的自由政治的特征表现为退位和共谋,以及个人责任感的消失,这给人造成这样一种感觉,即流亡的皇族是高出周围卑下的政治环境的合适形象。但是,一个抒情诗人的形象也可发挥同样的作用。威尔伯描写麻雀、蟾蜍和漂流木的诗表达了他固执地不愿意涉及一种主要诗歌,如洛厄尔的诗中大型的公共主题。就是狄金森、霍普金斯或玛丽安·莫尔的古怪也比庞德的夸张要好。威尔伯对时代的抵抗有时表现为一种对仪式的兴趣。在他所有的诗里,技巧的展示提供了替代垃圾经济及其产生的糟糕艺术的含蓄的选择。威尔伯的诗题材范围有限,可使人清楚、敏锐地理解,这在帝国主义的美国是很稀少的。但清晰在此让两种方法都交汇了。对一位主张致力于修辞语言的诗人来说,这是痛苦的自我约束:"让赞美的眼睛看到/树木长成绿色,鼹鼠在土中跑动,/麻雀掠过我们时代的屋顶/难道不够清新奇特吗?"不必故弄玄虚地把麻雀、鼹鼠和树木依次排列。但至少有一次,威尔伯认识到"所有清晰事物(对他)的强烈"的吸引力不是致力于平淡,而是不愿面对他实际居住的流动而模糊的世界。他1950年写的《清白》(*Clearness*)是幻想的。

> 这是我思想急需的幻想之镇
> 那里真理像头奖的硬币从钟里掉出,
> 人们的声音,从水那边传来

> 在耳中鸣响像鸟鸣般清脆甜美。
>
> 但这里是思想最空虚的神秘远方；
> 我说不出那清脆钟声的负担，
> 雾落下，不锈的声音消逝了，
> 我没有理解它们可爱的话语。

在我看来，《读心者》(*The Mind-Reader*) 是威尔伯的巅峰之作。这首诗不可避免地，写了同情的观念和想象的特殊性。说话的人，同威尔伯一样，善于进行召唤式的描写（如第4—10行）。这首诗的一大优点是散漫的语言同具体描写、种类和细节的奇妙结合。

> 有些东西真的失去了。想起一顶太阳帽
> 暂时放在女儿墙上，
> 这时三个女青年，其中一人可能在服丧，
> 躲在齿状的阴影下说话。微风吹拂
> 摇动着它，拖到边上，翻入
> 某种描绘的巨大景色：
> 如果你愿意，峻峭的悬崖一头扎下
> 穿过云母微光，到松树丛中。
> 其中或此或彼，一条半隐半现的河流
> 缓慢发出闪烁的光。太阳帽落下，
> 带着你可想象的随意的拨弄和弯曲
> 穿透那缠绕的回忆或另一种
> 任何人，即使你或我，都看不到。
> 如同一把扳手，
> 从颠簸的小卡车后部扔下，一头
> 扎入灌木丛生的阴沟，或像一本书，
> 读书的人睡着了，故事混乱不清，
> 从甲板躺椅下滑过，
> 把风吹动的书页让给没有印字的海。

"读心者"说起话来好像细节很容易，好像其闪耀的特性总能带给人新的发现或发明。这几行诗的力量部分来自在这一无韵诗段落中句子结构显然随意的

组合，但更突出的还是想象力的表现，虽然它受到悖论的折磨，但绝不会瘫痪。对类属情况的提及——"某种描绘的巨大景色"、"那缠绕的回忆或者另一种"——表明说话者没有真正注意具体细节，而威尔伯一直很注意。那些漫不经心的短语："如果你愿意"和"你能想象"，暗示了细节不是为他，而是为迎合他人的口味。然而事实上，具体细节特别有效地引出他的想象力。那个年轻的女人，"可能在服丧"，就是一个想象出来的细节，她一出现在文字里，她的生活便展开了一个未讲的故事。如果讲出来的话，她的故事可能是个丧失的故事。确定了开篇一句的更深的意义，即我们不仅失去了太阳帽和扳手，还失去了别人。使得说话者作为人物这么迷人的是他的想象的范围、语言的流利和穿透力。想象范围明摆在文字里："齿状的阴影"和"峻峭的悬崖"是只存在于文学性英语的知识，而同此处许多其他活动动词一样，"吹拂"、"摇曳"和"慢腾腾"，从美国人嘴里很容易说出来（这些是球场用语）。太阳帽和扳手、汽船和小卡车，这一切都是读心者无限想象力的一部分。

他的风格是几乎全知世间万物，不是像上帝那样无所不知，而是说他熟知书和人、过去和现在、已见和未见、记得和遗忘的一切。这首诗其实表达了多余的感情、直觉和知识，这些不太适应世俗理智。我们如何获得宗教经验呢？威尔伯的回答是《读心者》的诗。读心者所说的话唤起了德鲁伊特（第30—41行）、撒旦崇拜（第71行）、占星术（第72—73行）、波斯祭司（第74行）和特尔斐神谕（第87行），其宗教情感受知识和经验所累。像诗人一样，他过着一种生活，想的和讲的都同情别人（第91—92行）。如果他做不到这一点时，他装作能说会道，使别人能经历一个说不清道不明的群体（第119—120行）。他的艺术依赖于这样一种信念：我们所理解的深刻的思想就是记忆之作。

　　　　什么可从记忆中抹去？根本不是
　　　　吝啬、猥亵、耻辱和恐怖
　　　　使你紧闭你的双眼，也不是
　　　　快乐的脉搏加快你的失望。（第二部，第60—63行）

能够回忆别人已遗忘的事情只能令人扫兴和厌倦。他想象得到的下一步是基督教的上帝，"某种巨大的关注/使我们受苦又不容侵犯，"只有从这一视角才能在世界的怨恨中听到"反映的甜美"（第131—135行）。如果没有他所不能接受的信仰这一步，人便会醉酒，忘却一切。

第三章 后卫派

这首诗极其精巧,毫无虚伪做作,因为它的艺术不是骄傲地显示出来的。说话者想放弃他的艺术,其中百分之九十是共鸣,百分之十是欺诈,但因为人欲之渺小而完全不能展开。人物的魅力在于他如此自觉,知道求索的心灵会遭受失望,但他不带哀婉地接受这些失望。他承认自己的艺术多么虚假,但坚信一切都有人牢记。他如此善于描述失去或想象的东西——两者对他没什么不同——却对他的艺术不屑一顾,没有与技巧相称的雄心。我们的知识不准确,假定的东西控制我们思考的方式,那种认为我们的经验多少具有系统性、连续性的感觉挥之不去——这一切都是本诗主题的轮廓,让人感觉它不仅有关诗歌的艺术,而且是关于世俗现代知识分子不甘心情愿的状况。

虽然奥尔森和阿什伯里很乐于将他们的作品同约翰·凯奇(John Cage)的作品联系在一起,其他先锋派也纷纷与绘画、音乐或哲学搭上关系,50年代和以后的大多数韵律诗人却对诗歌本身以外的文化大潮敬而远之,这部分地是奥登和其他人在30年代的马克思主义经历的结果。40年代后期和50年代的精明做法是不把艺术的宝押在社会、政治或文化的计划上,但像梅里尔、赫克特和卡斯蒂等诗人的作品确实打开了一个广阔的知识领域。梅里尔、赫克特、鲍尔斯(Bowers)和其他人故意抵制那种诱惑。他们写出的诗不宣称有自己的文化环境。但是这一诗歌的引经据典事实上热情地指向——如果不是一套观点的话——一个社会机构:现代大学,这里有人把提到的书教给学生们。这一做法的突出例外是梅里尔的《桑多弗变幻着的灯》(*The Changing Light at Sandover*),这首诗的确试图将诗与科学融为一体。梅里尔是少数几个诗人之一,他们感到米沃什(Milosz)提出的,诗人需要写科学的诗是很有说服力的。

40年代后期和50年代转而写韵律诗的背后有几种动机,其中一种从美国政治和经济历史来看,倒具有特殊的意义。50年代一群受吸引写韵律诗的年轻诗人对表现能力,即用韵律轻松流畅地做诗的能力很感兴趣。洛厄尔从未这样想过,他早期风格的效果也不是如此。但梅里尔、赫克特和霍兰德等诗人从50年代到现在一直试图展现艺术上的娴熟技巧,结果轻松诗和严肃诗之间的界限变得模糊不清了。的确,严肃性问题对这些诗人当中最著名的作家近来的作品有极其重要的意义,那就是梅里尔的《桑多弗变幻着的灯》。这群诗人的真正的流畅性,尤其是赫克特和梅里尔的流畅性,往往意味着连他们最好的诗也显得拖泥带水。

但写作流利的问题对美国诗人努力获得国际上的承认方面具有特别的意义。奥登长期被视为非常擅长写韵律诗,他1939年来到美国,成为对年轻诗

诗歌、政治和知识分子

人特别有影响力的人物。他编辑了"耶鲁年轻诗人"丛书,第一集收入了霍兰德、阿什伯里、默温和其他人的诗。奥登一直是年轻诗人的楷模:真正有才华的诗人能写出关于任何题材的诗。的确,写有韵律诗比写散文更容易。自由诗诗人常因天真地遵循艺术的真实性而受到嘲讽,但追随奥登的年轻诗人以流利的韵律诗写作来追求真实性,以此显示自己是"有才华的"作家。不仅如此,他们的写作一度被理解成美国文化艺术技巧的证据。此时,其文化的凭据在欧洲受到一些知识分子的反复考察,他们感觉到了战后美国的军事和经济存在的压力。(对许多欧洲人来说,美国文化仍然和粗俗分不开。)在诗歌和绘画领域,50年代聚集在纽约的诗人们正显示像奥尔森所说的美国推动的力量,韵律则是这种雄心的外在表现。

与梅里尔、赫克特、霍兰德和霍华德的流畅韵律的风格相对立的是温特斯、坎宁汉姆(Cunningham)、鲍尔斯和卡斯蒂的简洁风格。在新墨西哥和加利福尼亚州,年轻的温特斯受到美国本土榜样、法国象征派和W. C. 威廉斯的影响,写的是自由诗。但是,20年代后期一部分是由于他看到他的朋友哈特·克莱因的衰退,从而抛弃了自由诗,并逐步形成了一种严谨的、一贯传统的和非常规则的韵律风格。在《原始主义与颓废》(*Primitivism and Decadence*, 1937)的最后一章中,温特斯提出一种非同一般而又影响深远的诗歌传统思想。他指出,过去的传统风格带有情感的桎梏。20世纪的诗人可以通过运用适当的传统风格而激发某种传统的态度和情感。这一观点与艾略特广为接受的观点完全相反,即诗人的需要为他们想激发的情感创造一个语境。温特斯坚持认为诗人及其读者可以更为省事地同意某些情感与特定的风格技巧相对应。在30年代,温特斯自己开创一种文风并写得非常出色:《平静之海慢慢涨潮》(*Slow Pacific Sea Swell*)、《山顶俯瞰帕萨迪纳》(*A View of Pasadena from the Hills*)被公认为杰作。1945年以后他写的诗较少了,但从那时起到现在,他在斯坦福大学的学生一直把他的诗作当为榜样,而且推动这种风格,使韵律诗的范围扩大了。

多年以来,坎宁汉姆被认为是唯一真正出色的温特斯式的诗人。虽然坎宁汉姆是位出色的诗人,但这一观点仍然有损于他,因为他是这么反复无常。罗伯特·品斯基说过,坎宁汉姆写起诗来就像他生活在16世纪一样。坎宁汉姆的风格使人想起16和17世纪英国的观点和价值观,他有个突出优点就是他的风格的古老与题材的当代性之间的反差,就像在《致什么陌生人,什么受欢迎的人之六》(*To What Strangers, What Welcome* 6)里一样。

《老情人用平淡的口吻讲述着往事》(*The Aged Lover Discourses in the Flat Style*)是一首非常工整、严格的彼特拉克式的十四行诗。

第三章 后卫派

也许有人，感情对他们垂青，
他们分分合合像戏台上的跳舞演员，
但这不是给我，不是给我这种年龄，
也不是给我瘦削的肩和肥胖的脸。

坎宁汉姆的杰出之处在于运用声音映衬节拍，当然运用这位老愤世嫉俗者的情绪映衬彼特拉克情人们的优雅言语。虽然第三、四行完全是完整的抑扬顿挫五音步，但谁都能听出有一个反节拍。第三行的最后两步是扬抑格，而对位音恰如其分地抓住了不满个性的重音。坎宁汉姆的控制能力反映在音步和句子结构中。别人可能写成"是的，那些人"，坎宁汉姆用了"也许"。代词本身悄无声息地删去了，只用了个含糊的"也许"替代它。跳舞的情人不是假设而是凭空杜撰的。第四行又是对应着节拍，完全令人信服地变得有血肉。诗中的自我贬低形成恰到好处的幽默和怀疑主义。他的怀疑是理智的，不带丝毫的尖刻。他的简略是为了严格的公平，而不是狂喜的诱惑，这一切以明白的表述和他称之为平淡风格的细节暗示表达在整首诗中。对这个情人来说，一切均可平分，使得即使非常别扭的停顿也落在第 6、12 和 13 行的第三音步中间，两边各有五个音节，你半行我半行。对于坎宁汉姆诗作的所有强有力的规范性，其形式特征的表现力既精明又细微，其韵律看起来不断磕磕绊绊，令人发笑地表现了老年情人的浪漫誓言。公平的浪漫爱情听起来就是这副样子：

为了自己的欲望这么忙忙碌碌
他们的爱人们可能一样忙于自己的欲望，
两人并不一致。（第 10—12 行）

艾德加·鲍尔斯、查尔斯·古兰斯（Charles Gullans）和其他按温特斯的原则写韵律诗的诗人同坎宁汉姆比较起来更为沉闷，即使他的风格有种种局限，他在诗中也表示出作为人的充分的广度。

　　1973 年，埃德加·鲍尔斯把他的诗结集成《生活在一起》（*Living Together*），其中最后一首诗的尖刻可衡量他的成功：

挽歌：1970年12月

几乎过了四年，虽然我仅能隐约猜想
发生的事情，却能感到分分秒秒的冲动
像雪落在无声无息的床上——
而爱你的我们，处处愚昧无知，
我从甲板上看着男孩们，在阳光下，
在混杂的清风、湿气和波浪上前行：
暗淡的影子，一瞬间悬在光线的
陈旧而神圣的冷漠上。

这首诗是个人化的和亲密的，虽然未指明什么人，只有瞬间，但这是其吸引力的一小部分。更强有力的是那特别有意思的时刻的碰撞，如爱人之死，对于每时每刻真正发生着的事情很正常的一无所知。更突出的是这种碰撞不带戏剧色彩的方式：冲浪者不能冲入自然环境，而是暂时被赶了出来；他们是男孩子。洒落在鲍尔斯身上的阳光也落在他的加州甲板上、在冲浪者身上，跟2500年前落在希腊的阳光一模一样，任何人把风景比较一下都能意识到。温暖的加州阳光根本不理会落在东部的雪花。此诗暗示，无论如何，由于这种冷漠，生活显得不是更悲惨而是更庄重了。

鲍尔斯这八行诗里这么凝重，部分原因是通过严密的无韵诗，但更主要是借助遣词，在第六行惊人地达到了抽象分析的高度，这一直是鲍尔斯的目标。那个声音爱恋地讲出"混杂的清风、湿气和波浪"，恰恰是总想从描述中找出讽喻来。鲍尔斯更甚于坎宁汉姆，他在50年代尤其需要抽象、拟人化和讽喻，在这一点上他是那一代人的典型。他在一般的诗中，使用了某个代码来表达对肉体生命的深切失望。在《敏锐》（*Clairvoyant*）一诗中，他似乎在说话时自责他自己的爱情生活，把它说成"见异思迁和任性倔强"。心灵和激情是这一代码的核心词。但这些诗没有对大多数人的心灵表示特别的尊重。他让海登（Haydn）写信给康斯坦兹·莫扎特（Constanze Mozart）说："我们多数人的心灵都是微不足道的，心的感动太快了、太多了。"激情破坏了心灵。在艺术创作中，莫扎特是能够把思想和感觉辩证地融为一体的少有的例外："完美的音符，情感的／与思想的，各自为另一方的耻辱。"传统的灵与肉之间的和谐的象征是圣母马利亚"肉体取了思想的外形"，她提供非世俗的圣洁忠告。在这种传统的灵与肉二分对立中，鲍尔斯只能渴望"最终的某种意义，／在我们迷失时会保存下来。"他最初的两本书，《失去的形式》（*The*

第三章 后卫派

Form of Loss，1956）和《天文学家》（The Astronomers，1965），充斥着讽喻的风格，表达了对"托付给死者的完美秩序"的追求，那些人是超越了性别的。直到1973年第二卷"新诗"出版以前，没有人确切地知道，对鲍尔斯来说，50年代的讽喻模式是写同性恋的一种方式。他的讽喻诗中最成功的是《在最后的圆圈中》（In the Last Circle），这是一首十四行诗，仅仅抽象地描述某个变得令人憎恨与蔑视的人。这首憎厌之诗应该说实现了其讽喻模式，表明这种风格在鲍尔斯眼里是多么缺乏人性。

1990年他发表了一本令人吃惊的诗集——《致路易·巴斯德》（For Louis Pasteur），书中他的许多风格习惯都颠倒了。如果说过去他渴望抽象，现在他喜爱具体细节，即使无法形成主要概念也这样。从韵律上和其他方面看来，他更早的作品风格极其简朴——那是修剪的杰作，但在新的诗集中，自由诗带上了许多多余的音节。诗集中的第一首诗，《理查德》（Richard），结尾是两行六音节。多余的音节最终宣告了新的标准。鲍尔斯把他的诗瞄准其他人生活的富足。

> 他的父母与他的床之间的空间
> 像是一层厚又暗的塑料，《圣迪戈报》
> 和他们买的鲜花带有灰色的蜡。（第二部1—3行）

第二行在韵律上不规则（在更早的作品中这是不可想象的），带有一种惊人的印象派意象，这在他的作品里是新鲜的。准确地说，鲍尔斯不是像洛厄尔1959年那样，恢复他早期的风格，相反，他戏剧性地把它扩大了。

> 凭他们无助之爱的听不见的哭喊
> 困惑与恼怒，注视着
> 他肺中的癌，他转而在
> 时间冰冷变硬的表面上，寻找
> 与他的命运共谋的孩子……（第4—8行）

这里也可能看到他早期作品的紧凑性；每一形容词划有分明的界线，严格限制着陈述的意义，准确地描述这三个人物的感情。这里也有过去的抽象：爱、时间、命运以及（后来的）死亡。一个不同之处在于此诗富于意象，会产生貌似真实的心理观点。《理查德》梦想有水手之间的情谊（第8—20行），男性社会的纯洁光明。这，就是生活本身，而不是家庭的纽带。鲍尔斯早期力图引发别人观点——《J. 海登写给康斯坦兹·莫扎特》（*From J. Haydn to Constanze Mozart*, 1791）和《威廉·丁代尔写给约翰·弗里斯》（*From William Tyndale to John Frith*）——同这里的强烈程度相比不过是习作。《理查德》及其更动人但少些思辨性的姐妹篇《玛丽》（*Mary*）皆是富有同情心的诗，与鲍尔斯成功的憎厌之作《在最后的圆圈中》恰恰成了对照。

但是蔑视、厌恶与反对的感情确实构成了那些向温特斯学习技艺的诗人们的情感范围的重要组成部分。一些诗人衷情于大量抽象的评判标准，这些标准使得他们的诗在不成功的时候有着依恋于琐碎细节的讽刺作家式的道德面孔，结果这些诗便彻底沦为不友善和让人难以容忍的作品。卡斯蒂即是这群诗人中的一位。

杰克尔博士的怪案和杰克尔博士

我没有服药。对双重生活
我没带来替罪羊般的异常暗示
也没有负罪感可说；现在
没有狂热者令人战栗的冲动。

我的暖衣饱食——因为感知而受到赞誉
知道我是个贫民窟的居民
一如我知道他们运用的腐败
我们所是，变为我们所是。

只做好准备不能解决。
商业安适，在这些中间年份
一旦得知年轻人不憎恨它，
硬通货和讥笑令人好奇。

在年轻和急切办不到的地方胜出，
但那个时代的完整性是冷静的。
这是人们用来替代海德的东西，
这也是为什么，现在不是很隐秘，

第三章 后卫派

今天我购买而不请求。
部分资金，我的谨慎的吸食药剂者，
纯粹是冒险。外科医生的手术刀——
两边切开——继承杀人碎尸者杰克儿。

这诗的优点之一是对人的行为的尖锐分析。杰克尔坦率地称自己为好色者，花钱买性——这远不是什么亲昵用词。卡斯蒂曾写到英国和美国诗人的抒情重点在两个世纪里极大地缩小了诗歌的范围，他在所有诗人当中，颂扬吉卜林是比叶芝更有吸引力的榜样。这种反抒情主义——奇怪地把卡斯蒂在光谱的一头同语言诗人联系在一起，在另一头又和新形式主义者联系起来——导致他表现的人物很粗暴，如杰克尔博士一样，他费尽心思地避免带有一丝的领袖气质。他在第一节四行诗中巧妙地避免了颓废的诱惑，并毫无吸引力地屈尊于其牺牲品。但是，在诗的中部，这个脆弱的人物开始破裂，此时他间接地承认，想象着为他心甘情愿的牺牲品所憎恨，在过去已经扰乱了他的平静（第 11 行）。但在回顾过去时，他回忆起他天真地用热情而不是用讥笑和金钱求爱时遭受到的拒绝。第 11 至 17 行的确产生了共鸣，而且依赖于抒情诗的帮助，因为从诗里可以学会把杰克尔表面的冷淡同谁都能记住的年轻人的冷酷（第 13 行）和做作（第 14 行）进行比较。不错，这把外科医生的手术刀对双方都有用。

卡斯蒂显然喜欢粗暴无礼。他的作品表示了对爱情故事的反应或异议，但他不仅仅是粗暴无礼；他不受拘束的诗歌通常违反人们普遍接受的观点，比如在《我这个猪倌》（I the Swineherd）一诗中，当他把爱与贪欲作为他一生中追求的猪一般卑鄙的恶魔时就是如此。但在这首短诗的最后四行里，他说出了理由，证据和理由，而不仅仅是态度，主导着他的诗。

> 需要
> 变弱了，活着等待
> 防卫，希望控制别人的人
> 很快学会了。他知道他的信任是诱饵
> 诱饵消失了，他的职业便失去了

猪倌的职业由于两个原因而失去了：其一，对爱和性满足的需要随着年龄的增长而减弱；其二，随着年龄的增加，人会知道相信一个人能控制自己的欲望是假的。诗中严峻的事实是，人把生命浪费在对爱与性的令人恶心的追求

诗歌、政治和知识分子

中。一个人可以抱怨说这首强烈的诗粗鲁又不人道,但必须承认卡斯蒂说明了他愤世嫉俗的理由,而且他的理由值得考虑。

虽然在形式韵律与政治权威或控制的观点之间没有必要的联系,但至少从弥尔顿(Milton)关于《失乐园》(*Paradise Lost*)一诗的说明起,音节顺序与公民等级之间的类比就诱惑了许多诗人。韵律种类带有诗人或读者决定赋予它们的任何意义,有时这种赋予显然是政治性的,比如说60年代抑扬格五音步诗常常和极权政治联系在一起。虽然这种不经意的等同如今肯定会令布莱、莱维托夫和金内尔这样的诗人难堪,也许下个世纪诗人可以自由地运用传统的韵律工具而无须担心有类比意识的读者如何构建这一部分的诗歌技巧。理查德·威尔伯最近说政治——韵律的类比现在没有什么说服力,但事实上类比又复活了,而且正有效地得到增强,以至只能限制诗人对风格的选择。80年代早期的一群年轻人,也对传统韵律充满热情,他们开始把形式韵律同保守的政治意识联系起来。这些是新形式主义者,特别是罗伯特·里奇曼(Robert Richman)、布拉德·雷索塞(Brad Leithauser)、蒂莫西·斯堤尔(Timothy Steele)、戴纳·乔伊亚(Dana Gioia)、赫伯特·莫理斯(Herbert Morris)和伊丽莎白·史派尔斯(Elizabeth Spires)与这种努力有联系。

1982年9月,希尔顿·克莱默(Hilton Kramer)以阿诺德式的抱怨创办了《新标准》(*The New Criterion*),他抱怨说作为60年代左派文化优势的直接后果,批评已堕落成意识形态和公众宣传。他的杂志试图提供的是一种运用"真实标准"的公正批评。约瑟夫·爱泼斯坦(Joseph Epstein)已经是该杂志的定期撰稿人,在发刊词后写了一篇缓和不满语气的文章:

> 在其文化生活方面,我们的时代已经突出地成了一个政治时代。我说时代是指过去大约25年左右,政治时代不是指在此期间没有创作出有趣味的文学作品,而是指主要的事情、问题和关注一直是政治的,而非文学的。共产主义、冷战、第三世界,美国社会是或应该是什么样子,这些话题在过去的25年里已经耗尽如此多的文化氧气,文学中没有任何东西可以与之相比。

自从1981年以来,克莱默一贯指出,学院式批评家与政治的契合,不是依附于政治事件本身,而是把艺术的批评政治化弄到了不必要和不健康的地步。相反地,爱泼斯坦更认为当然他不是唯一这么想的,文学的地位明显低于报纸,但这根本不是由于文学自身的过错,不过,爱泼斯坦确实相信,只有能够掌握记忆韵律诗的方法的诗,才能恢复诗歌昔日的读者和权威。

有些新形式主义者故意投靠《新标准》的新保守派政治立场。这些作家比起70年代早期以来的任何作家都更不遗余力地把诗歌批评,尤其是诗歌风格的批评政治化。只有很少的报刊上刊载的诗歌将主题与新保守主义联系起来。编辑们将诗歌的政治意义几乎仅限于形式特征。当然,不是所有写韵律诗的诗人都赞同诺曼·波多莱茨(Norman Podhoretz)、克莱默和爱泼斯坦的思想意识。最近韵律诗的复兴至少可以追溯到罗伯特·品斯基的《美国的解释》并包括许多诗人,他们的政治效忠与克莱默的观点不相符,就连那些在克莱默办的刊物上发表诗的人也并不想给他的政治地位带来权威。我问过艾伦·夏皮罗(Alan Shapiro),他在那本刊物上发表诗时是否考虑过这种投靠,他说:"我想的是杂志付的75美元。"后来,他在《批评的探索》(*Critical Inquiry*)上的一篇文章中否认了这种契合。不过,在与政治有牵连的刊物上发表的诗作必然相信那种政治关系。艾略特曾说过,产生伟大艺术的意识形态借助这种艺术获得可信性。特别是在当代人当中,似乎为许多艺术家所把持的政治地位往往表明,在我们的历史形势下谁有创造力。《新标准》的编辑们值得赞扬,他们试图囊括当代诗人、小说家、画家、雕刻家、戏剧家和音乐家的活动,没有哪个左派或中间派的刊物做过这种努力。但这种努力可以当作新保守主义包容当今艺术的见证。一种诗歌流派在某种程度上可与《新标准》的新保守派的意识形态相一致,在这个意义上,这一流派的艺术成就关系到新保守派丰富的观念和价值。《新标准》的编者清楚地了解这一方面的文化政治,塞缪尔·利普曼(Samuel Lipman)是刊物的发行人和音乐评论家,他撰文总结了哥伦比亚广播公司对斯坦威父子公司的兼并:

> 在其诞生后最初120年左右的时间里,斯坦威钢琴无疑是美国资产阶级民主条件下可以制造出来的一件伟大的艺术工具,它本身就上升到一种艺术高度。只要有人愿意辛勤劳动生产东西来挣钱,就连艺术的需要也能满足。

如果钢琴能够制造出来,赞同经济和政治现状的权威,那么诗歌当然也能。作家们的政治关系是明显或含糊,他们同《新标准》编者的政治关系相冲突,就连他们在刊物上发表作品时最终都把权威让给新保守主义,因为他们算得上是(事实非常需要)这一份有倾向性刊物所具有的容忍和远见的证明人。

罗伯特·里奇曼从1982年到1984年是《新标准》的业务经理,后来当了诗歌编辑。他很明确地指出,新形式主义者包括了"过去15年里出现的最

○ 诗歌、政治和知识分子

重要的一群"。他对韵律诗的宣传包括要求最新的诗人联合起来，回应这样一种想法，认为过去的10年左右形成了一个特殊时期：80年代是"文化的过渡时期"，也许从自由诗到韵律诗，从与左派联合的文学文化到与右翼联合的文学文化。他表达了最近诗人们跨过了一个历史关头这样的想法：

> 事实上，看起来好像80年代的美国诗歌已经找到了一条路，回到体现30和40年前以其最佳成就为特点的那种高尚的风格和高度的严肃性。

在这里，这个阿诺德式的短语含蓄地把里奇曼关于他这个时代的诗歌的观点，和对克莱默和爱泼斯坦更广泛的阿诺德式的评论联系起来。里奇曼明确表示想复兴50年代的文学氛围，当时艾略特、奥登和新批评派在季刊中主持着诗歌讨论，而且诗歌取代文学理论，成了文学话语的通用货币。

想要恢复显赫的过去，这是新形式主义的见解中重要而诱人的一部分。雷索塞写道："赫克特、梅里尔和威尔伯幸运地在40和50年代开始他们的写作生涯，当时形式诗的正统地位已经奠定。"但是，第一次向《新标准》投稿时，里奇曼很夸张地宣称爱德华·托马斯（Edward Thomas）是1910年和20年代早期之间英语诗歌中最重要的诗人，而在这时期，哈代（Hardy）写了《1912—1913年诗集》（*Poems 1912—1913*），叶芝写了《责任》（*Responsibilities*, 1914），更不用说还有美国诗人艾略特、庞德、史蒂文斯、威廉斯和莫尔的作品。里奇曼详尽阐述的特定文学史显得古里古怪的，虽然如今别人已经接受它了。他对托马斯的赞赏是基于这位杰出诗人的两个特征：（1）像弗罗斯特一样（而且比他早），托马斯寻找一种在句法和成语上模仿说话的风格；（2）托马斯不受一次大战以后现代主义倾向反讽的影响。第二点正是促成这种古怪的历史论争的原因；里奇曼所指的是托马斯置身于他所谓的"情感的对立"之外，也就是说，托马斯与其他的乔治时代诗人一样，是个爱国的不列颠人，而里奇曼的同时代人则受一种欠考虑的（因而是情感化的）反对全国一致的束缚，而无法表达对自己国家的认同。当里奇曼说托马斯是"'公正的'抒情诗传统"的一部分时，他不仅直接援引了阿诺德，而且更直截了当地援引了克莱默在该杂志发刊词中运用的阿诺德的词语。克莱默宣称："资本主义虽然有种种缺陷，已证明是民主机构的最大保卫者，是现代世界给予我们文化与艺术自由的最佳保障。"现代主义作品刻薄的反讽不支持这种观点，超越反讽才有这种爱国的断言。当然有人想同意斯达尼斯洛·巴兰克扎克（Stanislaw Baranczak）和米沃什的观点，即"诗歌作为可能的希望的源泉"这一前景是艺术职责的核心，但自满绝不是希望的好基础。《新标准》赞扬诗人们谦虚节制，好像不表达激情本身是一种杰出的表现。在布鲁斯·鲍尔（Bruce Bawer）的评价里，毕肖普的艺术是华丽的，因为"它知道它的位置，就是说，不是出去把事情搅乱，而是极其小心和细致地理解和描绘事物的本来面目，哪怕只是一瞬间"。

里奇曼同其他趣味完全不同的批评家，包括特纳·卡斯蒂和马乔里·帕洛夫（Marjorie Perloff），所贬低的一部分是诗歌"极端的主观性和极端的内省"，特别在1959年以来的诗歌中。根据该刊物各位批评家构建的文学史，托马斯和弗罗斯特是现代主义时期的诗人，其作品仍有生命力，因为他们：(1)把韵律形式与口头惯用语统一起来；(2)对诗歌可能达到的目标提出了谨慎的期望；(3)写事物，而不是写他们自己；(4)没有谴责政治和文化的现状。不知为什么，艾略特莫名其妙地被理解为支持韵律诗，虽然他写的大多是自由诗；而威廉斯则是最终的"反对形式诗的反叛之父"。虽然洛厄尔、贝里曼和普拉斯很少被人冠以什么名称，但"自白派"经常用来作为60年代堕落文化的文学标志，与之相对，新形式主义主张间接的表述，这意味着含糊其辞地逗弄读者。金斯堡的作品最好地表现了主观与反抗诗歌的失败。虽然布莱也被理解成只提供了"同样古老的唯我论"，布鲁斯·鲍尔反驳说金斯堡满不在乎地"只为反抗、反抗、反抗"，并且他自己应对受过教育的年轻人普遍吸毒承担责任。克莱默（同特里宁一样）指出："在60年代，现代主义才建立起作为主流文化的权威。"里奇曼赞扬乔伊亚（Gioia）做出"非同寻常的努力，用乐观的调子结束事情"。解决主观性的一种对策就是詹姆斯·芬登（James Fenton）这样的作家创作的公共的、历史的、风格平淡的诗歌，但里奇曼相信，这条路虽然有奥登的权威作为先例，但也会导致低估诗人的工作，诗人比政治话语的肯定性和已知数量看得更远，导致新闻式的记录而不是诗歌创作。

新形式主义的鼓吹者时常表达出一种随和的犬儒主义，这有碍于韵律诗长处的精致表达。布鲁斯·鲍尔开始写一篇关于盖依·达文波特（Guy Davenport）的文章，盖依是一位与右翼有来往的实验作家，正如鲍尔所知道的，从下面的观察可知他是个例外：

> 这些天，很难不让人怀疑实验派的写作，这么多的东西似乎都是自满自大的半拉子作家写的，他们以非正统的方式写作的主要原因就是：1. 他们无法按一般的方式写作；2. 他们知道在某些批评圈子里，比起好作品来，与众不同的作品要引起注意是容易得多的。

诗歌、政治和知识分子

不难表明:"实验派写作"或"新形式主义"等大的类别的许多作品是很平庸的。实验诗或现实主义诗作的批评只能涉及这些群体中最佳诗人的一部分作品。但是,鲍尔和里奇曼同爱泼斯坦和克莱默一样,让讥讽来替代辩论,他们自诩聪明人,对周围的一大群傻瓜,更通常地是对"这些日子",变得不耐烦了。国家艺术捐赠基金或任何学术会议,这些都是《新标准》把矛头对准的敌人。这种激烈争辩预先就把真正的交流意见排除在外:见解不在面临对手的争辩时得到修正,而仅仅是重复。讥讽是直率的,而在不同种类的作品中严密地做出区别这一点来说,文学批评是很出色的。宣言书当然不应当不直率,但受这一群体尊崇的诗人,即使代表他们的更长的文章作为批评是令人失望的,例如,布拉德·莱特豪塞用不值得让人仔细思考的字眼吹捧希斯曼(L. E. Sissman)的作品:

> 他的优点自然是庄严的:令人嫉妒的非凡记忆力,庞大的……词汇量,对不幸者和受难者的深切同情,玩弄文字的神奇能力,还有强烈的、动人的怀旧之情,设法避免变得多愁善感和优柔寡断,展现了几乎令人震惊地熟练运用汽车、家具、油漆……等东西的实物世界。

如果说里奇曼、鲍尔和雷索塞卷入了一场同对于写作的崇拜者的论战,他们将不得不改善其评价原则,而不仅限于大的词汇量、超强的记忆力、熟识各种消费品和玩弄文字的神奇能力。赞扬诗人的措辞、对过去的把握、对现在感觉的敏感性和词语的艺术性应该采取严肃的方式,但他们需要一些雷索塞似乎未曾考虑过的复杂问题。

雷索塞和蒂莫西·斯蒂尔是经常在《新标准》上发表诗歌的两位最杰出的诗人。雷索塞的第一部诗集《萤火虫数百》(Hundreds of Fireflies)于 1982年出版,立刻使他广受称赞。他的许多诗已经在发行量很大杂志上,如《纽约客》、《新共和》和《大西洋月刊》(The Atlantic Monthly)发表过。第二部诗集《寺庙之猫》(Cats of the Temple, 1986)出版前,他已经收到英格拉姆·梅里尔(Ingram Merrill)和古根海姆(Guggenheim),还有最为慷慨的麦克阿瑟(MacArthur)基金会的基金。斯蒂尔 1979 年出版第一本书,《不确定与休息》(Uncertainties and Rest),第二本是《反对愤怒的萨福诗体》(Sapphics Against Anger),出版于 1986 年,获得了三项奖。斯蒂尔同自由诗论战给人印象深刻的文章《失去的韵律》(Missing Measures)发表于 1990 年。这两位诗人中,雷索塞受到的赞誉多得多,而我认为斯蒂尔更胜一筹。

雷索塞是位非常谦虚的诗人:他大多坚持描述,坚持自然诗。《回到小木屋》(*The Return to a Cabin*) 超过了他如今享有盛名的写昆虫和动物的更美的诗。同他心目中的大师威尔伯一样，雷索塞不断强调显然是微小事物的重要性：飞蛾、土豆、影子和反思。他的作品实现了新形式主义者对乔治时代诗人的复兴，艾略特曾对他们爱写小东西开过玩笑。雷索塞说："只要看看乔治时代的诗人，就能看出一个时代的正统诗歌可以是柔和的、活泼的。"雷索塞也像威尔伯一样，在小东西的脆弱之美与不断威胁美国城市居民的野蛮暴力之间建立了坚实而复杂的联系。《回到小木屋》的最后九行写的是正常和例行的压抑和恐惧。乡间的孤寂与夜幕降临"像胸中的喉音那样"堵住并可能撕裂。细腻总是在和反面的粗暴相对照，这一点完全不像雷索塞那些乔治时代的先行者们。第二部诗集的标题诗中，他赞美地描绘了画在一片金叶屏风上的老虎，这些老虎是一位从未见过老虎的日本画家画的。作为雷索塞的特征，他的句法迂回于诗行间断和结尾之间，它们如同蛛网一般几乎不存在。和玛丽安·莫尔一样，雷索塞对韵律形式有种冷静、轻慢的态度，好像它的规则只能维持一项用左手玩的把戏，而诗人真正得心应手之事乃是巧妙的描述。很奇怪，他是一位高度讲究的形式主义者，因为他像一位城市漫步者一样走着，小心翼翼地不踩在裂缝上，抑扬格诗的要求便一行接一行地相遇和绕行，结果产生的音乐在激发信心上很少有动人之处，许多的轻声结尾和替换表达了形式内部更多的自由：在满足形式诗的要求的同时，这位诗人的音乐和着英语诗歌的韵律形式奏响。抑制节拍是有点虚无的，非要经过不断的抗议才融入到形式诗中。他写道：**"一首诗应该经历尽量多的韵律折腾，只要没毁掉就行。"** 此处的虚无就是指韵律的对位与变化不是凭意义获得合理性，而是凭它们本身，即作为展示获得合理性。从音乐的角度上说，诗回避期望并拒绝读者与作者之间的合作协定，作者在形式诗中尤其重视这种协定，但毋庸赘言，这种拒绝是有原则的。

暴力是形式诗的重大题材之一，因为韵律的规范性会增强毁灭感。新形式主义者特地再次坚持控制这种特殊题材，巧妙、精细地描述是为了缓解生活的暴力。"这里/禁止一切流血/这里……/这是这些土地的/隐藏的启示"被写在日本屏风上。这就像莫尔的《诗集》(*Collected Poems*) 开篇作《尖塔旗杆》(*The Steeple Jack*) 一样："生活在这样的镇上不可能会有危险。"对雷索塞来说，艺术是保留区，在那里，好的东西被给予时间和空间来展示对破坏的替代，而危险的东西——老虎、死亡——却限制在适当的地方。

他的第一本书里有一首十四行诗，《旧帽子》(*Old Hat*)，似乎表达了对他的风格范围的焦虑。这是一首用爱情诗的章节写成的挽歌：

> 是像你，这么体贴的男人，
> 把你的报纸收拾好，把你的
> 物品搞整齐；虽然不得不悲伤，
> 我们免于那难办而琐碎的事务
> 它会把悲伤搞得又乱又糟。

到使用"整齐"一词时，人们便要反复思考作者对于这位"体贴的男人"的欣赏有多少诚意了：这些都不是对人的赞美之辞。但是"搞得又乱又糟"两词分明表示出诗人即使在不合适的地方的确真正地爱整洁。他把死亡和悲伤都审美化，乃至他能保持冷静。这便是这种风格的一切内容——面临……哦，不管什么——都保持镇定。诗中一顶帽子留在钩子上，就好比痛失爱人的人去散步，这就把那种镇定摧毁了：

> 我们想要的是把这类东西存在外边
> 爱情的损失和痛苦慢慢不断上升
> 日复一日把你变成了陌路人。

这首诗的形式的强结尾、适当人物的直接运用以及他们所能给予的雄辩，这些不是雷索塞特有的，而似乎来自诗中自我批评的逆流，这是一种比他往常更平淡、更不加修饰的写作方式。我觉得把失爱之人变为陌路人的不只是时间，还有雷索塞诗歌的整洁的感觉。痛苦与爱情都达不到这种整齐的样子。

斯蒂尔的十行诗《等待》（Wait）用的是英雄双韵体，很好地表现了他和雷索塞对待韵律方法上的不同。

> 六张床在方形房间里：你用你的名字要一张
> 睡它几天。然后恢复原状——耻辱，
> 氯普马嗪①，太阳下长距离漫步
> 当思想退入遗忘
> 它便得到信任。整个期间，你感到
> 只有你的毁灭和疲乏像睡眠一样
> 迟钝。发生什么事了？他们不回答你，
> 而只把你的屈从

---

① 一种药品名称——译注

诉诸他们在"适当时候"形成的判断。

随后呢？休息一下吧，耐心点。等待。

从严格意义上说，这首诗极其工整：正好 100 个音节可以放进抑扬格的格子里。但诗的声音是完全惊人的，因为短语为了回应某些诗行的感觉而违背韵律拖长了。例如，最先的六个音节合为（当然是抽象地）抑扬格："SIX BEDS in a SQUARE ROOM"，但不论谁都会把开头的两个音节和结尾的两个音节读成扬扬格，而不是抑扬格。"SIX BEDS in a SQUARE ROOM"，使开头的短语留下一个残缺的声音结构，用某种感觉告知身体，外界的感觉如何。完了之后，节奏与韵律一起构成六个平静的抑扬音节，但在第二行又分开了："Then the comeback——"两个音步绝妙地把前六个音节的抑扬节奏颠倒过来。很显然，这些抑扬音节用声音表达了惊讶和努力实现身体和心理恢复的动力。第三行后六个音节——"and long WALKS in the SUN"——跳跃至同样适合走路感觉的抑抑扬格的节奏。要是诗的节奏都能模仿其表述的内容，那仔细聆听所产生的快乐将是非常恰当和可预计的。耳朵跟大脑一样，喜欢不同的东西。诗中前三行的停顿，正如我已经指出，把声音分为四个和六个音节的单元，但在第七行打破了这种模式，此时两个音节后有一个停顿，然后在第三个抑扬音步中间又有一个停顿。最后一行的三个停顿（都在音步当中）形成了三组三音节和最后一个重复标题的单音节。可以多少模仿这首诗的内容，来构成最后一个停顿，然而整首诗停顿的多样性，带有一种节奏，这种节奏往往符合（因此强调和突出）内容，但有时和变化一样令人快乐。雷索塞所公开承认并展现的是变化性本身的魅力，这也是斯蒂尔的长处之一。不过，斯蒂尔通过运用声音结构来赋予其表述内容以适当的外形，从而使其诗歌更具严肃性。在《等待》中，在大多数——虽然不是全部——情况下，那些不只是抑扬格的声音似乎都取决于斯蒂尔的承诺，他承诺尽可能寻找最具表现力的声音，来展现他为一位患精神分裂症（索拉金所治疗的病）的朋友所做的表述。我强调诗的题材，是因为这恰恰是这首短诗的表现节奏所强调的。作为写诗者，斯蒂尔的技巧听起来很平常，但此诗把这一技巧用于表达而非表现——这一技巧的运用表明，任何艺术的这两个方面都可以区分。

精神错乱的题材——正是叶芝继承阿诺德以后认为不适合入诗的被动痛苦——对于韵律之争具有特殊意义，因为洛厄尔在 1959 年声望达到顶峰时放弃了韵律，为了更具体、更有说服力地写他自己精神异常的经历，众所周知，这就是不符合韵律的题材。不同于洛厄尔的是，斯蒂尔采用的是第二人称，而不是第一人称，他接受了一位观察者的远距离视角。虽然床都编了号，处

⊙诗歌、政治和知识分子

方也填了姓名,但此处的语言仍旧是抽象的。"思想"、"遗忘"和"信任"都是在最为一般化的层次,远超过任何具体的思想和信任行为。"耻辱"、"死亡"和"疲乏"稍不那么普遍,但仍然抽象,因为它们直接与朋友有关。斯蒂尔的诗能够处理好这种抽象的分量(在温特斯的追随者——斯蒂尔和坎宁汉姆一起学习——的其他诗中,这种抽象显得过于严重),因为此处经验的衰变相当明显,以至于此诗提供的什么具体性都完全足够。

新形式主义者蓄意地寻求复兴叙事诗,但成效有限。正如我说过的,韵律诗没有任何东西在本质上是反动的,但某些韵律诗的写作上有明显自满的特别危险。维克拉姆·塞思(Vickram Seth)是真正广受欢迎的新形式主义诗人,他的诗体小说《金色的门》(*The Golden Gate*, 1986)就表达了我这个观点。布鲁斯·鲍尔在《新标准》上评论塞思的书时,很中肯地说"塞思……从未把任何东西过于认真对待,他自己尤其如此,相反,他能够得到的一切都要逗弄一下——他的诗,他的主人公,甚至他一丝不苟地遵循的诗歌传统也不例外。"塞思活泼的诗歌形式中随处可见的幽默完全是投入的、微笑的,诗中所倡导的是一种自由性、灵活性、忍耐性和包容性,这些价值和诗歌技巧的展示叙述被接受了。

最好地展现了故事诗的多种可能性的诗人是艾伦·夏皮罗,如果不是叙事诗的种种可能,他断然拒绝与新形式主义者合流。夏皮罗的第一本书,《挖掘之后》(*After the Digging*, 1981)包含了虚构人物的两套自白,一个人在爱尔兰遭受饥荒,另一个则在17世纪的新英格兰被当作不同政见者而受到迫害。他最初的题材是饥饿、移民和政治迫害。他懂得现在令美国人感兴趣的故事涉及极端的敌对或残忍,他的作品的突出优点是他非常细致地审视了这些题材,使得在考虑极度苦难背后的种种原因时看不见他的素材的更严重方面。他的作品是耸人听闻的手法与精细的严肃混合。

精细来自他对极度苦难故事的明显意义的不满。他的第三本书的标题诗《快乐时刻》(*Happy Hour*, 1987)是从一个酒鬼的丈夫的角度来写的,她越喝酒越忘乎所以。"我的小道学先生,你不想/搞我吗?"要说明酒是如何毁掉他们的婚姻和折磨其配偶是够容易的,但在这首诗中,夏皮罗反而把重点放在那位清醒丈夫的受害感日渐增强上。他贪图一种因为受了太多苦而获得的安全感。不过,夏皮罗的目的不只是表现受害者自找苦吃,而是要进一步断定使人想受罚的人性的基础。他首先利用幽默达到这一层次的概括:"他所能做的就是笑着面对/好像她开的是无伤大雅的/好兴致的玩笑,并且极力/不往周围看/有谁听见,有谁看见。"牙缝中挤出的冷酷的笑其实是可笑的,因为很容易想象夏皮罗所描绘的这种自我意识:那男人不可爱,却让人觉得很熟悉,他对妻子的想象也是如此("而且从来不能")。借助这一短语,夏皮罗进入了男人的思维,就像男人进入他妻子思维中一样。那些辩论的转向谁都知道,因而很有意思。

我强调的幽默在《额外》(*Extra*)一诗中更强烈,诗的开头很精彩:

> 心脏病是值得的
> 像一件华美的外衣,昂贵
> 却是他喜爱的颜色,
> 像那个话题的最后一句话
> 他们一直争论了二十年。

第一行很有趣,并和其他的一样相当戏谑。《额外》同《快乐时刻》一样,评说了经营管理代价高昂的乐趣,这里妻子的视角暗藏在只有细读才能欣赏的细节里。第三行的反义语表明了丈夫,而不是妻子的思想。对她而言,外衣的漂亮在于价钱昂贵并且是他喜欢的颜色:无论是对他的吝啬,还是认可自己的口味,他都不能心安理得。外衣与心脏病具有其他额外东西的吸引力,就是平日里伤害对方以外的满足。"额外"一词的专业含义——表演行业及其报酬标准中最底层的人,他们的面貌拍了下来,声音却没录下——集中于只能通过身体动作、心脏病和杂货店购物的自我折磨的疲劳,妻子才能让乏味的丈夫感觉到自己的感觉;她说什么对她丈夫而言几乎不起作用,对为她讲述这个故事的诗人也没用。他们是生活在东海岸的美国犹太人,不适应西部美国人公式化的陈词滥调,西部人说的比如"自从埃尔帕索以来已经很长时间"之类的话带有终止的权威,他们的方式不是比基尼和付款柜台的方式。不是的,他们乐得挖空心思地互相折磨,并且令人嫉妒地生活在他们想象成生活的"富裕/美丽的心脏"——例如,比弗利山——之外。残酷,对,但他们的生活很有趣,有想象力和紧张,这超越了南加州的后少数民族大众文化的丑陋女人,事实上,比起大众文化的想象世界来,想象力要丰富得多,也更贫乏。在某种意义上,针对平淡世俗的电视文化,诗人肯定的是局外人的敏锐性:妻子残忍地、虐待狂地又小心翼翼地建立她自己的世界,甚至她凄凉的婚姻,这样做犯不着。诗的力量借自她,正是她的想象才表面上为诗提供了最突出的形象:加利福尼亚的房子"是雅致的耶路撒冷/把他们昔日在东方的生活弄成/卑鄙的临时放逐";而且"她能感觉到/屁股上的黄色淤肿/从血管造影确定肿瘤位置开始,痛得/如此厉害以致想象/会让收款姑娘一闪念……觉得她又老又病"。两段中语调的不同标志着作者的观点从揶揄转变为强

◎诗歌、政治和知识分子

烈同情,这便是此诗的进展。但是,两段中人物种类的不同——传统的引经据典和超现实主义的主观——表明这一人物想象力的复杂程度。夏皮罗的诗歌成就是把理解和同情延伸到正常范围以外的传统成就。在叙事诗,如《额外》和《课》(The Lesson, 1989)中,他传达了对孩子性骚扰的人身上的可怜的男孩子气,他的同情延伸得很广,明显很大胆,并在一定意义上显而易见。在短的抒情诗,比如《主人》(The Host)里,他扩展了对自己动机的微妙的理解,这种理解是既尖锐又往往很痛苦的。

1945年以来,诗人们由于种种原因已转而写韵律诗,但多数的韵律诗人故意拒绝利用当时最易获取的观点。针对战争造成历史性断裂的感觉,这些诗人已表示传统的和惯常的诗歌形式的种种可能,并因此强调文学史的连续性。反抗当代文化特点的广为流传的主张,不是反抗当代性本身,正如卡斯蒂的作品完全清楚地表明的那样。这些诗人特别乐于(也让人特别乐于)把当代的题材同传统的诗歌结构相结合。这种双焦点的方法其实是拒绝把一切判断让位于危急关头。韵律使经历历史变革的一种标准或韵律的观点在诗歌中保持活力,它们表明可以从另一个时间和地点来对当前进行审视、判断或者仅仅是整理。对于气质和努力非常不一样的诗人来说,长期以来,一种来自另一时间和地点的诗歌的观点一直有极大的吸引力。斯蒂尔的《黄金岁月》(Golden Age)听上去像是翻译了某一首罗马的诗。

> 即使在幸运的时候,
> 花蜜也混着苦汁。
> 神仙们是那么固执
> 反复无常,穷苦的人
> 在奈勒弗乞讨或睡
> 在大风把纸刮起的广场上,
> 那里是新大陆的购物街。
>
> 与此同时,暴君养肥自己
> 靠征服,而谋士们
> 谋求升官,寻找
> 私利之策。心碎了,
> 忠诚的拥护者
> 回望着平原的城池
> 吃力地走上放逐之路。

如果有哪个时代兴旺,
只是因为,在某处,
悬铃木树荫下,朋友们用
定理和证据划定尘埃,
或者因为,出于直觉,
一个人手臂箍着
悲伤的肩膀并陪着它走
(一个小时或者一个时代)
穿越所有的泪水和诉说。

这就是对抗的爱情故事——文学的、政治的和文化的。韵律形式与传统措辞("平原的城池")表达了"忠诚的拥护者"的观点,他以持久原则的权威说话,当然这是不幸者与少数派的私自观点,这也是人们能够准确地评说和浪漫地探讨诗人的原因。

第四章 先锋派

批评家常常谈到先锋派，而谈艺术家的则很少。究竟谁算先锋派，谁算后卫派，都是批评家们争论不休的问题。"先锋"一词，在从套衫到诗人的每件事的宣传中被大大地滥用了，但它表达了一个批评家对社会与文化对抗的梦想，一种对进步的可选择的文化的梦想以及一种消费者对创新的欲望。我认为，1945年以来有四种文学先锋派情景与诗歌有关：黑山学院（1950—1956）、格林威治村（1950—1963）、黑人艺术运动（1962—1970）以及纽约和旧金山的语言诗人（1979—1989）。我使用的这个概念，具有四种因素：1. 先锋派诗人立志创造未来的主流艺术，并不仅仅希望他们自己的天才获得社会的承认；2. 为了达到这个目的，他们在不同的媒体里组成了一个公共的联盟；3. 他们反对当代艺术群体已经建立的各种常规；4. 先锋派诗人对于艺术与社会的关系有个明确的看法。

1950年至1956年的文学的先锋派是随着绘画和爵士乐的先锋派运动而产生的，1950年已经形成自己的模式。40年代中、后期的抽象表现主义艺术家，如波洛克（Pollock）、罗思柯（Rothko）、德·库宁（deKooning）、霍夫曼（Hofmann）、克莱恩（Kline）、马德维尔（Motherwell）等人，创作了一批先锋派绘画，获得许多诗人的承认。同一时期内，节奏疯狂的爵士乐音乐家们，如查理·帕克（Charlie Parker）、西隆尼尔斯·蒙克（Thelonius Monk）、肯尼·克拉克（Kenny Clarke）和狄基·基列斯派（Dizzy Gillespie）甚至更常被许多诗人认为是先驱者。在那种状况下，北卡罗来纳、纽约和旧金山的诗人们，朝着这些其他艺术作品所揭示的方向推动诗歌艺术的发展。50年代的文学先锋派就是绘画和爵士乐的赞赏者的一种深思熟虑的后期创作。

使先锋派在诗歌、绘画和音乐做出共同努力的是表演的观念。它对于文

第四章 先锋派

学的文本本身采取一种非传统的激进的观点。在历史学家看来，表演美学很可能来自意大利的未来主义者，但在50年代很少讨论这些问题。尽管如此，阿托德（Artaud）对于"从手势、声音和新用法产生一种玄学"的未来主义的希望的确引起了黑山学院的理查兹（M. C. Richards）和其他人以及旧金山的肯尼思·雷克斯洛思的充分重视。但关于表演美学的最著名的阐述是哈罗德·罗森伯格（Harold Rosenberg）1952年论行为画家的文章："在某个时期，油画布开始出现在一个接着一个的美国画家面前，作为行为的竞技场，而不是重新制作、重新设计、分析或'表现'——一种实际的或想象的物品的空间。在油画布上将出现的并不是一幅图画，而是一个事件。"作为一件艺术品的油画布不见了，代之而起的是一个艺术家运用艺术材料的记录。"在这种美学里，"邓肯在谈到画家与奥尔森诗歌的联系时论证说，"观念不能脱离行动。"1955年，《来源》（*Origin*）的一位欧洲作者写道："绘画的表面是行为的竞技场……所以，绘画，被看成是有节奏的数字在特定地方的摩擦，参加了生动的戏剧界和舞蹈界的表演。"这种表演的概念在40年代中后期的绘画和爵士乐里简直像新闻一样，从格林威治村和哈莱姆区传开了，到了50年代中期又转回来，它成了诗歌讨论中的普通术语。

按照邓肯和奥尔森的看法，诗歌领域与墨西·坎宁哈姆（Merce Cunningham）舞蹈的场景和黑山学院合作者同事约翰·盖奇的音乐是相似的。诗人们理解这些艺术的特殊关系不仅对于新批评派的形式主义美学是一种选择，而且对于狄兰·托马斯（Dylan Thomas）充满激情的新浪漫主义更是一种选择。作为一位他自己诗歌的表演者，托马斯从1950年到1953年便在美国大受欢迎。法国画家和诗人雷涅·劳比斯（René Laubies）在《来源》上抱怨说："今天，某些抽象主义者想从一切感情中摆脱出来。在某'实验室'里脆弱地观察，他们在三角形和圆形上做了各种无休止的变换。这么枯燥乏味的东西决不是绘画。"但是，奥尔森所要的东西事实上是一种很枯燥的诗。它不是来自爱情抒情诗和挽歌中通常表达的同情心；而是来自田园诗和书信体诗文里表达的诗人的思想和知识，它们比新浪漫主义更严肃，但肯定在感情上也有自己的表达范围。

在40年代中期的纽约，从格林威治村至近郊，首先在哈莱姆区，后来在第52街，帕克、蒙克、基列斯派、克拉克、克里斯汀和其他人即兴表演的技巧，使得表演者和作曲者之间的区别消失了。这种区别有种族上的意义，因为黑人表演艺术家早就被承认了，但黑人作曲者没有。毕博普（Bebop）爵士乐演奏者创造了一种音乐性不大明显的音乐，那就是说，个人表演者之间合作的余地就更小了。这就使30和40年代曾给白人舞蹈乐队带来财政上成功

◎诗歌、政治和知识分子

的音乐集体性的问题。40年代中期,爵士乐进入一个强烈的个人主义时期。独唱表演者的精湛技巧决定一切。而且,这种过分看重技巧具有明显的政治意义,因为为数甚少的白人表演者不能与黑人音乐家竞争。黑人先锋派音乐家受到通俗摇摆舞观众的直接反对。他们使赫策·汉德森(Hetcher Henderson)、杜克·艾林顿(Duke Ellington)和考恩特·贝西(Count Basie)等白人模仿者出了名又发了财。毕博普爵士乐演奏者击中了他们的目标:诗人威尔敦·济斯(Weldon Kees)在《党派评论》上写道,毕博普的爵士乐一贯浅薄,同时陈旧夸张,缺乏主题的发展和感情的丰富,不仅如此,这种缺乏显然是有意识的,而且很大程度上是自我满足的。这种对以表演为方向的艺术从感情上进行的批评,后来经常被用来攻击像奥尔森和邓肯这样的诗人。

节奏疯狂的爵士乐经常得到公正的讨论,被认为是对一种产生于种族主义和贫困的强烈感情的表达。帕克有些作品具有这个特征,但他也喜欢另一种截然不同的音乐:通过把自己的和听众的注意力集中在艺术创新和精心制作的形式乐趣上,来减轻浪漫主义歌谣感情上的负担。他主伙杰什温(Gershwin)的《可接受的你》(Embraceable You)的改写本中摇摆的爵士乐浪漫主义所表达的范围并不重要。具有反讽意义的是:毕博普的爵士乐演奏者改编了人们所熟识的歌谣的旋律,这样它们只能由无意义的狂喊乱叫的歌手来演唱,比如:辛纳拉(Sinatra)的《这些蠢货》的浪漫主义版本不过是人们听了蒙克改写本的一种玩笑。与人的声音的距离是衡量他们想消除对浪漫主义感情的修辞感染力努力的尺度。帕克的音乐大部分是一种提炼的艺术,从民谣中吸取忧郁的共鸣并赋予轻快制作的艺术以感染力。在《克拉克托夫雪斯顿》(Klaktovedsestene)里,人们听到他删去旋律中次要的部分,只保留它的主调,在主调的基础上他重建了另一种音乐。

曾经有人问奥尔森关于黑山派诗人的诗学问题。"老弟,没有什么诗学,"他说,"是查理·帕克。确确实实地,是查理·帕克。他是50年代的鲍勃·迪伦(Bob Dylan)。"克里利记得在1946年至1950年之间,他自己除了听疯狂的爵士乐的录音以外,没做什么别的事。在《人的一切都是可爱的》(All That Is Lovely in Men, 1955)中,他宣称,他自己的韵律更接近于帕克和麦尔斯·戴维斯(Miles Davis),而不是他所能提到的任何诗人。帕克音乐的简朴和轻快一定强烈地吸引了奥尔森和克里利。他们像菲力普·拉金(Philip Larkin)、唐纳德·戴维(Donald Davie)、金斯利·艾米斯(Kingsley Amis)和其他英国诗人一样,对狄兰·托马斯的新浪漫主义通俗感染力感到震惊。罗伯特·洛厄尔战后的成功表明:对强烈情感的表达也是知识分子读者,如《党派评论》的读者对诗人的要求。与此相反,奥尔森在他1950年的宣言书《投射诗》(*Projective Verse*)中提到:目标是消除抒情自我的干扰。在节奏疯狂的爵士乐之后,50年代美国先锋派将希望寄托在一场技术革命和一种新音乐上。这是令人难以理解的,因为这些先锋派人物在技巧上,没有一个可以跟诗人洛厄尔、毕肖普、梅里尔或威尔伯相比。也就是说,无人能比得上黑人爵士音乐家的精湛技巧,尽管文学争论者暗示节奏疯狂的爵士乐除技巧外仍然有很深内涵。现代主义作家们关于技巧方向的争论,和毕博普的爵士乐坚持是技巧而不是主题是革新的关键表明:黑山派诗人优先考虑的是技巧问题,并在他们自己的论争中往往带有喜剧的结果。1950年至1956年间的诗歌创作根本没有产生什么创新的东西,如果跟庞德的《华夏集》(1915)和艾略特的《荒原》(1922)相比的话。

毕博普爵士乐对歌谣里浪漫主义感染力的批评引发了在诗歌中直接的类似批评。从奥尼森和克里利到阿什伯里和奥哈拉,一直到70和80年代的语言诗人,先锋派诗人保持着对诗歌抒情方面的批评。奥尔森和克里利发展了一种诗歌的唯理智论的方法,它防止抒情模式的出现。阿斯伯里和奥哈拉像蒙克一样,不断地对他们每人所试用的矫揉造作的感情素材开玩笑。布鲁斯·安德鲁斯(Bruce Andrews)、查尔斯·伯恩斯坦(Charles Bernstein)和隆·西利曼(Ron Silliman)严肃地采用了70年代的抒情诗模式,但对这种可辨认的修辞的预见性,写了一些有力的评论。

其他一些力量支持了50年代的文学先锋派,它的历史不能只根据它对画家和爵士乐音乐家的努力模仿来理解。

但是,先锋派的独创性问题在战后时期具有特殊的意义。1909年,意大利的未来主义者确实有独创性。此后,所有先锋派人物一直受到先锋派传统或连续性的思想所产生的矛盾所困扰。在战后时期,20世纪头10年和20年代的先锋派人物被尊崇为这一传统的缔造者。威廉斯和庞德最常被人们跟先锋派拉在一起。50年代的《来源》和《黑山评论》等先锋派杂志做了巨大的努力,竭力想更多地揭示这个传统。对传统的先锋派艺术(埃兹拉和比尔的弟子们)的热切追求产生了另一个矛盾。50年代的先锋派往往在宣称反对发展当代文学文化的同时,坚持学术性。50年代,许多大学有了大发展,局外人和圈内人都被帝国梦所陶醉。这些学术机构对于50年代的政治语境似乎是一种有吸引力的选择。奥尔森认为有必要指出,美国的奋斗决不完全是可口可乐,而其中有些是学术研究。

1953年,威廉斯写道:"我们生活在一个新的世界里,它孕育着启蒙的巨大可能性,但有时候,由于年纪大了,我对它感到失望。"这种迷惑就是50年代的早期特征。先锋派坚决反对文化现状,同时对新创造的可能性表现出火一样的热情。像克里利、西德·柯曼（Cid Corman）和西奥多·恩斯林（Theodore Enslin）这样的诗人不懈地坚持人们所熟悉的立场即伟大的艺术必须传达其直接的意义。《来源》第二期用克里利一封信的引文作为结尾："我就是不明白女人的逻辑（没提到她的名字）：（听着）'直到你意识到伟大的诗人决不一定是当代的……'**那是屁话……它们是活生生的事实：该死的！**"一个当代诗人对于伟大应保持什么渴望呢？显然这是个美学问题，无疑也是个政治问题：在20世纪中期，西方政治特权的扩大和大众文化的传播已经给诗歌带来什么后果？

在麦卡锡年代里，诗人们不想被限制在中美洲文化竞技场里。"我可以过着20世纪的生活，"恩斯林写道，"不必用电视或麦卡锡的思想方法来考虑它。"黑山派诗人同意学院派文化批评家的意见：大众文化所提出的现实意义是微不足道的。在许多大学里，反讽和懊恼在讨论文学的过去与现在的关系时是传统的。这是艾略特和叶芝所采纳的退步的历史观支配学术文化的年代。不过，在先锋派人物中，这种残缺不全的观点受到了抵制。1954年，黎桑德·坎普（Lysander Kemp）在《黑山评论》上争辩说，艾略特不公平地将文学的过去与历史的现在相对照，从而错误地提出这个问题。按照定义，当它与过去的艺术再现并置并观照时，现在的现实性看上去的确不高。这不过是艺术与生活传统二分法的释义，根本不是有关历史的说明。1953年，《来源》整个一期的内容都是阿托德（Artaud，桂裕芳译作阿尔托——编者注）《戏剧及其重影》的翻译，其中未来主义者对文学名著的漫骂又流行起来：

> 我们必须消除自我标榜为传世精品的思想，因为群众不买账……过去的文学名著对过去是好的，今天对我们来说是不好的。我们有权说已经说过的话，甚至某方面没有说过的话，都属于我们该说的话，它是即时的、直接的、与现在感觉方式相一致的，因此，每个人都会明白。

阿托德更多地强调形式而非题材的当代性非常适合50年代先锋派的需要。威廉斯常常提及这个问题，好像一个诗人的主要问题是寻找"适合我们时代的韵律。"他追随奥尔森并宣称，传统的格律体系是欧几里得的（Euclidean）："归根到底，我们生活中什么都不是按照那个韵律来规定的，我们的社会观念、我们的学校、就连我们的宗教思想，当然，我们对数学的理解也大大地改变了。"对威廉斯来说，跟对阿托德一样，艺术家的问题是找到一个适合于时代精神主流特征的形式。1938年，阿托德说过，"激动与不安是我们时代的特点。"1951年，克里利写道："诗歌，现在比散文更有能力，或更能使它自己成为现在语境的扩展,这种生活的扩展,等等……这首先缘于它有能力处理事实:(1)浓缩;(2)投射。"克里利所面临的当代状况是广泛而不稳定的。浓缩和假设的表述是应对这种状况的正确手段。社会冲突不是问题,正像30年代末的欧洲一样。更是如柯曼(Corman)在谈到美国的建筑、经济和政治重建问题时所说的,国家的巨大发展和"正在改变中的即时性"是社会现实的特点,它们似乎削弱了传统诗歌表述的稳定性。

先锋派的态势,主要特点是不考虑过去——如长诗《佩特森》中主人公梦见图书馆被烧毁。大屠杀给先锋派的消灭过去的姿态提供了特别的许可,但那种特权被非常小心地行使。1949年,卡列斯·克洛斯比(Caresse Crosby),这位20多年前曾经是庞德的出版商,印刷了奥尔森5首短诗的折叠本和意大利画家柯拉多·凯格里(Corrado Cagli)的几幅画。凯格里曾在二次大战结束时随盟军进入死亡集中营。他对那景观的素描激发奥尔森于1947年写了《序言》。他不仅将它先收入1949年的小册子《Y与X》,而且4年后又收入他的第一部诗集《在寒冷的地狱里,在灌木丛中》 (In Cold Hell, In Thicket)。他想将这首诗作为他迟迟才开始的文学生涯的戏剧性开端。但他对奥德修斯(Odysseus)、欧斯里斯(Osiris)、但丁(Dante)和塔洛特(Tarot)清楚地表明:他并不是从零开始的。这是一位自称为第二代先锋派作家的首次露面。他对艾略特的《荒原》和庞德的《诗章》持敬重的姿态。1919年后期,庞德和艾略特在法国南方进行一次徒步旅行。他们分手后,艾略特走去看了多杜格的洞画。而到阿尔塔米拉的是画家毕加索。后来,艾略特返回伦敦写了《传统与个人才能》(Tradition and the Individual Talent),宣称对于来自圣路易斯或伦敦的青年诗人来说,从马格德林(欧洲西部旧石器时代晚期)的绘画到叶芝的西方艺术之精华特别重要。30年以后,有些类似事件对奥尔森来说依然是正确的。他也要庞德和艾略特所占有的宽广的油画布,尽管他的许多同代人,像威尔伯,1945年对在意大利比萨着陆的现代主义绘画谨慎地退避三舍了。

布痕瓦尔德(Buchenwald)① 对于奥尔森一代人来说是一种阿尔塔米拉(Altamira)洞②。在死亡集中营以后,诗人没有正当理由在国内思考和写作了。大屠杀成了无法逃避的现代主义的一课:像艺术一样,这世界,这里和

---

① 布痕瓦尔德集中营:纳粹在魏玛附近所建立的集中营,也是德国最大的集中营之一。——译注
② 阿尔塔米拉洞位于西班牙塔布利亚自治区的桑蒂利亚纳·德尔弥附近,是史前人类活动遗址。——译注

那里，过去和现在，都是一个整体。每个战后的公民有责任接受或想象的一个综合体。塔洛特、电子线路、布莱克、索斯韦尔（Southwell）和但丁都是平等相关的。布痕瓦尔德集中营解放以后，东方与西方的区别、异教与正统的区别，对这位热心者来说已不复存在了。奥尔森描写他自己和凯格里 1940 年 5 月在纽约相会时，没有共同语言，只是像新的山洞人，在土地上划符号。大战并没有这么多地横扫了过去——虽然在某种意义上说，它是这么干了——因为它为 20 世纪前 10 年和 20 年代的先锋派的文学方法提供了明确的正当理由。

战后的先锋派，在坚持著名的文学和艺术传统的价值上不像其他任何人。从狭义上来看，诗歌传统包括，按重要性秩序依次递降庞德、威廉斯、史蒂文斯、克莱恩和惠特曼的范例，从所有这些诗人——但首先是威廉斯——常常受到诚恳的讨论，而且几乎从来不是令人忧虑的讨论。

邓肯和保尔·布莱克伯恩（Paul Blackburn）经常写直接从庞德诗中引申出来的题材，比如：阿特米斯（Artemis）和培尔·维达尔（Peire Vidal）。柯曼和里克斯罗斯以出版阿托德的译本，做了力所能及的事。阿托德把自己写成马里内蒂（Marinetti）①的一个后代，想跟欧洲大陆的先锋派建立联系，然而，黑山派作家们，尽管有奥尔森的《序言》，并不是特别国际性的。克里利的许多短诗刻意模仿 16 和 17 世纪的英国抒情诗，而邓肯的古体词的运用，本身就是一种夸示叶芝早期诗歌和英语浪漫主义诗歌，特别是雪莱诗歌影响的方法。邓肯说过，"我毕竟是个许多派生诗歌的诗人。"欧洲大陆的先锋派作家具有冒险精神，击败了他们的前辈，而美国的先锋派则虔诚地忠于他们的美国模式，好像一个流派的延续性自始至终都是这些作家的雄心壮志。

正如人们所期待的，黑山派作家对 50 年代正在发展的学术机构进行了严厉的批判。当柯曼 1950 年创办《来源》时，他从布兰德斯大学得到财政上的资助。早在 1939 年就放弃看起来很光明的学术前途的奥尔森，催促柯曼拒绝这种资助。这种对大学的敌视态度具有几个目标：首先，而且是最普通的，奥尔森宣称，现代大学的特殊性在于它的妥协性："**知识**要么拥护中心，要么不可避免地成为国家妓女——美国和西方教育从一开始一般都是，而且已经是这样。"在《黑山评论》第五期开头的一个短篇小说里，提到现代历史的学者被描写为被迫"创作，而不是推断。他想匆忙赢得下一场战争，或为一家公司赚钱，或战胜一种疾病，或为他的国家干点什么该死的事情"。这些先锋派坐在北卡罗来纳州的山峰里一个规模很小的、经济上陷入困境的可选择的

---

① 马里内蒂（1876—1944）：意大利作家，未来主义创始人。——译注

第四章 先锋派

学院——奥尔森称之为"最完美的退隐之地"。他们坚决反对战后时代的技术和职业大学。但在失去这个学院支持的威胁下，奥尔森向黑山学院建议，"一份杂志可证明宣传学院研究项目性质和形式的广告，它要比它们所依靠的种种布告更为积极。"《小评论》和《法国新小说》是奥尔森提出的以核心作家为中心的杂志的典范。但是，对于这种文学广告，也有学术的样板：撰稿人和笔记看起来很像那些开列了学术团体和最近出版物的单子传统的学术杂志："一个评论**查尔斯·奥尔森**作品和他长诗第二部的研讨会将于今年某时举行。**罗伯特·海尔曼**（Robert Hellman）现在正在衣阿华州教书，并正在写一部长篇小说。"克里利审慎地摆脱了包括一个积极的、范围较广的批判部分的《来源》的模式。该刊第一期的前半部分刊登了诗歌、短篇小说、油画和素描的复制品；后半部分则是书评和评论文章。

黑山派作家们抱怨大学教师们对他们的题材给予了毁灭性的打击。伯特拉姆·李普曼（Bertram Lippman）警告说："在学院的课程里永远也不去考虑像题材之类的领域，那是我们的文明缓慢出现的恐怖之一。"这种观点最有力的证据是职业化大学时代的文学文化的遭遇。奥尔森说："文学的学者知道怎样将过去任何伟大作品的内涵的活力传给我们。"马丁·西莫尔—史密斯（Martin Seymour-Smith）在1954年说，"文学是一种工业。"在批评的红标题下，文学的学者所创作的是一种工业产品，因此，文学研究机构所喜爱的，发表在季刊上的大部分诗歌也是工业产品。

然而，诚如《黑山评论》的版式所暗示的，先锋派并不全是鄙视季刊及其诗人的。1938年，阿托德说过："亚历山德里亚的图书馆可以烧掉。"但他最后成了另时另地的先锋派人物。黑山派作家们对他们学术界的对手是谨小慎微且深谋远虑的。《来源》第五期全部用于刊载一篇阐释史蒂文斯的文章，在一本与学术机构有联系的季刊中，它是比较到位的。1954年，柯曼发表了一封给约翰·克罗·兰色姆的长信，它是《来源》定期的撰稿人威德·唐纳侯（Wade Donahoe）提供的。信的开头赞扬了兰色姆和《肯庸评论》：

> 你尽量设法搞好一些成功的诗作——甚至很好地代表了新诗的范围，但有点缺少庞德和威廉斯流派特点，从你们的评论的目的来说，他们创作的诗也许自身是极不完整的。不过，你们的评论也许也有点缺少对现代法国文学的持续的关注。

这样的奉承的确使柯曼、奥尔森，特别是邓肯感到尴尬。在邓肯公开地承认搞同性恋后，兰色姆反对发表他的诗作。不过，唐纳侯继续表达了对兰色姆发表的典型的文化诗的批评。当然,他们对这篇批评的内容肯定是一致同意的。他列举的例子之一是"安东尼·赫克特(Anthony Hecht)的一首优秀诗作",这首诗涉及一系列文化物体,它给我的感觉是,"没有多少的精神因素。他不联系现实,言不由衷,又不相信现实,只不过远远地、淡淡地、消极地迎接读者进入诗歌所开创的世界。"黑山派的先锋派诗人们在成名诗中大声反对的东西是缺乏诚意的诗。

发表在有声望的季刊上的诗读起来虚浮又冷漠。路易斯·杜德克(Louis Dudek)写道:"这种诗写的是一种自我表现或自我剖析的主题;充其量是一幅处于敌视环境中文人的讽刺画。"他需要的解毒药,杜德克称它是"给人以教诲的词汇"、"确信"、"行动指南"和"生活的批评"。这种阿诺德式的标签说明黑山派一伙人多么保守地想象诗歌的作用!奥尔森和邓肯两人都把知识的生命理想化了。邓肯写道,"知识的概念成为一种壮观是合适的。它是从一切名著中摘录出来的一种辉煌,应该被描写为高于读者与作者之间的爱。但读者与作者彼此互不了解,他们之间的爱发生于一个想象的世界里,发生在沟通中,是感情上的一阵冲动。"邓肯为他的诗加了学究式的注释。奥尔森则尽力用他大量的学术文献来愚弄他的读者。他们的注释与文献具有深刻的学术意识。

与威尔伯、梅里尔、默温、洛厄尔和贝里曼等季刊喜欢的最佳诗人相比,奥尔森是粗糙的。《序言》的语气是极为诚挚的。这些获得许多奖励的青年诗人们,在40年代后期和50年代早期的文学季刊上发表的作品,听起来措辞巧妙,温文尔雅。这里恰好相反,是一个对于他那个时代确认的情趣漠不关心的诗人。第四行和第五行的古词显得唐突又呆板。奥尔森固执的认真常常使他听起来好像是缺乏艺术性、沉闷、容易模仿。但是,这正是先锋派对当时被称作学术性诗人批评的自然结果,先锋派作家们厌恶受奥登影响的诗人的措辞巧妙,企图更新训导诗的思想。

尽管艾略特曾谈到诗是一种"崇高的娱乐",20世纪最初10年和20年代的画家、雕塑家、音乐家、舞蹈家和作家对艺术采取了很严肃的态度。那位宣称1910年他诞生的年代标志着一个新时代的诗人,正努力将这种严肃性带给后来一代的作家:"我们是新生的……"但在20年代诞生的一代伴随着先锋派的雄心大志结束于国家首都的一家疯人院而走向成熟。对于庞德来说,如同对奥尔森来说一样,诗人像孔子一样,是个教师。庞德说,"文学是给词汇注入意义的艺术。"从技巧上来说,这意味着,像奥尔森,"在我,孟子先师的学生"中所说的,"没有一个诗行会静止,/诗行一再延伸/遍及全国!"不管奥尔森的《序言》装作绝对正确的基调怎么有缺陷,每行诗的确带着诗的含义前进。不像威尔伯、毕肖普、洛厄尔和梅里尔——他们都比奥尔森艺高一筹,他没给自己留下运用明喻、暗喻或表示性质和特征的形容词的余地。这些修辞手段一般都作为诗歌技巧的符号。奥尔森、邓肯和后来的多恩知道他们在追随庞德,离开玩弄词语的小聪明,转向克里利所说的"思想的**表演**,它显示究竟是不是有思想。"庞德的法西斯主义思想使先锋派在美国诗歌里确确实实丧失了声誉,尽管不是对奥尔森和他黑山学院的同事而言。

从黑山派作家们衍生出来的说教诗学往往两个方面相互矛盾。一方面,诗人们同意朱可夫斯基(Zukofsky)(他引用维特根斯坦的话)说的,一切令人满意的文学"必须用旧词汇传达新的含义"。这恰好是与波匹恩(Popian)的规则相反的诗。帕克激进地修改如《切诺基》(Cherokee)和《可拥抱的你》这么陈旧的歌谣恰好表现了这一点的音乐性。对于节奏疯狂的爵士乐美学而言,创新是个风格的问题,而不是主题的问题。奥尔森在学院里的先驱者爱德华·达尔堡(Edward Dahlberg)把诗人写成圣人,但奥尔森宣称智慧从来不是像"新意识"那么稳定的东西,而是一个订婚的人在订婚时刻的表达方式。对奥尔森来说,智慧跟思想的联系,比跟行为,甚至比跟表演的联系更少。

奥尔森的诗将修辞的直接性与莫名其妙的一般性混为一体。像《序言》一样,他最好的诗,许多都是雄辩性的、惠特曼式的。从一种显而易见的明确目的来讲,它是美国的。《翠鸟》(The Kingfishers)的开头——"没有改变的东西/就是要变的意愿"——是一个任何大学教师都不会不觉察的常见的主题说明。这首诗首次发表在1950年时,这种写诗方法的直接性看起来一定是令人耳目一新的,因为在当时,主要的文学情趣已转向威尔伯、梅里尔和其他年轻诗人的雅致而间接的描述。他们受到史蒂文斯、玛丽安·莫尔和奥登的影响。虽然奥尔森从他在《翠鸟》里称之为他的"近亲"庞德手里接过说教诗屋,《翠鸟》的开头还是提到史蒂文斯的《高级小说笔记》(Notes Toward a Supreme Fiction),而当奥尔森在《在寒冷的地狱里,在灌木丛中》里提及"必需的女神"时,他一定是指乞灵于史蒂文斯的必需的天使。史蒂文斯和奥尔森写诗时更重视思想而不是情感。两人都没有许多话谈及特殊的经验或强烈的感情。诗的第二行:"他醒了,穿好衣服,在他床上。"他是谁呢?他的名字叫弗南德,但他也可能是克里斯宾或卡隆·阿斯匹林——一个不重要的人。奥尔森的全部诗作中还有其他没有指明身份的"他"和"她",甚至在这首诗中也有。与他们所说的和按他们所说的能做什么相比,他们的身份并不重要。在诗的结尾,他们中有个人——实际上是庞德,在《文化指南》(Guide to Kulchur)——断言:"我自己干坏事/付出我的自由,我就成了个无

○诗歌、政治和知识分子

赖/如果我不肯……""哪个是最真实的?"奥尔森说,一种表述的真伪建立了它的权威,而不是它的来源。与庞德不同,奥尔森使他的来源大部分模糊不清,因为他的思想,像史蒂文斯那些思想一样,更为一般,而不是特殊。

  身处不同的境遇而不改变
  是不可能的

  我们能够精确。因素是
  在动物和/或机器上面因素是
  沟通和/或控制,两者都涉及
  信息。可信息是什么?信息是
  可测示的及时分布的事件或谨慎
    而连续的结果
  是空气的诞生,是
  水的诞生,是
  诞生与另一个恶臭的巢
  之间的状态
  是变化。

  《翠鸟》的这几行诗读起来,像是一篇杂文的几段激进的浓缩。奥尔森想在他的诗里有个简短直截的推论,没有异想天开,没有滑稽可笑,也没有称得上"宝贵"的极精明的东西。克里利在50年代初期的两位老师——奥尔森和史蒂文斯——之间的区别是巨大而多方面的,但他们两位都把诗歌作为构成精神生命的一般思想融合与分离的最优秀的工具。

  跟奥尔森大部分作品一样,《翠鸟》、《在寒冷的地狱里,在灌木丛中》和《赞扬》(*The Praises*)都是诠释型诗歌:重在解释,甚至有时改变宗教立场。但《翠鸟》同时也是一部臆测性作品,这便是黑山派启蒙主义对立又平实表现的方面:不失时机地揣测某个纪念碑、文献或故事的意思。神谕之石上的字母"E"是一个谜。"我想到了石头上的那个字母'E'……于是我在石头中找寻,"奥尔森说到,在这些选择中他表白了自己。《戒指》(*The Ring Of*)、《尊贵而孤独的森林之神》(*The Lordly and Isolate Satyrs*)和《新发现的荷马圣诗》(*A Newly Discovered Homeric Hymn*)跟《翠鸟》、《在寒冷的地狱里》和《赞扬》迥然不同,是由于这些诗歌在对传统的无名氏之作的模仿中明白无误地论及了知识的极限。它们是敬意诗。"极限/是我们任何人/都在其中的"马克西姆斯（Maximus）如是说。这时，传统提供了思路；创新的和有记载的东西，无论文学上的或一般性的（如《尊贵而又孤独的森林之神》），都给设定了极限。

《戒指》展示了一种新颖的说法，讲述爱和美的飞逝，没有引起多少哀愁，而是以一种适度的好奇，试图探究为什么爱总是有所归依。曾任《诗歌》编辑的戴里尔·海因（Daryl Hine）将荷马赞美诗转化成阿芙洛狄忒，这使得奥尔森具有鲜明特色的动机更清晰明了。下面海因的译文表明忽略庞德意味着什么：

> 戴着金色头冠的时辰
> 优雅地欢迎她，将芬芳的衣裳裹在她身上，
> 将一顶漂亮精巧的金环戴在她尊贵的头上；
> 透过她那刺穿的耳垂，挂着铜合金和珍贵的黄金花朵，
> 缠绕着她纤细的颈项和银白的胸脯。

海因再现了阿芙洛狄忒的光彩夺目——流光溢彩的黄金、铜、银和"芬芳的衣裳"。他的诗文受巴洛克艺术风格的驱动，注重装饰：他慢悠悠地提到金子的宝贵，还有，希腊人的耳垂要刺穿，之所以这样，是因为他跟奥尔森不同，他尊敬古老的文学文本。奥尔森几乎忽略面见这位荷重的阿芙洛狄忒诸神一幕，为的是切入她的反应，侧重于对其进行解释。对他来讲，意义，而非景象，才是问题所在。他的阿芙洛狄忒看起来并不像海因笔下的那么赏心悦目，但奥尔森的确尽力在说明一点：她不是忍耐工作，这也许就解释了为什么爱会瞬间即逝。

自从马里内蒂在米兰对产业工人发表讲话以来，先锋派，无论左派还是右派，便一直进行着政治上的论战，纷纷表明立场。然而，在50年代他们却有意避免表白政治观点。在某种意义上，黑山派诗人成了退出习俗社会的人。奥尔森本人丢弃了华盛顿行政官员的职位转而从事玛雅雕像的研究，后来又任黑山学院院长一职。黑山派诗人一向都令人恼火地以自我为中心，然而庞德和艾略特却成了30和40年代颇有成绩的社会批评家。"这习惯，"奥尔森写到庞德时写道，"关注社会，以使它/换新颜。/呸！""如果我需要社会学、经济学、社会进化论者、形而上学，"欧文·雷顿（Irving Layton）写信给柯曼道，"……我对图书馆的熟悉不亚于任何人。"社会批评被现代主义诗人贬低成右翼思想的宣传，或是被大学教授设定成职业话语。尽管奥尔森在黑山

○诗歌、政治和知识分子

学院的课程"历史：现在"包含了电视广播的麦卡锡听证会，但有关美国政治和社会的言语在先锋派杂志上实不多见。《来源》和《黑山评论》上漫不经心地提及麦卡锡或广岛的讽刺性话语给文章增添了辛辣的气味，而原子弹的威胁一直潜伏着却从未被认真分析过。社会政治景象如此阴沉，他们干脆弃之不提。黑山派作家们成功地编造了支撑他们的知识和文学环境，这与其说是对50年代美国社会的一种特定评判，倒不如说是一种沮丧的表示。

30年代的作家论战到了50年代，变成反对科学或普遍社会力量的一场斗争，这在克里利看来仅仅是多愁善感而已。这时，采取一种强硬的态度似乎更为吸引人。先锋派的祈祷决不会倾向政治方面："啊！掌管我贫穷的主/守卫我，不让我干坏事/高高在上，用美德的幻影指引我。""现在，"马克西姆斯说，"走吧/不偏左也不偏右；/也不停留/在中间。"左派和右派被战争贬低，中间派则由于对美国统治下的和平粉饰而被人唾弃。根据保尔·布莱克伯恩（Panl Blackburn）"歌颂当今的民主之士/或者马克思主义者，因为这/已不再是命题/于是我歌唱山羊。"对德国诗人歌特弗赖德·本（Gottfried Benn）来说，他在《来源》上写道，对政治的歪曲只能吸引天真的人们——也就是美国人："何时被歪曲？现在吗？十年之后？……（一百年？）"美国诗人感到特别失望，尤其对于那些期待政治事件能够产生超越普通政治本身的人更是如此。

对政治忠诚的压制表明了先锋派诗人中对政治影响的强烈渴望，但是渴望不会给两者带来任何实际上的亲密关系；50年代的白人先锋派处于实用政治之外。奥尔森特别倾向于暗示某件事的政治意识，仿佛文化的政治诠释是底线："有些原因，政治原因……"然而，诸如此类的话语产生的结果总不清楚。"城邦"（"Polis"）在其用途上是一个乌托邦词语，它的反义词，"劣等统治"（Pejorocracy）比庞德的用法更为生硬。实用政治似乎超越这些作家的笔触，部分是由于政治事件本身具有操作性，比文学更具有历史性；文学的修辞手法对于加强这一主题毫无用处。50年代的美国政治充斥着如此陈腐的人物，宛若拙劣的模仿，或微不足道而显得不太现实。路易·杜德克写道，"选择不是在麦卡锡主义或马克思主义，也不是在教堂和电视之间。你必须保持诚实和直线思维，像希腊人那样，处在愚蠢的遗传性梗塞之外。"城邦，这就是黑山派作家们的大胆期望：远离政治中心，以便使个人的政治独立和敏感免受堕落的环境所感染。奥尔森还鼓动他们从毛泽东1949年的成功中振作精神；即便是引退也是有策略性的。

在1952年《来源》上刊登的《沙漠音乐》（The Desert Music）中，威廉斯写了这些平凡却有启示性的诗行：

第四章 先锋派

但**那**是什么?
　　　音乐!
音乐! 像卡泽尔斯弹奏的低沉的大提琴声
与弗兰科虚假的声混杂在一起!
我无言以对。

艺术远离政治虚伪、保持它的魅力对解释 50 年代先锋派的政治态度大有帮助。他们的作品缺乏时事性,这点特别显眼,因为人们以为先锋派是干涉他们国内政治者,就像未来主义者、柏林达达主义者和超现实主义者,而且像 60 年代他们中的一些人——罗伯特·邓肯、丹尼斯·莱维托夫和爱德华·多恩——那样,实际上从事着有关政治问题的写作。新批评派处于学术阶段时,因其坚持艺术的自主性、反对艺术的政治论战而经常受到严厉批评。不管如何,黑山派诗人却为自己坚持艺术和政治的距离找到很好的政治理由——借用奥尔森语,是由于呆在"寒冷的室外",诗人"使自己有用于社会"是通过语言而非政治行为表达"自己的反抗"。恰恰由于诗人,不像建筑师、戏剧家和作曲家那样要求成本,他们能够,正如威廉斯告诉克里利的那样,"逃避在其他地方泛滥的堕落。""我们生活在说谎者的全盛时期,"达尔伯格(Dahlberg)写道,"没有一个……为正直发出叹息之声的人不像埃古①那样阴险。回复到智慧,回复到柏拉图、亚里士多德、梭伦(Solon)②、伊拉斯谟(Erasmus)③、林内乌斯(Linnaeus)的唯一途径是消灭如诚实、天才、艺术、美丽等词汇。"

对意识形态被滥用的反应如此之强烈,在整个 50 和 60 年代一个又一个诗人提到知识性词汇被剥夺的问题。作为一种渗透到不可否认的现实(德里达所说的现在的幻觉)中的愿望,这一冲动被表达出来,加以肯定。某种知识表面上的诱惑性,像理查德·罗蒂(Richard Rorty)所说的那样,它摆脱了做出政治选择的重负。必须做些什么?诗人们感到被迫回到逻辑上先要回答

---

① 埃古:莎士比亚悲剧《奥赛罗》中狡猾残忍的反面人物,暗施毒计诱使奥赛罗产生嫉妒和猜疑,因此将无辜的妻子苔丝德蒙娜杀死。——译注
② 梭伦(638?—559? B.C.):古雅典政治家、诗人。——译注
③ 伊拉斯谟(1469?—1536):荷兰人文主义学者、北方文艺复兴运动中的重要人物,著有名作《愚人颂》。——译注

诗歌、政治和知识分子

另一个问题,什么可以被认识?

认识论的围墙诱惑了威尔伯、奥本和其他不同阵营的诗人,但它对于黑山派表演性诗学的影响尤其重要,因为一首由人类声音道出的诗,特别是作曲家的作品,受到特别诚挚的尊重。在美国,文学成为教师和教授的专有职责,年青人则被训练从事服务性经济行业,就在此时,这些诗人呼吁诗歌应不为社会体制所限制,不为虚假的观念所混淆视听。跟他们的前辈客观主义者一样,他们恪守哲学的唯名论,尽管其动机与其说是鉴于政治争论,倒不如说是对知识分子生活职业化和 30 年代末和战争年代意识形态斗争的反应。达尔伯格的短语"说谎者的全盛时期",指的是 1939 年知识分子感到的失望之情,当时苏联人看上去背叛了人民阵线,此后为了促进西方的民主,美国自由主义的空想家试图将词汇公式化,奥尔森认为这完全不可信。

1945 年后的年轻作家们普遍感到,观念和意识形态一道,被战争冲掉了意义。1954 年,托马斯·F. 威廉斯(Thomas F. Willams)在《来源》上发表了一篇叫做《图片》(*Pictures*)的短篇故事。叙述者——主人公称他头脑中有"一种冷冷的回忆,展现出一系列生硬、毫无基调的图片,这一回忆我无法控制,它古怪地从一个孤立的场景转换到另一个场景"。然后,他意识到自己唯名论思想观的局限。

> 第一次到海外时,我的思想被一种强烈的信念支配着。当时我很年轻,正处于极端的无知之时,我无法阻拦这一大的信念带出许多小的信念来。这种信念浸透并充溢着大脑,所有没被冲出的一切都被主要信念淹没。
>
> 后来,出于想看得更清楚或以不同角度去看的必要,一团团小疑虑的出现,刺破了这一信念给予我的完整,最后,这一信念被排出,真正麻烦的是,大部分小的信念也一并随之排出去。

战争期间,这位水手对一直伴随其成长的意识形态失去了信心,因为他不得不看得比他习惯做的更清楚些。留在他头脑中的是清晰而毫无意义的图片。克里利说道,"怀疑你自己的知识,是不愉快的,因为那看起来是你所拥有的一切。如果你失去它或认为它有问题,整个事情都会完蛋。"意识形态的不可知论影响着克里利的一代人,但他们很少从政治的角度讨论这个问题。他们往往像威廉·布朗克(William Bronk)那样,求助于史蒂文斯那种表面上抽象的非政治的思考模式。

第四章 先锋派

知道真好。
如果我们能够与环境分开,该有多好,
因为我们知道事情最终怎样,
走,走到某个地方,一直走到底,
因为事实从不会自己转变方向
也不会在半空消失,
只是从已知到已知,承受着
全世界的重负而无半点损失,没有这
分裂的破碎片,这懦弱的无序。

超越环境拥抱规则的愿望没有实现,跟他许多同代人一样,布朗克感到束手无策,他从中得到的倒是某种系统而可靠的知识。意识形态的不可知论产生的结果不同于丹尼尔·贝尔和小阿瑟·施莱辛格的热情的自由主义宣言,他们声称美国已经超越各种意识形态,但可选择的政治忠诚的可能性却被这一超越破坏了。

许多布朗克和克里利的同代人通过肯定产生于感觉的知识来消除他们的不可知论。50年代早期,意象主义有了新的意义。针对回应达尔伯格关于说谎者的全盛时期的话,赫伯特·李德(Herbert Read)是这样说的:

但是,真理这个词汇,也应该消失,因为现在最大的犯罪就是借真理之名犯下的。这就是为什么我认为最好坚持意象、坚持偶像、坚持还未被虚伪的道德搞模糊的幻觉。

他声称,诗人的工作是擦亮族人的眼睛,从而净化他们的土语。一种干净的语言,总体来说,不会存在有关形而上学和价值观念的词汇,这意味着他们会常常保持含蓄,处于批评的焦距之外。"讲大话?"欧文·雷顿问道,"我宁愿瞧着唇瓣/在粗糙的木头上自我成形。"写这类擦亮眼睛的诗,史蒂文斯和庞德都称不上大师,而路易斯·朱可夫斯基则是作为一位美国共产党的同路人,他经历了30年代的意识形态之争,但与乔治·奥本不同,他继续写作,只是将题材局限于他自己的感官经历和与妻儿的关系。

罗伯特·邓肯的《田野的开放》(1960)、奥尔森的《在寒冷的地狱,在灌木丛里》(1953)、《马克西姆斯诗抄》(1960)和罗伯特·克里利的《为了爱》(1963)是黑山派的四部主要成果。这些成就来自这些作家与学院的同事

诗歌、政治和知识分子

和学生的合作,或通过《来源》和《黑山评论》从 1950 年到 1957 年间同其他人合作所取得的。但当唐纳德·艾伦主编的《美国新诗选集》(1960)出版时,50 年代的先锋派诗人开始遭到全国的非议,对他们的创作毫无帮助。奥尔森的创作急剧衰退,甚至克里利和邓肯也不能巩固主将的地位,再也没有发表像 50 年代那些轰动一时的著作了。60 年代以后,这些先锋派开始沉溺于自身的经历。回顾这段历史,邓肯是人们最难看到的一个典型人物。

邓肯曾说,诗歌应该用激昂的语言适当地激发敬畏之情。他是这群合作者中唯一能写出具有十九世纪末期风格的,充满想象、梦幻、华丽而丰富的诗。例如《谣传这个地方是所多玛》(*This Place Rumored to Have Been Sodom*)开篇以一种沉思、谦卑、含糊的笔调,用"可能是"作为第一句,符合题目的句法。在第一节的结尾,他的语气从一个沉思的游客一般的口吻转为圣经的说教。这种仿六节诗的模式使他能够重复第一节的最后一句,得体地达到激昂。

> 上帝打量了这地方,发现它正在堕落,
> 渴望已久的天使们将它毁灭。
> 确实,这就是所多玛,那里哭喊声在我们耳边响着,
> 仿佛人像鸟儿飞出沼泽地,
> 那里,那里曾经有的欲望
> 变成恐惧在奔走,几乎引人注目
> 红着眼睛,搜索这荒芜的地域。

邓肯曾赞扬奥尔森的诗歌技巧比自己更胜一筹,其实应该颠倒过来说。邓肯是他那一代诗人中唯一成功地使用重叠手法的诗人。令人不无尴尬地想起庞德充满幻想的《诗章》(如第 17 章)。他并没有掌握格律诗,但是他所写许多格律诗,如《谣传这个地方是所多玛》是自由诗,接近传统格律形式的和谐结构,好像邓肯希望能具有梅里尔、威尔伯或洛厄尔的诗才。然而,邓肯的耳朵欣赏的是自由诗丰富有力的韵律。这些诗行中隐约可见抑扬格和抑抑扬格不规则地变换着,最后整节诗以准扬扬格结束。这种音乐并不精巧,但能有效地唤醒如叶芝所说的"也许那真正恍惚的状态",即唤醒感知和沉思。在这种音乐的氛围下,邓肯能够平静地暗示天使是破坏者,欲望变成恐惧,渴望变成某种诅咒。

这种音乐表达了欲望的悲哀。令人不可思议的是,所多玛城居民在精神上是聚集起来,由于精神上的饥渴沉溺极度的欲望。邓肯先把这种渴望同犹

第四章 先锋派

太教联系起来,而后又同基督教联系起来。最后,称之为"爱"的上帝用自己的手毁灭了他们,但是他们的形象未死。欲望可悲地导致无节制甚至违规,渴望获得平静。他在早期一篇诗作中写道:"男人与男人厚颜无耻地性交,然而心在这儿跳动,似乎只有在这儿,在这儿可以安息。"上帝之手同样神秘地移动,毁灭那些"堕落"的人,同时也给他们"赐福"。邓肯没有加以解释,而是用诗中悲伤的曲调和相互作用的意象揭示爱情与毁灭,守规与违规是相互缠绕在一起的。《谣传这个地方是所多玛》具有典型的邓肯诗风,大大超出了奥尔森和克里利的创作手法。他们两人采用推论的措辞而不是意象的词语,不断地推动诗歌朝知识性方面发展。

从政治角度来看,这是一首大胆创新的诗,因为邓肯把历史上的所多玛城居民同现代的犹太人联系起来。当他说"虔诚的人已在沙漠上开垦了花园"时,他使人们想起现代以色列国的标准的自画像。他称之为"虔诚的人(第17行)、忠诚的人(第21行)和这些新朋友(第27行)"既指同性恋者,也指现代以色列人。这里,同性恋者和犹太人与历史上的所多玛居民一样,都沉沦于欲望带来的悲哀。邓肯对这些新朋友的情感是矛盾的。一方面,他们似乎是那些淫欲放荡的人的后代,这些新朋友无精打采(第24行),另一方面,他在其他地方称自己是个所多玛城居民,而所多玛城居民的直接意义是指男性同性恋,最后一节的语言全部用于表达堕落者的悲哀。堕落者的愿望,他们的"形象和爱"在受难的基督这个形象上幸存下来。邓肯在这儿拒绝承认现代以色列人建立国家这种政治欲望同男同性恋者的过度性欲有所区别,这种态度完全符合他在 1944 年发表于《政治》杂志上的《社会上的同性恋》所大胆提出的取消种族隔离的论点。同性恋艺术家们把他们的关注局限于"搞同性恋的人(camp),这一词的含义和语气包含着对人类的蔑视",他们放弃了一个伟大的艺术家需要关注的一系列主题和情感。他在 1944 年写道"类似同性恋者的犹太人声称建立一个属于自己的巴勒斯坦,他们在痛苦中宣布了民族独立。"正如汤姆·甘恩(Thom Gunn)所说的这首诗所表达的观点。"虽然包括性,但内涵比性更丰富。"

邓肯在 1960 年发表的诗集中令人印象最深的诗当属《以品达的一行诗开头的诗》(*A Poem Beginning With a Line from Pindar*),这也许是 50 年代出自于黑山派最好的一首单独的诗。这首诗的第一行是"轻盈的脚听到你,光明开始了"这是品达使用的词的大杂烩,在英语中似乎没什么意义。邓肯在记录中说,

> 深夜阅读品达时,他的思想抓不住品达的意义,双关语迎面袭来,

100

因此一些词如 light, foot, hears, you, brightness, begins 等超出我的阅读，在另一个世界飘动。这些不再只是单词，而是神谱中的力量，回荡在赫西奥德的（Hesiodic）和俄尔浦斯的（Orphic）世界里，脚随着诗的舞步移动着，这是最初感觉到的音律有节奏的跳动。

邓肯说过"负责任"地看待他的错误是很重要的，因为他更多的东西可能会超越自己的抱负来掌握素材。诗歌也许会开始告诉他一些比他知道的更多的东西。确实是这样。人的脚听不到什么东西（虽然可能会在一种七弦古琴的伴奏下，德文翻译者就使用双关语 hoeren 和 horchen 表示倾听和窃听），但是，也许神走路时更能意识到凡人的存在："神走在思想的边缘，／通奸很快在心里徘徊。"像神，也像通奸一样，错误是对常态的破坏，或对人的秩序的破坏，这是误读品达引发的一些最初的思考，在戈雅（Goya）①的《丘比特和普赛克》②的画面（他曾在巴塞罗那一家博物馆看到）再次回到他面前时出现的，

记忆像一道波浪，带着幻想，活生生的幻想，丘比特和普赛克出现在那儿；而后，第三位大师的威力，不是诗歌大师，也不是绘画大师，而是讲故事大师，卢修斯·阿普列乌斯（Lucius Apuleius）③的威力也在那儿展现……我站在丘比特和普赛克面前，但最初那些词语——光、脚、听、你，光明，开始驱使着我——他是第一爱神厄洛斯，而她是第一灵魂。

邓肯以一种前拉斐尔派的风格对这幅画的描述是性感的他用抖动的指尖和乳头贯穿整首诗的第一部分。此外，他轻松自如地从对性感的描述语言的着迷转入晦涩难懂的近乎抽象词语。这些词语说明这一情景的意义："欲望情景的丧失"（第15行）和"他们激动之前的悲哀"（第20行）。后者是奥尔森和克里利所创立的分析式的、推理性的写作风格，与50年代的风格相对立。

在第二部分，第一灵魂和第一爱神的魔力让位于对后来灵魂的思考。邓

---

① 戈雅（1746—1828）：西班牙画家，漫话之父，作品讽刺社会的腐败，控诉侵略者的凶残，对欧洲19世纪绘画有很大影响。——译注
② 普赛克：人类灵魂的化身，以长着蝴蝶翅膀的少女形象出现，与爱神相恋。
③ 阿普列乌斯：公元2世纪罗马作家和哲学家，著有长篇小说《金驴记》（又译作《变形记》）及《论柏拉图及其学说》等哲学著作。——译注

肯说:"我们及时地看到某种悲剧,美的丧失/闪亮的青春/神所保留的,但这个门槛之外/是时代/那是美丽的。"品达、戈雅和阿普列乌斯展示了古老而遥远的魅力。他们的艺术与战后美国的富足和平庸格格不入,而这正是它的艺术魅力:这种艺术离经叛道,经常背离现代美国的常态。在 1951 年和 1952 年,W. C. 威廉斯受中风的折磨,影响他的书写,拼写也变得不准确。邓肯玩弄威廉斯的错误拼法,直到(血)块/泥块/气体/云侵入诗人的大脑,就像血块塞进艾森豪威尔总统的大脑。美国的总统,从艾森豪威尔追溯到约翰逊,即惠特曼在诗中所哀悼的林肯总统的继承人,都被描述为"在洞房的门边瞎摸的白痴":邓肯对他们的错误既不表示好奇,也不表示同情。品达体成了政治诗体的起源,这种颂诗,已经从西方的民主消失了。美国历史有块"邪恶的大伤疤",邓肯因此得到志同道合的人的响应——威廉斯、惠特曼、林肯和诗中第三部分所提到的居住在比萨的埃兹拉·庞德。跟奥尔森和克里利不同,邓肯是现代主义政治概念的嫡系后裔。现代主义政治概念认为,国家本身是一种罪恶。他站在自由政治的另一边,远距离地审视他那一时代的政治,但他提到的种种区分只能是整体的。奥尔森遵循新政的路线,倡导现代国家的扩张,但邓肯认为奥尔森心目中的英雄富兰克林·罗斯福是"永久性战时经济"的发起人。他说:"我认为国家和第二次世界大战是疾病,是普遍的人性和个人意志的永久性的敌人。"正如庞德、威德汉姆·路易斯(Wyndham Lewis)和第一次世界大战前聚集在《利己主义者》周围的其他作家一样,邓肯反对干涉自由主义的政治,他的观点处在自由意志论的无政府主义的边缘。第二部分林肯被写成唯一受人爱戴的美国总统,并用挽歌来表现他。在随后的一部分中出现另一位令人哀悼的英雄——在比萨以叛国罪被监禁的埃兹拉·庞德。出人意料的是邓肯一并谴责了富兰克林·罗斯福和哈丁总统,好像他们是一丘之貉,然后他以哀悼的笔调描写一位著名的意大利法西斯主义的辩护士。这里政治观点的混杂并没有困扰这位诗人,因为他站在更高处,这些差别对他来说并不重要。

到了 60 年代中期,黑山派诗人的作品在全国的主要杂志发表之后,多恩、莱维托夫和邓肯开始写意义明确的政治诗。邓肯的诗集《弯弓》(Bending the Bow,1968)含有许多反对美国在越南行径的重要诗作。他的诗歌《火》(The Fire)、《起义》(Up Risting)、《巨型大学》(The Multiversity)、《大地的冬之歌》和《命运女神的教堂》(Moira's Cathedral)以但丁、布莱克和庞德的地狱幻像为原型。所有这些诗歌被确信实现了神话的再现、履行了诗歌的抒情与讽刺职能。琼斯、里奇和其他人写他们的艺术如何抵制时代的政治压力,而邓肯却不。他写的《大地的冬之歌》是首抒情诗,歌颂青年示威

○ 诗歌、政治和知识分子

者对越南战争的理想主义。《起义》、《火》和《巨型大学》抒发了对美国政客的严厉谴责。这些政客包括林登·约翰逊、艾德莱·史蒂文森、巴里·戈德华特、里查德·尼克松、艾森豪威尔，但没有什么好的变坏的了，或外交政策和国内政策之间的紧张局势这些复杂意义。相反地，邓肯在这些诗中充满激情地采用描写地狱的大师们的言辞，结果完全忽视了史蒂文森和艾森豪威尔，约翰逊和戈德华特之间的区别（表面上和实际上）。在 60 年代中期，美国的政治从平庸变成了真正的邪恶，在这一题材上诗歌具有传统的利害关系。以前的先锋派再没有理由使自己脱离政治。虽然邓肯的诗从文本上看是对"历史中的真实历史"、"意图中的意图"的强有力的召唤，但是邓肯的诗作为政治评论并没有被认真对待。为了实现神话模式，这些诗歌荒诞地使掌权者的动机简单化，从而造成知识上的局限。邓肯想象出"热情的生物学家""梦见母亲、父亲孩子和可恶的对手身体肿起，遭受新的瘟疫、麻疹急剧扩散、流感流行的困扰"。魔鬼的驱使促成了化学武器的研制，有理性的人要做的事情也许很简单明了：惩罚科学家，并阻止研究工作。不管这些诗歌多么感人，它们在知识方面是琐屑的，因为这些诗歌把复杂的问题简化成传统的基督教神话中的二分对立：天使般的抗议者（在《大地的冬之歌》里）和撒旦般的政客。

邓肯攻击林登·约翰逊、艾德莱·史蒂文森和其他人的原因是很清楚的，但是他对加利福尼亚大学校长克拉克·科尔表现出的敌意并不那么明显。他把科尔，这位成功倡导扩大公立高等教育的自由派教育官员说成是"思想简单"的布莱克诗中的瞎指挥者，并把他同另一位自由派知识分子史蒂文森等同起来。科尔对现代巨型大学的观点正如奥尔森在 1951 年所提到的，教育变成"国家的娼妓"。邓肯对科恩怀有敌意表明先锋派一直间接地就反对束缚知识分子的思维发表自己的看法。奥尔森和克里利曾在哈佛大学学习，邓肯则就读于伯克利加州大学。这些诗人是在美国最好的大学首先接触文学的。50年代时，他们努力为自己的杂志和黑山学院的学生挑选值得一读的美国学者的著作。在一首很早写的诗歌中，邓肯是这样描写加利福尼亚大学的："校园一片宽广，草地和树林/所有枝繁叶茂的静寂/像是我们心中绿叶葱葱般的平静/我说，这是我的天堂……"但在 60 年代，他们发觉这些学校遭到了它们管理人员的背叛。教授扼杀了好说教的先锋派的梦想。

邓肯诗歌的特殊愉悦来自激情的信仰的直接诱发，但这种激情并非产生于与其他人的关系。当他成功时，邓肯能唤起这样一种强烈的感觉即许多各种不连贯的经验和知识事实上是相互联系的，直捷了当地说，生命具有着神秘的意义。这种意义在某个方面是自私的，因为他所唤起的强烈感觉是那些

第四章　先锋派

处于社会关系之外浪漫的个人才有的。

在 50 年代，纽约的艺术景象与黑山学院的突出的文学背景之间的联系是牢固的。几位纽约学派的画家在黑山学院讲学，尤其是在夏天会议期间，罗伯特·马德维尔在 1945 年、威列姆（Willem）和艾雷恩·德·库宁在 1948、弗朗兹·克莱恩和杰克·特沃科夫在 1952。还有一批画家如约翰·张伯伦（John Chamberlain）、肯尼斯·诺兰德（Kenneth Noland）和罗伯特·劳申伯格（Robert Rauschenberg）在那儿学习过。丹·里斯（Dan Rice）称"雪衫旅馆"这个画家在格林威治村的聚合地为"黑山之外的黑山"。然而，与纽约派画家更经常来往的那些诗人如弗兰克·奥哈拉、约翰·阿什伯里、詹姆斯·舒勒（James Schuyler）、肯尼斯·科什（Kenneth Koch）和芭芭拉·盖思特是独立于黑山派的一个群体。虽然邓肯、奥尔森和克里利表达了对抽象表现主义的赞赏，但由于某种原因，这个学院的这些诗人和画家并不密切合作。纽约派诗人在 50 年代同画家一起步入同样的社会圈子并轻松自如地同画家合作，马乔利·佩拉夫就是个例子。肯尼斯·科什曾说过"我们分享整个绘画艺术"。

尽管如此，这种合作的结果并不是纽约文学先锋派的产生。诗人步入美术界比较迟。1952 年，哈罗德·罗森伯格（Harold Rosenberg）大声反对美国作家尚未发现动作派画家的谣言。20 年后，多恩·阿什顿特别提到 40 年代的抽象表现主义者并不欣赏来自同时代的诗人的鼓励或理解。50 年代的纽约派诗人的热情主要对所谓的第二代起作用，如拉里·里维斯（Larry Rivers）、海伦·弗兰肯塔勒（Helen Frankenthaler）、格雷丝·哈蒂根（Grace Hartigan）、罗伯特·劳申伯格等。这些诗人并未与那一时候的艺术机构实行根本的决裂，而是在上一代人的影响下为自己的事业开辟新天地。纽约派画家同诗人在这个城市新成立的商业性艺术机构中进行了很好的合作。蒂波·德·奈基（Tibor de Nagy）画廊审慎地利用了诗人与画家之间的联系。这家画廊在 1952 年和 1953 年分别发表了奥哈拉和阿什伯里的第一部诗集，其目的在于促进画廊拍卖的先锋派画家作品的销售。同样地，奥哈拉大部分写于 50 年代末和 60 年代初的艺术评论，并不是对立的。他促进了这些画家事业的发展。他们在 1955 年以后已经小有名气，获得承认了。作为现代艺术博物管的馆长，奥哈拉的任务是开创自己的事业，宣传这些画，而不是像先锋派那样破坏已成立的艺术机构。这一群体的诗人和画家追求的都只是品味的更替以跟上新的时尚。同时，他们觉得艺术与社会之间的关系没什么好说的。

第二代画家是谋求和解的，他们恢复了绘画的比喻之维，而这一点自 1910 年以来在欧洲绘画界一直遭受攻击。他们幽默诙谐，而第一代画家是严

○诗歌、政治和知识分子

肃认真的。奥哈拉说："抽象表现主义并不是嬉闹，而是严肃艺术家的艺术品。"第二代画家的浅薄明显受抽象表现主义者所认同的哲学——存在主义的影响，而里维斯、奥哈拉、阿什伯里和科什并不赞同这种哲学。里维斯称第一代的存在主义为"ich-Schmerz"。更年轻的画家和纽约派诗人也出来重申艺术的更温和的调子。舒勒赞扬海伦·弗兰肯塔勒"反对纽约派抽象画固执的思想和难以改变的脾气的特殊勇气"。纽约派诗人和第二代画家是反知识性的，因为40年代末期和50年代初的《党派评论》构成这种精神生活。相反地，里维斯和劳申伯格对美国文化的陈腐素材表观出特殊的爱好。里维斯对奥哈拉说："还有什么比一幅致力于表现美国陈词滥调的画——《华盛顿渡特拉华河》（*Guadalajara*）更能麻醉人吗？"格雷丝·哈蒂根在1956年说："我已经找到我的题材，这就是美国现代生活中平凡而重要的东西。"里维斯和其他人表达了对抽象表现主义者效忠于这种艺术的反对："带有严肃性的难堪，也许偶然、无知、有趣、在荒谬中得到慰藉，我觉得正是这些东西使我更多选择大众文化，而不是天天具有明显的人文主义或可靠的政治寓意的文化。"

这种讽刺精神与令人感动的自愿考虑任何东西相结合，不管美国是多么粗俗，这是奥哈拉诗歌的主要特征，如《哦，拉娜·特纳，我们喜欢你起来》（*oh Lana Turner we love you get up*）。这一点也是使阿什伯里诗歌风趣和难懂的原因。阿什伯里所写的，关于去瓜达拉哈拉的幻想中旅行的《教育手册》（*Instruction Manual*, 1956），是陈词滥调的拼凑本，诗中充满平庸的语言，这也是他的批评家所一致认同的。阿什伯里令人难懂，部分原因是他自己模棱两可的态度造成的。他曾说过他的目的并非讽刺平庸，而是利用我们最常用的语言来表达自己的情感。舒勒也从这种精神出发，赞扬画家阿里克斯·卡兹（Alex Katz）具有冒平庸之险的勇气。阿什伯里积极模仿一种思想的真正活动，这种活动是沉思式的，容易分散注意力，往往具有敏锐的洞察力，但有时也是迟钝的。

纽约派诗人这种模仿的冲动跟黑山派诗人们的作品格格不入。但黑山派的另一位诗人约翰·凯奇撰写理论著作支持这种模仿。约翰·凯奇1949年在俱乐部发表了著名的演讲《某种东西》。凯奇在黑山学院同坎宁汉姆、奥尔森和其他人合作过，但他从未在与学院有关的杂志上发表作品，也许因为这些杂志受一种冷漠无情的文学纲领的控制。令人奇怪的是，奥尔森对凯奇闭口不谈，但他为坎宁汉姆写了一首很美的诗《埃及的默斯》。奥尔森似乎已经感觉到凯奇和坎宁汉姆所组织的一些朗诵会一点也不严肃，用他的话来说是"琐碎"。

凯奇的审美观，同奥哈拉和里维斯一样是反知识性的。"思想作为经验的忠实接受者,放弃提高创造和作用的愿望"。艺术家经验面前应该是谦卑的,也是被动的。凯奇在 1949 年说,"通过我们身上发生的事,而不是通过我们所做的事,使我们变得完美。"奥尔森和他的合作者可能不会同意这种观点。认为艺术家是被动的那些人,也远远不能够理解阿什伯里或奥哈拉的诗。更准确地说,他们所赞赏的应该是接受和宽容,而不是《党派评论》的知识分子和抽象表现主义者持有的那种批判性的、严肃的和孤傲的态度。凯奇、奥哈拉和阿什伯里认为,艺术家的职责不是充分地反映某种环境,而是把任何人经常体验的声音、主题和精神错乱吸收到音乐或诗歌中去,不必考虑社会阶级和政治派别。

回想起来,阿什伯里的第一部诗集《几棵树》(*Some Trees*, 1956)所阐释的创作技巧,持续吸引实验派诗人的注意长达 30 年之久。书名本身奠定了他的题材和艺术的随意性:不是纽约的树,或巴黎的树,只是几棵树。这首用作书名的诗最初发表于 1949 年,恰如其分地用一种平庸的描写开头:

> 这些树令人赞叹:每一棵
> 毗邻另一棵,似乎语言
> 是静寂的表演。
> 机缘让我们
> 今早相遇
> 世界也认同
> 你和我
> 突然几棵树想要
> 告诉我们——我们是什么?

阿什伯里以一种日常经验的含糊不清和不连贯的方法来写诗。第二句和第三句的悖论显得莫名其妙;第四句只是引导下一句。从第四句到第九句,他使用的是不连贯的类比而不是解释。他似乎只是创立一种连他自己也掌握不了的句法,正如人们认为他们所能解释比他们真正能解释的更多时通常那样做。但是,这个意义不明确的开头之后,他引入明白、准确和推理的一段:"诗作为中心部分:它们只是在那儿/意味着什么;不久/我们可能会接触、爱、理解。"这个风景传递的信息是某种体验式的、不可知的和社会性的东西。像凯奇一样,阿什伯里受到普通事物如几棵树的鼓舞:"很高兴没有发明/这种整齐妥帖,我们被围住了/寂静中充满了声音……"这里成功是根据爱和与另一个人的联系来衡量的,也是根据能像十七世纪诗人那样组织语言的

○诗歌、政治和知识分子

能力来衡量的:

> 我们的日子充满这种缄默
> 这些强调似乎是他们自己的辩护

一首诗用这种令人费解的语言作为开头,这么优雅地结尾,这正显示阿什伯里进行创作的方向。奥哈拉假装随意的语言风格,但是阿什伯里的语言太广泛了,不能产生直接的喜悦,或抚慰性的心理表现。阿什伯里的诗尽量避免用语言展现"自我",另一方面,他最能表达这种情感的诗集《凸镜下的自画像》(*Self-Portrait in a Convex Mirror*, 1975),是他最著名的作品。

即使是由现代主义者培训过如何应付解释困难的读者也会觉得阿什伯里的诗歌晦涩难懂。阿什伯里在写作中养成了另一种跳跃性习惯。庞德把这种表意符号的方法看做建立诗歌所含并列事物的向心力手段。艾略特则提到乔伊斯的神秘方法。这两种方法的最终目的都是建立中心意识,即使在他们令人难解的诗歌中也能找到。在《几棵树》和《网球场宣誓》(*The Tennis Court Oath*, 1962)中,这种中心意识几乎毫不相关。《他》(*He*, 1953)这首诗是一个关于句法结构如何预言人的精神假设已知道的行动的玩笑。在诗集《山山水水》(*Rivers and Mountains*, 1966)的著名诗篇里,阿什伯里以一种独特的细致手法描写了一幅风景,好像它是某种叙述的场景。这些涉及是如此特殊以致不存在的语境才是本诗的真正主题。这首诗展示了叙述语言的局限性:如果没有一个语境,即使是特殊的叙述语言——如后六句似乎令人想起政变中的轰动事件,关于事件的语言全是晦涩难懂的。在《网球场宣誓》一诗中,阿什伯里从心理模式转向他原来所称的(也否认的)"无意识诗歌"。但是1962年以后,阿什伯里刻意尝试他所说的使"意义跟上随意的步伐",一方面,他系统性地使自己的语言陌生化,以致在一个有意义的整体结构中,没有什么中心意识把这些诗句串联起来。诗中的词语似乎不是形成单个语境,而是几个语境。阿什伯里并不否认所指意义,但是通常因为缺少单个语境表达有理的,或自然的意义,诗中的词语所指的对象就变得既陌生又有说服力。另一方面,他的一些诗歌如《滴漏计时器》(*Clepsydra*)、《溜冰者》(*The Skaters*)、《最快被愈合的》(*Soonest Mended*)、《三首诗》(*Three Poems*)和《自画像》(*Self-Portrait*)同时会把读者诱入梦幻中;为了确立连贯的意义,读者要有跳跃思维,内心随着它从一种思考跳到另一种思考。

阿什伯里这种散漫风格在《滴漏计时器》(1966)中获得首次成功。这首诗的代词不论在诗中或出现在梦幻中都令人捉摸不透。"你"、"它"和

"他"随着诗歌每隔几行的指向改变,既散漫又有吸收能力。凭这首诗,阿什伯里跟1950年的奥尔森一样,提出散漫诗能够超越奥登《霍雷·凯诺学科》(*Horae Canonicae*)一类的诗歌。艾略特的《四个四重奏》曾恢复那种散漫的风格,好像现代派的表现手法不足以表达艾略特后期诗歌中新涉及的宗教—哲学题材,奥登在40年代所写的诗歌似乎证实了这一点。艾略特与阿什伯里的诗歌之间的联系具有特别重要的意义。艾略特用音乐作为标题表明他也追求一种变化无穷的思考模式。阿什伯里曾说过,音乐比绘画更是他感觉最亲近的姐妹艺术。

> 音乐吸引我的是其中的思想,这些思想当然不能用语言来表达,正如在我们脑海中许多美好的想法是不能用语言表达一样。正是这种提出观点的方法而不是这种观点的具体表述吸引了我。

对于阿什伯里较长和较得意的诗来说,释义不足以完成一般阐释的任务,虽然这些诗似乎明显地寓含着某种全面的意义。读者的任务是关注词语本身的运动,并且想象出它们可能唤起的语境。

这些诗歌中可被释义的段落——

> 每个时刻
> 表达都是真的;同样什么都不是真的,
> 唯有在空中跳来跳去

——这一段被批评家们反复引用,的确是令人永记不忘的,但是这些诗是由这些时刻明白易懂的自我反思构成的,但这种明白易懂只不过是像下面几句不稳定而含糊的诗行:

> 重复出现的洁白像
> 勉强微笑的脸,向前一步
> 闻到的只是尘土

阿什伯里所追求的正是从理解到含糊,因为只有这样才能接近"在一定范围内的某些理性的美,并不违反日常体验,甚至是最鄙俗或最单调的体验。"按照阿什伯里的说法,生活每天都是新奇的,只有理性这一类别才使人们感受不到这种新奇。

◎诗歌、政治和知识分子

《滴漏计时器》以一个奇特的缩略问句开始:"Hasn't the sky?"(天空有没有?)这首诗的独特魅力和阿什伯里其他散漫诗的成功,首先在于对人们概念中天空的本质和对周围环境的自然因素一种形而上学的探索,不但没有了主宰一切的上帝,也没有对上帝不在场的忧虑。有种感觉是自然世界更走近我们。其次,这首诗引入了另一个交叉的主题:人能通过失去的爱去衡量时间和变化;第三(第130-40行)是一个自我的结构。整首诗很抽象地以一个包罗万象的主题开始,然后缩小范围,直到把三个主题融合在一个最个性化的主题里。当诗人引入第二、接下来第三个主题时,我们不能确定诗人心目中最重要的是哪个主题。不可否认,这首诗的丰富在于意义模糊,但是它把一种原本没有的对世界的新理解引入诗歌。如果没有这首诗,美国诗歌将大为逊色。

发展明显成为20世纪50年代先锋派的成果,而纽约先锋派在60年代初期受到了黑人艺术运动的攻击。在60年代末期,勒罗伊·琼斯(LeRoi Jones)又名阿米里·巴拉卡(Amiri Baraka)名声大振。他从一个先锋派诗人和剧作家变成了政治积极分子。他的成功为同时代的其他作家树立了一种具有影响力的模式,这对艾德莉安娜·里奇是最明显的。这位黑人诗人、剧作家和杂文家,比白人艺术家更早看到60年代初期的民权运动中,对于社会现状来说,哪一种政治挑战是实际的;同样地,他更早地觉得必须使文学生活适应政治动荡时期的要求。琼斯/巴拉卡模式是以某种浪漫的方式开始的:他明确地把自己的写作集中在个人情感和作为作家的个人之间的关系。这种自省的写作奠定了诗人的事业——把发挥语言的情感当作中心题材。在某种程度上说,这特别是一种个人主义的艺术方法,那些1945年以后在《党派评论》上评价诗人而出名的那些人很容易感到琼斯处境的悲哀。

在他的第一部诗集《20卷自杀信札·序言》(Preface to a Twenty Volume Suicide Note, 1961)中,琼斯以抒情笔调描写了一个同自己生活时代的风尚格格不入的"脆弱情感"的人物。在最初发表于先锋派《常青评论》(Evergreen Review)上的诗《新郡长》(The New Sheriff)中,琼斯开始宣称多种自我:

在我心中
有点东西这么残忍,
这么沉寂。
它犹豫不决

第四章　先锋派

坐在草地上
跟我同时代的
年轻的白人处女。

他把自己，只是部分地表现为白人世界的可怕的威胁——"血/信"宣称这种矫饰的可怕并非是为连环画人物，写迷人抒情诗的作者所能想到的东西。"他身体里/有情感的柔软而雪白的肉。"但是，这新郡长故意冒犯他通过《常青评论》结识的一些宽容的都市自由人士。他们可能喜欢谈到黑人的"兽性魅力"，他说，"不是那个，而是/比这个窒息的城市/更广泛的/粗鲁的颜色/饥饿。"弥尔顿的回声唤起了普罗米修斯式的英勇行动，特别是随后把天使变成了他的对立面恶魔。

值得赞扬的是，琼斯本人往往不喜欢玩弄他的读者欣然同意的观点。他反驳读者和他们公开承认的自由思想。几年内，白人自由主义者将会适应黑人作家和积极分子的攻击。但是，琼斯明白他在1961年所写的诗会冒犯大部分白人读者的品味。

　　　在
你平坦的白色的胃里
我移动我的舌头

一年以内，琼斯使他的艺术与纽约先锋派完全对立。1962年，他在自己办的一份小杂志《漂泊的熊》（*Floating Bear*）上面发表《富裕画家的政治》（*The Politics of Rich Painters*），这是在唐纳德·艾伦（Donald Allen）向全国读者全面介绍先锋派，包括琼斯的诗歌选集出版两年之后。

正是他们的指印
玷污冰冷的玻璃，足以成为
商品和对人性的正当管束。
你知道民主的可怜，
我们必须坐在这里
听他讲如何挣钱
那些无知的话像火一样
喧闹，充斥着整个房间。
"爱"变成通行证，

○诗歌、政治和知识分子

　　这词马上
　　征服所有的语言。因此，知识
　　本身陷入耻辱。

　　琼斯是格林威治村先锋派热情的参与者，他跟黑山派诗人们也有联系。在他的《自传》（Autobiography）里，他讲到他有一次对在雪衫旅馆经常见面的抽象表现主义画家产生钦佩之情。"我们不但开始模仿弗朗兹·克莱恩的风格，也模仿他个人的怪癖。"但是到 1962 年，琼斯逐步发现从思想上看，纽约先锋派是无可辩解的乏味：其成员谈的价值观最终变成最荒谬的词语。所有的论点结果都肯定一种无法界定的、不可探究的爱。先锋派艺术家的存在也被主流文化所利用，强调主流文化本身是"对人性的正当管束"。像这样的先锋派可能使每个人感觉不错，也会赚钱。在格林威治先锋论坛上，琼斯、阿奇·谢普（Archie Shepp）和拉里·里维斯举行一次关于艺术和社会变化的讨论会。当谢普谈到革命时，里维斯退出这次讨论会。琼斯转向他说，"嗨，你们都在这些画廊里为那些有钱的男性同性恋作画，你也是像他们那样鄙俗！"琼斯在《自传》中谈到这次攻击性的批评是为了削弱"我们之间思想上和情感上的联系"。到 1962 年，在纽约的这些作家们、音乐家们和画家们的合作对他来说似乎只是商业性的虚构——当然没有任何对抗性运动的基础。这种认为只要有良知的人，不论种族差异容易互相认同，这令人鼓舞的概念只不过就像"爱"一样，是另一种虚假。

　　跟他的朋友奥尔森、克里利和艾德·多恩（Ed Dorn）（也就是《已故的讲师》一诗献给的诗人）一样，琼斯对 1962 年的学院派文化所欣赏的诗并不感兴趣——学院派如奥登、威尔伯、梅里尔、霍兰德，（当时还有）里奇和默温。但是在《富裕画家的政治》一诗中，琼斯从唯知识论者的观点出发，甚至站在学院派的角度发言。上述诗行的最后一句是不带反讽的。琼斯厌恶建立于某种"爱"之上的模糊的思想意识，部分是因为语言和学习能提供确切的、具体的知识。这首诗的语言有时是鄙俗的、令人反感的，不合学院派的品味。比如"母亲的铁乳房"、"法国娼妓的同性恋女仆"，并且语气也近乎责骂。然而，这些诗行的变化模仿说明文中段落的发展，这正是奥尔森在 50 年代早期作诗的风格。琼斯同奥尔森和多恩一样，都是从理想化的理智主义者的观点来写诗的。他反对纽约先锋派所持的价值观来源于他对美国学院派文化怀疑性和批判性话语的切身体会。他当然并不是从学院里那些文学文化信奉者的立场出发发表见解的——"这么多的品味/这么少的理解力"，而是从那些置身于历史、经济和社会学这些院系的人的观点出发。这首诗最后的

第四章 先锋派

结论是文学文化最重要——安德烈·马尔罗（André Malraux）、桑戈尔（Senghor）、詹姆斯·鲍德温（James Baldwin）、叶芝和庞德是这样的权威人物，这是对一味空谈爱的社会科学家所表述的经验范围所做出的回答。

由于60年代大学的文学先锋派独立于主宰文学文化的学术机构之外的前景消失了。70年代末和80年代初的语言派诗人是个试验案例。他们组织了一个"前摄的对抗的文学"来对抗查尔斯·伯恩斯坦（Charles Bernstein）所称的表现在"官方诗歌文化"中的"社会和文学惯例的自鸣得意"。1984年，《语言》（L=A=N=G=U=A=G=E）杂志刚刚结束了四年的发行，南伊利诺大学出版社便出版了300页厚的该杂志文集，其中一些语句颇耐人寻味：

> 以语言为中心的书写，不但编码其自身的流动，而且解码其自身的编码性（codicities）。——史蒂夫·麦卡弗里（Steve McCaffery）。
>
> 这些文本（试验）将进行非自然化，它们使现实问题化。——布鲁斯·安德鲁斯（Bruce Andrews）。
>
> 指涉没有被突出。作品不是围绕指涉的轴线组织而成的。因而，就不是围绕生殖器组织而成？没有具体实质的"喷射"留下语言单位的多态游戏。——布鲁斯·安德鲁斯
>
> 这个谜，只向自己暗示，不面对任何东西。然而，它没有被置于括弧内。——艾兰·戴维斯（Alan Davies）。

语言派诗人们认为，词汇一般是通过它们在同一语言界的伙伴被了解的，而非仅仅在单一的文本内。其中一位语言派诗人彼得·施业达尔（Peter Schjeldahl）写道："从作为诗人的立场来看，当今诗歌的有趣之处在于，它是我们社会中最没有职业地位的工作。"这种把诗人视为边缘的人的浪漫主义观点，完全落伍了，因为当今的诗人们，无论是后卫派还是前卫派，都对直接支撑文学机构的社会结构的合法性提供了支持，只不过有一些诗人这样做时带着或多或少的勉强。艾兰·戴维斯、布鲁斯·安德鲁斯和史蒂夫·麦卡弗里的上述句子表明，这些诗人的诗学理论直接源自最近的学院派文学理论家——德里达、克里斯蒂娃、巴特、詹姆逊这些文学理论家已通过各种专业的文学会议和博士研究班建立了名望和影响。艾略特·温伯格（Eliot Weinberger）曾写道："一次，只要一次，应该有人写出一篇'语言'诗的辩护文章，而不使用诸如转义、并列、暂存性、史学、语义学、符号学、物化、非历史化、目的论、辩证、演绎推理、比喻表达法、等义修辞法、同构、策略等

112

诗歌、政治和知识分子

词语。"

青年诗人们依赖那些包含当代诗歌用语的辞藻,是一种相当自觉的行为:他们常常并没有意识到这些词语已经成为对立面,却充分了解它们能帮助作家在当代传统观念中树立自己的权威。语言派诗人们利用批评理论的喧闹辞藻——"铭记"是西里曼(Silliman)爱用的词,还有"总是,已经"——蓄意去追逐当今学术性文学观点中最负盛名的那部分权威。伯恩斯坦指出,"文学工作者们有文学、政治、文化的理论家和评论家作为他们的天然盟友。"语言诗人也参与攻击了有关一致性的或超验的自我的观念,以及关于叙事和指涉的观点。奥尔森在50年代把目标对准了艾略特和洛厄尔:30年以后,罗恩·西里曼开始批驳长期惨淡经营的韦勒克和沃伦。这些诗人的反学术辩论矛头指向的只是那些无视德里达的影响,执意把文本理解为作者思想的连贯表达的批评家。语言派诗人自己直到80年代末才成为学者,这意味着他们与学术理论的雄心勃勃的契合更加引人注目。学术性文学理论应该附带产生一批新诗人,这种观点标志着,任何明确的反叛文学运动都必须将自己直接地置于学术背景内。学术性文学文化,不但远远地没有抵制这个马克思主义文学先锋派,反而热情地将它编为职业营区一个小分队。先锋派试图通过反对文艺机构带来激进的变革,这在学术的语境中是不可能实现的,因为学术机构可以通过扩张和多元化地吸收对手,以开明的方式对付种种挑战。对学术鉴赏力而言,语言派诗人在以多元化为特征的诗歌背景中构成了又一个流派。

艾略特曾把"美学认可"称为历史事实:任何有能力引发重要文学创作的思想体系,在其表面都有某种对该思想体系严肃性的证明。他举了卢克莱修(Lucretius)①和但丁的例子。"任何生活方式或生活观点,"艾略特写道,"如果引发的是伟大的艺术,在我们眼中,就比引发劣等艺术或者任何艺术都没有者,更加真实可信。"这个论点的另一面就是说,被文学艺术大师忽略或反对的文学理论,可以退落到一直单调乏味的学术性文学史中。詹姆逊(Jameson)复兴了后现代这个术语,目的是为20多年的诗歌、小说、音乐、电影、录像和文学理论建构一个全面的概述。如果所有上述领域中最重大的艺术创作可以真实可信地与专业的学术性文学理论联系起来的话,文学理论就不能再被斥为专业人员偏狭的关注而不予考虑。然而,如果詹姆逊在这一点上有错,他将有效地大力支持如下断言:学术性文学理论只不过为从事写作以相互取悦的教授们产生了一个话语;也就是说,这种批评已经从文学中独立出来。这个问题面临一个文学批评家们都理解的考验:当代文学理论的

---

① 卢克莱修(94—55 B. C.):古罗马诗人、哲学家。——译注

第四章　先锋派

话语是否为我们这个时代的文学艺术家提供了最重要的问题的令人信服的描述？60年代末文学批评史上的断裂——人们把它与当时对法兰克福学派的马克思主义、结构主义和解构主义的引进联系起来——是否对应了对诗歌、小说、电影、录像和音乐的历史时代划分所做的真实可信的描述？更直截了当地说，问题就是学院马克思主义是否为过去25年的美国文化提供了一个有说服力的描述。

詹姆逊对这些问题的回答是肯定的，语言诗人成为他的部分证据。自从40年代末罗伯特·洛厄尔的写作以来，美国诗人和教授之间没有可比的联系，50年代早期新批评派的理论重新获得肯定。70年代末和80年代初语言派的作品被当作与学术性作品不同的选择，不过，它仍渴望具有学术性文学话语的修辞权威。从此以后，一些语言诗人——如巴列特·沃顿（Barrett Watten）、鲍伯·佩里尔曼（Bob Perelman）、杰德·拉苏拉（Jed Rasula）——完成了哲学博士培养计划，在各个英文系里开始了学术生涯，另一些人，如伯恩斯坦和苏珊·豪（Susan Howe）则没有接受博士培养就任职了。语言派作品面向专业化学术性文学观点的意图如今看起来比80年代早期更明朗了。人们现在还看到，这个流派的批评文章带来的结果是：真正重振和聚焦了关于现代作品（又不仅仅是现代作品）的专业性文学论战，苏珊·豪在其最近由卫斯理大学出版社出版的书中对19世纪的作家做了评述。伯恩斯坦的论文（大部分最近由哈佛大学出版社出版），致力于与像詹姆逊这样学术理论家进行批评的对话。劳伦斯·维努蒂（Lawrence Venuti）《翻译者的隐形》（*The Translator's Invisibility*）的出版，语言作品的影响现在甚至可以在翻译理论的领域中看到了。这很令人吃惊，因为语言派诗人们，正如温伯格指出的那样，对促进诗歌翻译几乎没有做任何贡献。40年代末的重要事件是，像洛厄尔这么明显的一位好诗人，是靠对诗歌的一种理解写作的，而这种理解源自新批评家们，尤其是兰色姆和塔特。然而，语言派诗人们能取得像《威利勋爵的城堡》的作者所取得的那样的成就吗？

詹姆逊指出了后现代艺术的两个文学特征。第一个特征是模仿，即对各种历史性的文体风格进行游戏性的而非嘲讽性的引用和模仿，这些文本风格是艾略特、庞德、史蒂文斯、乔伊斯、奥哈拉和阿什伯里的读者们所熟悉的。第二个特征被詹姆逊称之为对语言的精神分裂症式的使用：最近的很多文体倾向于不在文本的中心建构一个连贯的自我。可以列举的例子很多：从阿什伯里把自己表现成有病症者，到詹姆斯·麦克迈克尔（James McMichael）的《四件好东西》（*Four Good Things*，1980）中对精神分裂症式感受的当代意义进行恰当的分析。

◎诗歌、政治和知识分子

詹姆逊援引鲍伯·佩里尔曼的一首诗《中国》（*China*）作为后现代诗歌的例子。这个例子值得仔细关注。

我们住在阳光下的第三世界。老三，没有人
叫我们做什么。
教我们数数的人当时很友好。
总是到了离开的时间——
如果下雨，你有伞或没有伞，
风吹掉你的帽子。
太阳照常升起。
我宁愿星星不再相互描绘我们：我宁愿
我们自己来做，
跑在你的影子前面。
至少十年指向天空一次的姐妹是一个
好姐妹。
风景被机动化了——
火车把你带向前方，
水上架起桥梁，
人们沿着延伸的水泥路蹒跚而行，走向
飞机舱里。
当任何地方都找不到你时，别忘了
你的帽子和鞋子的样子。
连飘浮在空中的词语也投下蓝色的影子，
如果味道好我们就吃了它。
落叶缤纷。把事情挑明，
挑出正确的东西。
嘿，猜猜看？什么？我学会了怎么说话。太棒了！
脑袋不完整的那个人流泪了。
它倒下时，少女能怎么办？什么也不做，
去睡觉。
你穿短裤看起来真棒，旗子看起来也很棒
每个人都对爆炸很开心。
该醒来了，
不过最好习惯做梦。

第四章 先锋派

詹姆逊为这个文本的意义这样辩说:

> ……似乎这么说不十分正确,这些诗句是自由漂浮的物质所指,其能指已经蒸发。这里似乎的确存在一些全球性的意义。如果把这首诗看做在某种有趣而隐秘的程序上是一首政治诗,那么,它看起来的确抓住了新中国在世界历史上无与伦比的、规模宏大而尚未完成的社会改革所带来的欢欣鼓舞的某些方面:在两个超级大国之间,出乎意料地冒出个"老三":重新掌握自身的集体命运的人们创造了一个完全崭新的物质世界:最重大的事件则是,民众成为新的"历史主体",在经历了长期的封建主义和帝国主义的统治后,开始用自己的声音说话,第一次为自己说话了("嘿,猜猜看?……我学会了怎么说话")。然而,这种含义漂浮在文本上面或文本后面。我想,人们不可能依据任何一条"新批评"较老的概念解读以上文本,发现复杂的内部关系和肌质——这种内部关系和肌质曾是华莱士·史蒂文斯等人的古典现代主义更较老的"具体的普遍性"的特征。

詹姆逊有足够的理由把他的诠释说成"漂浮在文本上面或文本后面"。对这首诗的这种政治诠释——假定佩里尔曼对人民共和国进行了一些陈述——利用了关于指涉和意义的传统观念,而这些观念公然违背了语言派诗人和詹姆逊的后现代主义的纲领。詹姆逊在隔一个段落后以诙谐的方式承认了他的难题。"不过,这首诗的秘密,"他说,"现在必须揭开了。"

> 这有点儿像超级现实主义,看起来似乎是继抽象的表现主义的反再现的抽象之后对再现的回归,但是后来人们开始意识到,这些描绘也不是严格意义上的现实主义,因为它们再现的并非外部世界,而只是外部世界的一张照片,或者,换句话说,是后者的影像。它们是假现实主义,实际上是关于其他艺术的艺术,是其他影像的影像。在目前这个例子中,被再现的主体并非真正的中国:实际发生的情况是,佩里尔曼在唐人街的一家文具店碰巧看到一本摄影画册,这本书的标题和说明文字对他来说显然只是死的词汇(或我们可以说是物质的能指?)。这首诗的诗句是**他自己**给这些照片写的说明文字,它们指涉对象是别的影像,另一个文本,这首诗的"整体"根本不在这个文本*之内*,而在这文本之外一本没有出现的书的整体范围内。

116

诗歌、政治和知识分子

詹姆逊想要的是对人民共和国的一首赞歌，实际得到的却是一连串小小的玩笑。这首诗根本不允许在实际政治层面上的普通指涉或连贯意图的存在。政治被移到理论的层面，在这里，詹姆逊受到这个如同他们所说的"互文性"例子的惩戒。相反地，他一旦揭示了这个玩笑，就对这首诗无话可说了。对这个先锋派诗人来说，诗歌的确导致了政治行为（根据西里曼的观点，"这是阶级战争"），但是，只是通过对语言期待挫折和瓦解这一方式——而正是在这里这个先锋派诗人的学术性就清晰体现出来。语言派诗人们提出了对待政治的严格的形式主义的方法，它建立在把语言秩序和政治秩序生硬的对等上。（伯恩斯坦的观点是："语言控制＝思想控制＝现实控制"。）庞德、金斯堡、斯奈德、布莱、里奇、莱维托夫，也许还可以加上巴拉卡——所有那些坚持创作指涉性诗歌，提出同胞们关心的政治问题的诗人——伯恩斯坦都把它视为不鼓励"领域混乱"的例证；甚至伟大的喜剧和悲剧"从来没有改变任何东西"。正如杰德·拉苏拉（Jed Rasula）所说，"诗绝不是一个政治性的有效形式。"这里流露的失望恰恰就是对学院的失望：继60年代针对时事的政治参与之后，政治中心急剧向右转。尽管60年代的民权运动和反战运动取得了具体胜利，其中有诗人们的贡献；然而，鉴于70年代、80年代、甚至90年代，整个美国社会转向保守的态势，这种政治行为的局限性就非常巨大了。伯恩斯坦（和西里曼以及拉苏拉）希望，诗歌中对社会确立的语言应用模式的破坏，将预示大规模的社会变革。

詹姆逊把佩里尔曼这首诗的标题拿来指涉一个政治和地理事实，而不是一本影册。语言派诗人们辩称指涉性是资本主义的后果，它为了探求语言的描写、叙事、和说明的维度，压制了语言的手势或表演方面。他们声称，从斯坦因以来，诗人们越来越坚持意义来自能指本身，而非人物、情节、或论点。是文字，而非诗人，创造了诗。因而，诠释一首诗的正确方法不是去重构作者意图，而是理清文本文字的许可的关联。詹姆逊是处在人们赞成的轨道上。这种阐释程序有两个众所周知的问题：第一个问题是，人们与具体文字的关联在很大程度上取决于他们的社会地位和政治倾向。文本愈依赖关联，就愈不可能超越同代的意识形态的视野。第二个问题是，每位读者与这个或那个词的关联——在意识形态忽略了这个词的情况下——与个人癖好有关。西里曼接受了这个问题的结果，断言每位读者可以从相同的文本创造不同的诗。过去被重视的诗的表面意图内的戏剧张力，现在则存在于一首诗相互竞争的诠释中间。语言派诗人们把他们这方面的接受视为很有吸引力的民主：正如杰克逊·麦克·罗（Jackson Mac Low）所说，这些诗歌"使每位读者或听者自己展开幻想"；它们抵制了西里曼常提到的"所指的暴政"。人们依赖

第四章 先锋派

读者与这个或那个词的关联的程度,恰好就是他们接受的交际中不准确性的相应范围派。

詹姆逊最终不能确定如何评估后现代主义。后现代作家们,诸如语言派诗人们,是最对立的还是沾沾自喜的?在那篇讨论语言诗人的论文的结尾,詹姆逊无法回答这个问题,在四年后即1986年,他说道:

> 后现代主义**实际上表现了**跨国资本主义,它有一些认识内容。它阐明了正在发生的事情。如果主体迷失其中,如果在社会生活中,精神主体已经被晚期资本主义去掉中心,那么,这个艺术忠实地而真实地记录了那一个。那是它的真实时代。

因此,后现代主义展示出一种病症:它不提供病症之外的理解,更不用治疗,甚至安慰的话也没有。

病症的急发性也许很令人着迷,但与具体诗作的价值没有关系。后现代文本,用詹姆逊的话说,是"可任意处置"的,它与其说是某种留待重新考虑的东西,不如说是跨国资本主义条件的一个标志。在后现代艺术中,人们经历着"用非常专业的创新方式完成的过程;而当你离开它时,它就结束了。"詹姆逊之所以对后现代艺术要求如此之少,是因为他如此强烈地谴责了支持它的真实时代的资本帝国。在里尔克(Rilke)以他在卢浮宫所见的古代半身雕像为题材的那首诗的结尾处,人们最后面临着艺术更顽强的挑战,要求更严格地对待生活:"你必须改变你的生活。"

詹姆逊对佩里尔曼那首诗的诠释,受到该诗的创作故事的阻碍。不过,仍然成为该诗的权威解读。根据这种一贯的技术主义,诗全然是工具,没有任何最终目标,只有诗人知道这个工具是如何运作的。尽管大谈"以理解者中心"的谦逊,语言派诗人们把它们的意志强加到其文本中的程度,并不亚于洛厄尔在1946年的做法,只不过这种强迫的文字痕迹比较不明显罢了。西里曼提到诗人们**使用**武断来制造这种或那种效果,但是武断的概念是用来指出诗人不足胜任使用简练手法的地方的。语言派诗人们讲述他们的诗歌创作在于随便哪个环境的故事,在某种程序上是有意揭穿关于诗歌的独创性的天赋的愚昧断言。尽管这些诗人也愿意根据要求展示他们的秘密,但是他们自己有效地表现为有着大批成员和一整套秘密的专业知识的一个行会。伯纳黛特·梅耶(Bernadette Mayer)和她的同事建议,"找一两个朋友**替**你写作,假装他们**就是**你。"这个主意很高妙,是诗歌个性浪漫化的合法评论,但是,这些诗歌创作法依赖于明显的乌托邦式的美妙成果的梦想,梦想产生于一种新

○诗歌、政治和知识分子

诗参与指导的大规模社会变革。

令人吃惊的是,这个雄心勃勃、有职业意识的先锋环境激励了至少两位出色的实验作家。苏珊·豪创作了取材于历史文献的著作,她的书让人想起奥尔森先例的一种力量,豪永远不会建构像奥尔森的马克西姆斯这样的中心角色:相反地,她的书页包含着无法结合为统一形式的演说、或插曲的诗行和短语。诗行或许三两匹配,然后就自行离去,这就是其特点。

> 飞逝的概要之概要
> 假名穿过空荡荡的
>
> 高峰,投射骄傲之心
>
> 壮丽的盛装的积云
> 东方扫过劈开的侧面
>
> 宪法壁架上的接穗
> 楔入体制的顺序
>
> 模糊的名城大道
> 人类的凶恶
>
> 朦胧的镜子零等式
> 古老幻觉中的笑声
>
> 跪拜我们工作中的才智
> 混乱把冰冷的才智抛回

这些诗行,连续地单独出现在以1676年康涅狄格州的军事远征为题材的组诗《表达时间中的声音形式》(*Articulation of Sound Forms in Time*)中的一页上,走向可信言辞的不同语境。例如,第四和第五诗行,求助于熟悉的浪漫主义修辞使风景呈现深意,但第三行却是严厉的,自责式的,同时作为一个短语,还十分感性。很清楚,豪把这词放在一起,但是,它们在她的阅读中显然是以更小的单位出现的。第三行和最后一行颇有说服力地证明了单个短语和从句抓住人们想象力的能力,不顾它的信息负荷如何(这里信息负荷已降为零)。最后这行诗——它是祈使的还是简单过去时的结构?写诗的人喜爱英语语言的力量,知道"高峰投射骄傲之心"是对知识分子恰如其分的指责:这里最具感性的这些诗行,联结成一个主题结构,涉及知识分子的过度雄心。人们常常在由豪收集而非由她创作的诗行中,感受她的凶恶,尽管她抵制住了里奇诗作导致悲伤和自我展示的诱惑。

> 亲爱的朋友和亲人——
> 当我回首
> 慈善和好作品如此短暂
> 我们是本身很棒的大逃亡中的
> 小小残兵
> 我们小别营地
> 然后回家
> 迷失了常走的路,于是
> 河段这时一直漆黑一片
> 我们不要担心
> 我们人数这么少又相互隔离
> 语言也无法表达
> 对美国艺术家的希望等等
> 这是我的生日
> 这些是故乡的老树

《声音的表达》中这一段诗,作为远征的参与者的一封信,更容易连贯起来。悲伤与乌托邦式的期望混合在一起,时而被允许以档案中人物的声音表达,但组诗中没有固定的视角基础——如比达特(Bidart)作品中。

豪挖掘17和19世纪的新英格兰文件,显然在师从她的老师奥尔森的榜样,不过她达到了奥尔森没有达到的表达深度。在过去50年中,由黑山派发端,语言诗人继续,先锋派的概念被蓄意地建构成一个传统,一个连续而非断裂的故事。奥尔森代表让他受益最多的诗人——庞德和威廉斯——改变了信仰。豪、伯恩斯坦以及众多此类作家,重建现代主义的准则,不仅强调这些大师的重要性,而且强调格特鲁德·斯坦因、劳拉·赖尔丁(Laura Riding)、路易斯·朱可夫斯基等人的重要性。他们补充了——因而也挑战了——现代主义创作的学术史。美国创作中的先锋主义在其对现代主义前辈的重视中,已经变得很传统,甚至带有学者气。

◎诗歌、政治和知识分子

120 这个只是表面上看起来世俗化和非浪漫主义的先锋派，事实上保存着把诗歌当作获得超越知识或宗教知识之途径的诗歌观。帕尔莫和豪同前辈邓肯一样，在他们的诗里带来语言的丰富性，再现出超越语法意义的连贯性，尽管秩序的例证总是表现在语言的声音或结构中。下面是麦克尔·帕尔莫（*Michael Palmer*）献给罗伯特·邓肯的《六首赫耳墨斯①之歌》（*Six Hermetic Songs*）中的第三首：

躯体在雾中，舌头
被固定在形式里

文字仿佛被镀了银——被包上东西
吞下，被放在摇篮里抹去

标记使
躯体被说成一个世界

围在墙内的彩排
抛弃的弧线，

配成对再戴上面具
呼喊和粗心的制作

数字像骰子被扔出
我不再想它了

把我的字典拿来
写写你怎么了

他声称不再想的东西，是一个天堂般的状态：语言不是先前意义的证据而是实现本身。像邓肯一样，帕尔莫把语言本体和世界本体想象成一体。进入这些本体的多种方式被尝试和耗尽了。这首诗停留在语义学耐心的准则里和同伴友谊的稳固中。

---

① 赫耳墨斯：（希腊）众神的使者，是掌管疆界、道路、商业以及科学发明、辩才、幸运、灵巧之神，也是盗贼、赌迷的保护神，在罗马神话中称为墨丘利。——译注

第四章 先锋派

在这里讨论的四个先锋派都吸取了表演美学（Performative aesthetic）这方面或那方面的特点，后者通常被当作我们时代的艺术的定义特征。对于50年代的奥尔森，和70年代他的追随者杰罗姆·罗森伯格（Jerome Rothenberg）来说，表演是要求特殊权威的一种手段：表演已经不容公开置辩地成为"在场"的同义词。表演诗学的吸引力和它反面的东西密切相关。50年代的诗人，同当时的大多数知识分子一样，退避各种思想观念，不单单是意识形态。奥尔森与他的同代人相比，更像一位思想诗人，不过，他完全不知道如何特别为自己的政治思想辩护。他对表演诗学的提倡则是绕过这个和其他困难的一种方法。当时像现在一样，没有人垂涎在思想观念和意识形态之间划条分界线的责任。如果人们能够像奥尔森那样，指出真正重要的表达时刻，一切就会容易多了。如果考虑到当书面信息成为主要的国民商品时，而口头诗学则似乎天生是反叛的，人们能理解到表演诗学的进一步号召力。罗纳德·里根，一个职业的表演者，他主要的政治资产是对领袖气质的模仿，成了自奥尔森眼中的英雄——罗斯福以来最受欢迎的美国总统。奥尔森的马克西姆斯，如邓肯和琼斯塑造的人物一样，在这个特定的文化中演绎了权威的浪漫故事：在这个文化中，权威是如此分散，它的偶像激发人的怀旧。然而，到了80年代，表演观念的范围大大缩小了：对于语言诗人来说，诗歌的表演维度存在于语言本身，这同思想观念又远离了一步——但与学术至少又靠近了一步。自从1945年以来，学术性文学文化对先锋派成员就有明显的吸引力，但与此同时，为各个院校输送了先锋派论战所需要的反面人物。

第五章 真实性

20世纪60年代，有关真实性的某些观点在文化领域获得极高的声誉，而且不仅仅是在美国。西奥多·W. 阿多诺在他评论海德格尔的存在主义的论著《真实性的术语》(*The Jargon of Authenticity*，1964) 中指出，德国的知识分子认为现代经历作为一种写作的前提具有特殊的意义，它们比思想和批评分析更值得尊重，因此发明了一个专用术语——真实性。真实性的标准不可避免地引发人们对未被历史经历玷污的有关起源的种种梦想。美国文学中的亚当主题都是关于真实性的。阿多诺的著作成为一个有用的提示，虽然这个传统的美国主题60年代才在中欧和西欧惊人地流行起来。一时间，美欧思潮的若干方面在当时被认可而达到一种情感上的融合。

尽管这种情感很快有效地被大众媒体利用，但它对知识阶层有最强的粘着力。有人把20世纪60年代看成是年轻人的10年。但更确切地说，它属于那些走向大学的年轻人。真实性观点的声誉源自知识文化。这一点很有趣，因为当时表达真实性的很多形象并非来自知识生活。对真实性的渴求似乎经常表露出对其他阶层的妒忌。必须承认，异性之间许多单纯的性爱行为，虽然违反了法律制度的戒律，但与大学生的生活相距不远。可是，作为真实性另一种标志的个人暴力行为实际上在这些人中间很少发生，在体力劳动者中间很少出现，它们具有类似的权威性。知识分子寻求真实性的动机开始于可供选择的各种思想，而不在于特殊的物质环境或典型的经历。真实性是一种思想。

1965年，艾伦·金斯堡在接受诗人汤姆·克拉克 (Tom Clark) 采访时讲了一个发生在1948年哥伦比亚大学书店的故事，他认识到，"每一个人都知道。每个人都完全知道一切事情。"克拉克问他是否仍然相信："我现在对此更有把握。当然,你需要做的只是试图理解他人。你认识到,他们已经完全知道你在尽力理解他们。但是,直到那时,你从未突破话域,而切入这一话题的交流。"金斯堡把突破描述为突破认识,对认识的确认是性——性和思想。是什么阻碍了解放?只是对拒绝和冷战的一种孩子气的恐惧。"整个冷战,"金斯堡声称,"是一个思想问题,是强加在每个人头上的一个巨大的思想障碍。"1965年五一国际劳动节,他在布拉格被捷克的学生选为"五月之王",但后来被捷克政府驱逐出境。

诗歌本身——不单是美国诗歌,由于它有主张真实性的传统,具有一般的权威性。而且,它的地位也因为不与大众媒体的玩世不恭的欺骗为伍而得到提高。政府在报纸和电视报道中对越南战争的种种误导成为这次声名狼藉的欺骗的极点。布莱诙谐地写道,"总统在谈到羊水的构成时在撒谎。他认定路德从来就不是个德国人,而且坚持说只有新教徒才出售赦罪符。"诗歌站在所有那些事物的对立面,如同艺术必须站在左派一边——一种在60年代中后期似乎有理的普遍感伤。这种特点才最接近美国诗歌,它曾经与具有华沙条约内极权主义诸国的诗歌相互平行的功能,例如,在民主德国,作家们可以毫无窘态地声称,他们代表国家的良心。

这些年来,美国诗歌的读者数量大大增加。在50至60年代,一些韵律诗的贬低者,提到学院派诗歌,言外之意是:它的读者可能只来自大学。鼓励创作自由诗必将燃起一批新读者对诗人的希望。在自由诗成为著名的模式后,比诗歌以前拥有的——或现在已经拥有的更大的读者群——的确出现了。诗歌专著出版的数量增大了,新的诗歌刊物不断涌现,诸如《诗歌》等现成诗刊的读者规模急剧增加。特别是在50年代末和60年代初,很多诗人已经对诗歌技巧的桎梏表示不满——艾伦·金斯堡、加里·斯奈德、罗伯特·布莱、西尔维娅·普拉斯、W. S. 默温和艾德莉安娜·里奇——都享有盛名。在这段及其以后的时期内,很多自由诗都是专为那些读诗不多的读者写的。这些诗旨在直接表达,而"学院式"的韵律诗谨小慎微,充斥着反讽,蕴满了暗示。关于诗歌平易性的争论,虽然经常是有益的,但也带来过分强调说服力的危险。艾米莉·狄金森谈到,那些使她脖子后面的头发竖起来的诗是检验诗歌修辞力量而不是诗歌真实性的更好办法。60年代,许多美国诗人开始把他们的努力集中在有说服力的表达上面,而不考虑展示良好的个性特征。当时的时代倾向似乎在鼓励这种简化优先的诗风。

自由诗仅仅是技术的或诗体学的一类。但是,由于意识形态的原因,它所包蕴的涵义不只是指缺乏传统的韵律标准。到60年代中期,自由诗已成为美国诗坛占支配地位的模式,而且它的威势一直延伸到20世纪末。自由诗控

◎诗歌、政治和知识分子

制了美国诗坛的巨大中心。在艺术硕士课程和诗歌刊物里,青年诗人都在学习写自由诗。当然,自由诗诗人的风格各异,绝不止一种风格。当代的自由诗也有一些传统的特征,这些特征基于对当代潜力的某些信任。诗歌的新读者得到了很多他们想得到的东西:他们相信美国的生活质量的确在快速地改善。这不仅仅体现在物质上,虽然它确实如此。诗歌和其他艺术表达出的质量进步正好成为受教育者新的希望之路。有人把炸弹看成是笼罩在美国精神上的一块幕布,把越南战争当为后来的一层乌云,这种忧郁情绪在诗歌中是有证据的。可是,60年代,许多受过大学教育的美国人感到美国政治形态面临矛盾——首先是种族主义,然后是帝国主义——它们一直使美国的未来蒙上阴影。适合这类读者的诗歌包括许多有分量的报导;通过报纸和电视人们熟悉的人名和地名出现在罗伯特·洛厄尔、罗伯特·布莱和艾伦·金斯堡的诗作里。此外,它的风格的一致性使它比抗议诗具有更长的生命力。很多诗人一致认为,最好的风格是看不见的,它严谨而深思,绝不浮华,接近日常用语,明显地远离书面语言。这种风格背后有一种乐观的意识,即各种各样的人可以借助于多少为所有人熟悉的当代经历或家庭生活的场景来理解的深刻的体验。

这些风格特征的流行历史可以追溯到1959年洛厄尔的《人生研究》的问世。它改变了以后30年诗坛的主体情趣,即从重技巧转向求自然和真实。洛厄尔打破了50年代的传统,这似乎格外引人注目。统治学院式诗坛的新批评派一直被艾略特的非个性化准则支撑着。约翰·克罗·兰色姆在1938年说,"无名……是诗歌的一个条件。"师从兰色姆和塔特的洛厄尔已经解释过他自己的转变:他跟艾伦·金斯堡有同样的阅读体验,这使他立刻放弃韵律,增加额外的韵律音节,使之接近口语的随意性。当塔特读到《人生研究》中的诗稿时,他为洛厄尔的声誉担忧:"关于你家庭的所有的诗……肯定是糟糕的。我认为你不应该出版它们。"透过诗中的内容,他相信洛厄尔正在写一个精神病患者的插曲。洛厄尔在60年代创造的风格,其意图十分明晰,即民主化。这类诗歌面向每个人,它意味着,鼓励作家和读者合作的文学手法从某种意义上讲被禁止了。讽刺手法消失于1959年。对很多诗人而言,格律也是如此,也就是说,会有更多的读者看不到它的存在。可以肯定,以口语为基础的诗学趋势不是从1959年开始,虽然它此后得到实现。从《抒情歌谣集》的"前言"一直到20世纪80年代,已经很难让人相信有什么语言可以代替人们的口头语言了。T. S. 艾略特在1942年说:"诗歌中每一次革命往往是,或有时自称是共同话语的一种回归。"共同话语是人们反复的回归点,正因为它也是一切的出发点。但是,马乔里·帕洛夫曾经指出,美国人的口语已经被虚夸的脱口秀彻底地贬低了,以致许多重要作家已经在他们作品中拒绝用口语模式。

自白派诗歌的影响是巨大的。很多不属该派的作家竟然也在使用被自白诗歌恢复元气的风格传统和题材。自白派诗人对信念极端地怀疑。他们的作品认为,诗的深度不是靠哲学概念或宗教教义,或在想象中出现的某些特殊而重大的时刻来达到的。至于题材,洛厄尔、贝里曼、罗特克(Roethke)、普拉斯和斯诺德格拉斯都转向自传,或被认为是自传的素材。他们作诗的方法表明:一个人了解最深刻的事情来自他自己的过去。特别是,这些诗人完全专注于同他们双亲的关系。他们自己的性格似乎是由他们家庭的过去事情,以及他们父母的失职和犯罪后的负罪感所构建而形成的。

1959年以来,大量的美国诗人都从他们自己的家庭中挖掘题材,好像那里仍然是深刻的情感和意义以及权威的最可靠源泉,因为没有旁人比他们更清楚发生在壁炉边的事。提倡自由诗的争论如何变成提倡直白表达,这一点容易理解。但不易理解的是,为什么有关家庭经历的诗似乎也很有说服力,也写得很直白。从60年代开始一直延续到现在,写父亲、母亲、姐妹和兄弟的诗成了主题惯例,就如同50年代的诗专写绘画或外国城市。60年代初由家庭题材转向——《人生研究》首次记录了这次转向的第一部诗集,它成了偏离被认作典范的现代派诗人的一部分。是哪位美国现代主义诗人提供了关于家庭关系的智慧?不是艾略特、史蒂文斯、莫尔,也不是威廉斯。跟维吉尔和阿波利奈尔①一样,庞德对子女孝顺的问题感兴趣,因为它谈及文学的祖宗——正像他可能认为的维也纳犹太人的家庭关系,一旦走向极端(《诗章》13),家庭关系会变得相当麻烦。弗洛伊德集中关注的家庭浪漫故事导致他最丑陋的厌女式的排犹主义。

  而泽维兹
  已经向我解释情感的温暖,
  肌体壁内的,几乎是阴道内的温暖
  犹太人的情感,在家里,和几乎别的事情……

其他所有现代诗人都避免这个主题。

---

① 阿波利奈尔(1880—1918):法国现实主义大诗人,主张革新诗歌,曾参加20世纪初法国先锋派文艺活动。——译注

◎诗歌、政治和知识分子

洛厄尔在事业上取得两大成功：《威利勋爵的城堡》（1946）和《人生研究》（1959）。这就够了：两本书的不同点，特别是风格的差异，意味着整体知识文化的情趣和情感的划时代的转变。1946年恪守格律，1959年宽松的格律、自由诗、甚至散文；1946年华丽的宗教狂热，1959年温雅世俗的自传。战争刚结束，洛厄尔就以对有意义的历史性变化抱希望的启示录式空想家的身份创作。然而，《人生研究》的作者一扫昔日的信念：历史的世界已不可补救地被毁灭。决然相反的是，虽然一首重要的诗"总统的就职日：1953年1月"仍与早期诗作一脉相承，但是，以"阿尔卑斯山那边"为首篇的诗卷传递出这样的涵义：某些进步的变革似乎是自动产生的，甚至来自衰落的外表背后。《人生研究》被正确地认为是文学变化的里程碑，不过，它的确表达出对它的环境的自满之情。这一点值得注意，正因为它不符合对该著作在文学史上的地位的普遍认识。从格律诗到成为时代主导风格的自由诗，从象征模式到转喻模式，从文化题材到个人题材：这一系列的转型确实提出了一个更大的问题：诗歌的功能——即诗歌的对立作用。洛厄尔当然明白这一点。

《人生研究》第一部分的诗作顺利地完成了从早期的洛厄尔向后来的洛厄尔的转变。其中的两首分别写于1950年和1953年，另一首以战争刚结束的慕尼黑为背景，50年代后期没有被单独处理。但是，《人生研究》中最得意的一点是对50年代末的痴迷，这在它的第一首诗中就反映出来。下面是《阿尔卑斯山那边》的第一节：

> 大大违背我的心愿
> 我离开它所属的"上帝之城"。
> 在那里彻底疯狂的墨索里尼展示
> 恺撒的鹰。他只是我们中的一员
> 纯粹的无聊。我嫉妒明显的
> 我们祖先在他们伟大旅行中的奢侈——
> 维多利亚的长发圣人接受了这个宇宙，
> 当他们穿过世界飘游在他们的信托基金上面。

从表面上看，这一节是抨击维多利亚时代的自满情绪。那些圣人不承认富裕在何种程度上使他们持有广泛的看法。洛厄尔认为，他自己的一代人的优点是，战后的知识分子承认他们同20世纪50年代的繁荣息息相关。有人听到那种承认，但还未表达出来。洛厄尔在此挑逗性地认为他被迫离开罗马，那个上帝之城属于意大利，它所有的人都是疯子。巴黎或波士顿，则是另一种情形。城市的变化会引起历史的差异,这就是洛厄尔在诗中表达的意思。但问题的关键是,不要太拘泥于对世界主义的模糊和肤浅的字面理解,而应去感受洛厄尔沉着的魅力。那份魅力,无论多么迷人,是自鸣得意,洛厄尔知道这一点。

马乔里·帕洛夫已经描述了洛厄尔从《威利勋爵的城堡》的象征模式到《人生研究》的叙述或现实模式的嬗变。洛厄尔和他同时代许多诗人在诗歌里这种发展被认为是进步的。问题是,洛厄尔在创造这个转变时接受了多少政治和社会现状。自鸣得意不仅仅体现在有关教皇使用50年代的电动剃须刀(那正是洛厄尔想强调的),或养一只金丝雀(50年代的流行宠物)等细节上,而且还表现在诗人的信念上:那种解释可以从世俗的层面上找到。正如洛厄尔描写的,来到地球上似乎必须适应折磨他的意大利法西斯主义。恺撒和上帝之城,就像帕台农神庙,代表文化协调的一个层面,它成为1950年美国人唯一的研究对象。墨索里尼和庇护十二世协调主张先验的教义和电动剃须刀的鸣叫声二者的关系。他们是那首诗中同样大胆的人物。正如《人生研究》的诗人,一个世俗的自由主义者,根据二者对群众的影响来看待他们。对于世俗的怀疑者,他们不会相信,甚或理解玛丽的教义假说,洛厄尔回答说,墨索里尼和教皇的权威仍然存在。事实上,该诗正是在那一点上,洛厄尔回复到《威利勋爵的城堡》强调的抑扬格风格:"穿全套服装的瑞士人扛着他们的尖铁去攻击,/噢,庇护(国王),通过可怕的人类灭毁了。"

洛厄尔在诗的最后一节似乎在庆祝自己到达了巴黎火车站。我这样写是为了彰显诗中未涉及的东西。火车的煤烟、噪音和臭味到哪里去了?洛厄尔到了阿尔卑斯山那边有多远?当他到达巴黎时,他在朝后看,并勇敢地说,"没有车票去那个高度/一度被古希腊占有的高度。"但是,他把自己想象成奥德修斯,以嘲笑的态度回头看着波吕斐摩斯①。洛厄尔自己的诗——跟荷马的诗一样——的确是一张通往那个高度的车票。诗的最后两行有力而晦涩——

> 现在的巴黎,我们的黑色古典,正在消散
> 像伊特拉斯坎人②杯子上的凶手国王。

——清楚地表明,诗人还没有跟他公开承认的50年代的现世主义达成妥协。

---

① 波吕斐摩斯(希神):独眼巨人,被禁锢于其洞穴的奥德修斯把他灌醉后又弄瞎他的独眼。——译注
② 在意大利西北部的居民。——译注

诗歌、政治和知识分子

正是在他必须把意大利的法西斯主义和罗马天主教看做控制群众的方法那一点上，新的风格动摇不定，他的声音回应了1946年的声音。

温文尔雅的优点是，它在搅乱朴素的情感面前镇定自若。与朴素的情感相比，温雅的情感能够友好地接受一系列更广泛的经历，并与之友善地生活和工作。当然，洛厄尔在《人生研究》的自由诗风格里拓宽了他的题材范围，他后面的其他诗人也是如此。不过，有一种众所周知的共识：温雅的意愿调和其他特征取决于一种极其锋利的辨别意识：没有什么能动摇温雅的风格，但一切又各得其所。洛厄尔转向《人生研究》的转喻风格，的确，不仅为他自己的诗，而且为整个60至70年代的诗开辟了道路。不过，他诚实地暴露了这种风格的不利的一面。他在该书的情感中心设置了温雅的情感的界限。他在他自己性别身份的个人范围内碰到这些限制，因为他的文雅严重地歧视他的父亲。

《司令官洛厄尔》开头写道：

> 伙伴中没有不受欢迎的人，没有女孩，
> 当我童年在马塔坡塞特（Mattapoistt）时——

这首诗的机智直指洛厄尔自己年轻的情感以及它产生的环境。（在修改为自由诗对句之前，这几行诗保持了原本为抑扬格四音步对句。）洛厄尔坦诚地表露自己曾经是个势利鬼，确切地说是个向上爬的人：

> 有一个海军军官
> 因为我父亲没什么可叫喊
> 对着"马特"夏天的殖民地。
> 他根本不"严肃"……

这首诗的一个中心思想是某种挖社会利益的真正的搬运工和修整工，而不是某种**即将是**的东西。小洛厄尔知道，要想被他的马塔坡塞特的伙伴接受，他必须排除他的父亲，至少要将父亲排斥在他自己的情感的形成之外。他的父母亲使他尴尬难堪，但是，他与父亲的关系成为《人生研究》的真正的中心。成熟的洛厄尔对自己对父亲麻木不仁的负罪感，在他看来，来源于他太快地愿意遵守他同辈们的准则。同时，他错误地理解他的父亲也是这种准则的俘虏。

第五章 真实性

对所有人微笑，
父亲曾经非常成功地迷失
在统治阶级的波士顿人的暴民中。

"群伙"和"统治阶级"通常理解为相对立的。然而，洛厄尔的措辞旨在隐瞒这种区别，就像他的马塔坡塞特同伴的镇定从容意在掩藏可以预见但又不言而喻地得到加强的各种歧视。

洛厄尔40年代的作品，从他不愿意适应最近的历史事件的角度来看，对知识团体的一部分重要人物有吸引力——那部分人以《党派评论》为中心，《威利勋爵的城堡》这个特征实际上讲的是反斯大林主义和有关美国社会职业化的争论之类的问题，这在《城堡》的"第一章"有暗示，尽管它们实际上不是洛厄尔的主题。当他在50年代中期重塑他的诗歌风格时，《党派评论》中的某些主要的审美特征已保留下来，但不是这个抗拒最近历史事件的关键特征。格律诗向自由诗的转变使洛厄尔必须首先适应他自己的性格，然后适应他的父亲，而且还要适应"沉寂的50年代"占统治地位的文化。诗作中的诸多迹象表现，豪爽的自由诗风格的这个方面——即适应当代文化的姿态——一直使洛厄尔感到苦恼。他在转向自由诗时放弃了局外人的角色。《人生研究》提出的一个问题是，60至70年代支配诗坛的自由诗在多大的程度上表示对当代背景的适应，虽然我们经常说这派诗歌是反主流文化的。

20世纪60年代是一个对社会不满，又感到自满得意的戏剧性的、自相矛盾的年代。假设每个人的经历都极为宝贵，每份经历都值得记录，这将跟华兹华斯的信条毫无二致：精神启示和狂喜会无处不在——这些都是普遍共有的观点。没有一位诗人像罗伯特·哈斯（Robert Hass）那样受到适应当代美国文化的好处的诱惑。

哈斯的首本诗集《野外指导》（*Field Guide*，1973）由斯坦利·库尼兹选进耶鲁青年诗人丛书出版。它不同寻常地得到读者的高度认同，被再版且至今有售。为了获得一种不同的创作风格，他花了6年才出版另一本诗集《赞扬》（*Praise*）。《拉古尼塔斯畔的沉思》（*Meditation at Lagunitas*）是该书中最受赞赏的一首诗，它表现了哈斯特有的魅力：

所有的新思想都是关于损失问题。
在这方面它像所有的旧思想。
观点，比如说，每一个特殊的观点抹去

130

诗歌、政治和知识分子

一个一般观点明晰的闪光。长着小丑
脸的啄木鸟在啄探雕着死人的树干
那颗黑色桦树的树干，看它的神态，
正带着些许的悲惨从第一个世界坠落
一个不分昼夜的光的世界。或另一种想法，
因为在这个世界里没有一件东西
类似黑刺莓的果实，
一个词是它代表的事物的挽歌。
我们昨夜很晚还在谈它，在
我朋友的声音里，有一丝淡淡的悲伤，一种语气
几乎是抱怨的。过一会我明白了，
这样谈话，一切都消失了：**正义，
松树，头发，女人，你和我。**

在这首诗第一次出版时，现在的头两行中的"思想"一词原来是"诗歌"。到 1979 年，大家都清楚，在评论先验观点（第 3—6 行）和引用（第 6—9 行）的内容时，文学理论家比诗人表现得更有说服力。如今，修改后的诗作直接面向职业的学术型读者。因此，它成为哈斯最出名的诗是不足为奇的，虽然它不算是他最好的诗。第 2 行的诙谐讽刺是典型的哈斯式的，他经常令人钦佩地用某个笑话或轶事使诗歌的语气轻松愉快。这种讽刺在读者和作者之间牵起一条理解掺杂的东西的纽带。这首诗的成功在很大程度上源自诗人游刃有余地把握措辞的各层面的能力。其中，最明显的转变是从首两行的推论模式到 4 至 6 行的描写模式。但也有其他层面，如第 10 行的黑刺莓的果实不是真正的描写，虽然它暂时被看做具体的观点。这里的黑刺莓不是指一个莓，而是一个黑莓里所有莓的集合。它甚至不是指特殊的黑刺莓，而是指对黑刺莓的这一类黑莓的看法。哈斯清楚，这不是真正意义上的具体。此外，黑刺莓和观点之间的比例令人想起福斯塔夫①的话："如果理由跟黑刺莓一样多，我不会强制性地给任何人一个理由。"（《亨利四世》上集第二幕第四场，第 246 页。）于是，象征具体的黑刺莓一词没有指称任何特殊事情的直接涵义。它成了观点和文本的一个关系。这很重要，因为诗人们对指称的信任经常被理论家当作天真和过时抛弃。在这里，哈斯虽然没有为被对指称（第 14 —16 行）的评论损害的肉体和精神的欢乐说话，但他显得精明和老练。这在

---

① 莎士比亚历史剧《亨利四世》中的人物。——译注

第五章 真实性

他的另一首描写与一个特定的女人做爱的具体经历的诗中得到证明:

> 曾经有一个女人
> 我跟她做爱,我记得怎样做的,有时用手
> 抓住她的小肩膀,
> 我感到她当场有种狂热的奇妙
> 如同对盐的渴望,我童年的河流
> 带着它岛上的柳树,和来自快乐船的愚蠢的音乐,
> 我们在泥地里抓到橘黄色的小银鱼
> 名叫**南瓜籽**。它几乎与她无关。
> 渴望,如我们所说,因为欲望充满
> 无尽的距离。我一定跟她一样。
> 但我记得很多,她两手撕碎面包的方式
> 她父亲说使她伤心的事情,那就是
> 她梦想的。有些时候身体
> 像说话一样神秘,有些日子肉体保持
> 这么柔软,那些下午和夜晚
> 说着**黑刺莓,黑刺莓,黑刺莓**。

虽然"当场"正是德里达教给学习文学理论的读者最怀疑的词,但哈斯肯定他的"她当场有种狂热的奇妙"。哈斯根本没有完成极力刻画她当场的形象:渴望本身就是一种欲望,它基于人的最直接需求的不在场。对盐的渴望就是对渴望的渴望,它至少使由这种在场造成的不在场的涵义得到倍增。这个女人,不再出现在他的生活中,已经消解为一个记忆的关系。记忆本身的最具体部分使指称的直接涵义复杂化。那些鱼用一种植物命名,这混淆了两种基本的分析类别。他记忆中的她是她的运动、她的话以及她的梦想——不是事物本身,而是事物周围的精神运动。他的肯定不是对无情感的事物本身的肯定,而是对物体周围的有话语和文本的人的生命的肯定。话语的神秘和良好的肉体是连续不断、不具体的,它们的源泉,即文本也不成为具体的文本。《约翰》第一幕第一场说的就是此意。但是,生命依然存在。福斯塔夫拒绝给出正确的理由是结束该诗的完美诗句。

诗作《反对波提切利》（Against Botticelli）① 跟《沉思》（Meditation）不同，它不是写给学术型读者的，尽管它表达出一种痛苦的、知识渊博的文学洞察力。该诗用在《沉思》中很有魅力的复杂而又讽刺性的洞察力开头：

> 在我们共同的生活里每个乐园都失去了。
> 没有什么会更容易：夏天聚集新树叶
> 给模糊的黑暗。我们需要知道的事情这么少。
> 我们往日的智慧在颤抖，变得迟钝。
> 就像放弃。犹如忧郁的美丽
> 放弃了一切。如同稳步行走
> 踏着节奏，冬天的光芒和夏日的黑暗，
> 是刻下皱纹和跳舞的时间。
> 疯狂的种子。死亡等它出来。它等我们出来，
> 白热发亮的圣人，世俗而虔诚。

抑扬格的、讽刺性的、流畅的首句很快消失在自我批评之中，若干个断句紧随自信的声音。从容的沉思风格在诗中反复呈现，就像随便地用"一切"指代"生活"（第1行和第6行）。该诗的力量在于，哈斯不愿意用一贯的自信写作；他心绪不宁，他的诗也必然显得不确定。这里，他越过了60年代末至70年代自由诗的风格界限。忧郁成了这种风格的主要内容；它代替了深刻。哈斯把这种语气视为现代主义的遗产，即史蒂文斯（《星期天早晨》的最后3行成了该诗的2至3行）、艾略特（该诗的6至8行使人想起"小吉丁"；13至14行与《荒原》有关）、庞德（14至15行令人惊奇地起到"水手"和《诗章Ⅱ》）等诗人留给年轻诗人的东西：世界不够好的感觉。（他回顾浪漫主义诗歌——第3行中的济慈——冷静地，带着现代主义的玩世不恭。）他对忧郁型的自负的厌恶在诗中表露无遗：把"我们"描写成虚浮的圣人。稳步地一词变成"羞愧"。停留在羞愧之中就不相信任何人。对真正的后现代一代人来说，欲望会以什么形式出现？故意的过度和违背决定了后现代主义的欲望形式。这，我认为，来自一种近期的限制意识，哈斯一代的诗人自己都清楚这一点，而且70年代末每个美国人也清楚。有多少是可能的？多少事已经

---

① 波提切利（1445—1510）：意大利文艺复兴时期画家，运用背离传统的新绘画方法，创造出富于线条节奏且擅长表现情感的独特风格。代表作有《春》、《维纳斯的诞生》等。——译注

第五章 真实性

完成？19世纪80年代一代人的成就如此伟大，以至于出生于世纪之交的诗人[朱可夫斯基、克雷斯罗思、奥班、温特斯、塔特、鲁凯泽（Rukeyser）和博根（Bogan）]很少引人注意。这第二代现代主义诗人，哈斯说，"用古怪晦涩的方式创作。第一代现代主义诗人的魅力似乎已直接从他们传到他们的解释者。"哈斯的一代（出生于30年代末40年代初）不得不发动更猛烈的攻势，以便从现代主义成就的阴影下走出来。

在一篇评洛厄尔的论文里，哈斯直露地谈到这首诗探索的欲望与暴力的关系：

> 事实是，人的性欲中有残酷的成分，虽然它不是清教徒不相信性欲的原因。清教徒不相信性欲是因为性行为暂时消解了人的意志，因为——暂时——人类堕落到他们哺乳动物本性的最底部。你不可能既有性高潮，又能做一名基督的卫士萨德①……清教徒的解决办法是将性欲变成意志的一件工具，变成在萨德作品中盛行的有意识的残酷的一件工具，这种解决方法无论在罗马时代或在启蒙时代都是隐蔽的，却是真实的。

维纳斯两者兼有："哺乳动物的温暖和非人性因素。"残酷是无法逃避的；唯一的问题是如何显露它本身。在上述论文中，哈斯在评洛厄尔的文章里开始讨论性欲与暴力的关系，他说，"我没有把握该如何谈它。"该诗对上述两者的关系未作有力的陈述；相反地，诗中弥漫着一种过度、一种无法处理的情感和意识的过剩。最明显的例子是那一行："……彩虹色的：水獭被浪涛冲击，在水草丛中。"这一行的动机似乎是对画的一种看法，但实际上不是：在波提切利的画中没有水獭。它通过丰富的声音和对庞德《诗章》中类似诗行的回忆产生更多的意义。哈斯在写他自己都无法理解的东西，试图解释一个他没有完全理解的关系。这首诗的力量在很大程度上源自那种被稍微遗漏的联系以及主题本身抹不去的晦涩的意识。

当哈斯说"我们不在任何画里"，他似乎意指我们所逃避的一切是表现。对波提切利、博斯②或戈雅等画家来说我们都太迟了。我们对艺术的野蛮态度太坦白了。该诗的第二部分开头几行用的是故意的、带讽刺性的逗乐的语气；

---

① 萨德（Sade, 1740—1814）：法国作家，以色情描写著称，代表作《贞洁的厄运》等。——译注。

② 博斯（Bosch, 1450—1516）：荷兰画家，作品主要为复杂而独具风格的圣像画，代表作有《天堂的乐园》、《圣安东尼受诱惑》等。——译注

◎诗歌、政治和知识分子

然而,紧接着,哈斯讲了一个故事:"一个男人和那个脸色苍白的女人/在星星照耀下肛交。"诗行的措辞突然变得粗暴和无诗意,因为它适合我们的无艺术性。但是,这个故事是一个表现:特别暗指贝托鲁奇(Bertolucci)的电影《巴黎最后的探戈》(*Last Tango in Pairs*, 1973)。哈斯以一种特别令人反对的方式,唤起跨国界的浪漫史,并主张人的超自然的深度("他正在学习感激之情……")。对他来说,这已经是探索性欲。而且,哈斯能够用某种具体的方式谈论关于人的感情中的感激和快乐。不过,哈斯对女人经历的描述是粗略的、传统的:"女人认为她的感觉像黑暗/而且非常彻底。"该诗局限于男人的想法;女人仅仅得到满足。而且,无论性行为是多么非传统,她的满足也是传统式的。60年代末,尽管世界存在社会的和政治的分歧在其他场景里使情人感到困扰。但无数影片都向观众表现了异性间的做爱地点在瀑布下面、在海滩,或在游泳池里。这样,双方都可达到彻底的满足。传统的看法是,异性做爱是真实的,它跟驱使人物行动的职业、政治和经济关系的混乱局面不同。"女人的白手在张开,张开"很可能出现在这样一部影片里;电影制作者的注释很可能是:"女人认为她的感觉像黑暗/而且非常彻底。"这首诗写的是追求满足和成就之外的欲望,它反对美、爱和完美。不像《沉思》中排成一行,该诗的句子参差不齐、扰乱不宁,中间有断裂——直到它屈从一个天真的想法,即异性性爱具有赎罪的力量。这首诗中的性欲是掠夺性的、混乱的,正如哈斯承认的,完全超出了他的解释能力。把任何性行为表现为"渴望完美地结束"就是在重现文化的主张:性欲是真实性的基础。

诗集《人的愿望》(*Human Wishes*, 1989)中最好的几首诗都谈及哈斯作品的批评观点,这一点我始终在提及。该书中最有力的一首诗《伯克利田园诗》(*Berkeley Eclogue*),跟哈斯其他作品都不同。它是一首长达167行的内部对话体自由诗,对话的一方是创作《野外指导》和《赞扬》的诗人,另一方是知道那些诗集中的诗歌忽视了太多的困难和太多的生活。

> 阳光照在下午的街上
> 影子落在户外咖啡馆的脸上。
> **为了什么?** 错误的问题。你在敲门
> 却不知道你已经敲过。那门
> 在一个世纪和无数个世纪的云层上打开。
> 鸟儿歌唱
> 在柳叶石楠树丛中,在春天的
> 淫雨里。(**然后是什么? 交出你的心**

第五章 真实性

你愿为春天而死吗？你愿为什么而死？
任何事情？
任何事情。我可能找不到它。
但他们能，搅奶油的茶匙盘
和浓咖啡在洒满阳光的桌子上，女人们
跟他们的孩子一起在商店里。**你想唱？**
喀-啦。空的，他想唱。（第1至14行）

斜体诗句的声音①，对哈斯的诗歌抱负——想歌唱，想赞美表示极端的怀疑。疑问句在责备哈斯自私的诚实——把心交出来。哈斯承认他愿意为任何事情死去，愿意代表一个世纪的云团中任何明确的事。树丛中小鸟的歌声似乎可以代表一切。抒情的渴望来自哈斯一度面对的空洞和无望，然而，他接着必须把另一个人物跟他自己，即诗中的"他"分开。哈斯对富裕、有文化的加利福尼亚人，以及经常泡咖啡馆和诗作"博物馆"里的人的生活具有吸引力是基于如此理解，他们可以有理由自鸣得意：他们可能已经找到他失去的东西。认同周围的环境必定对人们能够称赞世界的馈赠大有裨益："每一天都是一件礼物/他假装是他拿来的"（第28至29行）。也许这仅仅是——对其他的人，对用以证明诗人的恰当的描述语言的蛾子和苹果——那使得基于伦理道德的自由政治似乎成为合适的结果："非正义/在热带气候里令人可怕。而且它为你这样想带来荣誉。"（第二部第40至42行）。这是一种令人难堪的自我批评：哈斯的批评家没有一个不对此更感同情。

从这段痛苦的对话中可以瞥见他忽视的主题。这首诗的正中心描写一个父亲在打他的儿子。哈斯说，"父亲/……正在怒打孩子/用拳头，"孩子当时会说"怒打"，因为对他来说，只有父亲和孩子在场，没有其他人（第二部第82至84行）。虽然哈斯不能说"我"，但他一定就是那个孩子，他看见一个过路人避开他的视线，这只有孩子或父亲注意到（第一部第85行）。而且，显而易见，他的父亲也狠打过妻子，尽管她竭力又不成功地向她儿子隐瞒自己所受的虐待。他那嗜酒的母亲也打女儿（第二部第74至76行）。诗的第二部分明显地写到他的成长，这意味着他要坠入爱河。哈斯长大了，因为他救了"某个老人"，尽管老人还是死了。成长意味着杀父，同时也是救他。然后，他才能爱一个女人。

这时，充满阳光的咖啡馆显得格外不同。哈斯多次提到他自己孩子的情

---

① 黑体的部分原文为斜体。——译注

形也今非昔比。他的诗赞扬日常的家庭生活。他的儿子鲁克走回来了，"抱着一堆在学校的画作，他不希望它们掉在泥土里"，他的女儿克丽斯汀在回答"你们是谁"时说，"妈妈、爸爸、雷夫"：这一切多么可爱！然而，现在看来，《伯克利田园诗》在表现家庭生活时是如此故意地不给家庭争吵任何机会。他最著名的诗作有点像他描述的用来盖在嘴巴周围的面具："嘴巴发出喊叫声。/它们是不在那儿的部分——暗示/被它们包围的东西。它们是一个狡猾的/空缺"（第二部第54至57行）。那些关于在洒满阳光的加利福尼亚与妻儿共享美好生活的诗篇，出自一个遭酗酒的父母毒打的孩子的一场噩梦。"不再那样"可能成为哈斯的诗作的含蓄口号。他不想让他的家庭变化的情形在他早期的诗作中都被展示为一个"狡猾的空缺"。解决这个问题的一个较安全的文本出现在《博物馆》（*Museum*）初稿里：哈斯羡慕一对年轻夫妇抱着他们的婴儿坐在伯克利的一家咖啡馆里，读着《纽约时报》。这两个成年人，带着分享孩子和报纸的"这种平等的安排"，会不会沾沾自喜地忽略凯绥·珂勒惠支①展示的人生的意义？那些可能会共享哈斯的最后几个词（"一切似乎是可能的"）的直接涵义的人，了解压迫世界上绝大多数人的经济限制，或者，对付拉美持不同政见的人的政治限制吗？哈斯在《人的愿望》里或多或少地直接提出了这些问题，但是，它们很容易鼓励一种代表其他被压迫的人的代价不大和不自满的警惕性。代价更大的观点是：由于排除了许多家庭经常会引起的点滴的痛苦，一个人在他写的诗中、或在一个人建立的家庭里表达的内心最深处的希望是苦涩的。哈斯承认，他可能创造了一种讽刺艺术。

他在第一本诗集《野外指导》中特别注意风景的细节，在第二本诗集《表扬》里，他对各种情感和经验的描写似乎特别具有加利福尼亚特色（《宴会》是个好例子），他的若干首诗已成为西部最佳的抒情诗。这在《人的愿望》中甚至表现得更真实，它赞美很多加利福尼亚人容易感觉到的"富饶/世界给的，比你要的还要多/为之惊奇"。自70年代中期以来，他一直住在伯克利，并最终取代罗伯特·品斯基担任加利福尼亚大学的英语教授。《人的愿望》表明他在试验散文诗和抵制他的朋友品斯基坚持强调的形式主义倾向。哈斯经常写自由诗，他相信，始于19世纪中期英语里的反节奏反韵律诗风已经统治了20世纪的诗歌，这有某种特殊的心理—历史的合理性，并且跟身体的生命仍然有极其重要的联系。但是，他也看到，他同代人写的自由诗——仅仅以这些自私的成见为基础——导致他们在诗中不费力气地培养自己的个

---

① 凯绥·珂勒惠支（Kathe Kolwitz, 1867—1945），德国女版画家、雕刻家，作品充满对被剥削、被压迫者的同情及反抗意识，晚期转向母爱主题。——译注。

性，他的作品拒不屈从品斯基所说的"我们自私自利地对人的苛刻要求"，成功地保持了美国诗歌中最好的抒情风格。当帕洛夫、杰罗米·麦克甘恩、查尔斯·伯恩斯坦和罗恩·西里曼等批评家想嘲笑美国诗人恪守抒情风格的传统时，他们始终避开哈斯，因为他是一个很难处理的例子。洛厄尔的感觉——自由诗模式对现实感到含蓄地自满，在哈斯20年后的诗里变得更明显，"伯克利田园诗"表明哈斯比洛厄尔或他的任何后继者更直接地面对这个问题。

20世纪60年代弗兰克·比达特走向文学成熟。如他所说，《人生研究》是他的"伟大榜样"。1966年，比达特和洛厄尔一起在哈佛大学学习，并于次年成为密友。1969年，他俩密切合作，修改洛厄尔的《笔记》（*Note Book*）。有人看出，自传素材在比达特的诗中，特别在《金色的国度》（*Golden State*，1973）中的重要性，他在纸上如此作诗是为了非常准确地表达出朗读诗歌的声音。但是，比达特是一个有多种声音的诗人，其中任何一种都不能简单地说是他的声音。印刷上特殊的诗行符号表明他试图一个一个地将分量、谨慎和庄重注入他的词语中。当然，他的风格不是简单地模仿说话。同样，尽管他的诗歌题材特殊，他也没有像洛厄尔、甚至克里利那样，在诗作背后构建自己的情感，那两位诗人致力于表达他们词语的庄重。比达特没有展示自己的个性。他说，他诗的声音旨在"让生活表现它本身"，这特别体现在他最近的诗作中对死者的说话声音的描写，因为它们有助于使人认识到生活的严肃性，也能让往日的各种经历、思想或感情一一重现在回忆里。那些诗作表达了无处不在的忧伤的冲动：不仅在诗歌主题里，而且在声音自身里，在书页的表面、在大写的单词和斜体的词语中，它们都被白色包围着。

尽管与比达特有合作，洛厄尔对他的诗从不作同情的反应。他告诉比达特，他真的不能忍受那些诗，这是可以理解的。洛厄尔是写伟大诗行的诗人，而比达特不仅拒绝支持格律框架，而且甚至抛弃一个稳定的诗行或节奏。他清除掉创作道路上一切可能的阻碍，全身心地讲述他诗歌主题中的朴素真理。他重点关注单个的词，他的印刷方式越来越强调对单个词的资源的重视。他所表达手段是利用大写字母和斜体字形，这比自由诗的作诗法更能显露说话者更多的心理活动。

这些有分量的词语力图达到的真实跟自白派诗人追求的不大一样，比达特最早的诗作，他把它们追溯到1965年，带有明显的自白色彩，因为它们努力探索他们父子、母子和家庭关系中的黑暗角落。由这个主题去推断，他的

○诗歌、政治和知识分子

性格是历史环境的产物。我有意使用"性格"一词，因为它意指对独立于历史环境之外的某种道德本性的看法。人们希望能够指望一个人的性格甚至面对着敌对的环境也坚定不移；的确，不利的环境为性格本身提出了种种明确的考验。这种对身份的唯心主义实在论的看法与自白派诗人关于身份的历史概念格格不入。比达特的作品探求这两种清楚表述真实的努力的局限性。

在诗人放在诗集篇首的《致死者》(*To the Dead*)里，比达特想达到经历的真实底层的努力非常清楚，但又不显幼稚。

我希望的（当我希望时）是我们将
彼此再见面——
……而且再次到达血管

我们在血管里相爱……
它已经存在。**它已经存在。**

有个夜晚之中的**夜晚**——

……为了，像侦探（里特兹兄弟）
在《暴徒》里，

我们曾经遭暴徒毒打

我们摸索墙壁，雕饰复杂的
穿不过的木板

为了一个按钮、杆子、门闩

打开一扇秘密的门
它最终暴露几个密室，

墙里的走廊，

（解放的，必需的，梦想的结构在我们看到的结构的下面，）

第五章 真实性

那是房子里的房子……

比达特在第5行中的坚持是很有特色的。强调修辞的印刷标记表明它反抗表面现象,这种强调是通过字母大写和斜体字体现出来的,不过,人们一般不那样用。他的诗经常关注解释的时刻,即当某人会说某件事情存在的那一时刻。这里,存在本身提供了一个强有力的安慰。在目前的知识环境下,主张某些情感和经历比其他的更真实已不再容易。相反的主张——没有真实性的成分存在——如上面的第5行,已经反复出现——通过修辞转向,使用一些解释和语气肯定的词组。在比达特的诗作中,一间密室的浪漫具有特别的吸引力,这部分是因为他所看到的底层出现在不吉利的环境里。甚至在某个深夜,旧喜剧片电视剧《里特兹兄弟》也可以提供一个方法来准确地解释真实基础的本质。比达特老练地向读者表明,平凡生活中显而易见的平庸是一点也不平凡。他认为密室是"必需的"和"梦想的"——我们可能容易认同——但也是"解放的":根本不承认想象能迷住思想。他认为,世界的平凡现象是迷人的;穿透一个梦中的底层就是把人从着迷中带出来。这些诗是从一种对更深刻的意识的怀疑的渴望走出来,而不是对那种意识的假设:"这是智慧,或自怜?"他问道,不能作出选择。一个人想笃信智慧,为的是不丧失他所爱的死者,为的是不把自己的时间花在表面事情上。比达特作品中表达的批评意识一直受到自白派的干将们的重视,它作为一种写作模式在多年后依然新鲜和令人惊奇。比达特延续这种模式,但增加了复杂和充满张力的符号。

20世纪60年代末,在政府的明显的谎言频频曝光之后,沉默寡言又成了新的权威。1967年,路易丝·格吕克(Louise Glück)说,"我感到……某种幻想——语言的、人际关系的——已经结束。"当 W. S. 默温的《虱子》出版时,他的措辞严格地缩小了语言的范围:当他拒绝使用导致复杂化的句法结构时,简单而具体的词语获得新的力量。他一再重复同样的词,好像在用同一种代码写作:安静、黑暗、雪、石头、吃,等等。其结果是,在20世纪70年代,那种诗歌用词受到罗伯特·品斯基的极力讽刺。虽然这种风格出现在受真实性左右的文化里,但对作家而言,那时的禁欲观念似乎成为一种对丰富的直接经历的粗俗看法的对应措施。默温的准则像一个隔板,反思当代经历的表达情况,它使人清楚地想到直接经历的贫乏。

我又一次记得起点

○诗歌、政治和知识分子

被打破

不奇怪，讲话被撕碎

对此我要前去侵蚀动物的沉默
给黑暗提供雪。
今天属于少数人，而明天不属于任何人。

在此，现在没有意义：起源被反复记起，但地球上的动植物遭到彻底的不顾后果的毁灭。现在是空虚的，将来是令人难以置信的。

这种禁欲风格统治美国诗坛达10多年之久；它产生了大量发表在杂志上的诗歌，而且还使一小群诗人取得一些真正的成就。特别是路易丝·格吕克，她非常清楚如何将沉默寡言的方式变为有说服力和丰富的结果。她羡慕乔治·奥班的诗句："没有一种思想不会反应，但思想会警惕不成熟的反应；思想，也就是说，不渴望感觉。"她的思想是一种依赖拒绝的厌食的力量。她拒绝享受风景优美的模式，而有的诗人藉此用具体的风景现象为读者进入其中铺平道路。在弗洛斯特诗集的开首诗作中，他那伙伴式的"你也来"的方式正是她拒斥的。她曾经表示对西尔维娅·普拉斯的羡慕，因为"普拉斯几乎不向环境中投放任何东西"。从这一意义上讲，普拉斯根本不像跟她联系最密切的其他自由派诗人。格吕克在其他地方谈及她自己的作品时曾这样说："我的作品总是有很强的标记：不考虑环境因素，除非能将我的作品转化为典范。"她的首批诗作发表在60年代中期发行量很大的杂志上：《国家》(*Nation*)、《小姐》(*Mademoiselle*)、《大西洋月刊》和《纽约客》，它们也是普拉斯更早的投稿对象。用传统的话说，她们俩都雄心勃勃，都为了集中力量而牺牲了声音范围。

毫不奇怪，沉默的生活方式属于男性。格吕克的父亲，"表现出/对情感的蔑视。/她们都是易动情感的人，/我的姐姐和我的母亲。"她说，"我出生了"，

在这样的环境里：任何一个家庭成员都有权完成另一个成员的句子。像这个家里的绝大多数人，我有一种强烈的说话欲，但那种欲望经常遭到挫败：我的句子被打断，被彻底改变——变形，无法被解释……我，从很早起，就有一种强烈的感觉：如果说话不能准确清楚地表达感知，它就毫无意义。对我母亲来说，说话是社会可接受的低语形式：它的作

第五章 真实性

用是用人的不断进行的、安慰性的声音填补一个空间。而对我父亲来说，它是表演和伪装。我的反应是沉默。

后来，她似乎把禁欲主义作为第三种选择，不跟父母的任何一方竞争。

> 那是你要的，那是目标：最终
> 这个人一无所获。

但是，在有些诗中，禁欲的沉默不是第三种状况；它是父亲的。她在《生日》里讲了一个故事：她母亲的羡慕者每年都送给她一打玫瑰花，甚至在他自己死后的 10 年内也是这样。"所有那些时间内，"格吕克说，"我想/死者可以照顾生者。"

> 我没有意识到
> 这是个异常；在最大的程度讲
> ——死者像我的父亲。

沉默与不可到达。她的母亲试图向自己死去的羡慕者表明：

> 她理解，
> 她接受他的沉默。
> 他恨欺骗：她不想他做出
> 爱的表示——在他感觉不到时。

只表达我们感觉到的，但感觉的很少：这就是格吕克继承的家庭性格的回声。它不是生活的正常的重复。培养这类真实性等于是装死。

认为跟其他的人，特别是所爱的人交往是有害的观点直接来自普拉斯的《郁金香》(*Tulips*)。《爸爸》(*Daddy*) 和《拉扎鲁斯夫人》(*Lady Lazarus*) 表达出憎恨艺术的冲动。这些是普拉斯情感强度的源泉。在作者死后集成《爱丽尔》(*Ariel*, 1965) 出版，其中的诗作对文学趣味有持久的影响力。它们最初引发的争论集中在诗中极端主义观点的作用上，但最终，问题变得更清楚：关键的问题是性别：普拉斯的小说《钟形罩》(*The Bell Jar*) 原本用笔名在 1963 年 1 月出版，离她 2 月 11 日自杀不到三个星期。它讲述了一个美国中产阶级的年轻妇女，她祖先是英国的新教徒。尽管她有很多优点，但她多

○诗歌、政治和知识分子

次试图自杀。该书直到1971年才找到美国出版商。该小说的平装本印数惊人，目前在美国已是第6次印刷。读者和批评家花了很长时间才欣赏到普拉斯和一般自白派诗人的诗作中性别的重要性。洛厄尔承认他对他的父亲缺乏必需的同情。普拉斯却表露出她对她父亲感情的严酷性，这使得公平或同情的问题完全值得讨论。"爸爸，我不得不杀死你，"她坦率地说。她的诗行是一种令人震惊的进行式的：

> 你肥胖的黑心里有个火刑柱
> 村民们从来就不喜欢你。
> 他们在你身上跳舞并踩着你。
> 他们总**知道**那就是你。
> 爸爸，爸爸，你这个杂种，我看透了。

这里，在《爸爸》的最后一节里，关于文字传记的真实显然无关紧要。重要的是构成一种可恶、骄傲和充满杀气的声音。第2和第4行重新发现一个生气的孩子的自私。她在自杀前数月匆忙写成的诗中贯穿同一的韵脚反复地激发童年时代强烈感情的源泉。在英美诗人集中精力使语气复杂化，精心构造有节奏感的讽刺20年之后，普拉斯突破他们的领域，追求令人难以置信的使用过分的艺术。

格吕克把一种更世俗的情感带进美国诗歌中这个坏女人的声音里。她从跳出身份封闭的反复失败中找到讽刺。

> 它不是月亮，我告诉你。
> 它是这些花
> 照亮院子。
>
> 我恨它们。
> 我恨它们就像我恨性欲，
> 这个男人的嘴
> 封住我的嘴，这个男人的
> 瘫痪功能的身体——
>
> 和总是逃避的叫喊，
> 下流的，羞耻的

性交前提——

那种叫喊是普通意义上的嘲弄,因为它反映了人的本性,甚至生物本能,总是让人容易受某种更大的希望的欺骗。结论很简单:性别差异是生物上的事实,每个人必须始终回到那里——这是非常熟悉的,也正是从那个意义上讲,它令人不感兴趣。格吕克在《祖母》(*Grandmother*,1980)末尾一语中的:"男人的爱就像盖在女人嘴上的一只手。"但是,在《模仿橙子》(*Mock Orange*)里,她没有展开讨论关于稳定而冲突的男女身份的这个熟悉论题,而是表达了如下见解:每个人都是由多种人物面貌构成——"旧的自我,厌倦的对立"——那才是最终的分切。

人们对格吕克的世俗性的认识部分来自她的讽刺尖刻的幽默,但她通过缓和这种严肃诗歌的语气而达到惊奇的效果;也部分来自她一贯坚持的理智性。她写道,"诗中的真实像悟性一样被感觉到。它很稀少,但除此之外,其他的诗似乎不过是明智的评论。"她把性活动的耻辱表现为一个逻辑的失败。前提是错误的:"我们被愚弄了。"跟普拉斯一样,格吕克身上有狂热的一面,但不能把她的狂热归结为过分的多情;她是一个坚持不懈的分析型的作家,她把多情视为一个陷阱,它导致我们进入狂喜的毫无警觉的时刻里。情人被他们的欲望所控制。一个人可以像一件乐器被玩弄,特别是在他/她处在亲密时刻已经暴露出脆弱之后——《马拉松》(*Marathon*)。她的作品始终带有强烈的情感成分,这是由禁欲主义、切断了情感的日常来源:性生活、友谊——《阿喀琉斯的胜利》(*The Triumph of Achiles*)——和父母的爱造成的。

榆　　树(Elms)

整天我都试图区别
需要和欲望。现在,在黑暗中
我只为我们感到痛苦和悲伤,
做一个建筑工人、一个刨木工,
我一直在注视
这些榆树
并看到了产生痛苦的过程,
固定的树
是痛苦,已经明白
它将只能形成各种被扭曲的形状。

○诗歌、政治和知识分子

读完这首诗,任何读者都应明白,它是一首保守和理智的诗。从头至尾的谓语动词都是理智性的。她看树是为了区分需要和欲望,并理解欲望可能采取的各种形式。痛苦和扭曲是不可避免的,因为世界不是为欲望创造的;人类的风气是敌视人的满足。禁欲主义本身是理性主义的,因为它不仅旨在自我约束,而且进一步表现一种生活方式。正如杰弗里·哈凡(Geoffrey Harpham)所说的,拒绝身体的欲望是使生活"特别可模仿"的方式。禁欲者拒绝受欲望的摆布,相反,他们喜欢例证教育法。格吕克的剥光艺术("我们崇拜透明")来源于她的愿望:"把准确的记录/留在后面。"文体风格上的禁欲主义随处可闻。诗行的写成首先是基于修辞和语法上的考虑,根本不是它们的音乐性,她同时代绝大部分诗人的绝大多数诗作都是如此。当分行不是简单地与句子和单词单位一致时,他们强调直接受句子语义的重要性影响的修辞的重要性。这意味着,她的诗中可能没有对立的,没有离开预期的韵律,甚至节奏。"韵律的变化,"她写道,"提供了一个副文本。它起着我们靠语气起的作用。"从诗体学的角度上讲,她的诗是一维的艺术,诗人独自作诗,只想到她的话语,和她对讽刺的控制会让她的词语的声音叫人难忘,有说服力和准确无误。

回顾从《榆树》(1985)到《野蝴蝶花》(The Wild Iris, 1992)里的宗教诗,中间虽然出现《阿勒山》(Ararat, 1990),但作者只迈出了一小步。《野蝴蝶花》不是读者期望的。她较早的宗教诗,以《哀悼》(Lamentation, 1980)最明显,都不只是具有人类或地球的特征,而是带有宇宙色彩;它们是"从空气中看的"。获普利策奖的《野蝴蝶花》,是一本宗教诗集,这些诗明显是从地球的角度观照的。《晚祷》(The Vespers)系列诗是由一个聪明而痛苦的新教信徒直接对一个基督上帝诉说的:

> 你以为我们不知道。但我们曾经知道,
> 孩子们知道这些事情。不要现在离开——我们。
> **生活在**
> 一个使你平静的谎言里。

这首诗在与上帝激烈地争辩,它是一个口是心非的骗子,他对安慰的承诺完全是空的。这些诗的戏剧效果一半在于格吕克的分析变化,也在于她的语气转变。例如,诗的第2行,它在肯定孩子们的知识时暂时忘掉起初的反对,然后,发出一个尖刻的责骂性的命令,把上帝看做一个有罪和羞耻的罪犯。默温和后来的格吕克,以及其他诗人的朴素风格,一方面是他们拒绝轻易地求助于真实性,而这正是 60 年代和 60 年代以后更多的浪漫主义诗人采用的。但是,朴素表达了另一种真实:为了保持真实,格吕克把她想象中父亲的所作所为全都剥掉,不加考虑。这些对着一个不友好又渺小的上帝发出的刺人的祈祷表明她不愿意视任何安慰为当然。因此,毫不奇怪,她赋予童年时代和花园充实的生活,而它只能通过表示不在场的各种迹象才能在其他任何地方看到。在这首诗《我记得》(*I Remember*)中接着写道,

> 早春的阳光,堤岸
> 被长春蔓网盖。我记得
> 躺在田野里,摸着我哥哥的身体。
> 不要现在离开,我们否认
> 记忆会安慰你。

她失去的是与她哥哥共享快乐的联系,这代表被禁止的天真的性欲,或者更宽泛地说,代表尘世间的直接快乐。园艺是一种记住和尊重损失的挽歌式的戒律。这些诗令人想起 17 世纪新教理性化的宗教诗,不过,格吕克反复回顾的不是上帝的伟大,而是他的卑鄙。他嫉妒任何联系,因为当时上帝的追随者在孤独地前行,设法接近上帝时,却要延长他们的孤独。目的何在?她问——一个问得不新,但很大胆的问题。

> 还有谁
> 会这么嫉妒我们曾拥有的联系
> 而告诉我们:正在失去的
> 不是地球,而是天堂?

诗歌以不同的方式达到有说服力和直接的效果。比达特的诗歌绝大部分以风格取胜,虽然它们涉及厌食、谋杀,恋尸癖和截肢等,他也利用热点话题。1945 年以来,作家们都目睹了无数剧烈社会变革的场面和新的技术威力。诗人们可能已经感觉到,J. V. 坎宁汉姆和特纳·卡斯蒂使用的紧凑的韵律诗正符合有说服力而直截了当的一类诗歌的宗旨。然而,像绝大部分美国人一样,绝大多数诗人都从个人和身体方面考虑力量:身体,不是国体,是我们衡量率真和力量的标准。因此,警句风格的反面被看做是直接表达的准则:讲话和自在随意的言语,尽管它松散和冗余,成为 1959 年以来被绝大多数诗人视为特别直接的谈话的基础。这种对力量和直接的迷恋在最近所有的诗歌中都

○诗歌、政治和知识分子

可见到,然而,在这方面,沙伦·奥尔兹(Sharon Olds)用一种看不见的风格做得最好。

她的诗是明显的身体诗,海伦·文德莱(Helen Vendler)称之为色情诗。然而,性冲动只是诗歌或身体文化的一个方面。挽歌体裁能较好地处理身体特征的危险。奥尔兹的近作《父亲》(*The Father*,1992)是写她已故的父亲的系列短诗集。由于他的性别和不善表达思想情感,他离开了她的生活。现在,他被死亡夺走了。因而毫不奇怪,这些诗非常集中地描写他的身体状态,以便从他身上得到生活中得不到的东西。下面是《玻璃杯》(*The Glass*)开篇的诗行,它显示奥尔兹多么艰苦地追求在诗中直接展示人的身体特征:

> 我现在惊讶地想到它,
> 一杯黏液立在桌子上
> 整个周末它都在父亲的跟前,肿块
> 这些天在他的咽喉里生长,
> 在它长大时它流出脓
> 像太阳发出火焰,那些喷出的
> 火舌。于是我父亲不得不漱口,咳嗽,
> 吐出一大口浓物
> 到杯子里——大约每隔10分钟,
> 擦擦他的下唇
> 把最后一滴抹掉,然后他
> 把杯子放在桌子上,它
> 坐在那儿,像一杯啤酒泡沫,
> 闪着光,略带金黄色,他漱口、
> 咳嗽,又去拿杯子
> 呕出一口浓痰,
> 满是泡沫,像酵母在蠕动——
> 他像个上帝,从自己嘴里生产食物。

奥尔兹直接展示了疾病和死亡的有形事实。读了许多遍,我一直有一种强烈的不舒适感。她通过很多词,以建议喝掉这杯痰来控制我的反应。但是,她平息不了我的厌恶。最后,她坚持强调这个可怕意象的转化力量。

> ……我将

第五章 真实性

把它倒空,它会再次装满
并在桌子上闪着光,直到
房间绕着它转
以有序的方式,一个太阳系的模型
绕着太阳转
我父亲和这个老地球过去常常
躺在宇宙的中心,现在
和我们其余的人一起转
绕着他的死亡,桌子上这杯
发亮的痰,这些最后的几大口。

我无法把这杯痰看做吸引我们绕它转的太阳,因为饮痰的念头太让人作呕。在她的刺激下,我已经为她诗中的物质特征沉重付出:没有为了这个我们把自然界留在后面。这种看不见的风格用把力量留给题材的方式结束了。

我觉得,虽然我视洛厄尔为自白派诗歌的创始人,但我们必须承认,这种风格的根源可追溯到抒情诗的起源。萨福为诗歌成为我们的密友铺平了道路。正如劳伦斯·李普金(Lawrence Lipking)评价的,"自世界开始以来,没有其他哪位抒情诗人受到如此的赞美。她是我们的完美的诗人。"她的情感强度来自遭遗弃的情人的处境。这种萨福式的强度与把诗歌视作身体的类别的观点直接相关。萨福最著名的、被称为"最好的"的诗《第二首颂歌》叙说了她看到她的情人娶了其他女子时,她自己的身体状态。那就是抒情诗的发源地:身体过程和遭弃女子的戏剧的特征。

在这个系列里,苏珊·哈恩(Susan Hahn)创作了《荒淫》(*Incontinence*, 1993)和《忏悔》(*Confession*, 1997)两本诗集,它们把自白派诗歌发展为表演诗歌。遭抛弃的女人有明显的痛苦:她痛苦,某个特别的人使她痛苦。跟普拉斯和格吕克一样,哈恩(或她的社会角色"苏珊·哈恩")把被抛弃的女人变成易受惊的坏女人。在《荒淫》里,已婚、变老的"哈恩"收了一位情人,但是,他没有完全报答她的爱。然后,他看到其他的女人,她反复地给他打电话,并挂断电话。她也给其他女人中的一个打电话,但不挂机,也不讲话。

妒忌 (Jealousy)

她唱着"哈罗"并拖着唱

诗歌、政治和知识分子

"罗",好像它是一首催眠曲的一部分
孩子们幸福地睡着午觉
在她的周围,这么安全

在她的声音里,我抑制
我的呼吸和生气的希望
当我回头一言不发——
嘴唇被咬破。
不论多少次
我打电话给她,甜美的情绪

不会改变,因为我的脊柱扭伤
椎间盘脱臼。
我无数次弄断

我的指甲,在我猛按
她的电话号码时,她在那里,温和的
母亲反对我沮丧的沉默。

好母亲,扭曲的女巫。哈恩复杂地描述了这个被抛弃的女人的力量。她为她的情人离开她而生气,并恶毒地暗中折磨他,根本不考虑自己对她丈夫的背叛。她是个想毒死她的情人的坏女人。但是,爱驱使她那样做了。当她准备自杀时,她写道:

爱
已经夷平了我的身体
折断了心灵纤细的骨头
——它不会漂上来。

首先,她的身体创造了她的爱。生理本能使她见红,"不整洁,在月亮控制下的阵痛之中,肿胀/在为死亡悲伤的凌乱的深红色里/一个朋友,或我在电视上看到的死亡。"月亮、月经,她朋友的血……痛苦在折磨她,她原谅自己的侵略行为:"电话——这个受害者的唯一武器/让自己不会感到如此孤独。"如果这种自怜是她知道的一切,该书就不重要,但是,坏女人扭曲她自己。该

第五章 真实性

书充满了自我厌恶,它比仅仅是孤独要有感染力得多。

疯狂（Mania）

有时我谈得太多
用刺耳的音调,这个坏女人
我的一部分,彻底地夺去
我的谈话
我决不用更平静的嘴唇旅行。
可是当我的脑袋膨胀
并推动我脸上的小骨头时,
溢出来的东西
似乎很丰富。我认为
每个人都非常爱我。
直到,和丰满的月亮单独一起,
我听到喋喋不休的声音
我的声音和它的扭曲——
它沿着弯曲的小路奔跑
追踪任何值得获得的东西,赢得
比赛的第一名
它不想进去,
用向王位行屈膝礼的方式接受战利品。
我自己两个半的憎恨者——
疯狂的
奴隶,绝望的独裁者。

这里,没有什么不承认的,既承认自怜又承认宽恕的生物决定论。但是,有一种远远高于这些罪恶的自我意识。她的丰满而滑稽的虚荣心赤裸裸地暴露出来（第二部第8至10行）,然后,受她双重性格的驱使,再次出现残酷的扭曲,她开始曾经是父母亲一方的宝贝,如今成了她自己的坏女人。

对真实的迷恋明显地带有政治色彩,虽然它们未必跟任何单个的政治主张一致。毫不奇怪,菲利普·列文（Philip Levine）称他本人为无政府主义者——尽管他在一所州立大学执教多年——"我不相信政府、法律和宪章的合法性,它们都向我们隐瞒我们根本的统一性。"他的《工作是什么》（What

诗歌、政治和知识分子

Work Is，1991）获得国家图书奖，当时正值美国人民对失业问题有特别的认识。但是，列文的作品没有适时的社会学意识，这部分是因为他的诗作独特地回忆了他年轻时期了解的底特律的工人阶级文化。那是 20 世纪 40 至 50 年代，一个工业化的文化，工作意味着和大机器的污垢一起生活。他的惯常主题是：工人，甚至穷人如何从工业城市生活的日常废物中设法创造非凡的东西。

> 从粗麻袋里，从轴承的黄油里
> 从黑豆和石板色的湿面包里
> 从凶猛的酸、焦油的直率里，
> 从杂酚油、汽油、驱动轴和木娃娃里，
> 他们"狮子"般地成长。

特别是黑人——第 5 行的方言是黑人英语——已经从工业荒原上崛起，变成斗士力量的范例（特指底特律狮子足球队）。从"'低头'到'昂起'"——他们的压迫最终不可避免地导致他们迸发出伟大的力量。在这里，狮子的另一种含义是指 1967 年的骚乱——或者列文用的词"起义"——在底特律。他说的"轴承的黄油"意指用于润滑轮轴的重稠的机油。然而，诗作的措辞有它自身的含义，即哪怕是这种黏稠的黑乎乎的东西也有营养，甚至味道不错，就像和石板色的湿面包一起吃的黄油。从政治上讲，该诗把它的白人作者与 60 年代末和 70 年代初的黑人力量运动紧密相联。就像"地球在吃树、栅栏柱子，/内部零件被损坏的汽车"，狮子也在以猪为主食："从猪脚甜美的胶汁，/到拳头的甜美的纽结。"猪和拳头是两个相反的象征符号，这在 1967 年的美国是家喻户晓的。列文很容易找到这个讽喻："他们吃的是，来自我所有的被饶恕的白色的罪。"该诗的逻辑，总的说来跟列文的一般作品一样，是传统型的。他诗作中新产生的主题有时出现令人惊奇的形式："在萨拉米香肠"里，恐惧、罪恶和在列文的噩梦里抓住他的"对死的需要"，他靠下面三种方式才战胜它们：看到他睡觉的儿子，父母一方的希望，以及意识到文化可以从看似无价值的东西——比如，干的猫心来创造价值。不准确地说，列文听起来仅仅是忠诚的，但是，这首诗是根据对一首叠句歌曲的记忆构建的——这里，叠句是指可笑的词"萨拉米香肠"。略带诙谐的语气使这首诗广受欢迎，可是，布莱、默温和列文一代的其他诗人迷上了怪异。

有人认为，寻找真实性的危险之一是一些人得到它，而另一些人没有；可是，生活并非如此简单。《走近》（Coming Close），甚至从标题上看，是一首重要的诗,它正好提出这种区别。因为它没有深入下去;遗憾的是因为,它像列文最好的作品一样有真正的力量。在《带走这个安静的女人》(Take this Quiet Woman)的开头,她似乎要证实一个论点。

> 她已经
> 站在一个磨光的轮子前面
> 长达三个多小时,她再过
> 二十分钟会有
> 午餐休息时间,她是个女人吗?

从第3行到第4行的转变特别重要:读者可以有理由期望第4行以"磨光"开始。那当然是对的:这个黄铜管的磨光工人到最后有更多的铜要磨。然而,第4行正好触及工作经历的核心:对时间的安排。她像受雇佣奴隶一样,是时间的囚犯。她的问题是:在什么程度上讲,工业劳动剥夺了她的性欲和性别属性。开始的涵义——特别让人产生误解——是她什么都可以是,但就不是一个女人。紧接着,对她的身体作生物学家式的描述显得无关紧要:"你必须再走近些/以便发现,你必须把你的领带/和夹克挂在一个柜子里/这对一件黑罩衫有利。"列文的意见是,一个人必须,如多恩所言,跳舞,或保持做局外人。这首诗和其他许多不太出名的诗作的感伤性在于,语言和性冲动的某些形式既是真实的,又是虚假的。把暗色的黄铜管搬到她跟前让她磨光的身体劳动——象征性地在"喂她",不过,它也有字面意义——想象性地使一个人更加接近这个女人。这是一个对真实性糟糕的衡量:把重管子扛给她,或者——象征性地把某东西放进她体内,如营养或类似之物。这首诗的前33行既有修辞上的动人之处,又有理智上的矫揉造作。一个工业事故或停电可能使她发问,

> "为什么?"并非过去时的为什么
> 为什么我必须一周干五个夜晚?
> 公平,"为什么?"即使用某种魔法
> 你知道,但你不敢说
> 担心她的笑声,现在
> 你无论怎样都听到它,当她放五个
> 肮脏而尖削的手指
> 在你洁白衬衣的胳膊上

150

为你自己作标记，现在和永远。

这首诗的最后一行具有艾略特的《四个四重奏》的宗教品质。他被标明是一个同情者，一个爬行动物生命的低级形式。袖子上的污点象征知识：她知道他们之间的差别，现在，他明白了这一点。美国的收入分配不均本身并非如此糟糕，列文曾经说，可是，必须在大白天来看待这些差别的确令人愤怒。

诗篇《每一个神圣日》开始从另一方面讲述当代工业文化里男性的状况。像列文以前一样，在"切维齿轮和车轴3号"厂工作的男青年成为特别有男性特征的异化形式的例子：

> 如果他感到难以捉摸的平静
> 他父亲谈起的平静并寻找
> 他短暂生命的一切，没有
> 办法告诉，因为现在他正在
> 他们中间大笑，年纪更大的人
> 和孩子，他在说，"他妈的，
> 我们把它搞成了。"他在
> 点烟或嚼烟
> 跟其他人一起，
> 远离他们遗忘的家数千里，每一个
> 每一个人却是他父亲的儿子。

他非常清楚他周围的具体细节，但是"他要去哪里或他是谁/他没有问自己，他/不知道，不知道/这个问题很重要。"他父亲渴望中止的平静时刻——渴望他的生命被中断。然而，他的儿子可能感觉不到这件事。相反，他渴望男人团结的时刻，并幻想有一份工作，就是"把它搞成了"。列文批评男性工业文化导致缺乏自我意识，引起对其他多种可能的自鸣得意和漠不关心。这首诗的力量在于它超越了真实性，达到这样的认识：知识比行动更重要，甚至想象也以了解为基础。

20世纪60年代期间，许多自由诗诗人将诗歌放入诗节诗的印刷版式中，而压制了英语语言的音乐才智。约翰·霍兰德注意到，这个时期，风格的特征是一行"以25或30点的'M'为全身……坚持把行尾用作句法标记"。视音乐为诗歌之根本的读者可能有种手持一张假币时失望的感觉，尽管它不是

第五章 真实性

蓄意欺骗。丽塔·达夫的诗作使人想到，60至70年代绝大多数自由诗的扁平性与其说是由于粗心大意和无能，尽管它们总是许多质量低劣的诗的根源，不如说是由于故意拒绝抒情风格。20世纪60年代，抒情风格代表诗歌的主流，而市侩意识仅仅是一种安慰。在这个时期，很多诗人抗拒他们读者的传统期待，但是，美国黑人诗人正视他们对抒情风格的殷切期待。反抒情诗诗人意在为一种权威意识寻找到某种新的基础。1903年，在现代爵士乐和城市爵士舞曲产生之前，W. E. B. 杜波伊斯说，音乐是"国家独一无二的精神遗产和黑人最伟大的天赋"。在北美，黑人创造的音乐，正如庞德说到约翰·亚当斯——托马斯·杰斐逊的对手和朋友，是"一个国家的神殿和纪念碑"，这一说法受到黑人和白人诗人的恰当表扬。尽管为人熟知的种族主义者声称黑人缺乏文化成就，但是，音乐一直在感动全世界。可是，当美国黑人音乐被当作身体、而不是心灵的表达来对待时，音乐的肉欲主义转为种族主义者所用。因而，毫不奇怪，诗人们已经不愿意增强那些陈规旧俗了。

60年代中期的黑人艺术诗人要求美国黑人诗歌与音乐——主要是黑人布鲁斯音乐和爵士乐——和美国黑人的话语保持特殊的关系。斯蒂芬·亨德森（Stephen Henderson）描绘了美国黑人诗歌一个又一个特征，证实了黑人语言使用的诸多模式。这成为60年代末期勒罗依·琼斯、拉里·尼尔（Larry Neal），和其他许多诗人主张独立的黑人美学的一部分。达夫的诗作偶尔利用这些语言资源，如在《厨房洗涤槽下吉妮的祈祷》（*Genie's Prayer under the Kitchen Sink*）和用得更精妙的《顶尖海滩》（*Summit Beach*，1921）里。当然，这些情况很少见。当一个令人信服的言语声音成为她其中一首诗的中心时，其题材通常是明显关于黑人的。例如，《黑人的歌：一个奥德赛》（*Nigger Song：An Odyssey*）是她首本诗集的第一首诗：

> 我们六个人挤进去，发动机搅着墨水；
> 我们开进夜晚。
> 经过工厂，经过墓地
> 窗户破碎的眼睛，我们开车
> 进入灰绿色的黑人夜晚。
>
> 我们掠过挖掘工地；砾石的矿坑
> 像冰堆一样闪光。
> 野草紧附着车轮；
> 我们发笑并转弯，驶

◎诗歌、政治和知识分子

进地球黑色的内脏，
绿烟在我们的舌头上嗞嗞作响……

在黑人的夜晚，和着浓浓的卷心菜味，
没有什么能抓住我们。
笑声像杯中的杜松子酒溢出，
我们低语"是的"，"是的"
我们低声哼唱，"是的。"

这首诗的关键是矫揉造作：世界热爱黑人歌曲。骄傲的抑扬节奏，流畅的头韵和令人愉快的修辞变化使得对抒情风格的看法跟这一思想——要使它的黑人文化变得肉感和肯定不谋而合。但是，从第 3 行的非抑扬格中，读者听到对另一种，即不能把工厂和墓地变成宝石的扁平风格的愿望，这是她近作的主要风格。《优雅笔记》（*Grace Notes*，1989）的总结诗《老人们的家，耶路撒冷》（*Old Folk's Home, Jerusalem*），戏剧性地描述了她选择风格的策略。

夜晚，蜜蜂逃离，杜鹃花
处在它金色的爱河中，所有病房半开。
无知者的法律：过了泥泞……什么没有结束，
甚至在此，命运嘲笑黄瓜。

所以你写了几首诗。角状
的被钩不关心耳朵里的拇指甲。
卷在皮带上的灰色内衣说，"那又怎么样?"

夜晚的空气是最简单的抽象派艺术
一个针尖用新月作为签名。
在这片沙漠里，问题不是——
你能看见？而是距此多远？
山谷的村落披上灯光
像盔甲；有小鸟啾啾，我的便鞋
毫无意义的吱嘎声。

在此等待的每个人都曾热恋过。

第五章 真实性

这首 15 行自由诗的页面安排暗指爱情诗的最著名形式：十四行诗。英语的十四行诗是以四行为一个音乐单位开始的。但是，这首诗的开始是以四行为一个印刷单位，接着只有三行为另一个单位：每四行缺一行，每一回或意大利十四行诗八行后的转回处也少一行。在接下来的七行印刷单位中比完成传统的意大利十四行诗的最后六行诗节又多了一行，尽管它完成了英语和意大利十四诗的十四行数量。从诗体学的角度上讲，第十五行为多余（虽然在英国人眼里，它缺乏必要的最后的对句），但是，它的作用不仅仅是破坏了十四行诗的形式，最后一行把诗中的年龄主题展现在情人的眼前，而那十四行是由战神领路。同等重要的是，这一行达到展平的效果，它在经历前一行规则的抑扬三音步之后，不考虑读者想听到更多抑扬格的意愿。

这种自由诗和由印刷方式产生的更大和更少的十四行诗的幽灵之间的战争较量是一场为眼睛和为声音而写的诗之间的争斗。后者被带到距读者近得足以被拒绝。纵观达夫的诗，读者发现她究竟将多少东西投入到诗歌能给予思想的眼睛的快乐里。角状的拇指甲和灰色的内衣：这被庞德称为 Phanopoeia。"你能看见？"是她含蓄地问读者的问题。人们听到小鸟的歌声，即"啾啾"和脚下砾石发出的吱嘎声。但这些声音都被转变了："啾啾"肯定指"鸟叫"，盎格鲁-萨克逊词语砾石的"吱嘎声"变为拉丁语：思想对耳朵说，毫无意义：双关语或词源学上的思想正是她想讲的，尽管她经常暗示被牺牲的东西：黑人的抒情风格。在这里，拒绝抒情风格被放入政治生存的语境里。以色列居民的灯光就是抵抗进攻的威胁和毁灭的恐惧的盔甲。"那又怎么样？"是耶路撒冷一个老人家里的一本诗集的贺词。十四行诗和任何音乐类别的抒情诗都很少对被敌人包围的年长者说话。"在此等候的每个人都曾热恋过"，不管怎样，他们将死在沙漠里。达夫对抒情风格的素材感到尴尬，这代表很多作家的感觉，他们觉得在以色列或洛杉矶的政治极端使得传统诗歌似乎根本没有存在的必要。所以，有些诗人不得不转向几种风格的禁欲主义。

伊丽莎白·亚历山大（Elizapeth Alexander）的首本诗集《霍屯督人的维纳斯》（*The Venus Hottentot*，1990）收集了一些让人难忘的诗篇，它们赞美了美国黑人作曲家和音乐家，特别是杜克·艾林顿（Duke Ellington）和约翰·考特恩（John Coltrane）的成就。（美国黑人作品中肯定的方面非常强烈，这是美国白人诗人无法比拟的。没有几个白人诗人热爱他们的文化。）然而，这本诗集最后部分里连着的三首诗出现不同的语气。第一首，也是最好的一首：《信：爵士舞曲》（*Letters：Blues*）的标题本身就带有音乐性；但是，关键是

147

她的黑人民歌被谱成英语韵律：英雄双韵体合成四行诗。需要每十个音节一个韵的形式清楚地展示了诗人能够在某一形式里即席创作。该诗写给一位远方的情人，并叫他等她，但这仅体现在最后的三个字里。诗的韵律形式提供了一种精神分散，即一种使思想稍许避开分离和变化无常的痛苦的方法。这首诗的乐趣取决于它反复出现的损失威胁——破坏得到韵脚支持的平静。看看第4节诗的第4行：

> 我们爱的女人！她们那让我们关注的细长双目的眼神，
> 她们那露出惊愕之态的眼睛。
> 我们需要这些人，她们中的每个人。我们的确需要她们。
> 我的腕部内侧仍和你一起疼痛。

她对他的崇敬未能使她持续到诗节的全部四行：她到第3行就辞穷了。于是，第4行让被抑制的主体——不在场的情人——直接入诗。只有在诗的核心部位才清楚地显示出：英语的英雄双韵体通过爵士舞曲使这个女人得到很好的满足。正是这种适度严格的音乐形式有助于诗人间接地表达创造诗歌的思想和情感。这首诗就是关于什么东西可以勉强入诗，什么东西是被诗体学用那些韵脚拒之于外的。

亚历山大的老师德里克·沃尔科特用英诗的主要形式，即无韵抑扬五音步的无韵诗——莎士比亚、弥尔顿、华兹华斯和其他许多诗人的韵律形式写了一首《光荣的号兵》。这似乎有点古怪，因为它是一首由加勒比海黑人诗人创作的关于一个黑人号手的诗。对诗人而言，号手埃迪创作的音乐是挽歌式的和责备性的。关于音乐和埃迪，都有一种混乱的模棱两可的道不清的东西：他的双眼即显嘲笑之意，又有叔伯似的慈爱；他从同样"冷漠无情的愤怒"中同时弹奏出世俗和神圣的音乐，爵士舞曲和圣歌。第3诗节中送葬的黑人听到音乐后，感觉它表达了"忍耐的痛苦或痛苦的折磨"。一个人如何听音乐取决于他的知识（第23行）。在最后一节，沃尔科特像"一群青年人"中的一个人一样坐着，音乐表现了深深的代沟：

> 在责备我的孤独的兴奋中
> 为了被种族和流放者打败的所有的人
> 为了我自己的在美国的叔叔，
> 他住在我决不可能看望的地方。

第五章 真实性

这音乐饱含谴责之情：沃尔科特没有足够专心地保持家庭关系和社区关系。音乐的快感令这位诗人感到特别痛苦，因为它从这么多的死人中间响起，他们对现实的要求和对这位诗人的要求太强烈，而得不到兑现。

沃尔科特用加勒比族的成语进行创作，但他最有力的诗作，用的是他同辈人罗伯特·洛厄尔和伊丽莎白·毕肖普的大都市风格。他追求的不是一种为一个附属民族文化服务的风格，而是一种像他的朋友洛厄尔和毕肖普所作的，将直率的梦想和艺术的自豪结合起来的艺术。在《小四十》（*Nearing Forty*）里，他记得一个朋友，他的生命体现了一种"超过暗喻的风格"，并羡慕"让你的诗行工作/用更悲伤的快乐而更稳定的欢欣"的责任。然而，一个押韵精致，长达32行的抑扬格五音步句子反对这种风格，它展示的不是大都市形式的代替物，而是试图被认为是"中年的苍白的谦虚"的嗜好。沃尔科特根本不是一个谦虚的诗人，他的志向是在大都市艺术范围之内保持对加勒比海人的忠实。

卡莫·布拉特威特（Kaman Brathwaite）也是加勒比人，但是，与美国的大都市相比，他更接近英国的大都市。在《石头》（*Stone*）诗篇里，他不仅竭力将黑人话语音乐成功地带进诗中，而且也将死亡经历的音乐织入诗内。音乐伴随着死亡，一位有名的牙买加实验派诗人因遭石击而流血致死。它十分引人注目和吸引人。然而，布拉特威特在表达一个牙买加诗人的"民族语言"时明显地不包括下列问题：谁杀死了米吉？为什么？而且，如何处理米吉遭谋杀这件事？最后，读者通过音节跳着这种死亡之舞。《我是打死我的石头》（*I am the stone the kille me*）是诗的最后一行。像米吉一样，我们把这种暴力带入我们的身体，为它找到安身之所，并接受该音乐达到的结局。音乐为一种受感染的情感建立了基础。米吉说他是他自我毁灭的工具。为了完全理解这首诗，读者需要进入米吉的心理活动中，而且似乎要跟他一起死。无论他做什么，他的读者也会立刻照他做。美丽而暴力的音乐冲洗了有关媒介和因果关系的分析性问题依赖的距离。布拉特威特已经用黑人话语的所有真实消除了与音乐的距离感，可是，诗歌的说话者死了。

《波士顿年》是亚历山大的《维纳斯霍屯督语》中紧随《信：爵士舞曲》之后的一首诗，它写于一个有名的种族主义城市的艰难的一年。它开头写白人对这位黑人诗人的暴力行为；接着，回忆起在与所爱的人疏远的没有希望之处的闪光点。下一首诗《新英格兰船员科文》（*Kevin of the N. E. Crew*）表达了真实话语与暴力的联系。

从公共汽车里我看到涂写的字迹：

"新英格兰船员科文"
这些穴墙上的象形文字——
坐在你旁边的我是谁?

转过你的头,男孩。看着我,男孩。
黑暗的天,甜甜的味道,烟发出忧郁的气味。
嘴唇破裂的黑男孩脑袋发出甜味的男孩,
往我这儿看,男孩。看看你。

九个抽着天使香烟的男孩
看到他们认识的一个女人,
把她拖进胡同,
他们干什么——

不要寻找解释答案
(破碎的玻璃和折断的杆)
"可爱的情人"、"手帕"、"午餐盒"、"Crissie"——
穴墙的心脏沉默的洞孔

谁说出伤心的想象?
谁为别人所知,男孩?你是谁?
嘿!女孩。你,女孩。往我这儿看,女孩。
看看我,女孩,看看你。

赶上他们。认领他们。这九个黑人男孩。
公共汽车站。离开。汽车站。通过。
　烟　玻璃　洞穴　墙
　　香烟　栏栅　杆　裂开
科文。

我提到的这三首诗一起出现在女诗人亚历山大的诗集《维纳斯霍屯督语》第4部分的接近开篇部分。第三部分包括赞颂美国黑人艺术家阿尔伯特·穆雷(Murray)、杜克·埃灵顿、保罗·罗伯逊(Paul Robeson)、詹姆斯·范·德尔·兹(James Van Der Zee)、罗默尔·伯顿(Romare Bearden)和约翰·科

第五章 真实性

尔特思等的诗篇。新英格兰船员科文是不同类的兄弟。诗集第 3 部分里的美国黑人艺术家都是建设者；而科文是个破坏者。该诗写的是如何看待破坏者。亚历山大看见一组涂写的字迹，它使人想起法国南部和西班牙的史前时期的洞穴画。诗人让穴居者科文进入她的作品时她自己付出了一些代价：她看着九个年轻人，并用他们的惯用语对他们说："坐在你旁边的我是谁?"为了得到这种美国城市黑人话语的音乐，她不得不放弃一个观察者保持的距离。她走到距列文那么近，以致闻到他身上的味道，看到他嘴唇上的伤疤，甚至嗅到他头脑里的思想。她被他们捉住，从修辞的意义上讲，她遭到这九个青年人的轮奸。诗篇形象地描述了诗人对浸透黑人文化的矛盾心态和忧虑。在白人世界里的一年是可怕的，但是，沉浸在城市黑人世界里是被许可的，而且也是危险的。这就是真实话语的有同情心而不敢大胆表达的观点。它被巴拉卡、拉里·尼尔20世纪60年代其他诗人浪漫化了。

毫无疑问，《那些周日的早晨》（*Those Sunday Mornings*）是罗伯特·海登的一首名诗，它与另一首伟大的，但不如它有名的诗《鞭打》（*The Whipping*）一同出现。这两首诗都是写童年的记忆。诗人在《鞭打》里通过将自己认同邻居的一个可能遭他祖母鞭打的男孩的方式，感受痛苦的记忆。

  路对面的老妇人
    又在抽打那个男孩
  并对着邻居叫喊
    她的仁慈和他的错误。

  他一下子摔在地上
    躺在有灰的百日草上哀求，
  她虽然肥胖圆滚
    仍然追他，将他逼入绝境。

  她不停地抽打尖叫翻滚的
    男孩，直到棍子折断
  在她手中。他的眼泪是不停的雨水
    在我伤痛般的记忆里：

  我的头被挟在骨骼粗大的钳子般的

○诗歌、政治和知识分子

  膝盖里，它拼命扭动挣扎
想扭脱，抽打、恐惧
  比讨厌的话可能带来的

打击更糟，那张脸我
  不再知道或喜欢……
好了，现在结束了，不再被打了，
  男孩在他的房里哭泣，

老妇人嘀咕着，靠在
  一棵树上，精疲力竭，得到净化——
多少算报了些仇
为她必须隐藏终生的秘密。

  30多年来，美国黑人诗人一直强烈地关注暴力问题。不像亚历山大的《新英格兰船员科文》或布拉特威特的《石头》，这首诗没有追求沉浸的浪漫。然而，在第四节，当海登遭到大人鞭打时，他的头被挟在膝盖中间。这种伤痛般的记忆是在他观察暴风雨天气时生发出来的。它的音乐属传统型，抑扬四音步和三音步交替出现。因而毫不意外，该诗的分析方式是亚历山大和布拉特威特都不能做到的。音乐是一门需要沉浸其中的艺术。如果仅靠想象，那么甚至是他人话语的音乐也能将你带入他的生活。它充满了同情：当你听到音乐时，你会感觉到诗中的抽打声。亚历山大和布拉特威特使音乐显得怪异，因此，读者会专注于另一个特别的人。海登的音乐是传统的，因而这份沉浸和投入带有群体特征，而不属于单一的个人。他的幻想使他接受与这位邻居的受难者共享的东西，而不是接受对方特别的人格。在严厉的大人抽打孩子之前，海登就以孩子的身份说出了他自己讨厌的话：那话招致他回忆起来的抽打。他首先对孩子表示同情，然后又对打人的大人表示同情。她一直过着这些抽打所抵制的压抑的生活。这些鞭打帮助了她。海登、亚历山大、布拉特威特和其他美国黑人诗人都忠实地处理暴力问题。这里也不难想到，暴力也是其他人的问题。

  在这里讨论的诗人中没有一个会虚构他们的问题，他们都带着20世纪60年代知识文化里流行的某些真实性的观点作诗。1965年，J.希利斯·米勒为20世纪的诗歌作了非常有说服力的论证：20世纪的诗歌观引导出客体和人们的一种"新的直接性"。他认为,更年轻的作家都特别求助威廉斯,以求获得一个"在场,即所有真实事情共享的某个实物"的意识。几年以后,在 1969 年到 1970 年,莱昂内尔·特里宁在哈佛大学作了题为《真诚和真实》(*Sincerity and Authenticity*)的诺顿系列讲座。诗人们在这些观点之内利用他们能够获取的力量重构他们的艺术,以期吸引当时对真实的普遍性渴求。同时,他们也努力地审视在场和真实性的种种幻想。甚至对真实性观点有深刻想法的比达特也极力反对相反的见解。如同庞德在 1920 年所做的,苏珊·哈恩通过将她自己的葬礼搬上舞台的方式,悄悄地使用简单的真实性观点。自由诗诗人中,最好的诗人将 20 世纪 60 年代浪漫主义的危险清楚地展示出来,它坚持认为这种或那种经历:性或暴力,徒步旅行或农耕——从某种意义上讲,比思考和谈论我们自我表达的错综复杂更真实。默温、里奇、巴拉卡和其他诗人的乌托邦式的希望:也就是他们曾相信找到一种真实的话语或规约从来就没有控制最好诗人的不变信念。如今,那个计划像喇叭裤一样,只不过是个提醒人们想起一个不同时代的纪念物。但是,相当有权威的话语对各种修辞形式的兴趣仍然是各派自由诗诗人的资源库,他们对 20 世纪 60 年代的种种计划多少有点同情。

159

第六章 翻译

美国知识分子中最令人尊敬的诗人可能是爱尔兰人西默斯·希尼（Scamus Heaney），而名声最大的当然首推立陶宛人切斯瓦夫·米沃什（Czeslaw Milosz）。我不仅指美国读者对外国诗人有一种特殊的兴趣，而且还指美国近来的诗歌史既不能排除国外出生的美国公民的作品，也不能忽略美国出生的诗人为重写其他语言的诗歌所作出的种种努力。在《女士去世那天》（*The Day Lady Died*）（1959）里，弗兰克·奥哈拉信手拈来"新大陆丑陋的作品，看看诗人/这段时间在加纳有何作为。" 1945年以来，美国诗歌已颇具世界主义并带有明显的帝国意识：它所吸收的东西远比以前多得多。1964年，乔治·斯坦纳（George Steiner）写道，"枯竭的古希腊文化的欧洲屈服于帝国主义文学全盛时期的美国这个明喻，获得了一定的传播。大约到1959年，才有了些许关于美国权力的罗马风格，和些许关于欧洲艺术和知识生活紧张而又衰落的辉煌的希腊风格。"

我有意扩大翻译这一话题的范围，因为我的真正目的是探讨美国文学与其他文学的相互影响，而不是人们常说的翻译。这半个世纪我们对世界艺术和其他资源特别贪婪和好奇。很明显，我们有诗歌全球化的雄心，这部分是由于我们的经济全球化，我们的政治利益不断延伸。然而，要说甲是因，乙是果，未免太简单化。诗人、教授和管道工早上从看报纸开始一天的生活，或者晚上看电视新闻来放松自己，我们所穿的衬衫是亚洲人专门为美国人或者欧洲人设计生产的。我们吃饭的厨房和饭馆每天为不同阶层的美国人提供国际化烹饪。我们大家都时刻意识到我们的生活已经跨越国界，当然，美国人不知道诗人在加纳干些什么。

当外国诗歌归化为美国产品时会怎么样？美国人想归化哪种诗歌？为什

么？诗人本身被归化又是如何？他们归化成美国文学公民会有什么不同？

显而易见，翻译是诗人比较次要的职责之一，但是它也代表一条通往诗歌最高境界之路。艾伦·格罗斯曼（Allen Grossman）的诗歌风格高雅。他说诗歌是"一项受魔鬼影响的活动……它不是……凡人或者某一个人的言语。我认为诗歌有自己的力量，因为它不是个人的言语，而是超越或者不同于个人的言语。"怀疑的、持不可知论的读者不易相信受魔鬼影响的活动，但是翻译却不同：人们会相信不同国家或不同时候的人有权凭灵感说话。翻译这一标签给我们提供了到达另一种诗的间接途径，否则，我们就像不可知论者一样否定自己。

"转交"正是该词的意思。从人们的错位意识引发对诗歌权威的质疑，诗人以何种权威说话呢？诗歌语言是否拥有区别于普通语言的起源呢？这些问题涉及所有的诗歌，在翻译方面尤为明显。1908年庞德出现在伦敦文学界时，他是个美国诗人，手里有一本自费在威尼斯出版的诗集。6个月前，他曾是印第安纳州瓦巴斯（Wabash）大学克罗福斯威尔（Crawfordsville）校区的法语和西班牙语助理教授。然而这并不是诗歌权威的起源基础。在伦敦，他将成为一位像中世纪与现代、英国与大陆，以及美国和欧洲之间的独特的鼓动者。他不断地强调说，他的权威借自其他诗歌，即使当时他还没有从事翻译。他的早期诗歌像是翻译的；他从未丢弃古体诗歌权威的装束。因为他那古旧的措辞和别扭的句法读起来别具异国情调。这来自一个遥远的起源，被神圣化了——这就是其主旨。

翻译就是关于一切起源的探索，它是当支流变浅时人们要追溯的源头。当人们渴求艺术激情和真实性时，翻译的诗歌会相当准确，尽管翻译永远不能提供真实性，因为译者的折中策略会让多余的信息漏掉。尽管翻译人员受到驱使，想追求能够感动他们读者的真实东西，但译者是中间人，而非幻想家。1955年，本·贝利特（Ben Belitt）翻译罗卡（Lorca）① 那篇论《精神》的有影响的文章，duende是指"探索困境"的精神，"我们都知道这种困境，但不了解这种困境；可是这种困境给我们提供支撑艺术的所有东西。"1955年，诗歌的这种渗透到艺术的最深基础的感染力很大；当时奥登正在编辑"耶鲁年轻诗人"系列诗作，而威尔伯被公认为技巧明快的大师。罗卡说："我想没有人会对西班牙舞蹈或者公牛感兴趣。"

---

① 菲德里科·加里亚·罗卡（Fedenico Gorcia Lorca，1899—1936）西班牙诗人和剧作家——译注

诗歌、政治和知识分子

马克斯·海瓦德（Max Hayward）曾经说过，翻译只有在经过一段时间的分隔之后才会极大地影响某一文化。但是，自 1945 年以来，美国人已经成为世界诗坛的鉴赏家。早期英美现代主义诗歌在开始时便同 19 世纪后期法国诗歌有联系并受到后者的推动，之后又被新出现的古典诗歌热情所推动。英美现代主义诗歌正是由于对传统的开放而有别于欧洲大陆的先锋派。冷战期间，双方的大量翻译是出于在多元化世界格局中确定合法性的目的。美国人没有预料到会深受翻译的影响。在这个饱和阶段，我们所需要的是为我们的锅加点调味品。

美国诗人对美国作品极有信心。他们以独特的胆识跃跃欲试地对待翻译。看看弗兰克·比达特（Frank Bidart）对卡图卢斯（Catullus）① 的精彩翻译：

> 我又恨又爱。无知的鱼儿，它
> 蠕动着，竟想吃苍蝇。

前面五个字直接来自拉丁语，其余的都是比达特所创。比达特的朋友洛厄尔不懂俄语，却翻译了《帕斯特纳克》（*Pastemak*）。庞德翻译的普洛佩提乌斯（Propertius）② 的诗歌给比达特撑了腰，使其创新合法化。路易斯·朱可夫斯基在 30 年代初以庞德门徒的身份开始了诗歌创作，他于 1969 年大胆地完成了卡图卢斯的翻译工作。

> 啊，仇恨，我感动了爱，我在寻找它，这是事实，因为那是这么要求的。
> 不可知论，激烈地的说，我欠下畸形者的刺激物。

庞德曾经告诫诗人有责任把诗歌翻译成诗歌，以保证翻译成英语的新诗是他们辛勤劳动的成果。比达特谨遵照办，朱可夫斯基可没有简单地遵守这条原则——要把拉丁文的原文翻译成流畅的英语。他没有把卡图卢斯的诗翻译成通俗易懂的英语。他的译文像自然话语一样不可想象，因为它们和拉丁文原文的字面意思几乎没有语义上的关联。然而，他的译文也是紧扣原文。朱可夫斯基找到与卡图卢斯原文发音近似的英语单词，而且是完全按照

---

① 卡图卢斯（84？—54？B. C.）：罗马抒情诗人。——译注
② 普洛佩提乌斯（50？—15？B. C.）古罗马哀歌诗人，写有 4 卷哀歌，大部分为爱情诗。——译注

第六章 翻译

句法顺序进行翻译的。他忠实于读音胜于意义的做法堪称当代经典作品翻译人员之中的极端主义者。1973 年，克拉伦斯·布朗（Clarence Brown）这样评论朱可夫斯基和默温所翻译的奥西普·曼德尔施塔姆（Osip Mandelstam）：“无须多言，我们从来没有认为让英语国家的读者听听俄语的声音的做法是愚蠢的。"庞德训示美国诗人说，如果有注释，他们应该像默温一样尽力把他们不懂的语言翻译过来，就像他把芬诺洛萨（Fenollosa）的手稿翻译成《华夏集》，或者他需要有一个渊博的合作者。罗伯特·布莱、丹尼斯·莱维托夫、克莱顿·艾斯勒曼（Clayton Eshleman）、杰罗姆·罗森伯格、罗伯特·品斯基、罗伯特·哈斯以及其他翻译人员作为团队的成员从事翻译，而团队中其他知识渊博的成员则负责原语言的字面意思。在模仿人们无意中听到不熟悉的外语的情境时，正如克拉伦斯·布朗所说的一样，即使在喜欢冒险的当代翻译人员之中，朱可夫斯基也是固执己见的。他所译的《卡图卢斯》的开头显示他曾试图顾及拉丁文的字面意思，可是不久他便不忠实于原文的意思。他所注重的完全是拉丁语和英语的发音关系。当对等发音使两种语言诗歌的意思产生极其罕见的联系时，朱可夫斯基似乎认为他的做法的正确性得到了验证。这些神奇的机遇不断促进诗人：对那些懂得拉丁语和英语的人来说，一种语言的意思可以通过声音转化成另一种语言，真是妙不可言。

朱可夫斯基的大胆翻译说明了那一时期的一些重要问题：首先，美国诗人所享有的安全感使得他们能够从诗歌的历史获取任何东西；其次，人们认为，特别是那些先锋派诗人，语言是意义的载体，而这些意义无法从历史的角度来解释（如用语义学方法解释）；第三，思想或者意义的延续无法克服罗马与美国，古老与当代之间的区别。卡图卢斯和朱可夫斯基之间存在着巨大的断层，而用劳伦斯·维纽蒂（Lawrence Venuti）的话说，朱可夫斯基要让读者看到这个断层。1977 年，朱可夫斯基的一位读者罗纳尔德·约翰逊（Ronald Johnson）根据弥尔顿的《失乐园》发表了《收音机》（*Radios*）。这是其中一段：

如果呼吸
苏醒，将要
　把我们扔进火焰中；或者从上面
　　如果所有天窗
　　　都打开
　有一天在我们的头上；
　　每个都在困境中，惊呆了，

163

○诗歌、政治和知识分子

  所有东西一眼看到吗？
然后，生活
手握长矛
    及时。

  约翰逊用删除法把弥尔顿的无韵诗翻译成美国的自由诗。为了让他的版本中的人物公开站出来，他肢解弥尔顿1892年的版本，因为题目《收音机》（*Radios*）是《失乐园》（*Paradise Lost*）的折合。

当他一口气
吹燃了可怕的火种，吹燃了
七倍的烈焰，让我们在那里受煎熬
又是怎样呢？当他为平息心中怒火，
从天上伸出火红的右手来
降灾祸给我们时，那又怎样呢？
假如有一天，他把全部手段都使出来
在地狱的顶上倒下瀑布般的火阵，
落在我们的头上，那时又怎样呢？
正当我们讨论、鼓动光荣的战争时，
卷起火焰的风暴和严酷的旋风，
把我们一个一个卷去刺穿在岩石上，
成了他们的玩具或食饵，或者
被链捆起，永远沉在沸腾的海底；
同不断的呻吟为伴，年年岁岁，
没有希望，没有赦免，没有宽容，
长久处在无穷的失望里又怎么样？
当然，那是更加难堪的处境。
所以战争，不论是公开的或隐秘的，
我都同样反对。因为用武力或阴谋，
对于他都无损毫毛。他一眼就
明察秋毫，谁能骗得过他？
他从高天上，把我们的行为
看得清楚，而且发笑。不但他的

大能足以抵制我们,而且他的
智谋足以挫败我们的阴谋诡计。
那么,我们就这样卑屈下去吗?
天上的种族,坠落而被踩躏,
竟永远在这里锁链加身受苦刑吗?
我说,我们的现状还是比
更深一层的悲惨生活要好一些
因为这是命中注定无可避免的,
也是胜利者的意志,无上的命令。
忍受和行动,我们的力量相等,
这样的判决也不是法律的不公平
假使我们聪明些,首先得下决心,
同这样一个大敌相对抗,
很难料结果是怎样的沉沦。
我笑那些拿剑而勇猛作战的,
一旦失败,便担惊,害怕他们
自己也知道的后果,不能忍受
征服者必将施行的放逐、欺凌、
捆绑、苦刑;我们现在正在受罪,
如能支持、忍受,那天上的大敌,
或许会减低忿怒,或者会因为
相隔如此之远,我们又不再干犯,
他或将以此为满足,又不去吹风
扇炽烈焰,火刑徐徐减弱。

约翰逊归纳了贝利尔在地狱对议会所做的演讲。他的诗歌和弥尔顿的一样主张接受极限,特别是必然的死亡所强加的极限。贝利尔所描述的上帝的怒火在《收音机》里似乎变成反映完全意识到"所有的东西"所带来的痛苦。他的辩论被修剪成对神的知识所表现出来的敬畏。抑制情感根本不是自由诗模式所保证的。约翰逊把审慎的忠告改为"及时行乐":"生活/手握长矛/及时。"

艾瑞克·切菲茨(Eric Cheyfitz)认为,"翻译过去是,现在仍然是欧洲殖民化和美洲帝国主义的最主要中心活动。"在学者当中,许多人怀疑翻译对政治的影响。跟茹特勒治(Routledge)一起新合编一系列有关翻译研究的编

诗歌、政治和知识分子

者,把翻译定义为"服务于权力的一种操纵"。理查德·威尔伯先说人们翻译自己所喜欢的东西,接着他又说,人们想要"宣称那是他们自己的话。"讨论翻译、动机及其结果的术语饱含扩张和征服的意识形态。尼采说,"当人们翻译时已成为征服者。"但是另外一种有关翻译的观点——把它变成褒义的,并非掠夺性的——也有其追随者。

"这对你没有什么坏处,拉丁文,"[一位抒情诗人]说,"如果我选择《卡图卢斯》的这首抒情诗,然后试图将其作为礼物译成我自己的语言。我突然感到,如果没有这首诗,我的语言会显得枯竭。当我译完之时,你仍然拥有加塔拉斯,而且丝毫未损。一些新的东西即将出现,否则是不可能的。"

60年代中期和晚期,人们对翻译持相当天真乐观的态度。文森特·麦克休(Vincent McHugh)和C. H. 库瓦克(Kwock)说,文学在所有其他语言之下体现一种共通语言:人类感觉的全球语言。这是我们所有的人相互联系的机会。是否直接接触全球语言,触摸和平,触摸和谐等等?也许并非如此。

翻译给诗人提出一个事实:公民身份。面临一页页的法语、西班牙语或者德语,布莱、赫克特和哈斯显然是美国诗人,尽管走在巴黎、马德里或者是柏林的街道上,他们也许感觉到一个不很明显的事实:他们是世界公民,或者是诗人共和国的一员。德国小说家汉斯·艾瑞克·诺萨克(Hans Erich Nossack)曾经把乔伊斯·凯利(Joyce Cary)和舍伍德·安德森(Sherwood Anderson)的作品翻译成德语。他有一次回忆说:"翻译一本书比自己写一本书更重要。"他说:

对于每个作家似乎都存在某种东西。这是一种与文学团体的其他成员休戚相关的感觉,一种在文学中作为跨越国家和排斥国家的公民身份的感觉。人们会说,这是与历史无关的团体。有时这种休戚相关的感觉会增强——大部分在防止历史趋势的重演,以免被单一意识形态所主宰和控制。因此,单个作家要主张文学作为一个整体,而不是仅仅提供其个人对文学的贡献,这就显得更加重要。

人们梦想有诗人共和国,试图依据其法律去生活。但是翻译人员知道护照绝对不能被搁在一边。自相矛盾的是,翻译巩固了翻译人员的本国文化,同时也产生了跨越国家的艺术文化感觉。但丁·格布列尔·罗赛蒂(Dante Gabriel

第六章 翻译

Rossetti）说，"把诗歌翻译成另一语言的真正动机是尽可能用更多的美资助一个新国家。"奥托维奥·帕兹（Octavio Paz）也说，"每个国家都为其语言所囚禁，但是由于翻译，我们开始意识到我们的邻居所讲的和所想的跟我们不同。"翻译的历史和理论背负罗马人、法国人、德国人或者英国人的帝国野心，但同时也背负启蒙时期的世界主义。德莱顿称之为"对一个求知的民族来说是非常有用的艺术，有利于改进和传播知识，是反对奴隶制的最好防腐剂。"正如诺萨克所说的："翻译代表人与人之间传播消息的方法，是世界各地的人道主义同盟者所使用的地下电台发出他们生存危机的信息。"帕斯宣称诗歌保留较大的天地，因为"没有任何流派，任何风格具有全国性，即使所谓的艺术民族主义也没有。"所有翻译结果的叙述都得坚持双重性，即征服者与世界主义者。

自从 1945 年以来，定期充当大学生课本的经典文本的诗歌翻译如火如荼。里奇曼德·拉蒂默（Richmond Lattimore）翻译的《伊利亚特》（1951），拉蒂默和戴维·格林（David Grene）合作翻译的《希腊悲剧全集》（1959），罗伯特·菲茨杰拉德翻译《奥德赛》（1961）和艾伦·曼德博姆（Allen Mandelbaum）翻译的《埃涅阿斯记》（1971）等至今仍然是标准的美国课本。1964 年，盖·达文波特（Guy Davenport）说："某种类似第二次古典文学复兴的东西似乎正在悄然兴起，或者即将兴起。这种现象部分归因于考古学，但是更大部分归因于现代艺术回归古老形式……当然，每个时代都得翻译东西为其所用，但是我们的时代却有双重任务：首先是以特有的兴趣和自信接触原文本，其次是消除以前时代诡秘而纤弱的偏爱。"达文波特在 50 年后重建现代主义原则，这是显而易见的。现代美学与二战之后所从事的学院翻译之间存在一种有意识的延续。1964 年，鲁本·布劳尔（Reuben Brower）说："通过现代的东西来发现古代的东西，这是最自然不过的。"在文学批评家发现后现代文学百花齐放之时，文学文化首先将庞德的作品制度化，其次是艾略特的和乔伊斯的。现在是本世纪之末，这种活动继续进行。罗伯特·品斯基刚刚完成一项宏伟的、雄心勃勃的工程，使用辅音（而不是元音）三行诗节押韵法，翻译了但丁的《地狱篇》（1994）。戴维·费里（David Ferry）出版了《吉尔伽美什》①（1992）的无韵诗译本，译得非常好。翻译的另一种感觉正在运行之中：问题的焦点正是英语的音乐感。这些经典文本的译者在翻译成英语时不会将原文中的韵感埋没。这算是很大的进步。

---

① 《吉尔伽美什》：两河流域的史诗。吉尔伽美什是传说中的苏美尔国王。——译注

○诗歌、政治和知识分子

60年代翻译的乐观精神来自现代文学原则和职业学院学识与批评的合作。这主要是约翰·克劳·兰色姆，他的《肯庸评论》以及新批评的成就。1964年，罗伯特·菲兹杰拉德（Robert Firzgerald）说："我的印象是，这一代的学者比我受其影响长大的那一代更加认识到文学问题。"60年早期的文学地图似乎只是一些原色。读者认为只有在文学古典主义者与垮掉派之间作出抉择。艾伦·金斯堡放弃希腊诗人的诗体学形式的做法被用在1964年在阿里安召开的"古典与文人"专题研讨会的闭幕辞里。

书籍销售业支持了经典作品的翻译，因为美国高等教育的扩展，特别是从二次大战到60年代，为受到学院支持的翻译提供入迷的读者。1966年乔治·斯坦纳写道：

> 人们认为荷马和朱文诺（Juvenal）① 是文明意识地位的一部分，这种观点仍然正确。它在美国大学校园的活动和追求平装本等方面具有广泛影响的经济和技术联盟。为了让机器吃饱，平装本出版商已经开始搜集过去和外国的著作……美国学院和商业编者直接使用许多近期的诗歌翻译佳作。

拉蒂默和他在芝加哥大学出版社的编辑知道，40年代后期这个市场可以容纳大规模的翻译计划。当他把第一本译作《伊利亚特》送呈出版社时，发现受到了热烈欢迎。同样，戴维·格林于1947年建议翻译33部希腊悲剧时，也得到热情的支持。格林给编辑写道：

> 如你所悉，阅读希腊古典文学，特别是戏剧翻译作品的读者正在稳步增长。就勤奋和智力来说，这也是最好的读者大众，由人文课程、一般文学课程和戏剧课程的学生组成。

诗人海登·卡鲁思（Hayden Carruth）后来成为格林的编辑。他曾经说，出版社的编辑"坚信这些译文是目前英语中最好的。它们出版后，对出版社和译者来说，都是珍贵的资产。"1953年当时在答伯戴伊（Doubleday）公司工作的杰逊·爱泼斯坦（Jason Epstain）试图安排以大众化平装本形式重印希腊悲剧——

---

① 朱文诺（Juvenal, 60？—140？）罗马讽刺诗人。——译注

第六章 翻译

"我们不仅可以通过成千上万的商业和报刊批发商售这本书[拉蒂默翻译的《俄瑞斯提亚》(*Orestia*)],而且还将以巨大的热情宣传它。到了一切准备就绪要去出版你那两卷本时,我敢保证拉蒂默的名字将已家喻户晓了。"

经过一系列内部讨论之后,芝加哥拒绝了这一要求,因为人们劝说出版社社长说,大众化市场现象是一种假象,真正的市场是对课本的需求。社长不想让答伯戴伊的大众化平装本减弱其出版社对那个市场的控制。学术出版商明白,1945年之后,他们的世界已经开始发生变化,但是直到50年代中期,人们还不明白新的出版市场秩序。1960年,继芝加哥出版了四卷本《希腊悲剧全集》一年之后,现代图书公司真的为更多的读者推出一套袖珍版本。

这些学术翻译都是把一些古老的诗歌再现为当代诗歌,但是,令人惊讶的是,在决定它们真正诗性方面几乎未做任何努力。拉蒂默在他的译本《伊利亚特》的前言中说道,他把荷马的作品变成"纯朴的英语"或"当代散文语言。"这与他有关译本的韵律学的陈述和朴实的措辞一致。"跟散文、无韵诗或传统英语形式相比,那些6个节拍、行云流水的诗句使得读者更能重新抓住荷马诗句的速度和灵活。"格林曾经提醒拉蒂默,他那长篇的六节拍诗句可能变得单调,出版社编辑也建议拉蒂默严肃对待这个问题。但是,出版社丝毫不懂拉蒂默译本是否有音乐感。1949年,这个计划的第一位编辑,在他读过该文本的许多样本之后,称这一译本是"用有节奏的散文译成的。"拉蒂默和格林他们自己对悲剧中的韵律学也不是很在意。1950年,拉蒂默写道,"总体的设想是否定的:它们(被翻译的剧本)将不会以正规的押韵的诗节、英雄双韵体等形式出现……也许戴维(格林)甚至会质疑我的散文原则。但是,见于他的抗议,我会说,按照诗歌形式翻译。"在谈到格林的希腊悲剧译本时,D. S. 卡恩·罗斯(Carne Ross)这样说道:"这里没有什么东西介于你和悲剧之间:没有华丽的风格,因为它没有风格;没有各种节奏,因为它没有节奏。"这一平淡的译本是"遵从按字面翻译的错误原则"的产物。从某一方面来说,学术翻译者和出版商把他们的译本译成当代诗歌,这似乎是很宝贵的,尽管他们很满足,无视诗歌和散文之间的区别。

古典主义者意在说明供课堂之用的译本其实是美国当代文学文化活力的证据。人们说美国人认识到审美问题的重要性。欧洲人被政治问题和意识形态分隔开,而美国人,部分是由于他们远离欧洲,据说比欧洲读者更自由、更高尚。卡恩·罗斯宣称美国人成功、准确地翻译了希腊文,因为他们保存有德国翻译家翻译的19世纪希腊神话。卡恩·罗斯认为,美国人比当代欧洲

◎诗歌、政治和知识分子

人更容易接受欧洲文学经典著作,因为他将托尔斯泰、尼采、和克尔凯郭尔①等视为世界作家,很显然跟美国有关,而欧洲人却将他们视为俄国作家、德国作家和丹麦作家。由于其历史意识,欧洲人使得文学区域变得狭窄。

鼓励翻译的努力源自目前的矛盾心理。肯尼思·雷克斯洛思说:"翻译把你从你的当代解放出来。"翻译中的经典著作似乎是战后不可避免而又可悲可叹的职业化文化另类(正如我在第一章所阐述的)。诺斯洛普·弗莱说道:"长久以来,希腊文明和拉丁文明构成人文教育的基础,因为它们是完全的文明:它们可以被当成文化的实验室标本来研究。这种超然在研究我们自身的文明时是不可能存在的。因此,经典教育可以滋养开明的态度,而以当代为基础的教育只能发展管理教育。"威廉·达菲(Willian Duffy)和罗伯特·布莱于1958年创办的一家新刊物《50年代》,后来改名为《60年代》、《70年代》,由布莱一人担任编辑。第一个问题源自"十页现代欧洲诗歌"。布莱根据需要把拉丁美洲诗歌和欧洲诗歌译成英语,以利于美国诗歌视为己任。他以倡导者和翻译者的身份自居,影响颇大。他认为,意象是诗歌的本质,是诗歌的力量与深度之源泉。60年代许多观点不一的作家和评论家一致认为意象非常重要,要翻译出来。纳博科夫(Nabokov)并非布莱的自然盟友,可是他在1969年说:"诗歌的意象很神圣,这是不容置疑的。"杰克·路德维(Jack Ludwig)写道,"隐喻的行动和转变的形态必须来自现在所掌握的过去微妙的、历史的硬度的语言。翻译者必须勇敢地、也许是危险地,为词语、声音和戏剧性对抗挑选隐喻的对等词。"对路德维希、布莱和许多其他人来说,目标就是现在的语言。很明显暗指难以理解的时刻根本不是别的,这里或其他地方。因此,美国诗人在翻译时有理由感觉到紧迫感和许可感,强调意象就像寻找一枚恰好适合槽缝的硬币——如加拿大的两角五分钱,德国的五芬尼。

杰罗姆·罗森伯格说,意象讨论按照逻辑放在有关诗歌区别于普通语言的观念之后。在布莱的影响下,许多诗人和读者也转向外国诗歌寻找极其美好的意象。然而,到了1960年,一些诗人开始对这一发展倾向持批评态度。克里利这样写给罗森伯格:

> 我认为由于人们随意对待翻译,它未能克服诗歌语言(Logopoeia)的问题,这就导致诗歌结构松散,词语堆积,主要靠其所谓的"内容"

---

① 克尔凯郭尔(Soren Aabye Kierkegard,1813—1855):丹麦哲学家和神学家。——译注

第六章 翻译

> 和作为感情的"图像"的参照物等来取悦读者。不管看到描写异国他乡的情景时感觉有多轻松，我都讨厌看到这种笼统概括的样子变成同一形式。

克里利担心诗歌翻译笼统概括的样子变成同一形式，这是有道理的。由于默温、美国拉丁文的译本和东欧诗歌译本的影响，60年代后期，产生了盛行一时的一种文体。罗森伯格在回信中指出，在意象这一层次上，诗歌是可以翻译的，但要进行跨国界和语言的对话的努力则过于专断。这是60年代早期他倡导的所谓深层意象诗歌的基础，和小杂志《特洛巴》（*Trobar*）有联系。"这个杂志的编辑们［乔治·艾括诺默（George Economou）、琼（Joan）和罗伯特·凯利（Robert Kelly）］认为美国诗歌必须与深层意象的永恒力量重新联系。"根据罗伯特·凯利的理解，深层意象诗歌是用来把其他国家的诗歌的所有力量都融入当代美国诗歌："当今的美国语言为意象派诗人提供了唯一可以信赖的语言框架。意象的词语表达要迫切和直接，这两点只有诗人和读者的口语，即此时此地的语言才能提供，意象派语言必须生动迫切，不能做作和绕圈子。"罗森博格的辩论有点扩张主义的一面，尽管人们不清楚他当时的政治立场如何。他曾经说过他觉得"全美国诗歌""太狭窄"。他于1975年说道："对越来越多的掺和来说，翻译只不过是主要策略之一。在我看来，我们大家都朝前发展……总是朝诗歌的扩张和领域的开放开展。"关于翻译的语言也许不可避免地看似帝国主义的；而且，在美国扩张的这些年间诗人的抱负自然而然仿效经济领域、军事领域乃至国务院的例子。对此持批评态度很容易，但是，看到这里含有善意的推动作用是很重要的。1970年，罗森伯格和丹尼斯·泰德洛克（Dennis Tedlock）成立《黄金时代》杂志，意在"鼓励诗人积极参加部落/口头诗歌的翻译"。这一计划依赖于翻译有益无害的观点。他们也想鼓励"他们之中的人（年轻的美国人和其他人）对世界各地部落的过去和现在多些了解、爱心和尊重。"

这种对当代性的强调是很明显的，得到承认的，也完全不同于我们的"世纪末观点"。1975年4月罗森伯格在密尔沃居的威斯康星大学召开种族诗学研讨会时引用罗伯特·邓肯的话作为开场白："我们时代的戏剧是人人进入同一命运，是来自四面八方的大家的梦想。"罗森伯格和60年代、70年代的其他诗人，特别是先锋派一样，在描绘全球文化的蓝图时，认为诗歌是"人类的基本本质"，现在是个通用时代。罗森伯格主张"完全翻译"。所谓的"完全翻译"指让一篇新文章完全存在于现在之中，没有必要借助过去的话语。深层意象诗歌批评家，如丹尼斯·莱维托夫，宣称诗歌中有天真的非人格的倾向,这一倾向似乎源自那些主张有无诗歌素材概念的诗人。这一主张类似于曾经被人们称为"诗歌措辞"的概念。1975年,罗森伯格承认道:

> 有一系列引起共鸣的特别词语代表深层意境,而其他词语却没有这一特点,要人们相信这一点是很容易的。总而言之,有些词语有力,而有些词语乏力。因此,这就存在危险,即人们也许会陷入有限的诗歌词汇(一套与旧的传统一样受文化制约的崭新的意象常规),而不去探索可能导致深层意象全部的语言……有一种规则,有时这是我们曾经致力于的旧的浪漫主义规则。

伴随着这种浪漫主义措辞也出现了诗人的预感,罗森伯格轻易地接受了这一点。规则的观点合情合理,因为罗森伯格认为某一特殊语言中隐藏着普遍的、荣格式的意象语言。美国诗人也许会把这种特殊语言翻译出来。到1975年为止,数十种默温式的规则诗歌的书都揭示了这种诗歌的局限性。

1973年前不久,即《黄金时代》(Alcheringa)创立前不久,罗森伯格开始从意象定位的翻译方法转向一种听觉翻译,即"完全翻译"。他说:"我的目的是阐释原文中所有发音单词,但是要用一种处理最小结构和允许清楚、尖锐的知觉浮现的更有意思的方法。我要把诗歌翻译到页面上,就像翻译'实体诗'或者其他微型诗歌一样。"他从纳瓦霍人(Navaho)①和塞纳卡人(Senecan)②文本中得知,无用的音节也许对文本和表演很重要。语言学家戴尔·海姆斯(Dell Hymes)告诉他,夸基阿特(Kwakiutl)歌曲中没有实在意思的声音也许是歌曲结构的关键。罗森伯格描述处理一些纳瓦霍歌曲的方法:

> 我先把意思翻译出来,在译文中,在原文里无实在意思的音节的地方添加小词,然后改变这些小词,以便让其大概成为"只是"声音,接着,在有实际意义的每行中或多或少缩成原文的密度,如把"所有是/现在一些是这里/我的"变成"所有现在这里一些是/我的。"

罗森伯格正在朝朱可夫斯基的卡图卢斯指引的方向前进:甚至以牺牲意义为

---

① 纳瓦霍人:散居于新墨西哥州、亚利桑那州及犹他州的北美印第安人。——译注
② 塞纳卡人:北美印第安人,易洛魁联盟中最大的部落,现主要住在美国纽约州西部。——译注

代价来追求声音。其目标是激进的当代性:纳瓦霍表演的时候也许听起来像罗森伯格表演的时候。

出现的是这一前提:实体是语言的基础,在某地由一语言实体所发声音也许可以被化作在另一遥远场所或时间由一发声实体所发出的相似的声音,不管政治实体界限所辖之内的句法和语义如何。朝向普遍人性发展的愿望一直存在于深层意象诗歌和阿尔彻灵加的部落种族诗歌中。1973 年,罗森伯格和夸莎(Quasha)轻易地指出:"这个大陆上我们所有人类的经历,"好像翻译可以跨越政治、历史、种族、阶级和地缘等的界限。古体的语言有可能代表永恒。罗森伯格称:"把我们带回到一些普遍东西的远古旧石器时代的标志,也许是在我们自己文化前最后真实的洲际文化。"从政治上来说,60 年代后期和 70 年代,对待诗歌的态度是开放的,而不是激进的。1972 年,罗森伯格在属性政治已经和种族区域互相分开的语境中陈述美国印第安诗歌时,他感到很尴尬。1972 年,他这样写道:

> 翻译的观点总是如此:界限的跨越不仅是可能的,而且也是称心如意的。凭借其内在的本质,翻译宣称或者至少暗示心理与生理结合的思想,尽管这种主张在分裂和瓦解日益加剧的时代似乎显得不可思议。现在所写的和翻译的每一首诗都游离于分裂的意识形态的表面。

这些年来,这种种族主义分裂的观点不受欢迎,而且还与本世纪末的属性政治格格不入。

我想,这些对当代的不同政治和文学评判的相互作用可以从杰伊·赖特(Jay Wright)作品中得到最好的印证。杰伊探讨了罗森伯格和其他诗人与《黄金时代》有关联的种族诗歌,发表了一首诗,即《科摩的双重发明》(*The Double Invention of Komo*)(1980),像这诗足有一本书那样长。该诗以一种传授叙述的方式把班巴拉人(Bambara)① 和多冈人(Dogon)② 的宇宙论思想融合起来。它表面上似乎是表达意愿,要拥有再生的宗教诗歌,好象赖特是在对哈特·克莱恩(Hart Crane)的禁令作出回应,此则禁令是"对我们撒谎,让我们回到部落的早晨!"编辑们多次要求赖特附加说明,主要是因为他在世俗的读者和宗教的题材之间没有建立起清楚的反思的基础。在这一点上,他似乎靠近诗人邓肯和格罗斯曼(Crossman)。他们两位一致地使用宗教诗歌

---

① 班巴拉人:指西非黑人。——译注
② 多冈人:居住在西非马里东南部,布基纳法索的部族。——译注

和萨满教诗歌的特权。然而,《科摩》(*Komo*)是用以纪念人类学家马歇尔·格里奥尔(Marcel Griaule)。他的作品,连同其他人类学家的作品,在诗的后记里得以承认。尽管赖特试图用英语重新创造出班巴拉和多冈仪式的感觉,但是他满足于在世俗与非洲宗教间保持距离。他曾经说过:"诗歌不是仪式。诗歌的目标,不管是以前的还是现在的,总是将具有批评性和创造性的观点附在扩大的经验领域之上……"

赖特所尽力拓展的诗歌创作,是以种族政治的开放态度为基础的。在《科摩》中,他提及出于一种文化杂交意识,他才回到非洲根源。"在我的血液中我提高了种族的三位一体。"

  我重新回到这条路上
  对所给予的东西
  表示不满。

  我已经得知
  在我体内分裂的血液中
  有上帝的赐福

他争辩说:"我们美国非裔黑人已经做好充分的准备,允许别人剥夺我们的另一个自我。在其他文化中,没有一个美国黑人可以躲避植入其他文化的命运。你可以不同他们见面,避开他们的同化……所需要的是仔细想想你拥有什么东西。我认为我们所拥有的比我们所知道的和愿意承认的还多。"赖特不是以想象自身的非洲特性开始,而是以承认他的属性没有任何本质开始:

  我的存在的种子
  没有存在
  除了在关注
  的行动中
  ……
  你知道我有
  不出场的本领。
  ……
  父亲——我称你为——
  不出场的恐惧精灵,先前

第六章 翻译

遭到了拒绝。

《科摩》中最抒情段落之一是关于儿子重新回忆和重建他那位不出场的父亲,尽管该段落也有部分关于家长式的基督教上帝。叙述者似乎已经失去过着放荡生活的父亲。在美国叙事层面上,这位父亲代表隔离、迷失和驱逐:他离家出走。赖特的属性感来自这种迷失感和不出场感。历史的过程是一种重构,通过询问、关注和同情来完成,赖特对沦陷之前非洲的黑人的民族性不感兴趣,成熟的工作是一种重建。这种政治策略是谨慎的、开放的,而不是激进的,他曾经说过:"我们绘制了一张世界蓝图,在那里所有的关系都是井然有序,但是所有事件的意义在于其导致协商、和解和自我实现,即一体化的能力。"一体化成为衡量所有行为意义的尺度。

很显然,这里赖特的意思不单单指种族的融合,但是他也指出了这一点。融合是他到处所看到的形而上学过程:

> 事情总是来来
> 往往;
> 总是有行动,
> 是存在的逐渐联合。
> 一切事物,
> 通过联合的力量
> 将会继续;
> 原罪将转变方向
> 天真是不注意
> 那声音,它将哺育你。

我们朝融合方向迈进多远?很远,这是该诗所给予的答案。有三个原因:首先,仪式的基础通常是"分离、过渡和合并"。孩子就是通过这一过程长大成人。文化将分离之后的东西告诉人们。其次,美国黑人采用大胆的术语展现这一过程。"你务必注意到这个过程中分离的中心地位……那种论证是美国黑人经验的范式,意识到危险、分离、自我异化和最基本的和解。"第三,这个一体化的过程包括很难公开承认的有意识的决定。但是私下里,通常是秘密的,文化总是在跨越:赖特就有三次跨越。他把美国非洲裔和美国黑人非洲裔区分开来,因为许多美国非洲裔看起来并不黑。问题不在于文化是否一体化,而是在于个人是否注意到他们的文化和身体已经将可以理解的差异一体

169

诗歌、政治和知识分子

化。赖特把多冈和班巴拉的神话和宗教习俗译成美国黑人诗歌，这为政治运动提供了依据。在美国语境中很难大声疾呼支持某一政治活动，尽管事实上许多美国知识分子都致力于种族融合，这里，翻译过来的文化的权威（比文本更有意义）为追随者多于倡导者的事业——融合派的政治提供了发言的机会。

米沃什是居住在美国的三位诺贝尔桂冠诗人之一。他们三人都不是在美国出生，父母也不是美国人。但是，他们都接受这个自我贬低的文化，不仅仅是因为这种文化对他们评价很高。西文·柏克斯（Sven Birkerts）承认："我们不指望从我们的（美国）诗人那里，甚至是最好的诗人那里，获得关于如何面对恐惧的启示……每当心灵感觉到恐惧，人们总是读米沃什、曼德尔施塔姆（Mandelstam）、策兰（Celan）、蒙塔莱（Montale）、阿赫玛托娃、兹比纽·赫伯特（Zbigniew Herbert）、希尼（Heaney）和布罗茨基（Brodsky）的作品……"诗人布鲁斯·默菲（Bruce Murphy）也附和道：

> 文学专刊、大众化出版社和出版商等使得一大群东欧作家的名字家喻户晓，如米沃什、约瑟夫·布罗茨基和兹比纽·赫伯特等。人们总是听到一些笑话，是关于东欧普通百姓小心对待"圣文"经过传阅留下来的手稿，甚至是口头保留下来的诗歌。这些问题不可避免地再次提起：伟大的美国诗人何在？美国诗歌是否已经沦为个人自白和琐事呢？为何我们的诗歌缺少公众的、政治的关联？这些问题的答案通常是我们没有历史的重负，没有国家的压迫。正如米沃什所说的，在这种国家的压迫之下，"诗歌不再被异化"，不再是"社会中的异物"，而是变得比面包更重要。

米沃什代表这种另类诗歌。他的许多作品通过译者（现在是美国桂冠诗人）罗伯特·哈斯和罗伯特·品斯基等呈现给美国读者。和经过翻译所能得到的诗歌相比，美国诗歌显得苍白无力。米沃什的作品正是这种观点的最好证明。

米沃什把自己说成流浪者，这具有广泛的影响，他并没有因为居住在加利福尼亚的伯克利，就不把自己看成立陶宛人，他坦率地宣布他作为作家的荣誉来自东欧的身份和他个人所经历的20世纪的历史。但是，接下来的有关权威的宣称却是自相矛盾的，因为他疏远曾经塑造过他个性的那个文化，而权威正是来自这种疏远。作家们经常说流浪唤醒对失去家园的回忆，强化对

第六章 翻译

失去的喜爱的东西和风景的感情。流浪作家通常是爱国者。但是，米沃什不这样认为，尽管这对他的事业影响很大。他很有意思地指出成为美国人是有可能的，因为在这里移位很基本：美国的"居住者总是遭受无家可归和没有根源之苦，后来被称为异化。（因为除了印第安人之外，谁不是外来人呢？）"轻松的同化是米沃什通常称为具有破坏力的形势的副产品，很令人欣慰。他年轻时不打算成为诗人或者教授，而是要成为一名自然主义者。他想要的工作生活也许会要求他专注于立陶宛本土的风光和生活。然而，战后当他成为波兰驻巴黎领事馆的文化随员时，他知道他已经选择知识分子的生活。这种生活既依赖于他远离祖国、又依赖于他不情愿放弃护照接受流浪生活，这很自相矛盾。由于住在巴黎，他获许"出版有辱于（苏联马克思主义）方法论的无礼文章和诗歌。"如果他住在华沙或者维尔诺，他就不可能那么自由。他被容忍留任巴黎，是因为他叛逃的危险性不是很大。"我比其他人更依恋我的祖国。我是个诗人，只能用母语创作。也只有在波兰才有我可以与之交流的大众，他们主要是由年轻人组成。"战后的波兰政权和东德一样，知道大部分作家很不情愿和读者分开。他这样写道："对我来说，流浪就是地狱，是最不幸的，因为它意味着迟钝、不活跃、缺乏创造性。"

米沃什利用其逆境，展示我们时代的文学品味。在美国文学语境中，流浪作品有另一种独特的好处。流放者没有文化包袱：首先，没有使用母语，但是有很多其他东西却也被搁在路边，受到冷落。他们的作品是借用的衣裳，不管他们的波兰诗歌被译成英语，像米沃什的诗作一样；或者他们用英语创作，像约瑟夫·布罗茨基一样。然而，众所周知，一个与外语为伴的人，他会借用外来语表达一些东西，因为这比较简单。庞德在《诗章》中要表达缠绵情感或者至爱信念时，他使用法语、意大利语，甚至拉丁语："le Paradisn'est pasartificiel"；"tell Carno, te amo"；"amo ergo sum"……米沃什和其他许多流放者在东欧历经灾难性的生活，这使得他们移居美国。正如米沃什所说的，这种灾难性的生活将他引到简明朴素这一风格宝藏。他宣称，与出生于美国的同事相比，东欧的流放者更容易接近人类生活的基本的和中心的问题。米沃什于1953年写道，"我不是从历史学家枯燥的笔记中了解以往的事件。对我来说，这些事件栩栩如生，犹如所熟悉的朋友的面孔和眼睛。"

他这里所要的支持是美国文学界的常规：我身临其境、目睹实情。我们总是想听听这种人的观点，他的译者罗伯特·哈斯冷嘲地回忆起60年代后期他对米沃什的印象："他是这样的一种人：亲眼目睹那只巨大野兽的兽行，并将可怕的事实如实相告……"也翻译过米沃什作品的罗伯特·品斯基曾经道出那个广为流传的观点，即"经历过极权主义政治的地方是这种直接探索

176

⊙诗歌、政治和知识分子

（思想和信念）的沃土。然而我们很幸运，一百多年来我们的国土没有经历过战争，也没有经历过极权主义政治或警察国家。而这种幸运使得我们更无法产生出这种作品。"米沃什的独特经历首先是第三帝国的扩张，纳粹时代是"对每个作家的考验。现实生活的真实悲剧促使想象中的悲剧成形。我们任何一个人如果不能表达集体的绝望或者希望，就会感到羞辱。剩下的只有基本的感觉：恐惧、失去亲人的痛苦，对压迫者的仇恨和对受害者的同情。"在这种语境下，某些文学常规变得格外引人注目：题材至关重要；真正的诗歌必须联系实际。"也许只有那些面临死亡之人的眼中具有价值的作品才有意义。"再见了，乔叟、蒲柏和拜伦。从文体学的角度说，追求简单的压力——一种朴素的措辞——和直截了当的散文句法在1945年之后觉得既合适又友好。一种表达不清楚的似乎最可信，更不用提流畅了：根据米沃什的观点，"有时真情的流露（尽管是结结巴巴的）胜于字斟句酌。我们本来可以说得很多，可是内部声音阻止我们这样做。这种内部声音是明智的。"短小精悍、朴素纯洁的诗歌适合于米沃什所讨论的经历。他说："可以说环境净化我们模糊的感觉。我们不时地面对这种环境。它们将所有多余的东西从我们的感觉中剔除出去，将其浓缩成简洁的几行。"

1939年9月纳粹入侵波兰。这正是清洁净化的催化剂。结果一些普遍的题材又受到作家的青睐，而一些话语完全失去其可信度："这一漫长的可怕的过程使我们从自欺欺人的谎言、幻想和遁词中清醒过来；晦涩难懂的东西变得显而易见；只有农村的水井、木屋的屋顶，或者犁是真的，而不是现在回忆起来具有辛辣讽刺意味的政治家的演讲。土地一片荒芜，好像是没有国家的人们只能拥有这样的土地，没有任何安全感。"令人惊奇的是，在这一点上，米沃什非常接近威廉斯："我相信五种感官，直接面对赤裸裸的事实，但是在我和我所看见的和所接触的之间，隔着一层玻璃——我的自然观……"战后转向威廉斯的年轻诗人，诸如克里利和奥尔森等，不仅对韵律的争论，而且，更重要的是，对国际上思想和意识形态所引起的世界纷争的厌恶作出回应。他们都将历史看做幻境，或者米沃什所描绘的精神思维的迷宫似的茧。米沃什想完全逃身于此茧之外，尽管他承认威廉斯从未承认的事实，"我们无法一丝不挂地生活。"但是，米沃什的读者在乎《党派评论》，而不是《黑山评论》。在纽约，对纯经验的崇拜有其政治意义：它意味着反对乌托邦的意识形态。从文学方面来看，这种崇拜依赖于中欧作品的翻译，支持纯朴的，甚至是平淡的风格——没有个性特征，平淡无味。

记者们庆幸诗人不同寻常的生活和经历，这种事情是司空见惯的。然而，诗人兼批评家们提醒读者，只有诗人的作品才值得庆祝。但是，就米沃什来说，甚至连诗人兼批评家也走记者的老路。他的诗歌被当成展示一种特殊生活的记录，而不仅仅是创造物。西默斯·希尼曾经表达对米沃什的短诗《咒语》(*Incantation*)的仰慕之情。他的表述方式很大程度上说明了这个问题。

> 很明显，写这首诗的人曾经抵抗纳粹占领波兰而战后却脱离波兰人民共和国，而且用余生的背井离乡和自我审视来偿还这一原则和所有的痛苦。其实，此诗是红利，随着正确而伤痛的决定所引起后果中的生活而增长。由于这种超越文学的考虑，它得到英语读者的钦佩。因此，它是许多其他诗人的典范之作，特别是在苏维埃共和国和华沙公约国家的诗人。他们的诗歌不仅证明诗人拒绝丢弃自己的文化记忆，而且验证了诗歌作为人类必需的基本活动的持续功效。

正如希尼继续提出的，对东欧诗歌的称道产生了尴尬的殉教者名册，但是它提醒美国读者注意诗歌的题材来源与权威。如果美国读者视诗歌为边缘，那么翻译显示艺术本身没有过错。这可能是，正如希尼所说的，诗歌的"伟大正在偏离［英语］"或者，人们可以说从约瑟夫·爱泼斯坦（Joseph Epstein）和其他许多诗人身上，美国诗人尚未负起他们的艺术责任。这种对翻译诗歌的欣赏性反应带来的问题具有挑战性：美国诗人，如果他们希望拥有读者的话，要创作类似的作品。

有许多原因反对用传记方法对待东欧诗歌，但是，这正是米沃什本人或多或少要求的方法。他在自传中写道："通过将个人和历史事件浓缩进我的诗里，我创造出西方人们很少碰到的一种混合物。"他不仅仅简单化地描述纳粹入侵东欧或者大屠杀的经历。在自己的诗歌里，他建立起个人对这些重大事件的视角。他的诗歌精心地被当成历史的见证，他的读者和合作者非常满意，相信他说到做到。

我们得承认，米沃什对历史思想的论述——早在他的作品受到青睐以前，这一思想已经成为美国诗歌的固定特征——经常产生一种沉闷的忧郁。

> ——因为历史
> 不再让人理解，我们的种类
> 不是由理性的法律支配。
> 其本性的边界无人知晓。
> 和你、我个体的人类不一样。

诗歌、政治和知识分子

但是用诗人的弱点来评判诗人,这是没有道理的。应该阐述他们的优点,因此,米沃什的作品很伟大。

如果人们所说的历史指的是有关过去的重大事件如何塑造现在的叙述或阐释,那么很明显,读者、记者和批评家肯定不想让这种事情出现在诗歌里,否则,查尔斯·奥尔森就会成为读者欢迎的诗人。历史通常不是指对过去作阐释,而是对过去本身的力量作出阐释。据说,某些诗人感到这种力量,并且记忆犹新,他们或多或少体现这种力量。这很重要,因为作为话语主体的历史被当成知识的源泉,尽管那些抱怨美国诗歌里没有历史的批评家不用向诗人学习知识。他们反而在寻找感觉,希望记起过去,像充满回声的房间一样,将那种感觉的意义放大。在米沃什的作品中,对于历史作为力量的回应过程中产生的感觉不是那种似乎适合历史作为知识的那种感觉,这很有趣。历史知识通常是相当复杂而并非简单;它是经过彻底沉思反省,而不是直接的、肯定的表白;是非个性化的,缺少同情心。这是不是米沃什的诗歌所要表述的内容呢?

忏悔 (*A Confession*)

我的主啊,我喜爱草莓酱
和女人胴体的淡淡芳香。
也喜爱冰镇的伏特加,橄榄油中的鲱鱼,
桂皮和丁香的芬芳
那么,我是哪种预言家?为什么精灵
光临这样的人?其他许多人
理应得到这个称号,值得信任。
谁会信任我呢?因为他们看到
我如何喝光酒,狼吞虎咽,
贪婪地盯着女侍者的脖子。
我一无是处,而且有自知之明。嘲笑伟大
能够辨认伟大,不管在哪里。
但并不很有洞察力,只是有些,
我知道留给像我这样小人物的东西:
短暂希望的宴席,骄傲者的聚会
驼背者的锦标赛,文学。

于伯克利,1985年

第六章 翻译

这首绝妙的短诗是和哈斯一起翻译的。对我来说，它离历史知识很遥远，这并不是因为历史在诗歌中没有被提到。此诗的乐趣在于超凡的魅力来自对人物条理清晰的描述，而不是来自任何当地生活的独特描写。米沃什的诗歌始终以普通的方式唤起意象，就像这里一样。甚至通常在他最好的作品里［如《在音乐里》（*In Music*）］，感伤地记起东欧的多弗莱本（Dorfleben）。他的其他诗歌里，如《经过废弃的路》，把城市作为历史寓言的发生场所。伏特加、鲱鱼和桂皮在这里象征东欧的温雅的乐趣，可信度高，效果极佳。忏悔很明显是可以宽恕的。作者用草莓酱开头，真是妙不可言。这首诗歌的力量在于令人信服的含蓄和有所保留：他对自己了如指掌，轻松自如地部分说出许多东西。例如，胴体的乐趣似乎是天真无邪的，但是忏悔却是真的，因为烦人的问题是他如何获得食物、饮料和女人，他要背弃什么信任。他因此背弃信任在一系列问题中得到默认——这又可以宽恕吗？是骄傲吗？他没有质疑精灵是否真地光临他，而且许多东西是假设的。"渴望伟大……"他在别的东西里看到伟大的能力源于——雄心壮志，努力奋斗和羡慕妒忌。他的腐败，就像他的伟大一样，与其他的腐败紧密相连，一同出现——驼背者锦标赛正出于此：没错，他尖锐地指出他的贪婪（第二部第9—10行）。但是，对他来说，问题的关键不仅仅是他的易腐化性这一事实，而且是作为公正选拔出来的他们看到了这一点。最后一行作为文学生活的特征振聋发聩，但是经过这段演讲之后，显得有理，也许只是得当。

　　米沃什总体上，而不是简单地将自己陈述为碰巧经历某一历史事件。他公开辩护说，20世纪不能以科学的和技术的成就，或哲学的发展来界定，而是要以历史发展到新地位这一高度来界定。他写道："在现代，形而上学的巨大运作在于试图赋予历史以意义。"他在1953年说过，历史"在这一世纪里已经取代了上帝。"一方面，历史的发展得益于马克思主义者的努力。他们试图使残酷的压迫合理化：进行革命时必须作出牺牲，未来会证明他们是正当的。这是斯大林主义者的逻辑，米沃什对此很痛惜。另一方面，他却同意，新的斯大林主义信徒们理解明白他们的时刻：历史的奖惩是现代作家可以祈求的最高权威。米沃什就是寻找这一点。

　　然而，从历史学方面来看，米沃什是个严格的阐释者。历史证明人民无所不能，他反对启示者或科学的（斯大林主义者的）思想：历史"受制于不可动摇的、人人皆知的法律"，尽管这是马克思主义者主张历史权威性的基础。相反地，对重大事件，他表达这一思想：只有当人们亲眼目睹一些不可想象的东西在现实世界中发生，才能理解政府与政体的短暂无常。一战期间，米沃什是个孩子，他和家人住在遮得严严实实的货车中：历史完全是变化不

◉诗歌、政治和知识分子

定的，生活"迂回曲折，永不停息"。他相信那些没有亲眼目睹自己家庭被毁、自己的政府解散的人无法理解生活的含义。他对于西方，特别是美国作家的傲慢，源自这一观点。"东方人不能认真对待美国人"，米沃什在一本写给美国读者的书中坦言写道："因为美国人从来没有这样的经历，这样的经历教人懂得，自己的判断和思维习惯是相对的。"由于缺乏历史感，美国人天真地以为他们的政体和环境是永恒不变的。

　　米沃什对美国文化的理解是欧洲人的普通看法。然而，诸如米沃什的欧洲人很天真地认为美国没有历史。这完全不同于另一思想——美国人天真地忽视自己的历史。米沃什在自己的散文中只有一次注意到欧洲历史和美国历史的相似之处：当他在反省多纳党（Donner）的勇气时，他联想到集中营中犯人的毅力。为什么这位具有双重生活的人，一边是欧洲人，另一边是加利福尼亚人，很少注意到欧洲文化与北美文化的相似之处呢？他曾令人深省和不无失望地认同这种相同之处，这种相同之处是两起历史事件本身都是危言耸听的。欧洲人喜欢以极端主义的眼光来看待美国历史：奴隶制、种族主义和战争等都是欧洲人讨论美国历史时会出现的话题。米沃什也许确实了解一些美国的社会史、经济史或者外交史等。同类相食和种族灭绝都是历史中的恐怖污点。危险是历史被认作歌剧。

　　这并不是说米沃什事实上排斥美国文化。他不断地反复强调美国的知识成就、文化成就、以及诺言。他说"很明显，它［美国］正在变成世界上最富有诗意的、最有艺术性的国家。"由于美国投资于研究和高等教育，他认为其未来无限光明。1983年他在哈佛大学的诺顿演讲中坚持认为，我们时代的诗人对因科学知识膨胀而引起的挑战未能做出充分的反应。他所看到的美国未来不仅仅是其繁荣的文化效应；他的思想甚至更进一步，曾经给他力量和谦卑的美国经历充满残酷。在他看来，美国经历确实巩固了对"超越意识形态"的未来的冷战幻想。这里，他不仅看清了乌托邦意识形态的愚蠢，而且更加看清了未来的知识控制的局限性。在这里的生活尚未平庸之前，欧洲人通常就美国人的自满而表达出恐怖之情。他将美国经历理解为根本的"腐蚀"：在美国人的生活中，信念、价值观和希望等皆被抛弃。美国帝国的生活，就像罗马帝国一样，是粗暴的温床："美国把你推向墙壁，然后将淡泊的德行强加在你身上——要尽你所能，保持超然的姿态。这种超然来自意识到的无知、幼稚、以及所有人，包括自身的不完整性。"正如米沃什所说的，美国"无意中成为现代生活的先锋"，因为世界各地的社区必须接受与过去分离；各地的等级制度已经土崩瓦解，而到目前为止，美国人幸免于这种崩溃并早已遥遥领先。

第六章 翻译

本纪上半叶，年轻诗人不得不考虑待在美国的成本，就像威廉斯、史蒂文斯和莫尔等一样。早期决定移居伦敦这一文学大都市的庞德和艾略特似乎更明显地在创造文学史。本世纪下半叶，风水掉头转。英国诗人不得不时刻关注美国所发生的事情，除非他们想加入拉金（Larkin）好斗的小英格兰主义。二次大战以来，世界各地的诗人前往美国，作为诗人生活在美国。美国文学曾经笼罩在英国文学的阴影之下。不像波兰诗人和美国诗人一样，英国诗人和美国诗人无法抛弃两国之间文学对手的想法。人们可以通过列出到过纽约、波士顿和加利福尼亚的诗人的名字来衡量二次大战后美国文学帝国的上升。人们可以通过关注英国诗人，诸如唐纳德·戴维（Donald Davie）和汤姆·甘恩对美国当代诗人作品的重视程度来评估美国诗歌的意义。

跟米沃什一样，唐纳德·戴维也在旧金山港湾地区生活了许多年（1969—1978）；接着他前往田纳西州的纳什维尔（1978—1988）。但是与米沃什不同，这里，戴维只有一小群读者。人们从他那里得知更多的是关于上半世纪美国现代主义的国际影响而非美国读者的口味。戴维是美国现代派诗歌，特别是庞德，最敏锐的评论员当中的一员。他的知识生活与庞德的文学成就紧密相连。在战后的开明民主的时代里，他数十年担心现代主义的道德意义和政治意义。戴维不断地著书探讨庞德的生涯对使用英语语言的诗人来说意味着什么。帕洛夫写道，庞德作为诗人的遗产在四个方面是无可争议的：

> 一、推动简洁，特别是，直接——精当的词语（le mot, juste）；二、"打破五音步诗"格律，提倡"音乐性"的自由体诗；三、动用翻译作为创造渴望他者的手段；四、诗歌是"部落的故事"这一新概念不再将抒情凌驾在叙述之上……而可以综合当代和古代，经济学和神话，日常行为和高尚行为等。

她简洁地论述庞德的影响，尤其强调最后一个方面。她如实地争论说，这一方面在近期的美国作家当中尤为重要。帕洛夫眼中的庞德很显然是现代主义的领袖人物，尽管她当然清楚庞德的作品并非完全是现代主义的。戴维是个彻头彻尾的英国诗人，对他来说，庞德的重要性只是部分地与现代主义的风格相吻合。人们只需回忆戴维的短小的三步抑扬格诗歌，《埃兹拉·庞德在比萨》（1969），便可看出戴维这一代英国诗人追求简洁的动力通常与重读音节韵律巧妙吻合。韵律始终使戴维、拉金和汤姆·甘恩的诗优雅和精确。这在《诗章》中特别明显。帕洛夫和米歇尔·安德烈·伯恩斯坦（Michael André

诗歌、政治和知识分子

Bernstein）对此进行过详细的论述，即话语的混合。他的论述偶然间同情了斯坦福诗人兼批评家伊弗·温特斯的反现代主义原则。

庞德的早期生涯向戴维清楚地表明，诗歌可以进行深层次翻译，而且诗人通过阅读和书写这些译作而受益匪浅。诸如布莱和洛厄尔等诗人转向翻译是为了认清自己的作品，增强自己的创作活力。庞德用优生学的语言和19世纪末20世纪初的修辞手法对翻译提出了相当不同的见解：一种文学也许可以与另一种文学"杂交"，使这个民族或者种族的读者（对庞德和当时的许多其他知识分子来说，"种族"和"民族"是同义词）获得不同的思维方式、感觉方式和言语方式。如果没有翻译，这些东西是不可想象的。根据这一观点，通过翻译而进入的异域元素（"渴望的他者"，帕洛夫语）是对目标语的传统进行的补充。当戴维对自己的成就和自己同胞的成就失去耐心时，他便将注意力转向俄罗斯诗人和美国诗人。哈斯曾经说过，他也是不满于60年代后期和70年代早期的美国诗歌才转向米沃什的译作。现代主义者庞德和叶芝转向表面形象寻找不同的声音。庞德和戴维自责时将表面形象搁在一边，用自己的声音与自己对话。

庞德更大程度上是作为允许戴维写作的英国文学传统的替换物而不是作为翻译的补充进入戴维的诗歌。庞德的例子已经指责了戴维，而且相当厉害。戴维肯定使用过庞德式的语言或者人物来补充自己的写作，但是更重要的是，庞德的作品让戴维觉得自己是个迫切想要自我批评的知识分子——而且也向他展示自责的文学来源。戴维的好诗，《在即将停下来的火车上》（*In the stopping Train*，1997），总体上批评了知识分子的生活，特别是指控某一英国诗人的情感生活。人们想说是戴维与《在即将停下来的火车上》的主题的关系很令人伤脑筋，而不是指责其本人。庞德的例子帮他获得一系列的感觉和表情，如果他接受自传性的忠实精确，也许就无法获得这些感觉和表达了。庞德作品的责备模式作为文学典范存在，不以庞德的或戴维的独特的生平而转移。

很容易定位庞德这位责备者。在《休·塞尔温·莫伯利》（*Hugh Selwyn Mauberley*，1920）的开头（批评家戴维经常借用这首诗），庞德说莫伯利有多不好：

"一开始便错了——/不，几乎没有，看到他出生在/一个未开化的国度，陈旧落后……"这首诗众所周知的难解之处是如何把作者庞德与组诗的主体人物莫伯利剥离。这首诗是否完全是对早年庞德的批驳？不，不完全是。庞德究竟自我反省到何种程度并不完全清楚，零散的句法就暗示了这一点。20多年后，庞德在《比萨诗章》（1948）中再次奏起了自我反省的调子。

第六章 翻译

我曾怜悯过他人
或许不够,而且是在我自己
方便的时候(《诗章》第76章)

60年来我一直像青年时期一样冷酷(《诗章》第80章)

这是庞德的创作中不常有的迷人时刻。如果相信这些著名的诗句表达了彻底的自我反省,你还可以在《比萨诗章》中找到其他片段来证实庞德心存悔恨:"宽恕吧,但愿所有人都愿意宽恕我们"(《诗章》第74章)。庞德的确认识到了自己的某些不足与失败,然而在《比萨诗章》中大量的例证说明他最终仍无法安于悔恨。不管我们如何希望他抛弃法西斯思想和反犹情绪,他的悔意并没有到达这一步。庞德对其自责限度的勾勒恰如其分。

戴维等人不无道理地指出,《比萨诗章》预示了50年代末和60年代初出现的自白诗。庞德一举打破了现代派诗歌非个性化的樊篱,以生动透彻的笔触表现了自传题材。但是,相关的自白意识不仅仅局限于自传范围内:更重要的一点是,在这里诗人对自己进行了反叛。也就是说,自白针对的不仅仅是拥有的个人生活,更主要的是人类的种种失败与腐化。这便是戴维同华兹华斯式自白与波德莱尔式或者拜伦式自白的区分:华兹华斯式自白针对的是善——即拥有一种丰富的个人生活,而波德莱尔或者拜伦式自白针对的是恶。洛厄尔在自白中坦言曾无视父亲的慈爱。对于我们笼统地称为自白诗的自传性诗歌,戴维一直是一位严厉的评论者,然而《在即将停下来的火车上》清楚地探索了自我揭露的可能结果。只有为数不多的诗人感到有必要对自己进行反叛,甚至对指导自己数十年的诗歌创作原则进行反叛。庞德先于1920和1948年进行了这样的反叛,戴维于1977年同样做到了。谈到那些通过尝试创作长诗或其他作品从而把早期作品扩展到更广泛的艺术种类的诗人们,我们不免要提及他们的抱负。然而,有另外一种抱负,它使人希望与自己的成就决裂,将其打翻在地,扬长而去。

《在即将停下来的火车上》的第三诗节和第四诗节之间,当戴维说到"像'月桂树'这样的辞藻没有用处/他憎恶自己的伙伴……"时,一个关键的主题缺口被弥合了。一边是诗人对自己的词语指涉对象的陌生:他能说出花卉的名称但却无法识别它;另一边则是他对他人的仇恨。在这两个主题之间之所以没有明确提供任何联系,恰恰因为诗人无法自信地解释一方是如何涵盖另一方的,尽管他能感受到。其言外之意是,对于这种对应联系,没有任何解释能进行完全恰如其分的说明。

诗歌、政治和知识分子

> 他永远不需要去看，
> 除非借助于他的艺术。
> 他永远不需要使用
> 鼻子，除非为了语言。
>
> 用他的仇恨折磨他，
> 用他虚假的爱
> 折磨他。用揭露这一切虚假的
> 时间，折磨他。

时间是"极端的折磨"，因为它夺走的不仅仅是强烈的感受力，而且还有希望，这正是停着的火车的问题。停车并不是问题；问题在于"最后的／起始，小小的一站；是的，／没有持续下去的那一个。"一个没能持续的开始是一个无法支撑下去的希望。戴维偶尔诉诸普通人的观点，认为美国人较之欧洲人更有可能怀有希望。对于汤姆·甘恩，他说："希望萌发并不永恒，也不普遍。"

> 然而，对于我们这些朋友［在美国这儿］，
> 它萌发着，萌发着。我们能分享它么？
> ……我们在这儿做什么？
> 我在做什么……

同样，在《回忆乔治·奥本——致英国友人的信》（*Recollection of George Oppen in a letter to an English Friend*）的结尾，他说：

> 　　　　无法
> 从乔治，或者乔治的写作中获得任何帮助：
> 虽然他取得了惊人的深刻，
> 我没有信任过它们，现在还不信任它们。
> 然而，希望，他有过如此的希望，如此
> 总是怀有希望的政治！希望是一个艰辛的事业
> 我希望它的咆哮活跃你们
> 西部的山谷，如它的低吟在我的山谷里那样。

《在即将停下来的火车上》中的自省正是在希望耗尽的时候出现的。不过，戴维也只是把希望当作其山谷中低吟的细风，将它仅仅当作某种异域元素，移植进自己的生活和工作中。在上面所引的两首诗中，希望的缺乏被认为是这些英国佬共有的问题。不过，他也诚恳地指责了自己"……过于拘谨/错误地决意永远不要听起来像惠特曼。"他不断地将其自身气质以愤怒为主基调进行表现。在另一首自我反省的伟大诗作《冰上魔鬼》（*Devil on Ice*）中，他这样评论自己："啊，我曾是一位炮手，服务于任何人的愤怒之师。"当他说道"我固执己见而又愤世嫉俗，/不顾他人，粗暴生硬，消极沉闷，/喜怒无常，暴躁又粗鄙"时，他是在实话实说。此话出现在其生命的晚期，不禁令人唏嘘：此时已经太晚了没有改变的可能，而人们唯一能够企求的东西就是自我认识。

希望，一种开始后可永远支撑下去的感觉，正是他想从美国诗歌中得到的东西。

> 一次又一次他展开挑战
> 气势汹汹，屡屡得胜；
> 没有人计算辩驳的
> 耗损。
>
> 一次又一次他迎接
> 明目张胆提供的时机；
> 没有人会因为挑衅的慢性谋杀
> 被处以绞刑。
>
> 一次又一次他称颂
> 自己采取的立场；究竟
> 有什么意义，根据哪条
> 法令，并没有记录。
>
> 一次又一次他硬起
> 心肠与知觉；
> 没有人知道真理
> 怎样变成了欺骗。

○诗歌、政治和知识分子

辩论本身正粗俗化，论战日久渐渐僵化。这首诗的力量不仅仅在于辛辣，它还能进一步让人看到，像前辈庞德一样，戴维也不能完全清楚他的自我反省要走多远。这首诗无法化简为任何一种批评，这里的诗人也并非简简单单就是戴维。在描述文字的生活如何麻痹了自己之后，诗人继而谴责自己的文字不肯安静下来：

> "麻木的文辞，保持安静吧！
> 作我蹩脚笨拙的绝望！"——没有用：
> 它们跳跃着，如微笑的土地
> 从车窗外掠过，双关语
> 亢奋的塔兰台拉舞。①

他僵化的文风既不能归咎于文字也不能归咎于英国本身，而要归咎于他自己。同样，在批评自己不能对爱完全敞开胸怀之后，他又讥讽了"那种愚蠢的先锋人物/……带着/某个怪里怪气的女孩去一个怪里怪气的/群居村，紧抓住青春。"在诗临近结尾出现的这种苍白的调子错误地提出愤怒的自闭与逃往某个群居村是两个不同选择。诗中一直存在模棱两可的表达，比如他闪烁其词地提到自己的绝望。这清楚表明，自我非难对这位作家来说并非易事。他正在挣扎着去接受自我批判，并把这种自我批判妥当地表达出来。

戴维承认他的妻子和女儿也许并非出于对他的爱或者同情，而是出于完全绝望才没有告诉他：他是多么自高自大：这一节是全诗最痛苦的段落。人们不禁要问，他如此毫无顾忌地牺牲家人，是想在诗歌中获得什么。答案似乎可以在诗集的下一首诗《他的主题》（*His Themes*）中找到。在这首诗中戴维采用了公然嘲弄的笔调，公开嘲讽了诗人得意洋洋的自高自大：他认为自己像浪漫主义者一样，是行吟诗人、预言家、立法者；像现代主义者一样，讲述着部落的传说。然而，诗人声称，这种宏伟抱负仅仅是散落的宗教，这个结论，对于戴维这样的基督徒较之现在持不可知论的读者来说，必然更有分量。

从一开始，戴维的诗歌中就一直存在着一种重要的折回。这是智性诗歌的优点之一，美国读者至少从新批评诗人那里就开始欣赏它了。《听到说俄

---

① 塔兰台拉舞：意大利南部的民间舞蹈，6/8拍子，因速度极快，早些时候被用以医治毒蜘蛛舞蹈症。——译注

语》(*Hearing Russian Spoken*)（1957）是戴维这方面的早期成就之一。但是，人们当时仍不可能预见到这种折回在戴维的后期作品中会变得如此严厉。《在即将停下来的火车上》使他的读者大吃一惊。他之所以走出人们无法预见的这一步，部分原因是因为他记得一位美国诗人怎样早在1920年尝试做过类似的事情，1945年在比萨更全面彻底地做了一回。

罗伯特·邓肯是一位庞德式的诗人，因为他像他的导师一样，希望自己的作品有宗教权威感。两位诗人都看到，文学文本巩固了经验的持久性。而反省的模式却是无神论的和世俗的，因为它拒绝来自共鸣、来自重复经验的权威。戴维1980年以来的大部分诗歌都具有明显的宗教色彩，但是戴维并没有套用庞德的宗教尺度。他眼中的庞德是一位具有犀利判断力的作家，而非超验主义的诗人。也就是说，引导戴维写出自己的最佳作品的庞德特色，并非源自后者的现代主义。现代主义作品，部分由于庞德的煽动，分散着东拉西扯的注解，使得评判变成了劝导。例如，"或许"便是旁生枝蔓式评判的一个关键词。庞德知道这个词在他的作品中没有地位，于是将其改换成法文："probablement pasassez（或许不够）"。当戴维引用这段名言作为他自己的诗作《布兰托姆》(*Brantome*)的引用格言时，他干脆把"或许"删除，误引为："J'ai eu pitié desautres./Pas assez（我曾怜悯过他人/不够）。"他搬走了庞德的模棱两可，很清楚这样的词句希望获得什么。他记忆中的庞德比实际的庞德更能坦率地进行自我非难。"Probablement（或许）"并不让人感兴趣，但是"pasassez（不够）"的严厉就大不一样了。这种跟自己的本性过不去的狠狠一刀令戴维着迷，同样，在比达特（Bidart）的《忏悔》(*Confessional*)与哈斯的《伯克利田园诗》中也有这种迷人的东西，后者的这首诗痛苦地回顾了自己所有的早期诗作排除在外的东西——酗酒和殴打孩子。由于采用了一种类似《在即将停下来的火车上》和《他的主题》的嘲弄性内部对话手法，哈斯渐渐远离了他在几首加利福尼亚田园诗中表现出的洋洋自得——于是这种写作手法又被十分有效地重新移入美国诗歌的中心。

汤姆·甘恩得到一笔研究生奖学金，于1954年来到加利福尼亚，师从斯坦福大学伊弗·温特斯学习诗歌。他至今已经在旧金山居住了四十多年。他的第二本诗集《运动的感觉》(*The Sense of Movement*，1957)显示出他对美国生活进行大众文化表征的浓厚兴趣：他写于50年代初关于摩托车小阿飞的诗作就是以马龙·白兰度和詹姆斯·狄恩的电影为蓝本的。此种文化产品曾高效率出口。甘恩一直坚持写格律诗，甚至在很多美国诗人摒弃传统诗歌的60年代也如此；从这一点来看，他一直保持着明显的英国特征，尽管他也写写自由诗。《黄花茗葱》(*Moly*)和《过渡仪式》(*Rites of Passage*)这类诗作，把美国青年文化的题材连同古老的希腊神话，移植进了当时的英式诗节中。不少读者注意到，诗体的严谨与其所表现的吸毒引发的迷乱，两者之间存在对比反差：这种解读把诗篇放在了形式与混乱相对抗的张力中。不过，人们仍然能够感觉到《黄花茗葱》采用的英雄双韵体所取得的聚合力，怎样适合几代人之间交战的紧张状态。

甘恩的作品把诗歌创作中的不同选择不断表现为同样也是人生的选择，但他的诗作表明，一般人关于格律限制的观念，用来解释诗人们所冒的风险，并没有多少分量。他对于性爱冒险和吸毒尝试的迷恋，常常也以一种特有的形式表现出来，以暗示英国人与美国人的国民差异。甘恩1992年的诗作所取的标题《差异》(*The Differences*)，不但是指个人意义上的差别，也是指民族意义上的差异。

> 背诵着艾德莉安娜·里奇描写柯尔和海特的篇章，
> 你的金发跳跃着如同街头小流氓的头发，
> 你矫健的步伐简直有些狂妄，
> 矮个子男人，泰然自若地举目仰望，
> 那大胆而友好的好奇
> 令我坚信那无畏的清澈碧蓝
> 会使突击队员自愧难当。对于我
> 你是良知与勇气活生生的代表。
>
> 于是当你啃我的腋窝时，我就啃你的
> 我已把你同那种气息联系在一起
> 仿佛活力从你的毛孔跃出。
> 我试图迷失我自己……相反
> 我变成了长着铁牙的男孩
> 计划把整个世界一点点啃去
> 我的爱不是肉体而是在下面的思想里。
>
> 爱形成于我体内某个部位，
> （一位诗人说）那是记忆居留之地。
> 正像光线标出玻璃轮廓的边界，
> 人们能够透视进去，

第六章 翻译

爱形成于一束来自火星的
黑暗光线的入侵,它停留在有待成型的头脑里
它是一件作品,有感知,
灵魂,和意志力。

它是不透明的。

他的恋人完全是美国式的:热诚、鲁莽、无所畏惧、讲究道德、天真——并且喜爱另一种不同的诗歌。甘恩非常乐意受到指教。但当他本想把自己的不足抛到身后时,却又与之不期而遇。这段五步抑扬格交叉韵八诗行诗节的诗作恰好在预料要进行点题的那一点上出现了停顿。第 12 行的省略是为了从未出现的韵脚,这是关于恋人的气味的描写。这一诗行没有以对应的声音(或气味)结束,而是用了"相反"这个词。他没有放弃掉自我,而是重新发现了隐秘幻想的力量。长着铁牙的男孩是个机械魔怪,并非目光灼灼对视突击队员的天真汉。在第 3 诗节,甘恩直接让基多·卡瓦尔肯蒂(Guido Cavalcanti)的 *Donna mi Prega* 代为讲述爱的起源。卡瓦尔肯蒂正是通过庞德而闻名于现代诗坛的,他这首诗被庞德翻译过多次,因被用于《诗章》第 36 章而名声大噪,不过,甘恩在这里引用的并不是庞德的译文。乔治·德科(George Dekker)曾辩称,庞德的《诗章》的意义就在于卡瓦尔肯蒂拥有的语言能够分析爱的本质,但是庞德的翻译只能是晦涩的,因为英语没有这样的语言。庞德故意把自己的翻译搞得晦涩难解,就是为了示范从 13 世纪到 20 世纪文化的衰微。甘恩的诗是与庞德的对话,讨论的是爱的不透明性以及它在人们正认为自己即将获得自由之时将其拉入童年梦魇的力量。

自由是英国诗人考虑美国诗歌尤其是自由诗时的主要问题。在 20 世纪 20 年代,一些美国诗人,特别是庞德与 H. D.,帮助形成了英美版式的欧洲先锋艺术,曾名噪一时。意象主义在美国诗歌中留下了深远的影响。其创作原则之一——按照词语的音乐节奏创作——目的是为了引发出某种新的诗歌音乐,某种不囿于任何民族传统特性而发自于具体表述本身的东西。特别是庞德的超短诗,特意让人们感到它们是信手拈来的一瞥所见:

人群中这一张张面孔的闪现,
湿漉漉的黑树枝上片片的花瓣。

这两行诗实际的创作历程显示它们绝非是信手拈来的,不过它们仍然有意显

185

⊙诗歌、政治和知识分子

示出这种风格。甘恩说过,"自由诗吸引的是一种不同类型的经验,即兴创作。"在甘恩看来,邓肯是最近的即兴创作大师。自从《嚎叫》(1956年)发表以来,我们的美国诗歌就一直存在着对自发性的崇拜。此前不久,美国的爵士乐显示,一种新的音乐可以产生于即兴创作,而不是早已谱好的乐曲。甘恩发表的一首关于旧金山街头生活的诗作《即兴创作》(*Improvisation*,1992),显然与美国诗人们的创作准则有着非常清楚的联系。

> 我说过我们的生活是即兴创作而它听起来
> 舒展、自由,总之主意不错。
> 但是那样的东西很难持久:
> 唯恐自己只施舍长相好看的人而感到内疚
> 我决定每次见到他
> 给他一个铜板——这个年轻人长得真丑:
> 宽脸、兔唇,阔脑门上
> 贴着油腻的发丝。有一天他说
> "你总是来帮忙"而我确实如此,过去也是,
> 除了那次他正在发脾气
> 殴打一个女人,大家都走开了,
> 我装作没看见,感到羞耻。
>
> 多数时候
> 他栖息在没有施舍的人行道上,粪便
> 拉在公园的灌木丛后,很少痛哭,
> 裹紧身体睡在寒风里,蜷曲着
> 像一头野兽
> 满脑子想的全是
> 如何搞到香烟、毒品、酒
> 或者狂欢集会的门票,如何躲避持刀斗殴,
> 如何避开警察和疯子,他的生存
> 密布着细节如同意象派诗人的叙事诗,
> 印在破报纸上的唯一话语,
> 没有任何一个带有即兴创作这个词。

头三个诗行随意写就,承认一贯坚持即兴创作就像一贯坚持法律那样艰难,

第六章 翻译

这是一种人道的态度。第 4 行不无幽默地承认即便是他的利他主义也可能是对性欲的一种伪装。一个看来简单的解决问题的方法是承担不断给他铜板的义务。当然，这里的悖论是，不断地施舍一个丑陋的男人证明的正是他自己的可预测性。第 12 行所表现的羞耻比较复杂：感到羞耻是因为把目光移开，装作没有看见那位需要帮助的女人；感到羞耻还因为总是不得不对这么一个坏蛋行善；也许感到羞耻还因为没有直接、自发地涉入这个男人的生活，而他本想帮助他，或者像第 9 行暗示的那样，甚至这个丑男人以朋友相待。他退缩进浮浅之中，而在一开始施舍的决心背后就藏着这种浮浅（第 4—5 行）。

　　第二段罗列了丑男人生活的物质财产——人行道、粪便、裹在身上的东西、杯形糕饼、毒品。他的生活完全是浮浅的，"如同意象派诗人的叙事诗"。这是现代主义诗歌的精神本质，没有"即兴创作"这样的敬语帮助润饰美化它。然而，试图摒弃最初的命题——"我们的生活是即兴创作"——时会出现一个问题。人们能够不时自由地创造适用于特定情况的法律，这样说是很容易的。（第 5 行）一方面，正如第一节所表达的那样，即兴创作式的生活令人反感。然而，随意创造法律以补救这个或那个过度行为，这就充满了自相矛盾的难处。创造法律不能逃离即兴创作，而种种借口的即兴创作（第 12 行）也无法帮助人们规避人道的法律。从诗歌创作手法来看，这首诗无法想象，它有生动的细节，而没有现代主义诗学的先例，与诗中的叙述相比，后者显然相形见绌。

　　这对于英国和美国诗歌说明了什么？在那些大量涉猎美国诗歌的英国诗人眼里，对于美国诗歌的活力和权威的验证不是一个专业性问题。看起来，技巧问题不是主要的。相反，戴维与甘恩认为，美国诗人的成就在于对诗人和民众的生活产生了直接影响。戴维似乎在用他的私人生活验证庞德式的做法，甘恩也如此。甘恩在旧金山的街头验证意象主义诗学，他置身于那些民众，这些民众的生活似乎向主流社会提出质疑：它能否正如所宣称的那样，有效而民主地管理社会？

　　我这里所讨论的很大部分并非是通常所说的狭义翻译，但翻译的全部都是一种转承，所转承的有时是一首诗，有时是一种生涯，有时是一种非文本的文化行为。在所有这些处理过程中，都会对权威的根源提出疑问。外国诗人看待美国诗歌时，常常会像甘恩和戴维那样，寻找纯正性的权威。单单在某个异域之地或者文本之中寻求原汁原味通常有些感情用事，美国人对米沃什和其他东欧诗人的喜好通常就是这样；不过，批判性地检验任何声称的纯正性都是有价值的，这正是人们在米沃什、甘恩和戴维的诗作中得到的东西。

我想，我们不应该草率地谈及翻译的帝国主义，因为这些翻译常常激发令人钦佩的好奇，以及自我怀疑；而进行翻译的诗人寻求不同的体验，这些不同的体验常常是可能改变他们的工作或者生活而非巩固他们的权威。尽管当然会有一些可爱迷人的翻译借用了别的时代和地域的权威，但是仍有另外一些翻译质疑了我们这个时代的文化行为的权威，或者质疑了诗人自己的创作，最明显的例子是戴维的《在即将停下来的火车上》。翻译为思索限度与边界提供了机会。劳伦斯·维纽蒂颇有说服力地提出了在语言学的意义上标出这些边界的必要性。这里举例的诗人没有一个曾试图模糊或者忽略不同诗歌或文化之间的种种差异。这半个世纪的美国诗歌中，这种即兴艺术异常丰富，文本自身内部进行了明显划分。在最近的各种翻译中，的确不乏大胆和鲁莽的因素，但并没有太多自满。

结束语:诗人的地位:1995

想象一下,一位年轻的诗人怀着渴求、甚至兴奋的心情阅读杂志上的评论文章时的情形。评论家的观点可能会真的影响诗歌的创作。年轻的诗人也可能会从理论课的大量例子中学习诗歌创作技巧;同时,大学生们不会对于他们几乎同时代的诗作感到迷惑不解,更不用说对老师阐释诗歌的方法迷惑不解了。评论家会引导读者阅读诗歌,诗人也因此同他们的读者建立间接的关系。以上种种便构成一种文化,在这种氛围中提出文学是否有价值的问题似乎不合情理。与此同时,构建文学传统、一个时期的创作风格——简言之,正统观念也就容易多了。然而,一旦正统观念形成定格,人们很可能有很好的理由希望出现一个先锋派来抵御那些传统,因为如果没有既成的传统,就不可能有先锋派。其实在1937年,年轻诗人有罗伯特·洛厄尔,评论家有艾伦·塔特、T.S. 艾略特、R.P. 布莱克默和伊弗·温特斯。那是新批评的第一个繁荣时期。洛厄尔认为,"这世界正在被创新。"

 似乎一切旧作都没有被真正地读过。它们曾一度被忽视,被简化,甚或被删减成陈腐之作。但如今,人们首次还它们以本来面貌。正在接受新挑战的新诗随处可见,它们为争得一席之地正在痛苦地挣扎着。诗歌仍然没有流行起来,但是,被阿诺德称为文学,特别是诗歌有"巨大的前途"的预言似乎正在变成现实。

那个文学世界与现在诗人所了解的世界不同。那时的大学是令诗人兴奋激动的场所;人们对文学文化的繁荣寄予厚望,因为它热忱欢迎为各种艺术和理论学科作出的贡献。

洛厄尔记得的批评家都是诗人兼批评家。他们跟埃兹拉·庞德和约翰·兰色姆一样本身都是作家。近25年来，他们对现代主义是什么作出种种阐释。他们虽久已谢世，但他们的位置一直无人填补。的确，他们的位置已经丧失，因为当下的文学文化秩序与战前年代大相径庭。最大的变化就是伴随高校数量激增的文学研究职业化。1937年，现代语言协会有4200个会员，经费预算为23000美元；到1994年，会员达31864人，经费开支到该年8月已达850万美元。几乎从1960年起就出现诗歌职业化，不过，那时还没有几个研究生创作大纲，但现在多达230个。1941年，著名的英国文献学家、当时的斯坦福大学英语系主任A.G.肯尼迪（A. G. Kennedy）对伊弗·温特斯说，不能把诗歌同学术成就混为一谈，并说温特斯出版的作品使该系蒙受耻辱。温特斯认真地考虑了这一不同意见并试图另谋职业，但没有成功。20年后，温特斯在斯坦福大学院系每周一次的艾尔谷和果树午餐宴会上还谈及此事。一次，他的一个同行问他："伊弗，你总在谈论园艺和狗，从不谈文学。"据说他这样回答："那是因为你们当中没有人了解文学。"诗人和学术人士之间的敌对情绪双方都知道，并非什么新鲜事，虽然这种敌意在20世纪80年代和90年代进一步加深。

20世纪上半叶，美国涌现出一批非常杰出的诗人兼评论家，如艾略特、庞德、莫尔、兰色姆、塔特、温特斯等。从1945年到1960年前后，一代诗人创作的优秀批评散文和诗歌令他们光芒四射。这些批评家知道，柯勒律治和阿诺德已经为批评家建构了两种相对的批评范式。柯勒律治将评论和诗歌跟哲学的永恒性相提并论。他声称："一个伟大的诗人同时也应该是一个深刻的哲学家。"在《文学传记》里，他渴求"严格与开明地遵守先前发表的明白易懂的原则规范，并且能在对人和事物的判断时忠实地参考这个原则规范。"阿诺德则与他相反，是个即兴创作家。他珍视"思想的自由发挥。"他经常为一些特殊的场合写作，而且，为了能较好地驾驭他身边的事情，他会根据自己的需要提出一些原则和术语。他实际上对这些术语尽量少加限制。我们还记得，他并没有对"高度的严肃性"这一评判标准作出界定，而是倾向于用一系列引用说明这一性质。诗人兼批评家的历史就是这两种行为方式的对话史：一个凭借系统的哲学，或某种固定的视角，另一个则根据具体情形的要求对视角进行不断调整。20世纪的绝大部分诗人—批评家都是即兴创作家。虽然其中的少数几个为了应付特殊时机或要求而试图构建系统规范；庞德就是最好的例子。他在30年代试图用经济学阐释一切事物，不愿意认同任何一个不同意把经济分析放在首位的人的观点。他这种偏向方法论的做法当然会损害他自己的创作和信誉。艾略特在今天也遭受同样的命运。他的评论被人忽视,部分原因在于他那时试图将社会的本质一般化。当然,并不是他们有此行为才受到我们责备。阿诺德说华兹华斯知道得不够多和读得不够多,这就有点像庞德和艾略特作为社会批评家的情形:他们认为自己懂得的比实际知道的要多得多。现代派的社会批评没能指向一种自由民主的未来,但这根本没有动摇诗人兼批评家的文学权威。从20世纪30年代中期到50年代末,美国的诗人兼批评家在文学领域仍然保持很高的信誉。

诗人们在学院文化领域里的一般读者群中已不受欢迎,他们只是在更广泛的公众中拥有一批读者。由于诗歌丧失了流行的恩宠,诗人兼批评家都成为评论家,他们仅对文学文化里某种特殊的小范围内的现象发表意见。他们的创作演变成一种孤立的另一种形式的文学话语,它对诗歌的责任感显得很特别,不再饱含热情。自1945年来,诗人兼批评家、学院批评家和理论家之间的创作差异达到极致。在此援引罗伯特·哈斯论文中开头的几句话:

> 我对一个朋友说,我打算写点关于作诗方法的文章,他回答说:"噢,了不起。""oh great"这带有两个重音的词语正是美国极具讽刺意味的表达形式。有一次在夏洛特威尔的一个酒吧里,一个小伙子转过来对我大声但又保密似地说:"噢哈,给我找个女人,我用二十种方法搞她,一直搞到星期天。"这句话也有节奏特点:噢哈,给我找个女人/我用二十种方法搞他,一直搞到星期天。每节有三个重音,末尾的读音更重。坐在靠里面的一个女人用轻蔑的口气连说两遍,"祝你好运,傻蛋。"类似语言的节奏特点及其运用在我们生活中比比皆是,但要讨论它们很难,况且,人们不喜欢谈论这些。

在诗歌专业的学生当中,谈起诗法,他们都错误地认为它太枯燥太学究。哈斯用那个故事开头,因为他知道对诗法进行学者似的讨论正是他想避免的,他的读者应该在一开始就明白这一点。他的文章从学术界外部谈起,从酒吧里摄取见闻。那个酒吧就在他当时工作过的最有名气的英语系附近。粗俗词似乎也是他关注的重点。语言的节奏力量可以是粗俗的,甚至是兽性的;它不依赖文学史,文学史依赖各种有机系统。评论也不依靠任何大学。对一个诗人兼批评家来说,只要他是在谈论某些观点本身,那么就没有必要总是要求这些观点代表某一广大阶层的心声。哈斯经常用轶事展开他的评论。他宁愿被看成是叙述者,而不是解释者。他从这则轶事谈起,暗含他对那些学院式批评传统有些许的不满,因为它们会引导我们认为这些传统的解释具有权威性。这是因为,作为文学艺术,在人们考虑它的权威性之前,绝大部分的

◎诗歌、政治和知识分子

学院式批评可能有许多种理解方法。

说到权威的解释,我们通常指的是一种连接一系列命题的有说服力的逻辑。那些精心制作出一套套准则以支持实践批评的批评家们在许多文学学者中享有一种特殊的威望,特别是在更年轻的学者中间,如肯尼思·伯克、诺思洛普·弗莱和哈罗德·布鲁姆这一代人;他们的下一代人,如雷蒙德·威廉斯、弗列德里克·詹姆逊和朱丽娅·克里斯蒂娃——他们对绝大多数诗人兼批评家经常有种强烈的不信任感。我们谈批评方法,好像是说最好的批评家在依据某种法则办事。诗人兼批评家卡尔·夏皮罗主张"诚实的批评家没有准则可依,而且不必害怕自相矛盾,"但夏皮罗是公认的反智性的。诗人霍华德·聂默洛夫(Howard Nemerov)在他自己的一本批评著作中谈起写作的目的时写道:"什么批评方法,尽量不要有。"他实际上是受伯克的影响。我们非常清楚他观点来自何处,有何用意。这就是引起我们不安的原因所在。阿诺德总是怀着恶意的快乐之情一次次把他自己的种种限制让给他的批评家。

> 一个谦逊的作家,在没有一个基于相互依赖、从属和前后一致的规则的哲学时一定不要擅自太专注于一般性原则的研究。他必须紧紧把握普通事实的根本依据,这是在没有科学设备指导下进行理解的唯一安全的依据。

大约12年后,他抱怨说:"批评家们费尽心血,试图从抽象中概括出高质量诗歌的特征。只需借助具体的实例,这件事情就好多了。"各种检验标准接着出现,使我们对解释的希望陷入一种严肃性的迷雾之中,它以某种方式超越了那些准则。当代的诗人兼批评家并不常常采用阿诺德的极端作法。当然,他们也使用了他们能够搜集到的某种方法论作为实践的手段,如果不是用它去发现什么或争论什么的话。兰德尔·贾雷尔在1952年对这个过程作过解释:

> 的确,任何一种批评方法既不能帮助我们阅读,也不能帮助我们判断;不过,它有时有助于向读者指出一首好诗为什么好的大概原因,而且,在说服读者好诗是坏诗,或坏诗是好诗方面,它的作用是不可估量的,甚至几乎是不可缺少的。迄今为止,最好的批评家也不能证明《伊利亚特》比乔伊斯·吉尔默(Joyce Kilmer)的《树》(Trees)要好;批评家只能有说服力地阐明他对一首诗的信念,并希望读者认同他的观念。

虽然我们很少阅读诗人兼批评家写的系统批评，但他们在说明他们的前提观点时实际上比学院派批评家要直接得多。例如，诗人兼批评家经常说，他们认为诗歌是什么或表达什么。

一首诗，不论新旧，应该能够帮助我们。如果只用如下方式帮助我们，即它让我们较容易地理解、甚至看到某些东西，那就很好了。（罗伯特·品斯基）

上述观点跟批评方法有巨大的差异。但是，在谈及他们所希望实践的某种批评方法时，诗人兼批评家也很直率：

一件艺术品是一个意图的体现。用语言实现这一意图是作家的职责。通过语言去认识作者的意图是读者或批评家的任务，他们用的是历史或语文学的阐释方法。（J. V. 坎宁汉姆）

通过比较对方法论的各种阐释或学院式批评家著作中的最初准则，我们发现上述主张毫不玄奥，而且非常直白；其中没有任何空想成分。况且，最重要的是不追求新奇的表达。如果这些批评家是在谈论一般的生活，正如他们时常做的，那么我们就能够想到一种同样的直白："人性是欣赏他人的精美艺术"（肯尼思·雷克斯洛思）。他们乐于把伟大的事情简单化。他们在解释生活、行为、各种形象而不是文学时，的确经常在寻找新鲜的概念和表达法。

在我看来，我们似乎都在按照想象的基本行动和若干组意象生活着。它们叫我们早上起床，终日劳作，如此反复无穷。我认为，如果没有上述东西，没有遭受死亡或徒劳无益的严重打击，任何人都不可能活得太久……这些意象就是各种力量：我似乎觉得核武器库的存在就像末日战争总是存在一样，令生活紧张加剧是非常可能的。这就是里尔克①所说的，把热爱死亡作为一种巨大的诱惑，也是想象的失败。（罗伯特·哈斯）

---

① 里尔克（Rilke）：1875—1926，奥地利诗人。——译注

●诗歌、政治和知识分子

文学批评仅仅告诉我们对生活总体的思考；诗人兼批评家倾向于认为它能给我们的东西是非常有限的。贾雷尔在详细地讨论惠特曼的优点后写道：

> 批评家们不得不花去他们一半的时间去重复他们那个时代或同时代的批评家发现有必要忘却的一切荒谬且显而易见的事情。他们在聚会上绝望地说，华兹华斯是伟大的诗人……无论如何，批评家身上都固有一种荒谬可笑的东西：不需我们说明，好的就是好的。而且，用我们所有人的人格尊严作保证，我们知道这个道理。

从根本上讲，文学的种种阐释是修辞性的，它针对某一特定时刻的误解。文学作品的价值迟早会变得清楚明白。批评家的工作只是在短期内有用。既然批评家总是谈论效果，那他或她最终会变得多余，而且无论怎样会永远得不到信任。

> 如果有人对某种解释看得很透，他最终会发现没有什么不可解释的。然后他会用最受专业人士喜爱的那一短语作为他每个句子的开头：一个非常普通的事实是……我们应该非常喜欢各种解释，但真实更好。通常情况下，真实就是没有解释，就是据我们所知这是个偶然情况……汉堡市的座右铭是：Navigare necesse est, vivere non necesse. 某个批评家可能对自己说：对我来说知道什么是艺术品是必要的；而让我解释为什么是那样则不总是有必要，也不总是可能的。

我们喜欢认为，特别是评判准则、也包括阐释准则都应该表达清楚，而且，必须由这些准则引发出合乎逻辑的特殊判断或主张，尽管我们知道这种情况不经常出现。这就是我们所说的要有"洞察力"的原因。对诗人兼批评家而言，批评是一种即兴发挥的艺术，是不可预见和反复无常的，且从来只能达到近似标准。"批评，无论披上什么样的华丽外衣，"聂默洛夫说，"总是一种见解的艺术，虽然可以用证据来证实这个见解。但是，甚至连证据和见解之间的关系也值得怀疑。"

那么什么才是合理呢？阅读，并在批评家的观点和阅读经历之间找到一种合理感觉。对诗人兼批评家而言，简言之，就是不加解释，主张阅读。

> 我对如下情况无话可说：这些诗能让你明白它们写的什么，或者让你明白弗洛斯特诗中最重要的东西是什么；如果你亲自阅读，就会明白

这一点。(贾雷尔)

我们来看看这些后来著作中的关键部分。在那里,詹姆斯·赖特的诗充满自我指认,对这些形象和主题进行反复思考,以致需要长时间的仔细阅读作品才能探求它的原貌,而不是去阅读评论。(哈斯)

贾雷尔的大部分批评文章是欣赏性的。他会提醒自己不可能有充分的阐释,并阻止自己写这类评论。哈斯也有类似情况,因为他觉得像学者兼批评家那样经常不厌其烦地喋喋不休地阐释这阐释那实在无聊。他俩都认为批评家不应该做得太过头;任何人都必须尊重阅读行为,认同这一点是非常重要的。一切学者兼批评家都经常费尽心机让人信服他的观点。

1952年贾雷尔说,批评家之所以按部就班,只是为了具有说服力。他对批评的修辞持宽泛的看法;劝说方法可"涵盖所有方面,从嘲笑到统计学"。"变化只有一点点,只有一点点变化!"他说,问题的关键在于变化的范围:当代学者兼批评家的文体资源有多丰富?虽然他们在作自我监督,但他们有时就如矿山上的一段铅脉而已。他们关注的重心通常是要建立他们自己的权威并维护其统一性和严肃性。当音乐批评家 B. H. 哈金(B. H. Haggin)承认他改变了对斯特拉文斯基(Stravinsky)作品的某些看法时,贾雷尔评价道:"这种对错误和改变的承认只能使我们相信:批评家无所不知。"你可能会说,一旦一个人适当地调整了视角,再承认以前的目光短浅就相对容易了。然而,诗人兼批评家有时坚持说他们没有很好地掌握作品的主题。"我没有完全理解它,"贾雷尔写道,"我喜欢我理解的东西,并且我几乎更喜欢我不理解的东西。"哈斯在探讨洛厄尔诗中的性暴力主题时简单地说:"我拿不准如何谈它。"有些批评家把他们自己或自己的作品太当真,那是危险的,但他们没有。卡林汉姆于1976年将自己的论文汇成一卷,他用这句话介绍他30年来的文学评论生涯:"关于文学,已说的比要说的还多,本书再补充一点点。"如果批评不是一门次要的艺术,他就不会对他的诗作或其他文类创作说同样的话。

我的兴趣在于诗人兼批评家的接受。例如庞德和艾略特,他们甚至比柯勒律治和阿诺德有过之而无不及,已经为二次大战后的诗人兼批评家设定了限制。年轻的诗人兼批评家不愿意写社会分析的文章:庞德已经在公众面前名誉扫地,艾略特也一样,被他的《怪神之后》(*After Strange Gods*, 1934)弄得尴尬不堪。花了20年的时间才把诗人兼批评家带回到有社会批评的公共场所。勒罗伊·琼斯在1960年开始写社会评论,这些文章被收集在《家》(*Home*, 1966)里面。它到1970年已经重印了7次。他非常清楚庞德的情况,且时刻铭记在心。就在自由主义知识分子刚刚得势之时（1961），他就攻击美国白人知识分子的自由主义行为。1962年，他开始抨击种族平等论和非暴力观，而当时这两大主题正好赢得黑人和白人社区的广泛支持。琼斯明白，作为一个美国黑人和一个诗人，他将自己逐出文化主流正好给自己一个写些真正具有批判性的社会论文的机会；当然，他也一定清楚他会因此招来许多敌人。

这些论文的例子和一场不受欢迎的战争帮助像艾德莉安娜·里奇一样的白人诗人兼批评家们以及其他人士在60年代中后期开始写社会批评。1945年至1970年间，一些一直在寻找自己方向的诗人所写的批评散文与庞德、艾略特和威廉斯的比起来显得羞怯无力。理查德·威尔伯、罗伯特·洛厄尔，甚至贝里曼和贾雷尔，或者W. D. 斯诺德格拉斯、詹姆斯·梅里尔和安东尼·赫克特等创作的散文与现代派这一代人的散文相比属于次要的一类。后来的一代人非常精明老练，他们明白在庞德和艾略特之后，创作的上乘之策是不写散文，当然更不要写涉及面广的批评散文。但查尔斯·奥尔森是个显著的例外：他不愿意因现代派的尴尬而平静下来，他在同行中几乎是孤身一人。他认为，一个诗人兼批评家可以适当地、或多或少地涉及各方面——诗歌、历史、哲学和地质学。但是，这一代固执的现代文人不得不为自己的批评散文虚构另一类民众。现代派诗人兼批评家的传统秘密地转向了50年代的先锋派。大众文学的主流不想从这些作家身上得到什么，这种情况一直延续到1965年初。

自1975年起，里奇和布莱两位诗人兼批评家用他们题材广泛的批评散文赢得大量的读者；他们打破了同代人的创作模式。他们的被接受表明，在世纪之交的最后25年内广大读者希望从诗人—批评家那里得到他们想要的东西。他们都很明智，在出版各自第一本涉列政治的说明性散文专著之前控制自己出版文学批评散文集。《天生的女人》（*Of, Woman Born*，1976）是里奇的第一本散文著作，布莱的第一本专著是《铁约翰》（*Iron John*，1990）。他们用诗人的社会批评风格来改变他们的事业方向。继《天生的女人》后，里奇又出版了三卷散文，其中的文章在很多时候都是应酬之作，如应各类大学的邀请作讲座和开场发言，或受一些学者组成的协会之邀在大会上，特别是在女权主义者组织的大会上讲话。她也为"女士"杂志和其他非学术刊物撰稿，但是，她已经在许多学术团体中找到大量的读者。她的文章从各个领域吸取学术成就，并面向那些期望获得类似确证信息资料的学者。布莱的散文创作取向则完全不同。《铁约翰》的对象是一般的读者，他们跟学术文化接触较少。《美国诗歌：荒原和家庭生活》（*American Poetry*：*Wildness and Domestici-*

ty，1990）的论文大多发表在布莱自己出版的杂志上，他拒绝把它们送到大学图书馆（因为在越南战争期间国防部跟大学订有条约）。在《铁约翰》平装本的背面有一则蓝登书屋提供的广告，说明它发行了布莱的听力磁带，上面有该书的节略版录音。他在比尔·莫耶（Bill Moyer）的节目里露面使他成为一名大众电视明星。虽然布莱偶尔也引用学者著作的内容，但他基本上不用学术文化。里奇则不同，里奇对公众的看法多少来源于学术推广者的传统观点，即他能够概括某一领域学术著作的要义，并把它与其他领域联系起来。布莱是相当反学术的，他为了能直接接触工人阶层比里奇付出了更大的努力。

令人惊奇的是，布莱和里奇都通过直接表现特殊群体的特殊趣味而赢得众多读者的支持。加里·斯奈德和温德尔·贝里等其他诗人兼批评家也有类似的做法。因为诗人们虽然没有表现出对女权主义者、男权主义者、生态学家等的特殊兴趣，但他们却拥有自始至终被广泛认同的权威，这种权威源自某种创作风格，尽管已很少有人愿意去领略它。于是这些诗人兼批评家雄心勃勃、无所畏惧，重新建构起他们更大的势力范围。可是，即使他们能从公众对圣人的喜爱中受益，我们又能得到什么呢？如果一定要有圣人，那就让他们比里奇和布莱作出更大的努力去搅乱或动摇特殊兴趣群体的纲领性观点。

里奇的诗令人折服地展示了他对不只一代读者的愿望和性格弱点的敏锐感觉。她总忍不住用诗句为那些趣味弹唱，其结果往往是她似乎知道的充满感伤和柔情。（在此，我把她在散文中始终否认的感伤柔情解释为自我意识的体现。）毫无疑问，她大量出版的散文著作证明她能满足读者对诗人的需求。我发现她的反映读者趣味的批评散文有三个显著的特点。这些特点不仅仅跟散文有关：它们表明什么才是读者想从诗人、或许甚至从诗本身得到的。

首先，她最近出版的批评文集《那儿发现什么》（*What Is Found There*，1993）中绝大部分文章都是以个人日记的形式创作的。其明显的含意在于，它紧紧围绕诗人的生活展开。另一个含意是，它也通过正规的方式使文章更显质朴、自然、流畅，使人想起她的生活就是其他人生活的写照。比如，像很多诗人兼批评家一样，她长段地引用其他作家的散文和诗歌，而不加任何特别的评论。它暗示读者：引用就足够了，她想说的已被她仰慕的作家们很好地表达出来了。这就是那些特别关注政治和社会的作家的共同特质。再者，它反复呈现给读者这个事实，即这些作家的生活不仅构建了文学的历史，而且也构成社会的历史；这些作家正是历史上的受压迫者。"我写出的文字带有个人色彩，"她在《血、面包和诗》（*Blood, Bread and Poetry*）的序言中写道，"但它们也是反映一个集体激动情绪的一部分。"

还有比明显的修辞过剩更多的情况。1992年"五一"劳动节，里奇在赞

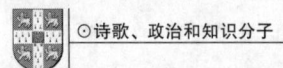诗歌、政治和知识分子

扬为庆祝哥伦布航行500周年举行的各种庆典活动时写下了这段话：

> 一场巨大的抵制官方庆祝活动的反运动浪潮已经掀起……（这场反运动的）主要声音汇聚了各种政治、艺术和文化运动的群众呼声，他们包括美国印第安人、中美洲人、欧洲和美洲印第安人的男性和女性混血儿、美国的墨西哥女人/男人、墨西哥男人/女人和波多黎各的女人和男人。自60年代起，当左翼力量已宣告不复存在时，各种运动如火如荼，力量不断壮大……那是一场全民族性的运动，虽然他们历经了灭绝人性的战争，遭受被奴役的命运；虽然他们的土地、孩子和文化被盗被抢，但他们从未停止把诗歌当作一种权力形式。

作者的意图十分清楚，她以一个普通人的身份谈论人类共同的话题：如何继承并保持自我的认同。但是，这种表述法为里奇带来矛盾。她暗示这些反运动的实际参与者是灭绝性战争和奴役等苦难的幸存者，然而，她真正的意思是说这些参与者的祖辈们遭受了异乎寻常的压迫。（现在，无论种族主义现状如何，里奇在上述引文中的最后一句话指的是历史上的劫掠。）这是修辞过剩的普遍现象。然而，它掩盖了重要的问题。从他们已经历文化杂合的角度上讲，那些反运动的参与者很可能只代表他们自己，他们跟他们的祖辈不同。他们很可能认为他们已得益于一些机构——法院、中小学和大学——国家庆祝的场所。他们的自我认同，也就是他们关注的各种问题——比这种感伤修辞能够处理的要复杂得多。虽然里奇说"她自己有一种复合式的自我认同，"但是，她的修辞会导致她对她的主题产生最普通的误解。比如，她在一篇题为《北美隧道瞭望》（North American Tunnel Vision）的文章末尾说，本土美国人"已经以某种方式保持着自我认同和记忆，并仍在坚持把他们的人民和这块土地连在一起的原始价值观"；美国黑人已经"合成了一种旧/新文化"；犹太人"已经活下来"。地球上的人、各种混血儿和幸存者——这些关于美国种族认同历史的观点既显傲慢又显粗俗，它们体现不出大众媒体中自我认同的复杂表现形式。

第二，里奇向她的读者提出一个安慰性的见解：社会和文学的进步是一个相同事物的统一体。在她看来，代表妇女、同性恋者和受压迫种族群体的解放性的社会运动已经戏剧性地、毫无疑问地丰富了文学史。

> 我把世纪末的北美诗歌看成是一种跳动的、奔腾的各个支流——地区、民族、种族、社会和性别诗歌的融合。这些支流从迷惘或长期封冻

的泉水里涌起，汲取源头的力量，在奔流中互相交叉，互相浸透。（一个暗喻，可能旨在说明，在目前可疑的社会条件下，诗歌是未来社会的先锋。）

她承认希望"感触到未来的拉力。"她认为有责任感的诗人应该是敏感的人，他"最能意识到她/他自己的时代的重大问题……危机、希望、绝望、幻想、无名声音的深刻启示。这些问题和启示在一个社会团体的肌体内如脉搏般地跳动不停，就像一个人体内的不均衡、疾病和再生等迹象的外在悸动。"里奇对同时代性的要求有种浪漫的理解。她无法从她喜欢的合时宜的文学作品中看出复杂性。丁尼生能聆听那些无名的声音给他讲述他时代的重大问题。他说，"《纪念集》（In Memoriam）是整个人类的、而不是我个人的呐喊。"波德莱尔听取外行人士的声音，并写出了《恶之花》（Les Fleurs du Mal）。他因自己的诗出版被罚款；丁尼生被奉为桂冠诗人。里奇真的会更喜欢《纪念集》吗？

第三，她建构了一种取悦读者的可怜的民族主义，她认为，他们是主体政治，民族性的确能为政治和文化生活提供一个重大的结构。认同她的观点很容易，我们当然是美国人——或更宽泛一点，是北美人——在我们是其他任何东西之前。她反复表达对弗吉尼亚·伍尔芙《三个几内亚人》（Three Guineas）中观点的认同感："作为女人，我没有国家……作为女人，我的国家是整个世界"；但她承认她声称的对美国属性的语气太强。在她的作品中，关于民族自我认同的提法不胜枚举，然而，更有趣的是，她构建的民族自我认同是如此的郁闷低沉。

> 1990年10月。此时此刻，我感到在我的国家里，民主未曾降生，它是多么脆弱无力，低级的抑郁像流行病蔓延，我的国家正在以加速度倒退到暴力时代……当我们试图去思考这些时，如果我们对思考不感到太累的话，我们将不得不列出主体政治内种种旧的创伤：种族主义、对同性恋的恐惧或厌恶、吸毒成瘾以及男性和女性的社会化。你会厌倦这些；我也如此。

她的美国属性包含几个矛盾因素：1）她满怀热情地谈论它的潜力，但它没有充分地显示出来；2）她把这种共同属性的特征概括为令人疲劳。我们都非常年轻，甚至都未出生，但是我们真的已经厌倦思考这个问题。这些矛盾的因素通过一个熟悉的观念——在威廉·卡洛斯·威廉斯的《美国气质》（In

○诗歌、政治和知识分子

the American Grain, 1925) 中得到表达——而得到调和, 即北美大陆的经历的确为500年前的欧洲人提供了新鲜的潜力, 但他们一再否认那份新鲜而支持种族帝国主义。由于里奇认定北美的欧洲人已经是一个民族, 因此, 她似乎有理由宣称"民族心理"或"主体政治"烙上反对被殖民统治的民族的种族主义战争的伤痕。她承认, 其他国家也是建立在征服和种族主义基础之上, 但美国不同, 因为它错误地声明自己是个例外——是个启蒙的产物、没有种族主义、残酷、贪婪和种族灭绝。

里奇的自我认同是心理分析式的: 一个天真的"民族幻想"实际上会导致疾病。主体政治的生命力靠那些——特别是诗歌——能接触民族心理被压抑的能量的工具维持着: "诗歌……保持地下蓄水层的水流动不息。" 她喜爱的政治诗正是她看到的现在正从这种病态民族心理中出现的东西:

> 在这个大陆历史上最糟糕的时刻, 当真正陈旧垂死的力量似乎已把我们投进不可逆转、不可救药的灾难的漩涡时——空气、水、土地和火都被可怕地玷污了, 胚胎里流动的血液已显出病症, 公众话语里的污垢堵塞了心灵的入口——大量的革命艺术仍在出现。

里奇、朱恩·乔丹 (June Jordan)、奥德丽·洛德 (Audre Lorde) 和其他许多诗人的诗是被抑制心理的复现。诗成了抑郁的民族主义的慰藉。看到知识分子用这种方式对待他们的民族主义, 真令人尴尬。当我们把其他公民置入一种病态的叙述中时, 我们是在用感伤的方式把我们和他们联系起来。近来, 为什么知识分子对哀婉如此钟情? 里奇提到的"抑郁的民族"、"我们民族的绝望"、"全民族的克制"以及视美国为"一个对暴力着迷的郁闷的社会"的观念为知识分子提供了一包民族主义产品。我们会买它是因为它显而易见地不像工人阶级的民族主义。我很可怜, 但你们还好。

布莱的散文有吸引力的原因之一是他始终保持明白清晰的风格。他被反复引用而名声大噪正因为他无情地简化一切。这种方法经常以直接对比为基础: 不是这, 就是那; 不是外向的, 而是内向的, 不是有意识的、而是无意识的思想; 不是醒着的, 而是梦中的思想。把艾略特和德·纳维尔 (de Nerval) 放在一起, 布莱说, "两人的态度再对立不过了," 他满意地让那一段就此结束。据说, 戴维·伊格纳托 (David Ignatow) "跟像詹姆斯·梅里尔一样的诗人形成鲜明的对比"。布莱认为, 通过鲜明的对比才能达到如布莱克所说的"没有对比就没有进步"。他的读者很容易记住这些区别。毋庸置疑, 这种类比的处理方法让人觉得：如果仅是简单地分析文学史，他会很快地有所收获。对这种修辞持异议者至少可以追溯到遥远的阿诺德。作为诗人兼批评家，布莱在使用精简的对比法时是非常传统的。

然而，值得赞扬的是，他经常把他的读者拉出对比法之外一点点。上述援引布莱克的话就是超越对立面的进步表现。布莱对如何进步到综合很少有清晰的认识，但是，他经常摈弃他自己应用某个对比词语的本能。例如，他有一次提出将华莱士·史蒂文斯和伊塞里奇·赖特（Etheridge Knight）视为"北美诗歌的两极"的观点，并作如下总结："读者没有必要去选择使用这类词语，说这个是艺术的，那个是自然的；这个是复杂的，而那个是直接的；或一个是雅致的，另一个却是尖刻的。没有什么像保持真实的词语一样雅致。我们想从诗那里得到什么呢？"诗是一个领域，在那里，我们不必让被布莱看做理性过程的东西阻止逻辑的损失。例如，他赞扬唐纳德·霍尔（Donald Hall），正是因为霍尔已经进步得超出这种对比思维，以至于它很自然地得到布莱的认同，并使他的读者感到满意："他早期作品中的思想心理往往明白易见——太明白，他用直露的方式将乡村与城市、意识与无意识以及抑闷与表达进行对比。这些对比通过隐含在背景里面一团混沌的谎言映衬出来。现在，他把那团混沌从幕后移至台前。"

我已经抽象地描述了布莱对对比分析的兴趣，因为这些思想习惯对特殊的题材具有巨大的影响力，它使题材符合那些习惯。现在，为了表明我自己对布莱的思维和写作习惯的分析，我从他的散文中再找些实例。

当时作为批评家的布莱在当今诗歌读者中的知名度最高，因为他在 70 年代初提倡被称为深层意象的诗学。然而，作为诗人的布莱，其意象政治诗的诗歌成就最为卓著：

> 有一个愿望：把死亡带进来，
> 感受它在里面燃烧，伸出柔软光滑的头发，
> 像肠内的衣刷。

"我们当今的诗，"他早在 1963 年写道，"是没有意象的诗。"正如他描述的，诗具有的真正严肃性来于诗歌意象的力量，它能表达部分沉默的思想。提到他的三重官能心理时，他说："伟大的诗歌通过使用合乎那种特殊记忆系统的意象激活来自古代、近代和新生大脑结构的能量。"不过，严格地接受布莱有关爬行动物和哺乳动物似的以及"新生"大脑结构的说法是不可能的。但是，他坚持认为不合传统的散漫无边际结构对诗歌的职责来说是至关重要的。布

◎诗歌、政治和知识分子

莱认为,"陌生的意象是诗人抵制他同时代的思想和联想习惯的符号。他问道,当用于天才之手时,难道我们不能说这些意象将未知的东西构造成一副鲜活的内容吗?"通常,他说的未知是指源自无意识的东西,他也指在他智力习惯及信奉的准则的范围内,他对自己未知东西的尊重。换言之,未知是指他人可能比自己更了解的东西。

他成功地提倡创作意象型诗歌,但想想下面一句话:"在一首自由诗里,当智性出现在讨论一个问题的两个方面时,我喜欢它。我喜欢智性,也因为它出现在一个意象里。"这就是他"两者都"的方式。他表明自己钦佩与罗伯特·品斯基有联系的诗歌。品斯基是一位诗人兼批评家,他也表明他尊重其他东西,即意象诗。在此值得注意的是,他有种自我批评的意味:他承认自己癖好的局限性。他在批评惠特曼的豪放时说,"我们的任务不是伸出手指,因为它们不仅仅会弯曲并指向我们——作者和读者一样——而是力图理解腐蚀20世纪的诗歌和社会的雄伟壮观。"他在事业初期一方面说"伟大的诗总带有夸大的色彩。"他批评美国学院派诗歌,因为它们羞怯地拒绝作夸大的冒险。可另一方面,他选择叶芝的对话体诗,因为它们"克制夸大。"他批评自白派诗人把一些热点话题升级——只有"离婚和精神崩溃"才能证明一首诗的合理性,这就将他自己置于反对夸大的阵营。夸大不仅仅是风格或题材问题。布莱声称,美国的政治和经济文化,而不只是文学的文化——是建立在幼稚的夸大和希望拥有一切的荒唐愿望的基础之上的。

自70年代初,那些成功地为自己的批评散文找到真正观众的诗人并没有站在美国诗歌的最前沿。他们在60年代是作家,他们散文的特点,正如我分析过的,也主要是植根于那个时代。他们在诗歌和社会结构之间观察到的直白类似,在文学批评界早已被取代,正如里奇对稳定的种族属性的感伤看法以及布莱的信仰诸说调和的荣格主义一样,美国渴望从诗人兼批评家身上看到一个相互参与的景观,它20年来仍未成为智力文化的活的组成部分。对当代有知识的诗歌读者来说,布莱和里奇是形象化的人物;他们的重要性不在于他们说什么,而是他们在报纸或大众电视上的露面。对广大公众而言,也许还有一个同样正确的事实:他们会向很多读者保证,产生于60年代中期的智力介入方式在90年代依然存在——至少对诗人来说,那些甚至处在像我们一样的管理社会的圣人也总是带着死亡、谎言和秘密意识讲话。有人可能会说,想读讽刺散文,就去找像品斯基、哈斯、伯恩斯坦和希利曼一批年轻的诗人兼批评家;可以预见,中年作家的社会批评文章是中庸调和的。但是,艾略特46岁才出版《怪神之后》,51岁时《基督教社会的观点》(*Idea of a Christian Society*)问世,60岁时《文化阐释论集》(*Notes toward the Definition of Culture*) 与读者见面。庞德出版《杰弗逊和墨索里尼》(*Jefferson and lor Mussolini*) 时年 50 岁，53 岁才出《德国文明指南》(*Guide to Kulchur*)：这些都是癫狂的书，但它们不可能像布莱和里奇一样让庞德的男女同胞放心。

美国人对 1995 年的诗歌作何评价呢？20 世纪下半叶以来，他们实际上更倾向于思考诗人，而不是诗。"成功的诗人，"克里门特·格林伯格在 1948 年说，"仍然控制着文学和学术舞台，即使他的作品不像小说家那样拥有更多的读者。"洛厄尔时代伊始，诗人成了艺术家中的王子。诗歌的那种感觉现在还留存在大众媒体里，但不在知识分子中间。诗歌的形式被普遍理解为跟社会形式几乎毫无区别，这当然会在美国引起怀疑。在根据查尔斯·布科维斯基（Charles Bukowski）的作品改编、由巴伯·席洛德（Barbet Schroeder）导演的电影《酒徒》(*Barfly*, 1987) 里，诗人这一角色非常粗俗，他的言谈流露出与周围环境的隔离感。万达告诉他，"你是我见到的最令人惊奇的酒徒。看你穿过房间的样子：你的行为带有古怪的贵族或皇族味。"他回答说，"我没意识到，不过，谢谢你。"他的言语和行为方式既自然又必然；他提醒他的朋友吉姆，他不是乞丐。虽然诗人嘴里流涎，蓄着胡子，但他身上透出某种王子气质的古典风格。

在大众媒体里，诗是古色古香的、迷人的。彼特·韦尔（Peter Weir）的电影《已故诗人的社会》(*Dead Poets' Society*, 1989) 就是例证。电影的背景是 1959 年，即自白派诗歌出现的时候。韦尔想象诗歌可能对 1942 年出生的年轻人和 1963 年的大学课堂有意义。影片有两个读诗的场景，第一个在约翰·济廷（John Keating）的英语课堂。他刚从伦敦回来，在一所亲英的新英格兰预备学校上课。电影一开始，印在许多旗子上的学校校训，走进人们的视线：传统、荣誉、优秀和纪律——在学校读诗成为一种制度，制度之外是"古老印第安人的洞穴"，1942 年出生的一代人在那里模仿约翰·济廷一代人大声读诗：最常读的是瓦切尔·林赛的强节奏诗《刚果》(*Congo*)；另一首是新诗，它在一位萨克斯管吹奏者的伴奏下被大声宣读（那是个很想成为萨克斯管演奏家的敬业的单簧管吹奏手）；抑或朗读考利（Cowley）写的一首：在《花花公子》(*Playboy*) 小褶页背面的几句诗。那时的诗有些权威性，它是文化和抵抗力可见的选择对象的源泉。

"我们是浪漫主义者，"济廷这样谈他的一代人，"献身于从生活中吸取精华。"他教给他学生的诗都是激情和爱的产物，是对浪漫和美的追求。他说，一位死者曾对年轻人这样说，"使你的生活非同寻常。""无论谁告诉你什么，"济廷说，"言语和观点能改变世界。"他最终只能被解雇，因为他的诗不

◎诗歌、政治和知识分子

是这些未来的银行家和律师即将继承的世界。但是，他的诗仍然对他们有用。他的学生中大约有一半人支持他，尽管他们的职业脚步肯定要迈进银行和法院的大门，但他们未来的生活会以某种方式受到他的影响。该影片证实了人们对某种艺术的怀旧观点，它曾经在年轻人的生活中起着有益的作用。诗恰似兴奋剂，它对短期服用的年轻人有良好的振奋效用。

然而，在世纪末到来之际，诗人成了知识界的乞丐；甚至在电影里，他们也免不了面临被炒的命运。1945年以后开始统治文学文化的学术机构在80至90年代已经把注意力聚焦在文学理论和那些显然遭受政治压迫的社会群体的散文小说上。诗歌已不再十分流行，但它的权威并未完全丧失。美国读者，甚至大学里的读者仍想从诗人那里获得某些东西，不过，他们需要的是散文。诗人一直被认为是带着浪漫的权威说话，就像他们在讲述深奥的真理，而其他人在构造策略。艾伦·格罗斯曼（Allen Grossman）的《总结诗学》（*Summa Poetica*，1990）很明显地基于这一主张，即诗来源于死亡。我们需要从诗人那里得到死的确定性，赤裸裸的和深层的真实，不是意识形态，也不是特殊的辩护。

在被讨论得很多的文章《谁杀死了诗歌》（*Who Killed Poetry*，1988）里，约瑟夫·爱泼斯坦认为，自50年代以来，诗歌已经丧失了文化权威地位和荣誉。这跟我此时观点一样。他的假设是，诗歌的职业化对造成这种令人遗憾的状态负有重大责任。在很大程度上讲，他的有关诗歌职业化的叙述是对的：现在，很多无名的作家都能设法通过在高校教授创造性写作谋生。他看出其中的两个问题，第一个问题来自与此有关的诗人数量。他在《灌木》（*La Bruyere*）中有这样的警句，"有些事情里的中庸现象令人难以忍受。"第二个问题是，写作的职业化意味着这些诗人不去参与他们学校的知识生活；他们在他们的写作系里保持一种遁世的职业特性。不过，爱泼斯坦坦言，他对重要文学文化带来的东西只有肤浅的认识。"（现代主义者的）所有（这些）优雅、有力和可爱的语言到哪里去了，"他问道，"或者更准确点，创造这种语言的力量到何处去了？"他引用像菲利普·拉金和伊丽莎白·毕肖普等诗人诗中的语言例子："宽松便服般的自鸣得意"；"在女人来来去去的房间里"……植入爱泼斯坦头脑中的有力语言恰恰是评论者为50年代大学生反复选用和讨论的。他心中的现代诗还是陈词滥调。因此，他痛惜他同时代的诗歌还没有被包装好。

保罗·德曼注意到，瓦尔特·本雅明信奉的观点，即诗是一种"神圣的、不可言喻的语言"就是上述带古味的观点的反映。汉斯·罗伯特·乔斯（Hans Robert Jauss）认为，本雅明的"救世主似的诗歌概念"是现代批评家需要充当解释者的本质主义观念,但对许多学院派理论家和读者而言,这种前现代的诗学观仍具有诱惑力。本雅明坚持认为诗歌拥有至高无上的文化权威。这种宗教艺术观在诗人和批评家中间都不受欢迎。罗伯特·邓肯和艾伦·格罗斯曼是近来稀有的直率地认同诗人的这种传统观的两位诗人。本书中的绝大部分诗人都希望被看做同时代的人,而不是传教士。他们与读者共享着靠一种自由的民主政治秩序,而不是靠宗教式的信条来正确把握世界,在这个秩序里,诗人跟教授一样只有公民的地位。在作为传教士或幻想家的诗人和作为公民的诗人之间,在但丁或布莱克和贺拉斯或奥登之间存在一条差别的鸿沟。在学院派理论家中间,谁会拥护作为公民的诗人的利益?诗人的那种世俗角色对学院派批评家没有吸引力;布鲁姆和德曼和其他人喜欢当幻想家。对诗人来说,自动继承幻想式的权威的最容易办法是用一种自认为是神圣的文体写作。自20世纪初,美国的最好诗人不得不努力地解释他们创作的原因,而不是试图去跟诗人的某种浪漫概念的余音合拍。公民诗人最世俗的角色是诗人兼批评家,他们反对不够好的东西,而不是为幻想讲话。他们与学院派批评家竞争不是图谋权威,而是使他们的作品流行。要了解最近的诗人追求的角色,我们必须了解诗人兼批评家的职责。

在本书的开篇,我谈到有必要研究特殊的而不是有代表性的诗作,有必要以诗人而不是以教授的身份读诗。我从不声称在此讨论的诗作能表达某种全面的敏感性或时代精神。我在此讨论了大约40位诗人;在该系列全书的前一本里,弗兰克·兰特里基亚(Frank Lentricchia)认为有四位诗人的诗代表现代派诗。我怀疑20世纪的下半叶同上半叶一样有资格充当那段历史的主旋律,尽管如弗列德里克·詹姆逊所说,这些年来构建中心主义的努力到如今已难以抵抗,然而,如果我们对某种文学文化的可能性持开放态度,即不仅仅认可职业化学术课程的推理兴趣,这种抵抗还是很重要的。

詹姆逊对战后的时代曾作过最雄心勃勃的阐述,他称之为后现代主义。他这种分类提法有吸引力,部分原因是他的意图非常明显:"为了提出一个时期化的假设。"他对后现代文化表达风格的分析完全符合如下论点:后现代主义比"仅仅美学或艺术上的概念还要宽泛"。然而,他的后现代主义不断地受到质问,人们有理由怀疑他的时期化假设的合理性。他承认这种"给知识分子和空想家一些新鲜且对社会有用的任务"的分类法具有可疑的吸引力,但同时,他清楚地说明其中的可疑之处,即后现代主义可能仅仅是故弄玄虚,尽管他已下决心"为了实用的原因"(完成一本书?)来研究这种分类。历史时期化是学院派文学历史学家采用的基本的课程工具之一:它不留空白,所有的年代都可以用时期化解释。在文学课里甚至有一个趋势:把各个时期当

◎诗歌、政治和知识分子

作相同的专业来讨论。只要一个时期的艺术和另一个时期的艺术的相对价值存在明显的差别,那么,类属的区别有助于把同类事情作同等对待。例如,显而易见,维多利亚戏剧比现代戏剧逊色,但它的小说是如此强盛,以致它在那个时期的权威性无人怀疑。詹姆逊不去争论历史时期的本质是鼓励文化表达。相反,他认为"'新社会运动'、微型政治和微型群体"的发展是在鼓励后现代文化的分裂,例如,其分裂的后果是当代诗歌已成为"地区内一群成员的象征"。另一方面,由于建筑学的材料跟后现代主义的根本问题接近,建筑学在这种政治和经济语境下繁荣起来。他似乎觉得,学院派理论独一无二地完美地适合它的时代,因为它成功地生产出被学术话语作为历史运动范例建立起来的东西:"学校、运动、甚至先锋派,在那里这些范例被认为不再存在。"学院派人士在模仿历史研究的以前目标方面的努力在詹姆逊看来似乎没有问题。他说,"'后现代政治艺术'可能产生的结果……不是较古老意义上的艺术,而是对它首先如何成为可能的无止境的假设,"对于这一点没有明显的疑虑。同米切尔(W. J. T. Mitchell)和其他许多人一样,詹姆逊乐于接受这个观点:我们的时代是学院派理论的黄金时代,在这个时代里,艺术家们经常没能充分地响应教授们的渴望。

二战以后的若干年里,美国经历的经济和社会结构发生了显著的变化,这是毋庸置疑的;詹姆逊关于生产的全球化的重要性无疑是正确的。在这个时代里,美国的政治利益和联盟结构已得到巨大的扩展。而且,历史学家有关这个时期技术革新的主张也是不争的事实。我们有重要的理由把战后年代看做一个历史时期。但是,正因为有人可能希望拒绝认为事物主要是映象式的,它反映了它的社会和政治语境,因而,时期化假设的效用在诗歌史上显得不够重要。可能因为诗歌、也许还有文学文化的吸引力不像建筑,它直接依赖赞助和大资产的构成,诗歌相对独立于社会经济结构之外。这并不是说诗人没有把握帝国主义、战争、离开家园、恐惧和饥荒等题材,而只认为,与其他艺术相比,这些经历可能控制某些艺术的更少部分。我们时代的诗歌成就也许正在于它跟我们从其他话语中认识到的社会、政治和经济经历不一致。对知识分子来说,诗歌艺术的吸引力可能不在于主要诗人的非凡魅力,并伴以我们为社会进步作出的巨大努力,也不在于对我们历史假设的证明,而在于一种艺术话语的建构,它有时跟其他话语平行前进,但有时利用独立于主流时代经验的自主性跟它们发生偏离,独自前行,因此詹姆逊把当代诗歌看成是一种对狂热崇拜的兴趣。诗歌一直不安定;但愿它一直不安定下去。

附录 I：诗人的传记

本附录旨在为学习当代诗歌的学生提供最全最新的传记信息。除了参阅有关诗人和诗作的学术研究成果之外，我也利用了《当代作家》（底特律：盖尔研究公司出版社，1962）、《文学传记词典》（底特律：盖尔研究公司出版社，1978）、《伟大的女作家：从古至今世界 135 位最重要的女作家的生活和著作》，（弗兰克·马吉尔编，纽约：霍尔特出版社，1994）、《诺顿现代诗选》（第二版，理查德·艾尔曼和罗伯特·奥克莱尔编，纽约：诺顿出版社，1988），《美国后现代诗歌：诺顿选集》，（保罗·胡弗编，纽约：诺顿出版社，1994）等书提供的信息。我也尽可能地咨询了许多诗人本人，以证实和扩增这些信息。

伊丽莎白·亚历山大（1962— ）

伊丽莎白·亚历山大 1962 年出生于纽约市。1984 年，在耶鲁大学获学士学位后，她受马丁·路德·金基金会的资助去波士顿大学，跟西印度群岛诗人兼剧作家德里克·沃尔科特一起学习，并于 1987 年在那里拿到硕士学位。1992 年她在宾夕法尼亚大学完成博士生学习，获得博士学位。她的博士论文题目是《抽象派拼贴画：美国黑人女性文学阅读方法》（Collage：An Approach to Reading Africom-American Women's Literature）。

在波士顿大学期间，亚历山大就有诗作在《卡拉洛》（Collaloo）上发表。她的第一本专著《维纳斯霍屯督语》（The Venus Hottentot）的部分作品在 1990 年刊物的诗歌系列上发表。她的作品已被最近的许多选集收录，其中包括《诗人的新地理》（A New Geography of Poets，1992），《每一只闭眼都没睡》

诗歌、政治和知识分子

(*Every Shut Eye Ain't Asleep*,1994)和《一种形式感觉来临:女诗人的突出形式诗》(*A Formal Feeling Comes*: *Poems in Conssipuous Form*,1994)。她的第二本诗集《叙述:阿里》(*Narrative*: *Ali*)1994年由费斯提德匹克出版社出版。

亚历山大自1991年起在芝加哥大学任教。近年来,她先后荣获《诗歌》杂志的"乔治·肯特奖"(1992)、由国家文学基金会颁发的创作基金奖(1992)和"伊利诺艺术委员会文学奖"(1993)。

约翰·阿什伯里(1927—)

约翰·阿什伯里1927年生于纽约州罗彻斯特,在安大略湖附近长大。本科时代在哈佛大学度过,1949年完成学士学业后去哥伦比亚大学攻读硕士学位。1955年,他以富布莱特学者身份访问法国。在那里的数年里,他为《纽约先驱论坛报》的欧洲版撰写艺术批评文章,并在写一本关于先锋派作家雷蒙德·卢赛尔(Raymond Roussel)的专著。他把法国超现实主义作家的作品译成英文,因此,他后来的诗作与那些作品有间接关联,并直接跟"纽约派"诗人有关。

阿什伯里的第一本诗集《图兰多和其他诗抄》(*Turandot and Other Poems*)在1953年以小册子形式出版。三年后,诗集《几颗树》被作家奥登选中,获耶鲁青年诗人丛书奖。他认为奥登是堪与华莱士·史蒂文斯和劳拉·莱丁(Laura Riding)等同的作家,是"对我作为诗人的语言的形成影响最大的作家"之一。在以后的20年内,阿什伯里虽然共获得约15次奖金和奖项,但很多读者认为他的早期作品,特别是《网球场宣誓》(*The Tennis Court Oath*,1962)是不必要的模糊。直到1976年,他的《凸镜下的自画像》(*Self Portrait in a Contex Mirror*,1975)获该年度诗歌的全部三个大奖之后,他才得到批评家的广泛认可。

《凸镜下的自画像》的标题来自文艺复兴画家弗朗西斯科·帕密奇阿尼纳的作品。像该作品一样,阿什伯里的作品不仅仅是对世界单纯的模仿,而是建构出诗人自己对世界的抽象看法。批评家们比较过他的诗和现代艺术,把诗人对文体范式的背离比作抽象表现主义者使用的方法。的确,阿什伯里的艺术知识非常广博:在他的一生中,他作为艺术批评家先后为《艺术新闻》、《艺术国际,纽约》和《新闻周刊》撰过稿。他的艺术评论文集收在《报道风景》(*Reported Sightings*,1989)里。

跟许多当代哲学家和文学理论家的看法一样,阿什伯里认为意义在不断地流动。"我的诗",他评论说,"模仿或复制知识或意识进入我头脑的方式,它是一阵阵的，无指向性的。我认为用整洁模式安排的诗歌不能反映那种境况。我的诗是跳跃的，而且生活本身也是如此。"

除了活跃在艺术世界里，阿什伯里也曾任教于布鲁克林学院、纽约大学、哈佛大学和巴德大学。他的著作很多，有《山山水水》(*Rivers and Mountains*, 1966)、《春天的双重梦想》(*The Double Dream of Spring*, 1970)、《三首诗》(*Three Poems*, 1972)、《划游艇的日子》(*Houseboat Days*, 1977)、《众所周知》(*As We Know*, 1979)、《影子火车》(*Shadow Train*, 1981)、《浪》(*A Wave*, 1984)、《四月的大帆船》(*April Galleons*, 1987)、《流程图》(*Flow Chart*, 1991)、《洛特拉蒙特旅馆》(*Hotel Lautréamont*) 和《群星璀灿》(*And the Stars Were Shining*, 1994)。他因著作等身于1985年获博林根诗歌奖。

弗兰克·比达特（1939— ）

早期的自传诗《金色的国度》(*Golden State*) 反映了弗兰克·比达特对他早年的生活和父子间不如意关系的感受。比达特生于1939年，童年时代他就知道自己想要一个跟父亲的农耕生活截然不同的未来。他对电影产生兴趣，电影是当时加利福尼亚南部次克斯菲尔德镇"最易接近的艺术形式"。他痴迷于电影评论和专著，希望成为一名"严肃的电影导演"。

比达特在里弗塞德的加利福尼亚大学上本科，在那儿他发现了文学，对他特别有影响的是莱昂内尔·特里宁（Lionel Trilling）和弗朗西斯·弗格森（Francis Fergusson）的评论，以及艾略特与庞德的诗。特别是《诗章》打开了他诗歌思想的视野："它们非常自由，因为它们表明一切事物都可入诗……假如你能创造一个足够大或足够坚实的结构，任何事情就能在其中保持自我特质和找到自我位置。"比达特将对话和书信片断拼贴一起的诗歌技巧有点受庞德的"表意文字法"和电影蒙太奇的影响。

1962年完成学士学习后，他到哈佛大学跟罗伯特·洛厄尔一起学习。他后来帮助洛厄尔修改诗歌，以便出版。他们的合作成为双方友谊的基础。洛厄尔也把他介绍给伊丽莎白·毕肖普，比达特因此写出了《伊丽莎白·毕肖普：回忆录》(*Elizabeth Bishop: A Memoir*, 1993)。比达特不能确定自己的学术目标，但"写了很多"，他对功课的兴趣甚至因此减弱。他说他初期的诗作试图模仿叶芝、庞德、艾略特和金斯堡等作家，但他未能做到："他们很可怕，一点儿也不好。"但他意识到，"遭遇困境、问题和世界让我面对的'事情'——如果它们要有力，必须成为我诗歌的中心。"之后，他于1965年写了首批值得保留的诗作。两年后，比达特学完了硕士课程，但没有写硕士论

诗歌、政治和知识分子

文就离开了哈佛。

70年代初,比达特结识了罗伯特·品斯基并建立起他最"关键的艺术和个人关系之一"。他们一起讨论诗稿,经常在电话里互相阅读和批评对方的诗作。到那时,《金色的国度》(Golden State, 1973)已被同意出版。他俩交流的成果首先出现在品斯基的《悲伤和幸福》(Sadness and Happiness, 1975)和比达特的《身体的书》(The Book of the Body, 1977)里。1983年比达特的第三本诗集《牺牲》(The Sacrifice)问世;1990年他又出版了《西方之夜》(In the Western Night),他用一长段访谈作为该书的序言。

比达特目前在威尔斯利学院教授诗歌。他所获的荣誉有:"瓦斯拉夫·尼金斯基战争"(The War of Vaslaw Nijinsky)获"伯拉德·F. 康勒斯奖"(1981)、"利拉·华莱士"(Lila Wallace)获"读者文摘作家奖"(1992),还有古根海姆基金和国家文学基金颁发的两次基金奖。最近,他又获得"摩顿·杜文·赞贝尔奖(1995)"。他目前在编辑《罗伯特·洛厄尔诗集》(Collected Poems of Robert Lowell, 1996)和撰写一本诗歌专著《欲望》(Desire),计划1997年付梓。

罗伯特·布莱(1926—)

罗伯特·布莱是一位农民的儿子。他1926年生于明尼苏达州的麦迪逊。二战期间参加美国海军,回国后就读于圣奥利夫学院。一年后,他转到哈佛大学,并于1950年毕业。

布莱在当海军时发现了诗歌,当时他遇到一个写诗的人并受其感染,开始写诗,并试图用自己的诗迷住一个女子。他未能迷住那位女子自己却被诗迷住,"一天在研读叶芝的一首诗时,我便决定用我的余生写诗。"他成了令人惊异的多产作家。自《狮子尾巴和眼睛》和《雪夜里的寂静》(Silence in the Sowy Fields)于1962年出版后,他已写作几十本诗集,其中最著名的有《身体周围的光》(The Light Around the Body, 1967)、《武装到牙齿的母亲最后全裸了》(The Teeth Mother Naked at Last, 1971)和《手拉手的入睡者》(Sleepers Joining Hands, 1973)。

除了写诗,布莱还翻译了特拉克尔(Trakl)、聂鲁达(Neruda)、伐勒乔(Vallejo)、卡比尔(Kabir)、特朗斯特罗默(Transtroemer)、加西亚·洛尔卡(Garcia Lorca)、马查多(Machado)和里尔克(Rilke)等人的著作。他跟这些作者的交往已超越了把他们的文字译成英语的工作:作为50年代(以后的60、70、80和90年代)的出版社编辑,他已成为他们作品的重要宣传者,特别是拉美超现实主义者的作品。跟这些诗人一样,布莱使用有力的意象探索现代生活的神秘基础。他把在他看来是遥远时代沉迷传统技巧的学究式风气拒之门外:"除非英美诗歌能通过某种超现实主义手法真正地深入到内部,"他警告说,"否则,它将继续变得越来越干枯。"

在20世纪80代,他开始为男人举办专题讨论会,集中探讨与成长和成人有关的神话。这时,布莱对文学和社会传统的反感延伸到另一个领域。他争辩说,现代的男人由于失去了男子气概而被异化。为了变得强壮、勇敢和完整,男人需要在自身内重新发现"狂野的人"。他在讨论会上提出的种种观点随着畅销书《铁约翰:一本关于男人的书》(Iron John: A Book about Men, 1990) 的出版而闻名遐迩。布莱还为同类主题制作了许多录像带,如《做一个男人》(On Being a Man, 1989)、《男人集会》(A Gathering of Men, 1990) 和《布莱和樵夫论男人和女人》(Bly and Woodman on Men and Women, 1992)。

他虽然举办朗诵会和专题讨论会,但他一再谢绝学术团体的加盟邀请,而宁愿始终"居住"在明尼苏达乡村。他最近的著作主要有《心的碎片和骨头商店:写给男人的诗》(The Rag and Bone Shop of the Heart: Poems for Men, 1992)、《感谢老教师》(Gratitude to Old Teachers, 1993) 和《对不满足心灵的沉思》(Meditations on the Insatiable Soul, 1994)。

埃德加·鲍尔斯(1924—   )

1924年埃德加·鲍尔斯生于佐治亚州并在南方长大。1941年中学毕业后进了夏普尔的北卡罗纳大学,但两年后由于响应征兵号召,他中断了正规学习。鲍尔斯在普林斯顿大学学习法语,以准备在国外从事反间谍工作。出国后,他被派到第101空降师。他发现自己"在1945年夏被抛弃……在伯奇特斯加登,我在那里一直呆到1946年春"。当盟军行动和"反纳粹"进程放慢时,他回到北卡罗来纳大学。后来,他受富布莱特基金会(1950)资助又返回欧洲呆了几年,这期间他绝大部分时间在巴黎。

1947年完成学士学习后,鲍尔斯到斯坦福大学跟伊弗·温特斯一起学习,并于1953年拿到博士学位。两年后,他的《损失的形式》(The Form of Loss, 1956) 获得燕子出版社(温特斯的出版商)颁发的"新诗系列奖"。批评家对他诗作的严肃主题、古典形式和严格控制各抒己见;有些评论家后来在谈到他被忽视时,把他的精确而优雅的诗歌声音和60至70年代盛行的"自白派"诗歌腔调作比较。然而,他的简约风格一直不乏重要的赞赏者:他的早期作品被特德·休斯和汤姆·甘恩收入选集,他的第三本书《一起生活》

○诗歌、政治和知识分子

(*Living Together*, 1973) 荣获"加利福尼亚联邦俱乐部诗歌银奖。"近期,他又得到几个荣誉奖:"哈里特·蒙罗诗歌奖"(1989)、"博林根奖"(1989) 和"美国文学艺术院奖"(1991)。

鲍尔斯自50年代起先后在杜克大学和哈普尔学院(现在为宾汉顿的纽约州立大学)执教几年。1958年他又到位于桑塔·巴巴拉的加利福尼亚大学执教,并一直到1991年退休。他的作品有《天文学家》(*The Astronomers*, 1965)、《证人》(*Witness*, 1981)、《行走线》(*Walking the Line*, 1988)、《桑塔·巴巴拉的13种观点》(13 *Views of Santa Barbara*, 1989)、《致路易斯·帕斯特尔》(*For Louis Pasteur*, 1989) 和《我们如何从巴黎来到布洛伊斯》(*How We Came from Paris to Blois*, 1990)。鲍尔斯目前住在旧金山。

艾伦·特纳·卡斯蒂 (1929—)

一个来自经营木材生意家庭的儿子,卡斯蒂1926年生于密西西比州的杰克逊,他在米尔萨普斯学院开始接受正规教育,并于1951年完成本科学习。随后,他又到斯坦福大学跟伊弗·温特斯一道继续深造。他拿到硕士学位后,由于朝鲜战争爆发而无法继续学习。1952年他被派往加勒比,在部队服役两年。回国后,他进了哥伦比亚大学并获得图书馆学博士学位(1956)。

次年,卡斯蒂回到家乡密西西比,在杰克逊市图书馆工作。但没呆多久就被德兰士瓦州立图书馆聘用,他同图书馆签订合同,根据合同他成为南非行政机构的一员。1962年受雇于艾莫里大学,卡斯蒂回到美国南方,在伍德理夫图书馆工作,一直到退休。

卡斯蒂的旅行经历为他的诗提供了写作背景和题材。被他自称为"殖民地田园诗"的诗都是以"异国的"(或讽刺性地被异国化的)的场景为背景,如加勒比和南非。他的第一本诗集《看门娃,夜是什么?》(*Watchboy, What of the Night?*, 1966) 分几大部分,它们都是关于上述地区的。正像一位批评家注意到的,美国好像也变成一个异国他乡——直接来自好莱坞。卡斯蒂对殖民地题材的讽刺处理突出地反映在《黄色代表危险,黑色代表美丽》(*Yellow for Peril, Black for Beautiful*, 1975) 中的诗剧"'伟人'的男人们"里。该剧本讲述塞西尔·罗德斯的不动产转让问题,他是英国的金融家、帝国主义者和笨蛋。虽然他的谄媚者设法使他的怪癖躲过了新闻界,但他的黑人仆人们都非常清楚这一点。

特纳·卡斯蒂的著作包括:《巴贝尔的修建工人》(*Steep Lejacks in Babel*, 1973)、《阿尔那的书:摩门教战争的叙述》(*The Book of Alna: A Narrative of the Mormon Wars*,1985)、《暴风灯》(*Harricane Lamp*,1986)、《主流：军旅生活的诗》（*Mainstreaming: Poems of Military Life*,1988）和《锁链之间》(*Between the Chains*,1991)。他得过几个诗歌奖，如"布鲁门塞尔-列维顿-布龙德奖"（1966）和"迈克尔·布劳德轻快诗歌奖"（1993）。

罗伯特·克里利（1926— ）

罗伯特·克里利1926年生于马萨诸塞州阿林顿。父亲死后，他们举家迁至西阿克顿乡村，他在那儿度过青年时代。1943年进哈佛大学，但一年后离校，加入美国野战勤务部队。返校前，他在印度和缅甸当过一年的救护车司机。1946年结婚，1947年离毕业仅差一个学期就永远地离开了学校。

离开哈佛后，他游荡了几年。他先住在科德角，然后移住新罕布什尔，在那儿的一个家禽农场呆了3年，听爵士唱片。其间，他跟西德·科尔曼——广播节目"这就是诗歌"的主持人结下友谊，并开始把自己的诗作投向一些小杂志。

也是在那个时候，克里利决定创办一家文学刊物。在20世纪的头几十年，小杂志在印刷和宣传文学先锋派作品方面起着主要作用：《荒原》、《尤利西斯》、《诗章》的某些章节和其他无数的现代派作品都是在这些小杂志上首次露面。克里利熟悉庞德和威廉斯的作品，他在1950年跟他们和其他诗人联系，希望他们为自己刊物的创办助一臂之力。虽然该计划最终没成功，但它帮助科尔曼创立了《本源》杂志，它对克里利后来诗歌事业的发展颇有帮助。

克里利一家在50年代初仍然漫游不定，先移到法国，后又迁到西班牙的马略尔卡岛，在那里创办了出版社。他的处女作《疯子》（*Le Fou*）1952年问世，接着，《不道德的建议》（*The Immoral Proposition*）和《行为之类》（*The Kind of Act*,1953）出版。1954年，与克里利已有4年之交的查尔斯·奥尔森邀他加入了黑山学院。

搬到北卡罗来纳州后，他创立并编辑了重要杂志《黑山评论》。该刊成为"黑山学派"诗人作品问世的主要窗口。黑山学院在1955年授予他硕士学位。婚姻破裂后，克里利离开黑山学院到了旧金山，那里他遇到"垮掉派"的几个主要诗人。他是在阿尔布克的一个男子学校和危地马拉的一个咖啡种植园教书期间拿到新墨西哥大学的硕士学位（1960）的。

虽然克里利经常写到爱，就像获得商业成功的诗集《为了爱》（*For Love*,1962）的标题那样，但他的诗简洁紧凑，不加修饰。他抛弃意象之类的传统手法和传统的韵律节奏，因为"形式永远是内容的延伸"。在《言词》

诗歌、政治和知识分子

（*Words*，1967）和《片段》（*Pieces*，1968）等集子里他试图将"在这个世界里，我感觉到的……在那一刻"表达到极限。上述两本诗集的一些即兴作品使人想起葛特鲁德·斯坦因的《软钮扣》（*Tender Buttons*）。有些批评家把这些诗歌的怪异特征归结于克里利的毒品实验。

克里利于1961至1962年在新墨西哥大学执教，自那时起，他以客座教授身份出访一系列大学。1966年开始跟纽约州立大学布法罗分校建立关系，他目前是该校的诗歌和人文学科的"萨缪尔·P. 卡彭教授"。他的初期作品被结集成《诗集》（*The Couected Poems*，1982）；后期作品包括《回响》（*Echoess*，1982）、《日历》（*A Calendar*，1983）、《镜子》（*Mirrors*，1983）、《记忆》（*Memories*，1984）、《记忆花园》（*Memory Gardens*，1986）、《窗子》（*Windows*，1990）和最近的《环》（*Loops*，1995）。他1989年出版了《论文集》（*Collected Essays*），1990年出版了一本自传。1992年他被授予纽约州的"桂冠诗人"。

詹姆斯·文森特·坎宁汉姆（1911—1985）

坎宁汉姆1911年生在马里兰州的坎伯兰，在蒙大拿州长大，就读于耶稣会所办的学校。他后来写道，他的青年时代沉浸在"西部铁路沿线的爱尔兰天主教的传统中"。后来，他到更远的西部斯坦福大学读书，并在那里成为跟伊弗·温特斯有来往的一群作家中一个主要成员。坎宁汉姆于1934年完成学士学位学习；在经历"抑郁中的漫游"以后，他又回到斯坦福大学攻读博士学位，并于1945年拿到学位证书。他的博士论文《悲哀或奇迹》（*Woe or Wonder*）于1951出版，成为他著名的散文作品中有影响的早期著作之一。他的散文集中除了几篇诗评之外，还有批评研究专著《传统和诗的结构》（*Tradition and Poetic Structure*，1960）。它是首批在燕子出版社出版的著作之一。1977年他的《散文集》（Collected Essays）与读者见面。

读本科时，坎宁汉姆的诗作就被《公益》（*Commonweal*）、《文人》（*The Book man*）、《诗歌》（*Poetry*）、《猎狗和角》以及《新共和国》（*New Public*）等刊物采用。他的第一本诗集《赫尔斯曼》（*The Helmsman*）1942年出版；《法官大怒》（*The Judge Is Fury*）1947年问世。虽然他的诗作未被广泛阅读，但他那简练、精确和机智的诗风赢得了读者的赞誉。他特别适合创作警句，这也正是诗集《琐碎、粗俗和高尚》（*Trivial, Vulgar and Exalted*，1957）和《一点盐》（*Some Salt*，1967）的突出形式特征。它们最终汇集成《诗集和警句》（*The Collected Poems and Epigrams*，1971）。50年代末，他实际上是以警句诗受到人们的颂扬;如温特斯曾称他是"英语诗歌形式中最优秀的大师。"诗人兼批评家的坎宁汉姆凭借其创作技巧赢得一系列基金,如古根海姆基金、国家文学艺术院基金、国家文学基金和美国诗人学会的奖励。

J·V·坎宁汉姆的教学事业是从在斯坦福大学任英语讲师开始的。战争期间,他奉命在南加利福尼亚的一个空军基地当了一段时间的数学教师。随后,他又继续在夏威夷大学、芝加哥大学(他在那里曾被取消终身任职资格)和弗吉尼亚大学任教。1953 年,他加入布兰代斯大学,成为该学院的名誉教授,直到 1985 年辞世。他的最后著作《让你的词语少些》(*Let Thy Words Be Few*)于次年问世。

唐纳德·戴维(1922—   )

1922 年生于约克郡浸礼会家庭的唐纳德·戴维在青年时代就对诗歌产生兴趣。他的母亲在结婚前是个教师,记得很多歌曲和诗歌,她把她对诗歌的爱传给了自己的儿子。不过,这种家庭的文学兴趣在巴恩斯利的浸礼会中并非鲜见。戴维学会尊重不信奉国教的知识传统。在这几年里,他通过巴恩斯利语法学校的艺术老师了解到中世纪的教堂建筑。因此,宗教思想和建筑成为他后来的批评和创作的两大重要题材。

1940 年,戴维获得奖学金,在剑桥大学的圣凯瑟琳学院学习文学。他利用英语系图书馆的大量藏书广泛阅读 17 世纪的布道文,如饥似渴地翻阅"大本大本"的"历史和批评论著"。"我从未失望,"他说,"那时没有一本学术著作会让我失望……唯一的烦恼是何时该停下来。"1941 年参加皇家海军时,他暂时停止了在图书馆里的求知活动。1942 年,戴维被派往苏联北部,先呆在波利亚诺和摩尔曼斯克,后来到了阿尔汉格尔斯克。阅读吉卜林和康拉德的作品使他的脑海里塞满了"到了罪恶异域的英国人",他警惕地观察这块奇异土地的奇怪变化。他在 1982 年出版的《这些伙伴》(*These the Companions*)里形象地描述了他对那段时光的记忆。

1943 年戴维回到英国,然后去剑桥,其间,他倾注于 F. R. 列维斯(F. R. Leavis)的思想及其期刊《调查》(*Scrutiny*),他幽默地承认,在 1946 年至 1950 年间,"《调查》是我的圣经,F·R·列维斯是我的预言家。"他曾将一首关于普希金的诗寄往这一有影响的杂志,但未被刊出。他在俄国接触过许多文人的作品,普希金是其中之一。

戴维在苏联学的俄语只够跟当地的村民做生意,他们用巴拉莱卡琴换烟草。回到剑桥后,他为了弄懂自己的外国经历而转向苏联文学。他阅读亚历

○诗歌、政治和知识分子

山大·索尔仁尼琴（Aleksandr Solzhenitsyn）、伊凡·布宁（Ivan Bunin）、米克哈伊·肖洛霍夫（Mikhail Sholokhov）和鲍里斯·帕斯捷尔纳克（Boris Pasternak）的著作，特别是帕斯捷尔纳克的诗歌对这位年轻诗人的诗歌创作产生了不可小觑的影响。60年代，戴维先后翻译了《日瓦戈医生》（*The Poems of Dr. zhivago*，1965），编辑出版了《苏联文学和现代英语小说》（*Russian Literature and Modern English Fiction*，1965）和《帕斯捷尔纳克：现代判断》（*Pasternak: Modern Judgements*，1969）；后来，他又出版了《游览斯拉夫语：论苏联和波兰文学》（*Slavic Excursions: Essays on Russian and Polish Literatare*，1990）。

他在剑桥拿到一系列的学位之后，最终于1951年获得博士学位。他接着去了都柏林的三一学院。他在爱尔兰一直住到1957年，先后在三一学院和叶芝夏季学校任教。期间，他创作了两本重要的批评著作：《英诗中用语的纯洁》（*Purity of Diction in English Verse*，1952）和《言语表达的能量：英诗句法探讨》（*Articulate Energy: An Enquiry into the Syntax of English Poetry*，1955）。这两本专著为建立在伦理基础上的传统诗歌类别和形式辩护：戴维认为，韵律是"过去文明的可继承财产的一部分"；因此，"改变诗歌的句法就会威胁文明社会的法律原则。"他把《用语的纯洁》大致理解为一种尝试，即试图解释诗歌的目的，这些诗发表在他同期出版的《理性的新娘》（*Brides of Reason*，1955）和《冬季的才能及其他诗作》（*A Winter Talent and Other Poems*，1957）里。跟菲力普·拉金、约翰·韦恩和汤姆·甘恩等一样，戴维抛弃数十年前的新浪漫主义诗歌，主张用"轻快、流畅和可靠的"语言、理性的内容和传统的形式。这一群诗人被称作"运动派"诗人。

1957年秋，戴维到了桑塔巴巴拉的加利福尼亚大学，接替要去欧洲度假的休·科纳的职位。在加利福尼亚，他遇到两位重要人物。应波兰学者和批评家华克劳·列德尼基（Waclaw Lednicki）的邀请，戴维在伯克利分校作了几场讲座；列德尼基使他喜欢斯拉夫语，并促使他改写叙事诗《潘·塔杜兹》（*Pan Taeleuz*，1959年用《立陶宛的森林》[*The Forests of Lithuania*] 书名出版）中的部分内容。1961年，戴维在布达佩斯任英国文化教育委员会讲师，并于60年代初访问了波兰、南斯拉夫和匈牙利。

他还拜访了伊弗·温特斯，自从他在剑桥发现了温特斯的《为理性辩护》（*In Defense of Reason*）后便一直跟他保持联系。批评家们已经注意到"运动派"诗人和温特斯的学生之间的相似之处。50年代末，戴维认为"斯坦福诗人学派""可能是美国诗坛最有趣的特色。"尽管戴维后来的批评观跟温特斯不同，但他还是在1978年为《伊弗·温特斯诗集》（*Collected Poems of Yvor Winters*）写了导言。

附录 I：诗人的传记

1958年戴维回到剑桥大学，在冈维尔学院的卡尤斯学院任教。六年后，他帮助创建了埃塞克斯大学，并担任该校教授，后来又任代理副校长。他先后在斯坦福（1968—78）和凡德比尔特（1978—88）执教；退休后，他回到英国的德文郡。他获得过古根海姆基金和美国文理研究院的基金，同时，他还被剑桥大学的圣凯瑟琳学院和都柏林的三一学院授予荣誉研究员称号。他的重要批评专著有：《埃兹拉·庞德：犹如雕刻家的诗人》（Ezra Pound：Poet as Sculptor，1965）、《托马斯·哈代和英诗》（Thomas Hardy and British Poetry，1972）、《集合的教会：英国不同兴趣的文学1700—1930》（A Gathered Church：The Literature of the English Dissenting Interest，1700—1930，1978）和《持不同意见的声音》（Dissentient Voice，1982）。他的诗集包括《埃塞克斯诗抄：1963—1967》（Essex Poems：1963—1967，1969）、《在即将停下来的火车上及其他诗抄》（In the Stopping Train and Other Poems，1977）、《烧焦或冰冻》（To Scorch or Freeze，1987）和《诗集》（Collected Poems，1990）。他在1992年获"乔蒙德利诗人奖"。

丽塔·达夫（1952— ）

1952年，丽塔·达夫生于俄亥俄州阿克伦。她就读于该州牛津的迈阿密大学，并在1973年以最优异的成绩毕业。毕业后她获富布莱特基金会赞助，到西德的杜宾根大学学习。回国后，她在衣阿华大学参加创作课的学习。1977年获得美术硕士学位，同年又出版了小册子《10首诗》（Ten Poems）。

80年代初是达夫的诗作丰产期，《托马斯与比拉》（Thomas and Beulah，1986）达到她创作的顶峰——赢得普利策奖。该诗集基本上反映了她祖辈的日常生活经历。在《托马斯与比拉》里，跟她的整体诗风一样，种族问题不是主要的焦点。正如诗人解释的，她写的是"关于人类的诗歌，但有时人类恰好是黑色的。"

达夫于1981至1989年间在亚利桑那州立大学任教，后来移至夏洛特镇的弗吉尼亚大学。1993年，她被授予美国第一位黑人桂冠诗人，她认为该荣誉"意义重大，因为它传递了我们文化和文学的多样性这一信息"。她与很多文学刊物有联系，包括《国家论坛》、《卡拉洛》、《葛底斯堡评论》和《三季度》。她的著作有《天空中的唯一黑点》（The Only Dark Spot in the Sky，1980）、《转弯处的黄房屋》（The Yellow House on the Corner，1980）、《曼陀林》（Mandolin，1982）、《博物馆》（Museum，1983）、《第五个星期天》（Fifth Sunday，1985）、《优雅笔记》（Grace Notes，1989）和《母爱》（Mother

○ 诗歌、政治和知识分子

Love，1995）。

阿伦·杜根（1923— ）

阿伦·杜根 1923 年生于纽约市布鲁克林，并在那里的昆斯区长大，在昆斯学院（现在的纽约城市大学）求学，但未完成学位学习就应征入伍，在空军服役三年。战后，他进了奥利弗特学院，后来转到墨西哥城大学。他后来于 1949 年在该校获学士学位。一年的研究生学习以后他又回到纽约市，从事一系列非学术性的工作。

虽然早在 1946 年就获得了《诗歌》（*Poetry*）杂志颁发的奖项，但他的处女作直到 1961 年才出版。事实上他那年出了两本书：第一本《人口众多时代的一般祝婚诗》（*General Prothalamion in Populous Times*）由他私人出版；第二本，即《诗集》（*Poems*）被达德利·菲兹选中，获耶鲁青年诗人丛书奖。《诗集》开始并未得到完全赞许，但最终，怀疑的声音被批评家的赞许所淹没。《诗集》最后为杜根赢得美国国家图书奖，两次普利策奖中的第一个奖和罗马奖。

也许在意大利的两年时间（1962—1963）给他带来旅游的兴趣，因为他接下去的几年是在旅行中度过的。两次古根海姆基金奖（1963—1964）的第一个奖让他到了巴黎；对整个美国有了大概的了解。在康涅狄格大学短期执教后，杜根又启程了，这一次他获得洛克菲勒基金会（1966—1967）的资助，到了中美洲和南美洲。回来后，他在萨拉·劳伦斯大学呆了几年并开始与马萨诸塞州的普罗文斯敦美术作品中心保持长期的联系。

杜根后来获得荣誉有：雪莱纪念奖（1982）和美国文学艺术研究院颁发的文学奖（1985）。他的作品收集在《新诗合集（1961—1983）》（*New and Collected Poems 1961—1983*，1983）和《诗六首》（*Poems 6*，1989）里。

罗伯特·邓肯（1919—1988）

1919 年，罗伯特·邓肯生于加州的奥克兰，出生时名叫爱德华·霍华德·邓肯。他降生时母亲就死了，来自工人阶级家庭的父亲不久便发现他无力照顾这个婴儿，于是把他交给别人领养。6 个月时，邓肯被西姆斯家收养，改名叫罗伯特·爱德华·西姆斯，这个名字也是他早期向《凤凰》和《仪式》等杂志投稿时的署名。西姆斯夫妇根据推算邓肯的星相特征才收留了他，他俩对灵魂转世和神秘学的兴趣给邓肯的诗歌烙下了永久的印记。在唐纳德·艾伦编的《新美国诗歌：1945—1960》（*The New American Poetry*：1945—1960，1960）中，邓肯评论说："诗歌天生具有某种神秘。我们无法理解我们所表达的一切，我研究我写的诗正如我阐释任何神秘的东西一样。一首诗是一个神秘的文件，一个等待活体解剖、分析和做 X 射线检查的肌体。"

在十几岁时，邓肯在一位英语教师的鼓励下决定成为一名诗人。1936 年他在加利福尼亚大学伯克利分校学习，但在 1938 年辍学，跟情人一起东行。那年起，他开始跟桑德斯·拉塞尔（Sanders Russell）一起合编《试验评论》（*Experimental Review*）。该杂志出版劳伦斯·达雷尔（Lawrence Purrell）、威廉·伊文森（William Everson）、阿纳依斯·尼恩（Anais Nin）和亨利·米勒（Henry Miller）等作家的作品。1941 年他在美军短期服役，因精神病被课以罚金并退伍。三年后，他在《政治》杂志上发表一篇关于同性恋权利的先锋性文章。《社会中的同性恋》（*The Homosexual in Society*，1944）直言不讳地号召正统的艺术家和批评家"将同性恋者平等对待"，号召同性恋知识分子保卫他们的权利。邓肯发现，开辟新领地并非没有危险；约翰·C. 兰色姆意识到那篇文章的危险言论，并因此拒绝在《肯庸评论》上发表。

1948 年邓肯回到伯克利，跟恩斯特·康托罗威兹（Ernst Kantorowicz）一道学习中世纪历史，并编辑了《伯克利诗文集（1948—1949）》（*Berkeley Miscellany*）。那时，他已完成他的处女作即一本诗集。——虽然从出版的时间上讲，他的首部著作是《天上的城市，地上的城市》（*Heavenly City，Earthly City*，1947），但它收集的诗是写于 1945 年至 1946 年间的。他的《捕捉的岁月》（*The Years as Catches*）收录了他早在 1939 年创作的诗作，但直到 1966 年才得以出版。1950 年离开伯克利后，他旅游了一段时间，然后在西班牙的马略卡岛住了些时日。1956 年，他加入查尔斯·奥尔森所在的黑山学院，在那里任教和写诗。这些诗后来被收集在《田野的开掘》（1960）里。在北卡罗来纳州短暂停留后，他得到福德基金会（1956—1957）赞助，返回加利福尼亚州，担任旧金山州立大学诗歌中心的副主任。那些年来，他首次获得《诗歌》杂志颁发的几次奖（1957、1961、1967）。

跟美国的许多诗人一样，邓肯批评军备竞赛、污染和剥削，讨厌越南战争。他在 60 年代写的诗带有越来越强的政治色彩，这些诗被汇集在《弯弓》（*Bending the Bow*）里，它们先后获得古根海姆奖（1963—1964）和两次国家文学基金奖（1965，1966—1967）。在一首题为《起义》的诗里，他把美国总统描述为一个毁灭性的、几乎神秘的人物："如今，约翰逊试图起来加入这些人的伟大幻想，/希特勒和斯大林，以构建他的声誉用从关岛起飞在亚洲上空咆哮战机,/全美国变成忙乱人群的汪洋大海/被他的意志搅乱。"甚至在一首名为《掠过水面》的爱情诗里也弥漫着伤痕、深水炸弹和死亡的意象。

邓肯在 70 年代出版的作品不多,因为他宣布过,在《弯弓》之后的 15 年之内他不会创作另一本重要著作。这些年的成果是《基础工作:战争之前》(Ground work: Before the War, 1984),此书获得前哥伦布基金美国图书奖(1986)。受到鼓励,他在美国创设了第一个为在诗歌领域作出终身贡献的奖项——国家诗歌奖(1985)。1986 年,邓肯荣获弗雷德·科迪终身文学成就奖。

邓肯的其他重要著作包括:《根与枝》(Roots and Branches, 1964)、《神话的真理和生命:重要自传里的一篇论文》(The Truth and Life of Myth: an Essay in Essential Autobiography, 1968)、《虚构的确定性:重要自传的 5 篇论文》(Fictive Certainties: Five Essays in Essential Auto biography, 1979)和《希尔达·杜利特尔的书》。其中,《希达尔·杜利特尔的书》是一首长诗,写现代诗人 H. D,它的部分片断散见于各种文学刊物。罗伯特·邓肯死于 1988 年。他是画家杰斯·柯林斯的老朋友。

戴维·费里（1924—　）

戴维·费里 1924 年生于新泽西州奥兰兹。第二次世界大战期间在美国空军服役,1948 年在阿默斯特学院获学士学位,并先后于 1949 年和 1955 年在哈佛大学拿到硕士和博士学位,从而完成他的学业。

1959 年,费里以《死亡的局限》(The Limits of Mortality)一书首次赢得批评界的注意,这是一本关于华兹华斯诗歌的有影响的论著。同年,他编辑出版了一本类似的专著,《桂冠诗人华兹华斯》(The Laurel Wordsworth, 1959),并写了批评前言。一年后,他的第一本诗集《通往岛屿的路上》(On the Way to the Island)问世。费里还帮助编辑出版了《英国文学》选集的第三版(British Literature, 1974),但他自己再没有新作问世。直到 1981 年,他仅编辑出版了一本薄诗集《一封信和一些照片》(A Letter, and Some Photographs)。两年后,这些诗作被汇编在《陌生客》(Strangers: A Book of Poems)里出版。

1922 年,费里出版了《吉尔伽美什:英诗的新表达》(Gilgamesh: A New Rendering in English Verse)。该书以几个直译本为基础,把古老叙事诗《吉尔伽美什》改写成无韵诗,此举因其独创性和想象力赢得读者的赞誉。次年,他又出版了《住处》(Dwelling Places),一本由原诗和译诗组成的诗集。正如诗人写道，这些诗章让人想起"住在一个没有定所的世界里会是什么感受……一个充满令人迷惑的结果，但造成这些结果的原因总在别处和无法知晓的世界"。文明的不满者、以及诸如"在为漂泊街头人举行的晚餐上的客人艾伦"和"年老的玛丽"中的疯主人公之类的人物茫然地在书中漫游。甚至连神志正常的人脑子里也塞满了无法回答的问题。然而在这混乱以外，费里提出了一丝希望——通过这些诗歌揭示世界的知识来达到理解的可能性。如他所言，最终，"诗歌本身就是住处。"

1952 年，费里被韦尔兹利学院聘为讲师，经过努力，他于 1967 年获得教授头衔。他后来的学术生涯都是在该校度过的。其间，他有两次外访：一次是到布朗大学做访问学者（1981—1982），另一次是在西北大学（1986）任住地作家。他在韦尔兹利学院得过皮兰斯基教学优秀奖。他的许多课程都是专讲浪漫主义和现代诗歌。自 1971 年直到退休，费里一直任索菲·尚特尔·哈特英语教授。他目前住在马萨诸塞州剑桥市。

艾伦·金斯堡（1926—　　）

1926 年，艾伦·金斯堡生于新泽西州纽瓦克，早期在佩特森附近接受教育。他跟这个工业城市的联系既是个人的，又是文学上的：他早期的诗歌导师之一就是威廉·卡洛斯·威廉斯。当诗人路易伯格·金斯堡带儿子去拜见这位杰出的现代主义者时，他正在创作《佩特森》。威廉斯劝他不要模仿文艺复兴诗歌，而建议他"听听你自己的声音节奏。用耳朵直觉地听下去"。如果说他在后来的诗歌里体现了口头表达的重要性，诗人似乎的确对此表示过关注。

金斯堡在哥伦比亚大学求学，虽然因在宿舍的窗玻璃上涂写下流话于 1945 年被停学，但他最终于 1948 年完成了硕士学业。5 年后，他去了旧金山，在那里重新结识了威廉·巴勒斯（William Burroughs）、格雷戈里·科尔索（Gregory Corso）和杰克·凯鲁亚克（Jack Kerouac），这些作家在后来的"垮掉的一代"运动中起了重要作用。

"垮掉派"作家寻求其他途径代替被他们认为是垂死社会里的艺术呆滞现状。和主流诗歌的古典、精雕细琢的形式主义相比，他们的诗自由流畅，奔放不羁，自发自动。金斯堡在他那开创性的诗作《嚎叫》里写道，他想"毫无惧怕地写……让我的想象跳起来，打开隐秘，从我的真正心灵里涂写魔力般的诗行"。凯鲁亚克这样描写他在旧金山文艺振兴运动诞生之夜，在第六美术馆读诗时所产生的效果：吼他的诗……双臂张开，沉醉痴迷，金斯堡鼓励

诗歌、政治和知识分子

听众反复吟唱"跳!跳!跳!"

那是1955年的事。1956年,《嚎叫》在国外发行,由城市之光书屋出版。由于观点激进,它的第二版被中止印刷。它因为内容淫诲而遭到指控。在听取专家证人的激烈争辩后,法官承认,它肯定有某种"救赎社会的重要性"。这场判决激发了公众的兴趣,《嚎叫》和金斯堡的一圈人士越发受欢迎。最后,暴露演变成过分暴露;这场颠覆性的运动退变成那个小团体内更大胆的成员采用的一种放肆的态势。

"垮掉派"的经历不仅仅是戴黑色的贝雷帽,说时髦的行话,而且还试验服用一些化学物质。金斯堡不是个退缩不前的人。他承认自己曾在化学物品影响下写过一些诗。如"乙醚"中明确地记录了他引发的幻觉感受,他对使用"机械性的帮助"的态度变得越来越矛盾,以致他在60年代初花了大量时间来到亚洲,寻找通往觉悟的其他途径。写于1963年的《变化》记录了他对毒品的最终抛弃。到60年末,他视制毒业为保持人们温顺的阴谋的一部分。他出版了一本小册子——将标题威胁性地定为《关于反对麻醉瘾君子的人权和引起大规模违反城市法律和秩序的医学职业的宪法权的警察官僚政治阴谋的文件》(Documents on Police Bureaucracy's Conspiracy against Human Rights of Opiate Addicts & Constitutional Rights of Medical Profession Causing Mass Break-Down of Urban Law and Order,1970),它暗示美国政府在做毒品交易。

1965年,他获得古根海姆奖金,和他的老朋友彼得·奥尔洛夫一起游览美国的大学。金斯堡每到一处都非常受欢迎,他那富有魅力的颂诗风格把诗歌变成一种广为流传、与现实相关的东西。在他后来的生涯里,他一直积极投身激进的社会事业,为在学生和诗人中间组织反对越南战争的游行运动起了重大的作用。

金斯堡作为文化偶像的地位有时很可能会盖过他在诗歌上的成就。他自己曾说过,他的30几本诗集是他探求觉悟的副产品。尽管如此,在美国的后麦卡锡时代,他的诗作在洞悉充满张力冲突的现实社会方面具有不可估量的价值。他的早期作品被集结在《诗集,1947—1980》(Collected Poems,1947—1980,1984)里面;后来的诗收集在《白色的尸布》(White Shroud,1986)和《世界性的问候》(Cosmopolitan Greetings,1994)中。1994年,金斯堡创作出了诗歌和歌曲集《圣人杰里·罗尔》(Holy Soul Jelly Roll)。

路易丝·格吕克(1943—)

路易丝·格吕克1943年生于纽约市,在长岛长大。她于1962年在萨拉·劳伦斯学院求学，但是六个星期后就辍学了。第二年，她在哥伦比亚大学的非专业学习学院成为一名旁听生，和莱昂·亚当斯及斯坦利·库涅茨一道参加了那里的诗歌讲习班。格吕克在 1968 年离开讲习班，并于同年出版《第一个出生的》(Firstborn)。她后来被威廉斯学院和斯基德摩学院授予荣誉学位。

批评家们称赞格吕克的诗歌语言直接，感情强烈。她得过许多荣誉奖，如洛克菲勒基金奖，以及国家文学基金和古根海姆基金会颁发的许多次奖项。她的文学奖包括：美国文学艺术研究院奖（1981）；《阿喀琉斯的胜利》(The Triumph of Achilles, 1992) 获全国图书批评界奖（1985），《阿勒山》(Ararat) 获勃比特国家奖，《野蝴蝶花》(The Wild Iris) 获普利策奖和威廉·卡洛斯·威廉斯奖（1993）。《证据和定理》(Ploofs and Theories, 1994) 是一本诗歌评论集，它在 1995 年获得诗人、戏剧家、编辑、小说家奖（PEN），玛撒·阿尔布兰德第一个非小说奖。

格吕克跟许多高校的创作研究课题有联系，包括高达德学院、沃伦·威尔逊学院和哈佛大学。1991 年，她在那里被称为联谊会诗人。自 1984 年起，她一直在威廉斯学院执教。最近，她先后担任哈佛大学的莫里斯·格雷讲师和斯基德摩学院的斯特洛夫讲师。1996 年，她将成为布兰代斯的范妮·赫斯特教授。格吕克的诗集有：《沼泽地上的房屋》(The House on Marshland, 1975)、《下降的人物》(Descending Figure, 1980)、《阿勒山》(1990) 和《野蝴蝶花》(1992)。她是美国文理研究院的会员。

汤姆逊·甘恩 (1929—   )

汤姆逊·甘恩，1929 年生于肯特郡的格拉维桑德，他的父母亲都是作家。父亲是一位受人尊重的伦敦报业人员；母亲在孩子们出生前也在新闻部门工作，她博学多才，具有社会主义和女权主义思想倾向。她鼓励儿子汤姆阅读和写作，叫他把一部小说连起来，作为送给她的生日礼物，当时他仅 12 岁。该小说是他根据《摇摇晃晃》(The Flirt) 这本普通小说编辑而成的。从 8 岁起，甘恩的绝大部分青年时光是在富裕的伦敦汉普斯特德郊区度过的，那儿是济慈曾经居住过的地方。虽然他把他在汉普斯特德的记忆描述为愉快的回忆，但是，全家搬到那里不久父母就离婚了，他 15 岁时母亲便告别人世。

二战期间德国发动伦敦闪电战时，甘恩跟很多城市小学生一样被送往乡村就读。他在汉普郡的一所学校学了几个学期，一位有同情心的英语教师送给他一本奥登选集《诗人的语言》(The Poet's Tongue, 1941)。很大程度上是

○诗歌、政治和知识分子

多亏这位老师，年轻的甘恩阅读了许多作家的作品，包括马洛、弥尔顿、丁尼生和济慈。他称济慈是"第一位真正对我有影响的诗人"。他边读边写散文和诗歌，梦想成为一个诗人、小说家和戏剧家。

完成学业，并奉令在英国军队服役两年以后，甘恩到了巴黎。他在公交系统谋得一个职员工作，开始阅读普鲁斯特的作品，并尝试写小说。近六个月后，他又返回英国，开始专攻诗歌。他后来嘲讽地说他"没有当小说家的耐力，并且……不具备能写出对话的意识……因此我坚持写诗"。1950年，他进了剑桥的三一学院，学习英国文学。

在剑桥大学的第一年，他成为一名和平主义者，并且在 CUSC 集会上朗诵他的思想激进的诗歌。他也在本科生杂志《今日剑桥》的反战诗专栏上发表第一首诗。虽然他也觉得他从同行的身上学到的东西比从老师那里学的要多，但他发现 F. R. 列维斯的讲座对自己有用：他的"辨别力和热情有助于教我写作，这比写作课传授给我的还要好。他对真实，即诗歌生命的坚持正是我需要的"。

在剑桥大学的最后一年，他编辑了学生撰写的诗歌选集《剑桥的诗》(*Poetry from Cambridge*)。1954年，他的处女作《战斗术语》(*Fighting Terms*)问世，这使他立刻被看成是"运动派"中的一员。"运动派"是英国诗人组成的一个团体，它们拒斥新浪漫主义诗人重视华丽辞藻，追求精确形式和用词的诗风。该派的代表作家有唐纳德·戴维、金斯利·艾米斯（Kingsley Amis）和菲利普·拉金等。然而，甘恩从未见过绝大部分所谓的同行，因此，他把这一切看成是新闻界的一个发明。当罗伯特·康奎斯特（Robert Conquest）出版《新诗行》(*New Lines*, 1956)选集使"运动派"一词变得流行之时，甘恩已经到了大洋的彼岸。

在剑桥大学时，甘恩就爱上迈克·凯特，一个"对我的生活，并因此对我的诗歌产生最重要影响的"美国人。他下决心跟凯特一起回美国，并在斯坦福大学申请创作奖学金。在罗马停留数月，他于1954年来到加利福尼亚，在那儿遇到了 J·V·坎宁汉姆和伊弗·温特斯。关于温特斯，他这样写道，"我幸运极了，在我人生的特殊阶段我居然能跟他一起工作。"

当他的诗作正朝着更传统的审美方向发展时，甘恩的社会生活轨迹却在沿着另一方向行进。他开始探索旧金山的同性恋者聚集的酒吧场景；初访"黑猫"酒吧之后，他对它如此欢喜，以致第二天夜里又去那里。这种严格的韵律形式和反文化主题的奇怪结合出现在他的第二本诗集《运动的意义》(*The Sense of Movement*, 1957)里，它在1959年获得萨默斯特·毛姆奖。

虽然上述两本书在写作风格和对写作实践行动的追求两方面相似，但是，

《运动的意义》的题材特色跟第一本诗集完全不同。《在运动》(On the Move) 歌颂了穿皮衣服的摩托车手帮群，其他诗作写的是不大引人注意的咖啡屋街头集会的下层社会生活。甘恩笔下的主人公仍然是那充满激情的具有坚强意志的人，但是这一次，他们站在主流文化之外。

在斯坦福大学的第一年末，甘恩去圣安东尼奥跟凯特会面。继续学习之后，他在那里教了一年的书。回到帕罗阿图后，他参加温特斯的讲习班的次数"越来越少"，并最终在1958年没拿学位便离校了，到加利福尼亚的伯克利分校找了一个职业。这些年间，他开始试验写自由诗和不重韵律的音节诗。《我伤心的首领》(My Sad Captains, 1961) 的形式更加松散，更注重沉思。这些诗歌已偏离被有些批评家认为是对法西斯主义有吸引力的东西，而面向自然界。

在伦敦呆了一年后，甘恩于60年代回到令他欣喜的旧金山。他辞去伯克利分校的职务，沉浸在"正在他心灵里展开的新领域"的狂喜之中。而这正是麻醉药带给他的神奇功效："每一个经历都被这种药物照亮……这些年是我生活中最充实的岁月，我的内心和外界都充满了发现，我们运动在心醉神迷和理解之间……麻醉药对作为男人和诗人的我而言，已成为最重要的东西。"《黄花茗葱》(1971) 中的几首诗明晰地表现了甘恩服用麻醉毒品的真实体验。五年后出版的《稻草人的城堡》(Jack Straw's Castle) 探索了他经历不幸的失足以及浪子回头的清醒的心态。

1982年出版的《欢乐的通道》(The Passages of Joy) 多少成为甘恩创作事业的分水岭。在"带着一种我无法完全理解的欣赏之情，我看到满街都是吃得好、长得漂亮的美国兵"之后，他承认他在剑桥大学读书时有同性恋行为。然而，他初期的诗歌都是从异性爱的角度写的，直到创作《欢乐的通道》，甘恩才明确地写他和其他男人的关系。

甘恩以高级讲师的身份在伯克利分校执教多年。他获得过很多奖和荣誉称号，如美国文学艺术研究院奖、洛克菲勒基金奖、古根海姆奖和麦克阿瑟基金奖。他还得过诗人、剧作家、编辑和小说家奖（PEN），洛杉矶诗歌奖（1983）、罗伯特·柯什奖（1988）、雪莱纪念奖（1990）和佛沃德诗歌奖（1992）。他的散文包括《诗歌的时机》(The Occasion of Poetry, 1982) 和《保存期限》(Shelf Life, 1983)。《诗歌选集》(The Collected Poems) 在1993年问世。

苏珊·哈恩（1941— ）

苏珊·哈恩于 1941 年出生，在芝加哥郊区长大。在一所女子学院过了一年不愉快的时光后，她转到西北大学，并于 1963 年获心理学学士学位；两年后，她完成了硕士学位的学习要求。毕业后，在木场心理健康中心工作。1972 年，她获准成为一名集体治疗专家。

70 年代中期，她参加了芝加哥格式塔学院的一个项目，训练心理治疗专家如何用艺术治疗，以达到有疗效的目的。后来，她把安妮·塞克斯顿（Anne Sexton）和西尔维娅·普拉斯的作品介绍给她小组的同事，并鼓励他们自己创作，把创作作为一种自我表达的形式。哈恩和她的病人一道，进行写作练习。虽然她起初并未打算将自己的诗作出版，但她最终决定将部分作品送到《诗歌》（Poetry）杂志。《诗歌》对那些诗很感兴趣。

哈恩最后放弃了从事心理健康的职业，一心追求成为一名诗人，但她对人类行为的兴趣未减。她把她的诗歌描述为是靠她在大学学到的知识和回忆作为心理治疗专家所做工作写出来的。她说，作家必须"写他们最了解的东西"。

她的第一本诗集《哈丽特·鲁宾的母亲的木手》（Harriet Rubin's Mother's Wooden Hand）在 1991 年出版。两年后，《失禁》（Incontinence, 1993）问世，它于次年获得中部作家协会诗歌奖。受伊利诺斯艺术委员会基金的赞助，她的《忏悔》（Confession）在 1997 年初出版。苏珊·哈恩目前是《三季度》杂志的合作编辑，她自 1980 年起就在那儿工作。

罗伯特·哈斯（1941— ）

罗伯特·哈斯 1941 年生于旧金山。在加利福尼亚长大和接受教育，本科就读于摩拉瓜的圣玛丽学院。1963 年，获得学士学位后进了斯坦福大学。在此期间，他听了几次伊弗·温特斯的报告，并跟约翰·马塞厄斯、詹姆斯·麦克迈克尔、约翰·佩克和罗伯特·品斯基等诗人有交往。这些年他获得过伍德罗·威尔逊（1963—1964）和丹佛思（1963—1967）奖学金；80 年代他又相继荣获古根海姆奖和麦克阿瑟奖。哈斯 1971 年在斯坦福大学获博士学位。

附录Ⅰ：诗人的传记

他的第一本诗卷《野外指导》（*Field Guide*）在 1973 年问世，当时它被斯坦利·库尼兹选中，获耶鲁青年诗人丛书奖。正如哈斯解释的，该书的确是一种指向："在美国，整个战后的爆炸正在进行，而（我这样认为，《野外指导》）是一种坚持不懈的方式，一种使我珍视的事情固定不动的方式。通过将一种草与另一种草以及将一种鸟跟另一种鸟区别开来，通过知道它们的名字，它们就能固定不动。"事物的名字的重要性成为他的获奖诗集《赞扬》（*Praise*, 1979）关注的一个焦点，探讨了名字与事物之间的关系。到创作《人的愿望》（*Human Wishes*, 1989）时，哈斯已开始做这样的试验，即把单词放在一起，描述一种经验。至此，他的诗变得更加不合传统韵律，更加碎片化。

哈斯不仅是一个诗人，而且还是一位评论家、批评家、翻译家、编辑和教师。他的批评专著《二十世纪的欢乐：论诗的散文》（*Twentieth Century Pleasure: Prose on Poetry*, 1984）得到人们的高度赞扬，并获得国家图书批评家协会奖和圣弗朗西斯科湾地区图书评论家协会奖。哈斯的第一本重要译著也在 1984 年问世：他跟品斯基一起将诺贝尔文奖得主、桂冠诗人切斯瓦夫·米沃什的《拆散的笔记簿》从波兰语译成英语。最近，哈斯和米沃什合译了《不能到达的地球》（Unattainable Earth 1986）、《诗合集，1931—1987》（*Couected Poems*, 1931—1987, 1988）、《省》（*Provinces*, 1991）和《向着河流》（*Facing the River*, 1995）。他编辑和翻译了一本日本语诗歌《基本的俳句》（*The Essential Haiku*, 1994）。

罗伯特·哈斯先后在布法罗的纽约州立大学、圣玛丽学院、弗吉尼亚大学、戈达德大学和哥伦比亚大学执教过。他目前是加州大学伯克利分校的教授。1955 年，他荣膺美国桂冠诗人称号。

罗伯特·海登（1913—1980）

1913 年，罗伯特·海登生于底特律。他的家庭支持他的文学兴趣，但是在他完成中学学业后，却无力将他送上大学。他因此曾自学一段时间，阅读哈莱姆文艺复兴时期诗人的诗歌，20 世纪更传统的美国诗歌以及英国的古典诗歌。后来，他能够进入底特律城市学院（现在的韦恩州立大学）。1936 年拿到学士学位后，海登为底特律的联邦作家项目研究黑人历史。该职业为他提供了广博的历史知识，这些知识后来在他的诗作中反复出现。他那些反映奴隶制和内战的诗歌在 1942 年获朱尔斯和艾弗里·霍普伍德诗歌奖。

1940 年迎来了诗集《尘土中的心形》（*Heart-Shape in the Dust*）的出版。

◦诗歌、政治和知识分子

在纽约市短暂停留后，海登回到中西部，进了密执安大学，在那里和奥登一起学习诗歌。1944年拿到硕士学位后，他先后在菲斯克大学和密执安大学任教。

海登经常用欧洲传统的诗歌形式书写美国黑人的经历。不像60年代为种族问题呐喊的许多诗人，海登认为种族分类并非相互排斥；他宁愿被以为是一个碰巧是个黑人的诗人，而不愿被看做一个黑人诗人。这种态度是矛盾的：尽管白人批评家称赞他缺乏激进和种族中心主义，但是黑人斥责他在出卖他的传统。

海登的《记忆之歌》（*A Balled of Remembrance*, 1962）1966年在塞内加尔首都达喀尔的世界艺术节上获得格兰德大奖。他的声誉在《诗选集》（*Selected Poems*, 1966）问世后稳步上升。1976年，他成为第一个以诗歌顾问身份被选进国会图书馆的美国黑人。罗伯特·海登1980年去世。他的《诗合集》1985年问世。

安东尼·赫克特（1923—　　）

1923年，安东尼·赫克特生于纽约市。1944年在巴德学院本科毕业后，当了三年兵，在欧洲和日本工作过。虽然他最早发表的一些诗作写的是他战时的经历，但是他解释说，"这些经历积累起来的意义是荒诞的，我无法用其他方式将它们写出来。"

回到美国后，他从事了一系列的教学工作，其中包括1947年至1948年在凯尼恩学院执教一年，同兰色姆一起学习。兰色姆创办和编辑了《肯庸评论》，这一刊物第一个出版赫克特的一些诗作。继在俄亥俄州的一段时光之后，诗人又回到东海岸，在那里非正式地跟兰色姆以前的学生，艾伦·塔特一道工作，并最后在哥伦比亚大学拿到硕士学位（1950）。

1951年，赫克特获得了罗马奖，然后到了意大利，在美国研究院住了一年，三年后。他的处女集《呼唤顽石》（*A Summoning of Stones*）问世。它的特色是形式技巧精湛，被评论家批评为措辞过分华丽。赫克特后来对该诗集不满，称之为"高年级学生的习作"。在第一本诗集和第二本诗集出版之间，他的写作风格经历了根本的改变，因此，批评家们认为《艰难时刻》（*The Hard Hours*, 1967）的更简洁的语言是诗人成熟的标志。该书于1968年获普利策奖。然而，随着《奇影百万》（*Millions of Strange Shadows*, 1977）和《威尼斯的夜晚》（*The Venetian Vespers*, 1979）的出版，赫克特又回到更加复杂的措辞风格，但是，它增加了，而非减损了他的诗歌技巧。

赫克特在很多高校教过书：衣阿华州立大学、纽约大学、史密斯学院、巴德学院、罗彻斯特大学（以约翰 H. 迪恩诗歌教授身份）和哈佛大学。他目前是乔治镇大学的荣誉教授。他获得的荣誉奖有：几次古根海姆奖和福德基金奖、布兰代斯大学诗歌创作艺术奖（1965）、拉塞尔·洛英斯奖（1968）、迈尔斯诗歌奖（1968）和博林根奖（1983），他也在国会图书馆当过诗歌顾问。除了与人合编轻松诗选集《骗局》（*Jiggery-Pokery*, 1967），他与人合译埃斯库罗斯的《七人反对底比斯》（*Seven Against Thebes*, 1973），赫克特还写了一本批评文集《助奏》（*Obbligati* 1986）。1993 年，他出版了《隐藏的法则：W·H·奥登的诗》（*The Hidden Law: The Poetry of W. H. Auden*）。

苏珊·豪（1937— ）

苏珊·豪 1937 年生于波士顿，母亲是爱尔兰人，父亲是波士顿人。在她孩提时代，美国经历了从大萧条到军事卷入欧亚大陆，她对那些历史事件的感知走进了她后来的作品。她于 1955 年到爱尔兰，在都柏林的盖特剧院做了一年的演出和舞台设计工作。回到美国后，她于 1957 年至 1961 年间在波士顿美术作品博物馆学院学习绘画，后来去了纽约市，在那里参加了很多集体画展。在绘画实践，以及对戏剧表演艺术兴趣渐浓的过程中，她逐渐转向诗歌创作。1974 年，她出版了第一本诗集《合叶画》（*Hinge Picture*）。1975 至 1980 年，她在纽约市开辟了一个关于诗歌的广播节目。

豪的诗，从结构上讲，经常使人想起她的绘画艺术训练经历。有些诗把词语看成是艺术家的媒介，如同拼贴画中的各个断片：她在纸上安排词语的方式有点令人想起纪尧姆·阿波利奈尔（*Guillaume Apollinaire*, 1880—1918）和菲利波·马里内蒂（*Filippo Marinetti*, 1876—1944）等先锋派诗人。还有些诗试验来自纸上字母不规则分布的感觉。标题诗《毕达哥拉斯的沉默》（*Pythagorean Silence*, 1982）中有这样一行："He plodded away through drifts of i/ce"（他经过漂流的冰缓缓走开），它包涵这层意义：给读者一种特别的视觉感。

这些诗歌的形式和句法碎片特征向读者暗示诗人豪的创作计划的关注中心。这个计划，正如她在《相信欧洲》（*The Europe of Trusts*, 1990）序言中解释的，就是将那些声音拼贴一起，"把那些无名的、被忽视的——未表达出来的声音从历史的黑暗面里显露出来让人听见。"在《自由》（*The Liberties*, 1980）中，她致力于让她的故事人物表露这种声音。故事的主人公埃斯特·约翰逊，即历史上的乔纳森·斯威夫特小说中的斯特拉，占据着中心舞台；

◎诗歌、政治和知识分子

她不再是作者创造的机械产物,而是用她自己的语言说话。斯威夫特本人仅以幽灵的形式出现。作者的幽灵形象在《国王的书的参考书目:或巴西来克画像》(*A Bibliography of the King's Book*:*Or*,*Eikon Basilike*,1989)里再次出现,豪在此对编造的《巴西来克画像》的作者的权威感到疑惑不解。《巴西来克画像》是一个作品集,原本属于斯尔斯的创作。

通过对作者的声音批判性的审视,以及使用双关语的机智的应答,豪对意义本身提出怀疑。她不相信她自己的语言工作风格可以把她和旧金山海湾地区的语言诗人相提并论。她的作品除了发表在像《语言书》(1984),《在美国的树上》(1986)和《语言诗歌》(1987)等选集里,也在那些语言诗人的杂志上出版。她自己的诗集包括:《西部边界》(*The Western Borders*,1976)、《分界线的秘史》(*Secret History of the Dividing Line*,1978)、《蔬菜园》(*Cabbage Garden*,1979)、《将布拉格抛出窗外》(*Defenestration of Prague*,1983)、《表达时间中的声音形式》(*Articulation of Sound Forms in Time*,1987)、《唯一》(*Singularities*,1990)和《不墨守成规者纪念堂》(*The Nonconformist's Memorial*,1993)。

除了诗歌,两本批评专著构成苏珊·豪全部作品的重要组成部分:《我的艾米莉·狄金森》(*My Emily Dickinson*,1985)和《胎记:美国文学中不确定的荒野现象》(*The Birth-mark*:*Unsettling the Wilderness in American Literary History*,1993)。《毕达哥拉斯的沉默》和《我的艾米莉·狄金森》使她两获"手推车"奖(1980,1989),两次获前哥伦布基金奖和获美国图书奖。她最近获得由圣地亚哥的加利福尼亚大学颁发的新的罗伊·哈维·皮尔斯奖。目前,豪在纽约州立大学布法罗分校任教,1988年至1989年间她是那里的巴特勒学会会员。

勒罗伊·琼斯(1934—)

勒罗伊·琼斯1934年生于新泽西州纽瓦克,后来改名为伊马穆·阿米里·巴拉卡。他在路特杰斯上学一年后,转到霍华德大学,并在1954年拿到学士学位。毕业后在美国空军服役两年,之后返回纽约,继续在哥伦比亚大学和社会研究院学习。与此同时,他结识了一批"垮掉派"诗人,如艾伦·金斯堡、弗兰克·奥哈拉和吉尔伯特·索伦提诺(Gilbert Sorrentino)。他的处女诗集《一个二十卷自杀笔记的前言》(*Preface to a Twenty Volume Suicide Note*)于1961年问世。

同年,他在获奖论文《古巴的解放》(*Cuba Libre*)批评垮掉的一代脱离美国文化的现实。正如他在《家：社会论文集》(Home：Social Essays，1966)中解释的，1960年的古巴之行使他眼界大开。在国外期间，琼斯结交了一些艺术家，他们的作品公开表示对诸如贫穷、饥饿和暴政等政治问题的关注。这段交往经历使他相信，为了变革社会，美国的艺术家也需要参与到他们社会的问题中去。在琼斯看来，像"垮掉派"诗人的"退出"的做法，从政治的角度上讲是徒劳无益的。他在寻找另一种方式抗议美国白人。在《已故的讲师》(The Dead Lecturer，1964)里，他考察了几种可能性：要么保持被同化，要么将自己的命运跟种族事业连在一起。琼斯认为这两者之间不存在中间地带；他对寻求妥协和融合的美国黑人几乎没有耐心。1965年马尔科姆·X被暗杀后，他成了一名黑人民族主义者。

琼斯的作品涵盖各种文类，从诗歌、散文到长、短篇小说，再到戏剧。他的几个剧本于1964年在外百老汇被搬上舞台，包括《盥洗室》(The Toilet)、《奴隶》(The Slave)，以及获得奥比奖的《荷兰人》(Dutchman)。同年，他搬到哈莱姆，在那里创立了黑人艺术剧目演出剧院。他在他所有的作品中开始拒斥欧洲传统，崇尚能再现真实的非洲标准的艺术形式。这种对真实性的追求可能在他1963年的《布鲁斯人：美国白人中的黑人音乐》(Blues People：Negro Music in White America)中得到最优美的体现。该书勾勒了美国黑人音乐的历史，将布鲁斯人描写成非洲文化和美国南方文化互相作用的独特产物。琼斯因写作有关音乐方面的著作而颇受人尊重，如《黑人音乐》(Black Music，1968)和《音乐：对爵士乐和布鲁斯歌曲的沉思》(The Music：Reflections On Jazz and Blues，1987)。

由于他的作品探讨了种族冲突问题，琼斯不仅成为一位有影响的作家，而且成为黑人社区一位重要的文化和政治领袖。他对白人艺术的批判超出了他个人对美国主流文化的排斥的界限：如他在《家》(Home)中写道，黑人艺术家的地位"对他了解的美国的毁灭有帮助"。琼斯直言不讳的言论引起白人的注意。在1967年夏天的暴乱中，他因秘密携带武器而被捕，并且受到罕见的严厉审判。法官引用"黑人"中的诗句解释说："我们必须打造我们自己的／世界……我们不能完成使命，除非白人／死去。让我们团结起来，杀掉他，我的人……"琼斯在后来的审判中被判无罪。在纽瓦克，经历一段时间积极投身黑人民族主义政治之后，他于1974年最终放弃了作为种族主义者的身份参加种族运动，而开始通过第三世界的马克思主义强调位于种族之上的阶级问题。

尽管一些主流批评家对琼斯的激进立场感到不舒服，但他还是以客座教授的身份到过很多大学，而且获得了无数奖项，包括古根海姆奖（1965—

○诗歌、政治和知识分子

1966)、国家文学基金奖（1966）、马尔科姆·X学院颁发的人文科学博士学位，以及因《证实：美国黑人妇女选集》（Confirmation: An Anthology of African-American Women, 1983）而在1984年获得的美国图书奖。1984年，他出版了《勒罗伊·琼斯/阿米里·巴拉卡的自传》（The Autobiography of LeRoi Jones/Amiri Baraka）。他目前在斯托尼布鲁克的纽约州立大学的非洲民间故事研究系任教。

布拉德·雷索塞（1953— ）

1953年布拉德·雷索塞生于密歇根州底特律。在哈佛大学先后拿到学士学位（1975）和法学博士学位（1980）。毕业后，他以研究员的身份在日本的京都呆了三年，京都后来成为他小说《同样的距离》（Equal Distance, 1985）的创作背景。

雷索塞的第一本书《萤火虫数百》（Hundreds of Fireflies, 1982）在1982年被提名为全国书评界奖。他的诗音韵优美，很受欢迎；评论家把他的诗和玛丽安·穆安、伊丽莎白·毕肖普和罗伯特·弗罗斯特等诗人的诗相比。四年后，虽然批评家对他的诗作褒贬不一，但他的再次努力使他又一次获得提名奖。在一些批评家称赞他的诗形式精美之时，另一些人却认为《庙里的猫》（Cats of the Temple, 1986）过分讲究形式，情感空虚。人们还责备他依靠文学前辈，而不是在他们的基础上构建自己的东西。虽然毁誉兼有，但他的作品仍获得了很多荣誉奖，如艾米·洛厄尔旅行奖（1981—1982）、古根海姆奖（1982—1983）、几次麦克阿瑟基金奖（1982—1987）和彼特·I.B.拉文青年诗人奖（1983），并且于1989年获富布莱特奖金赞助访问冰岛。

雷索塞在阿默斯特学院和霍尔约克山教过书，在每月图书俱乐部的编辑委员会工作过。除了诗歌集《跳跃之间》（Between Leaps, 1987）和《来自任何地方的邮件》（Mail from Anywhere, 1990），他还创作了两部小说：《同样的距离，从这里》（Equal Distance, Hence, 1989）和《朝海》（Seaward, 1993）。《偏爱和位置》（Penchants and Places）是一本1995年问世的论文集。

菲利普·列文（1928— ）

俄罗斯—犹太移民的儿子菲利普·列文生于1928年。他在底特律长大，在韦恩（现在的韦恩州立）大学跟约翰·贝里曼一起求学。拿到文科学士

（1950）和文科硕士学位（1954）后，他转到衣阿华大学，在那里边教学边攻读美术硕士学位（1957）。次年，他在斯坦福大学获得诗歌奖，并遇到伊弗·温特斯，与他一起工作。

还是个孩子时，列文就知晓西班牙战争（1936—1939），他不仅钦佩革命者，而且敬佩为生存而战的普通群众。50年代初，他在家乡从事一系列"愚蠢"的工业工作时，他跟工人阶级的联系更加密切了。这段经历使他相信有必要为工人提供一个说话的声音："就美国文学而言，还没有听到他们的声音，没有人为他们讲话……（因此）我要发出一个愚蠢的誓言，要替他们说话，那将是我的全部生活。"自此以后，他对普通民众和西班牙无政府主义运动的关注为他的诗作注满了活力。他遍游西班牙，深受拉美超现实主义诗人以及他们的领袖罗伯特·布莱的影响。

列文在加利福尼亚州立大学佛雷斯诺分校执教多年。他得过无数奖项：国家文学基金奖、国家文学艺术院奖、古根海姆基金奖；美国图书奖、全国书评界奖和国家诗歌图书奖、鲍伯斯特文学艺术奖。他著书颇丰，主要有《在边缘》（On the Edge 不完整版，1961；第二版，1963）、《不是这头猪》（Not This Pig，1968）、《他们吃，他们威势》（They Feed They Lion，1972）、《1933》（1974）、《失者的名字》（The Names of the Lost，1976）和《工作是什么》（What Work Is，1991）。《简单的真理》（The Simple Truth，1994）最近获普利策奖。

罗伯特·T. S. 洛厄尔（1917—1977）

罗伯特·T. S. 洛厄尔，波士顿两个名门望族家庭的后裔，生于1917年。温斯洛家庭和洛厄尔家族的历史可追溯到新英格兰早期。在后者家族的著名成员有诗人兼外交家詹姆斯·拉塞尔·洛厄尔和意象派诗人艾米·洛厄尔。罗伯特·洛厄尔着迷于自己的家系传统并把它作为后来许多作品的主题。

洛厄尔在圣马克预备学校学习期间遇到诗人理查德·埃伯哈特（Richard Eberhart）；1935年进哈佛大学。1937年，他跟父亲争吵之后离开马萨诸塞州，来到田纳西州——诗人艾伦·塔特生活的地方。正如洛厄尔多年后回忆的，"我想，我自以为也许能跟他们住在一起。他们说，'我们的确没有地方，你在草坪上搭个帐篷吧。'于是我去斯尔斯·罗巴克弄了帐篷，搭在草坪上。塔特一家太礼貌，也没告诉我他们当时所说的只是个委婉的说法。我在篷子里住了两个月并跟塔特一家人一起吃饭。"

田纳西州的生活几乎立刻改变了洛厄尔的学术道路：为了跟塔特以前的

诗歌、政治和知识分子

老师约翰·克劳·兰色姆一起工作，他转到肯庸学院；他在那里又结识了作家兰德尔·贾雷尔和彼特·泰勒，他们后来成为世交。1940年他以优异的成绩毕业，专业是古典文学。此后，在路易斯安那州立大学跟克林思·布鲁克斯和罗伯特·佩恩·沃伦（塔特的大学室友）又一起学习了一年。

洛厄尔1940年跟作家琼·斯塔福德结婚，由信美国新教圣公会教改信罗马天主教。《不同的国度》（*Land of Unlikeness*，1944）荣获普利策奖。诗集《威利勋爵的城堡》（*Lord Weary's Lastle*）中的很多诗歌都反映了他的新信仰。然而，到了1951年出版《卡瓦诺家族的磨坊》（*The Mills of the Kavanaughs*）时，他已离开了教堂，失去了婚姻。在这段困难时间，他第一次遭受精神疯狂抑郁症的重大打击，该病竟困扰他的余生。1949年他与作家伊丽莎白·哈德威克结婚，但仍以离婚收场。

《卡瓦诺家族的磨坊》问世后，洛厄尔到西海岸巡回讲座并在旧金山发现了"垮掉派"诗人的革新诗。50年代后期，他主要住在波士顿，在波士顿大学和哈佛大学任教。癫疯症和抑郁症仍时时折磨着他，使他难以用自己习惯的方式写作。在创作获奖著作《人生研究》期间，他发现自己"没有语言或韵律使我接近看到或记得的东西。用散文的方式写作，我已经找到我想要的东西，即自传和回忆的传统风格。因此，我在写我的自传体诗时，我用一种……使用意象、讽刺、或有趣的具体事例的风格。我利用韵律的各种技巧，又避免使用韵律……我不必把词语硬塞进韵律和节奏里面"。由于《人生研究》中的诗歌大量使用口语化语言和作者生活中的真实轶事，它们因此首创了一种新的诗歌范式，即被评论家们冠以"自白派诗歌"的范式，这种范式在60年代初立即在美国诗人中流行起来。

洛厄尔于1960年移住纽约。1963—1970年间，他每天乘车去哈佛大学教书，后来，他一直断断续续地在哈佛任教，直到退休。这些年来出版的诗集有《献给联邦死难者》（*For the Union Dead*，1964）、《大洋附近》（*Near the Oceam*，1967）和《笔记1967—1968》（*Notebook 1967—1968*，1969）。其中，《笔记》反映了混乱的政治时代。二战期间，洛厄尔因竭力反战而被捕入狱；60年代，他仍积极投身反战运动，为了抗议美国继续插手东南亚事务，他拒绝总统约翰逊的邀请他参加1965年的白宫艺术节；并坚决拥护参议员尤金·麦卡锡的"和平宣言"。《笔记1967—1968》（1970年修改为《笔记》）里的无韵十四行诗就是在他参加和平运动和麦卡锡的总统竞选活动的经历的基础上写成的。

为了逃避政治和家庭矛盾，洛厄尔于1970年到英国，在埃塞克斯大学和肯特大学教书。他跟伊丽莎白·哈德威克分手后，于1972年跟卡罗琳·布莱克伍德结婚。次年,他出版了三卷十四行诗集:《历史》(*History*)、《为利齐和哈里特而作》(*For Lizzie and Harriet*) 和《海豚》(*The Dolphin*)。有些读者因发现洛厄尔在《海豚》中一字不改地引用哈德威克的私人信件而对他大为不满,然而尽管如此,该书在 1974 年仍获得普利策奖。

洛厄尔的其他著作有:戏剧集《古老的光荣》(*The Old Glory*, 1964)和几本译著——其中最著名的是获奖的《模仿》(*Imitation*, 1961),包括荷马、萨福、里尔克、马拉美、波德莱尔及其他诗人的诗作。《日复一日》(*Day by Day*) 是洛厄尔最后的新诗集,它在 1977 年出版,就在它刚问世不久,诗人因充血性心力衰竭辞世。1978 年,已故的洛厄尔获得全国书评界奖。

托马斯·麦克格拉思 (1916—1990)

托马斯·麦克格拉思是爱尔兰天主教移民的孙子。在充满希望的金色国度的诱惑下,他的祖辈远渡重洋,定居美国西部。他于 1916 年生于北达科他州谢尔顿附近,在家庭农场长大。他意识到,要想使挣扎中的农场经营成功,劳动力的合作与联合是非常重要的。他通过一些农民了解到世界工业工人组织的信条,因此,他在很早就接受了激进的政治哲学。北达科他大学(1939 年本科毕业)和路易斯安那州立大学(1940 年获硕士学位)学习结束后,他在 40 年代以一名劳工组织者的身份参加了工作。

1940 年,他出版了第一本诗集《第一个宣言》(*First Manifesto*)。两年后,阿伦·斯瓦劳主编的《三位青年诗人:托马斯·麦克格拉思、威廉·佩特森和詹姆斯·富兰克林·路易斯》(*Three Young Poets: Thomas McGrath, William Peterson, James Franklin Lewis*) 收录了他的一首诗。麦克格拉思这些年的大部分时间是在漂泊中度过的,为了资助写作,他干过各种工作。他曾短期在纽约的一家船厂当焊接工,同时还任一家联邦报纸的编辑。做编辑的经历对他很有用,他后来也因此能在《加利福尼亚季刊》(1951—1954)、《主流》(1955—1957)和《疯马》(1960—1961)做编辑工作。在船厂码头工作期间,麦克格拉思在码头工人左派人士中间很受欢迎。他在 1949 年写的《不大可能的奥尼里的应用诗花环》(*Longshot O'leary's Garland of Practical Poesie*) 就是为那些"来串门,喝我的咖啡,打断我的白天工作,教我应该如何写诗"的人写的。

二战期间,麦克格拉思在阿留申群岛的美国空军服役。1947 年获得罗德斯奖学金,到牛津大学学习。回国后,他花了几年时间为纽约的激进刊物撰文。1952 年,他到洛杉矶州立应用文理学院任教(现为洛杉矶加利福尼亚州

◎诗歌、政治和知识分子

立学院），但在那里的时间不长。

50年代是美国的多事之秋，很多人被怀疑与激进思想有染，更不用说真正的共产党人。尽管非美活动众议院委员会施压，但麦克格拉思拒绝在他的政治信念上妥协："一个随时跟着政治风向见风使舵的教师，"他告诉委员会，"不可能是一位好教师。我本人从没有这样做，今后也决不会这样做。"他在1954年丢掉了工作。麦克格拉思在洛杉矶又住了几年，在那里与人合办了红杉学校，当过木雕工，并开始写电视和电影剧本。离开加州后，他去了北达科他州平原，开始创作《致一位想象中的朋友的信》（Letter to an Imaginary Friend），这是一首长达一本书的自传诗，被广泛认为是作者最重要的作品。它按四部分写成，第一部分出版于1962年（那年他被选进唐纳德·霍尔主编的《英美新诗人》），第二部分在1970年出版，第三、四部分问世于1985年。其他著名的诗集包括《世界末日的电影》（The Movie at the End of the World，1972）、两卷获奖诗集：《迷宫里的回响》（Echoes Inside the Lybrinth，1983）和《诗选集1938—1988》（Selected Poems，1938—1988，1988）。他还出版了两部小说，《象牙门，号角门》（The Gates of Ivory，The Gates of Horn，1957）和《棺材没有把手》（This Coffin Haso No Handles，1988）。

麦克格拉思仅在1960年才回到学术界。他在C.W. 波斯特学院（1960—1961）、北达科他州立大学（1962—1967）和摩尔赫德州立大学（1969—1982）教过书。除了《来自一个双重世界的人物》（Figures from a Double World）在1955年获艾伦·斯瓦劳诗歌图书奖以外，他的绝大部分文学奖项直至他的诗歌创作晚期才来到：1985年获美国国家图书奖，1989获勒诺·马歇尔/国家奖。托马斯·麦克格拉思于1990年去世，离他74岁生日差两个月。

切斯瓦夫·米沃什（1911—　　）

1911年生于立陶宛的塞提伊尼，切斯瓦夫·米沃什的早期童年是在沙皇俄国度过的。父亲是一名土木工程师，一次大战时被派去为俄军修路建桥，家中的其他成员都跟他一起过着这种"游牧生活"，一直到1918年才结束。波俄战争结束后，东欧边界发生变化，维尔诺（现在立陶宛的维尔纽斯），即米沃什全家居住的地方，被并入新的波兰国家。

米沃什就读维尔诺的一所天主教学校，后来进了斯蒂芬·巴托里大学，在那里结交了一个左派文学团体。这帮作家因为对未来持冷酷无情的看法被称为毁灭学派。米沃什开始出版诗歌和论文。对他来说，这种"所谓的社会抗议诗歌……跟艺术活的源泉没有联系；它是新闻，我写它是为我没有参加工人与警察的冲突而作的补偿"。

尽管以文学活动为主,米沃什也学习法律。他觉得"文学不应以它本身为养料,而应该得到社会知识的支持"。他最终对法律学习失去了兴趣,毕业时拿到法学硕士学位(1934)主要"靠的是忍耐和大量的浓咖啡"。然而,这张文凭让他申请到一笔国家奖学金,他因此在1934年至1935年间到巴黎学了一年的文学。

次年米沃什回到维尔诺,成为当地一家波兰广播电台的官员。虽然对文书工作和日常事务感到乏味,但他对因政治观点激进而被解雇一事并未感到完全失望。1937年的威尼斯之行后,他得到波兰广播电台总部一位有同情心的领导的重新聘用,后来被调到华沙,跟其他被流放的知识分子一起工作。

当纳粹德国1939年进入波兰时,米沃什逃到维尔诺,但这个城市已被红军占领并被划入立陶宛。苏联吞并立陶宛后,他回到华沙,以避免"被可能永不崩溃的体制终身监禁":"我不能把国家社会主义视为一个持久的现象。毋庸置疑,一匹狼是一个危险的动物,要是它咬人,安慰是毫无用处的;然而,尽管它有凶牙利爪,模样吓人,但是,当我们中间出现这幅景象:遍地自动化武器、坦克和飞机时,相比之下,这匹狼就毫无威力了。我认为,革命和马克思主义就等于这种高级技术。"他在自传《欧洲漫游》(*Rodzinna Europa*,1959;1968年用《本土》的名字出版)里描述了他那痛苦的东欧之行。在华沙,他积极参加波兰地下活动,用笔名出版了《诗集》(*Poems*,1940)和一本诗歌选集《不屈之歌》(*Pisen Niepodligla*,1942),前者是由打字机打印的用日记的形式写成的若干篇反纳粹的文章组成。

战后,米沃什在外交部门谋到一个工作,在美国和法国呆了几年。一返回华沙,他发现波兰已变成一个"斯大林的噩梦",遂于1951年逃往西部。在一次国会文化自由的发言中,他声称,"我已经拒绝了新的信仰,因为谎言的实践是它的主要戒律之一,社会主义现实主义只不过是谎言的另一个名词。"他在《被俘的思想》(*Zniewlolny Umysl*,1953)里讨论了他这次与东部决裂的原因。1951至1960年,米沃什住在巴黎,从事翻译工作并当自由撰稿作家。1960年,他在加利福尼亚大学伯克莱分校任教,直到1978年退休。1970年,他加入美国籍,成为一名美国公民。

米沃什用波兰语写作,跟罗伯特·哈斯和罗伯特·品斯基等作家合作翻译他自己的著作。他的散文包括《夺权》(*Zdobycie Waldzy*,1955)、《波兰文学史》(*The History of Polish Literature*,1969)、《地球的皇帝:奇怪幻想的方式》(*Emperor of the Earth*:*Modes of Eccentric Vision*,1977)、《诗歌的证人》(*The Witness of Poetry*,1983)和《不可到达的地球》(*Unattainable Earth*,1986)。其

○诗歌、政治和知识分子

他诗歌作品有《冬天的钟声》（The Bells in Winter, 1978)、《拆散的笔记簿》(The Separate Notebooks, 1984)、《1931—1987 年诗合集》（Collected Poems, 1931—1987, 1988)、《省》(Provinces, 1991) 和《向着河流》(Facing the River, 1995)。由于他的文学才华，他获得许多荣誉，如《夺权》(The Seizure of Power, 1953) 获瑞士图书协会颁发的欧洲文学奖、尤兹考斯基基金奖（1968)、古根海姆奖（1976)、牛斯达特国际文学奖（1978)；《拆散的笔记簿》(The Separate Notebook, 1986) 获得圣弗朗西斯海湾地区图书评论家协会诗歌奖。1980 年，他荣获诺贝尔文学奖。

沙伦·奥尔兹（1942— ）

1942 年生于旧金山，沙伦·奥尔兹 7 岁开始写诗。在斯坦福大学学习语言，1964 年以优异的成绩毕业，然后求学哥伦比亚大学，8 年后拿到英语博士学位。

奥尔兹将她初期的诗作描述为"10 年……20 年，30 年的模仿……试图听起来像我读过的诗人的作品"。70 年代中期，她在纽约市学习反越战争阅读课，她的老师有艾德莉安娜·里奇、高尔韦·金内尔（Galway Kinnell)、罗伯特·布莱和穆里尔·鲁凯泽（Muriel Rukeyser)（她和他在 1976 年一起听诗歌欣赏课)。这对她是一段开拓性的经历：我听到这些诗人的声音之后，"我终生都在写诗。这些诗人写家庭，写出生；他们是健在的一直写作的诗人。"1980 年她的处女诗集问世时，她已经放弃了传统的形式和题材，在写"我自己的东西"。

奥尔兹写常见的题材——爱、孩子、性、城市、战争和身体——从某种意义上讲，如果不是语气不同，她的诗可以跟西尔维娅·普拉斯和安妮·塞克斯顿的诗相比。《撒旦的话》(Satan Says, 1980) 因其题材广泛和情感强烈而受到赞誉，并于 1981 年获旧金山诗歌中心奖。不久，她又连获古根海姆基金奖和全国文学基金奖。奥尔兹的第二本诗集《死者和生者》(The Dead and the Living, 1984) 1984 年被美国诗人研究院选入拉蒙特诗歌选集，并于次年获得全国书评界奖。她的后期著作有：《金色的小屋》(The Gold Cell, 1987)、《父亲》(The Father, 1992) 和《源泉》(The Wellspring, 1996 年即出)；英语全集分别在 1978 年和 1991 年出版。她的诗已被译成汉语、法语、意大利语、爱沙尼亚语、波兰语和俄语。

奥尔兹是 1983 年金水学院的写作课程的创立者之一。她分别在西奥多·赫茨尔学院、萨拉·劳伦斯大学、哥伦比亚大学、帕切斯的纽约州立大学和布兰代斯大学执教。她目前在纽约大学，自 1992 年起，她是该校的副教授，讲研究生写作课。奥尔兹获得莱拉·华莱士——1993 年至 1996 年读者文摘作家奖。

查尔斯·奥尔森（1910—1970）

查尔斯·奥尔森 1910 年生于马萨诸塞州伍斯特市，父亲是瑞典人，母亲是爱尔兰裔美国人。靠着一笔奖学金，他走进了韦斯利扬大学；1932 年本科毕业，第二年完成研究赫尔曼·梅尔维尔的硕士论文。1936 年，奥尔森到哈佛大学，继续学习美国文明课程。1938 年发表一篇题为《李尔和白鲸》(Lear and Moby-Dick) 的论文。一年后离开哈佛，又过一年，他就开始写诗。

40 年代初，奥尔森积极投身自由政治，他工作过的机构有：美国公民自由联盟、美国联合议会、战争信息处和全国民主委员会。他在 1945 年放弃了这个很有前途的事业，一心投入写作，"开始创作《伊什梅尔》(Ishmael) ……在那个下午我吻别了我的政治前途。"《叫我伊什梅尔》(Call Me Ishmael, 1947) 是在他早几年的研究基础上写成的，他当时在梅尔维尔图书馆找到几部最重要的作品，包括小说家编辑的莎士比亚戏剧。他在 1938 年的一篇学术性更强的论文中分析了梅尔维尔的注释，认为莎士比亚的影响已经把《白鲸》从一个平淡无奇的捕鲸行业的故事变成一部不朽的杰作。该书完成于 1945 年。次年，奥尔森把手稿交给埃兹拉·庞德，然后封存到圣伊丽莎白医院。庞德又把手稿送给 T. S. 艾略特出版，但艾略特对此不热情。它最后在 1947 年才问世。一年后，他的首部诗集《Y 和 X》(Y & X) 出版了。

1948 年，奥尔森到北卡罗来纳州的黑山学院作了一系列的讲座。这些讲座的成功使他最终得到爱德华·达尔堡的职位，在这所实验学校任客座讲师。通过几年的教学，奥尔森在 1951 年当上该校的校长，他的这个身份把许多年轻诗人吸引到学校来。这批作家——包括罗伯特·克里利、丹尼丝·莱维托夫、爱德华·多恩和罗伯特·邓肯——成为"黑山派"诗人。尽管个人风格迥异，但是，黑山派诗人被一种信念团结起来：自由诗比传统的格律形式更能准确地表达言语的生命力。他们也热衷于发展由威廉斯和庞德开创的诗学原则，但当时已确立的文学取向仍被艾略特、叶芝和奥登统治着。他们早期的许多作品都在西迪·科尔曼（Cid Corman）主编的《本源》和《黑山评论》上发表。

奥尔森在《投射诗》(Projective Verse, 1950) 中明确表达了他的诗学观，这篇文章成为黑山派诗人的美学宣言。"投射"诗（投射是一个合成词，它包

○诗歌、政治和知识分子

含投射体、击发和即将发生等因素)以威廉斯对诗的界定为基础:诗是一个"能源场"。奥尔森认为,诗是一个导管,它把能源从诗人输向读者。他抛弃传统形式的束缚;形式的传统,即"逻辑强加于句法的情况必须被打破",他写道,"正如旧诗中固定的音步也应该被打破一样。"为此,他张扬他称之为的"田野作诗法",即在各个诗人的呼吸模式内,诗歌的形式自然铺展。"任何一首假定诗歌的正确形式"不是外界强加的东西,而是"它内容唯一的、独有的、可能的延展"。"谁知道一首诗应该听起来像什么?在它被创作出来之前?你是如何把它造出来的,只有你知道——你,而不是别的任何人。"

1951年冬,奥尔森离开美国,去尤卡坦研究玛雅人的象形文字。他从魏勒-格林基金会获得一笔奖金,资助他1952的工作。次年,克里利在戴维斯出版社编辑出版了他的《玛雅信件》(Mayan Letters)。奥尔森对人类学和历史材料的兴趣也延展到他的其他作品里:《马克西莫斯诗抄》(The Maximus Poems)将人物、地点和事件并置一起,其写作方式有点受《诗章》的影响,那是一部青年诗人十分欣赏的作品。《马克西莫斯诗抄》的第一部分问世于1953年;他的诗在1983年被汇集成卷,并于第二年获旧金山时代图书奖。

1956年,黑山学院关门之后,奥尔森在纽约州立大学布法罗分校任教,后来,在康涅狄克大学度过了短期的教学生涯。他于1970年辞世。他的其他重要著作包括《在冰冷的地狱,在灌木丛里》(In Cold Hell, in Thickets, 1953)、《距离篇》(1960)、《人间宇宙和其他论文》(Human Universe & Other Essays,唐纳德·艾伦编,1965)和《早晨的考古学家》(Archaeologist of Morning, 1970)。他死后出版的《查尔斯·奥尔森诗集汇编》(The Collected Poems of Charles Olson)于1988年荣获美国图书奖。

麦克尔·帕尔默(1943—)

麦克尔·帕尔默1943年生于纽约市,在"纽约市图书市场附近的街区"长大。他在哈佛大学学习法国历史和文学,跟克拉克·库利奇合编了先锋派期刊《约格拉斯》(1964—1965)。1965年本科毕业,论文是关于雷蒙德·鲁塞尔的著作。他在哈佛学习比较文学课,并于1968年拿到硕士学位。毕业后在欧洲稍住时日,1968年定居旧金山。他的处女诗集《O市的设计》(Plan of the City of O)于两年后问世。

他补充说对他早期有影响的作家有庞德、威廉斯、史蒂文斯和斯坦因,还有路易斯·朱可夫斯基(帕尔默在1963年发现他,当时罗伯特·克里利送给他一盘带子,上面有客观派诗人朗读朱可夫斯基的诗歌系列"A"的部分内容)。在关于客观主义的一次会议发言中,他通过描述20世纪的诗学史来阐明他自己的审美倾向:紧跟现代主义者之后的一代作家拒斥诸如庞德和威廉斯等诗人的革新诗风,说他们过分了,他们自己却从激进的试验风格转向艾略特、奥登和弗罗斯特的形式主义传统。来自黑山派和纽约派的诗人们试图抵抗这种"反对现代主义的主要发现者和推动力的保守(而且经常是反动的)力量"。帕尔默承认他早期对黑山派和纽约派诗人感兴趣;跟他们一样,他抛弃形式主义学派传统,因为诗"不是充当一个人生活中的装饰品,不是可用的木材或可饮的柠檬汽水,并因此一切事情终可圆满解决"。

帕尔默关注风格和形式的政治涵义,因此,他的诗摈弃闭合性,而"包含外表和声音的彻底不连续性"。这样,他的作品就从修辞的层面对诗的现状提出质疑,"通过削弱关于意义和单义的假设来评论话语的力量",他对词语和意义的质问使他跟旧金山的语言诗人结成联盟。虽然他的诗出现在他们的选集里,但他评论说:"我控制语言,或语言控制我的方式从某种意义上讲比所谓的语言诗人的作诗法更为传统。这样说来,我有点另类。"

1982年,帕尔默成为《硫磺》杂志的撰稿编辑,它出版当代试验派作家的诗歌和散文。他的作品也发表在《诗歌行为》、《行动》、《界限2》、《连接》、《无意识意象》、《语言》、《西方》、《巴黎评论》、《光谱》及其他许多期刊上。他的著作包括《布莱克的牛顿》(*Blake's Newton*, 1972)、《圆形门》(*The Circular Gates*, 1974)、《没有音乐》(*Without Music*, 1977)、《回音湖札记》(*Notes for Echo Lake*, 1981)、《第一个数字》(*First Figure*, 1984)、《太阳》(*Sun*, 1988) 和《在通道》(*At Passage*, 1995)。他还为《文森特·维多夫罗诗选》(*The Selected Poetry of Vincent Huidobro*, 1982) 和《蓝登书屋20世纪法国诗歌》译过若干诗篇;同时,他也将兰波(Rimbaud)的《元音》(*Voyelles*, 1980)、阿兰·泰纳(Alain Tanner) 和约翰·帕格(John Berger)的《约拿在2000年将是25岁》(*Jonah Who Will Be 25 in the Year 2000*, 1983) 和伊默纽尔·霍克奎尔德(Emmanuel Hocquard) 的《桌子的理论》(*Theory of Tables*, 1994) 译成英语。1983年,他编辑了《信号的密码:诗学的近作》(*Code of Signals: Recent Writings in Poetics*)。

帕尔默得过如下基金奖:国家文学奖、古根海姆奖、诗人、戏剧家、编辑、小说家中心美国西部诗歌奖。他跟玛格丽特·杰金斯舞蹈公司合作出版了许多著作,也跟作曲家和表演艺术家合作过。1980年,他为公众广播电台KQED创作了广播剧《同上Ⅰ–Ⅳ》。目前,帕尔默在旧金山的新学院教授诗歌课。

◎诗歌、政治和知识分子

罗伯特·品斯基（1940— ）

罗伯特·品斯基1940年生于新泽西州长溪的没落海滨小镇。他的祖辈父辈好几代人都一直住在那里，他和他的兄弟姊妹都在同一所学校读书，该学校也是他的父亲多年前学习的地方。由于课程单调乏味，罗伯特不喜欢上学，他的不稳定的学习习惯并未给他的老师们留下印象。到8年级时，他进了差生补习班，这给了他足够的自由时间玩起单簧管和萨克斯管，并使他最后创办了一个乐队。

1958年，他走进路特杰斯大学，师从保罗·福塞尔（Paul Fussell）和弗朗西斯·福格森（Francis Fergusson）。福塞尔用庞德的《阅读入门》作教材，让他的优秀生阅读当代诗歌——品斯基曾读过"活着的作家的首批诗歌"。1962年读完本科后，他进了斯坦福大学，"用一两年时间在大学生活，企图躲避征兵"。但是，伊弗·温特斯要他写作：他有才华，温特斯告诉他。但是，"任何只读了那么一点东西的人决不能写出一首好诗，除非是一个极不可能的偶然。"品斯基单独跟温特斯学习，开始认真写诗。第二年，他便获得一次创作研究奖。

他在几家文学杂志上发表诗歌，并结识了吉姆·麦克迈克尔（Jim McMichael）、约翰·佩克（John Peck）和罗伯特·哈斯。他和哈斯一道，在一个反战组织中活动积极，它后来成为学生争取民主社会组织的一个支部。1965年，他离开美国，到了英国，第一次读到唐纳德·戴维的诗。而且，在"大约6周"的时间内，在发狂似的能量爆发中完成他的研究瓦尔特·S. 兰德尔诗歌的博士论文。品斯基于1966年拿到博士学位，两年后，他的博士论文《兰德尔的诗》（*Landor's Poetry*）问世。

在西班牙度完夏季，他移至芝加哥大学，短暂停留之后又到了韦尔斯利大学。他在那里遇到戴维·费里，并通过他结识了弗兰克·比达特。比达特跟品斯基成为好友，他俩互相阅读和评论对方的作品。比达特还把他介绍给伊丽莎白·毕肖普和罗伯特·洛厄尔，后者为品斯基的处女诗集《悲伤和幸福》（*Sadness and Happiness*，1975）写了简短的推荐。大约在第二本诗集《解释美国》（*An Explanation of America*，1979）出版时，他去了伯克利，跟罗伯特·哈斯重续友情。80年代初，他俩跟切斯瓦夫·米沃什一道，将他的诗作译成英语。这些译作在1984年用《拆散的笔记簿》（*The Separate Notebook*）书名出版。

作为诗人兼批评家,罗伯特·品斯基对创作和批评分析都感兴趣。除了研究兰德尔,他还写了《诗歌的形势》(The Situation of Poetry, 1976)和《诗和世界》(Poetry and the World, 1988)。后来的诗集包括《我的心史》(History of My Heart, 1984)、《缺失的骨头》(The Want Bone, 1990)和但丁的《地狱》的译文。他目前在波士顿大学教创作课。

西尔维娅·普拉斯(1932—1963)

西尔维娅·普拉斯1932年生于波士顿的一个知识分子家庭,在她童年时候父亲便离世了。她在文学上属于早熟型,8岁就发表第一首诗。她志向远大,在大学的许多文学竞赛中都获过奖,因此被选进联谊会。然而,在这些成功的背后,她遭受着折磨:她在大学三年级时经历了一次精神失常,并企图自杀。这段经历成为她的唯一小说《钟形罩》(The Bell Jar)的题材,它由作者用笔名在1963年出版。

普拉斯在次年似乎恢复了平静:以优异的成绩从史密斯学院毕业,并获得富布莱特奖金去剑桥深造。在那里,她遇到英国诗人特德·休斯,俩人结为夫妻。他们一起回到美国后,普拉斯在1957年至1958年在史密斯学院任教。后来,她放弃教学,一心作诗。回英国之前,他俩在美国东部旅居一段时间,1959年普拉斯在那里还旁听了罗伯特·洛厄尔的课。

1960年是普拉斯的处女诗集《巨人的石像》(The Colossus)及她的第一个孩子的诞生年。休斯说她在这段时间的创作方式发生了改变。以前,她苦苦笔耕,力图使每个词完美无瑕,从《郁金香》(Tulips, 1961)开始,她用"最快的速度,就好像一个人写一封急信一样"写诗。写作对普拉斯来说的确是一件急事:1963年2月11日,她自杀了。在她生命的最后一个月,她的多产令人惊异,每天写出三首诗之多。休斯于1981年为普拉斯编辑出版了《诗集总汇》(Collected Poems)。该诗集在第二年为普拉斯获得普利策奖。

阿德莉安娜·里奇(1929—   )

阿德莉安娜·里奇,1929年生于马里兰州巴尔的摩,成长在"一个充满书籍的房子里"。父亲阿诺德·里奇医生鼓励她读书和写作,让她漫游在他图书馆浩瀚的维多利亚时代的书海里,还在她尝试作诗时加以指导。"大约20年来,"她解释说,"我在为一个特殊的人写诗,他批评我,赞扬我,让我感

○诗歌、政治和知识分子

到我的确'特别',当然,对此,我长期尽量使他感到满意,更确切地说,不让他失望。"

里奇 1951 年以优秀的成绩毕业于拉德克利夫学院。同年,《世界的变化》(*A Change of World*) 获耶鲁青年诗人丛书奖,W. H. 奥登在前言里以爷爷表扬一个乖孩子的口气赞扬这本诗集:这些诗"设计整洁朴素,语言冷静但不含糊,尊重长者但不被他们吓唬,也没有撒谎。"此番描写并未激发人们读下去。可是,奥登所喜欢的可能正是这些诗的非威胁性特征。作为一位女性,里奇侵犯了传统的男性诗歌领地。她对弗罗斯特、史蒂文斯、叶芝和奥登本人等诗坛的楷模都表示令人放心的尊重;如果她是一个好女孩,一切会更好。

回顾过去,她想起往日经历的生活片段。即使在那时,作为一位女性(从事创作)和一个诗人(女性的),她感到她必须证明:"作为一个女诗人,我也能拥有一个当时所谓的'完整的'女性生活",因此她结婚了,并生了三个孩子。她的丈夫阿尔弗雷德·康拉德跟她父亲一样也是知识分子。由于有了家,属于她自己的时间很少。她发现,即使在孩子睡着之时,她也很难在这挤出的片刻的时间里专心创作。作一个母亲所必须的无私和艺术家的需求无法调和吗?多年以后,里奇在《天生的女人:作为体验和制度的母亲身份》(*Of Woman Born: Motherhood as Experience and Institution*,1976) 中探讨了母亲的概念。

她的第二本专著《金刚钻切割刀及其他诗作》(*The Diamond Cutters and Other Poems*,1955) 和第三本专著《媳妇的快照》(*Snapshots of a Daughter-in-law*,1963) 的问世时间相隔 8 年。《快照》中的诗标志着里奇的创作开始迈向新方向:她"第一次能够直接描写我作为一个女人的体验——在那以前,我非常努力地不把我自己认同为一个女诗人"。这个变化给她带来不可思议的宽慰感;但对批评家们就不同了。有些批评家发现她的诗太私人化,令人不可接受,并责备她为了关注政治而牺牲了美学的完整性。从某一方面讲,他们的评价是准确的:《生活必需品》(*Necessities of Life*,1966) 和《传单》(*Leaflets*,1969) 中一些诗歌的政治主题越来越明显地成为她诗歌的有机组成部分。

60 年代后期,里奇在纽约城市学院教书时参加了激进的政治运动。她关心的问题有越南战争、市中心贫民区学生的斗争,以及最重要的——性的政治。这些问题在《变化的意志》(*The Will to Change*,1971)、《向毁灭俯冲》(*Diving into the Wreck*,1973) 和同时期的散文中都有出现。这些散文汇集成《论谎言、秘密和沉默》(*On Lies, Secrets and Silence*) 在 1979 年出版。后来的散文被收在 1986 年出版的《血、面包和诗歌》(*Blood, Bread and Poetry*)

里。1970年初，她加入妇女解放运动，第一次把她自己认同为一个激进的女权主义者和一个女同性恋者。

到《共同语言之梦》（*The Dream of a Common Language*，1978）和《轻率的忍耐把我带到这么远》（*A Wild Patience Has Taken Me This Far*，1981）问世时，里奇已经放弃雌雄同体的观念，这在她的标题诗《向毁灭俯冲》中表露得特别直白。雌雄同体和人文主义这两个词负载太多，太陈腐，她"不能再用"。相反，她从抽象走向具体，开始面向妇女，赞美她们的生活和经历。

里奇是一个受欢迎的发言人，多年来她在很多大学教过书，其中包括最近的斯坦福大学。她得过无数荣誉奖项，如古根海姆奖（1952，1961）、颁发给《向毁灭俯冲》（她以所有妇女的名义接受此奖）的国家图书奖（1974）、露丝·莉莉诗歌奖（1986）以及威廉·怀特赫德终身成就奖（1992）。她最近的诗卷是《共和国的黑领域：1991至1995年诗集》（*Dark Fields of the Republic: Poems 1991—1995*，1995）。

艾伦·夏皮罗（1952—   ）

艾伦·夏皮罗1952年生于波士顿。在布兰代斯大学读书时跟J. V. 坎宁汉姆一起学习，后来得到撒切尔创作奖金，在爱尔兰学习一年。1974年获本科学位后，获得斯特格勒奖金赞助去了斯坦福大学（1975），并任创作课的琼斯讲师（1976—1979）。

夏皮罗的处女诗集《挖掘之后》（*After the Digging*）1981年问世。它由两部分诗作构成，一部分是关于19世纪的爱尔兰，另一部分写的是17世纪的美国。诚如诗人解释的，他选取这些非常异质的特写镜头，旨在更全面地把握造成爱尔兰土豆饥荒和塞勒姆巫师审判案的文化和历史条件。抒情诗集《礼貌》（*The Courtesy*，1983）主要描写了当前世界里的个人经历。然而，夏皮罗的目标不是"自传式的或自白式的自我暴露，"而是"从个人经历中提炼某种理智的东西"。他跟同时代的大部分诗人保持距离，喜欢使用传统的形式和不太直白的个人诗体。

除了在斯坦福大学工作过以外，艾伦·夏皮罗也在西北大学和格林斯博罗的北卡罗来纳大学执教过。他目前是教堂山的北卡罗来纳大学的教授。他获奖较多，如国家文学奖（1984）和古根海姆基金奖（1986），1987年美国诗歌协会为他的《幸福时刻》（*Happy Hour*）颁发威廉·卡洛斯·威廉斯奖，他还获得莱拉·华莱士——读者文摘作家奖。自70年代末，夏皮罗开始写批评散文和评论；他的评论集《不纯洁颂：诗和伦理想象》（*In Praise of the Im-*

○诗歌、政治和知识分子

pure: Poetry and Ethical Imagination）于 1993 年问世。《契约》（Covenant, 1991）是他最近的诗集。

加里·斯奈德（1930— ）

加里·斯奈德 1930 年生于旧金山，在太平洋西北海岸长大。从青年时代起，他就非常熟悉环境问题，他欣赏美国本土文化，因为它们与自然关系和谐；他潜心研究这些文化中的神话和传说。他喜欢与大自然为伴，擅长爬山，熟谙荒野生存技巧。

斯奈德离开里德学院后到海上和森林中生活多年。他工作阅历丰富，当过水手、伐木工人、铁路工人和护林人。1951 年，他获得人类学和文学学士学位。在印第安纳大学稍作停留之后，他进了加州大学伯克利分校，1953 年至 1956 年在该校研究中国哲学和唐代诗歌。

到他移至旧金山地区时，他已深深地恋上禅宗佛教，并已开始写诗。由于对整个西方社会不满，他加入一个反叛作家群体，他们成为"垮掉派"诗人，尽管斯奈德从没有像艾伦·金斯堡和杰克·凯鲁亚克一样成为垮掉派的中坚。1956 年，他从美国第一禅学院获得一笔奖学金，但到垮掉派运动风靡全国时，他仍然"在路上"。

在接下来的 12 年内，他花了绝大部分时间在日本一个佛寺研究佛学。他遍游了远东，到过印度和印度尼西亚，而且还随一艘油轮远至伊斯坦布尔。这些旅行经历部分被收录在《泥房子占有权》（Earth House Hold, 1969）和《穿过印度的通道》（Passage through India, 1983）散文集里。在日本，斯奈达找了一位日本姑娘玛莎·乌哈拉做他的第三个妻子，他们的儿子凯成为诗集《考虑波浪》（Regarding Wave, 1970）中多首诗的主人公。

认识到为生态意识工作的责任，斯奈德在他的儿子降生后便回到美国，并于 1972 年成为讨论人类环境的联合国大会的成员。他后来的许多诗作都增强人们对自然界的同情意识。为了珍惜"土壤的肥力，动物的魔力，孤独中的力量感，可怕的成长和再生，对跳舞的喜爱和幻想，部落的共同劳动"，斯奈德写道，"我竭力在头脑中把握好历史和荒原，使我的诗尽可能接近事物的实质，以抵御我们时代的失衡和无知。"

斯奈德在很多大学和讲习班任客座讲师，自 1986 年起，他一直在加利福尼亚大学执教，他的著作有：《山间马道铺路石》（Riprap, 1959）、《神话和经文》（Myths and Texts, 1960）、《穷乡僻壤》（The Back Country, 1967）、获普利策奖的《龟岛》（Turtle Island, 1974）、《真正的工作：采访和谈话》

(*The Real Work*：*Inter Views and Talks*)（司各特·麦克林编，1980）、《斧柄》（*Axe Handles*，1983）和《留在外面的雨中》（*Left Out in the Rain*，1986）。他也翻译了寒山和米亚扎瓦·肯基（*Miyazawa Kenji*）的诗，这些诗被收集在《山间马道铺路石和寒山》（*Riprap & Cold Moutain Poems*，1965）和《系列诗》（*A Range of Poems*，1966）里。斯奈德得过弗兰克·奥哈拉奖和列文森奖，并于1989年获弗雷德·科迪终身成就纪念奖。

蒂莫西·斯蒂尔（1948—　　）

蒂莫西·斯蒂尔1948生于佛蒙特州柏林顿。在新英格兰长大后，他走进斯坦福大学，并在1970年获学士学位。虽然伊弗·温特斯早在4年前就从斯坦福大学退休，但是，斯蒂尔在布兰代斯写的关于侦探小说的传统和历史的博士论文是在温特斯最著名的学生之一——J. V. 坎宁汉姆的指导下进行的。坎宁汉姆是一位很有实力的杰出的诗人兼批评家，他不仅指导斯蒂尔的论文，而且还评点他的诗歌。正如斯蒂尔指明的，这些评论具有典型的坎宁汉姆风格——简洁而激励的。

斯蒂尔回到斯坦福大学，当了两年的诗歌琼斯讲师，同时，在两年快结束时完成了他的博士学业（1977）。1977年至1983年，他受聘在洛杉矶的加利福尼亚大学执教。他在此期间出版了两本诗集。《不确定和休息》（*Uncertainties and Rest*）中的诗以形式整齐，使用韵律和传统的诗节形式著称。可是，斯蒂尔坚持用韵律作诗的主张被认为是过时的。因此，毫不惊奇，这本诗集几乎被人完全忽视。然而，对诗人而言，韵律是构成诗歌体验的东西："从一开始，我读诗的最强烈的快乐就与韵律的体验紧密相连；我写韵律诗是因为，只有这样做，我才能希望把我最爱的诗给我的快乐也分毫不差地传递给其他人。"

斯蒂尔对韵律的使用与当时住在加州的一群诗人的诗学观——信奉更传统的诗歌不谋而合。在南加州，这种倾向的代表有查尔斯·古兰斯（Charles Gullans）、汤姆·甘恩和詹尼特·刘易斯（Janet Lewis）等；其他诗人，如埃德加·鲍尔斯、狄克·戴维斯、约翰·里德兰德和艾伦·斯蒂芬斯都集结在圣巴巴拉的加州大学，斯蒂尔1986年正在那里任客座讲师。

虽然，从1984年至1985年斯蒂尔获得古根海姆奖，但是，直到1986年他才得到真正的认可。《反抗愤怒的萨福诗体及其他诗抄》（*Sapphics Against Anger and Other Poems*，1986）收集了《不确定和休息》后出版的短篇著作中的绝大部分作品。它的出版为诗人赢得了彼特·I. B. 拉文青年诗人奖

(1986)、加利福尼亚联邦俱乐部诗歌奖章（1986）和洛杉矶诗人、戏剧家、编辑、小说家中心文学诗歌奖（1987）。

斯蒂尔自1987年一直在加利福尼亚州立大学洛杉矶分校任教。1990年，他出版了《省去标准：现代诗和对韵律的反叛》（*Missing Measures：Modern Poetry and the Revolt against Meter*）。这部批评著作认为，自由诗的"革新"已经产生了一批诗人，他们"仅仅机械地、习惯性地遵循一套写作程序，将作品分行。其可预见的结果是，作品成了矫饰的散文"。斯蒂尔的近作包括《彩色的轮子》（*The Color Wheel*，1994）和诗集《萨福体诗和不确定：诗集1970—1986》（*Sapphics and Uncertainties：Poems 1970—1986*，1995）。

德雷克·沃尔科特（1930—　　）

作为非洲和欧洲祖先的后代，德雷克·沃尔科特1930年生于圣卢西亚的卡斯特里斯。父亲沃尔威克是一个文职公务员和业余水彩画画家；虽然他在政府中的角色使他的家与掌权名流为伍，但是，他们的种族背景把他们跟普通民众连在一起。在他早期的第一本商业诗集《与非洲相距甚远》（*A Far Cry from Africa*）中，他突出地表露了分裂的文化忠诚的主题：我该转向何方，被分裂的血管？/我诅咒/英国统治者的醉官，如何选择/在我热爱的这个非洲和英语语言之间？

沃尔威克于1931年去世。年轻的时候，德雷克跟父亲一样对视觉艺术感兴趣，并在1950年的一次集体展览中展出了他的部分作品。可是，他很快意识到，他的职业是写作，而不是绘画。他在他的自传诗《另一种生活》（*Another Life*，1973）中解释了他的这一决定。后来，沃尔科特既是一位艺术批评家，又是一位业余画家，他本人的一幅静物画被印在《诗选集》（*Collected Poems*，1986）的封面上。

沃尔科特的母亲是一个教师和业余演员，她帮助儿子接触诗歌和戏剧。她是一所地方学校的校长，拥有一个藏书丰富的图书馆。她鼓励她的几个孩子读书。德雷克是一个聪明热情的学生，他在上古典文学课时对欧洲诗歌很感兴趣。14岁时在一家地方报纸上发表了第一首诗《1944》，该诗具有华兹华斯的诗歌特点。生活在罗马天主教的主流文化中，信奉卫理公会教的沃尔科特一家属于少数派，天主教堂公开批评青年诗人的上帝观。他回忆说，"牧师用英雄双韵体写了一首呆板的诙谐诗回答我，责备我的泛神论和泛灵论，简言之，责备我的异端邪说。得知是在以错误的方式热爱他自认为是上帝的自然表现的东西时，这对一个年仅14岁的男孩来说是一个痛苦的打击；同样使他感到恐怖的是，他发现自己辛勤耕耘的韵律如此轻易地成为争论的形式。"4 年后，沃尔科特从他母亲那儿借了 200 美元，私自出版了他的第一本诗集《25 首诗》(25 Poems, 1948)。这些诗也遭到教堂的批评，但被作家兼批评家弗兰克·科里莫尔（Frank Collymore）赞誉为"有才艺诗人"的作品。经这么一推荐，那本小册销路很好，他因此能偿还母亲的钱。他在谈及他早期的诗歌和戏剧时说，"我认为我自己合理地延长了马洛和弥尔顿的伟大诗行。"

1950 年，沃尔科特受英国政府的资助，离开圣卢西亚，到牙买加的西印度群岛大学。1953 年获得英语、法语和拉丁语学士学位后，他先后在加勒比海的几所不同的学校任教。其间，他写了几个剧本和若干首诗，这些诗后来被收在《绿色的夜晚》（In a Green Night, 1962）里。1957 年，他获得洛克菲勒奖金，到美国研究戏剧。到达纽约后，他在约瑟·昆特罗手下工作了几个月，并疯狂地写作。尽管他多产，但他对纽约的黑人戏剧现状感到不满。于是，他放弃了洛克菲勒奖金的剩余部分，返回西印度群岛，创立了一个演出剧团，上演他自己的剧本。到他写《提—简和他的兄弟》（Ti-Jean and His Brothers, 1957 年上演）时，沃尔科特已开始把加勒比海的民间故事、语言和音乐融入他的戏剧作品中。他一生写了大约 20 几个剧本。

1959 年，沃尔科特成立了特立尼达岛戏剧创作室。在整个 60 到 70 年代，他一直活跃在剧坛，为他的剧团创作，上演和导演剧本，包括获得奥比奖的《猴山梦》（Dream on Monkey Mountain, 1967 年上演）。在此期间，他出版了《遗弃者及其他诗歌》（The Castway and Other Poems, 1965）和《海湾及其他诗歌》（The Gulf and Other Poems, 1969）。70 年代中期，他辞去创作室的工作，先后在美国许多大学任教，如纽约大学、耶鲁大学和哥伦比亚大学。1979 年，即《星苹果王国》（The Star-Apple Kingdom）的出版年，他被任命为美国文学艺术研究院的荣誉会员。

沃尔科特最近的诗作有《海葡萄》（Sea Grapes, 1976）、《幸运的旅客》（The Fortunate Traveller, 1981）、《阿肯色州圣约》（The Arkansas Testament, 1987）和《七周斋期》（或译为《奥梅罗斯》）（Omeros, 1990）。自 80 年代起，他跟波士顿大学的创作系一直保持来往。在加勒比海和新英格兰轮流居住。他获过许多奖，如洛克菲勒奖和麦克阿瑟奖、颁发给《绿色的夜晚》的吉尼斯奖（1961）、皇家文学协会颁发给《遗弃者及其他诗歌》和《幸运的旅客》（1966、1981）的海曼奖、《海湾及其他诗歌》（1969）获得乔姆德利奖、《诗选集》获得为诗歌颁发的洛杉矶时报图书奖（1986,）以及王后诗歌金奖章（1988）。1992 年，他荣获诺贝尔文学奖。诺贝尔委员会这样评价他，

"在他的文学作品中，沃尔科特为他自己的文化环境开辟了道路。但是，他通过他的作品对我们中的每一个人说话。从他的身上，西印度群岛文化已经找到了它的伟大诗人。"

理查德·威尔伯（1921— ）

1921 年生于纽约市，理查德·威尔伯在新泽西州北考德威尔长大，并由此对乡村产生热爱之情。他青年时期对绘画感兴趣，而且起初似乎要步画家父亲的后尘，走艺术之路。不过，他家里也有新闻工作者。威尔伯最终决定专事创作。在阿默斯特学院（1942 年获文学士）期间，他为校刊写社论、故事和诗歌。但是，直到二次大战期间旅居欧洲，他才开始认真写作。他解释说，"直到一个人的世界以某种方式失去控制，他才会以诗歌为主要效用，即把它作为组织自己和世界的手段。"使混乱变得有序成为他的处女诗集《美丽变化着及其他诗歌》(*The Beautiful Changes and Other Poems*, 1947) 主要关注的主题。

战后，威尔伯回到马萨诸塞州，1947 年拿到哈佛大学的文学硕士文凭。他被任命为会员协会的成员，花了三年时间写诗。三年结束时，他出版了《仪式和其他诗抄》(*Ceremony and Other Poems*, 1950)。接下来的四年，他在哈佛大学任助理教授，开始跟新英格兰的几个最著名的小型文科学院保持联系。随后的 33 年，他先后在韦尔斯利学院（1955—1957）和韦斯利安大学（1957—1977）任教授，在史密斯学院（1977—1986）任驻地作家。1987 年，他继罗伯特·潘·沃伦之后成为美国的桂冠诗人。

历史上，桂冠诗人的头衔不授给先锋派诗人。值得人们怀疑的是，英国的桂冠诗人称号曾经给了考利·西伯——他在蒲柏的不朽作品《愚人传》(*Dunciad*) 中被称为历史上的诡辩王。西伯（Cibber，1671—1751）被普遍认为是获此殊荣的最糟糕的诗人之一。他承认，他能被提名当选是因为他是一个好的辉格党党员。毫无疑问，他知道，早在几十年前，约翰·德莱顿被解雇正是因为他拒绝宣誓效忠国王。然而在美国，作为年度的荣誉，它的政治色彩不那么强，但也很少颁发给激进的试验派诗人：威尔伯的技巧高超的韵律诗恰恰跟传统诗风一脉相承。

这种典雅、精致、匀称和宝石般的诗歌在 60 年代似乎处于静态，因为那是一个突然流行革新风的时代，如"垮掉派"、"黑山派"和"自白派"。威尔伯对别人指责他的诗不适应时代要求作出强烈的反应，他坚持认为"妖魔的力量来源于它被囚在瓶子内"。"我不喜欢，我不能适应过分简单化的政治诗和那种哗众取宠的反越南诗。我无法适应那种简单的诅咒和不自然地叫嚷的黑人诗歌。而最不能让我适应的是这类诗：呆板乏味得'非理性'，经常自怨自艾，所有句子都用'我'开头，总是写毫无生气的主观世界。"威尔伯倒是满怀喜悦地欢呼80年代初出现的新形式主义诗歌。

威尔伯的诗集包括《世间之事》（*Things of This World*，1956）、《走去睡》（*Walking to Sleep*，1969）、《读心者》（*The Mind-Reader*，1976）、《新诗合集》（*New and Collected Poems*，1988）和写给儿童的《对立面》（*Opposites*）系列诗。他不仅以写诗出名，而且还以翻译法国诗，特别是伏尔泰的《老实人》以及莫里哀和拉辛的戏剧而著名。他获得的荣誉不计其数，包括两次普利策奖（1957，1989）、美国国家图书奖（1957）、博林根奖（1963，1971）、雪莱纪念奖（1973）、为诗歌颁发的美国文学艺术研究院金质奖章（1991）和爱德华·麦克道威尔奖章（1992）。盛尔伯目前住在新英格兰。

查尔斯·肯尼思·威廉斯（1936—　　）

1936年生于新泽西州纽瓦克，查尔斯·肯尼思·威廉斯求学于巴克内尔大学，1959年在宾夕法尼亚大学完成本科学业。毕业9年后，他完成第一本著作，一首题为《安妮·弗兰克的一天》（*A Day for Anne Frank*，1968）的长诗。

那年，威廉斯在坦普尔大学的一次朗诵会上碰见诗人安妮·塞克斯顿。她读了他的手稿《谎言》（*Lies*）后，鼓励他把它交给她的出版商豪顿·米弗林。跟《安妮·弗兰克的一天》一样，《谎言》中的诗凭借简单的、有时甚至是粗俗的物质意象来表明是谎言在支配世界运行。威廉斯谴责这个世界毁灭了像安妮·弗兰克一样的人的灵魂，她仅成为"一个土块/在雪中，/变黑，一大块痰"。当豪顿·米弗林对它的直白语言和主题感到犹豫时，塞克斯顿坚持认为该著作的质量很高，还称这位年轻诗人是"词语的行家"。经过她力荐，出版社接收了，并于1969年出版了他的诗稿。

威廉斯在《我的名字叫痛苦》（*I Am the Bitter Name*）中保持了《谎言》中的愤怒的情感强度，它带着因受挫而激起的愤怒对美国继续参加越南战争表示强烈的不满。也许，该诗集中给人印象最深的一首是《在野兽的心里》。这首诗中的铭文，"1970年5月：柬埔寨，肯特州，杰克逊州"，使人想起那些位于报纸头版头条和充满电视屏幕的栩栩如生的战时意象。这些意象在诗中反复出现，使人想起暴力，而它的罪魁祸首正是南亚战场上和国内校园里似乎永无止境的战争。该诗表达了对美国的强烈谴责。《我的名字叫痛苦》中

◎诗歌、政治和知识分子

的几首最公开的政治诗也被收集在《给人美感的总统》（*The Sensuous President*, 1972）里，它是一本抨击理查德·尼克松的诗集。威廉斯以卡夫卡的笔名"K"编了一本诗选集。他后期的著作有：《相伴无知》（*With Ignorance*, 1977）、《柏油》（*Tar*, 1983）、《肉与血》（*Flesh and Blood*, 1987）、《思想之梦》（*A Dream of Mind*, 1992），以及索福克勒斯①的《特刺喀斯的女人》（*Women of Trachis*, 1978）和欧里庇得斯②《巴卡阿伊》（*Bacchae*, 1990）的译文。

威廉斯在费城的宾夕法尼亚医院学院为青少年当过集体治疗专家，在那里帮忙为情绪失常的人办一个诗歌讲习班。他也在精神病学和建筑学领域编辑并代人撰写了小册子、散文和演讲稿。威廉斯先后在许多高校任教，包括比弗学院、德雷克塞尔大学、富兰克林和马歇尔学院、诗歌中心创作室和哥伦比亚大学。目前，他在乔治·梅森大学执教。他的《血与肉》（*Flesh and Blood*, 1988）获全国书评界奖。此外，他还获得海湾地区图书评论家协会奖（1989）、摩顿·多文·扎贝尔奖（1989），以及1993年至1996年的莱拉·华莱士——读者文摘作家奖。

杰伊·赖特（1935—   ）

杰伊·赖特1935年生于新墨西哥州阿尔布开克。他在青少年时代就发现了哈莱姆文艺复兴时期的作家。同时，他也认识到"历史具有重要作用……因此，我会很自然地把历史与文学联系起来，或者，我至少认为，它们都处理同样的事情"。人类学、神话和历史题材成为赖特诗歌的重要主题思想。影响他的作家和思想家有：但丁、罗伯特·海登、W. E. B. 杜波依斯、本雅明·巴纳克（Benjamin Banneker）、拉尔夫·艾利森、哈特·克兰、莱纳·马利亚·里尔克（Rainer Maria Rilke）和沃尔·索因卡（Wole Soyinka）。

赖特有过半职业的棒球生涯，曾在美国军队服役，后来又上了加州大学伯克利分校。1961年本科毕业后，他到纽约的联合神学院短期学习。1962年，他在鲁特杰斯大学开始研究生学习，并最终拿到硕士学位，还完成了博士

---

① 索福克勒斯（496？—406B. C.）：古希腊三大悲剧诗人之一，一生共写123部剧本，传世剧作有《埃阿斯》、《安提戈涅》、《俄狄浦斯王》等7部。——译注
② 欧里庇得斯（485—406B. C.）：古希腊三大悲剧家之一，据传写有悲剧90余部，现存《美狄亚》、《希波吕托斯》、《特洛亚妇女》等19部。——译注

252

学位的所有要求，只是没写博士论文。

60 年代末，赖特获得文科项目的伍德劳·威尔逊——全国基金赞助，开始在南方黑人学校巡回讲学，并与他人联合出版了小册子《历史之死》（*Death as History*, 1967）。甚至在它问世之前，他的诗已被选入兰斯顿·休斯主编的《新黑人诗人：美国》（*New Negro Poets*：*U. S. A.*，1964）和杜德利·兰德尔及玛格丽特·巴勒斯主编的《为了马尔科姆：关于马尔科姆·X 生死的诗》（*For Malcolm*：*Poems on the Life and Death of Malcolm X*，1967）等选集。他的第一本重要诗著《回家的歌手》（*The Home coming Singer*）问世于 1971 年，并因为它处理历史事件和描绘黑人民间生活而受到赞誉。之后，赖特去了墨西哥，后又到了苏格兰，在敦堤大学任约瑟夫·康普顿创作会员。他于 1973 年归国，定居在新罕布什州，1975 年加入耶鲁大学。次年，《历史的维度》（*Dimensions of History*，1976）和《预言者和预兆》（*Soothsayers and Omens*, 1976）问世。后来的著作有：《科默的双重发明》（*The Double Invention of Komo*，1980）、《阐释/解释》（*Explications/Interpretations*，1984）、《伊莱恩的书》（*Elaine's Book*，1988）和《波列罗舞》（*Boleros*，1991）。

赖特在很多院校担任过驻地作家，其中包括图加鲁学院、塔拉德加学院、得克萨斯南方大学和肯塔基大学。他既是作家，又是诗人，在普林斯顿大学当过霍德会员，写过几个剧本，如《气球：独幕喜剧》（*Balloons*：*A Comedy in One Act*，1968）和《爱的等式》（*Love's Equations*，1983）。他也得过古根海姆奖和麦克阿瑟奖。他的作品见诸各种期刊，包括《美国诗歌评论》、《黑人世界》、《卡拉鲁》、《常青评论》、《汉邦》（Hambone）、《肯庸评论》、《国家》、《三季度》和《耶鲁评论》。同时，他的诗作也被录入许多选集，如勒罗伊·琼斯和拉里·尼尔主编的《黑色的火》（*Black Fire*，1968）、阿诺德·阿道夫主编的《美国黑人诗歌》（*The Poetry of Black America*，1972）、迈克尔·哈珀和安东尼·沃尔顿主编的《每一只闭眼没有睡着》（*Every Shut Eye Ain't Asleep*，1994）。目前，赖特住在新罕布什州，在达特茅思学院任教。

1940年以来的文学批评

伊万·卡顿和吉拉尔德·格拉夫

导　言

近十多年来，文学研究一直是个论战不休、引人注目的领域。在这学科内部和相关领域的辩论有时被称为"文学原理之争"或"文化之争"。这些辩论以各种方式体现在我们的学科和当今美国社会乃至文学作为其一部分的文化，这种辩论乃是追求各自属性的冲突。40年代以来的文学批评，正如《剑桥美国文学史》的其他部分一样，是孕育于这些辩论之中。因此，我们的当务之急是划分这些辩论的历史时期，叙述促成这场纷争的现代文学、语言和文化理论的嬗变，并说明当前我们的文化、教育机构和文学这一学科的现状与过去50年的发展之间的关系。

本书强调指出，许多当代文学研究中有争议的、使这一学科面临前所未有的危机的那些问题，不仅前些时候以不同方式反复被讨论过，而且与文学是分不开的。这些问题普遍反映了以下两种欲望的长期冲突：一种欲望是严格界定和限制这个领域，包括文学研究对象、阐释过程和评价标准，另一种是扩大和延伸文学研究范畴。在这对矛盾的作用下，我们对上半个世纪的主要批评理论、批评方法和批评运动的关注侧重于批评、批评的起因、结果和分歧的理论化。我们关注这一研究领域的不同界定和分歧的同时，也探讨了整个时期中，一个引发有关文学属性诸多争论的问题——哪一种批评和教学实践最适合于获得和维护民主的文化呢？

在撰稿时，我们也意识到自己的工作是一个更为艰巨的集体项目——美国文学史——的一部分。我们这一部分重点解释批评观点和批评兴趣的更替，以及这一研究项目的三个关键词"历史"、"美国"和"文学"的学术重构。这些目标要求我们应该完成一部崭新的、重要的美国文学史。纵观40年代以来的批评史，我们注意到个别批评理论和观点在对美国文学经典的内容、人

263

1940 年以来的文学批评

物及界定这三个问题的看法上有相通之处。我们不仅概括了主要论点和批评术语，并告知《剑桥美国文学史》的其他合作者，而且对这些论点和批评术语的理论根据、影响力及其局限性提出了质疑。

以上所阐述的情况和目的就是我们编写这部文学史的主要动力。因篇幅有限，我们的文学史是有所选择的。近半个世纪的许多理论、理论家、批评家和学者在这里并没有被讨论或充分讨论。譬如追溯批评的理论化时，我们只是简单涉及 40 年代和 50 年代一些杰出的文化批评家，诸如"纽约批评家"。他们非学术性和跨学科的批评也许会成为其他评论的中心。我们也对这一时期许多大有名气，并对个别作者和作品提出了宝贵见解的文学批评家论述不够。我们没有详细介绍个别批评家和批评流派的著作提要，但读者可参考以下的文学史和概况。如弗兰克·兰特里基亚（Frank Lentricchia）的《新批评之后》（After the New Criticism，1981）；特里·伊格尔顿（Terry Eagleton）的《文学理论导论》（Literary Theory：An introduction，1983）①；文森特·B.列奇（Vincent B. Leitch）的《30 至 80 年代的美国文学批评》（American Literary Criticism from the Thirties to Eghties，1988）和《文化批评、文学批评、后现代主义》（Cultural Criticism，Literary Theory，Postmodernism，1992）；斯蒂芬·格林布拉特（Stephen Greenblatt）和贾尔斯·古恩（Giles Gunn）合编的《重新界定：英美文学研究的嬗变》（Re-drawing the Boundaries：The Tnansformation of English and American Litenary Studies，1992）；及迈克尔·格罗登（Michael Groden）和马丁·克雷斯沃思（Martin Kreiswirth）合编的《约翰·霍普金斯文学理论与批评指南》（The John Hopkins Guide to Literary Theory and Criticism，1994）。我们只是选取有影响的思想、批评模式和学术争论，旨在十分简洁、连贯地为广大读者或研究人员展示文学研究的现状及其来龙去脉。

---

① 伍晓明译作《二十世纪文学理论》，北京大学出版社 2007 年出版。——编注

第一章　政治与美国文学批评

1984年，全国人文科学捐赠基金会主席威廉·J. 贝内特（William J. Bennett）① 发表一篇报告——斥责文学研究在学术批评和大学课程的政治化倾向，引起了广泛争论。这篇题为《重申人文精神》的报告抨击了文学批评与理论的新倾向。贝内特认为美国学校为了赶时髦，把媒体研究和二流作品结合起来而取代了占据美国课程中心的经典性作品。两年之后贝内特担任罗纳德·里根执政期间的教育部长时又强调了这一点。他批评在全美高校里，教授正鼓吹批评思想、方法和术语，把文学从学生和大众身上夺走，文学为这一特殊的学术小集团所独揽。贝内特借用了当时共和党竞选演说的措辞，斥责这一类批评家和批评为了"特殊利益集团"而牺牲了美国的"共同文化"。

1988年，贝内特的继任者、基金会的新主席林恩·V. 切尼（Lynne V. Cheney）在《美国的人文科学》——一篇给总统、国会及美国人民的报告里重申贝内特的痛斥。切尼称赞人文科学在全国人文科学研究所及公共活动节欣欣向荣的景象，但她也指出大学牺牲公众的利益而追求狭隘的学术研究和党派的属性政治，尤其在文学研究方面。她评论道："主要问题是围绕性别、种族、阶级，而文学的真、善、美被视为毫不相关。"

不言而喻，政府高级官员这些强有力的评论带来一场关于教育与人文科学的全国性辩论，至今经久不息。80年代末期和90年代早期，掀起反对"政治正确性"的尖锐评论。很多评论针对那些拥护新的研究方法的教授及批评家，指出他们使文学批评对传统上被摒弃或贬低的作家和作品敞开了大门。

---

① 美国教育家，文化保守主义者。他编著的《美德书》影响深远，该著已经译成中文，中央编译出版社出版。——编注

这些辩论不但出现在《评论》及《华尔街日报》这些本应响应里根－布什所号召的"复兴传统价值观念"的新保守派的刊物上，而且也出现在自由派的刊物上。

譬如《纽约时报》就支持贝内特的观点：教育权力机构"精神及信仰的丧失"使人文学科陷于危机，并抨击一些高校如斯坦福大学修改西方文化课程。据《纽约时报》评论员所说，这些旨在囊括多种文化和亚文化的课程修订，表明美国高校学术水平的下降和对本国文化传统的背离。《纽约时报》评论道："70年代早期，惧于学生的压力，很多大学减少或放弃了几个世纪以来被认定是大学教育一部分的人文学科的必修课程。"这一席评论表达了对文学批评和教育的不满。已保留了几个世纪的文化和教学传统，在优柔寡断的行政官员的协助下，被一些政治群体抛弃了。因而，文学批评的历史和当前的状况引发了全国就美国文化何去何从的争论。

第一节 历史文本的"危机"

我们在《剑桥美国文学史》这一部分，以政府官员和全国报界下极大功夫去关注大学英语教师的教学——甚至只是抨击他们——作为开篇似乎极不寻常，因为《剑桥美国文学史》这一部分要概述40年代以来的文学批评运动和辩论。我们的文学史处于文学批评的发展和历程备受公众瞩目的历史时期。公众对人文学科的教育所引发的激烈争论强有力地证明了：今天文学批评所处的历史背景与1948年，即多卷本美国文学史——《美国文学史》出版的那年完全不同。

许多谴责这一变化的人士，诸如贝内特、切尼，尤其1987年的畅销书《美国思想的关闭》(*The Closing of the American Mind*)的作者、保守派学者艾伦·布鲁姆（Allan Bloom），都把这一变化归咎于60年代大动荡后的文化观点和政治狂热。正当我们的书即将付梓时，对美国国内和外交政策的辩论引发了对美国近代史的阐释，主要围绕对近几十年美国历史的理解，尤其是上半时期与下半时期之间的关系。60年代的文化遗产是代表美国传统在50年代的僵化和墨守成规之后的重建与复兴，还是意味着在"开放"这虚假幌子下美国民族心智的固步自封？

不管人们对妇女运动，美国黑人和少数民族的反抗斗争，或这10年来挑战美国对越南政策、传统价值观念、主张和自我形象的反主流文化的这一系列运动观点如何，无可否认的是，这些发展促使了在高等教育和其他领域美国生活的一场变革。因此，近来的矛盾与争辩也十分重要，重演了60年代大动荡前的那一幕情景，那次动荡诞生了很多文学理论：如女权主义、多元文化主义，解构主义和以政治为方向的现代批评流派。当前辩论的双方很容易忽视这种变革的延续性，他们编织了神化般稳定的过去，用来谴责或美化现状。

新文学研究与批评对"政治正确性"的攻击主要采用"讽刺"与"神化"，而不是准确的历史观点。这是极其不幸的，因为不但学术领域的重要变革被歪曲了，而且许多变化实际上值得思考。正如威廉斯（Williams）大学校长弗朗西斯·欧克利（Francis Oakley）所评论的，"对这些攻击的大肆渲染使得学术界很难辨别，更不用说承认引发这些辩论的那一点儿令人震惊的真实，并且无法给予应有的重视。"今天，美国学术界对人文科学的不同观点仍值得讨论。但是开明和有建设性的辩论，应基于对这些观点的局限性和历史性的正确理解之上。

坦率地说，那些在当今这场分歧中被认为是"传统主义者"的，并不真正了解他们所大声叫喊的过去。西方文化课程的修订受《纽约时报》抨击，而这些课程是否在70年代之前就有了呢？这就是一个例子。我们知道，这些课程并非存在了几个世纪，而只是到20世纪20年代，在第一次世界大战各种民族主义发生冲突之时，出于政治与宣传动机才开设的。事实上，英国与欧洲文学作为大学的主干课程是几十年前才有的，也是同样植根于政治民族主义。

而且，19世纪末期，对现今所认为"传统"的文学课程的引入，早先也受到传统主义者的排斥，他们预见了恐怖的末日即将来临，正如我们这一时代保守主义对多元文化修订本的反对一样。历史学家劳伦斯·列文（Lawrence Levine）指出："以欧洲文化为中心的课程修订后，时下许多人对此扼腕，而有谁知道在世纪转折时期，欧洲文化课程的引入曾被视为'平庸、现代、时髦和反文化'而遭到许多人的强烈反对，因为他们认为这意味着'文化的终结与文明的堕落'。"19世纪那些认为大学课程应以古希腊与拉丁语为主的辩护者认为，如果这些经典课程被现代欧洲语言、文学与文化所取代，将意味着野蛮与混乱即将来临。

早期反对这场变革的普林斯顿大学校长詹姆斯·麦克科什（James Mc-Cosh）在1868年写道："如果大学摈弃传统上以古希腊、罗马为主的课程，我们的语言与文学将面临绝望而堕落的危险。"确实，对于像麦克科什这样一位传统的古典主义者来说，学习近代欧洲文化在学术上是不严格的，也不可能变为严格。以欧洲文化为中心的课程，使得那些"贪图安逸"的学生能避开那些"需要绞尽脑汁的学习"。今天我们一些人认为学习大众文化是荒唐的，正如麦克科什和他同时代的一些人认为学习后古典主义的西方历史文学是荒唐的一样。

○1940年以来的文学批评

麦克科什认为以本国语言学习本国文化无需深层思考，这正是当前学术分歧的中心。那些反对修订课程，反对学习那些被忽略的女性作家、有色人种作家的作品和研究文学的阶级及种族问题的那些人也持有同样的看法。虽然麦克科什所用的术语不同，他实际上也像一个世纪之后的贝内特、切尼、布鲁姆所认为的那样，现代、本土文学对古典文学的入侵，意味着堕落的"属性政治"的崛起，这与学术传统的公正与严谨是不相容的。换言之，这些课程修订代表文学研究从"共同的经历与文化"，转向研究特定的经历与文化从了。

我们这部文学史的中心任务是：追溯属性、政治、文学原则与文学研究范畴的界定之间的复杂关系。现在我们首要关注的是麦克科什和贝内特这些反对教材修订者的主张——学习自己的或社会团体本身的文化产物是非法的，也是反学术的。但我们对此可以提出很多挑战：难道不是我们独特的属性和文化选择了我们的研究对象吗？属性政治所挑战的"共同文化"（由希腊、拉丁古典名著、莎士比亚、弥尔顿、或爱默生、亨利·詹姆斯所代表的）难道是真正实实在在的"共同"文化吗？或者它们本身就是早期属性政治的表现，而我们因其早已确立而不承认罢了。

不论对这些问题作出如何回答，将取代古典文学的麦克科什所担心的堕落的欧洲文学作品，成为现在贝内特与切尼希望保护的经典作品。这一事实表明：以大众利益呼吁"共同文化一体论"总是蕴含着政治因素和政治属性。若要谴责文学的政治属性应归咎于民族主义政治。毕竟没有民族主义政治，就不存在民族文学的研究。这些政治因素在麦克科什生活的那个年代之前早就存在，更何况到我们这个年代。

第二节 民族主义与文学研究

在浪漫主义前期，一些思想家如德国的约翰·赫尔德（Johann Herder）与弗列德里克·施莱格尔（Friedrich Schlegel）和法国的朱尔斯·米什莱（Jules Michelet）普遍宣扬"文学首先是民族精神的体现"。根据那一时期浪漫的文学民族主义，一个国家的语言与文学的质量是国民精神的重要体现。文学民族主义的信条是与"民族性格"理论密不可分的。这种理论认为，每一个民族都有由基因和种族决定的自身独特的性格特征——民族文学正是要表现这一点。浪漫主义学者戴维·辛普森（David Simpson）指出，18世纪与19世纪"对民族性格的界定，可以被视为各种政治企图的合理化。欧洲各民族国家正藉此争取独立，保卫自己的祖国，扩张领土和输出它们想象中的优

第一章　政治与美国文学批评

越的文明。每一个国家都通过与别国相比较，或牺牲别国来凸现自己"。

因此，文学民族主义建立了一种属性政治的模式。这种模式若被强国所采用便是正当的，若被弱国所采用便遭到非议。正如最近解构主义者所提出的，我们是通过确定与我们自己不同的"他者"来定义我们自己的属性。文学民族主义促使现代国家既把自己与竞争对手区分开，又要寻求共同点来维系全民族——在工业和资本主义扩张吞并传统的农业公社时期就必需这样做。考虑到一个现代大国的市民不可能像以前社会那样彼此相互了解，因而使得所有人认为他们是属于同一社会团体的民族属性的想法是虚幻的。从这个意义上说，民族只是一种文学虚构或"想象中的社团"——借用文化历史学家本尼迪克特·安德森（Benedict Anderson）的措辞——是与集体意识而不是具体的社会关系相一致的。

269

文学民族主义曾扮演过很重要的政治角色。比如，德国和法国反对传统上的封建割据，统一全民意识以便跟世界列强抗衡的斗争中，文学民族主义功不可没。18世纪和19世纪，争取民族独立意识的运动曾获得如此成功，以致今天把很多文学作品分为"英国、德国或美国文学"的这种分类方法似乎是顺理成章的、公正的，而不带任何政治色彩，不具任何政治后果。

当前，那些强调民族文学传统具有建构性的批评家坚持这一观点。他们的理论前提是民族文化与民族文学的性格形成，甚至在某种意义上可以说是制造作品声称不偏不倚的描述对象。这些作品既是描述事件，也促成某种行动。换言之，"民族文学"与"民族性格"（或贝内特部长所使用的"共同文化"）这种概念有助于实现作品的主张，戴维·沙姆威（Davicl Shumway）在《创立美国文明》（Creating American Civilizction，1994）里就强有力地阐明了这一点。从这一点上来说，民族文学这个概念是一种意识形态。但并不是说这个概念是错误的，或邪恶的，应被摒弃；而是"共同"民族文化这一概念是历史的发明，产生于特定的历史时期，对一些群体有利，对有些群体不利，这一点是有佐证的。

例如，称一部作品为"美国经典"，不是让人关注其文学特征，而是其民族特征——即作品与美国这个政治实体的关系。从某种程度上说，"美国经典"这一标签是指作品的政治属性与价值，而不是严格意义上的审美标准；或者它暗示：作品为国家代言的能力本身就是它艺术魅力的一个方面。20世纪初的批评家范·威克·布鲁克斯（Van Wyck Brooks）就持有这种观点。詹姆斯·芬尼莫·库帕（James Fenimore Cooper）经典的美国小说《杀鹿者》（The Deerslayer）的封面，就引用布鲁克斯的评论：库珀的主人公纳蒂·班波（Natty Bumpoo）"将象征一个特定时期的文明，一种新的美国精神的诞生"。

270

263

把库帕的杀鹿者描述为"新的美国精神"的崛起,也就是规定了与这部小说相符的美国人的性格特征。这表明该小说的价值,就是它的"美国特性"。其封面告诉读者:这就是真正的美国人的典范,像纳蒂·班波一样粗犷,独立自主,靠他的枪生活,避开城市文明的教化,远离女人的影响。

当然,这种描述也表达了真正的美国人不能是这样:比如不是印第安人,印第安人可能具有一些可贵的野蛮性格,但正经历着令人遗憾、不可逃避的灭绝过程;也并不是女人,独立的主人公的性格与女人格格不入。这并不是说把库帕的小说当作对种族歧视、种族主义或大屠杀的合法化而摒弃,而是强调一个事实:文学作品是某个团体追求自己的属性特征的场所,是具有冲突的价值观念与自我形象协调的场所。从这一意义上说,文学有很浓的政治色彩。确实,如果文学和批评的理解与分类不是这么政治性的,如果它们不是作为界定文化特征的场所与方法,文学就不会有今天激烈辩论的情景。

看待这场辩论的一种方式是:长期以来把文学与某一特定文化群体的命运联系的民族主义法则,最近也被亚群体所借用并重新运用。当美国黑人与妇女坚持把文学研究与种族和性别相联系,真正说来他们只是遵循传统文学民族主义这个逻辑。虽然这一逻辑有时会导致狭隘的排他主义,却也激起"文化融合"[借用理论家霍米·巴巴(Homi Bhabha)的词语]的新批评意识。根据"文化融合"这一原则,现代社会文化群体的属性从来就不是单一的、而总是混合的,不纯的,与其他相融合的。

近来一些当代批评理论家所关注的文化融合问题,实际上是个政治问题,它促进了美国中学和大学的英国文学教学以及后来的美国文学教学。英国文学作为一门学科的兴起与19世纪80年代至1910年的欧洲移民潮同时发生,这并不是偶然的。教育工作者认为"英语"能够完好地把居住环境、种族、文化相异的人口联合起来。倘若英语不能把这些人口团结起来,使他们不违规不造反,而是忠于统一的文化,英语就不可能在中学和大学的课程争夺上打败了古典语言课而成为佼佼者。因此,能有什么比英国文学更好的学科可以让新扩展的移民人口美国化呢?

在这个世纪的转折时期,这种观点很具有说服力,尽管还存在着几乎没有美国人经过一次变迁就成了英国人这一事实,这种观点意味着美国人拥有自己受尊重的民族文学这一声言是多么晚近的事。这门课是十拿九稳地被列为美国文学大学课程,美国人争取民族独立的斗争也已完成。促进和巩固"美国文学"这一文学类别的强有力的民族主义政治很容易被遗忘。然而,第一次世界大战后,为了巩固民族独立与国际声望,美国文学成就包含鲜明的爱国主义使命。正如保守派批评家詹姆斯·塔特顿(James Tuttleton)所说:

"这一切努力大部分是为了使美国文学的地位能与战后美国作为军事和经济大国的地位相称。"确实,当时很少学者否认这一课程是美国意识形态的工具,虽然他们与当今的保守派一样不使用"意识形态"这个词,他们认为他们的"美国主义"更为巧妙,因为美国主义是民主、世界大同和所有人的民主的同义词。

加州大学伯克利分校一名教授查尔斯·米尔斯·盖利(Charles Mills Gayley)就是个例子。他在1917年出版的题为《莎士比亚与美国自由的奠基人》(Shakespear and the Founders of Liberty in America)一书中说,莎士比亚预言了一次世界大战,并说明"莎士比亚的政治观点是美国式自由,也是独立宣言的基石"。盖利创立了"重要著作"的一门课程,据《纽约时报》所说,"这是几个世纪以来的要求",并且这概括出了文学超越政治。事实上,我们发现这些课程和学习西方文明所设的课程都是第一次世界大战的产物,这是战争宣传的需要。历史学家追溯了"西方文化"的渊源,发现一门名为"战争问题"的课程是作战部主办的,并公开声明开课的目的是巩固意识形态,是为了抵制美国西方遗产受德国威廉(Wilhelm)大帝和布尔什维克主义的威胁。

正如历史学家赛鲁斯·维瑟(Cyrus Veeser)所指出,尼古拉斯·默里·巴特勒(Nicholas Murray Butler)校长认为哥伦比亚大学的西方文明课程的版本(著名的"当代文明"课程)被广泛模仿是为了挫伤共产主义和法西斯极端主义。巴特勒写道,"对那些迷恋更为残忍和更为愚蠢的激进主义的大学生来说,讲授西方文明和教育学生建立和完善学校机构是需要时间的,这是最有价值的。"巴特勒所指的"更为残忍和更为愚蠢的激进主义",近几年来被普遍认为与那些不断壮大的母语为非英语的移民社团相联系。

第一次大战前,美国文学在大多数文学评论家看来只是处于二流地位,尽管他们当中有些人认为这种想法确切地说是矛盾的。但是战争结束后,被视为与道德理想主义这个稳固的传统等同的美国文学,似乎比英国文学更能在国家内忧外患时,加强公民的爱国主义。1919年,美国文学研究的奠基人之一弗雷德·路易斯·帕特(Fred Lewis Pattee)写道:"现在我们越来越明显地感到代表美国人的精神和美国民主理念的美国主义应该在学校课程中得到高度体现,作为对第一次大战后日益增长的实验派没有法律观念的防范。"无论帕特的"没有法律观念"指的是格林尼治村的波希米亚人或下东城的移民,他的主张坦率地道出了早期辩护者的看法:美国文学具有政治与社会功能。

第三节 两部文学史的比较

我们把如下观点作为本篇导言——保守派和其他一些人认为:几个世纪

以来，完好无损的历史和文化传统只是到最近才被政治与观念分歧所瓦解，其实这是因为他们严重地遗忘历史。这种遗忘，本身也是二次大战以后特定文化背景的产物。那时有一种共识——美国传统与学科是通过避开政治辩论而构建的。事实上，摒弃这种辩论也是最近一部重要的多卷本美国文学史——《美国文学史》（1948）所宣告的原则。

罗伯特·斯皮勒（Robert Spiller）是《美国文学史》的高级编辑，他在一封写给55位撰稿人之一的信中讲述了一条原则。斯皮勒要求撰稿人作重要修改时强调："我们制定了一条主要原则——即在整部书里，我们必须避免讨论批评的分歧和避免提到批评家。"40年以后，在一篇题为《美国文学史的意识形态问题》（*The Problem of Ideology in American Literary History*，1986）的论文里，萨克文·伯科维奇（Sacvan Bercovitch）注意到无论从措辞或构思方面，斯皮勒的文学史体现"一心一意尝试批评的综合"并且实际上要巩固"强大的文学——历史的共识"。这种共识已被动摇，但斯皮勒表达出的避开批评分歧的愿望，说明甚至在他那个时代，这种共识远非稳定。

伯科维奇的论文为《剑桥美国文学史》提供了在不同的批评价值观和主张基础上的编辑原则。他认为对其他学科（人类学，心理学，语言学，哲学）和美国的社会和政治条件所提出的新的、有争执的理论和方法，不仅使文学研究达成共识受挫，而且对是否必要达成共识提出质疑。因此，伯科维奇写道，当代文学史的任何一项研究必须"充分利用这一（因为找不到更合适的字眼）'有争议'的时期"，《剑桥美国文学史》打算不逃避批评分歧所带来的问题，而是把这些问题本身当作此项研究的基石。

从《美国文学史》的第一份初稿开始，我们的讨论一直持续到目前《剑桥美国文学史》这几卷的诞生，我们可以感受到这一时期文学研究的主要变革，只需比较一下影响这两大项目的理论规律、教学方针和批评辩论就可以明白，伯科维奇打算强调的分歧与斯皮勒打算避开的问题的相似程度。

譬如考虑一下两部文学史对文本意义的看法。斯皮勒在他的信中所推荐的避开批评分歧，指的是对文本的普遍的经验或文学价值的理解。根据这一观点，文本本身有明确意义，可以摒弃不同读者和不同流派多种多样的理解。换言之，批评的分歧与文学史割裂，因此可以很安全地把它除去——特别是考虑到普通读者可能对此不感兴趣。

如果60年代中期以来已获得发展的各种批评理论有什么共同之处，那就是他们的争论之所在：即文本的体验只能通过某种理解，通过选择适当的结构原则，主要强调的部分和组成文本意义的相关背景。这些选择的行为自身是不同的，因为不同的读者对文本的关注和受文化影响的处理方式多种多样。

第一章 政治与美国文学批评

（文本也是通过一整套文化机构、程序和由出版商、广告商、书店分类，评论家、颁奖委员会和学校课堂设置所组成的和其他组成部分预审和限定后才与读者见面的。）情况不同的读者和不同组织、不同动机的机构或代理商产生互相冲突的文学理解和判断，这种情况现在日趋严重。我们把理解的冲突视为文学史不可避免的一方面，并且确实是文学的一部分。这也就是说有一些确定的、没有分歧的、直接获得的文本意义，其实总是，由某些批评透镜折射过来的。

比以前更为公开和民主的、日益增多的文学研究透镜，使所谓不受透镜影响自发的阅读显得更加困难。其实，那种"非理论的常识"这种观点是许许多多透镜中的一个。可以得出这个结论：文本意义并非稳定的实体，而是随着文本进入不同的背景而变化。这种开放或"解构"文本通常指与文本相抵触，而不是无动于衷的或默认与文本的关系。然而，这种抵制性的阅读，有时会导致这一理论批评家所攻击的过度的自我陶醉，违反意愿的阅读会揭示出文本的其他方面，而这些方面常被默认型的阅读忽略掉。

从这个当代的观点来看，斯皮勒关于批评招致外部的分歧是值得商榷的。斯皮勒认为批评家的众说纷纭给美国文学史带来不和，如果有意愿和抑制力，这种分歧是可被拒之门外，批评家和文学史家也可以站在外面不受影响。其实，《美国文学史》并不完全不受批评分歧的影响，只是把批评分歧限制在两个章节里，以这种组织方式表明文学与文化是有机地发展起来的。批评至今仍陷于分歧之中。编辑期望最近文学批评的发展能填补这鸿沟。批评家的分歧（在一章题为《书战》中叙述）最终代表批评发展的一个不成熟的阶段，当今令人欣喜的是批评日益强大，已变成一门学科。因此，在第八十章，即倒数第二章由莫顿·D. 扎贝尔（Morton D. Zabel）撰写的经过斯皮勒大量修改的、题为《批评的总结》（Summary in Criticism）里，承认了"30 年代批评的严重的根本分歧"，但为这种情况在 40 年代时被批评走向同化与综合的运动纠正过来而叫好。

斯皮勒认为必须克服批评的宗派主义，因为它阻碍了"学术交流"和文学研究所依靠的"注重实际的逻辑这条原则"。并且当文学批评陷于自我分裂中，它就无法理解文学统一的本质。《批评的总结》的结束语清楚表明了这一项目及斯皮勒的文学史的主张，强调区别批评家带有偏见的观点和美国文学史是个有机整体的这一事实之间的区别：

> 现在，执行一项比宗教派别、走极端和造反更为艰巨的任务的时刻也许来临了。即统览文学必须既让不同学术和批评流派受益，而且要让

文学的整体性完好无损，并认为艺术与全部的人类经验和道德价值观是统一体。

相比之下，伯科维奇和《剑桥美国文学史》的大部分撰稿人认为意识形态的紧张状况并不是违反常规的"宗派主义者，极端主义者或反叛者"引入文学领域的，而是出现于任何"美国"、"文学"或"历史"及文本的建构中。当伯科维奇说，"美国"这一概念并不是包罗万象的综合体，而是修辞的论坛，他也一样评论历史或文学。根据这种观点，没有"文学的中心统一体"或历史的"整体"能被"完好无损"地保留下来，部分原因是因为这些东西差异太大，无法综合，另一部分原因是我们不能避开描述文学与历史的这个论坛。

这就意味着"美国文学"不仅是由批评家和读者建构起来的，而且是他们的冲突与辩论的产物。同时，美国传统的组成部分随着这些分歧不断改变或重新界定。从这个观点来看，认为传统是个有机整体，传统先于理解或超越理解的这种观点本身就是一种意识形态的神化，这是很多自称"文学性的"文本或由凌驾于文本之上的批评杜撰出来的，包括《美国文学史》中自以为预示文学研究的意识形态和分歧行将结束的那一章。

事实上，乔纳森·阿拉克（Jonatham Arac）在我们这部文学史的第二卷，强调美国文学正是建立在主张整体性和超越矛盾的基础之上。阿拉克把19世纪的散文分成以下四类——个人、本土、本国和文学性的，他认为"文学"的出现履行了"一种特殊功能"。在一个社会与经济走向大融合、宗派冲突、政治分歧和严重的心理紧张的时代，文学提供了霍桑提出的著名的"中立地带"。阿拉克把这个场地描写为"既不偏袒这方，也不偏袒那方。对于今天激烈辩论的政治问题"，在这儿，一种新的"内在化的心理"说明人类的性格从根本上说来是稳定的，有自我意识，而不是世界变幻的产物。对阿拉克来说，文学这一特权王国，不论是霍桑的创见，或扎贝尔和斯皮勒提出的学科共识，代表"一种纯想象的整体性，一种对真实断裂而虚构的补偿"。

阿拉克的用词与法国哲学家路易·阿尔都塞（Louis Althusser）所提出的"意识形态"的定义相符，这一定义不仅成为马克思主义批评的重点，也成为最近25年来以政治为导向的理论和批评方法的重点。阿尔都塞认为意识形态是想象出来的，它的作用是使主要生产关系的社会分工合法化，使个人误认这些关系具有整体性和约束力而向它们屈服。从这个角度看来，意识形态无处不在（它的含义、歧义和潜在的困难会贯穿我们对整个批评领域的全面论述）。相比之下，在《美国文学史》中，"意识形态"只是批评的一个特征，是批评的副产品（这个术语在本书的索引之间找不到，一方面，在"理想主义"和"理想"之间找不到；另一方面，在"个人主义"、"工业主义"和工具主义之间也找不到，而且在"政治文学"这一标题下的著作都是写于1770年和1790年之间，并且只在题为《共和国的哲学家、政论家》那一章论及）。显然，这两部文学史对意识下的定义完全不同，反映了它们对文学性质与批评功能的不同理解。

第四节 "理论"的需要与术语的问题

文学文本的意义总是要通过批评的透镜，不管文学或批评都不能摆脱意识形态和分歧。对这一点的深信不疑，促使当代批评家对自己的批评步骤和设想进一步反思。对理论的这种反省，使《剑桥美国文学史》有别于以前的其他文学史。从某种程度上说，这种理论运动是40年代以来专业、系统地研究文学的扩展，然而与40年代和50年代的理论运动不同。60年代以来，大部分重要的理论，不是为了巩固和合理解释现存的专业步骤和设想，而是挑战或"解构"它们。至少，新的批评话语和方法的扩增证明一种情况，即专业文学研究的界定，正如我们民族文学的界定一样，已成为有争议的问题。

根据这一点，正如伯科维奇说"理论"诞生于充满"分歧"的时期，在这一时期一度被集体认可的"前提"，可以不被当作"前提"而突然变成公开辩议。当今，我们对以前认为什么是"文学"，什么能称为"伟大文学"或"正确的阅读"，就有同样情况发生。只要对"文学"的定义、艺术的社会功能和文学准则内容能有相对一致的意见，就无需立刻界定这些术语。当"一致的意见"被削弱，基本的定义和功能就成为辩论的对象，也因此要被"理论化"了。在这种充满"分歧"的情况下，连最传统的文学批评家，都明确地说出以前所未曾说出的话，这就揭示了传统论点的理论性不亚于其他论点。

由于这个原因，目前文学研究的这种情况，给历史学家提出了一个问题：他们找到令听众一致同意的评价标准？换言之，目前对上半个世纪的批评史，既没有一种中立或普遍接受的叙述，也没有标榜不带任何偏见或争执的统一术语、元话语或元叙述。事实上，这样说就是祖护新的理论家反对早先人文学科对共性的追求。事实上，对传统人文主义者来说，我们所使用的"元话语"或"元叙述"就是对忠诚选择的或必要的背叛。在他们看来，这样的语言所揭示的，并不表明批评的自我意识有了可贵的或必要的提高，而是用一种时髦的新术语不恰当地取代现在仍适用的普通术语。

1940年以来的文学批评

对最近批评的这种反感频频出现——在某些时候是恰当地提出来的。因此,很有必要在讨论"术语"这个问题之前,先解释一下我们写这部文学史将要用到的当代术语,还有另一个原因是最近批评的术语对于本来愿意给予批评一个申诉机会的读者来说是最顽固的绊脚石。对许多人来说,诸如此类的术语不起任何作用,只是批评家矫饰自己虚假的学术专长,使文学讨论变得神秘,把普通的读者和学生拒之门外。同时,在现代这个时期,术语应用于文学时,似乎特别应受斥责,然而只有文学才能够抵制语言的专门化。最后,当批评家声称要寻求社会变革而使用连那些经历过这些变革的人都不理解的行话时,术语的不恰当使用会引起混乱。

然而,一些批评家对这种观点反驳道:对术语的攻击有时毫无根据,听起来并不公正,也不得人心。首先,被认作术语的东西是相对的,它随着时间、地点和社区话语的使用情况的不同而不同。在一个社区里,被认为是"术语"的话,会随着时间的推移变成普通用语,改变社区的话语标准。任何以"ize"结尾的词几乎一出现,就会被认为是"术语",经过一段时间以后,又会被吸收成为普通用语。现在许多与新兴学科或科学话语有关、普遍被接受的术语,在成为普通用语之前,曾一度被嗤之以鼻。举个熟悉的例子,比如类似"神经质"和"偏执狂"这些心理分析术语,昨天被认为是行话,可今天再也不是了。再如,我们在第二章将看到的40年代的新批评,为我们学科提供了很多批评术语,但在刚被采用时,曾被猛烈攻击为"满口理论,理论统治一切",而如今"传统主义者"保护它们免受新理论术语的侵犯。当代马克思主义批评家特里·伊格尔顿则清楚地阐明自己的观点,"诸如象征、扬扬格,结构统一与具有质感的"这类术语,给读者与文本之间带来的障碍不亚于类似"性别,能指、潜台词和意识形态"这些术语。换言之,更古老的批评术语与时髦的批评术语一样与文学不再有内在的联系。

第二种反驳"行话只会引起混乱"的观点是:行话的使用只是一种技巧,为了引起注意才使清楚的语言和常理变得难懂罢了。当罗兰·巴特和其他法国批评家攻击"清晰统治一切"时,就提出了语言"含蓄"的理论,他们的目的不只是称赞语言的深度。其实,巴特所写的东西比诸多传统主义者中的任何一个人都要清晰。巴特和其他一些人认为,某些清楚易懂的语言会误导,用凯瑟琳·贝尔茜(Catherine Belsey)的话来说——"因为读起来明白、清楚、熟悉,所说的肯定是真的。"

使用专业术语,事实上表明:"明晰"可能成为一种"言辞威力",让话语变得如此真实、有理和不言而喻以致排除批评判断。约翰·韦恩(John Wayne)著名的一句话,"一个人想做什么就做什么"用简单的,"同义反复的不言而喻",使美国男子汉的道德标准不容置疑。但是,如果不用"同义反复的不言而喻"这个术语,是很难说明这一点的。在这个方面,那些引用"明晰与普通话语不言而喻的价值"来攻击术语的人,忽略了术语力求自我服务的方式这个要点。举一个我们自己的例子,术语是使普通话语"异化"的方式,表明我们所认为普通的话语从另一观点看变得奇怪,因此易受批评。当我们意识到语言的媒介功能和可以用不同方式来描述事物时,术语降低了熟悉的语言表达明显的事物的矫饰。

术语会引起政治问题所依据的前提是:只要社会既定与决定我们所听到的什么叫术语有密切的关系,我们用来批评任何社会既定设想的语言就倾向术语化。当代表市民说话的文学或社会批评的正规语域,为普通市民所不懂或不感兴趣,那么问题就产生了。但是这些问题,不必通过放弃特殊语域而采用所谓正规的用语解决,如果我们至关重要的是企图挑战和纠正那些已被认为是"正规"的,那就不能这样做。

对有性别歧视的语言所采取的办法就是一个案例,说明"正规"的语式是如何在某种程度上被成功地纠正过来。那些非性别歧视的语言有许多一开始遭到反对,被认为反常或拗口已渐渐地被接受。当然,现在说"他或她"而不是"他"或避免使用"人类"这个整体概念,并不意味着引入诸如"历史化"这样令人不熟悉的术语。然而可以认为,如果学生和市民将学会熟悉地使用"使历史化",就如他们学会使用"他或她",他们就会提高对历史的敏感性——这一点也阐明了术语问题在政治上多么重要。使用像"社会构成"或"主体地位"这些术语,而不是"社会"或"自我",不管多么刺耳,都是为了表达社会与自我并不是自然存在的、绝对的,而是不同的选择、条件或制度的变化的产物。

如其他专业用语,包括当代各行各业和人们所感兴趣的事——从税法到足球、烹调到性功能的增强——批评的用语就如语言哲学家希拉里·普特南(Hilary Putnam)所说的高级社会的"劳动的语言分工"。因此,我们不能攻击批评或其他术语,我们认为努力去改善解释各种术语的阐释状况更有好处。对我们来说,现代批评的缺点不在于使用术语,而在于没有准确地翻译和充分地解释术语。当这种批评日益受到攻击时,术语的翻译和解释乃是当务之急。

我们自己力求写得清楚,不管什么时候,尽可能避免过于专门化的语言,当我们使用术语时,尽量解释其意义和必须用它的原因。因此,我们不能承诺,我们的这部文学史在每一个人听起来都没有术语,在当代批评的不同语域里,尽量使高级理论用语、高级人文科学用语和非专业用语之间能进行对话。

第二章 美国学术批评的出现

在以迅速变化为特点的文化里,没有什么比过去更瞬息万变了。随着乘喷气式飞机旅行的发展,曾一度给铁路带来破坏性影响的技术变得异乎寻常地受人青睐。同样地,学术上的革命也以某种方式使先前的革命,在现在看来也不像当时那些经历过的人所认为的那么可怕了。我们回顾以前令人震惊的革命时,会把它当作我们渴望回归的美好往昔。举一个事例——最近文学理论的革命,使得40年代的文学批评运动显得比当时发生时更无伤大雅,更传统。我们可以通过探讨我们今天看似那么保守的学术批评是如何影响它们的同时代人,以了解最近的批评史。

今天,我们尤其有必要这样做。因为最近文学理论所掀起的波澜,已经改变了我们对批评史的看法。很多不同的团体对新理论持敌对态度,党派界限被悄悄地重新划分,使得曾经互相为敌的批评家异乎寻常地结盟。因为我们这一时期预示或有成为一个"理论时代"的危险,非专业的撰稿人与一些幻灭的学者,已经找到了以前对双方来说均不明显的共性。由于同样原因,今天的先锋派并未看到早先的社会运动如何诱发了他们的思想。

现在,我们开始探索的时期是学术性批评出现的时期。在我们这一时期,"学术性批评"最初被认为是"自相矛盾"的,而后来"学术性批评"几乎成了多余的。为什么会从一种情况转变为另一种情况呢?这是我们现在要研究的。

第一节 批评的学术化

我们在第一章讨论了今天人文科学的危机感,美国文学批评的最近情况,通常被描述为下降、衰退和堕落。据说,文学权威令人惋惜地转移:从大众批评家到学术专家;从为非专业读者撰稿的普通知识分子(学生也能读懂)到只为其他学术批评家撰稿的高级理论家;从批评家对文学的谦恭到企图让批评家的理论与方法凌驾于文学之上。正如布鲁斯·罗宾斯(Bruce Robbins)在《世俗的职业》(*Secular Vocations*,1993)所指出的,1965年以来的文学批评倾向于学术专业化,成了一种令人起鸡皮疙瘩的叙述,批评家与文学读者脱离了联系,最后也与文学本身失去联系。

这是最近在一些书里的耸人听闻的评论。如卢梭·雅各比(Russell Jacoby)的《最后的知识分子》 (*The Last Intellectuals*,1987),艾尔文·柯南(Alivn Kernan) 的《文学的死亡》(The Death of Literature,1990),罗伯特·阿尔特(Robert Alter) 的《意识形态年代阅读的乐趣》(*The Pleasures of Reading in an Ideological Age*,1989),詹姆斯·阿特拉斯(James Atlas)的《书籍之战》(*The Book Wars*,1990),罗格·金伯(Roger Kimball)的《享有终身职位的激进分子》(*Tenured Radicals*,1990)和最近许多其他的书,都感叹大众批评家的逝去。这种情况经常被重申,以致现在认为情况就是这样:学者限制了文学的范围,把它从非专业的读者身上夺走,把文学移交给理论家和其他专家。还有一些其他说法,把这种指责扩大到现代与后现代作家,认为他们与批评家联合起来背叛普通读者,诗人现在主要是写给其他诗人看,小说家把"小说死了与语言的无能为力"作为主要主题。

我们承认这些抱怨中有真实的因素,对任何想要改变世界的批评来说,理论话语的自我封闭确实是个问题,即使这种话语只反映日益增长的自我意识和当代文化的专业化。同时,自我封闭并不是当前批评与文学的总趋势,批评与文学常常扩大了传统的研究范围和研究机构。无论如何,朝"元"话语与"内省"发展的趋势,并不是以当代的理论(或以现代或后现代艺术)开始的,然而在理论批评家的大肆渲染里,在这之前的学术性批评——在1940年与1965年之间,看起来并不是真的那么混乱与富有争议,对普通读者来说也比较乐于接受。

这是罗伯特·阿尔特在其他一些人中造成的误导的印象。在夸大60年代欧洲理论对英美批评的激进影响时,阿尔特把那个时期前的批评家描述为"大部分人观念贫乏,对文学的系统方面不太感兴趣"。按照阿尔特的观点,欧洲的马克思主义,心理分析与符号学给先前被松散的、非专业活动所控制的文学批评带来了系统的和严谨的研究。阿尔特写道:"文学讨论不再成为出名的英语教授的专业范畴。他们用谚语,穿着舒适的花呢上衣,叼着烟斗,沉浸在聊天式的、自鸣得意的学术里。文学最终应以学术的严谨态度来钻研,应以哲学、心理学、人类学和语言学做背景。"这一观点已

◎1940年以来的文学批评

阐明得很清楚了，阿尔特随后在一些篇幅里又描述了70、80年代的理论革命为一批"新的文学理论者"所接管，这一群人对"文学本身"毫无感情，主要关心的是提出这个或那个"元话语"的术语。

但是，阿尔特对过去的描述带有使现今的理论家成为替罪羊的色彩。首先，那和蔼的、叼着烟斗、对"文学系统方面"毫无兴趣的英语教授，在60年代理论运动到来之前老早就存在了。事实上，以系统专业化取代非专业批评家的运动，可追溯到19世纪末学术化文学研究的开端，最终导致二次大战以后新批评派的兴起。换言之，60年代后的理论极易成为反对文学学术化最新的替罪羊，其实，文学学术化起源更早。

认为文学必须离开传统上舒适的非专业化研究这个观点，很早就由柯勒律治、爱伦·坡和德国浪漫主义者提出来。19世纪末大学里语言文学系的建立，使文学批评理论系统化的呼声更强烈了，这些呼声于1925年到达高潮，当年英国批评家I. A. 理查兹（I. A. Richards）出版有巨大影响力的宣言《文学批评的原则》。在开篇"批评理论的混乱"中，理查兹概述了亚里士多德以来的主要批评家，揭示了他们在回答"批评必须回答的基本问题"上几乎毫无进展。对理查兹来说，"几个世纪以来，伟大人物所取得的成就几乎是空空的谷仓"：

> 一些推测，一大堆告诫，许多尖锐、片面的言论，一些出色的猜测，很多辞藻华丽的言辞、诗的语言，漫无休止的混乱，一大堆教条、偏见、奇想和怪念头，充斥着神秘主义，一点点真实的推断，混杂而零碎的灵感，晦涩难懂的暗示和随意的见识；诸如此类的东西，我们可以毫不夸张地说，是现存批评理论的组成部分。

在美国，哥伦比亚大学研究文艺复兴的学者乔尔·斯宾格恩（Joel E. Spingarn）在1917年发表了对美国批评状况的相同意见，感叹批评"缺乏哲学的深刻与精确"。斯宾格恩写道，"虽然有很多华丽的言辞，文学理论支离破碎，实践性的课程代替了真正的艺术哲学。"因此，清除非专业研究与批评概念混乱状况的这场运动，在二次大战前早就发动了。然而，正是战后大学的扩展，才给这个研究项目提供安全的研究基地，促使一种新的学术性批评的诞生。

正如我们所发现的，直至40年代，"学术性批评"这种思想看起来是自相矛盾的。"批评"被理解为对文学作品的阐释与评价，为报刊撰稿人所垄断。但不管报刊登些什么，都被严肃的教授瞧不起和回避。文学教授所写的

第二章　美国学术批评的出现

并不是批评，而是客观的"学术研究"，那是一丝不苟的，按部就班的，不带个人感情色彩的历史与语言的研究。

当然，"文学教授"这个称号，在早些时候被视为不太恰当。直至19世纪行将结束的最后25年里，在美国高等教育主要组成部分的小型的文科院校，才出现文学教授。大学生主要学习希腊与拉丁语，因为英国文学和美国文学根本不是学习的主要目的，而是年轻的绅士在闲暇时自然而然地为了装饰自己而学的。那时认为文学作品需要深入细致理解的看法还未出现，也还没有评释课程的专业训练，更不消说成为专门学科。同一个教授通常还教历史、哲学、宗教和修辞学。这个人，可能是一位对文学有笼统的"社会知识"的牧师，可能有时也教英国或美国的文学作品。

这些情况在十九世纪七八十年代很快地发生了变化。那时，为了使高等教育更有效地培养一大批适应更广泛、技术水平更高的专业人才，按照德国模式，小型的文科院校让位于有抱负的研究性大学。按照这种新模式，专业化的院系和研究领域与驾驭科学方法的专业教授成了领军人物。德国的语文学——细致入微地研究历史与语言的发展，成为支配文学与人文科学研究的主要方法。专业语言学家向涉猎艺术的牧师和文学的非专业人士提出了挑战。284因此，在学术性文学研究一开始，便出现了构建这门新兴专业的新的、训练有素的研究学者与19世纪只有一般传统知识的文人相抗衡的局面。学者鄙视文人的非专业性，强调科学方法的重要性，宣扬以事实为基础的研究优先，而不是他们所谓的"固有的印象主义的"评价性的判断。文人反唇相讥，鄙视学者所倡导的科学的严谨和过分专业化。他们争辩说，这些方法为了迎合毫无意义、晦涩难懂的资料堆积而破坏了文学的人文主义精神。

这场研究人员与教师之间声名狼藉的冲突起源于此，但这也是专业化的学者与非学术的文人为了争夺控制权的更大冲突的一部分。在我们这个时期之前几年里，这场政治斗争导致了两种相互竞争的专业模式——一种是以大学和专门的学术刊物做为基地，另一种是以报刊杂志作为基地。这两种类型仍然截然不同，即使他们之间有惊人的相互交叉与重叠，如学者也为报刊杂志撰稿，当报刊市场枯竭时，文人也进入大学兼职。虽然"学术"与"非学术"批评家之间的冲突，现在往往只存在于不同类型的教授之间，但是对抗的界限几乎保持不变。

第二节　批评的胜利

到了1940年，存在于"学者"（理论家）与"批评家"（撰稿人）之间根深蒂固的矛盾发展为三个方面的角逐。一方面是搞研究的学者,另一方面是两种截然不同的批评家——那些要么是大学局外人或大学内部流亡者的文学撰搞人,还有一支新的,有学术训练的批评家。正如非学术性的撰稿人一样,新的学术批评家声称要纠正研究学者对专业的固步自封。传播他们文学主张的杂志,诸如《肯庸评论》、《南方评论》和《西璜尼评论》,近乎采用与出名的非学术性杂志《党派评论》和《评论》一样的方法,只是政治观点更为保守,把文学与文化及政治的普遍问题联系起来。和学者一样,新的学术批评家也声称要修正书评家和文学评论撰稿人的不系统性和概括性。但与学者和撰稿人形成对比,这些新批评家声称在批评史上第一次提出了一种正确评价文学作品的方法,能够全面解释文学作品本身结构和语义的复杂问题。正是这种把严谨的学术方法与非学术批评所关心的更为普遍的人文主义问题调和的能力,使得新批评在战后美国大学里成为具有吸引力的聚汇点,在那里正进行一场彻底改革过去研究方法的前所未有的广大民主的运动。

新的学术批评立刻寻求使文学研究进一步专业化和民主化。对文学研究的专业化是通过严格限定研究的对象——文学话语模式——并通过一系列独立清晰的诠释过程研究这个对象,使批评成为自主的学科。在1938年发表的一篇题为《批评,自成一体》(*Criticism, Inc*)的论文里,兰色姆呼吁文学批评要独立自主地界定它自己的"权力与功能的宪章",因此文学批评最终不会放弃对自尊的属性的追求。

虽然这个主张好像把文学领域与文化和社会领域割裂开来,其实文学领域的独立自主所起的作用,犹如一场民主个人主义反对纳粹和苏联极权主义的斗争,兰色姆有意把诗歌的结构比作一个"民主国家"。新批评将使文学研究民主化,通过向本科生讲授研究方法,本科生用直接分析文本的方法所学到的,比从研究学者的专业教学中学到的东西更多。

正是战后这个时期,"批评"——有别于"学术研究"——最终成为文学学者体面的职业。批评获得这种敬重,是通过在文本诠释与评价的领域引入严格的和客观的标准,正如语文学家和历史学家占领历史研究领域的方法一样。只有通过建立它作为一门"科学"的可靠证明,才能在与其他学科的竞争中不被打败,现代文学与语言的研究才能够把希腊与拉丁语挤到一边,成为被现代大学正式认可的专业。

在大学与文学专业刚刚诞生的第一个半个世纪里,一直受实证主义风气的统治,文学研究的任务就是产生语言文学方面的真正科学知识,这一点单纯的文学诠释与评价也许做不到。诠释与评价的印象主义太主观了,太不可靠了，不值得称作严格的学科。文学研究所关注的是能够客观检验和确立的东西，犹如研究英语的词根，莎士比亚十四行诗所写的日期，或从蒲柏或德莱顿的诗歌中找到弥尔顿的影响。

即使这些研究学者强调客观性，他们也毫不掩饰地提出历史相对主义。他们认为，没有历史相对主义，是不可能用其他标准来评价任何历史时期的。具有反讽意味的是，最近一些理论家的历史相对主义，现在因激进地破坏传统标准而被攻击，与现在被遗忘的传统历史学家的相对主义极其相似。传统历史学家正是紧紧抓住这一点，反对他们那时的修正主义者。譬如弗列德里克·波特（Frederick Pottle），在《诗歌的习语》（*The Idiom of Poetry*, 1941）中强调，因为每个时代都有自己特定的标准去衡量诗歌，因此要建立一套跨历史时期的诗歌价值标准是靠不住的。唯一正确的研究方法是用自己的术语描述这一时期的时代精神，然后评价相应的文学成就。如果从普遍的，或超越时代的观点来评价那些成就，只会导致不顾历史或与历史不符的臆想。众所周知，批评家具有这种倾向。因此，科学客观主义与历史相对主义齐头并进。事实上，客观性是指谨慎小心地拒绝以某种带有普遍性的、跨历史的标准来评价过去的文学，这种标准不可避免地流于表面化和迎合潮流。学术研究与评价性的批评不能混为一谈。

研究学者在大学内部赢得声望，但是在大众和本科学生心目中的"英语教授"形象却是研究学者的同仁文人和文学撰稿人，他们的讲座吸引了一大群学生。在《大众文化的形成》（*The Making of Middlebrow Culture*）一文中，琼·雪莱·鲁宾（Joan Shelley Rubin）对这群"文化教养一般"的知识分子阶层进行了很精彩的描述。这些文人教授（几乎都是男性）如耶鲁大学的威廉·莱昂·费尔帕斯（William Lyon Phelps）、普林斯顿大学与哈佛大学的布利斯·佩利（Bliss Perry）和哥伦比亚大学的约翰·厄斯金（John Erskine），为普通刊物如《大西洋周刊》写稿，在图书俱乐部选书部任职，在公开巡回演讲时变成名人。他们学校的同仁则最多称他们为有才华的半吊子。因为他们有某种素质促使自己成为受欢迎的老师和公共演讲者，他们的同仁把他们当作只是给人消遣的表演者，而不是严格的专门人才。这些文人只是"批评家"，不能真正成为有学问的"学者"。

总而言之，虽然有分歧的双方都对现状不满，在专业化与普遍化和扩大化的需要，专业与业余的精神之间存在着根本的不相容状况。一位学者早在1894年就这样写道：

> 一方是文人和那些受他们鼓舞的人，有点鄙夷不屑地瞧着那些单调

乏味、极其谨慎的语文学家……他们理想的文学话语是倾向于优雅的闲谈，它可能很有趣但不真实……另一方面是语文学家，他们认为这些文人所说的大部分只是机智的猜测，肤浅、带有个人的偏见。对他们来说，他们希望自己的工作建立在交通规则实的基础上。他们所关心的是结构的稳固，而不是美。所以，他们很想作为一个阶层……把自己局限于有点机械的调查之中，比如给予肯定的、准确的、无懈可击的结果。他们怀疑文学的更为广泛和更为微妙的问题，因此他们的理想倾向于没明确目标的学术性研究方向，这看来是真实的，但是不能引起人们的兴趣。

从上个世纪的转折至今，这些抱怨以各种形式，频繁地被提起：文学研究的学术功能与文化功能是分开动作的。然而，每一次的重复都令人觉得像是第一次提起，好像这种分歧只在最近才发生。

二次大战以后崛起的新的学术批评，自夸能治愈这种感觉的分离，用某种批评方法展示这种分离即使不能在生活中，但在伟大的文学作品中是如何愈合的。新的学术批评家所提出的主要论点如下：与瞧不起他们的学者不同的是，新批评家认为文学理解与评价的方法不应只是品味的主观表现，只是文学撰稿人和评论员那松散的、未加思考的做法才给批评抹黑，加深了学者们的实证主义偏见，即批评只能是松散的、未加思考的。新的学术批评家认为一种不同的、更为系统的判断人文主义价值的方法能填补事实与价值的鸿沟。

面临危险的不仅仅是文学。这一时期很多知识分子和公共官员感到两次世界大战以后，价值观念的人文主义评价受到虚无主义的极权主义的威胁，现代的世俗主义和实证主义科学造成价值观的混乱，因此当务之急是复兴价值观念的人文主义评价。战后，这种反映价值观受到威胁的忧虑体现在两大发展：一个是由哈佛大学校长詹姆斯·布赖恩特·科南特（James Bryant Conant）、芝加哥大学的罗伯特·梅纳德·哈金斯（Robert Maynard Hutchins）领导的恢复对本科生普通教育的关注，另一个是哲学上的新托马斯主义运动——其中哈金斯（Hutchins）的同事莫提梅·J. 阿德勒（Mortimer J. Adler）是中坚人物。这两大发展旨在探讨面对现代相对主义的各种形式如何稳住价值判断的客观性。

相对主义问题值得商讨，因为20世纪80、90年代保守派的辩论强化了人们的信念：学生相对主义是60年代反文化运动产生的。例如，历史学家格特鲁德·希梅法布（Gertrude Himmelfarb）在《社会的道德败坏：从维多利亚的道德观到现代价值观》（*The Demoralization of Society：From Victorian Virtues to Modern Values*,1995)把题目中的"道德败坏"与 60 年代的相对主义联系起来。事实上,40 和 50 年代就充斥着对学生相对主义的指责——希梅法布却认为这一时期维多利亚的价值观仍完好无损。1940 年,莫提梅·J. 阿德勒在《哈珀斯月刊》评论道,他和罗伯特·梅内德·哈金斯校长在芝加哥大学教授名著课时,本科生对柏拉图、亚里士多德、圣·托马斯、洛克或任何其他思想家"马上表现出厌恶"。

> 这些人写的东西,好像是在道义问题上有真理,好像从原则出发讲理能使人信服,好像有不言而喻的善和恶的标准。学生几乎是异口同声地断然告诉我们:"没有什么正确与错误"、"道德价值观只是个人的见解"、"一切事物都是相对的"。

阿德勒又补充道"所有这些判断都是学生从他们的老师身上学到的"。

在《诗歌研究》(*The Study of Poetry*,1880)一文中,马休·阿诺德指出,在这离经叛道,人们随心所欲的年代,随着宗教的衰退,作为"对人生的批评"的诗歌被迫担任中心角色,保护价值观与文化免受现代生活的相对主义和个人主义倾向的侵袭。"随心所欲"成了主要的精神特征。考虑到诗歌新的文化责任,文学批评很有必要建立在对价值客观评判的基础上,因为只有最上乘的诗歌(以最严格的客观标准判断),才能使文化免受相对主义和世俗主义的侵蚀。因此,阿诺德指责与他同时代的历史学者把对诗人的"历史的评价"置于"真正的评价"之上(他也指责唯美主义者高估"个人的评价"),例如法国学者从错误的民族自豪感出发,高估弗朗索瓦·维庸(François Villon)①的诗歌。如果要让文化生存下去,必须建立基于合理的客观判断,超越历史和个人偏见的诗歌原则。

战后学术批评家,对当代的历史学家的相对主义也有同样的责难。按照批评家的看法,如果忽略文学价值问题,过分注重真实信息的堆积,学者们只能造成人文科学琐碎化,并使整个评价的标准下降。学术批评家的任务是把事实与价值,描写与评价,判断与分析结合起来。默里·克里格(Murray Krieger)在《诗歌的新辩护士》(*The New Apologists for Poetry*,1956)一文里,提出了对这个复杂论点的最详细的分析。这种相结合的实现,可以通过一首诗接一首诗的分析,文学价值的评判条件可以从细读、分析文学对象而

---

① 弗朗索瓦·维庸(1431—1463?):法国诗人,狂放无行,曾多次入狱,其诗人美名与品行不端恶名同为世人所知。——译注

产生，因为文学对象本身就是事实与价值的有机整体。

第三节 "文学的技术专家"

战后出现的文学批评，以其学术性和方法论的特点引起争议。具有讽刺意味的是，新的学术批评对这种方法论的强调使它招致非难，认为这不过是它本身着手要纠正的技术化倾向的另一个例子。1943 年，达雷尔·阿贝尔（Darrell Abel）在《美国学者》发表了题为《智性批评》（Intellectual Criticism）的论文，指责这种批评把理解诗歌当作"理性的推理"以否认"诗歌的价值在于情感的共鸣"。阿贝尔又补充说，这种新的批评模式提出一种"藐视的假设——能被普通人所欣赏的东西一定是低级的"。阿贝尔的同时代人唐纳德·斯达弗（Donald A. Stauffer）同样抗议说，这种新模式把诗歌变成复杂的、理性的悖论和反讽，而忽略了这个事实："一个用简单的风格和情感写诗的诗人仍可成为一名诗人。"

克林思·布鲁克斯（Cleanth Brooks）在《精制的瓮》（The Well Wroughturn，1947）里有关《麦克白》的那一章，也遭到同样的反对。他分析这一戏剧由复杂的、似是而非的意象组成的——"赤裸的婴儿与掩饰的男子汉气概"。学者奥斯卡·詹姆斯·坎贝尔（Oscar James Campbell）反驳道，莎士比亚的修辞格"不需要新批评家指手划脚就很容易被理解"。但是，布鲁克斯却把这些修辞格的简单运用当作"只是作为更微妙的表现形式的矫饰"。坎贝尔认为布鲁克斯在麦克白夫人的语言中所找到的悖论，代表一种"钻牛角尖的阅读"，使"麦克白夫人毫无掩饰的率直的语言变得晦涩难解和苍白无力"。

同样，遭受攻击的还有新的学术批评过于复杂化和专业化的术语，最近的理论批评与之背道而驰的时髦用语。30 年代对诸如"悖论"、"张力"和"结构"这些术语的反对，预示了今天对"评估"、"问题化"、"霸权"及其他理论时髦用语的同样反对。犹如流行的理论用语一样，这些术语一出现就被指责为反人性、非个性化和伪科学，用机械的方法干预文学作品和潜在的读者之间的关系。发表于 1943 年的戏仿性讽喻阐明了这一点：

> 强有力的分析证明，最成功的诗歌要达到某种效果必须首先使读者头脑中产生某种期望，才能让读者在情感上完全准备好去接受诗歌的全面刺激。读者做出最初反应，使他能适应完全平衡好的认知器官在潜意识下做出的整体反应……诗歌的肌质与结构发出强烈的反应。这种平衡的含混效果就获得成功了。

第二章 美国学术批评的出现

随着"反逻各斯中心主义"而来的术语,诸如"结构","含混"和"平衡",现在听起来显得具有人文主义和传统性。但是这些词语曾经象征反人文主义的科学语言,现在许多非专业人士仍这样认为。

新的学术批评最初受文化解释的启发,渐渐发展成可出版的、一种机械的、墨守成规类型的"细读"。而现在,随着新的学术批评理解的方法论逐步脱离文化解释,其内容与形式的技术主义越来越常受到责难。总之,曾经是有人性的批评家,今天被批评为没有灵魂的"文学技术专家",这种责难几乎不是新鲜事了。今天对60年代以后理论的谴责,在40和50年代就已经大范围地对准新的学术批评家了。

第四节 新批评之所谓"新"

新批评是最能恰当体现这种新的学术批评的术语。虽然"新批评"是那个时期本身新造的词语,但这个术语在40年代的含义与50年代之后有很大不同。(斯宾格恩在20年代虽使用"新批评"这个术语,但并不流行。)我们认为新批评之所以新,是它强调首先从文学或美学方面,对"文本本身"的分析。新批评像我们现在所想的,是它强调把文学当作文学来对待而著称,它把文学的历史资料(学者研究的对象)和文学的文化与道德功效(文学撰稿人的研究对象)区分开来。

因此,克林思·布鲁克斯在1962年发表的论文称新批评的定义是"集中全力研究诗歌而不是诗人或读者"。按照布鲁克斯的看法,新批评力图研究"诗歌本体的结构"和运用"诗歌是艺术的文献",而不是用其他与文学无关的历史、传记、政治或哲学的表现形式来"界定诗歌的范畴"。

布鲁克斯分析"诗歌本体的结构"所描述和使用的技巧,事实上是布鲁克斯那一代人的独创。但是,当我们回顾40年代一开始就形成的风气,我们发现那时新批评之所以是那个时期最"新",并不是布鲁克斯在1962年挑选出来的特点。毕竟,批评家必须强调文学的形式和美学方面的价值,这几乎不是40年代的新发明。艾德加·爱伦·坡在19世纪40年代就十分强调艺术至上主义,攻击"说教式的邪说",沃尔特·佩特(Walter Pater)和A.C.布莱德利(A. C. Bradley)在90年代,以及斯宾格恩与门肯(H. L. Mencken)在20世纪20年代也推出同样的主张。一战以后,在大学内部崛起的批评理论,首先吸引同时代人的并不是其坚定的美学与形式上的评判标准,而是因其突出的学术性——这是教授首次不是以文人身份,而是作为有系统方法论武装的专业人士提出批评的见解。

1940 年以来的文学批评

今天，我们认为新批评是形式主义，原来它是存在着各种差异的新的学术批评中的一个流派，其共同点并不在于只强调美学的倾向，而在于系统和严谨的特征。后来，首写字母用大写表示的"新批评"（New Criticism）这个术语的含义就一直被限定，直到用来表示布鲁克斯所描述与例证的那个流派——那些认为文本本身应高于资料和影响的批评家。即这个术语的含义，就一直被限定，直到最后固定用来表示各种各样学派竞争中获胜的那一方。

换言之，最近文学"跨学科"研究的倾向，代表了 40 年代学术性批评的复苏，而不是通常被认为的与学术性批评的决裂。因此，当斯坦利·爱德加·海曼（Stanley Edgar Hyman）在 1948 年的论文《武装的观点——现代文学批评方法研究》（The Armed Vision: A Study in the Method of Modern Literary Criticism）使用了"新批评"这个术语，值得注意的是他并不认为这次运动是研究"诗歌本体的结构"的尝试，也没用"诗歌是艺术的文献"来"界定诗歌的范畴"。恰恰相反，海曼把批评的这种新倾向与跨越学科边界，而不是限制学科边界联系起来，不是划清而是模糊文学与文学以外的领域之间的界线。

海曼给"新批评"（他也称之为"现代批评"）定义为："用非文学技巧与知识体系的系统使用，来获得对文学的见解。"海曼认为新批评之新，不在于把批评的研究仅限于诗歌本身，而是通过纳入"非文学技巧和知识体系"，诸如历史、传记、神话学、心理学、人类学和修辞学，来扩大批评的研究范畴。这些知识结构恰恰是大学教育所要培养的。因此，"新批评"原先指的是学术性批评，是建立在学术方法和从其他学科获得的专门知识基础上的批评。

的确，对海曼来说，即使是更为讲究美学标准的新批评，仍是跨学科批评的一种类型。因此对于海曼来说，后来布鲁克斯称为"内在的"批评模式，其实是一种"外在的"模式，其中心术语并不来自文本本身，而是来自语言学领域。海曼把理查兹和肯尼思·伯克当作新批评家，并不在于他们形式主义的研究（这一点将把他们视为形式主义流派的成员）而是因为他们对语言学和修辞学的非文学专业的应用。在 40 年代末，两种截然不同的"新批评"正在争夺这个命名，一种以其纳入其他学科而称新，另一种则以其同那些学科分裂而称新。

这种说法解释了原本令人困惑的一种事实：兰色姆在 1941 年发表《新批评》这本书后，"新批评"因此而得名，但这本书最终变成对这种批评的"评论"，而不是现在被普遍认为的肯定的辩护。兰色姆确实把这种"新批评"与仔细分析"诗歌的结构特征"联系起来。他说这种分析，"在深度和准确度上""超越我们语言史上所有早期的批评"。兰色姆又补充道：然而这种新的文学分析法，经常被掺入诸如读者情感与作家道德观的文学以外的

第二章 美国学术批评的出现

杂质。

战前,兰色姆对诗歌的见解是与他对文学以外的关心紧密联系的,特别受他本人及万德比特大学的南方逃亡者同仁所提出的农业社会观念所影响。但是到了1941年,这一群体很清楚地意识到美国的工业化和城市化是不可逆转的,农业纲领没有前途。兰色姆回顾他的农业政治,认为这是最后的浪漫感伤主义,尚未充分受批评反讽的调和,也是个偏离了文学批评家应关心的问题。

像10年后的海曼一样,兰色姆把"新批评"等同于专业批评,在批评领域里系统引入非文学因素。然而,与海曼有别的是兰色姆并不赞同这种批评方法。他写道:

> 简言之,"新批评"至少受到两种广泛传播的错误理论的损害:一种是想要用心理感受的词汇对诗歌的感觉、感情和态度,而不是它们的客体进行文学的评判;另一种是平庸的道德批评。从"新批评"的角度来看,这表明某些人还没从旧批评理论中解放出来。我喜欢看到批评家摆脱这些累赘的负担。

在兰色姆书中主要的章节里,理查兹、艾略特与伊弗·温特斯代表了新批评没能把自己从非文学的掺入"解放"出来的三种典型的失败。理查兹与威廉·燕卜荪(William Empson)代表"心理批评家",艾略特为"历史批评家",而温特斯为"逻辑(与道德)批评家"。兰色姆寻求一种更为纯文学的批评,他以呼吁"本体论批评家"的出现作为书的结尾。"本体论批评家"的理论与方法围绕诗歌的组成因素,"这是根本上和本体上固有的特征"。兰色姆为"仍要寻找对诗歌进行本体分析的新批评家"而感叹,但他不需要等太久。事实上,他自己已经提出了批评的"本体论"模式,这种模式将在10年内称霸"新批评"。

到1962年,布鲁克斯本应高兴地把这种研究"诗歌本体的结构"的批评方法的"新"字去掉,因为"文学批评所关心的"就是这个方面,而非其他方面。换言之,布鲁克斯和他的学派所使用的"内在的"分析是文学批评——没有什么其他批评称得上是文学的。这种观点获胜了:接下来延用布鲁克斯所推崇的方法的几代研究文学的学生,大部分都没意识到他们正在实践某一种批评方法,更没想到他们正在接受某种理论。在某个时期,阅读文学对于新批评来说就是在做批评。占支配地位的批评话语,可以享受未被命名的殊荣,因此,不会受到挑战。

293

1940 年以来的文学批评

但是，对 40 年代初的兰色姆和 40 年代末的海曼来说，批评仍是各种有分歧的理论交锋的战场，该如何以新的观点对待文学的问题仍未解决，是注重"文学本身的结构"或把文学当作社会、心理及文化力量的汇聚点。即，批评是一门学科或是跨学科的研究工作，这个问题还未有定论，很可能假设出一种与事实不同的结果——这种新的学术批评最终强调的不是文学独立于哲学、历史、心理学、修辞学和政治之外的自主性话语，而是文学与这些领域的相互依赖（在大学的课程设置也许是这几个专业合并）。毕竟传统的批评家，从锡德尼（Sidney）到约翰逊到阿诺德，认为文学与其他和生活有关的领域并无太大脱节。

然而在 40 年代末，甚至海曼也提到这一学科内部与外部的机构，都施压反对文学应包容一切文化的观点。它渐渐地使批评更为系统化——也因此在学术上更令人尊敬的这项任务，就成为肃清文学的非文学及非美学的成分。1962 年，布鲁克斯在他的一篇论文中评论道：

> 大众批评家——例如在《时代》杂志或大都会的报纸，仍继续发表他们的文学闲聊，他们的小道消息，有关对最新畅销书的作者的个人感觉。他们经常一边津津乐道小说家的政治观点，他的道德标准和对生活持肯定或否定态度。对这些人说来，对文学形式的探讨看来必定是空白的。

饶有趣味的是，这段话阐述文学撰稿人对研究方法的疏忽，这也说明他们没有能力将文学领域与政治、道德和传记这些领域区分开（回想起来，这具有讽刺意味，对领域混淆的谴责正是现今文学撰稿人对学者的谴责）。对布鲁克斯来说，缺乏批评的学术严谨就不能分清文学、道德及政治的明显区别。

这种观点没能预见战后新型的文学报刊批评的兴起。这一流派反对温文尔雅的印象主义并培养自己严谨的学术。那些聚集在《党派评论》周围的批评家，后来成为"纽约批评家"［他们的观点在欧文·豪（Irving Howe）题为《纽约批评家》（1970）的论文里得到最好的总结］。这些批评家仿效爱德蒙·威尔逊（Edmund Wilson），强烈反对新批评把文学与社会和政治分离。

与新批评家相似，诸如豪、菲利普·拉夫（Philp Rahv）、威廉·菲利普斯（William Phillips）、莱昂内尔·特里宁（Lionel Trilling）、阿尔弗雷德·卡津（Alfred Kazin）、莱斯利·菲德勒（Leslie Fiedler）、玛丽·麦卡锡（Mary McCarthy）、莱昂内尔·阿贝尔和哈罗德·罗森伯格（Harold Rosenberg）等一些人士支持艾略特、叶芝和劳伦斯的现代文学革命，反对 30 年代有纲领的无产阶级和

284

进步人士对文学现实主义的概念过分简单化。正如特里宁在《自由的想象》（*The Liberal Imagination*，1950）中，有力攻击帕灵顿（Vernon L. Parrington）对（美国的现实）持进步主义观点的批评。他强调政治和文化自由主义的胜利已为美国文学和文化注入对历史发展的肤浅的乐观态度，并天真地把工人阶级理想化，认为他们的经历根植于物质需要的严峻现实之上，而且可能是真实的。美国的自由主义，按照特里宁（他自称为自由主义者）的看法，应该仿效文学现代主义那复杂、悲剧性与讽刺性的观点，即使那些见解经常与认为社会倒退的思想纠缠在一起。菲德勒在《天真的终结》（*An End to Innocence*，1955）一文中也强调这一点，他认为霍桑和梅尔维尔因其深刻与复杂的心理刻画，愿意对被肯定的自由主义文化大声喊"不"，而比爱默生和其他现实主义者略胜一筹。

然而与新批评家不一样，特里宁与菲德勒这些作家认为，文学与文学排斥社会是进步的天真想法，是深受政治与文化的影响。[拉夫在《神话与灵感的源泉》（*The Myth and the Powerhouse*，1965）攻击脱离政治与历史的文学自主性和"神话"也许是《党派评论》的批评家提出的最有力的反驳意见。] 的确，40与50年代的党派批评的显著特点，是把反动的现代美学观点同反斯大林左翼作家观点矛盾地融合起来。同时，像特里宁、豪与阿尔弗雷德·卡津这些批评家维护现实主义传统的持续的生命力，这点可以在卡津的《扎根本土》（*On Native Ground*，1942）与豪的《政治与小说》（*Politics and the Novel*，1957）中获得证明。尽管在美学评判上有某些相似之处，纽约批评家提出的文学的政治文化观，同新批评家所维护的文学自主的理论，两者之间的界线更明显了。

文学的自主观点在大学里获胜了，专业上的"严谨"成了把批评限制在美学评判上，这一切可能由专业化大学的机构设置作出最好的解释。为了使自己的学术范围合法化，文学研究必须提出自己独特的主题。如果物理、历史和哲学系能清楚确定研究的客体，那么文学系也应该确定他们的客体。如果文学研究的客体与其他学科的研究客体混为一谈是不行的。因此，文学研究就必须把"文学的性质"独立出来，作为某种独特的经验与交流的模式，文学术语将不会被贬为其他学科的术语。

雷奈·韦勒克（Rene Wellek）和奥斯丁·沃伦（Austin Warren）在1949年出版的、被誉为新批评最全面的理论阐述——《文学理论》（*Theory of Literature*）一书，是围绕"内在性"的文学研究与"外在性"的文学研究的严格区别而展开的。"内在性"的文学研究，在韦勒克和沃伦看来，是一种真正的文学研究；而"外在性"的文学研究虽然是合法的，但因其以文学之外的研究为显著特点而成为次要的研究。虽然围绕文学研究的正确方法与范畴的争论，在《文学理论》出版之后仍在继续（事实上一直持续到目前），但在40年代末，毫无疑问的是，新出现的美国文学批评学术性强，分析严谨，理论化与专业化，而且是用某种阐释方法武装起来的。

正是由于海曼题为《武装的视野》（*The Armed Vision*）一文中所夸耀的方法上的"武装"这个特点，令那些更为传统的文学批评对这种新的学术批评感到不安。海曼在书里所强调的这个方面，引起评论家和诗人批评家的重视。诗人批评家兰德尔·贾雷尔对学术性批评持有自己的看法。1952年，他在《批评的时代》（"*The Age of Criticism*"）一文中指责道："批评家比以前装备好得多了：现在他们拥有坦克和喷火器，事实上他们都很了不起，要想放弃他们的批评不容易，要想通过他们了解艺术作品就更不容易了。"贾雷尔这篇论文后来极为出名。

第五节　阐释的兴起与"意义"的创造

如今，后结构主义理论把批评家和理论家的地位提高到创造性艺术家之上，这种现象已受到普遍的攻击。但是，后结构主义并不是第一个被谴责为视自己高于文学客体的学派。在50年代初期，学术性的批评家就经常遭到这种谴责。贾雷尔写道："一开始，批评总是显得谦卑地、出乎寻常地为艺术作品而存在，只是哲学与修辞学的副产品，可如今对许多人来说，几乎成了艺术之所以存在的原因。"

贾雷尔勉强承认批评家"在屋里经常是有用的、美好的、令人愉快的"；然而，他却给批评家们抹黑：

> 我们时代的灾害。因为，我们的时代令人难以相信地高估他们的重要性。为了这些批评家，我们甘愿舍弃他们所评论的作品……我们是由专家引入这个世界的。越来越多的人认为，批评家是作家与读者之间不可缺少的中介，他们尽量不单独读一本书，就像不把婴儿单独留下来一样。

这里对学术性批评的谴责，带有浪漫主义后期对批评职业化和技术化更为普遍的攻击。职业化和技术化，使读者丧失了解构主义者后来称为文学"读者自我存在"的体验。

贾雷尔的顾虑是有根据的，因为《武装的视野》并不是一篇中性的概述，而是一篇针对贾雷尔和当时最有影响的艾德蒙·威尔逊一度提出的"个人"风格批评的檄文。在海曼的书中,两位最差的批评家是威尔逊和伊弗·温特斯。温特斯本人实际上厌恶"个人"批评,但是他对诗歌的道德和评判的重要性的强调,使得海曼把他跟威尔逊和非学术性批评联系起来。(至于威尔逊,海曼对他的评价是很尖刻的,以致后来的版本把这一章删掉了。)因此,文学的个人与学科批评方法的对立,使文学撰稿人、诗人和学者三者之间的矛盾更加尖锐了。

贾雷尔对诋毁个人批评所做出的反应,说明了学术性批评越来越遭到抵制。这并不是因为学术性批评家不再做文学的谦卑奴仆,或因为他们与现代派作家勾结,毫无意义地把理性提高到情感之上。新批评令许多人不安的真正原因,是它强调阐释的中心性,[向传统的观点提出挑战。传统的观点认为伟大的文学作品的主要魅力是简洁。]把批评的中心任务定为阐释,近乎表明以前读者赖以评价文学的标准是错误的,伟大的文学作品不是通过率直的而简朴的情感来感染人,而是通过复杂的、内省的分析才能欣赏的。因此文学需要一支专门阐述理论的队伍来挖掘其意义。正是那种认为文学汇聚各种复杂的"意义"的观念引起忧虑——并且这是有理由的。

对"意义"的崇尚是现代派作家如艾略特的观点:越来越复杂和支离破碎的文化需要有相应复杂的文学。正如艾略特所说:"在我们这种文明里,比如现在,诗人应该是难懂的,因为我们的文明包含许多多样性与复杂性,因此诗人为了迫使语言表达他的意义,应该变得更加复杂、更隐喻、更间接,如有必要,还需要使语言变得含糊。"艾略特对批评这种高度自觉意识是充满矛盾的。他承认不仅因为现代诗歌越来越难懂,使批评阐释成为必要,而且因为共同的看法在民主化的文化里已经消融了。在城市化与民主化的文化里,默认的共同看法垮掉了。以前曾被认为理所当然的含义,很有必要加以清晰地说明。艾略特认为批评的存在,说明文化已经成为争论的问题,而不能被无自我意识地继承和体验,因为他想象但丁的诗已被中世纪的欧洲不自觉地继承和实验。

艾伦·布鲁姆在《美国思想的关闭》一书中,痛苦地哀叹这种无自我意识文化继承的丧失。布鲁姆写道:"传统一被认为是传统就死亡了,成了口惠而实不至的东西。"现存的传统只是存在,并不意识到自身的传统。传统一旦称为传统,便成了阐释、理论和抽象的东西,附属于尚存的传统,极易遭到各种反对和产生矛盾。早在布鲁姆攻击多元文化论之前,学术性阐释的传播引起了一些忧虑,甚至在批评家中像艾略特这样为学术性阐释提供艺术客体的先锋派人物,也担心秩序和共同意义的丧失。艾略特认为批评的登台,预告了在传统意义上文化的垮台和民主争执的到来，他对大众教育的态度也是一样。艾略特评论道："当诗人发现自己处在一个没有思想贵族，权力掌握在民主的阶级手里的时代，批评的必要性就凸现了。"艾略特无可奈何地接受这种发展趋势，他攻击了"柠檬榨汁机一样"的"批评流派"过度发挥了阐释力。

　　这里有个理由说明为什么重申这个事实是重要的。新批评一开始，指的是批评朝着学术性和分析性方向发展的总趋势，而不只是这种运动中的一个流派。学术性批评的所有流派和传统的报刊批评特别不同，这使它们不合大众趣味，引起大众不安的原因，在于这些流派强调自觉地阐释文学意义，不论这种阐释来自形式主义、语言学、心理学还是人类学的观点。当然，从非学术性的角度看，学术性批评最明显和最神秘的特征，并不在于形式主义倾向，而在于强调文本拥有某种大学本科生称为"潜在意义"的东西。

　　为了更引起注意，可以这样阐明这一点。新批评的作用除了重创"文学"与阅读以外，别无他用。文学不再是由简单的、老生常谈和熟悉的情感组成的话语，而是包含了需要读者自我阐释和思考的复杂话语。我们最终可以回顾1955年就已大部分完成的批评理论的发展，会认为这是个转折点，比起70到80年代任何引人注目的大动荡更富有戏剧性。一旦文学成了有潜在意义的话语，并需要掌握批评方法的批评家的帮助，所有的批评就变得陌生、学术化与过分讲究方法，不管是新批评，女权主义或解构主义批评。战后学术性批评家把文学从实际研究的对象和漫不经心欣赏的客体，转变成只有了解作品深层含意的读者才能成功地读懂的东西。文学不只是为快乐而阅读的东西，而要反复读、分析，解构后重构。阅读本身不是复杂的生活压力太大时给人以安慰和鼓舞的景色，而成了无尽的担心和思考问题的一幕。

　　一旦阐释成了常规（如果不是教学和学术刊物的硬性惯例），一旦难读的现代和后现代文学作品成了典范，为人们所熟悉，那么这种令人不安的问题就从眼前消失了。然而在战后初期，文学需要阐释的说法仍令人烦恼，富有争论。这种想法也令许多学生和其他外行人感到烦恼与困惑，他们认为文学与人文学科是陶冶情操，而不需要分析，也不是当作有问题的领域。

　　只要文化抵制这种想法，那些指责新批评放弃普通读者就是正确的，虽然新批评家会强辩他们不是背叛普通读者，而是尽量留下他们（如果不是首次培训他们）。然而，我们的文化仍认为阅读是一种毫无争议的活动，一种机械性的技巧，只要在一年级学习就可以了。这就是为什么反对由一支来自专门机构的阐释者对文学进行精细的分析，而不只是阅读的原因。新批评的理论和实践提出有不同的甚至有互相矛盾的阅读方法，阅读本身也是个存在争论的领域。

第六节 阐释的兴起

关于"阐释",过去和现在令人烦恼的原因是什么?正如上述贾雷尔的讽刺评论所提到的:文学的魅力和文化价值,从来并不认为在于意义的复杂性——至少不是那种需要严格阐释的"意义",而在于直觉的接受,无需煞费苦心地分析,善于接受的读者就能领会其要旨。(那些不能理解清楚的是因接受能力比较差。)如果要让文学对个人与社会的安慰作用更有效地发挥,文本就要越简单、越深情地产生刺激,这就越不需要批评家去解构、分析和说理。(这些观点有助于说明,直到现在记忆与背诵仍在文学教学中起着重要作用的原因。)需要详尽阐释的作品从某种程度上说是劣等的,因过于自我意识到本体、需要"触动理智"而大为减色。范·威克·布鲁克斯(Van Wyck Brooks)和其他批评家,抱怨现代派作品如《荒原》和《尤利西斯》时就提到这个问题。

虽然在柯勒律治、布莱德利(A. C. Bradley)和其他19世纪批评家的评论中,能找到一些"阐释"的段落,但需要仔细分析文学作品的这种批评惯例却出现得非常晚。从19世纪末期到第二次世界大战,批评仍倾向于是一种话语,一点也不针对文学作品,而是阐述作者的特点和一般背景。以下是亨利·詹姆斯在1875年出版的对霍桑的评传中所写的:

> 新英格兰凉爽而清新的气息,似乎透过他的书页吹进来。许多人认为他的书就是一种媒介,能够令人最舒适地了解那使人精神振作的空气。

以下是范·威克·布鲁克斯在《美国的成年》(*America's Coming-of-Age*,1915)一书中如何评价乔纳森·爱德华兹(Jonathan Edwards)和艾德加·爱伦·坡的:

> 乔纳森·爱德华兹的思想,犹如马特峰①那么陡峭、冰冷和高不见顶。山脚下是青葱的斜坡,长满各种幼嫩小野花的溪谷响着汩汩的水声——因为他是最讨人喜欢的,但是当山脚执拗地往上升时,所有青翠的生命突然消失了,没有任何绿色或生命的东西能在那冰冻的泥土,在那

---

① 马特峰:世界最著名的高峰之一,位于瑞士境内。——译者

○1940年以来的文学批评

苍白的顶峰生存下去。

在坡的书页中，没有生命的呼吸：罪恶发生了，而人的良心却没有受到震撼，有笑声，但它一点也没声音……这是一个无声的世界，冰冷，遭受破坏，迷乱的，荒瘠的，是魔鬼出没的地方。

……高贵的兰花和马铃薯一样都属于蔬菜界的一部分，但坡是化学品做成的兰花。

这种写法，甚至是20世纪40年代的文学撰稿人，也不把它们当作真正的"批评"。如果有任何一部专著具有新模式的特点，它就是F. O. 马西森的巨著《美国的文艺复兴》（*American Renaissance*），它是第一部首次运用新批评阐释美国文学作品的主要著作。范·威克·布鲁克斯仅用183页对整个美国文学和文化作了概述，而马西森却用656页讨论了5位作家。

这是不足为奇的，布鲁克斯活得很长，见证了这个变化，严厉地抨击了这种新的阐释法，把批评贬为一种字谜游戏，只有狂妄自大的少数人能猜中。布鲁克斯在1953年反对新批评"以牺牲作家赖以成长的情感为代价来刺激脑部器官"，并谴责这种批评"中止了小说和诗歌中的血液循环"。对这种反对动用脑部器官的批评，最终其实是反对阐释。这一类的抨击从20世纪50年代，一直到80年代早期还时有发生。诸如卡尔·夏皮罗（Karl Shapiro）的《为无知辩护》（*In Defense of Ignorance*, 1960），苏珊·桑塔格（Susan Sontag）的《反对阐释》（*Against Interpretatisn*, 1966）和汤姆·沃尔夫（Tom Wolfe）的《从包豪斯建筑学院到我们的房子》（*From Bauhays to Our House*, 1981）等论著里。这类辩论很容易改变性质，转而攻击"理论"。一旦理论成为攻击的目标，新批评就重新声明自己属于被遗弃的美好的旧传统的一部分，而实际上，新批评本身曾成为这种指责的目标，只是这种指责被遗忘了。

与这种"反对阐释"的观点并存的是一种传统的信念，认为伟大的文学作品所反映的社会精神，本质上是与体面的阶级的精神相一致的。因为有教养的读者可能与伟大的作家达成一种没言明的道德与社会的共识，因此读者在阅读以前已经掌握作品的意义，无需好管闲事的批评家来阐释。持这种"反对阐释"的观点，相对地推迟了这种思想：学校和大学里需要讲授我们自己的文化和文学。这么一种态度也帮助说明为什么詹姆斯、布鲁克斯和他们的读者会欣然接受"新英格兰凉爽而清新的气息似乎透过他的书页吹进来"，把它当作对霍桑作品特色的总结。理解这句话的读者应该已经有点熟悉霍桑的作品（更不必说新英格兰），并且已经掌握了作品中可能反映的社会价值观念，因此不需要批评家来告诉他们。如果你经常阅读爱伦·坡的作品，并与

290

第二章 美国学术批评的出现

朋友和家人讨论过他的人物描写，听到他被描写为"一种化学品做成的兰花"，就会觉得很有道理。

对比之下，作为分析家、诠释者和老师的批评家这种新的想法，就是认为读者不需要与作者分享任何特别信息或社会价值观，首先包括阅读文学的价值。这种想法认为文学已经变成某种反话语，与法定的社会共识及其已成陈规的语言相对立。总之，阐释式的批评在学院的兴起和拓展到教室，成了一种衰竭的征兆：不仅文学的，而且现代社会的那种本质上温文尔雅的共识都衰竭了。

阐释的威胁性明显地体现在这里。如果文学既需要被欣赏又需要被阐释，如果在阅读和欣赏文学时，阐释已经无形地存在，那么文学的纯粹性和自足性一开始就受到损害。承认文学需要读者的阐释，即承认文学不是不解自明的，文本本身没有明确告诉我们该如何去阅读，或文本的自我解释将引起争论，即文本需要阐释，暗示文本显而易见的含义与"潜在的"含义可能不同。甚至更令人烦恼的是，这表明读者之间不可避免地存在分歧，共同文化也因此解体了。

我们将在第五章中读到，雅克·德里达（Jacques Derrida）提醒我们，阐释固有的自我分歧，正是柏拉图对写作感到不安的原因。柏拉图认为文本与面对面的口头交谈不一样，文本不能完全控制如何被阅读的方法，不能阻止文本被应用在连作者也料想不到的方面。承认文学依赖阐释即承认文学缺少某种东西，需要由读者、批评家和批评的讨论来完成。这就承认文学传统是由批评家创造出来的，由从文学整体中挑选出来的批评和不同读者群之间的批评争论的过程中创造出来的。

如果读者必须成为阐释者，那么他们的阐释行为一定有争论，就会把不和与辩论带入文学王国。从浪漫主义时期开始，文学往往承担为我们恢复被技术和商业社会否定的统一性和整体性这一角色。阐释的争论——因阅读的多样化、不同的角度和民主社会中各种不同类型的读者而变得更为激烈——会干扰普通读者与阅读乐趣之间的关系。我们周围回响着批评的不一致之声，普通的读者，他或她自己——被一大堆不受欢迎的互相对立的阐释观点所困扰，而对自己的观点产生怀疑。

如果上述的分析是正确的话，那么战后学术性批评所出现的阐释方法，不能被理解为批评家为了自己的利益，为了巩固自己的机构权力和使之合法化，而不是为了真正的文化需要而推出的批评观点（左翼和右翼的文学批评家摒弃这种批评方法）。虽然巩固自己的机构权力和使之合法化的动机，在学术性阐释中起了作用，这种阐释是对文学的性质和文化功能的共识解体（或

302

辩论的开始）作出的一种反应。

由于同样的原因，战后学术性阐释的兴起，不能简单地被赞扬或当作一种保守的、经典化的力量而加以指责。确实，正如简·托姆帕金斯（Jane Tompkins）在《感觉的构想》（*Sensational Designs*）中所表明的那样，20世纪40年代的学术批评诋毁美国文学迎合情感和大众品味的传统，以便使少数白人男性作家和诗人列入"美国的文艺复兴"。确实，战后阐释的方法破坏了批评家帮助建立起来的文学与其他范畴的区别。这种分析方法往往会消除等级制度，因为这种分析方法可能可用于各种不同的文化客体上。如果分析揭示同样的叙述结构可以在某些古典的神话、19世纪的小说或电视的情节中找到，那么神话、小说、电视三者之间就会显得比以前更为相似。

尽管战后的学术批评方法努力严格地限定高级文化作品中诸如"复杂性、悖论和神话视野"的定义，这种学术方法带来一些使用者料想不到的颠覆性的影响。这些阐释可以在传统语文学家雷·斯皮茨（Leo Spitzer）对新奇士橙汁广告所作的语言学的分析中看到。莱斯利·菲德勒在《天真的结束》(1955)中明确地阐明这种影响，很可能"把我们所学到的用来分析更为简短的多恩①诗歌的细读方法，应用在参议院委员会上对证人证词的分析或对罗森堡夫妇信札的分析上。"后结构主义登台很久以前，战后的学术性批评很早就有这种颠覆性的发现——任何东西都可以被当做"文本"。

---

① 约翰·多恩（John Donne, 1572—1631）英国17世纪玄学派诗人。——译注

第三章 新批评的全国化

　　文本阐释是战后新的学术批评的主要特色，这种研究方法包含着潜在的爆炸性的矛盾。一方面，新的学术批评家谴责学者与文学撰稿人反对阐释的偏见，揭示对文学的性质和文化功能的那种温文尔雅的共识解体了。他们主张的文学需要阐释，这毫无疑问使文学研究陷入以前未曾公开的、或被掩饰的论战之中。另一方面，新的学术批评中最有影响力的学派——逐渐被称为"新批评"，强调文学与政治和道德评判分离。新批评坚持文本的阅读应侧重"本身的结构"，这就需要系统的"本体论"批评。因此，新批评限制了批评的分歧，只允许某些方面的争论，对它本身坚持的阐释有最激进的论断。

　　然而，从某些方面看，新批评家激进地强调阐释，同时要保守地把"非文学"辩论清除出专业批评论坛，两者并不矛盾。这两种倾向使战后文学研究能在大学里成为被正式认可的学科。新批评认为文学是一种自主的、自足的话语的形式和新批评的详细分析文本的方法，使文学的学术研究独自成为一个领域，与那些被认为文学以外的学科诸如社会学、心理学、历史学和哲学分开。对大学里日益增多和人口差异越来越大的学生来说，新批评的理论与方法成为理想的教学方法。那些缺乏深厚的语言和历史背景知识的学生，也能捕捉文学作品"内在的"意义——特别当这些作品是新批评用来展示文学性的简短的抒情诗，学生便会应用独特的文本阐释原则。排斥"非文学"的这种严格的阐释适合学科和学生群的需要。

　　文本的作者是新批评家界定的许多因素中"非文学"因素之一，被所谓的"意图谬误"学说排挤或完全排斥。这个学说是威廉·维姆萨特（W. K. Wimsatt）和蒙罗·比厄兹利（Monroe Beardsley）合著的一篇很有影响的论文（1954）提出来的。这篇论文过去和现在都被普遍地误解了，其实它

○1940年以来的文学批评

并没有直截了当地摒弃作者的意图这个概念，而是强调这种意图的最可靠的证据是作品本身，并不是作者的传记或社会背景。他们认为传记作家、文学心理分析家和历史学家，倾向于用诗人的生平和信仰代替细读诗歌本身的艰苦工作，其实诗歌本身经常与诗人真正生活中的信仰和承诺发生冲突。

"意图谬误"这种学说并没有挫伤文学传记作家，而是使他们调整自己，纳入新批评的方法，来创造一种新的"批评"传记。理查德·艾尔曼（Richard Ellmann）的《叶芝：人与面具》（*Yeats：The Man and the Masks*，1949）和《詹姆斯·乔伊斯》（*James Joyce*，1959），把传统的传记叙述与对《尤利西斯》和其他主要作品详细的文本阐释结合起来。这一时期著名的批评传记，还包括雷奥·艾德尔（Leon Edel）用一种更为心理分析的方法写出了亨利·詹姆斯（1953—1972）三卷本的评传和欧内斯特·塞缪尔斯（Ernest Samuels）的《亨利·亚当斯》（*Henry Adams*：1948—1964）。

新批评在批评中对非文学因素的限制，给文学民族主义者所带来的困难甚至超过文学传记作家所面对的。在战后美国获得超级大国的地位之后，许多人企图通过寻找美国文学中的"美国特征"来赞扬美国的民族属性。但根据当时具有影响力的新批评的观点，一部伟大的文学作品的自主性要求超越民族性，因为民族性是诗结构之外的因素。那造就新批评家鉴赏力的现代主义一代作家——包括庞德、艾略特和乔伊斯都曾是旅外作家，他们看到了文学是国际性的，而不是一个民族的。新批评家对强调美国文学中的美国性感到震惊，认为这是企图扶持令人怀疑的浪漫主义的一种偏狭的、倒退的做法。

在克林思·布鲁克斯写的《现代诗歌与传统》（*Modern Poetry and the Tradition*，1938）一书中，他不考虑卡尔·桑德堡（Carl Sandburg）和爱德加·李·马思特斯（Edgar Lee Masters）这一类乡土诗人，认为他们与"传统"相比属劣等对手。书名中"传统"一词含义是欧化的艾略特所阐明的。那些抛弃传统，只为了"写美国风情、美国的事物和美国的人民"，在布鲁克斯看来很容易成为"自觉的民族主义"的传播者，或是"只满足描写表面现象"的"乡土作家"。布鲁克斯认为这两种做法都不会产生真正的诗歌独创性，也不能使那场酝酿中对维多利亚时期教条的反叛斗争取得彻底的胜利。那种反叛将使诗歌组织中发生一些肤浅的变化。惠特曼可能会写"美国本身就是一首最伟大的诗歌"，爱默生可能会欢呼"西方所认为新的、不可理解的美国在我们眼中是一首诗，……日子指日可待了"。但是，对新批评家来说，伟大的诗歌不是通过抛弃正规的传统，使自己的诗歌自觉地抒发民族情感而创造出来的。

不过表面上看，战后的新批评与美国文学的民族主义并不相容。然而事

第三章 新批评的全国化

实上,令人惊讶的是新兴的美国文学批评家经常很容易吸收新批评。新批评的态度强烈地影响了第一代的美国文学研究学者的著作。他们将美国文学构建为一门独立的研究学科,正如上一辈人使"英语"成为一门学科一样。这一章将重点讲述宣称与政治和社会割裂的新批评,是如何为确认美国文学的民族特色作出了贡献。

第一节　20世纪40年代文学的民族与学科属性

斯皮勒主编的《美国文学史》是富有启发性的。在最近一次讨论这部文学史的起源与发展时,克米特·万德比特(Kermit Vanderbilt)评论道:这部文学史"创立于充满民族主义情感和进步思想的时期,紧接着是经历一个民族高涨的自我意识和爱国主义情感的战争时期"。在这段话里的这些"和"字,表明《美国文学史》的编者认为,在民族主义情感与进步思想之间,在爱国主义情感与高涨的自我意识之间存在着自然的联系。事后看来,这些认定的联系,看来与意识形态有十分密切的联系。然而,对大部分属于30年代末期至40年代中期的美国知识分子来说,"意识形态"指的是希特勒和墨索里尼的法西斯主义以及斯大林的肃反和跟希特勒签订的互不侵犯条约所体现的被背叛的社会主义理想。与战争时期和战后的这些极权力量相比,我们似乎难于否认美国促进了世界的进步。在这种情况下,很可能认为对美国民主的信仰根本不是意识形态,而是后来被称作的"意识形态的终止"。

接下来的事件——越南战争、发生在自由的北方城市长期贫困和种族暴动、水门事件、伊朗门事件和在南美和中美洲由美国赞助的政治压迫,所有这一切令人们对这个观点产生怀疑,进行重新审视。确实,目前文学与文化冲突的危险是两种不同见解的交锋。一种是必胜主义者的观点,认为上百年的世界历史是"美国的世纪"。另一种持批评态度,反对美国扮演民主的典范和中立的世界仲裁者角色。

然而在1948年,推动美国文学研究的是爱国主义,而不是自我批判意识。像R. P. 布莱克默这一类的批评家强调,美国成为称霸战后世界的大国,这就要求有成熟的文化机构,才能与提高了的政治地位相称。虽然美国文学在20和30年代就成为独特的学术领域,但到了50年代还只是美国大学英文系的次要课程。万德比特在《美国文学与学院》中报导:在《1946—1947年的教育指南》里所列出的711所大学及综合性大学,只有30所要求修完美国文学课程后才能毕业,还不到四分之一的学校要求英语专业的学生修美国文学。因此,《美国文学史》的编者就必须承担这个未完成的使命——使美国文

◎1940年以来的文学批评

学作为一门学科取得合法的地位,以此适应美国新的国际声望。这意味着规范美国文学作为一个独立的整体,划出组成这一领域的作品,识别这些作品中特有的美国特征,最终展示这些作品与已被承认的英国经典名著同等重要。

这些目标要求斯皮勒和他的合作者必须致力于有机的综合,这一点在开篇"致读者"已阐释得很清楚。"致读者"强调美国的"主要作家"创作了具有突出的艺术价值的文学作品。斯皮勒宣布,从前美国文学史家要么"好像他们描写的是从英国移植来的花和草",要么只是"热情地呼吁建立自己特色的紧迫感",这一时期已经结束了。历史学家可以公正地评价"爱伦·坡、霍桑和首先是艺术家的所有作家的作品"所包含的"不朽的价值"。美国已经充分地产生了这一类作家。斯皮勒又补充道,"我们民族的历史已经够悠久了,可以进入一个成熟与开花结果的时期……我们不能依靠时下关注的、及时的、模仿来的、或不知不觉地靠自觉、远非神圣的报刊文章,或依靠散乱的、或传统的实验性小说或商品化的小说。"(毫无疑问,斯皮勒故意仿效爱默生的《美国学者》)

像斯皮勒这样的历史学家还需要为美国的文学呐喊,说明这个领域在学术上的合法性仍遭到怀疑。在编写《美国文学史》这一时期,文学批评的专业和学科地位仍在争论之中,而美国文学研究的地位更为富有争议和岌岌可危。1940年现代语言协会的美国文学组拒绝赞助编写综合的美国文学史,理由是个别作家的历史和生平研究和一些历史时期的材料不充分。斯皮勒和他的合作者只得被迫把《美国文学史》当作私人的项目继续下去。同时,他们这样做还有另一个原因:由于美国文学在学院中的地位,学者必然是自学成才的美国文学研究者。甚至如 F.O. 马西森,他的不朽的著作《美国文艺复兴》(American Renaissance,1941)比其他任何一部著作更为重要,使美国文学得到批评界的初步认可。但他的博士论文却是伊丽莎白时期的翻译艺术。因此,斯皮勒和马西森这一代美国文学史家肩负着双重使命:为美国文学的价值辩护,并为确立他们批评事业的学科的可靠性辩护。

这种双重的使命鼓舞新一代的美国文学研究者制定一套共同确认美国文学史合法的标准,以此阐述归入美国文学史的作品的价值,使美国文学史本身这项工程获得合法地位。然而,对于严格的新批评家诸如克林思·布鲁克斯、韦勒克和沃伦这些人说来,运用新批评的概念编写文学史有点令人怀疑,更不用说要体现令人尊敬的、浪漫的文学民族主义。韦勒克在一篇题为《文学史的堕落》(The Fall of Literary History)一文中攻击《美国文学史》只是毫不相干的材料的"大杂烩",只是表现了"在我们这一时代文学史所陷入的僵局"。按照韦勒克的看法,这种僵局就是文学史这项工程与文学作品的独特性

第三章 新批评的全国化

和自足性之间的矛盾是不可调和的。他声称这就是为什么大部分民族的文学史既不像文学，也不像历史，只是按时间顺序对互不关联的文本、运动和作者进行一番肤浅的描述。

然而，对于文学史家来说，认为机体上统一的诗歌与机体上文化一脉相承的民族之间（与分裂的工业国相比）极为相似的这种古老的类比一直魅力不减，这是卡莱尔、罗斯金、阿诺德和后期的美国批评家如布鲁克斯一直追求的。的确，南部的新批评家在他们早期的农业时代提出了诗歌与社会有相似的机制。因此这是不足为奇的，像韦勒克这类新批评家所提出的分析有机制的文学作品的方法，在 50 和 60 年代为美国文学研究学者所采用，展示了斯皮勒和他的撰稿者所能断言的，作为一个整体的美国文学在机制上的更大发展。

当斯皮勒敦促有必要看到美国文学的"中心整体"时，他悄悄地化解了较老的浪漫主义的有机论与新兴的新批评之间的冲突。接下来的美国文学批评家会仿效他。显然，把文学文本"严格地限定在艺术的范畴里"，与制定连贯的民族传统之间并不矛盾。斯皮勒声称《美国文学史》兼顾了这两点。对美国文学作品进行内在性的批评，能确立美国文学史的合法地位，正如内在性的批评，使文学成为一门学科得到认可。

因此，正如 10 年前兰色姆呼吁文学批评要"独立地制定其权力与功能的宪章"一样，斯皮勒也为美国文学与历史研究自重的完整性提出了章程。斯皮勒以像新批评家探讨诗歌的方法编写《美国文学史》。他强调系统，避开分歧，采用特有的审慎和客观的语气来评判。在斯皮勒看来，最近学术批评的成熟，允许形式主义批评家开始讨论"艺术的统一性"。因此，了解批评方法的文学史家，现在也将给美国文学史一个同等的地位。

当然在 50 年代，在学术研究和整个文化当中，能够解决和超越争执的、客观与系统地探索的典范就是科学。科学这种形象对现代学术批评的发展起了重要的作用，学术批评认为其本身的发展与科学的主张和价值之间的关系是模棱两可、不断变动的。在策划和编写《美国文学史》的年代里，这种与科学之间既爱又恨的关系对文学知识分子来说尤为强烈。一方面，兰色姆和其他一些学者认为，科学造成现代生活中数量和抽象占统治地位，而人类经历中的质量和肌质却丧失了。科学忽略并低估了兰色姆所谓的"世界的形体"（the World's body）的价值，只能由文学来修复。另一方面，这些批评家自己使用科学话语和方法来界定这门学科的原则，因为在研究领域，科学性和客观性是衡量一切知识是否名符其实的标准。因此，当《美国文学史》的大部分作者倾向于认为美国文学与美国民主本身都是独特的、无系统的、未下定论的、自由的、对"崇拜对象和教条产生怀疑"和"真正的美国……坚持一个开放的宇宙",他们也感受到,现代科学"巨大的、有组织的知识体系"的例子坚定了他们的信心。在批评领域,"以全面的观点纵观整个文学的时刻已经来临了。"

第二节 作为新批评诗歌的美国准则

到了60年代早期,一批学术性批评家已经实现了斯皮勒对有系统的、全面的美国文学史的期望。这些批评家对"美国特征"的理论化,牢固地确立了美国文学这个领域和他们作为"美国文学研究者"的地位。这些理论家规定并限定了美国特征的一系列形式和主题标准,正如新批评家研究"诗歌特征"的作法一样。20世纪50年代和60年代的美国文学研究者,对美国文学与文化的意义进行系统化的规定,解决了一对似乎不相容的矛盾:即美国属性严格的理论和美国假定的民主、多元文化和个人主义对抗系统化的界定之间的矛盾。克服这个困难的方法,最终要以新批评的诗歌观点为模式——诗歌是矛盾的辩证综合体,反讽贯穿诗歌结构,形成对美国特征的见解。尽管新批评从总体上说来不信任文学的民族主义,兰色姆本人却为新批评诗歌理论的民族化铺平了道路。

虽然兰色姆强调诗歌与社会分离的本体论,有时他会引用雪莱所认为"诗人是这个世界未被公认的立法者"这一比喻含蓄地说明诗人扮演的角色。在民主国家同盟反抗极权主义世界秩序的威胁的这种背景下,兰色姆在1941年出版的《新批评》中把诗歌比喻成"一个民主国家"。兰色姆解释,诗歌像一个民主国家,在于其"忠实地遏制体制中真正专横的地位",允许甚至鼓励在意象或细节方面存在许多不同成分。兰色姆拓展了这个别出心裁的比喻,他写道:诗歌"要他的市民保存他们的个性并享受他们天然的乐趣",他在此基础上,分析了诗歌与数学的论点的区别。诗歌论点"不太受规章的限制",诗歌的组成部分可以"放纵,以不可预见的方式展示能量,超越释义的规范",正是这些组成部分形成了诗歌的特色。存在于诗歌当中可以认知的"结构"与意象的"肌质"之间,或者各种不同成分之间的张力,类似于美国的自由主义民主已经解决了的规章与自由之间的矛盾。确实,兰色姆认为诗歌最终还是超越民族性——他所比作"民主国家"的诗歌是任何时间、任何地点写的好诗。但是,如果有人希望美国社会也是某种新批评的诗歌,那么这种观点很容易站不住脚——毕竟惠特曼和爱默生并没有这么失误。

马西森在《美国文艺复兴》的绪论部分,提出了类似的形式主义的诗歌理论和民主政治的矛盾统一。马西森认为经典的美国文学和有价值的文学批评的标准，似乎是坦诚的政治性。《美国文艺复兴》对19世纪中期五个典范作家提出并赞成"一条共同的衡量标准"，即"他们为民主可能性所做出的贡献"。不管爱默生、梭罗、霍桑、梅尔维尔和惠特曼的作品之间和各自作品有什么不同，马西森评论道，"他们成就的总体模式……是我们民主的文学。"对民主的贡献也成为对批评家评判的标准。马西森引用受惠特曼影响的现代建筑师路易斯·沙利文（Louis Sullivan）的话指出：

> 因此，批评家的著作必须反映他的学术成就，以说明他的学术成就接近人民，而不是疏远人民……他的学术成就必须为所有的人带来益处和启发，而不是纵容某个阶级。总之，他的著作必须体现（举证的责任在他本身）他是个公民，而不是奴仆，是个真正的民主的传播者。

然而，马西森所表达的政治信仰令人不安地伴随着某种批评与文学的形式主义。即使他和沙利文所断言"检验批评家的著作的根本标准在于是否促进民主，他是否用他所拥有的才华为人民服务或同人民作对"，马西森强调"批评家的主要责任……是检验作家使用语言和艺术形式的才华，用句话概括，应注重形式"。同样地，马西森提出的检验美国作家对民主所做的贡献，并不是体现在他们作品中赤裸裸的政治内容，而是反映在语言和形式上。因此霍桑——一位政治上保守主义者，被列入马西森的文坛名人之列，这归功于其复杂的"形式与内容的融和"和"各种各样的象征引喻"，以及为读者创造理解机会的"多种选择法"，所有这一切都包容了复杂性和"民主的可能性"。与此相比，那个时候最为广泛阅读和最有政治效力的作品——斯托夫人的《汤姆叔叔的小屋》却被摒弃在外，虽然很难想象还有哪部作品能比它为民主价值观念或为"全人类的益处与启发"，而不是"纵容某个阶级"做出更多的贡献。因为斯托夫人的小说不仅寻求在想象中探索民主的可能性，而且事实上也推动了政治自由，因此根据马西森兼顾艺术与民主的衡量标准，这部小说被贬为宣传材料。（事实上，摒弃《汤姆叔叔的小屋》，会成为女权主义对形成美国准则的马西森和其他美国文学理论家的美学及政治主张提出批判的焦点）。

马西森的社会主义在政治生活方面是真正的、积极的，毫无疑问是进步的。然而，《美国文艺复兴》所传递的民主观点，阐述了"反对社会进步的共识"，这是卢索·雷辛（Russell Reising）探讨了战后关于美国文学的民族特色的理论所提出的。这种共识出现于30与40年代国内与国际大灾难之后。

雷辛研究历史学家吉内·怀斯（Gene Wise）的著作，发现战后杰出的历史学家诸如路易·哈兹（Louis Hartz）、理查德·霍夫斯达特（Richard Hofstadter）和丹尼尔·布尔斯丁（Daniel Boorstin），与文学批评家诸如佩里·米勒（Perry Miller）、莱昂内尔·特里宁、刘易斯（R. W. B. Lewis）和亨利·纳什·史密斯（Henry Nash Smith）有共同的看法，认为"这是个典型的，充满含混、悖论与反讽的社会"，与早期"进步性的、稳步直线前进"相对立（他们认为这是天真的看法）。雷辛补充道，这些历史学家和批评家"抵制经济和政治上对物质的强调"，他们认为这不足以解释人类的经历，他们倾向于"文化解释"，把人的表现集中在心理、艺术和文学上。这个转变从不同程度上代表一种"现实的内在化"。

这个时期，许多批评家因对改良主义的两种政治日程之一感到失望而转向文学批评，这并非偶然。早期新批评派的领路人原先为南方重农主义者、政治和文化保守主义者。他们在 30 年代企图抵制美国不可阻挡地发展成为"城市化的、工业化的、异化的大众社会"。许多在美国文学方面有影响的早期的理论家曾经是社会主义者，他们因斯大林背叛他们的理想和法西斯主义在欧洲出现而感到幻灭，表现为历史学家理查德·H. 佩尔斯（Richard H. Pells）所描述的"对现代美国社会机构和价值观念既满足又不安的矛盾心情"。对战后这一代学术批评家来说，文学研究在某种程度上往往是失败了的社会纲领的避难所和重新获得它们的方法。

当然，含混、悖论和反讽为布鲁克斯、兰色姆、艾伦·塔特和其他新批评家所使用，以界定文学独有的特征。它们可用来区分文学丰富的语言、工具性的科学语言和简单化的宣传性的政治话语。然而新批评家也提出，使文学具有独特文学性的特殊的有密度的语言最终使文学显得更为真实，而不是所认为的真实描写。（正如默里·克里格在 1967 年的论文中指出新批评具有"存在主义的基础"，这种观点受当代欧洲存在主义思想家萨特、海德格尔这些人的影响，他们认为文学是直接经历的深层本质，文学是现代技术治国论的抽象与不真实的防腐剂。）譬如兰色姆强调"诗歌语言的密度或内涵反映世界的密度"与"科学所描绘的温顺而公正的世界"相对照，因此"艺术世界是不具有任何限制的真实世界"。

那些"反进步共识"的主要历史学家和批评家们不再相信，经济与政治的发展，可能弥补美国理想的自我形象与社会现实的差距。然而这也许不必要；因为想象中的理想已成为"真实"，已深深植根于文化、美国人的内心或心理生活中。一方面认为美国具有不可解决的矛盾，另一方面也作为美国生活的现实，即不可能实现也不可能放弃的理想追求，使美国文学对英语教授来说,具有独特的学科魅力。如果美国的属性和经历也像复杂的现代诗歌一样,受含混、反讽和悖论的影响,那么文学批评家的阐释能力,对发现一直被长期探寻的国家属性来说是至关重要的。如果文学象征真正的美国,那么批评家的著作对国家生活起着重要作用。批评不再跟过去所认为的更有技术性和实践性的职业搭上关系。批评与艺术不受约束和异化,似是而非地使它们处于文化的中心地位。

第三节 神话与男子气概

显然,关于美国文学与批评的这些观点,清楚地想帮助文学知识分子克服处于社会边缘的感觉。文人常常因男子气概受到威胁而流露出这种异化和边缘的感觉。以新批评文学文本是复杂的思想为基础、需要建立象征性的实体,因此文学有理由持之以恒地关注严肃的男子,否则他们可能转向更为直接的公共事业或商业。为了肯定他们参与和分析所付出的劳动,文学必须体现出智慧的特殊形式。从这个方面看,尽管(或者也许因为)文学批评家脱离了政治权力的场所和工具,但他们仍然会通过专业能力赢得文化上的权威。

以个人的超脱和以专业为中心相结合成了批评思维的特色,在被美国文学批评家纳入经典的美国作家、文本和主人公的研究中都会见到。在冷战的背景下,国外令人生畏的国家政权压制的形象和对个人身心的机械化,国内艾森豪威尔时期所实行的恪守常规和一统化的背景下,美国文学所贬低、有时甚至视其为邪恶的集体社会经历所形成的"传奇传统",被认为是最独特的美国性。阿哈①寻求超越物质社会的限制而体现出的悲剧英雄主义和哈克贝里·芬②为抛弃虚伪的社会和传统价值观念所做的努力,这些不但是因为看似个人逃避而被称颂,而且是因为体现了美国精神的精华——在外在的现实世界中发现内在的价值观念而被称颂。

伊凡·瓦特金斯(Evan Watkins)以同样的方式指出:"个人的自由,想象中的自我实现"也促进了学术性职业的选择,并证明这种选择是正当的。"这些是文学研究壮大队伍的承诺,而其他学科则用金钱、社会威望和对社会的实际贡献作为诱饵吸引人才。"那么,学术性批评家在 40 年代到整个 60 年代所界定和选择的"美国文学",在很多方面与这些批评家的社会和文化背景

---

① 阿哈(Ahab):梅尔维尔长篇小说《白鲸》的主人公。——译注
② 哈克贝里·芬(Huckleberry Finn):马克·吐温的长篇小说《哈克贝里·芬历险记》的主人公,有时简称哈克。——译注

相适应。这些男性选择了"个人的、富有想象力的自我实现"而不是物质追求或社会参与，这些人在政治上有不同程度地处于社会边缘的感觉，他们有志于追求文化的中心地位。这些人由于需要的驱使，坚持男子汉气概、知识的"美国性"和富有想象力的活动，反对物质社会把这些追求视为女人气和外国的东西的倾向。

我们在下一章会更详细地讲述学术批评的性别政治，尤其是美国文学中的性别政治理论。但是，正如文学史家安·道格拉斯（Ann Douglas）、戴维·勒弗雷兹（David Leverenz）、T. W. 赫伯特（T. Walter Herbert）和其他一些人所提出的，男子气概受挫，一直困扰了美国文学批评和整个学术研究界。例如爱默生1837年在哈佛大学的联谊会（Phi Beta Kappa）上作了一篇著名的讲演，谴责一些所谓的"实用型男人"，在"一篇装作斯文、婉转动听的讲话"里称学者、牧师和其他"纯理论家"为"女人"，他们不承认美国学者具有产生深刻的文化行动的才能。在专业文学研究盛行期间，证明这种研究工作不是女人气，这对文学研究的合法性是至关重要的。正如欧文·白璧德在1908年冷嘲热讽地说道："那些更为精力充沛和有进取心的文学教师，觉得他们必须通过研究哲学来证明自己的男子气概。"

在我们这个时期，诺思洛普·弗莱可能是50和60年代最有影响的批评家。他表达了对这一问题的关注。虽然弗莱是个加拿大人，并不特别关心文学的民族主义问题，但是他的《批评的解剖》（*Anatomy of Criticism*，1957）奠定了神话和原型批评的理论基础，为很多美国文学理论家所效仿。弗莱写道，

> 学术性文学批评家受到围绕在人文学科周围的乏味的性别符号的困扰和纠缠，这是他随处都可遇到的问题，甚至是在大学本身，无论是新生的教室或是在校长办公室都存在。这种符号，或者不管如何称之，认为科学，尤其是自然科学，是强健的，积极进取的学科，它们走出世界积极探索，因此在符号意义上是男性的；而文学是自我陶醉的、直觉的、空想的、足不出户以求居室亮丽光彩，但严格意义上几乎是无所事事，因此其符号意义为女性。然而她们是闲暇阶层的女性，需要侍女伺候左右，为其梳妆打扮，然后再登台亮相，他们就是学院和大学的文学教师和批评家。

像欧文·白璧德一样，与其说弗莱攻击这种性别等级制度，倒不如说他谴责文学与批评的错置。在《批评的解剖》的第一页，他指出批评家不是"寄生

虫或想当艺术家而没成功的人",因此强烈地反驳把批评家视为侍女的观点。

批评的功能也不是吹捧文学作品,甚至不是传统意义的评判文学作品。弗莱认为评价缺少客观性和严谨,因此专业性不强。他对评价的攻击提醒我们,价值评价标准在最近文学理论家开始对它产生质疑之前,远远不是处于中心地位,也不是毋庸置疑的。对弗莱来说,批评家实际上是一种科学家,他们以"对文学领域进行归纳性概括所推断出的理论框架来研究文学"。批评的功能是以界定、分类、剖析形成文学的"文字秩序"的结构原理。文学批评解释文学是什么,正如历史解释历史事件是什么,物理解释宇宙是什么。因此弗莱认同新批评家的观点,认为批评必须系统化与科学化,必须承认文学有"自主的文学结构"。但是弗莱与新批评家又不一样,他并不在个别文学客体中寻找这种"自主性"。相反地,他认识到如果认为文学是"一大批各种各样、不相关联的作品的集合体",这种批评既不能宣称,也不能赋予文学"自主性"。批评必须以文学是某种科学、具有整体连贯性作为前提,把文学组成一个领域,一个世界。因此,弗莱的"自主的文字结构"并不是指个别诗歌,而是将文学作为一个整体,并且是一种文化,或代表"人类的整个梦想"。

因此,弗莱重新考虑文学的独创性,认为它与文学形式的起源有关。文学形式的起源是作品对文学本身深层结构的体现。然而,弗莱在贬低个别作品的自主性时,并不否认兰色姆所提出的与"诗歌的体验"有关的释放能量和欲望的观点。因为在弗莱看来,文学最纯粹与最原始的形式,体现释放的能量和欲望,是对神的自由和权力的模仿。这种观点是弗莱研究布莱克和雪莱这些有想象力的浪漫主义诗人的早期著作所形成的观点。弗莱写道:"文学的原型是从神话世界开始的,从一种虚构和有意义的抽象或纯文学的世界开始,不受可能被文学准则转变成熟悉的经历的影响开始的。从叙述模式上看,神话是对接近或在欲望的可想象限度的模仿。"理想的、然而是人所不能达到的神话世界是"在完整隐喻的世界里,每件事物可能与其他事物相似,仿佛都存在于一个无限的统一体中"。

弗莱区分了五种文学叙述模式(神话、传奇、高级模仿、低级模仿、讽刺)。这五种模式代表沿着一条下降的轴线上的不同点,从神话世界实现了的欲望开始向下移动。换言之,文学领域在两极之间延伸:一极代表终极的权力和自由的梦想(或理想),另一极代表完全无能为力和束缚的梦魇(或现实)。简单概括,传奇是"神话"与"自然主义"两极之间的媒介。弗莱写道:"神话是文学形态的一个极端;自然主义是另一极端,在这两者之间的整个范围就是传奇。用传奇这个词语,表示以人类的范畴取代神话,表示神话向人类的范畴位移的趋势,然而传奇与'现实主义'相对照,它同时是以某种理想化的方式使内容符合传统习俗。"

传奇是弗莱赋予特殊意义的词语,因为它概括了文学最主要的精神——将约束和愿望,将事物的真实面目和我们对事物的愿望协调起来。从这个意义上说,文学总是坚持将"纯文学世界"的天堂作为典范,对弗莱来说,即使是最严酷的悲剧最终也比现实更接近于我们所向往的世界。悲剧给生活强加上生活所没有的悲剧秩序和意义。弗莱关于文学结构及其目的这种观点,大体与新批评家对诗歌自主特性的看法相一致。但是弗莱的自主概念不单包括个别的诗歌,而是扩展到富有诗意和虚构的想象整体。弗莱也因此使新批评的概念符合民族神话的需要。

弗莱的原型批评,为新批评的方法和理论从诗歌转向其他非诗歌的叙述模式提供了理论依据。弗莱同意,兰色姆所谓的"诗歌的体验"超越了个别诗歌并成为美国文学和文学史的主要原则。美国文化被认为是为了实现劳伦斯所说的"美国的神话",这是与自然和意识的原始力量的一种基本抗衡。这个神话可以从劳伦斯富有争议的《美国经典文学研究》,(*Studies in Classic American Literature*, 1923)追溯到更早的惠特曼、爱默生直至约翰·温思罗普(John Winthrop)当时的呼吁。甚至在约翰·温思罗普所率领的那群清教徒看到马塞诸萨州海岸——新的耶路撒冷——"山上的城市"之前。尽管弗莱是个加拿大人,但对文学的民族主义不太感兴趣,他为50年代和60年代的文学批评奠定了理论基础,特里宁、理查德·蔡斯、R. W. B. 刘易斯、查尔斯·菲德逊(Charles Feidelson)和其他批评家都受其影响,提出美国文学是个"大故事"的整体,从本质上既体现了美国性又体现了文学性。

上述这些美国文学理论家显然吸收了新批评和原型批评的内容,他们研究中使用的词语如"诗歌"、"神话"、"象征"、"传奇"几乎都可以互换使用。这些词语通常与社会现实相对立,然而有些又反映了社会现实。因此,特里宁宣称"美国小说的伟大人物有神话化的倾向,体现了他们所代表的极其美好和抽象的思想和不受其阶级所束缚的特点"。蔡斯以几乎同样的方式把美国文学的伟大作品界定为"传奇",比英国小说"更自由、更大胆、更辉煌",这种小说情愿"抛弃道义问题或忽略人在社会中的表现,只是间接地、抽象地考虑这些问题,然而却能够在不受现实条件羁绊的特点中找到……思想中某些潜在的品德,可以用诸如迅捷、反讽、抽象、深奥这些词语来表达"。刘易斯在《美国的亚当》(*The American Adam*, 1955)里,把梅尔维尔写小说的方式描述为"诗人的风格",像"一种最美的诗",他的小说包含了"一系列连锁反应,在强大压力下的某一个态度或隐喻,会产生下一个象征性

第三章 新批评的全国化

的意义"。引用理查德·波里尔（Richard Poirier）的话，对于这些批评家来说，这种对存在于其他地方的诗意的世界的追求，把美国意识同欧洲意识区别开来。欧洲文学倾向于社会现实主义，而美国文学却把传奇当作表达思想感情的自然工具。

查尔斯·菲德逊在《象征主义与美国的文学》（Symbolism and American Literature，1953）里指出，衡量美国古典文学作品至关重要的共同准则是致力于产生反现实主义的可能性。正如雷辛所指出，菲德逊的象征性的文本"使其本身离开物质世界的重压"，或企图这样做；事实上，菲德逊认为上面所引的弗莱对神话的定义恰当地说明了美国文学的"象征主义"：一个"完全隐喻的世界，那里一切东西可能与其他的一切东西相似，仿佛都存在于一个无限的统一体中"。莱斯利·菲德勒写下了蔡斯和他本人对"神话的痴迷"，也提到他们对"接下来的作家不由自主地转向原型象征"的关注。蔡斯在《美国小说及其传统》（The American Novel and its Tradition，1957）中提出了美国传奇传统的理论。他写道："我本身不是一个'神话批评家'"，然而他把传奇与试图接近艺术魅力和自由的完美联系起来。他写道，"传奇比小说有更高贵的渊源，它近似诗歌。"

在这一时期，神话批评这么有力地削弱了历史与政治思想，甚至连直接评述社会观点的批评家也经常否认他们这么做。《处女地：作为象征与神话的美国西部》（Virgin Land: The American West as Symbol and Myth，1950）在创建美国研究的"神话与象征流派"所作出的贡献超越了其他书。亨利·纳什·史密斯在这本书第一版的前言中阐述，虽然美国西部作为理想化的神话象征，对实际事务产生了决定性的影响，但《处女地》一书的目的并不是要质问这些想象的产物是否确实反映经验的事实。两者是不能相提并论的。史密斯的这一观点迎合了神话批评的正统理论，却与他在这本书的做法自相矛盾。他在书中确实对理想的神话与真正的历史事实之间进行了大量比较，而他自己却拒不承认。

例如，在"农业乌托邦的失败"这一章节里，史密斯强有力地表明，宅地法具体地体现了坚强而正直的自耕农心目中的西部乐园这一神话，然而这一神话又被土地投机商操纵去吸引没有疑心的分益佃农。当这些农民努力在实践中实现这个神话时，他们发现，广告里许诺给他们的土地大部分先前已被铁路和投机商买去了。史密斯在这一章里非但不拒绝"质问"自耕农的神话是否"确实反映经验的事实"，而且表明这个神话实际上是个残忍的恶作剧。

评论家巴利·马克斯（Barry Marks）指出这一矛盾之后，史密斯修订了

⊙1940年以来的文学批评

1970年版的前言部分。他承认象征与神话确实与"某种实证过程"相联系，并承认《处女地》确实关注这个过程。这就像50年代的理论给史密斯强加上一层视觉屏障，使史密斯看不清自己批评实践的本质，而60年代变化了的社会气候使他纠正了这种盲目性。

不管战后主要美国文学评论家对美国文学的看法是否围绕着亚当的神话、语言的象征性特点、传奇的文学体裁、爱情与死亡的主题（菲德勒），还是机器入侵花园（利奥·马克斯）或对"其他世界"（理查德·波里尔）的象征性的追求，战后主要的美国学者都同意：美国文学的美国性体现在神话或社会、语言或社会的理想状态或与实际的堕落现状之间的紧张局面或矛盾中。大家都不同程度地对稳步的、直线性的前进，对政治与经济的发展宏大叙事，对大众社会及其机构同样表示怀疑。我们已经表明这种怀疑态度，也是这一时期最有影响的美国历史学家的著作的主要特色。因此，美国文学批评家宣扬的美国文学准则，体现了这一时期特定文化的主要特征，不仅是"现实的内在化"，而且是现实的个性化。蔡斯所谓的美国文学的"独创性和美国特征"，在于美国文学体现了个别作家或作品中的人物对自由、纯真或独创的追求，经验和语言的完整、肌质、新奇和直觉性的追求。

总之，战后批评家构建了受到许多来源和背景影响的美国文学。新批评家崇尚悖论，赞扬"诗歌体验"，在反对"逻辑的内容"和"实证论态度的霸权"的过程中发挥过重要作用。原型批评也是如此，它折射出了新批评对美国文学与文化的诗歌观。新批评与神话批评的态度都适应美国社会思潮中反对社会进步性倾向的前提，即强调某种静止的周期循环，不可调和的矛盾，并强调侧重关注心理与美学领域。这种潮流反过来也适应一代人的政治幻灭。不管他们曾经是南方的重农主义者还是城市的社会主义者，许多战后主要的学术批评家共同经历了这场政治幻灭。最后，这些新的学术批评家迫切地掌握着微妙的、复杂的、具有双重意义的文本，需要巩固他们的专业地位，证实他们对文化异化的模糊感觉和对文化中心性的要求。如果像菲德逊所写的那样，美国文学是"挖掘词的意义的历险记"，那么批评家本身就是英雄而不是"侍女"了。

接下来的两章里，我们将探索学术批评和我们这里回顾的美国文学理论发展中所提出的两个问题。第一个问题是文学准则、学术理论和性别。弗莱称神话为"最纯粹的文学世界"并如下阐述了这一世界实现了的欲望的情形："神喜欢漂亮的女人，以极大的力量相互争斗，安慰和帮助人们，或者从他们享受不朽自由的上天注视着人类的悲伤。"菲德勒在关于美国小说的神话理论中清晰地指出，自由和文学性体现在男人或男孩企图逃避与女人发生社会或性关系，或逃脱女人所代表的被认可的家庭生活文化。如果这些是系统的、科学的批评及美国文学的范式，那么妇女在这两者中又能扮演什么角色呢？更普遍地说，这些范式所包含的社会和政治利益以及后果又是什么呢？

第二个问题是语言学上和哲学上的问题，虽然这也有社会和政治特点。这个问题就是文学意义本身是否能由单一的批评方法来界定，即"文学性"究竟是否具有单一的本质，更不用说美国文化是否具有单一的本质。弗莱的文学观点和菲德逊关于美国文学的象征主义观点，都试图建立"一个完全隐喻的世界，那里一切东西可能与其他一切东西相似"。美国文学理论家改进了新批评的文学观，认为含混与悖论是最基本的文学属性。事实上新批评家克林思·布鲁克斯在一篇著名的论文中，企图建立正如论文题目所表示的"作为结构原则的反讽"。从这个观点看，文学属性就存在于充斥着含混、悖论、反讽和暗喻的反省的词序。这种特性使得文本所说的和文本的含意之间存在着分歧，使其表层意义与深层意义之间存在着分歧。新批评观的这种逻辑最终导致意义本身的不稳定性。战后，新批评的理论和实践提出了超越新批评的意图和观点的问题，虽然这一点直到后来才凸显出来。这些有关语言、知识和阐释的情况与上述所提到的社会和政治效应的问题，从60年代后期以来一直主导着美国批评界。

第四节　展望未来

伊弗·温特斯和肯尼斯·伯克两位批评家以其细读文本的分析技巧而通常被划分为新批评派，但他们对新批评的文学自主性的理论进行强有力的抨击。温特斯一贯反对新批评派关于诗歌语言和叙述语言的区别。因为温特斯认为，浪漫主义时期以前，诗人对这种极端现代形式的区分是一无所知的。这种区分反映了浪漫主义之后把诗歌与实用和道德相对立的做法，而这一对立被教条式地升级为对文学的定义。相反地，温特斯强调文学与道德是密不可分的，但这种道德必须与传统习俗、说教和宣传区别开来。因此，温特斯对艾略特有关"信仰问题"的观点提出挑战。他认为文学作品所包含的信仰不能被视为神秘的、虚构的、或自我嘲讽的结构而置之不理，必须加以认真对待，并做出相应的评价。如果华兹华斯、爱伦·坡、爱默生、惠特曼、亨利·亚当斯、叶芝和艾略特本人的作品因为含有可疑的教义而遭贬斥，那么批评家和读者必须相应地修正他们的观点。在当时的评论界，温特斯是属于凤毛麟角的，他为那一时期新批评的正统理论独辟蹊径，开拓了另一种重要的研究方法。

⊙1940年以来的文学批评

肯尼思·伯克更为激进,提出了更富有影响力的挑战以至最终导致正统理论的垮台。他反对普遍贬低修辞的这股潮流。自从叶芝、庞德、艾略特的诗歌革命以来,真正的艺术,用庞德的话概括,必须"绞死修辞",再没有其他什么观点如此为人们所认同。对现代派和新批评派这一代人来说,被诋毁的"修辞"(我们的文化仍然把修辞贬为低劣的、讹误的、骗人的语言形式)汇集了一个纵情于抽象的、功利的、和盲目实用的思维习惯的社会所存在的问题。但伯克始终坚持文学像所有的语言一样,不可避免地是一种巧辩和劝说的形式,即使当它自我伪装拒绝降为修辞时也是如此。与新批评家的观点相反,文学在世界上有某种行动功能;文学作品是"谋生的工具",是一套"包容情景的战略",是"象征性的行动"。认识到文学是"包容情景的战略",即认识到文学文本并不是自主的机制,而是一种对话的入场券,凭此可以与文学内部和外部其他言语和文本进行对话。

对新批评理论来说,任何文学作品严格说来不可能与其他作品对话,更不用说非文学文本,因为文学作品的意义是自主的。然而伯克在《文学形式的哲学》(*The Philosophy of Literary Form*,1941)中指出文学作品的意义本身是谈话和对话模式:

假设我问你:"那个人说什么?"你回答:"他说'是'"。你仍然不知道那个人说什么。你对这个情景必须有更多的了解,对他作出回答之前的言语必须有更多的了解,你才知道那个人说的是什么。

评论性作品和富有想象力的作品,对某个情境所引发的问题做出回答。它们不只是简单回答,而是有策略的回答,是文体性的回答。

这些看似简单的评论发表于我们这个时期之初,表明新批评诗歌理论的重要主张受到破坏。文学与批评的文本,远远不是不同的话语类别,并仍有着根本不同的世界观,两者都是修辞的形式。文学作品远远不是自主的个体,而是对某些情境出现的问题作出回答,应当根据所引发问题的实际情境来理解。

在《小说修辞学》(*The Rhetoric of Fiction*,1961)里,韦恩·布思说明了把伯克修辞原则运用到小说体裁上会产生什么结果。布思逐个探讨现代主义(和新批评)中反修辞的正统理论,展示了他们的观点是如何值得怀疑,这些观点如"所有的作者必须是客观的","真正的艺术忽视读者","泪水与欢笑从美学上来说是骗人的",最重要的观点是真正的艺术并不屈从于"信仰的支配"。伴随着布思对修辞的复兴是批评的注意力相应地从诗歌体裁转向小说体裁。而对新批评来说,像马维尔《致他娇羞的爱人》(*To His Coy Mistress*)这样短短的抒情诗是"文学性的典范",然而对于新批评之后的那一代批评家来说文学性最突出的特色更在"不纯的"、世俗的社会叙述体裁中。

除了伯克以外,(布思将在《批评的理解:多元化的威力和局限》[*Critical Understanding: The Powers and Limits of Pluralism*, 1979]中广泛地讨论他,)布思也受到40年代和50年代频频与新批评论争的芝加哥批评学派的影响。跟新批评派一样,芝加哥学派(主要代表人物包括克莱因 [R. S. Crane]、爱尔德·奥尔森 [Elder Olson]、诺曼·麦克林(Norman Maclean)、基斯特 [R. W. Keast])反对传统的历史学术观点——即以一个时期的时代精神或作家的生平代替对文本本身文学结构的慎重分析。然而,与新批评派不同,芝加哥学派的成员认为文本本身的意义不能事先决定,诗歌性质或文学性质也不能事先决定。(克莱因称那种思维为高度优先的道路。)

芝加哥学派的批评家尊奉亚里士多德的《诗学》,坚持认为文学作品和文学批评一般要建立在对文学作品特有的效果进行归纳分析的基础上,而不是建立事先的假设的基础上,正如新批评派那样,假设优秀的诗歌总是悖论的、反讽的、与科学陈述的语言相对立的。事实上,这就意味着要在作品中寻找亚里士多德的"终极目的"——正如亚里士多德认定悲剧的终极目的在于引起同情和恐惧并净化心灵,然后分析作品的其他组成部分与那个终极目的的关系。克莱因认为,在文学史的进程中,诗人追求多元的终极目的,因此批评本身如果要系统地讨论诗歌王国,必须提出多元化的问题和方法。同时,克莱因也提出文学具有一些娱乐的特殊形式,它是文学作品所特有的,可以用来区别文学话语和其他形式的话语。后面这个观点(把文学给人某种快乐变成事先假设)使芝加哥学派不能彻底挑战新批评派把文学与修辞分开的做法。然而在《小说修辞学》一书中,布思开始朝着一种激进的挑战发展,芝加哥学派的第二代人物谢尔顿·萨奇(Sheldon Sachs)在《小说与信仰的形成》(*Fiction and the Shape of Belief*, 1964)中也追随他。因此,美国文学批评越来越强烈地趋向于瓦解新批评派所谓的文学与实用之间的抗衡,逐渐把文学作为一种修辞形式。

323

第四章　经典、学术和性别

在描述20世纪40年代和50年代涌现的学术批评时，我们强调新的学术批评家努力把文学批评建设成一门独立的、系统的、甚至"科学"的学科。这一学科是在战后大学学科越来越趋于理性化的构建之内的。正如我们所表明的，新批评家、神话批评家和从他们当中发展而成的美国文学理论家，都承担起赋予文学批评合法地位的责任。他们强调所评价文学作品的独立性和结构上的文学性。这种观点包括以下几种：克林思·布鲁克斯把堕落的政治或道德世界与得到救赎的艺术世界区别开来；诺思洛普·弗莱区分了"人所见的世界与他所缔造的世界、他所生活的世界与他想要生活的世界"、完全冷酷的"环境"与我们用来使之人性化的意义。把艺术、想象和欲望从"环境"中区分出来将增强职业批评家的特殊权威。

20世纪60年代末，女权主义批评家力图进入和改变已被确认的文学研究领域，试图在学术和更大的社会范围追求权威，像上一代新学术批评家们所做的一样。但是女权主义批评家的资料来源、方法、术语和追求权威的目标与她们的男性前辈大不一样。其中心问题是对于这些女性来说权威不在于强调个别作家或主人公对于所谓的已成常规的大众文化的自主性，也不是在实证主义和物质主义的社会里为人文学科的知识分子争取一席之地。女权主义者所要求的权利，是一种明确的集体权利，是对历史上剥夺女性权利所作出的反应。起初，美国的女权主义批评主要是受20世纪60年代的妇女运动复兴的启示，其主要目的是分析、抗争、和克服佛罗伦斯·豪（Florence Howe）在1969年所概括的女性状况："尽管一个世纪以来不时地为女性的权利抗议和呐喊，尽管我们有冠冕堂皇的男女平等口号，女性仍是二等公民，是处于被支配地位的多数人。"

第四章 经典、学术和性别

如果说 20 世纪 40 年代末到 60 年代初，很多学术批评受到美国社会中反进步性的主流思想的影响，相比之下，女权主义批评产生于左翼政治激进主义：妇女解放运动、民权运动和反越战运动。如果对战后的批评家来说，一般的学术和作为特定学科的文学是某种超越堕落的政治王国的手段，女权主义批评家认为文学和学术与政治密切相关，是占统治地位的社会秩序的工具，而不是庇护所或替代品。换言之，对她们来说，弗莱对"人"的想象和真实的世界之间强烈的对比既站不住脚，也没切中要害：男性建构的世界正是女性生活的世界。

早期的女权主义批评家在做学术调查时，发现在学术领域女性的地位正反映了豪所描绘的女性的普遍情况。妇女很少担任大学教职，即使有，也往往是那些职务最低、薪水最低、最没地位的职位。女性往往主要被聘为临时科研人员，鲜有或根本没有工作安全感或晋升机会。女性研究的空间甚至比女性任职的空间更为狭小。一些号称研究一个民族的文学史、界定文学杰作或展示人文学科的课程，所开列的阅读书单中，即使列出女作家的作品，也是微不足道的。人们极少议论这个事实，因为伟大的文学作品被认为是不分性别的，它象征着人类的经验，超越了性别差异。在男性作品中刻板的或可厌的女性形象通常被忽略了，因为她们被认为与文学著作中重要的或有价值的文学性毫不相干。

考虑到这种情况，女权主义文学批评家认为她们的研究项目不但是对文学的一种批评，而且是对学术提出挑战。学术里的批评原则和方法使得大部分女作家的作品被遗忘，使女性的形象在美学上变得毫无意义。根据这些原则，性别分析是次专业的，也不属于学科的研究范畴。正如反越战的激进分子否认在自然科学领域里"纯"科研的公正性（这些科研有助于促进武器制造技术的提高），早期的女权主义文学批评家坚持认为，这些理论原则所宣称的纯文学研究其实是为政治目服务，而这些政治目的通常是毁灭性的。

第一节 美国文学史中的女权主义批评

在这一章里，我们将把美国文学中早期女权主义批评及其自我辩护的理论作为有益的出发点，以讨论过去 20 年里的女权主义批评。在接下来的几章里，我们将探讨女权主义批评的发展进程及其所涉及的许多实践和理论问题——这些问题不但形成了美国文学史，而且形成了最近的文学研究和批评的一般理论。然而，首先必须注意，我们考察女权主义批评实践的嬗变及其所关心的问题和冲突，（这些使女权主义理论有利于其他理论并使其与其他理论的实践观点相契合），并不能彻底解决第一代女权主义批评家最关心的女权

1940年以来的文学批评

主义批评的目的，即为研究女性和性别问题创造学术氛围和建立学术机构。早期女权主义者认为，重要的不是认同一个女权主义的批评纲领，相比之下，当务之急是在学术里为女性和女权主义批评争取合法的地位，建立一个简·马库斯（Jane Marcus）所说的"物质力量基础"。

为了达到这个目标，这些女权主义者采取了各种方式。如建立现代语言协会中的女性核心小组，发起选举志气相投的协会领导人的运动；进行游说活动并鼓励学生为宣传女性研究的课程和大纲而游说；创办《女权主义报》和女权主义期刊，诸如《符号》、《女权主义研究》、《塔尔萨妇女文学研究》、《文学中的女性》；帮助开办女性书店，很多书店取名为"一间自己的屋子"，这是仿效弗吉尼亚·伍尔芙具有启发性的女权主义论文题目（在文章中，她要求妇女来写作以恢复她们沉默的女先辈们消失的声音）；通过游说大学报刊，发表由诸多作者合著的论文集，借此界定女权主义批评并使之成为合法的领域；征集基金会奖学金资助新书的出版和新计划的实施；为那些被大学拒绝聘用的女性（早期几位重要的女权主义批评家就遇到这个问题）和控告大学性别歧视的女性提供财力和其他资助。

正当这些为使女权主义批评专业化所做出的努力在美国学术界开始获得成功时，美国文学的女性读者和学习美国文学重要理论的学生，把注意力转向被认可的学术经典，创建和维护这些经典的批评方法、动机和确立保持这些注意力的批评主张。在前面几章里，我们了解到，"美国文学是什么？"这个问题在本世纪里已有很多不同的回答，更重要的是这个问题曾满足各种各样的专业目的和更为广阔的文化和意识形态目的。当女权主义批评家开始问这个问题时，她们的回答正如朱迪斯·菲特利（Judith Fetterley）在她的著作《抵御性的读者》（*The Resisting Reader*，1977）中直截了当和挑战性地提到的那样，"美国文学是男性的"。

这个看起来简单的回答引发了一系列复杂的问题。它指出"美国的"与"文学"在学术和文化里并不是单纯、明显或自然的范畴。事实上，正如我们所注意到的，"文学"与具有民族性和政治性标志如"美国"结合在一起，就赋予文学性或重要性的判断以社会代表的意义。美国文学经典所选择的作品是要代表整个文化的。但是谁来决定作品是否代表所有的美国人呢？显然，从所有在美洲大陆或在美国所写的、或由在美国的居住者甚至美国公民所写的作品中选出一小部分作品，将之定为"美国的"和"文学"，是青睐于某些社会群体、思想和经历，使它们不和其他群体、思想和经历发生联系或竞争。占统治地位的理论和实践不但保证"美国文学"是由男性主宰的，正如菲特利所说的那样，而且所有的批评意图和目的都把美国特征和文学特征视

第四章 经典、学术和性别

为具有男性的性别特征。

重申第三章中提到的一点，确实美国文学的美国特征通常存在于勇敢追求美国本身意义的主题或神话中。正如爱伦·特拉凯堡（Alan Trachtenberg）所说的，战后美国文学产生的任何主要的学术理论都声称"所有重要的美国作品其内在本质和主要内容（实际上按定义）是指美国本身——即，美国就是自我这一思想，或作者本身就是美国"。作为自我这一思想和个人解放的这个"美国"通常不是指人口众多的妇女和居住或曾居住在北美中部，出身、信仰、阶级和肤色不同的男性，也不是指这些人所建立的社会关系和政治机构。相反地，"美国"代表一种已实现的自我的超越——或者更典型的是——一位孤独的男性主人公为超越自我而进行的悲剧性的追求。

更具体地说，美国文学是关于一位即将自主的自我与反抗腐败的或愚钝的传统社会的典型故事。正如菲特利和其他人所注意到，这个社会一般与那些被男主人公抛在脑后的女性混为一谈。莱斯利·菲德勒在他的研究著作《美国小说的爱情和死亡》（*Love and Death in the American Novel*，1960）中强有力地说明了这一点：美国性表现在那些能体现菲德勒神话批评观的作品中——"这是个由逃离文化和重新焕发青春的梦想支撑的国家"，那些作品揭示了美国社会在性方面的不安全感和罪恶感，这个社会的"恐惧只能成为我们头脑中熟悉的部分"。女性作家的文学可能被认为是表述完全不同的梦想和恐惧，或者是更注重社会描写而非心理自我投影的文学，因此不含有菲德勒所定义的实质的"美国经验"。

女权主义批评家认为美国文学占统治地位的理论不但有效地排斥女性作为作家和主体的角色，而且通过将女性客体化为男性实现自我的社会或传统障碍，或把女性客体化为男性实现自我必须征服的自然领域，从而主动地消除了女性的主体地位。因此他们认可的这种理论和文本对女性读者不无企图——用菲特利的话说，即拉拢她，使她"参与某种她显然被排除在外又不能认同自身的经历"。因此菲特利总结道，只有学会做个抵御性的读者，女性才能获得主体性。她把她的书称作"为女性读者所写的生存自卫的指南"而奉献给女性读者。她们早已在美国文学男性的荒野里迷失了。

菲特利的话语颠覆性地把经典的美国边地主题赋予那些被遗忘的女性，暗示美国文化中真正英勇的斗争是女性的生存斗争。同样地，尼娜·贝姆（Ninna Baym）对"有意义的（男性作家的）美国文学作品"和批评家所认为的"非美国和次文学的伤感的女性作品"之间的区别提出挑战。在发表于1981年的一篇具有说服力的论文中，贝姆认为最受称赞和最具"代表性"的美国小说是"男性受挫的传奇剧"。贝姆认为，只有通过美国文学中主流理论

1940年以来的文学批评

这一迷惑人心的过滤器,这些文本看起来才能体现"美国自身"的本质。而美国文学中作家本人可能就在上演一出出男性受挫的传奇剧。事实上,贝姆指的是尽管这些理论强调民族性,极具讽刺意味的是它们对于美国文学的构建"最终到了这一地步——即美国性已消失在被称为普遍的男性心理的深处"。

因此,"美国文学"的女权主义批评是在范围更大的妇女运动中发展起来的。运动的目的是评价和改变文化假设和制度习俗,这些制度和习俗曾起到了压迫、贬低和压制女性的作用。因此女权主义批评的目标并不是指向美国经典作家的性别歧视,或这一经典建构者的父权偏见,而是整个学术批评盛行的价值观念和方法——尤其是专业化、技术化和表面客观化的方法。因为美国文学和学术批评(与旧的学术研究区别开)这两个学科是同时兴起的,两者是依许多相同的原则而构建起来的。事实上,早期女权主义批评试图找出文学经典、文本批评和文学研究领域中使之取得合法性的并行结构,并找出这些结构与父权制之间的关系。所以,美国文学中蔑视社会和逃离社会的孤独的男主人公可被视为与文本本身类似,由那些受到韦勒克和沃伦的内在性批评方法训练过的批评家来研究和赞美其美学的整体性。反过来,这件自主的艺术作品可被视为这一学科的表现形式,通过武断的区分和有趣的合理化原则建成一个独立的学科领域。不管从哪个层面上看,都是重分离而轻联系的;事实上,在构建每个实体时,都割裂并否认了它与其他事物的联系,或者割裂并否认它在更大的、更为复杂的、互动的整体中的地位。

第二节 女权主义与否定的诠释学

以上所提到的这些相似之处,说明学科原则与方法是产生研究对象的工具,而不只是用来探索研究对象的工具。它们以自己的意象创建意义和价值(在这里指的是文本)而不只是去发现意义和价值。这种解释会带来一个根本性的问题——正如我们在前几章所讨论的,从20世纪70年代以来一直存在这个问题——整个文学研究企图让批评的中心回到批评本身以及塑造它的背景、条件和关系上。因此,贝姆在《受挫的男子汉传奇剧》中宣称:"这篇论文是关于美国文学批评而不是美国文学的。它以这种假设为出发点——我们从来没有直接地或自由地阅读文学,而总是通过理论许可的透镜来阅读。"

女权主义并不是唯一的,也不是第一个向现代西方思潮的实证主义主张和体系提出挑战的批评理论。实用主义、存在主义和追溯到早期浪漫主义的一整套社会批评,也对占统治地位的实证主义理性提出了背景主义和历史主义的抗辩声明。但是，在我们这一时期的文学研究中，女权主义批评最有效地指出这种哲学辩论中人所处的的利害关系。对于女权主义来说，问题不仅仅是以理论（因此是不可靠的、非实证的）为基础的已知的和真实的事物，关键问题是产生知识和现实的那些理论，——也就是那些产生知识这一主体与包括作者、读者和文学这一现实的客体的理论，——具有这样的效力：能够促成并巩固那种排斥女性、隔离女性的人类现存秩序。

讨论至此，值得暂停下来考虑那些与女权主义"抵御性读者"相应的持怀疑与攻击的反对意见。对女权主义的这种反应不能被视为仅仅是卫道士维护受侵犯的学科权力的性别歧视。对一些批评家来说"女权主义文学批评"似乎仅是术语上的矛盾，因为这种批评不是针对文学的美学价值，而是针对诸如性别和权力关系等"外在的"问题。其实文学本身就存在着这些问题，但这并不能说服这些批评家。他们坚持文学真正的价值和文学批评的任务应该在其他方面。其他人则认为女权主义令人担忧的是抵制性的阅读，而不是文学中的性别政治。早期女权主义对男性作家文本的批评与其他的批评方法有共同之处，如解构主义、心理分析批评和阿尔都塞式马克思主义。这些流派几乎同时在美国文学界盛行起来，并在新兴的"传统"批评家心目中引起了同样的怀疑反应。

这些批评家认为，根据常识，阅读是对文学作品的欣赏，文学批评的任务是在深度和广度方面提高读者的鉴赏能力。从这种观点来看，有人认为，如果女性读者接受教诲，学会如何按照自己的主张欣赏这些经典作品，可能她们会付出太昂贵的个人和政治代价。从传统的批评家的眼光来看，这种见解似乎为了迎合某种意识形态而放弃文学批评本身的职责。当然，女权主义者的回答是，这个意识形态已经包括在这一批评原则里。而这一批评原则特许阅读文学作品时应该关注的某些问题，而把其他各种关注的问题摒弃在外。传统主义者经常谴责这种反应，然而值得关注的是，女权主义者和其他一些人的主张反抗可能是一种恰当的批评形式，发展了传统主义批评家列维斯和伊弗·温特斯的一个重要主张：如果文学是价值观念的载体，那么文学和它的乐趣可能具有危险性。

然而，抵御性的阅读对文学研究客体的定位，的确与以获得欣赏乐趣为目的的批评性阅读不同。抵御性读者的这种定位被称作否定的诠释学，或怀疑性的诠释学。也就是说，它否定了批评充当从属地位的角色，认为批评不仅仅要帮助阐明和强调作品中显而易见、有意图的或自足的意义，而且应该努力揭示作品本身没有意识到的内在含义，如各种矛盾、意识的局限性、被抑制的可能性。因此，否定的诠释学从社会背景中重新找到意义，研究比作

1940年以来的文学批评

品本身更广阔或更深远的符号系统的意义。这种批评方法并不一定排除文学作品中作者本身的意图，而是揭露形成或可能产生这种意图的文化密码。美国女权主义和最近欧洲批评运动的最大区别在于——对于女权主义来说，怀疑性的诠释学并不是以一种复杂的阐释理论开始的，而是作为一种实践，可以用来争夺经典的权威，文学中的女性形象和女性在学院中的从属地位。

否定的诠释学研究者把对权威和文本自主性的挑战拓展到作者这一中介上、社会和历史背景和理论，既构建了文学客体，又构建了人这一主体。尽管出现一些挑衅性地探索"作者死了"的论文和专题报告，这并不是说最近的批评运动否定作者的存在，否认文学作品是由个体写成的。我们在第五章讨论解构主义和后结构主义时会阐明这些运动企图揭示，产生文本的概念范畴和可能性的表达方式，甚至产生文本的人都是受到社会或历史条件制约，或由社会和历史决定的。拆解资产阶级完整的、不可征服的自我形象是后结构主义者主要关心的问题，也是女权主义者发起的一种批评实践。对于她们来说，这种属性模式是一个男性神话，产生于否认关系，否认女人。杰西卡·本雅明（Jessica Benjamin）在她的书《爱的束缚》（*The Bonds of Love*）中简要地概括了我们已经提到的女权主义观点：

> 从女权主义的观点来看，西方理性主义和个人主义的分析中缺少性别统治的结构这一块。这种不受束缚的个人主义的心理社会学核心就是女人受男人的支配，这样就显得她是他的财产，因此他不依赖、也不依附于他自身之外的另一个体。

然而，我们不久会发现，女权主义批评家们对独立自我或资产阶级主体性问题所提出的反对意见并不一致。事实上，这个问题在女权主义内部引起激烈的争论，常常使女权主义分成两派：更理论化的女权主义批评和实践性的女权主义批评。前者认为"自由的个人主义"是一种男性主义的神话，应该被摧毁；后者认为这种个人主义是男性的传统特权，应该与女性共享。

第三节 米利特与女权主义批评的第一阶段

美国早期女权主义文学研究中最有影响的著作——凯特·米利特的《性别政治》（1970）其实是一部实践性的批评著作。但是因为米利特并没有进行语言和阐释或理性和主体方面性的系统理论研究，最近的女权主义批评家如托丽尔·莫伊（Toril Moi）轻描淡写地谈到《性别政治》的理论框架，认为

第四章 经典、学术和性别

如果说这部著作具有说服力的话,（在学术上也只不过像"街上执拗的小孩一样"在男权的腹部上随便来上一拳。属于更后期的后结构主义的两条重要原则是：社会决定了人的属性；现代社会可以通过限制人的思想而不是惩罚肉体来扩大统治，这些与米利特所坚持的"性别是具有政治含意的身份范畴"十分吻合。传统的社会性别角色和关系使妇女处于从属地位，这种社会秩序已经显得合乎自然和不可避免，甚至这种秩序的受害者也这样认为。在本杰明提出社会性别主宰一切是西方理性和个人主义的社会学心理核心之前，米利特就提出，"性别等级决定了所有一切不平等的形式：如种族、政治或经济"并"把人分成两类，根据与生俱来的权利使一类人统治另一类人，这不但构成并败坏思维习惯和社会经历的方方面面，而且形成和败坏其他人际关系。"

我们会发现，米利特在这儿所提到的性别歧视和其他形式的不平等之间的关系是接下来的女权主义批评辩论的要点。然而，米利特的理论关心的是，除了根据解剖和生殖功能的不同来决定人的性别分类外，是否还有其他因素。关于这个问题，米利特据理力争并列举证据说明一种"压倒一切的性别的文化特征"（她定义为"性别范畴中的个性结构"），她指出，"不管两性之间有什么'真正'的不同，我们直到把本来是一样的两性区别对待以后才知道其区别。"换言之，米利特巧妙地说明，如果没有为男性和女性的发展和表现提供相似的环境条件（这种条件在我们社会里不存在，在西方文化里也从未存在过），男人和女人除了解剖和生理上的不同以外，人们就不能公正地确认或否认还有什么其他天生的不同。只有当实现了社会和文化平等之后，我们才能了解男性和女性之间是否有重要的本质区别。

《性别政治》将男权制描述为"无贵族的主宰意识"，一种思维、表现及制度化权力关系的体制。通过掩盖它的文化特征并将它表现为普遍的、生物意义上的区别（这一区别赋予男性以优势），这一体制的目的就是要确保男性的主导地位。针对男权意识在文学领域的例子，米利特提供了历史背景，她考察了一些19世纪和20世纪初对男权的挑战行为和反动的政治和学术对它们的回应。在这些背景中，弗洛伊德是反动的男权制的首领，是为社会秩序（它的宗教和经济的基础已被动摇）提供了新的科学的体面的阐释的人。米利特指出："弗洛伊德和他的追随者及其宣传者的作品的影响在于使个体之间的性别关系合理化、认可传统角色并使气质差异合法化。"

米利特宣称弗洛伊德把他的女性病人的精神失常看做是"独立的普遍的女性趋向的症候，而不是有限的社会环境给她们带来的情理之中的不满的表现。"弗洛伊德将这种症候取名为"阴茎崇拜"。米利特认为，根据阴茎崇拜

1940年以来的文学批评

的理论"对女性的界定是否定的":"女性对其性别的发现其本身便是巨大的灾难,这一灾难终生困扰着她并影响其性格的大多方面",尤其是"弗洛伊德所指出的女性心理的三个必然方面:被动性、性受虐狂和自恋性"。以朱利叶·米切尔(Juliet Mitchell)所著的《心理分析和女权主义》(*Psychoanalysis and Feminism*, 1974)为开端的后期女权主义研究将会抨击米利特对弗洛伊德的解读。这些研究主张"心理分析并非是对男权社会的推崇而是对其进行的解析","对心理分析和弗洛伊德研究工作的抛弃对女权主义是致命的"。如何对待对妇女的心理分析及其对女权主义是否有益,这一问题至今仍在争论中。我们即将论及的新近受过心理分析训练的法国女权主义者在这一讨论中另辟蹊径,但早期的争论焦点仍悬而未决,这些焦点问题有:弗洛伊德的理论是规定性的还是描述性的?性别特征是社会构成还是生理本质?

米利特所说的男权制在现代文学中的三个代表人物,即劳伦斯、亨利·米勒和诺曼·梅勒,都和弗洛伊德一样强烈地关注性别区别和男性身份。每个代表人物都卷入了将美国文学确立为男性为争取自主、思想自由和依本能而生活的抗争戏剧,这种抗争是冲着以女性特征为体现的社会的种种制约和压力而来的。三人中的非美国作家劳伦斯在《美国经典文学研究》(1923)中为美国小说的后期理论指明了方向。米勒和梅勒小说中那些反叛传统的第一人称的艺术家-主人公可以印证这一点。米利特用这些作家藏而不露的视角去解读时,发现他们对男性个人主义和创造性的理解,是建立在把女性当作牺牲品和否认女性主体性的基础上的。虽然米利特更关心的是比较明显的性堕落和暴力的例子,而不是它更含蓄的文学宣示,但《性别政治》毫无疑问是一部开创性和启发性的作品,形成了女权主义批评的第一阶段——这个阶段的特征,正如简·加洛普(Jane Gallop)所概括的:通过重新考察男性经典作家的作品,力图表明"文学中的女性形象都被扭曲了,这对女性的受压迫和我们自己的异化起到了推波助澜的作用"。

第四节 她们自己的文学?

然而,几年之内就有很多女权主义批评家开始觉得这种研究具有局限性,并且在某些方面甚至巩固了她们所谴责的男权制度。一些人认为,在男性作家的作品中集中探索女性形象,必然要考察女性作为男性感知和欲望的对象,而不是维护和探索女性的主体性。女权主义批评被看做是揭露厌女症和削弱陈规的同义词,因此就限制了自己必须把女性置于同男性的关系中来观察。从这个观点来看,男权的征服力量似乎是绝对的,它剥夺了女性获得成就、团体和表述的机会。因此,米利特认为"没有哪一种制度能够像男权制度一样对它的被征服对象实施如此完全的控制",毫不奇怪,米利特并没有提及反抗和挑战她所说的文学沙文主义者所创造的形象的那些女性作家的作品。或者如有人谴责的那样,《性别政治》并没有充分承认更早期的批评家诸如西蒙·德·波伏娃和玛丽·艾尔曼所撰写的女权主义作品对它的影响。

艾尔曼所著的《关于女性的思考》(*Thinking About Women*,1968)比米利特的书早两年发表,书中使用了"性别政治"这一词语,对西方思想和西方语言中无处不在的性别类比提出了批评。这种思想和语言倾向于"从原始的、简单的性别差异出发解释所有的现象,不管这些现象如何更替,……几乎所有的社会经历都按照性别类比来归类"。米利特抨击了文学文本和一些现代政治和学术运动中的厌女症,而艾尔曼力图揭示写作风格中更为微妙的性别政治——即存在于某种文化中盛行的语言习惯和思维习惯里。她认为这些习惯是不合理的,他们提出的类比总的说来是愚蠢的。他们所信赖和力图维持的社会性别角色,在一个不再依靠男性的体力或女性的繁衍生殖就可以维持下去的社会中是毫无意义和不合时宜的。艾尔曼的风格本身就是质疑构成性别类比的僵化。她那公正的、符合逻辑的、反讽的散文(全是传统上的男性特征)运用了社会的偏见"女人写的书就像它们本身是女人一样",来瓦解社会本身的种种假想。因此,艾尔曼可能会成为反对性唯本主义的早期发起者,她反对把任何文化现象或人的品质与某种性别等同起来。她认为,这种性别类比对女性,尤其是女作家产生了巨大影响。她认为"个体是被假想成某种性别的,除了其中的典型意义以外,一切都丧失了。这种强调最终会令人毛骨悚然,仿佛女人是用她们的胸部,而不是用笔来写作"。

在过去的几年,女权主义批评家越来越反对这种认为女性有某种固有的或本质的女性特征这种想法。例如朱迪斯·巴特勒(Judith Butler)在她的书《社会性别问题:女权主义和属性的颠覆》(*Gender Trouble*:*Feminism and the Subversion of Identity*,1990)中不仅反对所谓所有女性具有某些特点这一偏见,而且强调所谓"妇女是属于相互联系和稳定的主体"。这一说法本身就是不知不觉地受到"社会性别关系的控制","违背了女权主义的目的"。巴特勒和其他反对唯本主义的女权主义者认为"女性"作为身份的范畴,不应该成为"女权主义政治的基础",因为"只有当不再设想女性这个主体时",女权主义的目的才能实现。这似乎是自相矛盾的,其实不然。在20世纪70年代早期,女权主义文学批评家以男性作品中的女性形象对第一阶段女权主义所关心的问题提出反对或补充意见,但是她们没有意识到,她们的任务是反对把女性范畴作为一个主体。相反地,大部分批评家试图构建和强调女性主体性，而这一女性主体性反抗和逃避了男权的界定，并得以存在下来。她们或者恢复被忽略的女性作家的地位，认识到其作品是文学中女性反传统的一部分，或者提供另一种基于女性社会群体和女性文化基础上的模式，以此替代父权社会的价值观和社会结构。具有讽刺意味的是，托丽·莫伊发现，第二阶段的女权主义批评的撰稿人中，至少有一个人用玛丽·艾尔曼来代表一种独特的女性主体性。帕特丽夏·迈耶·斯帕克斯（Patricia Meyer Spacks）的《女性想象：对妇女作品的文学和心理的考察》（The Female Imagination：A Literary and Psychological Investigation of Womenis Writing，1975）是这个阶段重要的著作之一。其他的包括艾伦·莫尔斯（Ellen Moers）的《文学妇女：伟大的作家》（Literary Women：The Great Writers，1976）、伊莱恩·肖沃尔特（Elaine Showalter）的《她们自己的文学：从夏洛蒂到莱辛的英国女小说家》（A Literature of Their Own：Britih Women Novelists from to Blonteto Lessing，1977）、尼娜·贝姆的《女性的小说：美国女性小说导读：1820—1870》（Women's Fiction：A Guide to Novels by and about Women in America，1820—1870，1978）、尼娜·欧巴奇（Nina Auerbach）的《女性的社区：小说的一个主题》（Communities of Women：An Idea in Fiction，1978）、卡罗林·黑布莱（Carolyn Heibrun）的《承认男女不分》（Toward a Recognition of Androgyny，1973）和《重新想象女性特征》（Reimagining Womanhood，1979）、桑德拉·吉尔伯特（Sandra Gilber）和苏珊·格巴（Susan Gubar）合著的《阁楼上的疯女人：女作家与19世纪的文学想象》（The Madwoman in the Attic：The Woman Writer and the Nineteen-Century Literary Imagination，1979）。斯帕克斯认为艾尔曼的风格表现出"特有的女性特征和女性智慧"，艾尔曼本身代表了"如水银般活跃的女性，总是处于闪亮、不稳定的运动中"。

斯帕克斯认为自己"在定位上明显是反历史的"，她预见了第二阶段女权主义批评的基础——有时称作"激进的女权主义"，这一阶段的女权主义批评因其关心女性创造力的根源和性质，将遭到来自女权主义运动内部的挑战。这一时期集中探讨女性的写作，力图界定女性特有的传统或是肖沃尔特所谓的"她们自己的文学"，这很容易使批评家按照斯帕克斯的各种表述做出种种假设，如"特有的女性自我意识"，"一种几百年来很容易被清楚辨认出的观点"，"直接以女性方式所写的女性作品"和"女性的基本经历"。提出这些主张的不管是第二阶段的美国女权主义者或是后来法国"女性写作"的女权主义理论家，都招来反对意见。反对者认为这些主张和男性笔下有性别歧视的男性形象没什么不同，都把女性本质化和僵化了。这两者只有一点不同，即前者肯定而不是否定女性基本特点的价值。换言之，这种针对激进女权主

第四章 经典、学术和性别

义批评的观点认为"激进的女权主义没有充分考虑历史环境和各种各样的因素会影响个人身份、性别角色和性别关系在不同历史背景下产生和演变。接下来的女权主义者驳斥斯帕克斯所谓的"女性的共同点比不同点更为根本",她们指出,女性的身份、个人情况和经历差异很大,她们质问这些认为女性有根本的共同之处的批评家是否认真考虑人种、阶级、性倾向、种族和宗教文化。这些后期的批评家也曾问道,批评家自己的社会历史地位在多大程度上决定着她自己对"女性共同点"和"女性不同点"的界定,是否在无意识中促使她武断地下此结论。

尽管遭到这些反对,激进的女权主义批评追求了几个重要而有实际意义的目标。它赞扬女性经历,提出了反传统的女性文学或拯救社会的女性社会团体模式,以帮助为美国妇女运动和女权主义学术的团结和发展奠定基础。同时,它还宣传女权主义批评在学术中不仅扮演反叛的角色,而且还扮演正面和独立的角色,女权主义批评家还拥有了独特的、被忽略的研究领域——女作家的文学,更广义上来讲,就是建构文学与文化中的性别,并要求在文学教学大纲中体现出来。美国大学中女性研究的机构化,重新发现和出版大量被忽略或贬低的女性作家和作品,这些都是这一时期女权主义批评的成果。

然而,正如批评家加洛普(Gallop)和巴特勒(Butler)所指出,激进的女权主义所取得的实效是以理论的唯本主义倾向作为代价,也就是以女权主义的阐释(或翻版)代替所谓的天生和永恒的女性特征这一男权神话。我们会发现这种倾向并不是这个时期美国女权主义批评所特有的。事实上,认为女性是"连贯的、稳定的本体"(引用巴特勒的话)的女权主义批评家与那些拒绝承认这种连贯的稳定的假想的批评家之间持续的哲学与政治争论,其术语重复出现在其他企图确定群体文学文化传统的争论中。例如,这场争论再次发生在诸如国籍、阶级、种族地位的群体属性类别的界定中。因此,女权主义内部关于如何区别出连贯的"女性文化"或"女性经历"的这类辩论,已经重复出现在最近有关黑人、同性恋者或第三世界的经历与文化属性的特点的讨论中。正如20世纪70年代初女权主义批评开始时一样,对女性属性的争论回应了更早时关于该如何界定"美国特征"和"美国文学"的争论。从最抽象的意义上看,关于性别、种族或文化的唯本主义的问题属于更为广泛的理论上的分歧,即在何种程度上可以说意义是一致的、稳定的或不确定的。这种分歧贯穿了战后的文学批评,我们下一章谈到解构主义和后结构主义理论时将探讨这个问题。

然而,斯帕克斯在1975年所关心的问题并不是针对唯本主义的政治上或理论上的含义,而是要发现男权社会里女性的艺术创造的时机和策略,与那

336

1940年以来的文学批评

些男权社会的女性形象的批评家强调女性的无能为力形成对比。在斯帕克斯看来,波伏娃和艾尔曼均认为:女性对自己的女性属性的意识跟她本人的自我实现无关或阻碍了自我实现。斯帕克斯坚持这种女性属性意识至关重要。她特别反驳这些早期批评家的主张——"为了成为伟大的艺术家,女性必须超越身为女性这种状况。"她认为,正是这种状况及其向女性所提出的挑战点燃了想象力,产生了伟大的女艺术家。在她所研究的女作家中,斯帕克斯观察到"愤怒为她们的作品提供了动力、主题和创造力",通过她们所描述和经历的"痛苦和补偿的模式",她们逐渐意识到"艺术所蕴藏的力量"。换言之,女性作家在她们的作品中构建了一个拥有"内心自由"的王国,在这里,"被动和无能为力奇妙地相结合,产生了精湛的艺术行动和力量";在这里,"女性通过想象自己的经历,赋予它以某种形式并将它书写出来。"

斯帕克斯和其他一些人声称女性有某种基本的经历,不但造成了唯本主义和反历史主义的攻击,而且受到唯心主义和唯美主义的指责。这里,我们重新提到这些指责,目的不是要突出斯帕克斯的著作,而是为了找出女权主义批评的另一个重要矛盾,事实上,它也是当代整个文学研究的矛盾。首先,斯帕克斯认为女性的想象力把在社会上的遭遇转化成艺术上的补偿,这与美国文学中男性理论家所构建的美国人的想象没有太大区别。他们赞赏男主人公逃避社会现实,在一个基本上没有女人存在的某个地方追求浪漫和个人风格。但是对于许多女权主义者来说,尽管斯帕克斯所谓的具有独特性的"女性的想象"十分令人怀疑,她们还有更深切的忧虑。如果想象力的活动和威力能够补偿女性在世界上的被动和无力,如果能把愤怒转化为伟大的艺术,那么女性在男权社会里处于边缘地位似乎成了合理的事情。至少,这意味着女性对这种状况所做出的最深刻而独特的反应不是反抗,而是转化成艺术。

当然,斯帕克斯的意图并不是为男权社会辩护,或主张艺术完全能够补偿妇女的遭遇。她关注的是女性如何把她们的状况转化为想象力,而不是她们在政治上的反抗,这反映了她对自己从事文学批评这个职业的理解。这项职业固然承担着政治义务,但是斯帕克斯并不认为政治和文学批评是同样的事业。她坚持这两者是不一样的,她对凯特·米利特在哥伦比亚大学的博士论文《性别政治》恼怒的评价更明显地证实这一点:"米利特小姐的论文可谓一箭双雕,她精心策划并演出了一场政治巧辩,并因此获得英语博士学位。"然而,斯帕克斯本人的英语著作也在政治上受到她的女权主义影响——她本身主要强调"愤怒为妇女写作提供了动力、主题和创造力"。不过,正如她对米利特的评论所表明的一样,她希望保持政治巧辩和文学研究之间在学科上和本质上的区别。

第四章 经典、学术和性别

但是，是否有范畴上的差别？如果有，又是哪一方有权确定，又是谁受益呢？尤其是女性主义批评，它是一开始就强调传统的文学批评总是政治巧辩，那么怎么能特别由一个女权主义批评者来界定这种差异？我们所看到的现代批评的中心问题——学术探索与社会实践、学术专业化与政治派别之间的分歧在学术性女权主义批评内部也存在。如果说斯帕克斯认为学术性女权主义批评可能政治色彩太浓，其他立场不同的女权主义批评家可能觉得它的政治性是否够强？

第五节 学术性女权主义批评及其分歧

斯帕克斯对米利特的评论显示了学术性女权主义批评内部紧张局势的大爆发，这场分歧是由安妮特·克洛德尼（Annette Kolodny）的论文《舞过雷区：对女权主义文学批评理论、实践和政治的几点看法》（*Dancing Through the Minefield：Some Observations on the Theory，Practice，and Politics of a Feminist Lirerary Criticism*）所触发的。克洛德尼的论文发表在《女权主义研究》杂志上，并获得现代语言协会1980年度最佳女权主义论文佛罗伦斯·豪奖。这篇论文简要地概括了近10年来女权主义研究所取得的成就，并提出了克洛德尼所认为的"当代女权主义文学批评理论核心"的三个主张：（1）"文学史和小说一样是虚构的"，这并不是因为任何版本的历史和其他版本一样都是合法的，而是因为文学传统的经典及其阐释是一系列的选择，是由有权做出这些选择并执行这些选择的人所决定的，——从历史的角度看，男性批评家所选择的经典从某些方面反映和认可男性"在这个世界上的权力意识和重要性"；（2）"根据我们所学的阅读方法，我们所参与其中的并不是文本，而是范例"，也就是我们所获得有关的文学分析、文学价值和文学史的理论和常规，它们不但规范我们的阅读经历，而且使盛极一时的批评方法成为自然存在的和不可改变的真理；（3）"既然我们分析文本所采用的审美价值标准并不是绝对无误，一成不变或具有普遍性的"，我们必须重新审视传统观念的偏见，并为文学价值观和审美观奠定新的基础。克洛德尼总结道：接受这些主张，就必须质问"一种范例能否充分地解读男性或女性的作品"，并且承认"不同的阅读方法，甚至对于同样的文本，可能产生不同的效果，甚至在不同的研究背景下还有启发性"。因此，女权主义批评家的任务"不亚于提倡有趣的多元主义，能够接受多种批评流派和方法的影响，但不为任何一种所俘虏"。

对许多克洛德尼的女权主义的同行来说，这种有趣的多元化女性主义批评，正如简·马库斯所评论的，会导致"'好女孩'女权主义者卷起铺盖，偷偷溜进已确立的传统中"。马库斯和其他一些人认为，克洛德尼所描述的漫无边际、相互通融的女权主义因其不言明地否认或放弃女权主义批评内部的分歧和女权主义批评与其他早已确立的学术批评之间有意义的分歧，事实上是分散了、而不是发展和加强了女权主义的反对纲领。埃莉·巴尔金（Elly Bulkin）是《舞过雷区》的几个评论者之一。她在后一期的《女权主义研究》中强调，克洛德尼的观点不仅容易被"男性所确立的传统"所同化，而且，克洛德尼和她所视为经典的"白人异性恋女性学术批评家"一起，助长了种族歧视、异性恋歧视和阶级歧视。克洛德尼"显然不明白"她的女权主义只是针对"特殊的女性群体——那些白色人种和异性恋的妇女，并且几乎毫无例外，都是中产阶级出身，她们所参与的批评模式不能彻底地挑战白人男性学术标准……"巴尔金又补充道，"我同克洛德尼一样，强烈反对女权主义文学批评某种单一或教条主义的方法，但是我觉得这种忽略、轻视或歪曲各种人种的同性恋者或非同性恋的有色人种妇女、贫穷的和劳工阶层妇女的生活批评没有什么趣味可言，甚至谈不上是女权主义。"

巴尔金认为她的批评力图提高白人女权主义者对"女性中间有一些根本差异"的意识。这些差异鲜被承认，更不用说被研究。巴尔金认为，其至一向关注差异的女权主义批评实践也忽略了这些差异，表明"我们每个人（作为白人）在日常生活中都是性别歧视者"。对巴尔金来说，女权主义批评应该警觉地承认阶级、种族、性定位和文化背景的差异，正如女权主义应该代表和论及有这些差异的女性的经历一样。黑人同性恋女权主义者巴巴拉·史密斯（Barbara Smith）最直截了当地说明了这个要求："女权主义是一种政治理论和实践，为解放所有的妇女而斗争：包括有色人种妇女、劳工阶层妇女、贫穷的妇女、残疾的、同性恋的、年龄大的、也包括白人、经济条件优越的异性恋妇女。不符合这种全体解放观点的就不是女权主义，而只是女性的自我夸大。"

但是，"全体解放"究竟意味着什么呢？史密斯召集的代表不同利益的各个群体是否一定是可协调的？比如，对一位有色人种的贫穷妇女而言，她的贫穷或种族一定比她自身的性别起着更大的决定作用。因此，这类女性的共同利益会更接近于贫穷的或有色人种的男性，而不是那些同性恋或残疾女性，有人可能反对史密斯的观点，认为宣扬整体或普遍的解放必然会忽略差异和复杂性，因此在道德上并没支持政治批评，反而在实践上削弱了政治批评。然而，根据这个评判标准，克洛德尼认为女权主义批评的目的是分析"我们的文学和文学批评如何已经并且将继续使这种以男权为主的结构具体化"，这种见解显然是不适当的。因为克洛德尼是在学院里工作的文学批评家，从文学和学术的角度来界定她的女权主义批评。另一方面，史密斯坚持女权主义批评不但应该向学院法定的经典和传统的批评方法和价值观提出挑战，而且应该反对学院为约束而设置的学科、人口分布及其他机构为约束女权主义履行更广泛的社会责任进行限制。雷纳·格拉索·帕特森（Rena Grasso Patterson）引用史密斯的话，断言克洛德尼关注的只是狭隘的文学方面，她更应该被称为精英分子，而不是女权主义者。对帕特森来说，女权主义与现存的学院体制是格格不入的，特别是与文学研究的学科结构格格不入，而这个文学研究的学科结构，正是为女权主义第一阶段和第二阶段的大部分撰稿人与她们的男性同事所共享的。她的观点的关键是，"克洛德尼促成了一种把我们限制在思考和分析象征系统的批评"，这是一种"在有压迫的社会中，脱离现实中真正的女性所关注的问题的批评……虚构的文学史、范例或有偏见的审美判断都不能支持行动主义激进的前提和义务。"

第六节　性别研究和女权主义批评的多元化

对现阶段的女权主义批评有各种各样的描述，但大部分都太狭隘了，不能说明这一领域现在包含的一系列定位不同的批评实践。但是总的说来，当今女权主义批评变得复杂了，并且在某些方面抵制或偏离了一组组严格的二元对立——男性与女性，非政治与政治，而这些二元对立对早期女权主义产生过重大的影响。现阶段的女权主义批评更注重环境与历史因素，承认女性之间的差异和各种女性传统与主体性的相互糅合，比如黑人、奇卡诺和同性恋女性主义批评。第三阶段的女权主义文学批评的注意力并不局限在女性作者写的作品或描写女性的作品，而是关注作品与文化整体中性别的构建，并且越来越注意相互联合，把性别研究与那些有关阶级、种族和性定位的研究结合起来，并且越来越多地融入一些批评理论与实践，如马克思主义、心理分析、文化人类学、后索绪尔语言学和西方形而上哲学的解构主义批评。所有这些女权主义都含蓄或明确地表现了伊莱恩·肖沃尔特所描述的第三阶段女权主义批评的特征，即"一种对文学研究概念的激进的再思考"。

我们应该注意到，我们把过去 25 年的女权主义批评传统分成三个阶段，只是大体表明这一批评发展的不同方向，区分不同的时期占主导地位的不同方向和这些不同方向所引发的各种争论。事实上，分析男性描绘的女性形象和女性的遭遇、探索女性的反传统文学和文化以及"融合其他方法"的女权主义贯穿这些年来的女权主义批评。巴尔金和帕特森对主流的女权主义批评提出的反对意见，在 20 世纪 70 年代末之前也不是鲜为人知的，也不是刚刚

1940年以来的文学批评

崛起的黑人女权主义和同性恋女权主义批评所特有的。最值得注意的是,莉莲·罗宾逊(Lillian Robinson)发表于1971年和1977年之间的一系列论文(1978年收集成册,名为《性别、阶级和文化》[Sex, Class and Culture])强调以阶级、种族和性别问题为中心的马克思主义女权主义批评。致力于分析普通读者所接触的大众文化和文学艺术,并为具体的社会行动指明方向。罗宾逊比较早地对女权主义或任何有政治关怀的文学批评发布了令人不安但发人深省的消息。她指出:"我们不能断定,任何艺术观或社会关系,只要对妇女大众有一点点好处,或甚至承认妇女大众的存在和斗争,就是卓有成效的。"她还坚持认为"意识形态的批评必须置身于使其发挥作用的政治运动背景里,文学刊物显然不能引发革命"。

黑人女权主义批评的崛起敦促学术性女权主义者罗宾逊和史密斯和更近期的贝尔·胡克斯(bell hooks)要求一种不但关注性别,而且关注阶级和文化问题的批评实践,这种批评实践关注一种来自不同阶层、种族和党派的不同的性别属性经历。黑人女权主义批评不但产生于妇女运动,而且产生于民权运动和伴随而来的黑人文化属性和表现的再度崛起。因此黑人女权主义批评在重新评价男性和女性二元对立和整个女权主义文学批评的研究范畴和研究原则中起了重要作用。巴巴拉·史密斯在1977年的论文《论黑人女权主义批评》(Toward a Black Feminist Criticism)中指出,黑人女权主义者不能像她们的白人同行一样,以批判男性笔下刻板的女性形象和谴责男性经典的支持者对女性文学成就的贬低作为开始。因为与其说黑人女性没有在主流文化中得以客观体现或体现不够,不如说她们几乎被抹杀了。也许更令人痛心的是,她们在反对这种主流文化的黑人男性话语和白人女权主义者的话语中仍是看不见的人。史密斯指出,如果美国白人女权主义者关注的相关社会背景是女性被剥夺了作为人的主体性和在文学上的恰当表现,对美国的黑人女权主义者来说,她们关注的历史背景是黑人女性群体"不但被剥夺了读写能力,而且被剥夺了正常人最基本生活的可能性"。同时,海泽尔·卡比(Hazel Carby)在《重构女性:美国黑人女小说家的崛起》(Reconstructing Womanhood: The Emergence of the Afro-American Woman Novelist, 1987)一书中指出,"在国内占主流的意识形态和女性文学传统"中把女性范畴限制在白人女性身上,而把"黑人女性排除在女性的范畴之外"。1982年出版的黑人女权主义者的论文集题目为《所有的女人是白人,所有的黑人是男人,但是我们当中有些勇敢的人》(All the Women are White, All the Blacks are Men, But Some of us are Brave),抓住了黑人女性被抹杀这一主题,说明黑人女权主义批评力图挑战美国主流社会对于种族和性别政治的界定。

第四章 经典、学术和性别

从某种程度上说,黑人女权主义批评与学术性女权主义批评的对立关系,类似女权主义文学批评与现代文学研究机构本身的对立:每一种运动继承了前者的手段和方法,并利用它们来揭示前者的不足和歪曲之处。每一种运动一半是致力于前者的事业,一半又致力于源于别处的事业(源于妇女运动或美国黑人的政治与文化斗争)。这是为什么每种运动会被指责为攻击它的前者没注意到的问题,因为它忽视了前者的主张和关注的范围。

黑人女权主义批评内部的分歧和自我批判也经常重复我们在女权主义文学批评里所发现的一般分歧和自我批判。因此,面对男性作家的作品中那些损害女性的形象,尤其是建立黑人女性的文学传统一直是黑人女权主义的主要目标,雪利·安·威廉斯(Sherley Anne Williams)和德波拉·麦克道威尔(Deborah E. McDowell)等批评家提醒大家防范一种分离主义。它否认麦克道威尔所认为的"黑人男性和女性的写作在主题、风格和意象方面有很多相似之处",这些批评家也提醒大家防范早期那种集中研究文学中黑人男性如何对待黑人女性的冲动。如果承认黑人男性和白人女性虽然同黑人女性相比确实有不同的优势,但他们都是主流文化的牺牲品,而不是主流文化的代表,那么黑人女权主义批评所反对的层面当然就复杂多了。

巴巴拉·克里斯蒂安(Barbara Christian)也提出了同样的问题。她质疑由当代一系列杰出黑人女作家所组成的重要黑人女性文学传统进行精心的批评分析,是否在某种程度上使黑人女权主义忽视艾丽斯·沃克在一篇有创见的论文《寻找我们母亲的花园》(*In Search of Our Mothers' Grardens*)中提出的告诫。她在文章中提到:黑人女性"必须低下头"去寻找她们富有创造力的女祖宗。克里斯蒂安引申为,黑人女权主义批评家不但应该关心"那些不但有一间属于自己房间的人,而且在图书馆里、大学里和文学复兴中的人……的创造力,而且还要关心在厨房和工厂工作、哺育孩子、装饰家居、打扫街道或收割庄稼、在办公室打字或管理办公室的那些人的创造力"。克里斯蒂安的观点印证了海泽尔·卡比(Hazel Carby)所谓的"一个易犯的错误,即模仿以男性为中心的经典结构并据此来研究'伟大的黑人女作家'",这种作法没有像经历《我们当中有些勇敢的人》的编辑所提出的那样,探索"所谓'普通'的黑人妇女的'普普通通'的行动促使我们和整个种族生存下去"。而且,克里斯蒂安也攻击黑人女权主义批评家容易"通过行话、理论、抽象和掩饰我们存在的语言教育把我们自己装在盒子里,限制在某些范畴里"。然而,谈到与那些后结构主义理论的关系时,黑人女权主义批评家像白人女权主义批评家一样都有分歧。一些人把一位黑人激进诗人奥德雷·罗德(Audre Lorde)的评论——"主人永远不会用自己的工具破坏自己的房屋"作为口号。其他人如麦克道威尔在 1980 年发表的论文里帮助开创了后来受到克里斯蒂安痛惜的潮流。他发现了黑人女权主义批评实践性的局限，并认为需要寻找新的理论方向，促进批评的"精致"，使它不受到"口号、修辞和理想主义的损害"。像一般女权主义批评一样，当时黑人女权主义批评也是以某种属性政治的形式出现，强调某一个社会群体或阶级的特殊性。但是，黑人女性作家和批评家通过探索梅·格温多琳·亨德森（Mae Gwendolyn Henderson）所谓的"组成黑人女性主体性的多方面的自我"，尤其关注特别是通过探索社会性别属性和种族属性之间的"内在对话"，也帮助使女权主义的属性政治复杂化，结构化并加以修正，这种内在的对话表现在黑人女作家的作品中。她们"同时进入家庭式的，或和谐的、公开的，或相互抗衡的话语……以黑人的身份同黑人男性、以女人的身份同白人女性、以黑人女性的身份同黑人女性进行公开声明的对话……以女人的身份同黑人男性、以黑人的身份同白人女性、以黑人女性的身份同白人男性进行相互抗衡的话语"。霍顿斯·斯皮勒（Hortense Spillers）的研究工作也倾向于这种错综复杂的方向。因此，黑人女权主义者的文学和批评必然使得（和已经使得）女性研究朝着一种更注重比较或"对话式"的文化研究的方向发展，正如卡比在《重建女性特征》（*Reconstructing Womanhood*）中提出的指导性的理论原则所揭示的方向："没有哪一种语言或经历能够脱离共同的社会环境，在这个共同的环境里，使用同一种语言的不同群体表达不同群体的利益。"

同性恋女权主义理论在形成当代女权主义批评中起了越来越重要的作用。正当黑人女权主义者和奇卡诺女权主义者如格罗利亚·安扎杜阿（Gloria Anzaldua）和雪莉·莫拉格（Cherrie Moraga）促使第三阶段女权主义把妇女研究的范例转移到文化研究的范例时，同性恋女权主义者强烈要求并且经常阐明，应当重新思考以性别研究为基础的女性研究。因为同性恋者，用凯特·戴维（Kate Davy）的话来说，是"根据性别类似来界定的个体——她们的欲望在以性别差异为基础的基本模式之外"。同性恋者激进的挑战男女性别差异的或性别体系的整套逻辑。特里莎·德·劳雷蒂斯（Teresa de Lauretis）用"性无差别"说明这种挑战的基础和发展方向。因为当女人与女人发生联系，把女人当作恋爱或性对象，在性别属性的文化区别模式中占据了"男人"的位置，她并不是与男人有差别，而是与男人无差别。她也对男人不感兴趣。"性无差别和性不感兴趣"的双重性从理论上和实践上反驳有影响的诗人和同性恋女权主义诗人批评家艾德莉安娜·里奇所谓的"强迫性的异性恋"和"男人有权接近女人"。这种理论驳斥了占统治地位的性别表述体系，通过这套性别表述体系，男性拥有并保护他界定女性的权利，这种以男性为基础，

第四章 经典、学术和性别

并由男性来界定的性别表述体系因其本质上是单方面的而不是双方面的表述体系把性别上的无差别当作性别差异。沿着这些路线发展的同性恋女权主义者如德·劳雷蒂斯（De lauretis）总是借鉴法国女权主义者心理分析的论文，尤其是露西·依利加芮（Luce Irigaray）的书《并非单一的性》（*The Sex Which Ls Not One*, 1985）这本书提出了性别无差别理论，并指出，这一理论其实潜藏在男性符号体系中所有有关性别差异的表述中。伊利加芮写道："女性特征只存在于男性公民所设想的模式和法律中，这说明其实没有两种性别，只有一种，一种单一的性别实践和表述。"

因此，同性恋女权主义批评不但试图解构女性规范的概念或女性的范畴，而且专门质问，正如朱迪斯·巴特勒所提出的，"妇女作为一个范畴，在只有以异性恋作为基础的社会，能获得的稳定性和统一性究竟如何？"这个问题和许多同性恋女权主义批评阐明了这样的观点：异性恋并不是性别歧视的一种特殊形式或表现，而是它的根源。因此，同性恋艺术家、作家和批评家攻击"异性恋这个基质"本身，宣泄"被强力阻止的社会性别的种种可能性"造成巴特勒所谓的"社会性别问题"。《社会性别问题》中有一关键性的章节表明，这个问题可被视为女权主义的最初主张所发展到的最高阶段，女权主义一开始就强调性别角色和定义是社会产生的，而不是生理上的规定：

> 从逻辑的局限性考虑，性和性别的区别表明性身体和由文化构成的性别有根本的分离。假设性别的二元对立暂时是稳定的，但这不能说明"男性"的建构只能指男人的身体或"女性"只能指女人的身体。更进一步说，即使性别在组成和建构上毫无疑问是二元对立的，（这将成为一个问题，）也没有理由说明性别应该保持两个……当性别的构建从理论上讲根本上不再依赖性，性别本身就变成可以自由定夺的伎俩，结果是男人和男性特征很容易指的既是男性，也是女性身体，女人和女性特征很容易指的既是女性也是男性身体。

345

我们应该承认，对同性恋女权主义批评这一简要概括中，我们关注的是其最新和最有理论性的阶段。我们没有强调它是如何关注文学中同性恋形象、恢复同性恋文学传统，或提出同性恋经历和同性恋属性特有的女权主义政治。事实上，这些同黑人女权主义批评或与学术性女权主义批评的初衷相呼应的研究是由邦妮·齐默曼（Bonnie Zimmerman）、莉莲·菲德曼（Lillian Faderman）、凯瑟琳·斯蒂普森（Catherine Stimpson）、卡拉·杰伊（Karla Jay）和塔里·卡塞尔（Terry Castle）等人开展起来的。我们强调同性恋女权主义批

⊙1940年以来的文学批评

评的理论方面,是为了说明它对女权主义最突出的贡献,并且为女权主义的第三个阶段提供女权主义实践的解构主义和后结构主义理论相结合的例子。巴特勒、伊弗·科索夫斯基·塞奇维克(Eve Kosofsky Sedgwick)、迈克尔·华纳(Michael Warner)和其他一些从事同性恋研究(一些实践家挑衅地称之为"怪异论")的主要理论家提出的后结构主义观点是:性别界定——男性、女性、同性恋、异性恋本身是不稳定的、有差别的和非绝对的。

第七节　女权主义、后结构主义和心理分析学

20世纪70年代末和80年代初,黑人、奇卡诺和同性恋女权主义批评从内部改变了女权主义。同一时期,欧洲的理论探索弥漫着美国的学术研究,从外部刺激和促进了女权主义第三阶段的出现。同性恋女权主义批评发现性别是"可以自由流动的技巧",可以有不同的建构和多种解构,她们运用了欧洲大陆的理论模式——所有的属性和意义都是可以自由流动的技巧,因为它们没有根本的和稳固的基础。根据这些模式,属性和意义不是本质的东西,而是语言符号化的实践结果。这种实践不是由语言以外的现实或真实决定的,而是由语言的人为规范决定的。词语和概念创造和形成了它们所指称的事物和意义。

在下一章里,我们将对最近批评理论所谓的"语言学转向"进行更为直接和透彻的审视。但是在这里对其理论前提的粗略评述有助于阐明女权主义对它的理解和运用。正如凯瑟琳·贝尔茜(Catherine Belsey)在她的著作《批评的实践》(Critical Practice, 1980)中所评述的,这些前提条件部分出自20世纪初语言学家费尔迪南·索绪尔的著作。索绪尔假设了一种符号科学,现在称为符号学或符号论,正如贝尔茜所总结的这门学科是建立在革命思想基础上的:"语言不是一种专门术语,不是一种用来命名已存在的事物的方法,而是由不确定的术语组成的差异系统",它"在独立的实体存在之前就存在了,通过概念与概念之间的区别,使世界变得可以理解"。因为概念和用不同语言的词语所表示的物体以不同的方式形成这个世界,所以,与其说语言反映现实,不如说语言构成了我们在这个世界的经历。也可以说,语言是社会的和意识形态的,而不是自然的、中立的、描述性的,它的符号和概念所表达的含义,并不是由真实的、或超越语言的内容来决定的,而是在符号系统中,通过与其他词语的关系来定的。

这种见解的含义有时被贝尔茜和其他人夸大和误解了,我们将在接下来的章节"解构主义和后结构主义"和"从文本到实体"中讨论到。但是这种

第四章 经典、学术和性别

夸大有助于关注直至最近仍被忽略的语言在表述行为方面和其他领域的政治效用，例如，对"同性恋"的描述确实产生了它所声称的中立的描述。正如米歇尔·福柯所示，人们无时无处不把同性当作对象，但是只有在19世纪末才出现被定义为"同性恋"的群体，他们从此被视为特殊的和与众不同的。因为这种新的语言模式强调语言表述行为，这就为女权主义者和性别批评家在阐述许多切合实际的观点提供了支持。这种新的语言模式提供了理论根据，阐明性别属性的概念和类别、经历和由我们的语言所表示的关系并不是对自然的、普遍现象的描述，而是父权制符号系统规范的习俗并为其服务。同时，这种模式不仅认为语言形成了人类的现实，而且含蓄地否定文学脱离意识形态，或文学存在于某个美学领域而不具有社会意义。

然而，一些加入马克思主义的女权主义者如巴巴拉·福莱（Barbara Foley）和一些既不拥护女权主义也不拥护马克思主义政治的反理论的保守主义者，他们既不相信欧洲批评理论的语言学转向，也不相信美国文学理论家对这种理论的运用。他们反对事实是由语言七拼八凑起来的主张，认为这是反唯物主义的；他们也反对激进的怀疑主义所谓意义或属性没有实在的含义，而只有符号之间的关系在起作用的观点。许多女性主义批评家也怀疑这些理论，因为正当妇女和少数群体刚开始要求得到完整的人性和独立的主体性时，这种理论似乎抛弃了人文主义和自主主体的概念。譬如马克思主义女权主义哲学家南茜·弗里泽（Nancy Fraser）在《不守规矩的实践》（*Unruly Practices*, 1989）一文中有力地抨击了福柯和法国德里达的反人文主义。尽管如此，最近在索绪尔语言学基础上发展起来的理论对现阶段女权主义文学批评产生了重大的影响。因为这些理论不但支持女权主义对所谓普遍的、自然的、事物的传统思想的批判，而且否认文本和世界之间有任何固定的界限，这种否认是女权主义批评的关键，但不是女权主义独有的。这种否认令人看到文学的文本对世界产生影响，并认定世界本身作为一个文本是需要阐释的。

当今对弗洛伊德心理分析理论的修正是女权主义者吸收欧洲话语理论、拓展或重新定位女权主义批评的一个例子。当今女权主义阐释者拒绝承认弗洛伊德理论是一种界定女性某些基本心理的生物科学，而倾向于把它当做一种批评话语，这种批评话语认为人类的性行为本身并不是自然赋予的，而是在社会和符号化过程中产生。朱利叶·米切尔认为，弗洛伊德本人坚持"两种性别在心理上的双重性行为"，为女权主义者解构父权制下的男性与女性的二元论提供了依据。这只是"社会要求一种性别女性特征占优势，而要求另一种性别则是男性特征占优势"，因此"男人和女人是文化的产物"。米切尔还指出，这些有社会性别的个体在弗洛伊德理论中并不是固定的实体，因为弗洛伊德认为人的自我并不是来自婴儿以确立自主属性的经历，而是来自它与另一种形象的认同（女孩与母亲认同；男孩逐渐认同父亲取代母亲）。"这种认同是一种想象的构建，不是建立在真实的认定之上，而是建立在误认上；人的自我总是像他人，换言之，这个自我一定是在异化的状态中产生的。人首先总是通过他人看到自己。"

至少对于文学批评家来说，法国心理分析学家雅克·拉康借鉴后索绪尔的语言理论，最激进也最有影响地发展了弗洛伊德的这个主张。尤其是，拉康的理论一直是法国女权主义批评的核心。80年代，它在美国的学术界处于领先地位。拉康的理论认为，婴儿通过拉康所谓的由想象进入象征秩序的过程获得一种有区别的认同。拉康所使用的想象和象征秩序等词语与弗洛伊德的快乐原则和现实原则大体相同。象征秩序是包括法律、文化、尤其是语言的父权制秩序，这是一种外在的力量，是父亲的力量，是婴儿在俄狄浦斯情结发生危机时认同的力量。婴儿必须抛弃他在与母体的象征性的统一中所体验到的（想象中的）与世界的统一。拉康对弗洛伊德理论的修正来自他的"菲勒斯理论"——男性性器官的象征父亲的法律、阉割威胁的符号，它不是男性生殖器本身，而是一种在父权制话语和语言中的一种权力的象征。小孩通过与这种权力的认同，能构建自我，会说"我是"。但是，这种自我表白是一种象征性的或语言上的自我，小孩通过在家庭和社会事先的社会和性别角色的结构中设想出一个特定的位置而获得这样的自我。所以我们属性的形成，依赖于异化和压抑，即从身体的王国异化，以及压抑身体的欲望以达到与世界的再统一。弗洛伊德认为在属性的形成过程中我们脱离母体的子宫，渴望重新获得已失去的一体化的感觉，而这种"深厚的感觉"，就深藏在潜意识里。拉康使弗洛伊德的理论向前进了一步，他认为结果是我们形成了分裂的自我，在与我们自己的差异中找到认同。

心理分析理论，特别是拉康的理论，有力地影响了法国女权主义者如伊利加芮（Irigaray）、埃琳娜·西苏（Helene Cixous）和朱利亚·克里斯蒂娃（Julia Kristeva）的研究工作。弗洛伊德和后来的心理分析学家提出，超我（父亲与社会在人心理的压抑力量）在女孩的身上表现得不太明显。他们认为，女性的认同比男性的自我更具亲缘关系和相互作用，因为女孩与母亲分裂的自我界线不似男孩那么绝对，因此女性在成年时仍比男性保存更多形式的性特征。拉康给弗洛伊德的观点加上这种看法——女性的身体是反象征的场所，即超越道德准则。如果母亲的身体代表一个直接和完整的王国，那么它不是社会象征秩序的一部分，而属于这个秩序之前，通常要为其分裂和认同做出牺牲。这种前提对于伊利加芮的论点是至关重要的，她认为在父权的

第四章 经典、学术和性别

符号体系中,"女人"不能被降为男人的他者,而应该恰恰代表那个系统所未能表现出来的内容。更宏观来说,法国女权主义者以呼唤和赞美革命的女性写作为基础,提出女性身体长期颠覆父权象征秩序的一种表达或写作。

可以说,法国女权主义的这种类型(还有更具实用性和社会政治性的法国女权主义批评,它不以心理分析为主,而且很少传到美国学术界)可以说实质上强调女性的身体体验。正如安·罗莎琳德·琼斯(Ann Rosalind Jomes)所说的,这种观点认为,"如果女性要发现和表达她们是谁,要披露出男性历史在她们身上造成的压抑,她们必须从她们的性行为开始"。但是这个理论在实践中总是采用修正主义的神话虚构的模式,对作为一种象征的"妇女"或反象征比作为一个阶级的真实妇女更感兴趣。因此,在西苏看来,詹姆斯·乔伊斯是一位为女性写作的作家,因为他的文本超越规范和类属的界限,而女性现实主义者如伊迪斯·华顿(Edith Wharton)和威拉·凯瑟(Willa Cather)可能还不够资格。

这个观点显然很成问题。另一观点也同样很成问题。该它认为,理性和象征性的话语已受到男权社会及其假想观念的玷污,因此完全把妇女摒弃在其领域以外。伊利加芮写道,妇女没有可供自己使用的语言,"我表述的一切,要么借自把我的性别抛在一边的模式,要么我的话让现行的准则理解不了。"丹尼斯·多诺圭(Denis Donoghue)似乎令人信服地辩论道,"这一指控太泛泛而谈了,没有哪个人会受到恐吓,也没人清楚能有什么行动来纠正这一点。"而且,伊利加芮又补充她的看法——女性的性行为和女性的身体组成一个远离和先于社会经历或界定的王国。同时,她的看法使法国的女权主义者像第二阶段支持女性文学反传统的英美女权主义者一样至少被攻击为唯本主义。的确,其他女权主义批评家已经注意到伊利加芮提出的所谓流畅的、多变的女性风格。这种狂想式的意象"抵御和摧毁所有牢固确立的形式、修辞格、思想、概念","因此她所说的已经不再与她所想表达的意义等同",令人不安地想起最不考虑女性性格和智力的大男子主义者。西苏认为女性写作,用托尼·莫伊的语言来描述,"回响着一种音乐,那是飘荡在充满母亲的乳汁与蜜的、未命名的前俄狄浦斯空间上的音乐",然而玛丽·艾尔曼(Marry Ellman)所夸大其词的"令人恐怖"的性别歧视观点("仿佛女性用她们的胸部,而不是笔来写作"),几乎从文字上表达了女性主义的颠覆。

只要"女人"和"女性写作"这两个范畴没有必要限制在一种生理的性别上,法国女权主义者朝着可疑的、自我挫败的新唯本主义发展倾向可以被缓解,尽管这个行动在其他方面仍令人难以捉摸。我们刚注意到,西苏在讨论女性写作时所关心的是写作中的性别属性,而不是作者的性别属性。因此,乔纳森·卡勒（Jonathan Culler）认为，在法国女权主义批评中，"'女性'已经代表任何颠覆概念、设想和男性传统话语结构的激进力量。"雅克·德里达在《教唆》（*Spurs*, 1979）中也已经提到这一点。换言之，可以这样理解法国女权主义者不是用"女人"和"女性"来描述某一特定阶级的人民及其特征，而将它们作为一种启发式的概念，可以此批判和摧毁男权的社会结构。

朱莉亚·克里斯蒂娃在她的著作中对这一方法进行了最详尽的阐述。她拒绝界定"女人"的范畴，也不提出任何有关"女性"的理论。但是正如莫伊说道，"她确实拥有某种边缘性、颠覆性和持不同意见的理论。"作为一名语言学教授和从事实际应用的心理分析学家，克里斯蒂娃接受拉康关于想象和象征秩序的区别。但是，正如弗洛伊德阐述的快乐原则和现实原则之间的关系一样，她认为想象阶段并不因语言和父权文化占上风而完全受到抑制。保持象征秩序井然有序的规则和结构必须不断地与异质成分和过度成分作斗争，这两种成分是符号化过程不可缺少的部分，正如弗洛伊德所说的潜意识与自我意识的关系一样。这些无序的成分或倾向组成了克里斯蒂娃所谓的"符号"。这种符号可被描述为拉康想象阶段被压抑的声音，或是最初的前俄狄浦斯阶段的声音。用莫伊的话来说，这种声音对克里斯蒂娃来说，是"施加给象征性语言的推动力：作为象征性语言中的分歧、无意义、颠覆、缄默和缺位"。克里斯蒂娃声称，某种文学实践能使符号对象征秩序所施加的压力最大化，这有助于凸现象征秩序被压抑和忽略的对象。她写道，任何成功挑战男权权力结构的过程"必须经过在话语中和生产关系中被压抑的对象。可以称之为"妇女"或'社会中的被压迫阶级'，这是同样的斗争，如果其中一种不存在，另一种也不存在"。

最后这句引言表明，克里斯蒂娃把女权主义拓展到更广阔的、能适用于阶级、种族和第三世界斗争的解放论者的批评。对她来说，符号分析找到了"反映在语言的象征性中"的"总的社会法则"，并揭示出"每一种社会实践对这一法则提供了具体的表现"。然而，克里斯蒂娃本身的批评实践逐渐表现出早期马克思主义的倾向，被指责为浪漫的自由意志论。莫伊指明，克里斯蒂娃"夸大了她对先锋派政治重要性的信心"。斯皮瓦克（Gayatri Spivak）根据克里斯蒂娃一段关于消除性别属性的谈论指出，"即使一个人知道如何消除属性，他也必然摆脱不了性别歧视的历史决定性。"

然而，斯皮瓦克又继续断言，"克里斯蒂娃的文本中隐藏着献给妇女的双重纲领。它是我们在最好的法国女权主义理论里发现的东西：反对性别歧视，妇女必须作为一种生理上被压迫的阶级联合起来：支持女权主义，人类开始学习转变意识。"对近年来人数越来越多的女权主义批评家来说，斯皮瓦克所认为的女权主义意识的转变具体包括阶级和种族意识，以及性别意识。因此

第四章 经典、学术和性别

要求女权主义与其他形式的社会意识形态批评联合起来或相互作用。相应地，第三阶段女权主义的一项重要任务是界定一种马克思女权主义批评，防止历史上的"不愉快的联姻"，即海蒂·哈特曼（Heidi Hartmann）所说的，"正如英国基本法所描述的丈夫与妻子的婚姻，马克思主义和女权主义合而为一，那就是马克思主义"。许多女权主义者以各种不同方式为这个论题著书立说：凯瑟琳·麦金农（Catharine Mackinnon）的《职场女性所遭受的骚扰：性别歧视的一个案例》（*Sexual Harassment of Working Women：A Case of Sex Discrimination*，1979）为"男人控制妇女的性行为和资本家控制雇员的工作生活"之间的相互联系提供了史实；盖利·鲁宾（Gayle Rubin）的《贩卖女性：有关性别"政治经济"的观点》（*The Traffic in Women：Notes on the "Political Economy" of Sex*，1975）对马克思主义、弗洛伊德和列维—斯特劳斯的结构人类学进行有影响的女权主义修正；南茜·弗里泽的《不守规矩的实践》（1989）把社会理论和实用主义综合起来；斯皮瓦克本人跨学科和跨民族主义的批评《在他者的世界：文化政治论文集》（*In Other Worlds：Essays in Culture Politics*，1988）和《后殖民主义批评家：采访，策略和对话》（*The Postcolonial Critic：Interviews，Strategies，Dialogues*，1990）。

上述的女权主义批评与米利特和斯佩克的批评所关注的目标有明显的不同；事实上，在这一章里，我们已用好几页的篇幅提到了文学或具体的文学分析。在后面几页里，我们转入谈论语言学、心理分析、人类学和政治理论，并将说明对现今女权主义文学理论产生最深刻影响的研究不是来自文学学者。这就提出了一个问题——即肖沃尔特所认为的代表女权主义文学批评第三阶段的"对文学研究理论基础的激进的反思"是否已经产生或正在产生一种不再依赖文学研究、也不能被称为文学研究的批评活动。这是罗宾逊在1977年一篇题为《工作·妇女·写作》（*Working/Women/Writing*）的论文中所预料到的，她写道：

> 资产阶级一条基本的审美原则是：好的艺术尽管可能是遵循一种传统或为其作出贡献，它赞美人类经历或人性中独一无二的甚至反常的东西。同时对艺术家和读者来说，文化表现可以为施展个性、反对资本主义的残暴、一统化的顺从提供一个避难所。但是在我们的情况下，这种逃避并不一定对革命的变革最有帮助。

罗宾逊补充说，我们必须质问"艺术和批评的最佳角色是不是赞美基本的或是处于边缘、共同拥有的或是可以被接受的东西，"必须质问艺术是应该

352

关注"神话的创造",或是"事实的表现"。

艾伦·梅瑟—戴维德(Ellen Messer – Davidow)的观点与罗宾逊不同,她在《女权主义文学批评的哲学基础》(*The Philosophical Bases of Feminist Literary Criticism*,1987)中明确总结道"传统文学批评的主体、主题、方法和认识论"不适合女权主义批评,因为女权主义批评的对象不是文本,而是"人们在文学和批评媒介里对性别和社会性别的看法"。然而,同年,现代语言协会的简讯说,"在所有文学研究的方法中,女权主义批评对课程设置产生的影响最大。"杰出的批评理论家彼得·布鲁克斯(Peter Brooks)在《纽约时代杂志》中指出,"今天,任何一位称职的文学批评家都必须变成某种意义的女权主义者。"这也许有点夸张。但是,结合女权主义的道德力量、它在学术界越来越广泛的传播关于第三阶段性别认同和性别研究的反唯本主义的理论。这些因素最近已引发一大批男性从事女权主义批评和关于"女性主义中的男人"的可能性和局限性的讨论。[见保罗·史密斯(Paul Smith)和艾利斯·雅克丁(Alice Jardine)收集的同题论文集(1989)。]毫无疑问,女权主义批评在近20多年来对文学研究产生了有力的、多方面的和持续的影响。但是女权主义者也许会问,"每位称职的批评家将成为某种意义的女权主义者"是否衡量女权主义所取得的成就,还是象征着女权主义对其他流派的吸收和同化?女权主义批评的成功是代表被主流文学研究所同化,还是在边缘反叛的刀刃?是修订经典还是重新界定这一学科?是使女性作家和艺术家重见光明还是解构"女性"的象征?是消除学术界的性别歧视,还是改变意识和改革世界的社会和经济关系?当然,并不是所有这些目标都是不相容的,但是它们常常令人不安的相互联系表明:罗宾逊在1984年以《女权主义批评:我们怎样才能知道我们已经获胜了》作为发言题目所提出的这个饶有趣味的问题,在随后的几年显得更重要、更复杂。

第五章 解构主义和后结构主义

尽管解构主义像女权主义一样，仅仅是从属于文学批评的一种形式，但它也向我们在第二章和第三章中论述的学术性文学批评的制度化提出了基本的挑战。这种制度化的过程表明，文学具有区别于其他交际形式的特性。正是这种"文学性"，才使得作为一种学术门类和领域的文学研究具有其特殊的学科地位，其客观性和严密性常常求助于科学研究语言的支持。

不论我们是否赞成诺思洛普·弗莱主张揭示文学艺术和人的想象力中普遍潜在原型的观点，或各种新批评家主张发现所有真正诗歌的本体结构原则的观点，我们需要自主的文学门类，这似乎是很清楚的。假如我们从事文学史的研究就会发现，由于种种原因，民族文学传统，例如美国文学传统的有机整体，表明了这种同样的需要。女权主义、解构主义以及更广泛的后结构主义运动，我们认为都对脱离文学研究的学科的各种文本和民族文学的单一形象提出了挑战。

总之，我们所探究的文学作品整体、民族传统或学术门类的属性各自取决于外部和内部的界定性区分，但这些新的思潮运动都对其提出质疑。正如女权主义怀疑两性权力关系在文学之外（因此准确地说应归于社会学学科）的假想一样，解构主义否认哲学问题严格地说应该置于文学之外的说法，甚至怀疑哲学界所谓的隐喻、修辞和其他书面形式不包括在哲学之内，或者仅略为触及哲学的设想。这些挑战本身证明了一种主要的解构策略，而它就是要揭示所有那些貌似自主的属性是如何通过受重视的"内部"与受贬低、然后排斥或抑制的"外部"进行激烈的区分中形成的。

354

第一节 解构主义：特色描述与滑稽模仿

许多人误解了解构主义对文本的整体性的挑战，他们创立哲学的和政治的范畴和其他属性来否定有意义的，甚至正是这些存在的实体。对解构主义的普遍攻击（常常有批评家傲慢地宣布他们看不懂解构主义作品），把它说成是随意的、武断的、执拗的、虚无主义的、企图消除意义。解构主义的主要理论家和代表人物雅克·德里达关于意义的"不稳定性"和"不确定性"的论点被描述成一种不负责任的相对主义，人们普遍认为解构主义理论宣扬没有真理，或现实仅仅是文字，或文本可由人们随意解释的观点。

因此，约瑟夫·爱泼斯坦认为，德里达的要旨是文学"需要消亡"；迪乃斯·德苏扎（Dinesh D'Souza）说，"解构主义者认为文学简直毫无意义"；杰弗里·哈特（Jeffrey Hart）草率地把解构主义视为一种"试图颠覆作者和作品，以便把语义权转给孤芳自赏的评论家"的"专横阅读"形式。一些自称为解构主义者或因解构主义取消所有规范和标准而称赞解构主义的人，为公正地评价这样的讽刺家，表示他们欣赏这些讽刺家们的说法。但是，跟通常的讽刺正相反，确切地讲，解构主义主张的不是相对主义，而是相对性，不是意义的缺失，而是意义的过滥，不是所指意义的混乱，而是词语如何通过与其他词语的复杂关系而产生意义。

冒着我们讽刺自己的风险，我们在这里按照我们的观点列出解构主义的基本论点，我们将在本章关于解构主义和后结构主义的讨论中加以解释和考察。

1. 由于语言是个系统，其符号和概念只有借助同其他符号和概念的关系方可被理解，任何具有意义的言语的特性取决于非它——也就是说，是由它的差异性所决定的。（"树"只有当它与非它的东西如"灌木丛"、"盘子"或"茶叶"相关联时才有意义。）换句话说，任何事物不是简单的"它自己"，它不能脱离与周围的关联而独立存在。

2. 要确立一种言语或一个文本的特性或意义，必然要排除或抑制那些使它产生意义的关联，也就是决定它的属性的那些差异性。因此，一种言语通过做其他不册的事情来说某个事情；通过抑制那些渗透其中的"他者"来奠定其意义的基础，建立它的属性。

3. 然而，被排斥或抑制的痕迹不可避免地会附着在言语上。解构主义的阅读企图通过找出言语中的"他者"痕迹，来恢复这种被抑制的"他者"。

4. 由于每一个文本中都存在着不能被同化的他者，一个文本所表达的决不会与它真正所表达的相一致（这确实是同一论点的两种形式），因此每一个文本从根本上说都是不稳定的。对于亚里士多德来说，属性原则是所有逻辑和推理的根本基础：A = A，也就是说在同样的时间和关联中，一个事物不能既是它本身，又是其他事物。但解构主义者推翻了这个属性原则，德里达正是这样认为的：A 只有和本身不同时，才能是它本身。这并不等于说，世界和文本中不存在属性和统一性，而是说它们是在同自身的差异中形成的。

5. 在一种社会和文化中，话语和解说性叙述通过抑制不能同化的反话语、叙述和声音而占主导地位。解构主义阅读试图引导出这些不必要的"他者"叙述，并指出它们是如何干扰法定话语和消解法定话语设定的一致性和必然性。解构主义阅读策略（以及它们同马克思主义、女权主义和其他直接的社会政治批评形式的关联）所产生的政治功效在于，这些策略有助于通过揭示被主流话语所抑制的种种矛盾，来动摇主流话语。

6. 因此，解构一个文本，不是要消除它的意义，而是要检验它的意义是如何通过排斥和抑制而建立的。从这种意义上讲，解构主义可以成为一种历史分析的工具。

第二节　解构主义与语言差异

解构主义部分来源于瑞士语言学家弗迪南·德·索绪尔（Ferdinand de Sanssure，1857—1915）的著作。他在《普通语言学教程》（*Course in General Linguistics* 1916）一书中阐明，意义是通过语言系统中的差异关系而产生的，而不是通过单词和事物的直接对应关系产生的。索绪尔举了一个 8:25 "从日内瓦到巴黎的特快列车"的例子。他指出，如果这列火车实际上在每晚 8:30 或 9:00 到达，甚至这列火车的车头和车厢都要调换，也无损于这个词的意义。"8:25 的火车"的意义，是从它同列车时刻表中前后于它的列车的差异关系产生的，而不是通过与某一时刻或某一物体的对应关系中产生的。因此，"火车"本身的概念通过它同其他交通工具——自行车、轿车、公共汽车、无轨电车等等——的差异中获得了意义。

那么，根据索绪尔的语言学理论，语言可以指一个语言之外的世界这种说法是否有谬误之处？按照许多评论家的观点，这种说法既贬又褒，它就是德里达和其他后结构主义者从索绪尔那里得到的启示。例如，凯瑟琳·贝尔茜写道："如果话语借以表达概念的符号系统，是通过符号间的相互关系，而不是通过符号与世界的实体之间的关系来表达含义，如果文学是一种能指实践，那么，它所能全部反映的是记刻在特殊话语中的秩序，而不是世界的本质。"

但是,贝尔茜把结论讲过头了,而且容易误导。所谓意义是通过概念之间的"相互"关系产生的这个观点,并不能使语言或文学能反映或仅仅表示话语秩序这一观点站住脚。而随之可以得出的结论是,我们依靠对语言差异的操纵来反映或指涉世界本身。这种差异是细微的,但至关重要:语言不是像贝尔茜所说的那样被切断了指称现实的可能性,而是说对现实的指称必然要通过语言媒介,或者正如我们前面提到的,通过阐释和阐释系统。换句话说,正确的结论不是说意义是纯内部的语言差异问题,而不是指涉问题;而是说指涉本身只有通过语言差异或关联才成为可能。带有一系列时间(8:05、8:15、8:25等等)的火车时刻表使词语"8:25的火车"有了意义,但这不意味着当我们说"我必须赶乘今晚8:25的火车"时,我们只是意指单词,而不是指任何真正的火车。使用差异系统是"意指真正的火车"的好方法。

德里达从索绪尔那里推断出的结论,随着本章的展开将会显得更清楚,它并不是说外部世界不存在,而是说关于差异、分化和非特性的原则已经被置身于我们指涉外部世界的行为当中。另一种说法是,我们在现实世界中所描述的属性,确实像我们这些说话人的属性一样,取决于非属性原则,即意义是通过差异和词语关联而产生的。因此,我们所描述和置身在内的特性,"内部"和"外部"等概念,都不能被理解为固定不变的。再重申一遍,核心问题不是说"外部那里"没有可以指涉的现实,而是说,因为对现实的指涉常常有关联性,并受语境限制,因此它必然带有不稳定性,这个事实在普通意义上证明:我们对现实的描写的程度经常受到辩驳和争论。

当然,有人会反对我们举的例子,认为像火车时刻表这样平常的事物的"意义"是微不足道的。但根据德里达(和索绪尔)的观点,我们归属于人、文本和国家的意义像"8:25的火车"的意义一样,在本质上都取决于差异关系。例如,"西方文化"这个概念只有同被界定为非西方的文化发生关联时才具有意义。同时,由于越来越多的被"西方人"称为"非西方"的人居住在"西方",任何一元化的"西方文化"概念的不稳定性日益明显。实际上,"西方"之类的词语所构设的统一体更应该是这个词语的效果,而不应该是事先存在的中性的东西。正如这个例子所表明的,意义是相对的这个观点具有重要的利害关系。

批评家巴巴拉·约翰逊提出了一条有用而简明的"解构主义的非专业性定义",她看出,多数读者面对文本都被迫回答这些问题:"这个文本在讲什么?"或"要点是什么?"。但是,约翰逊接着说,"解构主义是要教你学会提问,要点的建构遗漏了什么?它抑制了什么?它忽视了什么?它认为什么无

第五章 解构主义和后结构主义

关紧要？它又把什么放在边缘的地位?"一个人不必成为一个解构主义者才能认识到,任何"要点"式的总结都是有选择性的,它之所以是总结,仅仅是因为它忽略或弃掉一些东西。因此,约翰逊在她的著作《批评的差异》(*The Critical Difference*, 1980)中指出:

> 解构主义不是破坏……实际上它更接近于词语分析的本来含意,从词源上讲,意为"拆解"——实际上就是"解构"的同义词。对一个文本的解构并不是对它胡乱怀疑或随意颠覆,而是从文本本身仔细地找出符号意义的对立因素。

另一个评论家克里斯托弗·诺里斯(Christopher Norris)在维护约翰逊的定义时,回击了经常指责解构主义混淆或拒绝清晰表达目的的说法:不能把解构主义分析看成是"某种被制定出的等级概念的体系",而应把它看成是一种探求文本自我组织系统组合过程中特殊步骤的方法。诺里斯写道:"因此解构主义是与它所研究的文本保持紧密联系的阅读方式,它不可能成为自我封闭的一套操作概念的系统。"尽管所有自我陶醉的种种非难时常加在解构主义分析上,但解构主义分析比当代其他批评方法都更尽可能地不脱离它所分析的作品,而不是以它自己的概念闭合的手段将作品分解、抽象化或取代之。同时,解构主义通常适当地跟被谴责为"打破准则"的相对主义(有时又称建构主义、反本质主义或反基础主义)联系在一起,这些多元文化力量声称要摧毁"西方文化",然而解构主义者倾向于研究主导西方的哲学和文学的里程碑著作,常常认真细致,学问极好。

人们总认为解构主义要求与过去、传统方式和意义范畴认识论上的决裂,事实上,德里达本人直截了当地对这种决裂的可能性提出了质疑。他说,"我不相信决定性的割裂;不相信当今所说的断然的'认识论上的决裂'。决裂总是注定要重新记载在一个永远必需不断地拆除的旧层面上。"解构主义的媒介形象使我们相信,解构主义远远没有宣布过去思维方式的死亡,它认为过去思维方式不可避免地在现时重现。被抑制的过去的回归,这种曾经被宣布死亡的东西幽灵般的重现,正是解构主义阅读的要旨之一。对于解构主义来说,每次一定程度的决裂都会保存它所割裂的东西,通过差异使它重新记载下来。解构主义曾经同新批评决裂并重新记载新批评的诸方面,这就是解构主义决裂和重新记载的明显例子。

解构主义批评当然有跟伊莱恩·肖沃尔特(Elaine Showalter)的女权主义批评一样的主张,即我们在上一章所援引的:它使我们对"文学研究的概念

1940年以来的文学批评

基础进行激进的再思考"。但它的"激进的再思考"有不同的含义。这并不是说解构主义和女权主义常常含有不同的目的和分析方法（尽管肖沃尔特所指的女权主义批评在很大程度上得益于解构主义方法，而且尽管德里达自己在他的中心、但在传统上却处于边缘的"书写"形象和女权主义者在解构主义出现时重新认定的"妇女"的传统范畴之间进行联想）。女权主义改变并拓展了文学研究范围，坚持学术批评应该主要针对各种问题、文本、经历以及过去被认为是理解范围以外的或无关紧要的公共机构。这些文学研究的新变化要求并产生了新概念的事业。但解构主义在新批评基础上的操作可以更确切地看成一次再思考的行为——新批评的思考和再思考——它以最激进的态度，把新批评自己的属性藏于他者和自我差异之中。

第三节　从新批评到解构主义

在第三章，我们指出了约翰·克罗·兰色姆在《新批评》（1941）中用来描述诗歌形式、结构和体验的联想隐喻的"民主状态"。兰色姆认为，诗歌之所以是民主的，在于它是一种"松散控制"的结构，从而使自己能从"真正专制的组织"中解脱出来，鼓励它的成员（词汇和意象）"保持自身的个性"，"以不可预测的形式显示其活力"，甚至［不顾及］总结构竭力要求的"逻辑内容"。尽管兰色姆的农业政治学是反动的，但他在这里明确地将诗歌和反抗的能量联系起来——这个论点得到现代派诗人和批评家跨越政治范围的广泛认同。诗歌和更广泛的文学体验和教育所反抗的东西究竟是什么，众说纷纭。以前有时有人说它反抗的是作为政治体制的极权主义，即民主的对立面。我们将看到，它更经常反抗的是文化或美学的同一化、堕落和麻木，它是从极端保守的 T. S. 艾略特到德国法兰克福学派的新马克思主义者的许多文人在20世纪大众传媒的发展和蔓延中所提及的东西。但对于兰色姆和他的学术同仁来说，诗歌主要反抗的是科学的极权和客观力量，以及艾伦·塔特所说的"征服现代世界的实证态度"。

体现在大量现代主义艺术和评论中的科学和诗歌之间的矛盾实际上重现了一个古老的争论，即认为语言理论上是表征的透明载体的论点——这个论点使20世纪逻辑实证主义提出一种在语言描述和所观察的现实之间最少产生偏差的标识系统——可追溯到柏拉图对诡辩的修辞学家们的抨击。它早期的现代表述可见于17世纪科学经验主义者的著作中。他们认为，语言可以通过清除其中的隐喻和其他修辞手段更接近自然现象的现实，经验主义者把隐喻和其他修辞手段归类于所谓无用的、装饰性的诗歌艺术。在对曾经激励了新批评的"实证主义态度"的赞同和反对之间,引发了新一轮的争论。争论的焦点在于主张科学语言或诗歌语言。科学专用语言被认为是朴素无华,不带隐喻、转义和歧义,与客观世界是一致的;而诗歌语言中含有大量的比喻,容许歧义,较少注重客观化事实,更注重主观感情和心灵的状态,或更注重不能被精确描述的认知体验形式。

正如新批评家克林思·布鲁克斯在《精制的瓮》中一章题为"悖论的语言"中所说的,"科学的趋势必须使词语稳定下来,让它们具有严格的指义;而诗人的倾向相对照来说是破坏性的,词语是不断地互相修饰的,因此有悖于它们在字典中的定义。"布鲁克斯引用 I. A. 理查兹的理论补充说,诗人不像科学家,他"必须通过矛盾和限定"以及"类比"进行创作。诗人必须这样做,因为诗人既不认为语言是被动地反映现实,也不认为现实本身可以简单而合乎逻辑地表现出来。也就是说,新批评认为,形式和内容不是一成不变的、独立存在的个体,至少在诗歌中不是这样。不是作为表达事先存在的内容或寓意的透明载体,诗歌语言的功能以一种创造性的、多变的和分解的方法产生一种不能简约成散文释义的独特意义。

要特别认清一点,新批评在说明他们的做法、话语和所关注的客体以反对逻辑实证主义的话语或科学的话语及其所关注的客体时,又无意中恢复了实证主义关于科学和文学之间有范畴区别的提法。正如我们说过的,这种看法使新批评认为文学是一种需要专门解读的特殊表现形式,是一种需要拥有自己独立的专业学科的研究对象。但是像兰色姆提出的"民主状态"一样,新批评可能被构成自身的标准和见解所动摇和拆解。换言之,新批评内部存在"分解"或"民主"的时刻,很容易颠覆自己对文学主体和有机形式的主张。根据解构主义原则,人们会认为,解构主义在这种分解时刻原来是被新批评所抑制的他者。

新批评指出,语言在诗歌中构建和改造世界,而不是单纯反映世界。诗歌的含义不是可以透明地理解的,其中充满含混、矛盾、悖论、随意性和颠覆性因素。诗歌的含义在于一行行的变换,在于一行行的展开过程,而不在于任何可释义的信息;实际上,它常常呈现它表面上说的和它实际所做的之间不可简约的矛盾。这些正是表明诗歌之所以为诗歌、诗歌语言不同于科学语言的特征。但是,如果诗歌和新批评家的话语倾向是颠覆科学所极力要稳定的定义和界限,那么,有什么使其自身的定义和界限——包括诗歌语言这一特殊情况与科学或非文学语言这一正常现象之间的界限——免除同样的不稳定性呢?如果语言的功能在特殊的文学实例中具有建构、含蓄、矛盾、叙述和含混等特点,我们有什么理由认为它在其他地方不起同样的作用?

1940 年以来的文学批评

根据解构主义的观点，新批评抑制自身潜在的颠覆性冲动——使自己看不到自己最深刻、最激进的洞察力——以便建立起崇高的诗歌目标，使文学研究成为一门学科。根据自己构建的术语，这些独立存在的实体不能使其处于中心地位，或保住其边缘地位；这些建构物把自身解构了。尽管新批评家在还没认为诗歌的不稳定性一般可归于语言本身、或诗歌语言的分裂性可能影响社会的分裂就停止了。同样坚持语言的建构力和转换力，使新批评诗学与后来的解构主义和后结构主义语言学理论联系在一起。与读者反应论批评的后结构主义论点最接近的理论家斯坦利·费什（Stanley Fish，我们将在本章稍后讨论）特别强调新批评对解构主义的预见，他写道："如果不是已经确立了这样一个信条：文学文本的特点是其意义的多元化；如果不是已经建立文学研究的方法论，为所谓'伟大的文本'产生了多种多样的意义，解构主义是不可思议的。"费什的观点有助于解释为什么解构主义欣然融合于文学的学术研究，并适应阐释研究的需要。但是，虽然我们迄今为止也强调了这种联系，但这一点决不能过分强调。事实上，它现在必须被部分解构。

第四节　德里达对柏拉图的解读

正如评论家克里斯托弗·诺里斯和鲁道夫·加谢（Rudolph Gasché）所告诫的，把解构主义看成是一种文学批评而忽视其哲学的根源、特别是某些古老的哲学问题和争论方面的根源，这是一种错误。德里达在著作中有时谈过文学问题，但已故的保罗·德曼（Paul de Man）以及后来的美国追随者巴巴拉·约翰逊、J. 希利斯·米勒（J. Hillis Miller）、约瑟夫·里德尔（Joseph Riddel）等在很大程度上是把解构主义变成文学"研究方法"的批评家。尽管哲学和文学的区别是德里达所"解构"的二元对立，他的主要著作并不关注文学而是关注哲学。要理解这层意思，我们必须考察德里达的哲学论著。

这一点极其必要，因为当我们认识到解构主义所关心的许多问题来自传统的哲学探讨时，解构主义看上去几乎是非理性的、反常的东西却以不同的角度表现出来。刻意追求理性以获得严密的逻辑结论导致理性不能解决的悖论和矛盾，这是历史上反复出现的一个传统的哲学主题。解构主义作了许多努力，试图促进理性更大程度地了解它本身的局限和状况，而不是被人指责的那种不负责任的非理性主义。如果解构主义确实对某些经典理性概念提出质疑，它声称自己这么做，并不是以简单的非理性的名誉，而是，从古典的理性中借鉴了哲学的缜密性。从这一点而言，解构主义可以被视为对"超验"哲学传统的发展和批评。"超验"的哲学传统探求理性本身的"可能条件"，

第五章 解构主义和后结构主义

而这种探求对德里达来说，因不可能获得对待其本身所涉及的话语的一种超然的观点而成为失败的课题。

解构主义的直接哲学来源一般可以追溯到尼采和海德格尔的著作，例如，尼采把理性归于权力意志，揭去真理神秘的面纱，把真理解释为流动的"隐喻大军"：它所具有的隐喻本质已被遗忘了，但从中可以看出解构主义思想的端倪。海德格尔曾分析了所有概念的关联性本质，后来又批判了现代技术专家政治论观念中残酷的控制欲，这一批判导致了海德格尔对西方形而上学的所谓"解构"。他这一切观点都预示着解构主义观点的产生。解构主义从反面回答了海德格尔和胡塞尔的现象学及其后来在60年代衍生出"意识批评"学派。意识批评学派以日内瓦为中心，包括乔治·布莱（George Poulet）、让·斯塔罗宾斯基（Jean Starobinski）、莫里斯·布兰肖特（Maurice Blanchot）等，并影响了J.希利斯·米勒的早期著作。正如萨拉·拉维尔（Sarah Lawell）在《意识批评家》（*Critics of Consciousness*，1965）中指出的，这个学派从一开始就把文学作为"意识"的表现，或所谓作者的"我思"（cogito）来研究，而不是把文学作为一种超然的客体来研究。例如在《现实中的诗人》（*Poets of Reality*，1965）中，米勒重新构建了T. S. 艾略特、华莱士·史蒂文斯（Wallace Stevens）以及威廉·卡洛斯·威廉斯等诗人的内心现象世界。尽管这种现象批评反对新批评所提出的具体文学作品是有机整体的观点，但它试图重新获得被认为是统一的，自我存在的作者意识的有机整体。解构主义所挑战的就是这种意识的整体观。

有些人企图抨击解构主义与尼采和海德格尔（他们各自有虚无主义和极权主义思想倾向，这是众所周知的）的关系，从而在道德上贬低解构主义，但他们忘记解构主义反对极权主义的特点。我们注意到，德里达抛弃了这些先驱者著作中的启示文学特点及对理性批评应用的简单化的极权主义和无政府主义。因此，这众所周知的一释义的"不确定性"的解构主义概念并不是许多人所断言的那样，意指一个的任何解读像任何其他文本一样好，或那些解读是无可争辩的、不易受理性质疑的。德里达提出完全放任自由的解读和绝对无误的解读同样是不切实际的。这一点我们将稍后谈及。

我们不妨暂且把这些辩论搁置一边，还是通过回顾德里达于1968年在散文《柏拉图的药店》（*Plato's Pharmacy*）中对柏拉图、特别是他的《斐德若篇》（*Phaedrus*）所作的解构主义重要阅读分析，来更好地解释解构主义。这篇很长的散文（我们只能讨论其中一部分）为我们提供了一个很有用的例子，表明德里达根本没有简单地揭露像柏拉图这样经典的思想家，而是通过极其严肃地接受他们的思想而建立自己的论点。

对于德里达来说，《斐德若篇》中的重要一段，讨论的是书写的起源问题，它强调了整个对话的一个中心主题：作为一种探索真理的方式，哲学优于修辞学。苏格拉底向斐德若讲述了传说中发明了书写的埃及神提厄斯（Theuth）的故事，故事说道，提厄斯向忒拜城的神塔穆斯——即阿蒙——举荐书写，他夸口说书写"可以提高埃及人的学问和记忆力"。阿蒙鄙视地回答说，提厄斯把书写的功用恰恰说反了。阿蒙说，"那些学会书写的人们就不会再努力记忆，并且变得善忘；他们就信任书写，只凭外在的符号，并非凭内在的脑力回忆。"还说，"至于学问，你的学生（那些依赖书写的人）只知道学问，不知道现实。"

苏格拉底赞同阿蒙对书写的批驳，他提醒斐德若，"认为人通过书写可以传播，或获得关于一门艺术的确凿可靠的知识，或认为书写文字可以向读者提供许多关于某一问题的知识，比他原来所懂得的更多，那是愚蠢的。"文学的缺陷在于它会产生异想天开的阐释：

> 一篇文章一旦写出来，它就能在懂的人们和不能懂的人们中间平等地流传，它自己不知道它的话应该向谁说，不应该向谁说。如果它遭到误解或虐待，总得要它的作者来援助；它自己却无力为自己辩解，也无力保卫自己。

一个书写文本可以被人任意阐释，因为它的作者——或"父亲"——通常不在场，而言说者却在场，他可以为自己解释，或作出修改。书写文本在作者不在场、甚至在作者死去之后的情况下继续流传并传达意义，致使书写极容易被随意盗用。当受到质疑或被误解时，书写缄默无言。苏格拉底说，书写文字很像图画，"看上去是活人，但是等到人们向它们提出问题，它们却板着严肃的面孔一言不发。"令人吃惊的是，书写文字不了解自身的意义，"你可能以为书写文字好像理解自己所说的话，"苏格拉底说，"但是等你想向它们请教，请它们把某句话解释明白一点，它们却只能重复原来的那套答话"——也就是重复文本自身的话。甚至人们提出问题或误读时，含有多层自我解释含义的文本却不能自己作出任何进一步的解释。

苏格拉底关于书写的观点可能看起来有点天真和刻板，却指出了一个深刻的悖论。有人会认为，如果文本就是"它所表示的意义"，那么一字不差地重复文本，就可知道文本的含义。那么，当有人问我们文本的含义时，如果我们只重复文本的原来字句，为什么别人就不觉得这是有用的回答呢？逐字逐句地重复文本根本不是阐释——在某些语境下这可能会被看成是剽窃。（学

第五章 解构主义和后结构主义

生们有时因学术剽窃而受到责备时的确对此感到茫然：重复文本字句不能算是合法的阐释文本的方法，这对于他们来说是不合情理的。）换句话说，如果不改变文本的文字，我们就不能把它视为对文本的某种阐释，更不用说是有效的阐释了。要成为有效的解释，就要把文本的词语"翻译"成其他的词语，使用"其他的字句"。另一方面，除非阐释在某种程度上传达和原文本"相同"的意义，否则我们也不能把它视为阐释。"按照本来的面目"处理文本，似乎要把文本转化为不同的词语以便取代它。这怎么可能呢？

这是使苏格拉底对书写感到困惑的悖论：不仅是书写可能会被误读，而且它在现实中的交流价值必须依赖于变化和差异。显然一个文本的意义只能由第二个文本来解释，但除非它与原文本不同，否则就不能被认为是和原文本的意义"相同"的有效解释。苏格拉底辨析——他的观点似乎符合常识——如果一个言辞含有真理，而这真理必须是独立的、整体的、不可分割的，那么言辞当然应该能自我阐释，不应该依赖自身以外的东西，任何依赖第二次阐释的行为——即用"换句话说"的表达——肯定是有讹误的、不纯的、有欺诈性的，是一种表达见解的工具，而不是知识的载体。

因此对苏格拉底来说，书写包含他者、外在、和自我分解等危险的原则。它使我们背离纯正的见解和自我统一，使我们在相互对立的阐释中陷入无休止的宗派纷争。书写不过是真理的代言人，以阐述来替代关于逻各斯和观念的真知灼见。书写深受间接性的影响，正如柏拉图在著名的《理想国》（Republic）第十篇所认定的诗歌的间接性一样，他将诗人从理想的国度排除，因为他们写出的东西无非是对模仿的再模仿，是对一种表述的再表述。

365

然而，有一条出路，苏格拉底坚持面对面的交谈可以克服书写的间接性——正如柏拉图学术中的对话那样：毕竟在口头交流中，我们非常生动地感到我们的听众、我们的意义和我们的声音的直接出现。错误的交流似乎不大可能，如果发生错误的交流，我们就在当场纠正。因为口头话语（至少在用机器复制声音之前）不会随意从一个地方传到另一个作者不知道的地方，它能使我们控制自己和书写文本不能表达的我们的意义。苏格拉底认为口头语言"连同我们的理解是写在听者灵魂上的"，它知道如何自我防卫，并且"能区分应该对谁讲话，应该对谁保持沉默"。口头语言"可以在口头上自我防卫"，它们"不会产生另外的意义"，而书写至多是"有知识的人生动活泼的语言的'一种影子'"。正如口语胜过文字，哲学的辩证法胜过修辞学和诗歌的艺术，因为修辞和诗歌允许具有欺诈性的第二层表述介入我们和逻各斯知识之间。

德里达的观点非但没有批评苏格拉底的智慧，反而表明苏格拉底是正确

347

的。书写确实很容易面临被替换和复制的威胁,从而背离本身的意义。书写的确难以控制——一旦它从作者手头产生出来,进入世界,就很难预料它的命运如何。这不只是因为任何文本都可能被误读,而且还因为在正确阐释、重现"相同"意义的过程中需要将这个文本转化成同它自身不同的词语,因此有发生误解和争议的危险。也正如德里达所说的,每次对相同意义的重写都是一次有差异的重写,因为差异是产生同样意义的前提。

因此,书写强行把一个不受欢迎的差异、转化、生成的原则加进了柏拉图的整体世界。这不仅说明书写可以随便由任何偶然阅读的人阐释,不论那个人是否合格。苏格拉底发觉,由于书写必须以自我阐释的事实为基础,因此书写本身含有不稳定性和非统一性的内部原则。每个文本都包含自我阅读或元评论,例如,在一些因分辨不出我们所说的话是否可能被误解的令人不安的场合,我们经常说的"换句话说","总之,我的意思是……",或"这并不是说"等等,这些便是证明。这一点很值得强调,因为它已经被认为文本"不可读"的保尔·德曼、J. 希利斯·米勒等解构主义者忽略了。米勒赞同德曼的观点,他写道,"文本的不可读性可解释为文本本身不能自读,并不是我不能阅读。"换句话说,在文本意义和它自身阐述或总结这一意义的努力之间,总存在不一致地方。这是德曼的观点。他坚持任何说话中的"符号和意义不可能相一致",文本的逻辑功能和修辞功能总是存在差异。因此,文本的"不可读"不是说它毫无意义,而是说文本和它本身表述之间存在差异。

所以,苏格拉底认为书写文本"不明白自己在说什么"是正确的。德里达在总结柏拉图的观点并从中推断出柏拉图所抵制的内涵时写道:"书写使自己极大地背离了事物本身的真理、言语的真理以及能够用言语表述的真理。"他还说,"书写"对柏拉图来说是一种"再重复过程",是"对补充的补充、是能指、是对表征的表征"。德里达在这里以及其他地方把书写描述成是一种"危险的补充"。

至于苏格拉底免除他对口头语言的指责,德里达认为这些指责非常有力,以至于把这种豁免也颠覆了。如果苏格拉底保持自己推理的严密性,他就会不得不承认,尽管口头话语具有自我出现的内在感,但是它同书写一样依赖阐释,同样带有表征的中介性和间接性。言语和书写同样容易背离它的作者、对象以及它本身。我们遇到过这样的背离现象:当一个故事经过流传又返回到我们这里时,不再像我们原先讲的那样了。说话者也不是他自己所说的话的特权解释人——像我们在很多场合碰到过的,我们觉得某人对自己所说的话的重要之处视而不见。总之,甚至当我们好像很自然地讲话时,也不回避再"阅读"自己说过的话,以便理解它。正如德里达所说的,我们从一开始

第五章 解构主义和后结构主义

就不是我们自己了。

德里达将这个问题进一步复杂化,以便阐明自己的观点。他发觉,苏格拉底并不是真正抨击所有的书写,而是最终将好的书写和坏的书写区分开来。正如德里达所说的,"《斐德若篇》的结论中,并不以现在口语的名誉指责书写而是喜爱一种书写胜出另一种书写。"德里达认为苏格拉底把口语的真理说成是"写在听者心灵上"的真理,这并不是自相矛盾。他是把模仿活生生口语的那种清晰易懂的书写标识出来,从而清除坏的书写所具有的危险。而好的书写不在知者和存在的真理之间干预表述。

但是,这样的书写是不可能存在的。德里达又说,苏格拉底同样不能摆脱自己早先论点中明确的含意。书写要成为人的清晰的活用语言文字,它必须不再是以双重性、间接性和非透明性为要素的书写。德里达所发现的天机是,苏格拉底所说的好的书写只能根据坏的书写,即根据写在心灵上的次要"文字"的真理隐喻来界定。因此,"好的写作(自然的、有活力的、有见识的、清晰易懂的、内在的、口语的)与坏的书写(意识陈旧的、缺乏见识的、外在的、哑言失真的)是相对的。好的书写只能通过与坏的书写相比较表现出来。"因此,哲学真理依赖于有损真理的表征而存在,这如同理性依赖隐喻而存在一样。正如德里达所说的,"所谓活用的话语竟突然从被尽力排斥的话语次序中借用[书写文字]的'隐喻'来描述……难道这不值得注意吗?"

从苏格拉底隐喻自我颠覆的逻辑中得出这样的推论,这正是德里达通篇文章中典型的解构主义态势。德里达说,苏格拉底赞赏透明的书写,这同某种父权伦理和社会制度相一致,也就是说,苏格拉底喜欢"肥沃的土地,不喜欢贫瘠的土地;喜欢发育的种子,因为它种在人的心灵之中,不喜欢乱撒在人的心灵之外的种子,因为有撒播的危险"。书写对真理自我存在的威胁,好比是对社会等级制度稳定性的威胁。在苏格拉底的寓言中,阿蒙是国王,他拒绝书写这个礼物;而且苏格拉底把书写的不可靠性比作"反复无常、富于反抗的儿子"或者"被父亲抛弃的儿子",德里达认为这非常有意义。

苏格拉底的比喻道明了真相,书写(用德里达的话来说)"像迷路的人,走来走去(kulindeitai),迷失了正确的方向、法则和标准,不知道要到哪里去;而且像一个失去了权利的人,像一个逃犯、行为反常者、浪荡子、流浪汉、冒险者、懒汉"。德里达注意到,苏格拉底用来诋毁书写的词语令人想起柏拉图在其他地方贬低民主的词语。然而,德里达并不是暗示书写固有颠覆性的特点,或自我存在的真理的教义必定总是与权威相联系,虽然人们能发现简化的解构主义者是这样宣称的。他暗示,在苏格拉底的话语和随后的哲学中起作用的等级逻辑,也可以在所有合乎逻辑的话语中找到。事实上,德里达的论点是:每一种逻辑推理都存在某种不稳定性。

再者,这种观点并不是暗示真理不存在,而是表明,真理是由它的他者、由隐喻、再现由所有苏格拉底所认为的非真实建构的,它们使真理成为可能。解构主义颇有争议的"不确定性"概念也是基于同样的观点。正如我们前面所阐述的,这种"不确定性"并不是指不可能做出关于道德选择或理解方法的理性决定(批评解构主义的人这样认为),而是无法进入使选择和责任成为可能的空间。德里达写道,"一种决定,只有在超越推理程序的空间才能形成,因为这种推理程序会把责任义务转化为由确定的原因推出的结果,因而破坏了所有的责任。没有经由不可确定性的这种检验和准许,道德责任或政治责任是不可能存在的。"

按照德里达的看法,柏拉图关于自我存在必然性的这种假设作为一种基础构成了"一种统治所有西方哲学的模式"。事实上,德里达认为,柏拉图拒斥书写——它的差异性、表现性、间接性的原则,成了奠定哲学这门学科的基本原则,使哲学区别于修辞学、历史和文学,哲学也从此自己成为一门学科(根据苏格拉底的观点,这与口语自封自己完全存在一样)。哲学界定自己是纯思想的领域,其真理的价值和意义既不受时间和空间的限制,又独立于用来表达思想的修辞和语言形式。相对应地,德里达认为,柏拉图文本中被压抑的"他者"——书写或差异——的回归,预示了哲学史上重复出现的某种模式将延续至今。

德里达认为,正如柏拉图不可能成功地压抑书写,哲学也不可能把自己确立为由柏拉图、笛卡尔、康德、胡塞尔这些理论家所构想的纯理论学科。理论哲学不可避免地依赖于修辞学、历史、政治和文学这些内在实践的领域,并被它们所玷污,而不是超验的理论,它给哲学对纯理论的追求带来难题。这个论点的要害之处是什么?可以不这么抽象地理解,如果考虑这个观点会给大学的学科设置带来什么影响:如果承认哲学、文学和政治学并不是自主的学科,而是互相界定、互相依存的,那么教学课程和科研项目将会如何变化呢?

如果我们了解解构主义理论的目标之一是针对学科认定的自足性和自主性,像哲学和文学一样,那么解构主义的不稳定性和不确定性理论似乎就不那么武断了。近来有关不稳定性和不确定性理论的争论也变得不那么抽象了,一旦我们意识到它们的目的在于使跨学科研究合法化——询问文学和哲学有关政治和历史的问题,询问政治学或历史有关语言和哲学的问题。总之,这些问题促使这些学科反映并且为那些赋予它们属性而被排除在外的事物辩护。当文学文本被认为是不确定的,这通常表示它们是开放性的,可以在不同的学科语境下阅读。从这个意义上看，认为文本是不确定的，其实就是说，文本是由多种因素决定的。

第五节 后结构主义的应用、含义与焦虑

批评家路易·蒙特罗斯（Louis Montrose）把后结构主义恰当地描述为"大量不稳定的，多种形式结合又冲突的话语"。后结构主义作为一种批评，通常被认为结合和发展了文本意义本身所具有的两种密切关联的描述，即不确定性和多重决定性。有人区分了后结构主义的两大方面，一方面与意义的语言不确定性表现有关，另一方面则跟意义的非语言因素和决定因素的具体分析和评价相联系。如霍华德·费尔佩林（Howard Felperin）在《超越解构》（*Beyond Deconstruction*，1985）一书中，把这两种后结构主义称为"解构的文本主义"和"政治语境主义"。虽然这些名称可能符合不同的后结构主义研究所关注的不同重点，但是后结构主义和德里达解构主义里最激进的含意是，"解构的文本主义"和"政治语境主义"最终是不可分的。我们在解释德里达对柏拉图的评论时说明，苏格拉底认为，口头语言能够直接表达其自身意义，德里达揭露了这个论断的自我颠覆性质，这就使德里达走向一种缄默的伦理和社会投入的阅读。他认为，正是这种阅读首先引发了苏格拉底的论证。因此，正如迈克尔·里安（Michael Ryan）所说，"解构主义描述了逻辑上和建构上转向的必然性，作为意识、假定的意义、在场和内转外的本质这些形而上学的原则，并使之成为'社会文本'。"

假定这种研究是有必要的，如上所述，后结构主义批评就算问及文学和哲学有关政治和历史的问题。后结构主义吸收了社会学、人类学和心理分析学等学科的知识和方法，探索了"意识"、"意义"和"性质"等概念范畴如何成为文化语境、社会条件，种族、阶级和具有性别色彩的权力关系的可变产物。但是后结构主义在探讨文本或象征意义的所谓物质条件时，并不是简单地由探寻文本本身语言的确定含义，转为探寻文本以外或文本底下的固定不变的历史背景或社会现实的确定含义。正如里安对后结构主义运动的描述所暗示的，社会也是一种"文本"，不是一种稳定的参照物，而是一系列复杂的关系。人们以各种方式对他们自己表述这些关系，并且只有通过这些表述才能了解这些关系。换言之，后结构主义不仅坚持象征性实践是物质的，而且强调社会和物质实践也具有象征性。或者引用蒙特罗斯的表述，他给后结构主义批评下的简略定义称为新历史主义，但他的定义也许被更广泛地应用。他认为后结构主义的特点是"对文本的历史性和历史的文本性同样关注"。无

论后结构主义关注的对象是文学文本或历史的阐述，这种探讨会使"产生意义的那些过程和根据复杂化"。

使产生意义的那些过程和根据复杂化，是对自主文本观点或是学科或个人属性的挑战。这是德里达对西方哲学的批判和挑战；随后的后结构主义批评家针对一系列不同的对象也发起类似的挑战。德里达对苏格拉底口头语言范畴的解构认为，口头语言，即一种从表面上看完全自主的并自然地体现的认同，其实是一种自我认同。这一认同是由传统惯例产生随意界定的、与他者相关联的认同，因此只有通过这种关联，或作为这种关联的一部分才存在。对柏拉图和许多追随他的思想家建立西方哲学这门学科时来说，哲学的他者是修辞学。传统上，哲学通过宣称它的标准是中立的、无语境的，或绝对的真理而与他者区别开来，而修辞学的标准是有偏袒的、适合一定情境的。哲学的表述应该要么是真的，要么是假的，而修辞的表述是与目的、场景和即将到来的读者有关的，要么得体要么不得体。德里达的典型做法是摧毁哲学语言所强调的二元论和等级论。他使用的主要方法，像费什所说的，是表明，"任何时候，那些本该标出次要格或衍生格的条件也可能被表现为界定规范格的标准。"

德里达本人在一篇题为《独立宣言》的论文（*Declaration of Independece*，这是 1976 年在弗吉尼亚大学托马斯·杰斐逊圆形大厅里纪念建国 200 周年的演讲）中，出人意料地把解构主义用于美国本土材料。德里达质问宣言中"我们美国人民"的所指是对事先存在的群体的"描述"（description），还是某种行动的表达，通过宣布这个行动，以产生"独立"？政治合法性是像《宣言》声明的那样，根据最初的、事先存在的"自然和自然的上帝之法"确定的；还是通过其本身的修辞行动自我创造出来的？德里达提示这一问题最终是无法决定的，正如确定民主政治合法性的基础也无法决定一样。

美国的文学学者如迈克尔·华纳（Michael Warner）和杰·弗利格尔曼（Jay Fliegelman）反思了解构主义的这种阅读所带来的影响，他们分别在《共和国信札》（*The Letters of the Republic*，1990）和《宣布独立》（*Declaring Independence*，1993）中进一步探讨了这种不稳定性的含义。萨克文·伯科维奇率先在《美国自我的清教起源》（*The Puritan Origins of the American Self*，1975）中对美国自认合法的文本进行了修辞上的解读。其他把解构主义或受解构主义影响的批评应用于美国文学的突出例子包括约瑟夫·里德尔（*Joseph Riddell*）的《倒置的钟》（*The Inverted Bell*，1974）、巴巴拉·约翰逊的《批评的差异》（*The Critical Difference*，1980）和《差异的世界》（*A World of Difference*，1987）、约翰·卡罗斯·罗威（John Carlos Rowe）的《亨利·詹姆斯的理论之维》(The Theoretical Dimensions of Henry James, 1984)、伊凡·卡顿(Evan Carton)的《美国传奇文学修辞》(The Rhetoric of American Romance, 1985)、格雷高利·杰(Gregory Jay)的《作为公证人的美国：解构主义与文学历史的主题》(America the Scrivener: Deconstruction and the Subject of Literary History, 1990);另外,伊弗·科索夫斯基·塞奇维克(Eve Kososky Sedgwick)在《柜子里的认识论》(Epistemology of the Closet, 1990)中解读了詹姆斯的《丛林野兽》(The Beast in the Jungle)。

解构主义和现代理论的其他形式也给一些领域带来革新的影响,如文本编辑和法律、文学阐释这一新领域。杰罗姆·麦克甘恩(Jerome McGann)反对所谓文本是天才的自主产物这种"浪漫的意识形态",他在《对现代文本批评的批评》(A Critique of Modern Textual Criticism, 1983)书中呼吁要修正我们对编辑的看法。他认为文本和编辑过程本身是物质和社会实践。虽然赫什尔·帕克(Hershel Parker)在《有缺陷的文本和语像》(Flawed Texts and Verbal Icons, 1984)中拒斥了受现代理论影响的许多种阅读,但是他鼓励一种同样受那些理论启发的编辑实践——这一实践体现在最近对一些美国主要作家的作品进行新的、学术的编辑,如由哈里森·海福德(Harrison Hayford)、帕克和其他人合编的赫曼·梅尔维尔的作品。对阐释本身的复杂性及其和社会建构性质产生的兴趣也导致了把法律阐释和文学阐释的理论化结合起来,这包括斯坦利·费什的著作《想做什么就做什么》(Doing What Comes Naturally, 1989)和由史蒂芬·梅卢克斯(Steven Mailloux)和斯坦弗·列文森(Stanford Levinson)合编的选集《阐释法律和文学》(Interpreting Law and Literature, 1998)[也可以参考梅卢克斯(Mailloux)《修辞的力量》(Rhetorical Power, 1989),书中探讨了这些理论的发展和最近对修辞的转向之间的关系]。

我们将很快讨论解构主义观点在批评研究中的重要运用和含义。这些批评研究分别被称为言语行为理论[这是英国的语言哲学家 J. L. 奥斯汀(J. L. Austin)提出来的,这个理论很有意义地预见了德里达的解构主义]和读者反应批评。但首先,我们应该考察耶鲁学派的浪漫主义者哈罗德·布鲁姆的著作。他是美国第一批与解构主义严肃斗争的有影响文学批评巨匠之一。我们研究其著作中同时吸收和抵制解构主义的绝妙而独特的例子将具有启发意义。布鲁姆在1973年发表的《影响的焦虑》(The Anxiety of Influence)一书中首次全面阐述了自己的诗歌理论,确实表达了或试图传达这样的信息:解构主义是对传统的属性、二元对立和等级秩序的威胁,不仅在报刊评论员和跟近来的批评理论对抗的学者中,而且在主要的解构主义的实践者中产生了许多独特的焦虑。

正如我们所指出的，解构主义批评推翻了貌似独立和完整的实体界定自身或被界定的界限。不论这些实体是学术性的学科、独立的文本或事件、人、或相互对立的概念，如柏拉图的"口头语言"和"书写"，对它们的解构揭示出其"属性"或"自我"从一开始就存在着它们试图拒斥或试图与之区别的"他者"。人们可能会说，为了认识到某事物的属性总是处在已被解构的状态，这种属性由他者造成的独创性泛滥将处于一种经常的"影响的焦虑"中。对那些极力阐明自身的属性和独创性的实体来说，这种焦虑是最严重的，如"诗人"、"诗"和"诗歌"等后浪漫主义的属性。（也许还有欣赏者和文本独创性的未来创造者——批评家。）

正如我们在第七章对文化研究和新历史主义的讨论将会详细阐述的那样，浪漫主义和现代主义认为文学具有类别的特点和特权地位的观点成了后结构主义批评的主要攻击对象。但是诗人和诗歌以及专门分析它们的批评家，特别易受解构主义观点的影响，如斯坦利·费什所说的"次要格或衍生格可能被视为界定（高级的、原始的、或）规范格的标准"。确实，浪漫主义诗歌的概念总是使诗歌与散文有所区分，正如在德里达所解构的柏拉图的对话中，苏格拉底把口头语言同书写加以区别。诗歌区别于其他修辞学的特征被解构之后如何幸存下来？如果诗歌被重新认为是社会大文本的支离破碎的场景，诗仍将成为一首诗？如果用华莱士·史蒂文斯的话来说，"没有一个人是纯粹的他自己，因为他是由许多其他人组成的"，那么诗的创造者还是一个诗人吗？布鲁姆在《影响的焦虑》开篇援引了针对诗歌自我认同的这一绝望的评价，并且承认了这种绝望。作为美国最早把解构主义用于文学研究的耶鲁学派的教授（其中也包括J. 希利斯·米勒、杰弗里·哈特曼和保罗·德曼）之一，布鲁姆接受了德里达所说的自我和文本是"他者"的含义、诗歌的修辞性和创造性的无限倒退。但是，正如布鲁姆在书的开篇所宣称的，他也相信有"强者诗人"、"坚强的创造者"、"想象力丰富的人"。并且后来布鲁姆也不顾忌解构主义的原则，坦率地承认"自己热衷于浪漫的、具有预言性质的人文主义"。布鲁姆怎么能两者兼有？

《影响的焦虑》一书以一页的序言开篇。这篇序言是一首散文诗，诗的开头几行描写了书写和作家不可逃避的困境，即德里达所说的自我分裂、次要地位、和失去完整性："当他知道他已经堕落，偏离了完整，他尽量回忆起完整曾一度是什么？"要像布鲁姆那样承认这种困境，就必须正视作为差异的属性这一相同的危机，即德里达指明苏格拉底必须面对的危机。对布鲁姆来说，必须承认诗人与诗歌的非同一性，他们对外部世界的依赖。如果承认这一点，"形式主义批评的绝境"就显得确定无疑。认为诗歌是形式的统一体，是自足

第五章 解构主义和后结构主义

的有机结构的观点是一种被驳倒的同义重复——哈特曼的《超越形式主义》（*Beyond Formalism*，1970）一书就以探讨这个问题为出发点。而在布鲁姆看来，另一种观点似乎将诗人和诗歌归为符号系统和社会系统资料的传播者。并且，他反驳道，"这种观点认为批评家应屈从于那些在欧洲发展起来的、单调乏味的反人文主义批评，那些尚未证明有助于解读任何诗人的任何诗歌的批评。"布鲁姆对这两种令人无法接受的观点进行了简洁而巧妙的辩证综合。批评界对于诗歌的探讨"游移于同义重复——即诗歌指涉自身——分解——即诗歌具有本身之外的意义——之间"，针对这个现象，布鲁姆提出了一种"对立的实践批评"。它以"否认同义重复和分解开始。一首诗的意义只能是一首诗，但它是另一首诗——一首不是其本身的诗，这种主张能够最好地表达这种否认"。

布鲁姆与解构主义一样认同尼采的观点：同一性话语和真理话语是知识丰富的，并被与内在化的他者的斗争所分裂的话语。布鲁姆用弗洛伊德的俄狄浦斯理论把那种斗争限制在诗人家族内部，把文本意义的泛滥限定为"诗歌的影响"。用这种方法，布鲁姆最终能够在诗歌中心消解和自我分裂的基础上重建"诗歌中心"。诗歌的同一性被重新认为在于"诗歌内在的关系"。同样，诗人本身的非同时性和非同一性（引用第四章讨论过的弗洛伊德和拉康的观点）并不是创造性不可逾越的障碍，而是创造性所能够获得的条件。总之，诗歌和富于想象力的诗人通过占有寓于自身的、有力的外部影响，把对这种影响的需要转化成精湛技巧，把他者转化成同一性，这样他们可以变成，——用史蒂文斯的另一种短语来说，"最真实而又最古怪的"他们自己。

布鲁姆承认，他通过坚持诗歌的意义只能是另一首诗，而避免把诗歌分解为"意象、含义、特定的事物或音素"的建议在某种程度上确实有些武断。他写道，"即使是最强大的诗人也会受到非诗歌因素的影响，这一点甚至对我来说也是显而易见的。"但是他接下去又重申，"我所关注的只是诗人内心的那个诗人。"他所强调的这个短语明确地概括了布鲁姆本人可能称他对本质属性的解构主义批评为"强有力的误读"的含义。一方面，"诗人内心的那个诗人"证实了这种批评，因为在布鲁姆的语境中，这一描述习惯性的、或被期望的所指，即某些存在于内心的、使诗人自己的属性成为诗人的天赋被解构了。因为诗人内心的诗人并不是他本质上的自己，事实上是其他人，其他诗人。另一方面，这个短语标志着布鲁姆"偏离"解构主义的中心，因为只有通过对这个他者恰当的吸收，诗人才能形成自己创造性的属性，从而通过"诗人内心的那个诗人"重新获得诗人完整的个性意识。

布鲁姆剖析了这一修正过程的6个步骤：伟大的诗人从自我异化出发；

把诗的属性置于优先地位；使某位先辈外在化为己所用；与先辈相结合并重新创造；用差异形成自我。布鲁姆所谓的误读——或"误解"，是这个过程的关键，因为任何阅读或阐释与所读的文本不一致的原则，实际上是承认表述本身就是变化（我们想起，对于苏格拉底来说，这是很令人心烦的），这使布鲁姆的诗人能够通过对他者的再创造获得独创性。强有力的诗人在阅读先辈的作品时必然会发生误读；为了追随先辈，他必须"偏离"，正如布鲁姆所说的，因此，这个影响的第一手资料的再创造者获得了创造力的优先权。［对布鲁姆来说对这一优先权的争夺似乎只是父亲和儿子的事；然而，女权主义对布鲁姆这一模式进行著名的"误读"，应用于女作家之间并不那么敌对的关系：如桑德拉·吉尔伯特和苏珊·格巴的论著《阁楼上的疯女人》、约翰妮·菲特·迪耶（Joanne Feit Diehl）的《狄金森和浪漫主义的想象》（*Dickinson and Romantic Imagination*，1981）和《女诗人与美国的崇高思想》（*Women Poets and the American Sublime*，1990）。］事实上，布鲁姆的诗歌理论也明确地延伸到批评，因为"我们所有人，不论诗人与否，都承受着影响的焦虑"。布鲁姆写这本书时，盛极一时的解构主义对他的批评观产生了深刻的影响。从某方面说，《影响的焦虑》可以被认为是对德里达的充分误读。同时，与后结构主义的理论格格不入的是，布鲁姆的书重新致力于引导那些扬言使文学研究泛滥的观点和方法，使它们朝着保持"文学"属性的方向发展。

如果说布鲁姆是解构主义最早的文学继承者和文学斗士之一，J. L. 奥斯汀则代表解构主义所受到的现代哲学的影响。奥斯汀根据1955年他在哈佛大学所做的一系列讲座写出了《如何用言语做事》（*How To Do Things With Words*，1962）一书。这部著作一开始就评论道，"哲学家长期以来一直认为，'言语'的任务只能'描述'某个事件，或'表述某个事实'，它必须这么做：要么真实地，要么虚假地。"这种假想所掩盖的语言功能引起了奥斯汀的莫大兴趣。他指出，语言不但描述和表达事物，而且在这个世界上积极地做事和行动。奥斯汀在第一场讲座中提出这个问题："言语果真具有这种功能吗？"接着他答道，"这个道理开始听起来很古怪，甚至很轻率，但是如果有了充分的预防措施，听起来再也不显得古怪了。"例如，他解释道，在适当的场合下说（如在结婚仪式上的一位主角说）"我做"（I do）并不是描述他正在做什么，或表达他正在做这件事，而是"将这样做"，将要结婚了。奥斯汀把组成语言所指行为的话语称作"行为"，并把它们同规范式言语区别开，他称后者为"表意"，它只是中性地描述某个事件，并可以被评判为是真实的或虚假的。虽然奥斯汀并没有说明，事实上这种区分重复了哲学与修辞学之间传统的区别：哲学具有真理的标准，而修辞学是适合一定情境的标准。德里

第五章 解构主义和后结构主义

达将解构这种区别。

言语果真具有这种功能吗？奥斯汀希望能肯定地回答，但是条件是能够保证"充分的预防措施"。然而正当他探索他语言这两大类别的性质和关系时，这些预防措施逐渐削弱了。因此，到了书的结尾，他几乎对自己进行解构主义的分析。他在倒数第二个报告中自问：

> 我们怎么能够确定真实的记述就是一种不同类别的评价，与严密的辩论、良好的建议、公平的判断和正义的谴责不同？……记述总是正确或虚假的吗？当表意面临事实时，我们对表意做出评价，这时所采用的许多词语实际上与判断"行为"的许多词语是一样的。

376

最后，正如柏拉图不能阻止书写玷污口头语言，奥斯汀也不能阻止"行为"用其适合一定情境的评判标准破坏他审慎的预防措施，也不能阻止与"表意"及其真理标准互相交汇。他承认，"所谓行为是单纯的，这种观点站不住脚，这种观点本质上是建立在行为与表意之间的二元对立上，我们认为应该摒弃这种二元对立。"因此可推断出，"同许多二元对立一样，'规范或评价'与事实陈述之间的区别必须去除。"换言之，再没有任何中性表意的真理能独立于它们的语境而存在。奥斯汀是这样阐述的，"'真'与'假'，犹如'自由'与'不自由'一样，只能是在一般的范围内。在这些场合下，为了这些目的，带着这些意图，这样说是正确的，或适当的，相对而言那样说是错误的。"

奥斯汀并没有探讨这些结论带来的潜在的激进的分歧——言语和行为之间的区分不能维持，言语是行为的形式，或奥斯汀所说的非特别表达方式的"力量"。如果正像我们上一段所援引的，奥斯汀认为真理与谬误跟自由与压迫一样都代表行为，那么奥斯汀显然预见了后结构主义认为话语与权力不可分割的观点。在德里达和德曼看来，正是在哲学的真理企图脱离修辞的影响时，行为的力量被抑制了，并且不被承认，因为承认这种力量，我们就必须质问一个烦人的问题：如果语言是一种力量，这种力量同哲学所宣称的理性与逻辑之间又是什么关系？哲学是不是像尼采所认为的，只是一种暴力？

对于这个问题，德里达并没有毫不含糊地回答："是"，但是他暗示我们并不能因为感到不安而逃避这个事实。那些道德主义者愤怒地反驳理性含有暴力这一观点，他们只会阻止对这一问题的正确判断。事实上，思想从来就不存在于一个单纯的中立空间，而总是建立在某处。这一事实最明显受到我们社会中物质后果的佐证，这种物质后果是个人非难理性或缺乏理性的必然结果。在某些情况下，对一个人是无理性的确定会产生巨大力量：可能会成为剥夺其财产、人身自由、甚至控制生死权利的正当理由。换言之，为了认清理性是社会建构的，我们只需回顾那漫长的古代史，或并不一定是古代史，那些被认定是缺乏理性的人被执行了暴力管制，如卡罗·史密斯·罗森伯格（Carroll Smith Rosenberg）和其他人所揭示的，这些人当中多数通常是"歇斯底里"或只是叛逆的妇女。

如果说哲学在传统上是通过逃避力量问题和社会责任问题而自成一体，同样地，艺术和美学在现代社会是通过脱离修辞学而自成一体的。康德认为美学是具有"目的的目的性"，与修辞学领域的实用性不同。然而，后结构主义认为，如果意义包含行为力量或运用修辞手段的行为，那么那种自认为纯粹地、不偏不倚地表达哲学真理或美学意义的语言（有人认为尤其是这种语言），其实既不纯粹，也有失公正。因此与奥登的观点相反，诗歌并不是"不能令事情发生"，而是，诗歌本身就是世界上的一个事件。

乍一看，强调语言就是力量似乎是在为后结构主义理论本身固有的虚无主义和潜在的极权主义开脱。但是我们必须想到，解构主义在批判一门学科或一个文本（或它们的代表人物或作者）所谓的中立性时，也是对其整体同一性的批判。这就是说语言施行某种力量，而说话者无法完全控制这种力量。事实上，在海德格尔的箴言中，说话者与语言之间表面上的权力关系被彻底颠倒了：是语言说人，而不是人说语言。这个引起争论的观点，受到解构主义和后结构主义批评家的广泛回应。这种观点并不赋予语言自身某种神奇的、有灵性的生命，而是坚持语言在被使用的历史中已经负载了意义。语言是一种历史的产物（也是一种历史过程），随着时间的推移，语言的词语和表达，"积淀"了许多意义和对意义的不同理解。举个大家熟悉的例子，一个男人称一个女人"宝贝"，但即使他真心地表示他不是特意令这个词含有贬义，他也不可避免会被指责为性别歧视。"宝贝"承载着一种社会历史，包括最近30年来，女性对女性特征被物化和被轻视提出挑战的历史。这一历史形成了这个词的意义，不论讲话者个人是否知道这个意义，或是否企图激活这个意义。

海德格尔认为，没有一个使用语言的人能完全控制他或她的言语中积淀下来的所有意义。解构主义者也认同他这个观点。我们能够在某种程度上控制这些意义，但是总是有意义的残余或过剩超越我们的控制——这个事实说明，围绕着我们所使用的词语是否能够合理地表达某个特定的意义，我们的文本很容易发生阐释上的冲突。德里达会说，也许更确切的观点是，"我们"本身是我们所使用的语言积淀下来的意义的产物，即，"我们"对词语的使用和控制，甚至在我们把这些词语托付给别人理解之前，这些词语从一开始就

第五章 解构主义和后结构主义

从来没有完全属于"我们"。正如我们运用解构主义观点的例子表明,根据解构主义者的观点,文本向充满冲突的空间开放,让人询问诸如文本是否有这个或那个意义的问题,这并不是因为粗心的书写或阅读带来的偶然现象,而是形成交际的条件,如果没有这种意义冲突,交际就不可能存在。

在这个方面,解构主义的观点同米哈伊·巴赫金(Mikhail Bakhtin)有影响的"对话"理论互相吻合。巴赫金认为,过去与现在的其他说话者和作者已经使我们现在使用的语言具有许多复杂的用法。因此,陀思妥耶夫斯基(Dostoevsky)的小说包含各种各样以前的声音和语域(或参与对话),不但包括其他文学语言,而且包括法庭用语、犯罪学用语和不同社会阶级的用语。语言被许多他者所占据是其不稳定性的深层原因,但是这种不稳定性并不是一种不利条件,而是语言创造力的源泉。

如果我们从来就不是我们"自己的"语言含义的唯一主人,如果我们的声音里还包含其他没有被承认的声音,如果我们的文本依赖文本语言积淀下来的、被抑制的冲突和意义,那么我们就有理由认为任何个人、声音、或文本必定与它们自身的关系是疏离的。德里达分析《斐德若篇》只是这种自我疏离引起焦虑的一个典型例子,这种自我疏离是一种贯穿西方思想史的焦虑。然而,德里达又认为,如果这种焦虑会产生自我欺骗,自我蒙蔽,它也会使思想和表达成为可能。确实,正是因为只有某种焦虑,我们才会去思考,去交流;正是因为我们感觉到这个世界缺少什么,我们才觉得有必要用语言、漫无休止的描述、再描述、理解和再阐释来弥补这种缺陷。一个能够由语言带我们进入终点站的世界是个死亡的世界,因为这样的世界让我们不需要再说什么或写什么。对永远不能达到的"完整"的渴望是使所有表达成为可能的条件,通过解构主义的阅读就能发掘所有的表达中流露出的这种渴望。

在这一章里,我们用了各种方法展示解构主义如何向基本的哲学命题发出挑战:这一哲学的基本命题就是同一性,即 A = A,把它转化成文本描述,即认为文本是自我认同的,文本为了存在和被理解,必须是而且保持它自己,对于 E. D. 赫奇(E. D. Hirsch)这位基础主义阐释理论的倡导者来说,文本的自我认同原则是使所有阐释成为可能的必要条件。"如果一个阐释者并不认为文本意义在场,能被思考或运用,他就没有什么可想,也没有什么可说了。"赫奇写道,"文本的在场,它时时刻刻的自我认同,才能使它被思考。"在赫奇看来,如果文本不是它本身,如果文本没有自身的"预防措施"(引用奥斯汀的话),以提防自己从一个阅读到下一个阅读可能发生改变或被改变,那么文本就不可能有稳定的意义,没有任何阐释是合理的。我们看到,德里达在拒绝文本的自我属性或自我在场时,也拒绝了赫奇理论中包含的同一性与非同一性的二元对立。

对解构主义而言，非同一性原则并不是简单地反对或驳斥同一性原则，而是对这一原则的理解和补充。文本之所以能够保持自身的特点，只是因为文本包含（既含有又抑制）发生改变或变成其他东西的潜能。正是这种变成其他东西的可能性才使得我们成为我们自己。德里达在评论奥斯汀观点时提出的"可重复性"概念就抓住了这个悖论。德里达研究奥斯汀关于特定场合下"行为"言语时反驳说这种话语的力量在直接的语境消失或发生改变时还能保存其自身的意义，它的可重复性并不说明这种行为式言语有直接的意义，或完全掌握其自身的意义，而是能在其他地方找到那个意义。正如克里斯托弗·诺里斯所阐明的："奥斯汀行为言语的成功条件是，说话者必须'意指他所说'，必须现场介入他的话语并忠实地'表达'这种意义。然而，行动言语的'可重复性'指的是这些言语只有在非自我在场这个更大的符号化系统范围内，才能被解释和获得意义。"或者用德里达的悖论来说："可重复性总是包含变革。"

我们可能意料到，这种令人捉摸不透的回答也许很独特，但不能令德里达的许多批评家满意，也不能完全回应他们的异议。其中主要的和经常重复的异议是更为巧妙地发展赫奇的观点：如果文本被认为是非同一性的，那么就不可能有稳定的意义和合理的阐释。下面这个问题可以最清楚地阐明这种异议：既然大部分时间我们能够获得稳定的意义和合理的阐释，文本又如何会非同一性？M. H. 艾布拉姆斯（M. H. Abrams）用这个观点批评德里达。他评道："实际上，语言总是在起作用，总能完成它的工作。我们一生中都确信我们能够意指我们所说的话，并且知道我们所说的意义。"然而，德里达和其他解构主义者提出论证，说他们并不否认语言"起作用"。相反地，他们感兴趣的是在语言起作用时那些未被发现的、有时令人不安的事。然而，解构主义者没有直接回应艾布拉姆斯对稳定的意义如何能与非同一性的文本共存作出解释的要求。一些认同解构主义的"反基础主义"或"反形式主义"的"读者反应论"批评家已经提出这个问题。

《读者反应批评》（*Reader-Response Criticism*，1980）收集了许多具有里程碑意义的论文，专门探讨批评如何由从文本对象获得意义转移到从阅读过程获得意义。简·托姆帕金斯在本书的绪论部分提醒读者，"读者反应批评并不是观点统一的批评立场。"然而，读者反应批评各种观点的相通之处是：在某种程度上对形式主义主张意义全部表现在一个稳定的文本中提出挑战。因此，读者反应批评像解构主义的分析一样，倾向于认为文本的意义是产生出来的，而不是既定的；是依情况而定的，而不是绝对的；是相互作用（因此非同一性的）而不是自我在场。

斯坦利·费什是读者反应批评的理论家之一，他对这一批评进行了最为详尽的逻辑分析，并且他的反形式主义或反基础主义的观点同德里达的解构主义最相似。像德里达一样，费什对意义的"哲学"条件感兴趣，（他也拒绝把"哲学的"同"修辞的"分开）。托姆帕金斯也指出，费什早期的研究工作像德里达一样，通过对阅读过程的细致分析，企图"转入对阅读自身活动的探索"。德里达解构了纯粹的、居于首位的口语跟不纯的、居于第二位的书写之间的对立关系，费什也同样解构了（文本的）意义与（读者的）阐释之间的区别。费什认为，并不是要在意义——想象在书的某页某处——和阐释之间做出选择；这种选择只能在"没有被承认的阐释与至少意识到的阐释之间"进行。对费什来说，阐释包含了某种德里达"可重复性"概念中的辩证。费什回应德里达"可重复性总是包含变革"的主张，在一篇收入 1989 年论文集《想做什么就做什么》（*Doing What Comes Naturally*）的论文《变换》中评论道："解释和变换并不是对立的活动，（虽然它们可能是立论和驳论，）而是一样的活动。"

这种观点似乎证明并默认阐释的不稳定性，但是事实上，它对艾布拉姆斯的挑战做出了回答，也解释了阐释的稳定性。在论文《变更》的同一段里，费什继续强调，"阐释是由多种限制因素构成的结构，这种结构总是到位并已经到位，因此不可能有独立的、或不可被理解的文本，也不可能有独立的和自由理解的读者。"在《这门课里有没有文本？》（*Is There a Text in This Class?*）一文中，费什提出了他关键的理论主张，没有先于阐释之前就存在的文本实体，因为任何文本的意义本身是阐释的产物。我们通常认为，我们可以借助独立的文本证据支持或反驳某些阐释，这种想法其实是靠不住的。因为按照费什的观点，我们所认为的"独立的证据"已经被我们重复的阐释事先决定了。正如费什所说的，"我们不能借助于什么证据来解决文本里有什么这个问题，因为只有在决定文本之内有什么之后，才能获得证据。"因此，费什推论出"所有的对象都是被创造出来的，而不是被发现的，它是我们所采用的阐释策略创造出来的"。有技巧的阅读通常被认为能够辨别出"那儿"有什么意义。对费什而言，它更是"知道如何创造出某种意义，让人以后能够说意义在那儿"。然而，这种观点并不会导致主观主义或相对主义，因为读者对意义的"创造"并不是异想天开，而是受他或她的阐释共同体的规范制约的。

问题是，费什似乎常常提供一种不加的阐释模式，这种模式也不能充分地说明阐释的具体性和选择性。事实是读者只是动用他们存货中许多潜在策略的一部分，将一些策略运用在某些对象上，而不是其他对象。这样不加区分,其后果在第七章我们讨论"新历史主义"时就凸显出来了。然而,现在值得关注的是,费什的整个观点路线遵循我们在这一章所讨论的德里达对文本的分析。德里达曾揭示对文本自我认同的制约因素和对意义的控制都是同样的制约。对费什来说,这些制约同样对读者起作用,或更确切地说,产生了读者。正如沃尔特·本·迈克尔斯(Walter Benn Michaels)所说:"自我,像作品一样,也是一种文本,已经根植于某种语境,即阐释共同体或符号系统中。正是这种语境形成(产生并限定)文本是什么?读者做什么?"这种观点引发了美国实用主义哲学家 C. S. 皮尔斯(C. S. Pierce)支持和发展费什的观点。

费什的阐释共同体并不是指"共享同一观点的个人组成的群体,而是某种观点或总结共享这些个人经验的方法"。这种基本原则同前面所提到的海德格尔的主张相呼应,即语言说人。但是为了更好地阐释这种观点,我们应该了解托马斯·库恩(Thomas Kuhn)在他的名著《科学革命的结构》(*The Structure of Scientific Revolution*,1962)里提出的理解"范式"所具有的生产和控制能力。像库恩的范式一样,费什的阐释共同体是一个集体的学科研究项目在特定的历史条件下的表现,它渗透并决定了每个研究者个人及其研究条件。费什写到,这个共同体有助于阐释的稳定性,"因为观察者并不是独特的个人或私人,而是他所隶属的理解范畴的产物。但阐释的共同体也有助于发生变革(因为无论什么样的历史原因,学科和机构的界限会发生改变或被参与其他集体项目的那些人攻破)……因为我们每个人不只属于一个阐释共同体,而是无数个阐释共同体的成员,不同的阐释共同体有不同的信仰,并以不同的力度发挥作用。"因此,阐释这项工作——包括被阐释的作品和起作用的阐释,"既促进同化,也自我变革。"对费什来说,在具体条件下,是促进同化(稳定性)占上风还是变革占上风,范式是保持还是改变,这并不取决于阐释之外任何客观事实,而是"一个政治问题,在不同的时代有不同的答案"。

因此,我们确信意义是被创造的,并由某些"人的利益结构"规定,而不是中立地被发现和被描述,这时,我们的注意力不可避免地要转向政治,正如托姆帕金斯描述读者反应批评家和他们研究工作的发展轨迹:

> 首先在读者本身重新界定意义,然后运用产生意义的阐释策略,接着他们断言意义是这个世界特定条件的产物。这种认识论革命导致了文学与文学批评的再度政治化。当话语决定了事实,而不只是事实的反映,那么谁的话语占上风谁就会使一切情况完全改变。

第五章 解构主义和后结构主义

托姆帕金斯所指的"认识论革命"比读者反应批评和德里达更早。它经常被描述为20世纪思想的"语言的转向",许多学科的理论家进一步推动了这次革命。其实,这场革命部分源于伊曼努尔·康德(Immanuel Kant)在18世纪末自我宣称的哲学史上的"哥白尼式革命"。

康德认为,人的思想无法深入事物的本源和世界的"本体"事实,只能看到事物的表象,即由思维本身的范畴如空间、时间、关系和因果等组成的"现象"。新康德学派为这个观点提出了一种语言学转折,认为事先为我们决定事实的范畴是语言范畴。20世纪大众传媒对广告、大众文化和群众政治的威力和煽动力所进行的社会分析,这些都促使人们更加关注语言威力的形成。尤其是两次世界大战之后,许多受到震动的知识分子致力于研究造成大屠杀所使用的充满民族主义的豪言壮语,研究其蛊惑人心、以情感人的特点和不加鉴别的陈词滥调。乔治·奥威尔(George Orwell)的论文《政治与英语》(*Politics and the English Language*, 1946)揭露了现代政治话语的许多委婉语。他的小说《一九八四》(*Nineteen Eighty—Four*, 1949)展示了一个极为恐怖的世界:对语言的系统控制使暴君能够把所有的人变成温顺的奴隶。在奥威尔的反乌托邦国度——大洋洲(Oceania)里,在"大哥"的执政期间,他使用一种"模棱两可、自相矛盾的新话"代替传统的英语,以消除人们思索真理、诚实、自由和个性这些概念的能力。

正当像奥威尔这样的作家警告人们,政府在政治上和科技上越来越加强对语言的极权主义控制能力时,语言学家和人类学家正在探索语言符号如何影响文化在现实中的变化,因为不同的文化群落和不同的历史时期以不同的方式"构成"了现实。例如,本杰明·李·沃尔夫(Benjamin Lee Whorf)根据他对与世隔绝的亚利桑那州的部落霍皮族的研究提出了这种观点:这个部落的时空概念和总体的世界观与西方传统的主流文化完全不同。沃尔夫声称:不同文化的语言并不是建立在共同的、客观的所指之上。这个所谓的沃尔夫假说否定了以种族为中心的绝对主义。但是沃尔夫的文化相对论似乎通向奥威尔的梦魇——在这个世界,从一种文化到另一种文化,真理截然不同,主流话语或统治阶级说什么是"真理",什么就是"真理"。

因此,形成了一场有关道德、政治含义和用途的争论,而且仍然很盛行。对于语言和经验的世界的关系出现两种不同的描述,为了方便起见,我们把这两种观点称为"建构主义"和"现实主义"。这场辩论势在必行,具有一定政治背景。50年代前后发生了民主与独裁的冲突,80年代和90年代在教育上展开了文化论战。我们应该注意的是,在这场论争中,建构主义者和现实主义者都认为自己的观点政治开明,把对方的观点贬为使极权主义合理化。

从康德开始，建构主义者经常争辩说：一旦我们承认我们关于社会秩序和价值的思想来源于人的意识，我们就会为自己的判断负责任，避免极权主义地宣称这些判断是由某一非个人的客观本源决定的"真理"，建构主义的人类学观点部分是对纳粹反犹种族主义的反应。它声称文化相对论促进了对差异的容忍，并抵制把地方偏见与普遍真理和理性混为一谈。现实主义者则反唇相讥：一旦我们假定语言构成了我们的现实，我们就没有任何批判极权主义的力量，只能屈从于"存在就是合理"的格言。承认语言能接近某些外在的真理或现实，并不等于声称我们自己的语言或文化垄断这些真理或真实；这只不过是允许有一种标准，可以用来衡量各种相互对抗的观点。

第六节 保罗·德曼的实例

1988年，一位荷兰籍研究生奥特温·德·格雷夫（Ortwin de Graef）为反建构主义运动向前发展添加了推动力。他发掘了已故的耶鲁学派批评家——保罗·德曼这位美国研究院最著名的解构主义理论家一个鲜为人知的事实。德曼的批评倾向于把激进的解构主义同对文学的理想化结合起来，形成一种有意识的自我解构的话语，"摆脱直接表述这一谬误"。德曼写道，"小说不是神话，它清楚这一点并自称为虚构。"他又继续写道，"真正的神话"是由一些批评家胡诌出来的。这些批评家认为自己的话语，即所谓的人类学、语言学、心理学，远远不是"文学的再现，像九头蛇的头一样，在应该被压抑的那个地方长出来"。文学起源于"意图与现实脱离的真空"、起源于"存在世界的非真实性"的揭示、存在于"作家本人对那个堕落而又短暂的日常存在和自我的总结"，以及起源于"脱离历史和现世的渴望"。正是因为这些原因，德曼坚持说，"批评家不必在这个起始阶段徘徊。从某种批评观点来看，考察作家真实的历史经历是浪费时间。这种倒退的阶段只能揭示出作家本人开始写作时就完全意识到某种空虚。"德·格雷夫揭示了德曼本人真实的历史经历：在1939年至1943年期间，德曼曾为比利时的两家通敌报纸写过亲纳粹的文章，并且有几次公然撰写反犹文章。

因为德曼为纳粹撰稿与他转入理论和批评研究之间相隔了20年，这两者之间是否有联系仍悬而未决。然而，当德·格雷夫获得的信息在国际报刊评论传播时，许多原来就认为解构主义威胁到理性和行为准则的批评家把德曼的著作当作确证，证明自己一直持有的看法。而一些人牢牢抓住德曼的例子，为自己不读解构主义著作辩护，他们认为自己的评价是公正的，因为现在，历史本身已经作了最后的裁决。并且，德曼的这一情况公开之后，事实上人

第五章 解构主义和后结构主义

们完全可能认为德曼后来的理论是巧妙地使自己通敌的写作合法化或为之找借口,因为德曼否认了对历史事件和文本阐释的可靠性,因此为作家们和其他机构的行为开脱罪责。

德曼的事件被披露之后,我们就能理解其著作中某些不可能做出真正忏悔的章节,这些是德曼为自己未从欧洲移民前,没能坦白"他一生中每天历史的时刻"所作所为的含糊其辞的自我开脱。德曼在后来的著作中确实经常涉及忏悔的非真实性这一主题。例如他曾指出在卢梭的《忏悔录》(Confessions)中,让·雅克·卢梭(Jean-Jacques Rousseau)貌似谦卑地为自己的罪行和堕落忏悔,事实上只是自我扩张的虚伪策略,只会使得表面上看似忏悔的罪人因自己的坦率更令人钦佩。德曼用这个典型的例子证明自己的看法:语言中的"符号和意义"永远不相一致,语言充当"表意"角色时所说的,跟它作为行为表达时所做的之间总是不一致的。甚至让·雅克·卢梭忏悔他的罪行时,他的这种忏悔行为巧妙地为他开脱。如果我们结合德曼的过去来理解这些话,德曼似乎暗示,披露自己亲敌的历史将是无用的,因为任何这种忏悔只是为自己的利益服务,其意义是模棱两可的。

这可能是对德曼后期部分著作的一种解读。然而,也可以重新解读德曼后期的理论,作为对有机民族主义这个"极权"概念的一种谴责,尽管德曼青年时代十分赞赏德国纳粹帝国的这种民族主义。(这是德曼的一些辩护士使用的方法。)德曼在后期的作品中坚持不懈地对浪漫主义的机体论(romantic organicism)进行强有力的批判,现在可以将它的这一举动看成是他对纳粹主义及其从极权主义角度阐释浪漫主义文化文学有机统一体理论的回应。德曼在分析海德格尔和荷尔德林(Holderin)时,把有机的理论同欧洲极权主义的意识形态联系起来,说明他本人认为解构主义可以作为对他青年时代信奉的极权主义思想的一种批判。

因此,德曼后期的著作可以用来支持有关德曼过去的完全截然不同的解释。对一些人来说,这是使那段历史合理化,而另一些人认为这是对那段历史的否定。从这个方面看,德曼的整个一生莫名其妙地被用来说明其关于阐释的不可决定性论,他的历史本身变成一种"文本",支持截然不同的两种解释。人生的故事,或者历史的故事,总是被分成几个不同版本的故事,只有在被概括成简单化的叙事时才能变成一个故事。持有这种观点的人就不会原谅德曼,因为这种观点认为德曼的亲敌行动是恶劣的,不可饶恕的,而且德曼的后期著作从某种程度上既使这些行为合理化,又谴责这些行为。

然而,德曼的一些辩护士,包括德里达本人,企图把德曼亲敌文章的反犹主义降到最小限度,或怀疑是否该称之为亲敌的。而德曼的亲敌是毫无疑问的,他们这样做是很不明智的。因为这些辩护士不必要地证实了人们对解构主义的攻击:解构主义只是阐释者为了自己方便,随心所欲地阐释文本,用相对论的原理阐明道德区分不存在。像德里达和其他人所说的,德曼轻蔑地提到"庸俗的反犹主义"可能就等于谴责反犹主义是庸俗的,他们这样做只会令人难以相信。似乎没有什么办法能够把人们的憎恶降低到最小限度。德曼在一篇臭名昭著的战时论文最后一段写道:

>……我们认为解决犹太问题的办法是建立一个远离欧洲的犹太殖民地,这种办法不会给西方文学生活带来遗憾。西方文学所失去的只是一些资质平庸的人,也仍会像过去那样,根据其伟大的进化法则向前发展。

正如罗伯特·霍卢伯(Robert Houlub)评论道:

>德曼早期支持者歪曲的推理和解释的花招只会欲盖弥彰。他们本应该坦率和毫不含糊地承认德曼在战时一段时间确有应受严责的行为,并且说明人是会改变的,会成熟的,他的后期著作应该根据其本身的批评价值来评价。他们编出的这套辩护伎俩,结果只会使解构主义和他们自己的信誉度受到损失。

霍卢伯继续提醒我们注意,德曼的一些辩护士这样争辩道,解构主义理论和极权政治之间没有固有的联系,但是解构主义是唯一一种特许的、与极权思想抗争的方法,好像为了反抗极权主义,我们应该成为解构主义者。霍卢伯认为他们这样说又进一步削弱了自己的立场。解构主义本身的原则就会摒弃这种观点,因为哲学观点与它的政治后果之间没有确定的或先验的关系,只有互为语境的关系。

德曼这个事件带来的恶意是:很难根据解构主义的"批评价值"来评价它。这一绯闻很快演变成一场争论,成为20世纪80年代中期至今在人文研究和教学领域更大范围内的文化论战的一部分。然而,当这种争执不再那么激烈时,解构主义者可能会对当代思潮产生影响。这种影响将大大超过这一流派成员所做的工作。因此,解构主义远远不像一些评论家所说的,已经退隐在记忆的深处,解构主义在诸多学科里都留下了印迹。解构主义远远没有被新历史主义、文化和政治批评所代替。我们在下面的章节将讨论解构主义如何引导这些运动。

第六章 从文本到实体

下面是我们在第五章所讨论的解构主义的命题之一：

> 在一种社会或文化中，话语和解释性叙述通过抑制不能同化的反话语、叙述和声音而占主导地位。解构主义阅读试图引导出这些不必要的"他者"叙述，并指出它们是如何干扰法定话语和消解法定话语设定的一致性和必然性。

我们还补充，"解构主义阅读策略（以及它们同马克思主义、女权主义和其他直接的社会政治批评形式的联系）所产生的政治功效在于，这些策略有助于通过揭示被主流话语所抑制的种种矛盾动摇主流话语。"我们现在所要关注的问题中，解构主义所宣称的政治功效在多大程度上是正当的。

如果他们认为没有别的问题的话，诋毁解构主义的新闻媒介则认为，解构主义有政治图谋，是危险的。在上一章，我们试着平息长期以来围绕解构主义的争端，并消除一些疑虑。然而，我们最终同意，解构主义认为语言的意义是自我分裂的、行动的和不纯正的观点"不可避免地使我们回到政治上"。我们提出，当文本意义被认为不是自然的、稳定的或"在场"的，而是由特定的文化利益和机构决定的，因此是"被创造的"，是社会话语和阐释系统冲突的产物，文本确实就具有政治性。

然而，必须分清两种观点之间的区别。一种认为解构主义在逻辑上使意义具有政治性；另一种认为解构主义批评积极地促进具体的政治纲领或政治功效。换言之，使政治变成制约话语的一般条件与通过干涉具体的话语去实现具体的社会目的之间是存在差别的。确实，有些人认为，由于解构主义"带来所有合法性话语的一般不稳定性"，它只会使政治行动和批判陷于瘫痪。

⊙1940 年以来的文学批评

这一研究领域外部的人攻击解构主义干扰政治,而许多研究领域内部的人则攻击解构主义根本没有真正的政治性可言。如果将整个世界当成"文本"就会使一切事物具有政治性,这个过程可能会贬低政治。

在这一章和下一章,围绕文本的政治性争论所提出的问题将占大部分篇幅:如果世界被认为是一个文本,美学与政治之间的关系将会怎么样?文学批评以什么方式、在何种程度上具有重要的政治意义?当代批评的文本理论如何影响它对物质现实的兴趣及其改造物质现实的渴望?文学(或批评)是种理想化的形式还是非神话化的形式,或两者兼而有之?批评家能不能合理地希望"不但要阐释事物,而且要改变事物"(一部文化研究重要论文集的一位撰稿人如是说)?

第一节 政治与文本性

在近来所有的社会政治批评内部和相关领域已经掀起一场辩论:即文本阐释的理论或方法与政治变革的成就之间是否存在联系。例如,英国文化研究运动的创立人,长期担任这一运动的主要协会——伯明翰当代文化研究中心主任职务的斯图亚特·霍尔(Stuart Hall),在一篇题为《文化研究与理论遗产》(*Cultural Studies and Theoretical Legacies*,1992)的论文里提出这种看法:文化研究必须容忍"学术和理论研究"与"政治实践"的分歧。霍尔重申"文化将通过其文本化起作用"时,也承认"一个恼人的疑问:对文化研究本身势不可挡的文本化是否有点把权力与政治看做是只属于语言与文本性本身的问题"。

另一组对于"理论"的政治功效的怀疑,是美国实用主义批评家提出来的。他们具有某种形式的新历史主义思想。例如,继斯坦利·费什和沃尔特·本·迈克尔斯之后,霍华德·霍维兹(Howard Horwitz)攻击一些左派后结构主义者自鸣得意的假想:一旦某种主流的信仰表明是"社会建构的"(而不是自然的),它的主导地位就有些受到破坏,激进的社会变革也已开始。霍维兹质问进步的政治影响是源于"对历史知识的反客观主义的看法",还是来自建构主义的文本意义理论。正如费什和迈克尔斯在其他地方所阐述的那样,问题在于理论的政治影响不可能先验地来自理论本身,因为在不同情况下某一特定理论可能产生截然相反的政治影响。正如霍维兹所说:"政治产生于具体的行动,不是产生于认知结构";政治批评家不仅"不能把对抗性政治建立在某种批评模式或批评理论之上",并且如果试图这样做,势必会得到自相矛盾的结果:"无法批驳其他相互争执的阐释。"换言之,如果认为某种理论或文本实践必然是对抗性的或霸权性的，那就等于天真地认为，我们无需了解这些理论或文本实践发生作用的语境就能估量其政治效果。

后殖民主义批评创始人，德里达《文字语言学》（*Of Grammatology*, 1967, 1976）的翻译者加亚特里·查克拉沃尔蒂·斯皮瓦克（Cayatri Chakravorty Spivak），对于"亚群体"批评的主张也阐明了同样的见解。斯皮瓦克考察了亚群体研究集体，这是一群印度后殖民主义批评家为挽回英国殖民主义统治下的印度下层阶级（亚群体）的历史和意识进行的研究。这些人从"精英文献的反叛乱文本中"觉察出某种被抑制的亚群体意识的存在。因为这是从受抑制的符号衍生出来的，所以他们从殖民统治精英的作品中所"读到"的亚群体意识，一离开阅读行为的批评建构就无法表现出来。同时，如果亚群体的叛乱，从定义上看就像解构主义理论所表明的，是任何文本或任何权威概念都具有的特征，那么其结果就变为可以意料的，也就显得无足轻重，也没有特别必要进行印度亚群体研究。斯皮瓦克写道，"当所谓的殖民地亚群体的历史困境可以变成是对所有思想和所有审慎意识的困境的讽喻时，群体阅读策略的成功则标志着它所要达到的政治目的失败。"

正如我们在第五章所阐明的，解构主义揭露了假定的整体性和一致性潜伏着（并加强）的紧张局势。用艾米莉·狄金森极为适合的话语来说，解构主义发现"意义在于/内部的分歧"。用保罗·德曼的话来说："解构总是以揭露潜在的语音存在，揭露假想的单一整体内部的支离破碎为目的。"然而，按照霍尔、霍维兹和斯皮瓦克这些批评家的观点，解构也会导致极权，并且比那些它所反对的范围更大。

例如，德曼后来的解构主义编著简单地认为一般认定的大师叙事是"神话"，否定了他战时所写的亲敌的文章中赞扬欧洲"伟大的进化法则"，带有极权主义和文化沙文主义？或者德曼的后期写作以宿命论的理性化为自己前期的罪责开脱？正如德曼在一篇关于雪莱的诗歌《生命的凯旋》（*The Triumph of Life*）的论文里总结道："任何东西，不论是行为、词语、思想或文本，都不曾与前面的、随后的、或其他地方存在的事物有任何肯定或否定的联系，它只是随意发生的事件，像死亡的力量在于它发生的偶然性。"德曼认为文学揭露"直接表述这一谬误"的观点有助于使声称绝对历史真实的权力话语非神话化，或只是建立某种文学的新神话，由于它并不自称是真实的，所以被重新确认为一种真实的话语？

爱德华·赛义德（Edward Said）是当代杰出的文化理论家和批评家，他的著作将在第七章中讨论。赛义德赞成上述第二种阐释，认为德曼是某种颓废的唯美主义者。在德曼战时的亲敌关系被揭露之前，赛义德发表了一篇论文,广泛地抨击美国"左翼"文学批评"过分考究的意识"和残余的形式主义。按照赛义德的观点,德曼"破坏性的反讽"并没有抵抗极权的概念,也没有废弃已成体系的教条,只是导致德曼没完没了地重复"智力陷入语言表达的困境",不可能"表述任何事情"等等。

> 对[德曼]来说,文学作品几乎无条件地高于历史真实,不是靠它的权力,而是靠它所称的无权力;它的创造力在于它的前提:"一开始"自我解除武装,好像文学通过事先声明对其本身和虚构的故事不存任何幻想,就能直接进入可以被接受的形式的王国。这些思想当然体现所有象征主义艺术的主要倾向,20世纪各种形式主义批评使这种倾向显得饶有趣味。

赛义德继续以这种观点考察了20世纪70和80年代美国主要解构主义非神话者的著作以后,认为他们其实与20世纪50和60年代结构主义神话批评派的中坚人物诺思洛普·弗莱有极相似之处。

事实上,像杰拉尔德·格拉夫和弗兰克·兰特里基亚(Frank Lentricchia)这些批评家已在20世纪70年代末80年代初提出,弗莱与德曼对文学的看法最终似乎是殊途同归。弗莱认为文学表达了幻想中对完整统一性的渴望,而德曼认为文学表达了反幻想的、全然的不连贯性,两者最终使文学脱离了社会参照物。弗莱的想象世界"是完全隐喻的世界,每样东西潜能上与其他东西是一致的,"充满了许多神话,而德曼的非一致性的世界(正如第五章所提到的)表现了"意图同现实脱离的空虚"。弗莱区别了"人所见识的世界和他所建构的世界",认为文学象征完全生活在建构世界的梦想中,而德曼摧毁了这个区别,认为文学象征着一种知道除了生存在那个建构世界,别无他处可住的梦魇。

显然,我们偏离了我们在本章一开始就探讨的观点:解构主义使我们回到政治上。如果赛义德是正确的,解构主义破坏性的反讽并没导向政治和对抗性批评,而是陷入唯美的形式主义。然而,饶有趣味的是,一本书的绪论收录了赛义德关于美国"左翼"文学批评的论文,他用自己认定的"对抗性批评"特征的措词可以用来描述解构主义。

> "对抗性批评"的属性在于与其他文化活动、思维系统或方法系统的差别,在于它对极权观念的怀疑,对具体化事物的不满,对团体、特殊利益、帝国主义的对外扩张、正统思维方式的不耐烦,这

种批评就是这样的……"反讽"一词可以与"对抗性"一并使用。

这里赛义德阐明反讽对于批评的对抗性,对于批评保持"生命力增强"的和"在本质上反对任何暴政形式的能力来说是至关重要的"。

不管对解构主义理论政治价值的挑战是否正确,赛义德的例子表明,解构主义会在政治批评家的著作里留下痕迹,即使这些批评家公然否认它的理论。解构主义的见解和方法深刻地影响了近20年在批评领域出现的介入政治的批评流派。文化研究、新历史主义、后殖民主义批评以及后现代主义和后现代性理论在起源、目的、态度和兴趣各有差别(也包括内在的差别)。然而这些批评流派普遍认同我们在第五章提到的"建构主义"或"反基础主义"对语言与世界之间关系的阐释,这也是解构主义和后结构主义极力坚持的理论。

同时,从不同程度上看,近来这些批评方法总体上进行文本分析,特别是将文学作品的文本分析和能指活动作为对主流的历史叙述和当代物质条件的政治反应的工具。所有这些都受到解构主义的文本范式的影响,根据这一范式,文本的意义与一致性是建立在排除经常干扰文本的"他者"的基础上,并且由解构主义阅读来描述这种不确定性。新批评的统一文本展示出有机的社会或国家,而解构主义与自己本身有差异的文本成为一种范式,说明社会合法性如何通过掩饰他们的弱点而获得权威。

我们最终仍没法回答解构主义是"真正"对抗现实还是逃避现实这个问题,因为解构主义是否具有这两种结果取决于它在什么语境下起作用和如何运用它。如果简单地认为解构主义的观点就是声称主流话语本身是抑制性的,或声称解构这些话语本质上是颠覆性的,那就忽视了解构主义的重要观点——即把固定的、简单的、可意料的结果先验地加在任何文本、理论或语言实践之上,这就忽略了语言的不稳定性和意义的或然性。

德里达在《有限公司》(*Limited lnc.*)一卷中评论道,从政治上说,"解构主义并无固有的、可以先验地、或从其本身决定的意义。"德里达赞同实用主义批评家费什、迈克尔斯和霍维兹的观点:使政治成为话语的基本条件,并不等于提前获悉某一特定的话语能够推进或颠覆具体的社会目的。因此,德里达判断解构主义既不是"保守的",也不是对抗的,而是"它在哪里发生,就在哪里解决它"。

第二节 罗兰·巴特和"神话"的政治化

1957年,在大西洋两岸各有一部具有里程碑意义的批评理论著作同时问世,这两部著作是:弗莱的《批评的解剖》(Anatomy of Criticism)和罗兰·巴特的《神话》(Mythologies)。没有什么比这两部著作中关于"神话"的截然不同的观点更能生动地预见现时的批评理论朝着政治的方向发展。弗莱并不忽视神话的社会功能,但他认为神话最适合作为形式上的而不是作为实体的范畴;神话是先于权力关系并且脱离权力关系的想象结构。他写道,神话包含了一整套不受时间影响的"抽象的虚构模式",是"文学表现的语法入门",是一套"结构原理"、"原始模式",或是既影响了古代文学,又影响了现代文学的"原型"。

弗莱认为神话不受时间影响的观点奠定了他对"整个文学史"研究的基础。在整个文学史中,每部文学作品都是"可以从原始文化中研究得到的相对有限和简单的模式"的一部分或衍生出来的。因此,正如弗莱在他的《辩论的绪论》(Polemical Introduction)中表明,神话是系统批评家恰当的研究对象,只有这样,批评家才能一方面与历史学家相区别,另一方面与书评撰稿人和浅薄的涉猎者加以区别。神话构成了批评"整体性"和"客观性"的基础。对于那些偏袒一方,和有偏见的历史、社会和道德问题的批评家来说,批评的这两大特性是不存在的,因为他们只关注"纯粹的先后顺序"、"意识形态的夸夸其谈"或者仅是"无助于建立知识的系统结构"的"价值评判"。

对比之下,对罗兰·巴特来说,"神话"既不是语法结构,也不是想象结构,而是一种社会实践,"一种言语的类型"。这种差别具有重大的必然结果。弗莱认为神话是一种跨历史、跨语境的想象源泉;而对巴特来说,神话是在社会和历史环境下的表现,是文化和意识形态的行为方式。他坚持,神话的言语并不是文学表现才有的特征,而是把文学与其他的能指活动联系起来。

所以,巴特在《神话》中的分析不但包括文学文本,而且涉及诸如"摔跤世界"、"洗衣粉和洗涤剂"、"嘉宝的脸"、"新雪铁龙"和"摄影与选举魅力"这些场景中的神话言语。弗莱也认为神话不但充满大众文化,而且也影响高等文化,再者,神话是一种永恒的模式,而不是一种社会策略的实践。对巴特来说,神话是现代交流的表现,为具体的社会目的服务,而不是某种永恒的原型,赋予整个文学想象的模式。

巴特将神话定义为次要的、而不是首要的;是有偏袒性的,而不是客观的;是狭隘的而不是拓展的。神话不是无政治或超政治的言语,而是"非政

治化言语",使政治言语本身自然地生成,使表述行为本身变成无关的描述:

> 世界为神话提供了已经界定的史实,这可以追溯到很早的时候人们创造并运用神话的方法;神话以反映这个现实的自然的形象作为回报……世界以各种活动之间和人类行为之间的辩证关系进入语言;当它从神话出来时,就变成本质和谐的表现。像变戏法一样,它颠倒了事实,把它从历史中清除出去,而以自然充满它。

巴特和弗莱都同意神话为复杂性与多样性创造统一,并体现"本质"。但对巴特来说,这种创造神话的统一和本质只是修辞效果:神话的成就是"变戏法",以此"取消人类行为的复杂性……废除所有的对立,废除一切目所不能及的东西,以组建一个没有深度、没有矛盾的世界"。

巴特具有里程碑意义的论文《今日神话》(*Myth Today*),赋予当代批评文化文本非神话化和再次政治化的合法性,揭示了矛盾并反抗极权——往往通过恢复那些被欧美主流文化定义为"他者"的被压制的声音和观点:

> 我在一家理发店,有人递给我一份《巴黎竞赛画报》。封面是一位穿着法国制服的年轻黑人正向三色国旗敬礼,他仰视着这面旗。这就是这幅画的全部含义。但是,不管我的想法幼稚与否,我清楚地意识到它对我表示什么意义:法国是个伟大的帝国,没有任何种族肤色歧视,她的所有子民,都忠诚地在她的旗帜下服务,这位黑人为他所谓的压迫者服务所表现出的热情,是对被称作殖民主义的诋毁者最好的回答。

巴特称这个形象的意义(黑人士兵向法国国旗致敬)为"语言系统的终极形式",也是"神话系统的最初形式",我们可以说这种形式产生了"抽象的虚构模式",其形成与弗莱所想的大不相同。在这种情况下,这个模式是一个强壮、健康、快乐、平等、多民族的法兰西帝国。当然,如同巴特所见到的,这个形象所传递的"虚构"是一种危险的谎言,其目的在于使法国的殖民主义被接受和被淡化处理,以推进侵略性的殖民主义,掩盖法国的种族歧视这个事实。

巴特的评论家诸如尤金·古哈特(Eugene Goodheart)和里查德·列文(Richard Levin)曾经指出,巴特本人的分析提出了一个问题:是否有中立的立场,可以把殖民主义者的神话或其他神话谴责为"虚构"或谎言。既然巴特把独立的"现实"这个观点贬为促使资产阶级现实主义和普通常识的自然化的神话，那么他本人的非神话化批评似乎就没有任何"真实"的基础。我们随后将回到这个问题。它困扰着后结构主义理论的所有流派。

至少在某种程度上，弗莱与巴特截然不同的神话、文学与批评观点反映了1957年美国与欧洲的地缘政治历史和文化经历上的不小差别。在美国这个政治和文化权力似乎不那么集权化的国度，政府更多的是忽视或蔑视艺术而不是利用艺术，因此更容易视文学为一种自主的文字系统，合乎结构规范和道德准则，是一个乌托邦王国，或者甚至就像威廉·卡洛斯·威廉斯称诗歌为"一个对立的政府"一样。相比之下的欧洲，正如菲利普·费什所评论的，一个有君主政体传统和右派、左派的国家社会主义历史说明"到了1945年，没有任何欧洲知识分子能够再想象出生活在一个所有大众文化生活媒介并非由政府控制、赞助并为政府所用的国度将意味着什么。"

近来美国文学批评引人注目的"政治化"转向，可以说标志着文学从区域性转向欧洲性和世界性，这一转向说明文学与社会息息相关，而不是脱离社会。（尽管我们在第四章说明过，本土的影响诸如妇女运动和民权运动也促使批评朝着这个方向发展。）当假定文学被植根于权力这张网之中，现代许多批评方法认同资本主义意识形态、西方、资产阶级文化霸权、男权，或工具主义理性是某种控制力量，而不认同国家。这种支配力量和社会和文化生活的其他因素一起产生并规范文学表达。虽然事实证明很难确定这种支配力量的准确性质，然而我们将看到这些方法都倾向于否认弗莱赋予文学的政治特权和普遍意义。因此，许多现代批评家注意到英国马克思主义批评家特里·伊格尔顿的号召，将"文本的实践"而不是狭义的文学作为研究的对象。然而，甚至在与伊格尔顿抱有同样的主张和兴趣的研究中，这些批评家区别文学性的这种冲动并没有完全消失。

另一位杰出的马克思主义批评家、《美国英语》（*English in America*，1976）的作者理查德·欧曼（Richard Ohmann）描绘了文学的两大特征。这可以用来说明当代有政治倾向的文学批评争执不休甚至混乱的局面。一方面，欧曼把文学定义为"一种脱离任何具体'存在'关系的语言，因此可以被许多不同的读者重新书写和重新阐释"。另一方面，欧曼说道："文学像所有的艺术一样，倾向于反叛和打破传统习俗。"欧曼的第一句话似乎与巴特的神话观点相一致：文学超脱历史（"存在"关系），文学是意识形态神话化的处所。然而欧曼接下去阐述，正是由于缺乏直接实践的语境和固定的接受者，文学言语尤其适合多种阐释，在其可能的意义上比其他语言更不受限制。欧曼的第二句话更接近弗莱赋予美学客体本身以自由特权，甚至是一种革命的冲动。

文学这些特征之间的冲突弥漫于当代批评领域。接下来其他章节里我们将讨论文化研究、新历史主义、后殖民主义批评、后现代主义和后现代性的理论。文学是想象力的宝库，还是一种强制的社会实践？文学是个人打破传统习俗的场所，还是政治解放的场所？文学的这些特征是否由其产生条件、具体形式或者消费的多样化决定？文学是否有别于其他"文本实践"的特征？这些仍是 20 世纪 90 年代迫切需要解决的问题。但是当今许多文学的研究方法在 50 多年前就形成了。一批文化批评家，即来自"法兰克福学派"移居国外的欧洲犹太人，首次把他们的研究称作"批评理论"并为此进行了开拓性的研究工作。我们必须通过他们，才能彻底了解我们时代文学的主要批评方向。

第三节　法兰克福学派和马克思主义文化批评

1923 年，一批社会主义知识分子创立了法兰克福社会研究学会。根据这个学会的传记作者马丁·杰（Martin Jay）的描述，"这是一个跨学科的学会，旨在彻底剖析资产阶级社会。"这些创立者包括哲学家、文学批评家、社会学家、心理学家、经济学家和政治学家。他们希望将马克思主义的社会改革理论与这种信念结合起来：如果不彻底修正马克思主义的社会和文化理论，这种改革在现代社会是难以实现的。法兰克福学派的跨学科研究本身就是对盛极一时的经济主义的马克思主义进行批判。这种马克思主义观点认为，社会、文化和精神生活仅仅处于从属地位，是经济"基础"在上层建筑的体现，经济基础又依赖和取决于资本主义的生产关系。法兰克福学派的批评家认为，经济主义的马克思主义已经变得机械化，并且忽略了哲学的辩证法、批评的自省和马克思著作中的意识形态批评诸多重要因素。因此，这些批评家否认了这种决定论，即资本主义固有的经济矛盾将不可避免地促成群众的自发起义，导致出现一个社会主义的乌托邦。这种理论忽略了复杂及强大的意识形态资源。在 20 世纪资本主义能够借助这些资源否认、掩饰或调和自己所带来的伤害，并且转移或分散群众的反抗行动。这些意识形态资源包括不合理的体制，如民族主义、个人主义、种族主义和消费主义，最重要的是通过广告、电影、政治宣传和其他"文化产业"的媒介来宣传这些体制的权力。

所以，法兰克福学派成员研究工作的前提条件是：现代工业国的权力并不是完全靠经济和物质上的垄断产生和维持下去的，而是通过各种各样的社会、文化和心理制约形式垄断表象和思想。因此，社会变革的机会并不在于经济规律的决定性作用，而在于对意识形态的跨学科批判。法兰克福学派的这些原则也得到同时期一位被囚禁的意大利共产党员安东尼奥·葛兰西（Antonio Gramsci）的认同。安东尼奥·葛兰西提出了"霸权"这个关键词，用以描述权力系统和权力机构获得合法性、并为被统治者所自觉接受的手段。换言之，霸权指的是一种现代统治方式。它既是物质上的，也是文本上的；不但是政治上，也是文化上的统治。霸权既可以被法西斯政府采用，也可以被自由的政府所采用。批评理论上述这些基本原则是非常重要的，我们怎么强调都不会过分。因为这些批评原则不但影响了后期马克思主义理论家路易·阿尔都塞和弗列德里克·詹姆逊，而且也影响了整个现代社会政治批评。这些批评原则构成了文学知识分子和文化批评研究与政治相联系的基础。

假设法兰克福学派知识分子的使命是揭露文化产业中意识形态的欺骗性，他们的研究工作必然会带有否定的倾向。法兰克福派批评家赫伯特·马尔库塞（Herbert Marcuse）的著作在美国影响最大——最有名的合作者包括瓦尔特·本雅明、西奥多·阿多诺（Theodor Adorno）、马科斯·霍克海默（Max Horkheimer）和艾里奇·弗洛姆（Erich Fromm）。马尔库塞把他的一本书取名为《否定》（*Negations*，1968），他的论文《一个关于辩证法的注释》（*A Note on Dialectic*）以援引黑格尔的评论作为开端。"事实上，思考从本质上说是对摆在我们面前的观点的否定。"马尔库塞对这个评论大加赞赏。他继续写道，"不论是辩证的还是批评的思考本身都是在否定自己。它的功能是破除对常识的自信和自满。"

否定的批评也许确实是必要的，因为"摆在我们面前的观点"通常掩饰某种有害的或非法的现状，或使之自然化。但是这种否定的批评本身也存在问题。许多人已看到在法兰克福学派和随后的社会政治批评的研究工作中已经凸现出来。危险之一是它会令人无法理解，这个问题我们在第一章已讨论过。如果"常识"的常用话语和思想本身弥漫或渗透着主流的意识形态，那么正如马尔库塞所说的，批判性批评家为了攻击这些词语和思想的自信性，他们很可能必须使用一种似乎陌生、刺耳和稀奇古怪的语言。我们在讨论法国的女权主义理论时，已经注意到这种双重约束，如果语言受男权主义的影响，那么它将遭到女权主义的攻击，这种处境使得激进的批评家变得缄默、不一致，并把自己孤立起来。同样道理，法兰克福学派表达批判观点的同时也将失去听众。

危险之二是精英主义。那些自称看穿这层虚伪面纱的知识分子瞧不起那些看不透的人。许多法兰克福学派批评家表现出对大众文化的敌视，他们把大众文化跟20世纪30年代他们在德国所看到的法西斯政治的全面控制联系起来。因此，他们常因精英主义而反复地遭到指责，当然他们本身承认和提出这是个危险，阿多诺区分了两种批评——"超验的批评"和他所喜爱的"内在的批评"。超验的批评指批评家凭想象说话，脱离了文化；内在的批评指批评家摒弃了超然的态度，并且承认他全身心地投入到他分析的对象。阿多诺警告说，"超验的批评家想用海绵把一切抹去，他们接近不规范的语句。"

否定性批评的第三个问题是，缺乏实际机制和媒介手段把批评变为实际的变革，特别是它所提出的对象是文学和文化客体时。一旦经济规律或无产阶级大众不再被依靠来引发革命，进行彻底社会变革的手段将变得模糊不清。因此艺术和文学有可能成为某种左翼批判意识的庇护所，而他们不再求助于革命的传统媒介。马尔库塞承认"解放（辩证思想）所可能带来的是思想上和理论上的解放"，但是他又补充，"思想与行为的分离本身就是不自由世界的一部分"，虽然批评不能单独消除这种分离，但批评"可以为这两者的可能结合奠定基础"。马尔库塞的同事——霍克海默和阿多诺主张，根据某些艺术品的功能，用拉塞尔·A. 贝曼（Russell A. Berman）的描述来说，"可能成为垄断资本主义和文化产业的潜在的对手。"正如阿多诺所评论的，这些作品只是"指向他们所放弃的一种实践活动——一种公正的生活的创造"。思想与行动分离，进步艺术与公正生活的分离，美学批评与物质效果分离，这一切越来越给法兰克福学派的批评家带来压力，最终导致了他们后期论著体现的悲观主义——这也是否定性批评实践者存在的第四个危险。保罗·彼孔（Paul Piccone）在介绍法兰克福学派近期主要的论文集时，谴责这个批评理论到了后期"扼杀"了前期"对社会解放的希望"，甚至"试图不去构想能够实现这个希望的手段，以预见未来"，而是"向后退缩"，保护在所谓完全被掌管的社会背景下的特殊性、自主性和非同一性［辩证法或否定性批判没完没了的重演］。

最后，马尔库塞所认为的"完全被掌管的社会"这个思想也有问题，这种整体化和责难性的概念后来成为 60 年代反正统文化的主要内容，此后也经常出现在左翼的争辩中。近来，否定性批判有时把法兰克福学派早期否认的经典马克思主义的两大特权力量——"生产方式"和"历史规律"——的绝对存在和不可避免的决定作用归于文化霸权。例如像我们在第七章将看到的，一些新历史批评从米歇尔·福柯（Nichel Foucault）颇具影响的关于国家权力遍及现代约束社会的论述中得出的教训，即对抗性的批评本身是不可能的。这是因为批评者的属性和话语不可避免地由他/她批评的霸权文化所生产、包含和同化。因此，理论家们过分强调文化霸权的理论将冒险把种类不同、程度不同的强制力量瓦解成无处不在、不可反抗的统治力量。我们列举的批评理论所存在的危险远远不是法兰克福学派特有的，我们这一章将要讨论的文化批评中仍然存在这些问题。

如果法兰克福学派的批评家，正如彼孔和其他人所说明的，过分强调现代被掌管的社会和大众文化的一统化和独裁主义，必须记住，他们的研究工作是在欧洲法西斯主义兴起的语境下发展起来的。马科斯·霍克海默在他的论文《理性的终结》（*The End of Reason*, 1941）和与阿多诺合著的书《启蒙辩证法》（*Dialect of Enlightenment*, 1944）中都提到法西斯国家是工业社会全面理性化的终极表现。正如阿多诺所描述的，这个社会里"人与人之间几乎没有直接的联系，人被贬为社会的一个微粒，只为集体服务"。霍克海默说明，个人感觉自己的能力与现代国家或现代经济的力量之间很不相称，因此会经历一种无助感，但是"金钱的面纱"与"科技的面纱""使个人很难看透其痛苦的人性根源"。像任何狂热的民族主义一样，法西斯主义为个人的失落感提供了一种补偿，个人通过与国家认同获得一种自我扩张。法兰克福学派批评家所提出的这些论点，不仅仅把法西斯主义视为先进的控制系统，一种现代社会的病症，或是大众文化标准化所带来的政治后果。在他们看来，法西斯主义，正如霍克海默的论文题目《理性的终结》这一双关语冷嘲热讽所暗示的，代表"理性的终结"，同时代表启蒙时期理性主义的实现、高潮和最终的成就和毁灭。霍克海默和阿多诺在他们所谓的《启蒙辩证法》中发现，理性的哲学概念，最初包括怀疑主义和自我批判，最终"除去其自我意识的任何迹象"，变成了一件"为眼前利益服务的工具"，"最大限度地为达到目的而不择手段"。同时，理性堕落成工具主义，容易脱离道德与社会目的，这是理性固有的倾向：理性在自我保护的古老定义中已经包含了对理性本身的削弱。因此，自由、正义和真理等思想在启蒙时期得到理性的支持。但是法西斯主义诋毁启蒙时期的理性时，则体现了理性实际上将知识与权力等同，体现了理性主义者追求"学习自然……学会如何使用自然，以便完全控制它和其他人。"

霍克海默、阿多诺和马尔库塞的研究以攻击工具主义理性和理性化社会为中心。他们吸收了马克斯·韦伯（Max Weber）、乔治·卢卡奇（George Lukacs）发展起来的主张。在韦伯看来，现代资本主义的首要工具和效用是"理性化"——通过这一过程，社会生活的每个领域将充斥着工厂的逻辑、效率的逻辑、可计算性、可量化性，这一切可以把社会所控制的人分化、物化和非人化。卢卡奇具有影响力的"具体化"概念（reification），从字面上讲是物化（thingification）——把韦伯的理性化意识同马克思的"商品拜物教主义"观点结合起来。安·斯维特科维奇（Ann Cvetkovich）总结道，"这是一种错误观念，认为价值存在于物质，而不是存在于生产商品的个人之间的社会关系。"具体化是一种过程，通过这个过程，社会的理性化逐渐变得自然，剥削性质的人际关系通过一些东西（工资、价格、雇佣条件）加以伪装，人自身的物化逐渐被接受，并融为自我意识的一部分。

正当韦伯和卢卡奇撰写关于理性化和具体化的论文时，一批艺术家宣称，现代主义先锋派艺术是适当的反应方式——也许是对社会理论家所描述的分裂的工具主义社会最有效的反抗方式。现代派艺术作品也许从许多方面体现了这种社会反抗：通过它的感官直觉性；它的反传统主义；它的表现主义；它对工具主义价值标准的藐视；它在生产和消费上拒绝成为某种商品。从反叛形式上看，这种现代主义美学把艺术称作神秘的整体，可以抵制民主社会使一切失去生命的分裂和理性主义。从进步性的形式看，现代主义美学认为艺术承载了同单质的、受约束的社会相互抗衡的异质成分和不可预见性。拉塞尔·贝曼认为，从这两种形式上看，现代主义有助于实现现在被普遍认同的假想：创新的美学行动是或应该成为有潜力的反官僚主义的载体。

先锋派对工具主义理性的批判继续影响了最近的左翼批评。反官僚主义的潜能和反理性主义极权思想不但是创新派艺术的属性，而且也是书写本身、各种社会和文化的"他者"和社会主体的属性。正如我们在第四章所谈到的，法国女权主义提倡"女性写作"，追随拉康的批评家提出虚构的东西或克里斯蒂娃的"符号学"给男权象征的秩序带来颠覆性的压力。他们都受到这些观点的影响。俄国理论家米哈伊尔·巴赫金为小说"多种解释"和"狂欢"性质、语言符号的内在性对话特征提出了具有影响力的观点。他把叙述和语言本身当作反抗理性化的场所。正如我们在第五章所讨论的，解构主义提供了某种方法，可以引导出写作内在的、不稳定的对话性质；或者用特里·伊格尔顿的话来说，可以"体现文本如何逐渐困扰支配它们本身的逻辑控制系统"。同样，这种反理性主义的精神和希望促使一些批评家们赋予后现代主义游戏式的不和谐和错位以革命的潜力——伊哈布·哈桑（Ihab Hassan）、琳达·哈钦（Linda Hutcheon）、安德雷斯·胡森（Andreas Huyssen）和马乔里·帕洛夫关于后现代主义的研究在这点上很重要。现在许多研究亚文化或大众文化的文化批评，或那些在种族、阶级、或性定位方面被"主流文化"支配或边缘化的一些表征也在某种程度上把"他者"与解放联系起来——不但要从压迫的政治和物质条件下解放出来，而且要摆脱西方、男权社会或资产阶级理性本身的控制。

只要法兰克福学派对工具主义理性的批判仍以各种不同方式体现在随后的文化批评里，这种批评将继续被同样无法回答的问题所困扰。如果革命的无产阶级不存在，那么激进的艺术或激进的批评理论将通过什么媒介改变社会生活？如果西方的理性主义失败了，将用什么代替它呢？如果法兰克福学派不能解决这些问题，他们提出并讨论这些问题它的方法仍将由当代批评家继续。在他们看来，知识分子批评家通过调解或摒弃物化——这些所谓理性化社会自我显示和特定的"事实"——可以在政治上发挥作用。换言之，批评家的工作是承认和宣布他们看到了反乌托邦现实，并通过"物化"幌子的裂缝瞥见乌托邦的可能性。进步艺术的任务是展示现存事实的正确形象，还是使用自己能支配的形式工具谴责具体化和马尔库塞所说的"对常识的自满"，20世纪二三十年代的马克思主义知识分子为此长期争论不休。法兰克福学派的批评家提出一些不同意见和修正之后支持第二种观点。阿多诺反对"文化保守主义者要求艺术必须表达某种思想"，他认为进步性的潜力在于"文本，其语言动摇象征含义，并通过远离'意义'，预先反抗实证主义对意义的约束"。他认为，实证主义约束社会的权力如此可怕，可以同样直接同化"介入性"或"有倾向性"的艺术作品。他坚持认为，"艺术所体现的宗旨，即使在政治上是激进的，也已经适应这个世界了。"同时，阿多诺承认对先锋派反理性主义的批判，卢卡奇早先就谴责德国表现主义的这种倾向，并且在我们这个时代，很多人也因这种倾向攻击美国的后现代主义。在《真实性的术语》一书中，阿多诺对海德格尔的非理性主义里所蕴含的极权主义进行了精彩的批驳。在更早发表的论文《承担义务》（*Commitment*，1962）中，阿多诺写道，"作品明显失去了张力……作品已经远离了客观再现，失去了清楚或连贯的意义。以形式结构挑战骗人的实证主义的意义很容易陷入某种不同类型的无意义……空虚地耍弄一些成分……变成一种不好的，无意义的实证主义。"阿多诺从未说清楚这点，人们如何才能知道，艺术家排斥意义是代表反对实证主义的解放运动，还是对意义不连贯的屈从。

当阿多诺捍卫个人的艺术作品通过形式上的创新和对言语的反抗来寻求"自主性"时，一位年纪比他大的同事，瓦尔特·本雅明认为进步艺术具有某种更为正面的和团结大众的功能。本雅明像阿多诺一样，反对艺术的中心价值或属性在于它的倾向性的内容；但是本雅明推崇公开的、碎片式的和大众的艺术体裁，这并不仅仅出于对理性化和同化的担心，而且还因为他坚信这种艺术会促进读者大众积极的批判性介入。本雅明在他最著名和最有影响的论文《机械复制时代的艺术》（*The Work of Art in the Age of Mechanical Reproduction*，1936）中提出，电影体现了某种激发革命潜力的艺术。电影通过其现代性、集体性和技术生产、普通大众易接受的特点及其对碎片和蒙太奇先锋派技术的运用，消除了传统上资产阶级文化笼罩在艺术品上的神秘氛围，观众不再只能是缄默、被动和屈从——在这一方面，本雅明的观点与贝托尔特·布莱希特（Bertold Brecht）企图通过"异化效果"使保守的常识"陌生化"是一致的。对本雅明来说，电影是一种"后听觉"艺术形式，它的机器复制条件和大众接受情况使电影具有揭示和批判这些情况的能力。这种观点与阿多诺对大众文化的消极评价正好相反，并重新认识到大众文化的进步作用。然而，本雅明本人后来承认他高估了大众文化的进步性。阿多诺在写给本雅明的一封信中认真地强调，普通大众的激进批判反应依靠"现实的工人的真实意志，他们除了对革命的兴趣以外，绝没有什么胜过资产阶级的优势。他们在其他方面仍具有典型的资产阶级性格的残余"。

阿多诺的评论指出，艺术的政治潜能实现的可能性不可避免地依靠个人和集体的意识。如果资本主义社会同化或"肢解"其民众的意识，那么先锋派艺术潜藏的反叛将如何被认同和推动？这种反叛究竟如何被首先觉察到和表现的？法兰克福学派的批评家最先提出一个强有力的事例，反对认为主体性是自由的，甚至是超验的和自私的。随后左翼批评反复探讨了这个事例，并与之进行较量。法兰克福学派的批评家认为个人主义，用安德鲁·阿拉托（Andrew Arato）的概括，是"一种意识形态的面纱，可以掩盖对具体个人的新分裂和功能化"。但是，不管是作为批评家的整体，还是个别批评家的研究工作，对这个观点的应用并不一致。例如，阿多诺的美学主张，和上文援引的他给本雅明的信中所表现出的对大众意识的蔑视，表明了阿多诺继续赋予艺术家和批评家以某种能力，使他们能摆脱意识形态的神秘化。本雅明始终如一地坚持，令人满意的真正个人属性在于成为一个合作的社会结构的一员。这个社会结构会赋予个人生活以意义和交流能力。然而，正如霍克海默指出的，"消除个人与社会的冲突"不仅是30年代和40年代的社会主义乌托邦梦想，而且是法西斯主义再有效不过的措施。不管法兰克福学派和后来的社会政治批评家如何探讨个体性和集体性，这种冲突仍将存在：只要没有什么现代形式的社会和文化表现能摆脱具体化的扭曲或意识形态的破坏，那么冲突和反抗怎么会出现？

第四节 意识形态的困境

对于我们刚刚探讨的法兰克福学派修正主义的马克思主义批评和我们这一时期的解构主义和后结构主义文化批评来说，没有什么比"意识形态"这个概念更重要的了。然而，"意识形态"在批评史上是一个拥有多种不同意义的术语，并且意义之间经常令人困惑地发生转换。"意识形态"在18世纪末期首次使用时是个中性词，表示任何比较系统化的理论或学说体系，尤其指社会思潮领域。在传统的马克思主义理论中,"意识形态"是个贬义词。比如在《德意志意识形态》(*The German Ideology*) 中,马克思和恩格斯把意识形态界定为虚假意识的王国,诸如为了资本主义的阶级利益所产生的被歪曲的观点。因此经典马克思主义使自己从对唯心主义哲学的批判中解脱出来,区分了虚假的意识,即阶级社会的文化遗产,和没有被歪曲的意识,即马克思主义所设想的必然出现的无阶级社会。这样做就得出一种假定:是可能远离意识形态虚假意识的影响,从"马克思主义科学"客观的、科学的角度出发去发表看法。

正如我们所了解的,法兰克福学派的批评家在同阿多诺所谓的超验批评分道扬镳时,就质问这种立场是否存在。最具影响力的后结构主义马克思主义者路易·阿尔都塞对意识形态的"虚假意识"这种观点作了进一步的谴责。阿尔都塞一开始就把经典马克思主义关于意识形态的理论当作"实证主义"加以拒斥。根据这种构想,诚如他所说的,"意识形态被认为是纯幻觉、纯梦想,即什么也不是……一种想象的集合体……空洞和虚无",脱离"唯一完整的和实际的现实,而这个现实是具体的物质性的个人真实地创造自身存在的具体历史"。相比之下,阿尔都塞认为意识形态不能如此空洞和脱离现实。根据他的修正,意识形态不再贬义地称为虚假意识,意识形态已成为包括无意识与未被检验的表象的整个体系,决定着社会的世界观。

阿尔都塞把意识形态重新界定为一系列"想象中"的表象。个人可以根据这些表象,与"他们生活其中的真实关系"建立联系。根据这个定义,意识形态变成任何社会必需的特征,不再带有贬义。正如凯瑟琳·贝尔茜所说的,大家所理解的意识形态就成了"我们经历这个世界的先决条件,我们没有意识到它,因为它是不容置疑的,被认为是理所当然的"。意识形态变成了对一个文化来说似乎是"不言而喻"的假定,它们似乎是自然存在的,而不是在历史和社会中产生的。比如这些假定:我们认为每个人必须为生存而工作,哺养孩子不算是一种"工作","结婚"必须是异性成员之间,我们很自然地根据钟点调整自己的作息。因此,意识形态起作用的主要方法是让一切显得顺理成章,让一切似乎成为自然的事实,而不是人类的社会关系的产物,可以被人为地改变。

其他的后现代思想家们对意识形态概念及其相对应的观点也进行了同样的延伸。米歇尔·福柯否认"意识形态"这个词,但是他的"话语"概念在某些方面起了同样的作用,雅克·拉康(Jacques Lacan)的"象征秩序"这一概念也是一样。像阿尔都塞一样,这些思想家们认为个人(这个词本身变得含糊不清)不可能脱离社会产生的表象系统——不可能脱离社会的意识形态构想、主流话语、和社会象征秩序的影响。因为个人是这些系统构建的主体。这种包罗万象的意识形态观点产生的人的主体性，往往表现在近来的批评中谈论"主体"、"主体地位"或"身份"，而不是"个人"、"自我"和"理智的人"的倾向，经常引起人们的注意（也遭到谴责）。在现代这个时期，"精神"让位于"自我"，而自我到了后现代时期，似乎正在反过来让位于"主体"。

伴随着意识形态的重新界定，对文学与批评的社会功能的看法也发生转变。在经典的马克思主义看来，进步的批评家和艺术家共享普通的批评职责，通过再现历史过程中更深层的客观事实，除去意识形态的神话和迷信。这种观点认为，现实主义小说的兴起是历史上进了一步，体现了从被人们所接受的理想主义和浪漫主义的文学传统中解放出来的壮举。经典路线上最后一位马克思主义批评家乔治·卢卡奇赞扬了19世纪欧洲现实主义大师们，赞扬他们揭露社会和历史发展过程中的客观现实，尽管他们经常只是无意识地背叛作家本阶级的利益。正如卢卡奇所说，"批判现实主义"的伟大小说家们，如巴尔扎克和现代的托马斯·曼（Thomas Mann）准确地再现了历史进程真实的"典型性"。相比之下，卢卡奇认为，自然主义者如爱弥尔·左拉和现代主义者如詹姆斯·乔伊斯和弗朗兹·卡夫卡不能抓住这个时代的典型性。左拉体现的只是生动、但不相关联的细节，乔伊斯和卡夫卡屈从于异化的主观主义。对卢卡奇来说，这些评判说明批评家的功能是衡量文学再现与历史真实的距离。纽约知识分子像特里宁和豪一样也坚持同样的原则，如豪攻击20世纪60年代苏姗·桑塔格的"新情感主义"，特里宁攻击现代主义的"敌对文化"，两人都把异化提升到某种普遍的原则，并消除了幻想与现实之间的界限。

继卢卡奇和美国这一代批评家特里宁和豪等人之后，文学现实主义不但被剥夺了作为意识形态非神话化的这个英雄角色，而且本身被视为意识形态神话化的终极表现。罗兰·巴特在《零度写作》（*Writing Degree Zero*，1953）和随后的著作中反驳道，现实主义的作用只是使那些情景自然化和正常化，好像它们似乎必须永远如此。确实，对巴特来说，现实主义作品强有力地表达出对现实的幻想，最终只是一种"现实效果"，是修辞的惯用手法，而不是对现实本身的权威复制。因为这种现实效果只能凭借于观众中已存在的对"明显的"和"真实"的现实的感觉才能实现。现实主义作品最终安抚他们的读者，而不是挑战他们的设想。这一逻辑迎合了法兰克福学派为先锋派进行的辩护，并继续体现于现代主义美学理论中。原来的一些观点证明现实主义是极具颠覆性的美学，现在却转为反现实主义的艺术传统，如超现实主义的分裂、布莱希特的"间离"和俄国形式主义提出的"陌生化"。例如，在阿多诺近期的一篇论文《承担义务》中，卡夫卡不是卢卡奇所说的无用的主观主义者，而是典型的艺术革命家，"他的作品不可逃避地强迫改变态度，这正是承担义务的作品所要求的。"

最近，对意识形态的重新界定为文学批评带来了许多显著的收获。首先，它摒弃了庸俗马克思主义的文学"反映"理论，即文学作品被贬为第二等级，成为上层建筑对第一等级经济基础的反映。文学与艺术被赋予独立于它们物质条件的更高度的自主性，而批评家则更公正地看待它们对物质条件的决定性影响。其次，只要我们废弃文学表现本质上是对事先存在的事实的模仿这个观点，我们现在就能认识到文学与语言的惯例在形成我们对什么是事实的意识的重要性。我们会发现，现实主义小说与倡导者的主张相反，并没有比传奇或象征主义诗歌更接近真实。巴特坚持现实主义本身同浪漫主义一样，是一组文学惯例的组合，他的说法似乎是正确的。

再次，这一修正后的理论补充说，意识形态不过是一些预先假定，而不是教条主义思想，这就使意识形态批评显得更为微妙。意识形态起了一种作用，并不是通过文本所说的，甚至也不是通过非神话化的阐释所获得的更为深层的含义。恰恰相反，意识形态必须从预先假定或人们认为理所当然的事物中去寻找。意识形态存在于"不言而喻之中"，或存在于因"太明显"而无须被提及的事件中。因此，这就使得批评家的注意力从文本的内容转移到其文本的对话模式，或者转移到阿尔都塞所说的文本"质询"或"召唤"主体的方式。"质询"某人即以一种把她或他看做社会主体的方式同其对话。

阿尔都塞感兴趣的是权力关系通过某种表述方式巧妙地交流和确认，通过这个过程意识形态把我们变成主体。正如他所说的，意识形态通过征召我们为某种主体而质询我们，就如那些明白自己是在警察审判下的主体。所以，当警察喊道，"嘿，那边儿那位！"这位被"召唤"的个人就会转过身。只是因为这 180 度转身，他就变成一个主体。为什么？因为他已经承认这个"召唤"确实是冲着他的，"确确实实是他被召唤，而不是其他人。"

阿尔都塞所要阐明的并不是我们生活在一个警察国家里，而是同我们对话的语言惯例无意识地产生了我们的自我意识。其他一些普通的例子，如老师喊道，"全班静下来！"这就是把听众当作"学生"，或者司仪说"女士们，先生们"，讲话的对象是观众，只是他们有了性别区别。总之，这些貌似无伤大雅的对话模式反映和再现了这个世界是如何构成的假想（有两种性别；性别差别值得强调），如我们谁有权负责（一个学生叫全班安静下来似乎不管用）。再者，问题不是这些权力关系——和权威关系——并不一定是邪恶的，但是我们逐渐把它们当作"不言而喻的"、自然而然的,因此是不容商榷的而接受下来。事实上,它们是社会建构的,并不存在于所有的社会,而且在我们自己这个社会可以被挑战和改变。一般地说,意识形态的研究使社会的等级制度看似自然而然的,而不是被构建的。意识形态通过把"真实的"和"不言而喻的"事物构建成为语言预先假想的一部分而起作用。

然而,意识形态的这个新延伸的概念证明是有效的,但也遇到许多批评家指出的一些问题。也许最持续不断的问题是,所有的思想必定是"意识形态的"这种观点会使批评家进退两难,似乎所有的知识都被歪曲了,因而没有必要进行政治批评。阿尔都塞写道,"真正在意识形态之内发生的事"对意识形态的主体来说,似乎总像发生在"意识形态之外"。这就是为什么那些置身于意识形态内部的人,认为他们自己在定义上是处在意识形态之外……意识形态从来不说"我是具有意识形态的"。……众所周知,对意识形态的谴责只会落在别人身上,从来不会落在自己身上。这里,阿尔都塞似乎成了哲学家所说的撒谎者的悖论的受害者。如果意识形态在定义上总是自我否认,那么我们如何相信自诩为揭露别人意识形态的任何批评家?我们又如何足够挣脱意识形态,令人信服地批判它呢?这样,怎么认可社会批判和社会变革?事实上,法兰克福学派的一位后期代表人物尤金·哈贝马斯(Jurgen Habermas)与后现代哲学家就这一点发生了争执。他反对后现代哲学与启蒙运动时期的独立理性传统割断联系。当阿尔都塞说,"意识形态只需被阐释,以发现在它们想象中对那个世界所描绘的背后的真实世界",他似乎是自相矛盾的。我们应该从意识形态之外的什么立场出发,才能这样阐释意识形态?

与这些批评家本身相比意识形态的这种困境更吸引左翼社会政治批评家的注意。里查德·列文,一位容易被这些批评家忽略而不被认真驳斥的对手,坚持认为当女权主义者和其他最近有政治倾向的批评家表明,所有的思想必定是意识形态时,他们使自己陷入了进退两难的境地:认为所有的思想是意识形态的,就是承认你自己的社会批判也是意识形态的;但是如果你的批判是意识形态,难道不是证明这是假的?很显然,这种撒谎者的悖论挡在批评家门口,使他们没法逃离自己宣称的所谓意识形态的牢狱。

列文指出,宣称一切都是意识形态之后,就不可能再诉诸某种客观的真理或现实。当符合他们的目的时,这些批评家就漫不经心地联系到社会现实,好像这种联系根本不会成问题的。例如凯瑟琳·贝尔茜直截了当地否认批判的阐释能揭示文本有"某种东西在那儿"之后,又接着说"事实上组成文本的主要内容就是玩弄意识形态的矛盾性"。贝尔茜怎么能够两者兼有?同样地,列文引用女权主义者盖勒·格林(Gayle Green)在一篇题为《再谈神话

◎1940年以来的文学批评

的中立性》(*The Myth of Neutrality Again*, 1985) 的论文里的一句话, "文学的阐释和评判确实是由政治意识形态所决定的。"列文质问,如果格林的女权主义阐释和评判就像她所批驳的任何男权主义评判一样,被称作是"由政治意识形态决定",为什么有人会喜欢格林的看法?一种语气更强烈的意识形态描述是:[引用认知哲学家玛丽·黑斯 (Mary Hesse) 的话] 这篇意识形态的论文似乎把所有的阐释贬为一种荒诞的相对主义,或贬为尼采式武断的权力意志,这事实上破坏了政治批评的任何理性基础。

后现代主义的许多理论家也存在这个问题。他们认为,在后现代时代里,"宏大的元叙事"不复存在,正如让·弗朗索瓦·利奥塔 (Jean-Francois Lyotarol) 在《后现代状况》(*The Postmodern Condition*, 1984) 中所说的,这也许是我们这个时期关于后现代主义诸多讨论中最有影响力的论点。与早期的观点相对照,人的意识可以围绕宏大的故事展开,像基督教的故事、自由进步主义、黑格尔和马克思主义的辩证法。按照利奥塔的观点,后现代标志着同一叙述的倒塌,随之而来的是社会生活融入偶然性以及迅速变换的"语言游戏"的泛滥之中,没有任何东西比其他东西拥有特权地位。

利奥塔的观点带来的必然结果是:任何诸如"共同利益"普遍的概念和历史具有普遍意义的主体(如传统上马克思主义唤起的"无产阶级意识")等任何思想都是谬误的。此外,自从启蒙运动以来,知识分子声称他们代表反对不平等、反对剥削的人类意识,但在利奥塔看来,任何为他人辩护的企图都是不可能的和虚妄的。正如米歇尔·福柯在宣布并迎接"普遍意义的知识分子"死亡时,表明代表人类利益说话的企图,不但不能解放被奴役者,而且本身也是奴役他们的一部分。玛丽·路易斯·普拉特 (Mary Louise Pratt) 在《帝国的眼睛:游记和跨文化》(*Imperial Eyes: Travel Writing and Transculturation*, 1992) 一书中引用福柯的观点说明:事实上,任何声称采用"俯瞰的观点"的写作,甚至18和19世纪反对奴隶制度的改革者,都同"话语权利整体形式"有共谋关系,因此也同帝国主义有共谋关系。

许多批评家都批判了后现代整体化的批评观——如马丁·杰 (Martin Jay) 的《低垂的眼睛》(*Downcast Eyes*, 1993) 和布鲁斯·罗宾斯的在《世俗的职业》(*Secular Vocations*, 1993) 里都提出这样的问题:利奥塔在宣布宏大的元叙事死亡时,是否只是以他自己宏大的叙事取而代之?福柯在宣布普遍意义的知识分子的终结时,是否自己已成了那种普遍意义的知识分子?雅克·德里达早期也提出了同样的批判。他认为福柯在《疯癫与文明》(*Madness and Civilization*, 1965) 中不可避免地为疯狂"辩护",即使他曾著文反对这样做。另外,罗宾斯在回答保罗·博韦 (Paul Bové) 有关福柯的评判时说, "事实上，我们从来不能代替人民说话，或对他们说话，这种应该让他们自己说话的建议变成了，'我比你更能替人民说话。'"

这些批评指出的问题的是：对抗性批评家有过分强调意识形态一致性的倾向——意识形态被认为是统一的文化构想体系，只有一种确定的政治用途——因此他们会重新恢复虚假意识可能令人怀疑的概念。在单个文化体系内部（或在单个学科内部）意识形态并不是统一的，这一点可以由下面的事实证明。例如，同一社会产生的不同阐释者对同一文本的阅读，既有经典的男权主义观点，又有修正的女权主义观点。并且，这些阐释并不完全属于某种意识形态，因为女权主义的重新阅读已经使得先前没有质问经典阐释的批评家改变观点，而且女权主义批评家本身面对来自其他不同观点的挑战时，也会产生分歧和改变观点。分歧、劝说和转变确实在发生，这一事实说明：在任何历史时期，在任何文化构想体系内部，某些原则和观点容易引起争论，而其他（大部分）原则和观点构成理性和交流的基础，使得劝说和争辩成为可能。

这些基本的原则和观点本身并不是永远不会被挑战，而是没有人能够突然一致向它们挑战。当所有的真理主张来自、并参与历史和文化背景下的设想和价值观念时，从某种不太确切的、非贬义的意义上看，它们也许是意识形态的。但是，这并不是说，所有的真理主张都是虚假的、武断的或是无法被证实的，也不意味着所有的观点都是平等的，更不意味着它们不管在明显的价值方面，还是在社会效用方面都一样不受评价的影响。

我们可以联系第五章所讨论的行为和表意言语范畴，从另一个角度理解这些观点。虽然要把这两种范畴的内容绝对分开有一定难度，因为在许多情况下，大部分表意（断定）言语具有行为（有效的或实际的）功能。比如德里达认为，柏拉图的那些貌似下定义的言语最终变成经过伪装的价值评判或权力法规，然而，这些范畴本身并不完全可以随意转换。事实上，德里达自己提醒过，"真理的价值（和所有与之相关的价值）在我的著作中从来没有被质疑或被破坏过，而只是被重新书写"，确实，真理只是从原先假定的位置或语境移到特别的位置或特别的语境上。事实上，德里达式的批评或其他类型的批评要求，正如德里达所说的，"真理、词的所指意义和稳定的阐释语境存在着，而且必须存在"，即使"这种稳定性总是暂时的、有限的"。

承认词的所指意义的存在及其合法地位，（也就是说承认行为言语与表意言语之间的区别，）使我们即使在意识形态这个命题的一般前提下，可以说明前文提到的"明显价值"和"社会效用"是可以被区分的，因此，我们可以说，某些表述（如地球绕着太阳转）可能既是真实的，又是意识形态的——

1940年以来的文学批评

从严格意义上讲，这制约着人们对自己、对世界的看法，因此也产生社会效用。而其他表述（水不可能结冰）可能是虚假的，但在意识形态上未必有意义。可以推断出，当代政治批评可能挑战真理或某些真理主张的真实性或者它们的明显价值（比如一些人主张科学探索的过程和实践具有中性价值），但是政治批评的目标并不是这类真理主张的可行性，而是这些真理主张在特别的社会语境下如何发挥作用。

这些规定允许意识形态的批评家们承认他们自己的论点具有"意识形态"性质，而不会破坏这些论点自称的真实性。同样地，这些规定使批评家能够表明：一种命题可能完全正确，却以多种方式在"意识形态"上起作用。例如，某个社会群体中50%的成员失业的命题可能是真实的，但它可以起到不同的"意识形态"的作用，要么有人会以此号召支持这个群体，要么有人会以此使这个群体因这种情况遭到谴责。在这种情况下，让这个群体引起人们注意的做法本身可能具有意识形态的目的和作用，但不含有任何虚假性或不准确性。

有政治倾向的批评家越来越意识到，如果缺乏一定的有争议的合法标准，那么他们的研究工作就没有意义。例如，追随阿尔都塞的批评家詹姆斯·卡瓦纳夫（James Kavanagh）在近来一篇有关意识形态的论文中写道，"意识形态突出的作用不在理论上，而在实用上。……意识形态的话语总是包含并传达某种'认知'，但意识形态话语并不是产生认知的手段，因此不能用认知的那些标准来评判。"从这个观点出发，卡瓦纳夫又补充说，"意识形态的话语和实践所存在的问题并不在于它们是意识形态的。"——因为毋庸置疑，能产生某种明显的社会效用的一切事物都具有意识形态。问题是：为什么这些话语和实践是意识形态的？它们有什么具体的社会效用？

我们应该注意到，用这种观点，可判断某种理论、艺术品或任何有表现意义的实践具有"颠覆性"或"共谋性"的效果。这种判断只能在具体语境下生效，或用马克思主义话语来说，这种判断要视其"条件"而定。那就是说，要充分衡量某种理论的政治评价，需要探查的不是它的真实性，而是它在具体社会语境下所起的效用。同样的理论在一种语境下可能是进步性或颠覆性的，而在另一种语境下是"共谋性"的。同样地，一个人可能有很多不同的信念，这个人生活的不同社会语境会对这些信念产生不同的作用或进行不同的挑战。所有这些信念可能是"意识形态的"，但是它们并不产生同样的作用，或同时起作用。在某些条件下，这些信念之间还会发生冲突，因此就要进行反思、重新定位、或可能改变。所以，如果没有对具体的历史条件进行经验分析，只能空谈所谓意识形态是不可避免的，或主体听候意识形态的

第六章　从文本到实体

"召唤"等等。因为各种各样的历史语境和可变因素决定着意识形态和主体在特定的时期如何发挥作用，如何相互影响。

我们讨论的中心从话语和实践是否具有政治性转移到如何具有政治性，这对进一步开展当前的这场争论是至关重要的，因为这场争论已经变得令人困惑，或因抽象化而显得空洞。（当然，这个中心的转移无法说服那些不同意提出这两个有关文学问题的人们。）这种策略使我们能够抵御压倒一切的意识形态概括论，因为不论左派还是右派都把意识形态想象为抽象的整体。因此，我们可以质疑后结构主义把客观主义或实在论的思维模式等同于政治保守主义的概括论。当罗兰·巴特说，"在资产阶级对人的神话化的思想深处，存在着从本质思考的毛病"。巴特认为，本质论的思维不可避免地加强主流的社会秩序，不考虑出现这一主流秩序的历史环境。然而从历史角度来看，本质论思维通常既支持主流的社会秩序，又抵抗这种秩序。美国的民权运动就是一个著名的例子。当时为黑人的基本人权呼吁可以产生深刻的反抗效果，但是在最近的社会争论中可能会被认为效果相反，因为既然黑人与白人是一样的，就可作为不纠正种族之间持续的不平等状况的借口。巴特反对本质论的观点本身就是古怪的"本质论主义者"，因为他认为本质论有某种固有的，即实质上的政治作用。事实上，正如戴安娜·法斯指出的，许多现代结构主义者的理论都没有意识到自己本质论的立场。

同样观点可以用来反对那种认为文学现实主义存在保守主义的思想，或那种认为先锋派技巧具有颠覆性的观点。事实上，在后工业消费文化中，由广告形象和快速变化的"生活方式"的修正占了统治地位，先锋派这种"永久性革命的美学"也许正成为资本主义的另一种基调；（诚如阿多诺和马尔库塞所担心的）而现实主义美学也许具有新的政治色彩。弗列德里克·詹姆逊对这点进行了准确的描述：

> 在这些情况下……出现了一个问题：对现代主义的最终更新，或对已被认可的"永久性革命的美学"规范进行最终辩证的颠覆本身也许不是一种……现实主义！因为当现代主义和与之俱来的"陌生化"技巧已经变成了占主流的社会风尚，被用来调整消费者与资本主义的关系，更为整体性地看待现象的方式必须对这种支离破碎的习惯进行"疏离"和改正。

詹姆逊总结道，"也许是卢卡奇说了一些对我们来说是暂时性、不合时宜的话，正如他在20世纪30年代犯的错误一样。"詹姆逊的前提是：现实主义美

1940年以来的文学批评

学与反现实主义美学在意识形态上的作用是不确定的,只有在具体的社会语境下才变得确定。我们在最后一章将探讨当代意识形态批评的主要形式——文化研究、新历史主义、后殖民主义批评、后现代主义和后现代性批评。它们试图介入具体的文化、政治和历史的语境。

第七章 文化研究和历史研究

　　确定文化习俗如何在具体的社会语境下起作用已成为近来被称为"文化研究"和"新历史主义"批评的主要目的。这些术语现在指的是一种极其广泛的、往往是相互交叉的一系列探索，采用了我们在本书最后三章中所讨论的批评理论和方法。

　　文化研究和新历史主义是否应该被视为平行的、交叉的或相对立的批评，这是有争论的。对一些批评家来说，这些术语指的是同一种对抗性冲动的两个方面。对另一些人来说，它们代表的是截然相反的实践——"文化"批评在政治上是对抗性的和唯物主义的；而"新历史主义"通过对历史无情的文本化，或使所有文化生产都与霸权主义相联系，缓和或排除对抗性政治。从这二者不同的用途看来，"文化研究"和"新历史主义"归根结底成了马克思和福柯的代名词，一个寻求社会的物质改革；另一个认为"权力"是无处不在的，隐伏的，任何可能的反抗只能是权力的再生产。

　　不过，一般来说文化研究与新历史主义二者既不是简单的等同，也不是根本对立的。这些术语并不是截然对立的，它们表示一系列可以相互转换的理论与实践的不同侧重点。这些理论与实践相互作用、重复与交叉，要把它们最终分类价值很有限。然而，这两种批评运动所强调的特征确实不同，这反映了它们有不同的起源。文化研究开始于英国，是由新马克思主义知识分子和积极分子所倡导的对战后英国社会的批评，他们特别关注阶级关系和物质文化，崇尚实证分析，而不是抽象的理论。他们通常研究传统的学术性学科之间的交叉学科或边缘学科，在英国的著名大学以外开展的。另一方面，新历史主义作为一种分析方法，是由美国有地位的文学批评家发起的，首先是由研究文艺复兴时期的学者斯蒂芬·格林布拉特和一些伯克利大学同事，如凯瑟琳·格拉弗（Gatherine Gallagher）和沃尔特·本·迈克尔斯发起的。他们聚集在《表象》学术杂志周围。在20世纪60年代的政治激进主义之后普遍呼吁学术批评应介入社会。于是，这些学者运用新发展起来的话语理论，跨越美学与政治、历史研究与当代研究之间的传统界限。这些不同的起源背景和动机提出了我们接下来依次讨论的文化研究和新历史主义研究的方向、过程和问题。

第一节 文化研究

文化研究首先出现于20世纪60年代。它是从一批英国马克思主义者的学术著作发展起来的。这些马克思主义者的工人阶级身份，对人种论、日常生活和地区特殊性的兴趣，以及经验主义研究的倾向，使他们不同情同一时期许多欧洲同行的抽象化和精英主义。历史学家和社会活动家 E. P. 汤普森（E. P. Thompson）是其中的一位中坚人物。他在对早期英国同行提出他的总体看法时，抨击了"西方马克思主义"的"极端反民主的前提"。他认为，他们把普通大众及其文化惯例当作许多可以相互转换的资本主义产品。汤普森在《理论的贫乏》（*The Poverty of Theory*, 1978）一书中指出："不管是法兰克福学派，还是阿尔都塞，他们的主要特征是过于强调意识形态的统治模式必然带来严重后果——这种统治破坏了人民大众的积极性或创造力——只有少数开明的知识分子才能挣脱这种统治。"

一些著作，如汤普森的《英国工人阶级的构成》（*The Making of the English Working Class*, 1963）和里查德·霍加特（Richard Hoggart）的《知识的用途》（*The Use of Literacy*, 1958）有助于界定英国的文化研究——这一研究是对汤普森所称的对工人阶级的"极大的优越感"作出的反应。现代资本主义有特权的统治者及其知识分子精英批评家结合起来傲视工人阶级。法国与德国的高雅理论，就像这些理论的实践者所沉湎的高雅文化一样，似乎太远离工人阶级生活的物质条件和象征性实践，他们否认工人阶级生活的复杂性，更不用说为这一阶级辩护。同时，文化研究的奠基人主张左派理论家认为意识形态的统治"必然带来严重后果"，他们对国家或全球的（"宏观政治的"）参照构架感到绝望；相比之下，来自下层社会的观点会从各种地方文化形式和所谓的大众行为方式中挖掘出许多创造性的范例和"微观政治"的反抗。

虽然近来一些文化研究仍对抽象的理论话语怀有早期这种敌意，但是美国批评家和英国后期的批评家在对物质文化的分析时，越来越吸收来自欧洲大陆的理论，这正是汤姆逊和他的同事在分析物质文化时所否定的。而且，正如卡里·纳尔逊（Cary Nelson）、保拉 A. 特雷奇勒（Paula A. Treichler）和劳伦斯·格罗斯伯格（Lawrence Grossberg）在近来一篇论文集（《文化研究》[*Cultwral Studies*，1991]）的绪论中所描述的。文化研究"永远不只是一种理论实践，甚至当这种实践结合有关的政治、权力和语境的观点进行分析时也是如此。"文化研究试图在"理论与物质文化之间"、"历史"与"介入"之间搭起一座桥梁。这座桥主要是由雷蒙德·威廉斯在他早期著作，尤其是最著名的《文化与社会》（*Culture and Society*，1958）和《漫长的革命》（*The Long Revolution*，1961）中构想和勾画出来的。威廉斯追溯了文化的历史和意识形态的发展过程：从人类学的角度看，文化指的是一个民族的整个生活方式，但后来变得狭隘了，只局限于"文化"阶层精妙深奥的成就，局限于所谓高等文化中上层社会非功利的美学成果。

尽管精英这个少数群体试图将文化占为己有，并使之非物质化，威廉斯指出，"文化"不但具有更狭隘的含义，"指知识分子的作品和实践，尤其是艺术活动"，而且"文化"仍保持其更广泛的含义，代表"一个民族、一个时期或一个群体特定的生活方式"。同时，狭义"文化"的形成和作用依赖于广义的"文化"，或由产生和消费这狭义文化的多种文化决定，即使这种狭义的文化会渗透和影响广义的"文化"。威廉斯反对武断地区分这两种"文化"或划分它们的等级，强烈要求探索它们之间的相互联系。他把这种探索称作"文化唯物主义"，是"在实际的生产资料和生产条件内部对所有的表意形式进行的分析，包括作为中心地位的写作这一形式"。

为了解释表意的文化对象所具有的复杂性和变化，威廉斯并不联系艺术天才那精妙的观点或崇高的人文精神，而是联系了"生产资料和生产条件"。威廉斯引入了三个术语：统治的、残余的、新兴的。这三个术语在随后的文化批评和历史批评中广泛流行起来。这些术语以马克思主义的历史概念为先决条件，认为历史是一个直接的过程（虽然未毕是目的论），让我们在特定的文本和文化事件中能够找到，并描述出一些重要时期或倾向之间的辩证关系。因此，文化批评家在分析某个特定的文本中复杂的构想时，探索在这一文本产生时期哪些构想在文化中占统治地位，哪些是正处于消失阶段的社会条件和思想的残余，哪些预见了似乎处在形成阶段但尚未完全兴起的条件和思想。在许多情况下，一个单一的文本象征着这三种时期在不同层面的冲突。像任何一种图表性表述一样，"统治文化/残余文化/新兴文化"的这一图表可能会受到笨拙而简化地应用，但是当灵活运用它们时，则可以提供一种有效的方法，以解释文学文本和其他文化产物之间的冲突、复杂性和变化，而不会把它们降为物质条件的反映。

417

1940 年以来的文学批评

虽然威廉斯在文化研究必须论及的象征表现中把"写作置于中心地位",他的文化研究观点并不认为文学写作在等级上优于其他写作。事实上,重新认定文学是许多"表意形式"之一,而不是一种独一无二的、有价值的想象性成就,认为批评的目的并不是针对个别的文本或艺术家,而是针对文化再现力的社会条件和影响,这些将从根本上重构学术批评领域。因此,在威廉斯的影响下,文化研究对高雅文化、低俗文化或大众文化之间的区分提出了挑战(虽然未必消灭这种区分)。文化研究考察了电视、电影、大众音乐、名流杂志、广告、淫秽作品、体育和文化生活的其他机构、产业和媒介;文化研究还探索了阶级、年龄、性别、地区、种族特征和性别定位以什么方式影响着主流文化和非主流文化。按照《文化研究》编辑们的看法,当今这个领域的"主要研究范畴"包括:"性别和性行为、民族主义和民族属性、殖民主义和后殖民主义、人种和种族特征、大众文化及其观众……教学法、美学政治、文化机构、学科政治……以及后现代时代的全球文化。"

第二节 反对意见

这次使学术批评重新围绕社会和文化研究而不是文学性研究的运动招致了许多非议。这是不足为奇的,其中最普遍的一种谴责是:文化研究放弃或强烈鄙视美学价值的任何标准。确实,文化研究的兴趣和选择研究对象一般不是根据美学的标准为基础的。因此,它并不要求作为研究对象的文化产品具有超凡的美、形式上的美或超验的真实。事实上,文化研究认为,女权主义和解构主义对诸如形式美和超验的真实这种范畴的自然性和政治中立的挑战是合法的(在第四章和第五章里讨论的)。托尼·贝内特如此表达文化研究的价值观:

> 既没有,也不可能有一门价值学。价值是必须被产生出来的东西。一部作品只有被评价时才具有价值,这部作品也只能根据某种价值评价标准来评价,这种评价标准可以是道德的、政治的、或美学上的……(价值)不是文本固有的一种属性;而是为文本而创造出来东西。

这里,贝内特的主张可能不是认为一部经典小说,比如纳博科夫的《洛丽塔》(Lolita),不具有文本属性,这些文本属性使它比其他作品如典型的滑

第七章　文化研究和历史研究

稽剧①更成功地满足传统的审美标准。相反地，使纳博科夫的小说进入大学课堂并引起批评家评论的属性（广博的知识、文字的诙谐、丰富的想象、风格和结构的复杂性）被认为是有价值的，只是因为某一特定的评价标准，某种美学上的标准，有权力相信这些特质可在我们所研究的文本中找到。直到最近，文化批评家一直认为，文学研究中这种价值标准占统治地位会使某些有特权的文化表现形式引起批评界的注意，而其他的则被忽视。同时，这种美学标准占统治地位会阻碍对文学批评研究对象的"实际的生产资料和生产条件"进行探索。这些标准支配了《洛丽塔》所具有的优势和价值，而滑稽剧并不具有。然而，当批评不但考虑小说的文本特征，而且注意产生小说的经济学因素及其社会地反应，那么《洛丽塔》与滑稽喜剧的意义和关系会戏剧性地转变。而这种批评的重新定向，比起我们把注意力局限在纳博科夫对一些问题的巧妙处理，可能会发掘更多的东西——至少是一些不同的东西，比如性别和阶级关系、幻想和欲望、大众文化、自由与约束、现代美国文学的机制这些问题。总之，我们不但能向《洛丽塔》这部小说学习，而且也向洛丽塔她本人学习。

虽然贝内特可能只认为价值的标准是文化条件决定的，但是他所宣称的"价值不是文本的一种属性"的观点支持了建构主义者采取更强硬形式的立场。在我们看来，这种观点应加以警觉。建构主义者这种更为绝对的理论似乎断言：文本既没有内在的价值，也没有任何内在的属性。巴巴拉·H.史密斯所著的《价值的偶然性》（Contingencies of Value）也许是一部最彻底的为近来批评中这种"强有力的"价值建构主义辩护的著作。

史密斯非常有效地拆解了传统上的美学观点。这种观点没有认识到价值的社会的、历史的和偶然性的基础。学术批评的评判遭到诺思罗普·弗莱的摒弃之后，一直处于边缘地位。她试图使价值评判重新回到批评考虑的中心。但是史密斯也陷入自身的问题。她写道：

> 所谓作品的"属性"——如"结构"、"特征"、"品质"、当然还有它的"意义"——并不是作品"本身"不变的、特有的、或固有的，而是某些主体［某些人物或文化］与作品相互作用的产物，随时可以发生改变的产物。

---

① Harlequin Romance：英法等国流行的通俗喜剧或哑剧。harlequin 指剧中戴面具身穿五颜六色紧身衣的滑稽丑角。——译注

史密斯认为，作品在读者的参与之前，就不具有任何属性，也不具有任何独立于读者参与以外的属性。这种观点与她随后的几句话自相矛盾：如果作品"在某一特定的时间，能为某个主体的群体发挥某种人们想要的，或令人满意的作用，作品立刻就具有生存的优势"。她又进一步补充说，对于某一特定的作品，欣赏品味的改变会促使"一组不同的属性和功能"更受重视，而与作品同时代的人可能不去关注这些属性和功能。根据史密斯的后一个原理，作品又恢复了她刚刚否认的那些属性。艺术品现在确实具有"属性和功能"，虽然只是偶然的历史原因，它们没能在特定的时间被特定的读者群所重视和承认罢了。

像我们在第五章和第六章所讨论的建构主义的其他形式一样，价值建构主义从其草率而牢固的形式来看不但会导致逻辑上的自相矛盾，而且也会导致政治上的丧失能力。我们在第二章所提到的美国人为文化研究所做的重要总结性著作——《感觉的设计》（*Sensational Design*，1985）一书中，简·托姆帕金斯提出一个新学科选择和评价文本的案例，它不是作为"以复杂的形式象征永恒的主题的艺术品［高雅文化意义上的］"，而是把艺术品作为"文化工作"的执行者。托姆帕金斯认为，如果我们用受"重新界定社会秩序"影响的文化效用来评判，传统上被认为非经典性的小说，如《汤姆叔叔的小屋》，比起霍桑的传统经典《红字》，更应该要求归入美国文学经典。

托姆帕金斯在解释霍桑的作品被归入文学经典时说明，美学标准和评判从历史角度上看是相对的，并完全与政治和经济利益相联系。但是，托姆帕金斯并不满足于对提高像《红字》等经典作品地位的美学观点提出挑战。她运用了斯坦利·费什的理论：文本和它们的意义本身并没有事先的或独立的存在，而是由阅读文本的"阐释共同体"决定的。她声称：（1）19世纪中期，美国的阐释者并没有看出霍桑的作品比同时期著名的而现在被忽略的女作家的作品有根本上的不同，或比它们更好。（2）对霍桑作品的文化评价及其"生存优势"是政治和机构权力，而不是霍桑作品的实际特征在起作用。（3）像《红字》这样的作品成为关注的对象只是由于习惯上被认可，它"本身"并非经久不衰，而仅是为一代接一代的阐释共同体提供一个机会，可以凭自己的想象构建新的《红字》。

对托姆帕金斯来说，承认美学标准的相对性、文化评判的政治性和阐释上发生变化的必要性，有助于彻底地重新评价女性作家的作品，她们的作品被美国经典的制定者贬为感伤的和具有宣传性的。但是托姆帕金斯强烈的价值建构主义看法在逻辑上破坏了她的修正论研究。如果修正性阅读创立新的文本，而不是重新发现现存文本中被忽略或被低估的特征，那么为什么批评家要费尽心机去恢复任何一组被忽略的作品？的确，批评家又怎能声称他们"恢复"了这些作品？同时，如果阐释共同体如事先所料它们给予的，产生所有文本的意义，那么一个文本，如《汤姆叔叔的小屋》怎能说已经完成文化效用，而同时代的作品《红字》却没有完成？作品具有被读者无限重构的意义，正是这种论点使它们受益，但这种理论否认了文本以诱发的力量发挥文化的效用；也不清楚文化效用究竟怎么能对共同体里占统治地位的原则可能首先采取反抗的形式。并且，即使能够反抗，根据后一代共同体的阐释构架衡量作品的批评家，怎么能声称他们重新拥有 19 世纪 50 年代的读者所理解的《汤姆叔叔的小屋》？

　　文化批评为了避免这种自相矛盾，避免陷入困境，似乎需要一种淡化的价值建构主义。在《理解文学》（*Making Sense of Litenature*，1977）一书中，约翰·雷彻特（Tohn Reichert）提出了一种价值工具主义理论——即在没有消解作品属性的情况下，承认价值是由社会决定的。雷彻特认为，像"好"这类价值术语，只有同含有工具主义目的的"好"一起使用，才有意义，即它总是表示"对什么有好处"。这种理论前提使雷彻特声称：评价艺术作品是好的（或坏的），在逻辑上同评价一部汽车或切肉刀是好的（或是坏的）没有区别。在这两种情况下，"好"意味着"能够成功地执行某种具体的功能"。

　　然而，同汽车和切肉刀不一样，像"艺术"和"文学"这类术语没有事先决定的、单一的功能。按雷彻特的说法，他回应 E. D. 赫奇（E. D. Hirsch）的观点：没有享有特权的美学标准，切肉刀如果能够麻利地切鸡肉，说明这把刀好用，但是一首诗歌却没有同样达成共识的、约定俗成的功能，尽管多数批评家和理论家试图建立某种功能。回到前面的例子，我们并不能说《洛丽塔》是部好作品而滑稽剧不好，因为前者具有措辞的创造性，而后者没有。然而，我们可以说修辞的创造性并不足以构成评价文学正确而必要的基础，但这么一条标准必须保护，以防止许多可能被引证来的标准与之对抗。因此，对雷彻特来说，文学价值在于把文学作品中某些被选取的属性（如《洛丽塔》具有而滑稽剧没有的创造性），同某种社会评判结合起来。因为这些属性，而不是其他属性，是文化界应该重视的。根据这个观点，作品保持它们的属性；一些属性比其他一些属性起了更好的作用，但是最好该起哪些作用仍值得商榷。

第三节　亚文化的消费和生产

　　当文化批评家猛烈地挑战美学价值是一个自足而永恒的文本属性这个观

念时，他们对自己赋予文本的政治价值属性缺乏自我批评。从逻辑上来说，一部作品的政治影响与它的美学影响一样复杂，一样语境化。然而，正如罗莎琳·布兰特（Rosalind Brunt）指出的，文化批评的许多早期研究对于价值问题持有坚定的建构主义态度，而且在对它所研究的文化客体的社会意义和社会影响的描述上仍然是幼稚的本质主义：

> 当读者－文本关系毫无疑问地建立于一种对至今极有问题的文本进行具体的"阅读"时，文本分析就完全有生产能力，因此往往不需要再提及真正的读者。如果把读者解释为"文本主体"，那么读者的地位主要是由那个文本所产生和写入的。

布兰特认为，真正读者的反应不能从一个文本本身推断出来，也不能从一个批评家对文本的阅读中假想出来，尤其当文本的意义是情景化而不是绝对化的时候。而且一个文本文化的效用如不经过对真正读者理解和使用的方式进行经验主义的历史研究也不能确定下来。

许多文化研究的近期成果事实上已经探讨了这样的问题——读者、接受和挪用等问题。像安特鲁·罗斯（Andrew Ross）的《没有尊敬：知识分子与通俗文化》(*No Respect: Intellectuals and Popular Culture*, 1989)这样的著作就对这种想当然的设想提出了挑战：毫无个性的"大众读者"被动地受到他所摄取的"大众文化"的操纵。按照罗斯和其他批评家的看法，法兰克福学派所设想的是一种规范的社会和文化产业，他们没有看到"大众"是由各种群体和亚文化组成的，它们不仅在文化形式的消费上有所差别，而且在抵制、操纵和改造文化形式的方法上各不相同。

帕特里克·布兰特林格（Patrick Brantlinger）认为，对诸如狄克·海博狄基（Dick Hebdige）和约翰·费斯克（John Fiske）（我们可以加上罗斯、简尼斯·罗得威［Janice Radway］、戴安娜·法斯和其他美国批评家）这样的英国文化批评家来说，

> 原有的……对大众文化的悲观主义态度是限制的，有时几乎被逆转。例如，费斯克把"通俗文化"定义为所有这样的阐释行为，即，人们从"大众文化"那统一的、但又不完全是强制性的"格栅"中获取属于他们自己的、无法控制的、"抵制性"的意义。大众媒体并没有向大众强加特殊的意义，相反地，人们从大众媒体的反面形成了他们的意义。

海博狄基的《亚文化：风格的意义》（*Subculture：The Meaning of Style*，1979），再现了布兰特林格所描述的研究情况。他举例说明，英国文化研究做了许多工作，以鉴别，有时赞扬对资本主义、阶级特权和现代生活的官僚进行文化抵制的多种形式。由于城市群体被边缘化和剥夺了权力，现代生活的官僚化更厉害了。海博狄基认为，工人阶级、青年人、尤其是"朋克"（Punk）亚文化群体一致努力，形成了与主流资产阶级文化相反的、风格独特的衣着、言谈、音乐和社会行为。他们不仅反对主流资产阶级文化而且用反叛的方式对它进行颠覆性的挪用。

美国文化批评家也一直认为，当大众文化被亚文化重新挪用的时候，它可以是解放性的。例如，日渐增多的对男同性恋和女同性恋文化进行深入研究的著作考察了男同性恋者在异性恋的社会里是如何通过戏仿，再现时尚、大众市场的影片和电视节目，从而既从风格上界定他们的差异性，又显现其差异性所带来的问题。因此，在苏珊·桑塔格发表于1964年的文章《营中笔记》（*Notes on Camp*，1964）的影响下，罗斯剖析了男女同性恋亚文化群体为反对文化霸权而挪用了由女影星贝特·戴维斯、梅·威斯特（Mae West）和玛琳·迪特瑞奇（Marlene Dietrich）示范的似乎是"异性恋的"性行为方式。而戴安娜·法斯则探讨了下列事实的颠覆性含义，即刊登在像《女士》那样肤浅的时尚杂志上迷人女性的传统形象，为女人们提供一种使其他女人成为她们色情目光注视对象的机会，文化传统使她们的这种行为合法化。

法斯的观点表明，她并不赞同像特丽莎·罗里特斯等批评家的看法。这些批评家认为，如果要颠覆"异性恋传奇的标准框架"，需要抵制"它天衣无缝的叙事空间、传统的角色定位和人物塑造"等习俗，需要抵制它赖以传播的种种商业操作技巧。法斯可能会认为主流的表述习俗不完全是"天衣无缝的"。甚至《女士》杂志也不可避免地被当做是受压抑的女同性恋者的文本，揭示在异性恋主义文化最有力的表达中潜藏着一种"他者"。通过挪用这样的文化形式（并发展其他形式，如把原创的艺术表达与戏仿和大杂烩等结合起来的"时尚"），男同性恋者用瓦解社会性别属性、性偏好和权力关系等主流模式的方法重写主流文化的文本。

非裔美国人的近期批评展示了另外一种通过对主流话语进行讽刺性挪用的亚文化抵制策略。这种策略根据非裔美国民间文化中的一个著名的骗子形象"表意的猴子（Signifying Monkey）"的名字而被称为"表意"（Signifying）。主要的后结构主义者、非裔美国人小亨利·路易斯·盖茨（Henry Louis Gates Jr）在他的著作中的阐述是最详尽最有影响力的。他认为，"表意"是策略性话语的间接行为、掩饰性的讽刺或带有差异的重复,当更正式的创造性和更直接的反抗被遏制时,受压迫人民借此保存它的创造性和反抗力量。对盖茨来说,"表意"包含了非裔美国口头文化与众不同的主要修饰手法和风格特征。作为对奥德尔·劳德(Audre Lorde)那句广为引用的格言"主人的工具永远不会拆毁主人的房子"的回应,盖茨反驳说,只有主人的工具才能拆毁主人的房子。

事实上,正如"表意"技巧本身所暗示的那样,美国白人统治阶级的文化工具和文化大厦从来没有完全脱离它的黑人亚文化。20世纪90年代早期多学科研究的激变证实了托妮·莫里森的看法。她在1989年的文章《不能说的不说:美国文学中非裔美国人的存在》(Unspeakable Things Unspoken: The Afro-American Presence in American Literature)中写道,美国主流文化深刻地、广泛地受到了"存在于美国400年历史的非洲人,然后是非裔美国人"的启迪。雪莉·费希尔·弗希金(Shelly Fisher Fishkin)编撰的一篇关于参考文献的论文《质询"白色",搅乱"黑色":重构美国文化》(Interrogating "Whiteness", Complicating "Blackness": Remapping American Culture)中,包括了历史学家的著作,如戴维·罗狄格(David Roediger)的《白人的工资:种族和美国工人阶级史》(The Wages of Whiteness: Race and the Making of the American Working Class, 1991)和威廉·帕森(William Piersen)的《黑人遗产:美国的隐形传统》(Black Legacy: Americas Hidden Heritage, 1993);语言学家的著作,如约瑟夫·哈罗威(Joseph Holloway)和温妮弗雷·沃斯(Winnifred Vass)的《美国英语的非洲传统》(The African Heritage of American English, 1993);政治理论家的著作,如西莱斯特·米歇尔·康狄(Celeste Micheue Condit)和约翰·路卡斯·路加斯特(Jphn Lucas Lucaites)的《欺骗性的平等:美国的英—非词汇》(Crafting Equality: America's Anglo-African Word, 1993)以及文学和文化批评的著作,如艾里克·桑德奎斯特(Eric Sandquist)的《唤醒民众:美国文学史中的种族》(To Wake the Nations: Race in the Making of American Literature, 1993)和梅尔·威金斯(Mel Watkins)的《真实的一面:欢笑、撒谎和表意——促使美国文化从奴隶制向理查德·普莱尔转化的地下非裔美国幽默传统》(On the Real Side: Laughing, Lying, an' Signifying – the Underground Tradition of African American Humor that Transformed American Culture from Slarery to Richand Pryor, 1994)。上述这些著作和其他许多近期的著作和文章都坚持认为,美国当代文化生活的各个方面实际上都是非洲和欧洲文化的历史遭遇所产生的混合品。从这个意义上看,美国文化是非裔美国人的,这就体现了布兰特林格所说的文化研究的主要观点:"为了了解我们自己,'他者'的话语——所有他者的话语——正是我们迫切需要聆听的。""他者"已存在于主流文化中,这种解构性的认可使人们能够进一步注意到被统治或边缘化的人们的文化消费和文化生产情况。他们的经验和表达形式在大学课程和批评讨论中传统上一直是没有地位的。

有些人指责在对待少数民族的文化和政治主张广泛采取保守态度的时代,学术批评家对"他者"的这种认可导致个人在道德上的沾沾自喜,却不会产生有效的政治力量。例如,阿兰·刘(Alan Liu)在他1990年的一篇文章《局部超越:文化批评、后现代主义和细节的浪漫主义》(*Local Transcendence*:*Cultural Criticism*,*Postmodernism*,*and the Romanticism of Detail*)中,有力地辩驳道,当今许多文化批评既没有反映真正的社会职责,也没有促进实现实际的政治目标,它只是应和了一种新浪漫主义。在那种新浪漫主义中,拥有特权、然而异化或愧疚的知识界和经济领域的精英认同了下层平民的斗争,或赞扬纯朴的言辞、民间的团结和身体的生命力。另一些人,包括一些出色的进步批评家,更普遍地指责文化批评和其他政治批评使批评和政治简单化。例如,理查德·波里尔(Richard Poirier)在许多著作和文章中雄辩地指出,阅读的多数益处不能直接转换成政治货币;批评通常已变得毫无生机,因为它需要同权力进行"理想化的、直接的、刺激的而且可能是危险的交易"。

文化研究有时会确信刘、波里尔和其他批评家对文化渊源和主张的怀疑主义态度。但是,不管它最终的政治影响或潜在的政治影响如何,文化研究的最优秀成果还是给学术批评带来了一些新问题、新的社会团体和文化实践以及新的自省机会。这种研究对所谓高雅文化优于通俗文化、"普遍文化"优于亚文化、西方文化优于"他者"等固有的等级秩序提出了挑战,动摇了关于个人属性与文化属性及其差别的传统假想,并激励了新思想的产生。正如布兰特林格所说的,当代批评家再不能进行有意义的文化研究,除非他们真正"放弃他们给予西方文学传统的特权地位,从而对自身进行'非殖民化'",并且认识到"别的传统既不等于,又不优于或劣于,既不高雅于又不低俗于西方文学传统,但二者都是人类共有的、又是不同的。"

第四节 美国新历史主义的兴起

那些被归为"新历史主义"的当代批评实践与文化研究著作一样,都反对把文学与其他的表意形式以及与社会文化生活的其他领域割裂开的传统做法。布兰特林格称文化研究是探讨意义在社会中的产生与循环,推而广之,这种描述似乎同样适用于新历史主义。事实上,被许多人认为美国新历史主义奠基人的斯蒂芬·格林布拉特一开始就把他的研究称为"文化诗学",而且一直喜欢用这个术语而不用更为广泛使用的名称。

格林布拉特在他题为《通向文化诗学》(*Toward Poetics of Culture*)的文章中谈到,他采用了"文化诗学"这个术语可以追溯到他所遇到的学术束缚。他解释说,70年代中期他在伯克利的一次演讲中,一个学生愤怒地站起来要求他承认:他是一个形式主义者还是一个马克思主义者。这次事件之后,格林布拉特把他的研究定义为"文化诗学",这就含蓄地拒斥了那个学生非此即彼的说法,并质疑了物质文化和表达形式之间、政治和美学之间假定存在的对立关系。的确,格林布拉特辩驳说,他所从事的专门研究——英国文艺复兴时期一直遭人误读,因为传统文学批评不能协调这些对立关系。

正如路易·蒙特罗斯所解释的那样,文艺复兴研究的固有传统"挑选了某些诗歌和戏剧文本,作为文艺复兴时期的文学经典",并把它们评价为"其创作者主体性的永久反映,或与众不同的美学理解方式的典型例证;是永恒的普遍真理令人信服的体现……证明16世纪的诗人和20世纪的批评家在宗教、社会和美学价值存在一种明显的连续性传统的检验标准"。像格林布拉特和蒙特罗斯等从事文艺复兴研究的这些年轻学者,对这个领域的这种"温和/果断"的观点同时展开了历史性和文本性的攻击。通过新历史主义研究,他们试图表明,他们前辈的表述"与现存文献中显示的伊丽莎白时期的宗教、经济、社会和家庭暴力、不稳定性和非正统见解有分歧之处"。通过用后结构主义理论对文本进行分析,他们正是在那些所谓代表了文学的优雅、卓越和真理的经典文本里发现了暴力、不稳定性和非正统见解。因此这些批评家在貌似永恒的范围里发现了时事性的话题,在美学领域里发现了政治因素。

研究文艺复兴的新历史主义者进一步认为,充分理解文艺复兴文化排除了狭隘的文学批评与历史实践的武断割裂。这种割裂本身是文艺复兴后很长一段时间内产生的。在某种意义上说,这种观点并不新鲜。确实,它回应了20世纪40年代和50年代像罗斯蒙德·托夫(Rosemund Tuve)和J.V.坎宁汉姆这样的历史学家的抱怨。他们认为,新批评派对文艺复兴时期诗歌的形式主义阅读,预先假定了诗歌形式与社会语境是相互分离的,这种分离会使文艺复兴时期的作家和读者感到迷惑不解。但这些早期学者认为,这个时期的社会历史无论多么重要,都不过是帮助人们理解其文学"背景"的一部分。新历史主义者坚持认为,文艺复兴时期的政治和诗学是互为要素的,每方都是对方的一种形式或设定。一个重要的例子就是莎士比亚的戏剧。莎剧已被看做是艺术的精华,但是这些戏剧的作用在它们的时代只是作为皇权炫耀、仪式化和复制的一种手段。对于新历史主义者来说,莎士比亚的戏剧并非不再是"艺术",也不只是"社会能量循环"的一部分,恰恰相反,这种双重性本身是后来时代的产物。

新历史主义者指责文艺复兴研究中文学的孤立和特权化是非历史的,同时他们认为不仅诗学和政治是相互依赖的,而且过去和现在也是相互依赖的。新历史主义者指出,关于文艺复兴的理想化和非政治化的观点产生于20世纪的历史压力和欲望,正如T. S. 艾略特寻求一种用以对抗现代分裂意识的文化平衡力。要避免自我欺骗的表现主义需要一种对话式的批评,通过质询历史的过去及其当代的建构,不仅关注知识的研究对象而且关注知识产生的方式。正如蒙特罗斯所说:"新历史主义批评的实践……不仅需要努力使过去和现在历史化,而且需要使它们之间的辩证关系历史化——那些过去借以塑造现在、现在借以重塑过去的互动的历史压力。"

研究文艺复兴的新历史主义者对他们前辈的"表现主义"所提出的指责是我们在论述现代批评时经常注意到的(例如,女权主义就指责说,美国文学的经典建构继承了该领域的始祖用他们自己的"令人困扰的男子气概"所构建起来的传奇剧式形式)。那种认为批评家凭自己的想象使自己的研究对象适合自己的说法经常有力地揭露了别人的盲目或偏见。但是,正如我们在第六章中关于意识形态的讨论和以上与前文对托姆帕金斯强烈的价值建构主义观点的讨论中所发现的,这种指责会随时指向提出这种指责人自己。像雷彻特的工具建构主义一样,它赋予文本以特性,并承认这些属性与读者赋予文本的社会标准有关。蒙特罗斯在提出对话性和批评的自省性的要求时,假定过去具有某些属性,这些属性既渗透于又抵制当前的历史重建。过去与现在并非完全认同,而是存在一种辩证关系。这种假定在理论上保证了新历史主义的有效实施,同时在实践上又约束它。但是,正如我们将要谈到的,一些新历史主义者促成了一种总体化的历史观,这种观点想象不到事物的变化性,它把一种"后现代状况"普及化并投射给过去,从而消除了任何有意义的历史主义。

当格林布拉特把文艺复兴"文化诗学"的来源归于那个愤怒的学生对他自己的文化政治学的质疑时,他暗示了新历史主义者对他们前辈们的批评的敏感性。正如T. S. 艾略特本世纪中叶的人文主义复兴反映了艾略特需要把分裂的意识统一起来一样,新历史主义的复兴反映了把艺术和政治结合起来的当代需求。斯坦利·费什把新历史主义这个方面称为"古老的高级形式主义文本的政治化"。确实如此,新历史主义认同、有时候也例证了J. 克兰彻(Jon Klancher)所说的,"使历史批评成为对当代政治的跨历史回应的风险"。

然而,关于新历史主义的最激烈的争论不是集中在阅读历史时的表现主义问题,而是较多地集中在渗透于许多新历史主义批评的具体的政治设想。像关注语言、文化和权力之间错综复杂的关系的其他现代批评形式一样,新历史主义认为,一种文化通过它所涵盖的各种表达形式或话语,包括艺术话语和批评话语,以此对自身进行界定和实践。对任何希望宣称话语的研究和批评可能是具有政治意义的活动的人来说,那种权力关系渗透于话语的想法一方面是必要的、有帮助的;然而,另一方面,这种想法有可能使引起该想法的政治参与失效。的确,至少有一个新历史主义的分支认为,艺术和批评深深地根植于权力结构之中,他们已没有留下能够抵制或批评的空间。

这种政治思想或文化"逻辑"把一些出色的新历史主义者与美国的反本质主义理论家如费什和法国后现代理论家如让·弗朗索瓦·利奥塔和让·鲍德里亚(Jean Baudrillard)联系起来。这个逻辑源于两个由现代权力的话语性引申出的紧密相连又完全不同的推论。第一个推论是,我们提到过的权力这么广泛地渗透到话语中,因此是不可抗拒的。第二个推论是,权力是分散的,无法界定也无法具体化。后一种状况,描述了利奥塔所说的"后现代状况"。在这种状况下,没有什么可靠的基础(除了一些局部的、边缘的和微观政治的根据)能让人把现实与完全通过媒介展现的资本主义科技文化所制造的"现实影响"区别开来,因此不能为对立的思想或行为提供令人信服的基础。

鲍德里亚关于海湾战争的两篇论文包含了一种也许是最新的极端的断言,即世界已沦为某种不确定的后现代文本,或者已经被不确定的文本所替代。西方观众入迷地消费着关于1991年对伊拉克空战的电视节目;针对这一现象,鲍德里亚表示,我们已经到了一个只有空洞的媒体幻像和其他的表意结构才能决定什么是知识或真理的关头。他认为,作为这种环球文本网络的主体,我们不能证实或否定它所传递的信息,因此我们也无法肯定地说海湾战争确实爆发了。对许多人来说,这种说法集中体现了认识论上和政治上的不负责任,这正是后现代主义者将现实文本化造成的不可避免的结果。因此,在《非批评理论:后现代主义、知识分子和海湾战争》(*Uncritical Theory*:*Postmodernism*, *Intellectuals*, *and the Gulf War*, 1992)中,克里斯托夫·诺里斯攻击说,"文学理论家中存在一种强烈的扩张主义情绪,他们渴望对哲学、法律和历史等其他学科发动殖民化的探险,这种情绪又混合了一种广泛的怀疑主义态度",他们把这些学科贬低为"语言游戏",既不曾掌握确定的知识,又不介入现实世界。

这一章里我们早些时候讨论过,无论是建构主义还是反本质主义的理论都不一定能削弱那些声称拥有经验主义知识或实际效力的主张。确实,新历史主义文艺复兴学者普遍不接受(格林布拉特曾经公开抨击)这样的观点,即,他们关于话语和历史的立场从逻辑上势必导致软弱无力和不确定性。但个人、文学和认知自主性的旧有模式的普遍动摇有助于解释为什么新历史主义遭到攻击。因为正如克兰彻认为,在文艺复兴时期,政治和文学仍然是没有差别的领域;但文化奇特地等同于后现代文化,因为人们觉得权力已渗透各种话语之中。对克兰彻来说,问题在于这种等同"把浸透着权力的文艺复兴文化与一种无力抵制的后现代文化联合了起来"。要想了解这种浸透着权力同时又无力抵制的后现代文化构想的兴起和魅力,必须更充分地考虑当今最有影响的权力理论家米歇尔·福柯的著作。

第五节 福柯和新历史主义

新历史主义的一个基本观点是,社会对它所属的主体施加控制力不仅仅是通过对他们进行约束,而且还通过预先确定主体试图抵制这些约束的方式来进行。因此,新历史主义趋于对一种对立关系提出挑战。传统批评和与之对立的批评都把这个对立关系看做是浪漫主义文学和后浪漫主义美学遗产的一部分,就是反叛的艺术品、富于幻想的艺术家、或者是打破传统信仰的、崇尚真理的批评家与他们时代根深蒂固的物质条件和意识结构之间的对立关系。按照新历史主义者的分析,这些迄今为止被认为是解放的因素正被看成他们宣称要挑战的主流社会话语的产物。当然,许多新历史主义者承认,任何主流社会话语都有缺口或裂缝,在这些地方会产生一些相抵触的形式,然而这些分裂的空间是局部的、有限的、易于"恢复"或"遏制"的,因此这一切都是微不足道的。

在这方面,新历史主义显示了福柯的影响,尤其是受到了福柯晚期著作的影响如:《规训与惩罚》(*Discipline and Punish*,1975)、《认知意愿:性史》第一卷(*The Will to Know*: *History of Sexuality I*,1976)以及访谈集《权力/知识》(*Power/Knowledge*,1980)的影响。福柯是在晚期摒弃了他早期研究中提出的"压抑的假设"。这种假设认为那些偏离常人的群体,如那些被视为疯子的人,被看做是受了像现代疯人院这样的权力机构的压抑造成的。福柯甚至在他的早期作品中,当他谈到禁闭机构本身所造成的"疯狂的产品"时,就已经暗示了一种对于权力的新的理解。到 20 世纪 70 年代中期,他已经充分表述了这一理论:现代权力是富有活力的而非压抑的。他在生命最后 10 年中广泛的历史分析和社会分析证明了这一理论。

正如福柯所描述的那样,权力从没有停止过其主宰和征服的功能,但是,这种对压抑模式的摒弃给福柯提供了有力途径,使他向启蒙运动的权威历史提出挑战，尤其是向自由人文主义设想提出挑战：由独裁势力支撑的寡头政治的社会秩序向公平法律和共同的理性所支撑的民主转变，这代表了自由的进步和发展。他认为，通常被看做社会进步的遗产的权利，事实上，是社会控制网络的一部分。这样，福柯发展了尼采的历史观。正如他在一篇题为《尼采、系谱学、历史》（*Nietzsche, Genealoqy, History*, 1971）的文章中所说的那样，"人类只有达到广泛的互惠互利之后才能逐步摆脱相互争斗，那时法制将最终代替武力；人类在法律体制中植入了暴力因素，因此是经历了从统治到统治的过程。"所以，对于晚年的福柯来说，后启蒙价值观并不比启蒙前的统治形式更有人性。它们只不过使统治看起来更像自由，更善于使主体把统治内化。后启蒙的权力形式在征服抵抗力量时，不是采用彻底消除它或否定它的方式——如封建社会的折磨形式——而是通过组织、疏导和控制它、赋予它一些可以进行有效管理的权利和责任。

福柯对启蒙运动的批评和对合理化"学科"抑制形式的批评，在许多方面与第6章讨论过的法兰克福学派对于现代文化的分析存在着相似之处（也有同样的中心问题）。事实上，在1983年的一次访谈中，福柯承认了这些相似之处并遗憾地说，他的老师或早期的同事都没有向他提及法兰克福学派的作品。他在自己学术生涯的晚期才对此有所了解——"两种非常相似的思维方式之间的非渗透性，这种情况很奇特。"然而，关于主体性、个人身份和知识与统治结构之间的联系，福柯的立场比法兰克福学派更为激进。

对福柯来说，个体或自我的出现变成一种社会控制形式。问题不仅在于，一旦我们有了身份证和记录在册的身份资料，我们就更易于受到政府司法管制和商业剥削；更为重要的是，个人身份的概念本身已经是"权力的重要结果之一"，"权力在形成个体的同时，个体也是权力的工具"。福柯进一步认为现代资产阶级社会是围绕着"一整套被控制的主权"王国组织起来的。它貌似自主，其实是主流话语秩序影响的结果。它给这些臣民指定了他们的地方。这种"被控制的主权"包括"精神（统治着身体，但受制于上帝）、意识（在作出判断的语境中是主宰，但必须遵循真理，因此备受约束）和个体（名义掌握着个人权利，实际上受制于自然法则和社会法则）"。这些范畴表面上自治自足，其实受到主流话语秩序的支配，后者为前者规定其主体位置，由于神学、哲学和法律等支持精神、意识和个体这三个范畴并使它们看起来显得自然，这些范畴为社会的特权真理话语及其知识法则所支持。

对福柯来说，正是话语概念使社会控制在没有明显的控制力的情况下起着作用。如奥威尔的《一九八四年》中那样，我们永远见不到那位大哥，甚至弄不清他是否真的存在。在福柯的世界里，似乎不存在控制他人的决定性因素，只有强大的话语网络控制着我们。由于我们大多数人仍然习惯于比较传统的政治分析，其中权力被看做是集中在可识别的集团和机构手中，这种看法似乎有点不大可信，更不用说是令人多疑了。然而，随着现代社会变得越来越复杂、官僚化和概念化，人们确实常常很难找到"谁在负责"，这样上述看法就有说服力了。当代世界经济证明是难以预测的，这也许可以作为一个行为的例证，证明似乎有了行动不需要通过任何中介力量；就像一个大型的网络，即使它显然对一些人比对其他人更有利，但确切地说没有一个集团真正控制着它。福柯的这种关于权力世界没有中心、没有决定性因素的看法在托马斯·品钦和唐·德里罗等后现代主义小说家所描绘的世界里得到了反映。

福柯关于无处不在的话语权力的一个最著名的表述，是他在分析现代性别属性是如何由性别话语产生时提出的。福柯认为，现代社会对人类难以驾驭的性行为能量加以控制的手段，不是如后维多利亚文化所推崇的那样使性成为压抑禁忌的话语，而是靠产生大量关于性的惩戒话语和知识，从而对性进行界定、归类和重新归类。这个过程造就了性主体，他们对自身性别属性的声明行为就参与了对自身的管理控制。例如，19 世纪末的"同性恋者"被称为一类与众不同的人，这种称呼并非如它所自称的那样是中立的科学分类，而是关于一种新的属性类别的惩戒性产物。同性恋行为曾经是所有年代和地方都存在的现象，现在却成了辨别独特的异常人群的依据，因此，这也使"异性恋者"成为合乎规范的类别。

福柯的历史分析很有说服力地揭示了惩戒性知识使社会控制理性化和规范化的各种例证。在福柯之后，人们很难对知识体系参与了权力体系的说法进行辩驳，也很难反驳知识戒律的执行者们需对其作品的使用和影响进行质询的看法。福柯在他最有力的论述里指出所有的知识像权力一样，倾向于统治遇到了问题。福柯在他的尼采式的套话中表示，"知识不是要理解的，而是由人去切割的"；"权力的实施总是以人的牺牲为代价"。换句话说，知识本身就成了问题的一部分，决不是解决问题的一部分。在 1968 年左翼知识分子动员人民群众加入到整个北半球反对资产阶级资本主义体系的暴动失败后，这种对知识本身的攻击，以及最终对知识分子的攻击更为激烈。福柯宣称，"知识分子本身就是权力这个体系的代理人——他们对'意识'和话语负有责任的观点形成了这个体系的一部分"。

在这些评论里，正如南茜·弗雷泽（Nancy Fraser）和别的批评家已经指出的，福柯对政治体系和认知体系的不信任和他对于现代权力作用的全面看法颠覆了他自己所追求的知识、政治和道德目标。甚至当福柯的历史研究或

"系谱"研究使"被压制的知识"("大众的"、"局部的"与"低等的"、"身体的",与"不同的"经验模式,所有这些"在实用主义和系统化理论里"受到压抑)得以重见天日时,这些知识本身只能搅乱主流科学话语和社会规范,而不是加以修正或替代。因为"人们努力发掘知识的具体成分一旦得到认可和流传,就不会冒重新编纂、重新殖民化的风险"。甚至当他的社会批评抨击当前制度的权力影响时,福柯也不得不克制自己提供任何普遍的社会替代物的想法。因为既然所有的权力都倾向于体制化,而所有的体制化都是统治性的,所以根本没有普遍的替代物,而只有一个肯定的悖论。这就是"想象另一种系统就是拓展我们对当前体制的参与"。因此只有最局部的、不完整的、偶然的、不统一的主张和反抗才是合法有效的,当然,人们最终不能对它们的合法性或效果进行理论化。总之,福柯信奉一个逻辑:只有失败和边缘化才能保持政治上的崇高。

福柯社会思想的整个系谱需要考察现代法国乃至整个欧洲的哲学史和政治史。福柯关于资产阶级主体的不合法性和不连续性的惊人论断("人类没有什么——甚至他的身体——是足够稳定的,可以作为自我认知或理解他人的基础的")与其他法国后萨特主义知识分子将自己从存在主义人文主义遗产中解脱出来的努力十分相似。福柯对体制化权力的极大反应,也是对马克思主义经济学在社会上和理论上的失败以及对战后右翼和左翼极权主义辱骂的反应。如果要公正地评价作为社会思想家和活动家的福柯,应该考虑到这样的事实:尽管他不相信知识话语获得自由的可能性,他对于监狱、精神病院、刑罚学、精神病学和性学的历史分析已经影响了那些机构和学科的具体实践。另外,虽然福柯怀疑个人的反对力量,但是他仍然全身心地投入到多种社会活动中,如支持监狱改革、同情工人的申诉、支持越南难民寻求法国援助的主张、支持东欧持不同政见者的抗争和支持同性恋者反对异性恋者歧视的运动。

不管如何解释和评判福柯自己的学术和政治生涯,事实仍然是,他的思想促进并形成了他的研究领域之外的学术研究。在当代文学批评运动中,新历史主义最热忱地迎合了福柯的关注、设想和方法。新历史主义的阅读经常把文学文本与一种或几种似乎与之不相干的当代社会话语或实践(医学、法律、经济理论、时尚、神学、色情作品、工业管理、广告业)并置。然而在这种并置的压力下,这些不同的文化表达形式得到了相互阐释,揭示了令人惊讶的甚至是令人反感的多种联系。这些联系搅乱了诸如精英与大众、中心与边缘、保守与颠覆、规范与反常、真实与虚构之间未解决的假定的区别与等级。这种福柯策略的一个变异经常出现在新历史主义者们的文章中,它从

第七章 文化研究和历史研究

一件轶闻趣事开始，重新找到一个似乎细小的、反常的或任意的历史客体、主体或事件，然后逐渐地、戏剧性地揭示其出乎意料的深远意义。

通过对福柯"系谱"分析的拓展，新历史主义者做了一些令人眼花缭乱、富有挑衅性的文化再阐释。（福柯把"系谱学"定义为"分声部狂欢式的历史"，一种"反柏拉图的"历史实践，"挖掘出伴随着每个开端的细节和事件"并试图"把历史知识从理论化的、统一的、正式的和科学的话语的抑制下解放出来"）。但是，如果说，在福柯系谱学精神的鼓舞下，新历史主义者的研究和阐释将文化细节、局部事件或偶然事件以及个人的生命都纳入它们的可能性和物质性中，试图产生一种更有肌质的、不太完整的历史话语，他们有时候获得的结果恰好相反。

新历史主义批评家们抨击把局部的或异常的轶事或细节置于广泛的历史修正中心的手法。同样地，他们对新历史主义通过并置截然不同的当代话语展示某一个文化历史时期权力的循环这一策略提出质疑。例如，阿兰·刘就坚持认为，新历史主义者和其他文化批评家把修辞分析扩展为一种"知识摹本或假分析"，其中以隐喻联系和精心设计的形式上的相似代替了表示因果关系和物质联系的揭示。刘接着说，通过暗示性并置得出的观点与其说是经验主义的，不如说是寓言式的，需要一种实质性的"等等远远超过一般科学对于误差幅度的要求"。其他人则反对卡罗琳·波特（Carolyn Porter）所谓的新历史主义对权力的"修辞人格化"。因为根据她这个观点，权力"本身"，无论是什么权力或多大的权力，既是动因，又是介质，既无所不在，又无处可寻，人人都在谈论权力，却没有人行使权力。

弗兰克·兰特里基亚抨击道，"权力的概念是模糊的，在文字上是难以定义的。"确实，这种说法无论是在方法上还是在意识形态上都令人恼火。正如我们所提出的，福柯增加了权力的场所和形式，经典马克思主义则把权力看做是集中在资本主义生产关系和资产阶级国家执行机器中，前者是当代对后者进行修正的一个例证，也许是最极端的一个例证。我们在上文的分析中已经提到权力的话语本质这个观点。在某种意义上说，这种修正的观点使对抗性批评成为可能——甚至是必需的。因为既然权力被看做是局部地、文化意义上地、文本地、微观政治地起作用，在这个意义上说，它可以在所有这些领域批评性地介入。但是，解构马克思主义权力观的中心地位就意味着放弃马克思以社会主义或其他社会形式来取代资本主义的统治需要理论指导的构想，甚至可能否定这么做在实践上的可能性，结果是，抵制或颠覆行为可能会变得像它所抵制的权力一样泛滥和不可估量。也就是说，随着社会主义曾经作为衡量进步和倒退的立足点这一特权的丧失，批评家用来评价文化现象的标准变得似乎越来越抽象、武断和不一致。很快人们就达成一致的看法，即几乎任何事情都可能因其颠覆性而受到赞扬，或因容易协作而受到贬斥，因为经常有一些相关的话语框架支持上述两种情况之一。

我们认为，目前的左翼文化批评经常陷入这种困境之中。作为对此的回应，新历史主义分为激进和反激进两个阵营。激进的新历史主义利用当代理论所提供的大量机会和技术进行文化颠覆和颠覆性的宽泛标准的制定。它假定，任何使确定的含意不稳定或叙事终止的"破裂"、任何使主体地位非中心化以及任何解构传统文化二元对立都是颠覆性的。当然，这种对抗性对批评的膨胀迅速削减了它的可信度和价值。布鲁斯·罗宾斯曾嘲讽地说，"既然有如此多的颠覆性因素，有人会以为革命最迟会安排在下周。"

反激进的新历史主义不仅与经常发表过分言辞的"对抗性"批评享有这种同样的失落感，而且按自己采取的观点将它理论化，而决不是从福柯开始的。这就是我们前面所提到的观点，即在现代的理性化社会，现存的抵制性话语本身是由权力产生的，所以那种被看做是越轨行为不可避免地成为另一种"权力的诡计"，由此权力进行了再生产，再分配，并进一步确立了自身的牢固地位。这种同化吸收的"逻辑"一直是当代批评的一个十分重要因素，以此保证它对自身的历史进行简介，并对美国文学和文化最著名也最有争议的新历史主义分析进行拓展时的讨论。

第六节 异议的同化

福柯理论倾向于刘、波特和兰特里基亚所质疑的权力整体化、修辞化、人格化和神秘化，这就支持了由反激进的新历史主义者和一些后现代主义理论家所提出的主张，即同化不仅是普遍的而且是全面的和不可避免的。因为权力浸透了文化的所有客体和主体，而且权力总是不断地同化异质，所谓对抗性立场的观点是不能自圆其说的。既然没有什么处于权力"之外"，提出替代既定政权的问题是愚蠢的。沃尔特·本·迈克尔斯的《自然主义的金本位与逻辑》(*The Gold Standard and the Logic of Naturalism*, 1987) 被广泛承认是对这种观点进行了最精细又多方面的新历史主义论述。

例如，迈克尔斯对长久以来关于西奥多·德莱塞的长篇小说到底是歌颂还是批评资本主义的争议表示质疑。对于早期受社会主义思想影响的批评家如阿尔弗雷德·卡津和欧文·豪（和卢卡奇一样）来说，像《嘉莉妹妹》这样的现实主义小说，它的魅力主要在于它们揭露资本主义神话。对于后来受巴特、阿多诺和法国后结构主义影响的批评家来说，这种文本中所谓的现实

第七章 文化研究和历史研究

主义本身就是一个使资本主义历史时期的主流"现实"自然化的神话。然而，对迈克尔斯来说，整个争论建立在一个虚假的前提上。

在迈克尔斯看来，每个对抗的批评立场都依赖于这样一个错误观点：资本主义文化的主体（小说家或批评家、或两者）可以存在于该文化及其话语之外，并对它进行有意义的评价。事实上，迈克尔斯写道：

> 你不喜欢或者厌恶［你的文化］，你置身其中，你的喜恶也存在于其中。甚至巴托比式①（Bartleby-like）的拒斥世界也无法摆脱与世界的联系——巴托比成功地拒绝进入任何契约，那么还有什么样的行为可以称得上比巴托比更有力地行使自己不受契约束缚的权利呢？

那么，对迈克尔斯来说，去问德莱塞是"喜欢"还是"厌恶"资本主义，这种做法是愚蠢的，因为在他的小说中（同样，在他的批评者的世界里），根本没有什么存在于资本主义市场之外的立足点可供他们作出其中任何一种判断。在整部《金本位》中，"自然主义逻辑"展现的正是这个无处不在的市场。

迈克尔斯宣称，他正在努力"把关于某些文学文本与美国资本主义之间的情感联系的争论转变成表征体系内对于那些文本的立场所进行的审视，这种审视可能会产生赞成和反对两种意见，但是它比人们想象中对它所持的态度更重要"。的确，他的观点非常有效地批驳了那种圆滑的政治批评，因为那种批评一味追寻已被事先定义为释放的或压抑的文本实践，并对有利和不利的意识形态作出相应的奖惩。他的观点也有效地批驳了一种比较传统的理想化批评形式，即把文学的界定性特征假设独立于物质环境、商品化和实用性的范围之外。迈克尔斯的解读表明，文学自然主义是与资本市场独特的"表征体系"密切相连的。迈克尔斯认为，商品化把马克思对商品拜物主义的分析和解构主义结合起来，形成了一种系统地从自我中分裂出来的特性，一种在追寻自我身份的过程中注定永远失败的特性。

到目前为止，一切都还不错：德莱塞和自然主义小说隐藏在资本主义市场的表征体系内。但是为什么这种观点像迈克尔斯所坚持的，会使对其道德和政治的含义的质疑无效呢？答案是，对迈克尔斯而言，"市场"和"自然主义逻辑"尽管表面上看是相对立的，但并不是受到时间和情境限制的现象。

---

① 巴托比：梅尔维尔的小说《录事巴托比》（Bartleby the Scrivener）中的文书巴托比，夜以继日不停地抄写，拒绝除此之外的任何指派和命令，也拒绝任何沟通。——译注

它们正是"文化"这个抽象整体的转喻，即"文化"本身正是"权力"这个更抽象的整体的表达和中介。不仅德莱塞和自然主义小说的话语，而且迈克尔斯自己的批评话语，跟那些自认为反对迈克尔斯观点的批评家的话语都在"消费文化"中找到了本源——因此，也许找到了它们的命运。迈克尔斯认为，只能是这样的，"超越你的本源去评价它们"，在逻辑上是行不通的，"这不是因为你不能真正超越你的文化，而是因为如果你超越了，你将没有剩下任何用以评价的词语。"

迈克尔斯的著作也许是新历史主义两个主要特征的极端表达：其一，新历史主义坚持批评的当代主体和历史客体都是处于文化环境中的，批评的使命，用蒙特罗斯的话说，是"用文化体系的共时文本代替自主的文学史的历时文本"。其二，新历史主义集中体现了福柯的权力与个人屈从模式，其主体、文本和文化体系都容易沦为单一的、铁板一块的统一体。因此，在《金本位和自然主义逻辑》中，美国的消费资本主义成了一个封闭的、完整的、一成不变的"表意体系"。这个体系是不可超越或甚至不能进行有意义的批评的，因为进行这种批评的任何人及其批评的术语或概念总是已经都被这个体系所产生和涵盖。

对迈克尔斯地位的挑战，可以先问："表征"真正地像他假设的那样作为一个"体系"在起作用？或者真的存在这样一个单一的、整体的资本主义"表征体系"？毫无疑问，资本主义社会产生了富有特色的表意形式（如现实主义小说），但是卢卡奇和巴赫金等批评家表示，这些形式是混杂的、内在矛盾的、并具有前资本主义形式如传奇和史诗的遗风。同时，资本主义本身在历史上，无论是过去还是现在，都有不平衡、相互重叠的阶段、不断的变革和不同逻辑的竞争等特点。迈克尔斯的论点在淡化这些复杂性时，微妙地用形而上学的概念代替了历史概念。正如布鲁克·托马斯（Brook Thomas）所指出的，"迈克尔斯的做法好像是整个国家突然变成了一个消费资本主义的统一体系，当然有些时候他并没有指明。"结果，他的新历史主义研究认为文化是：

> 一种内在差异的结构，会导致产生永久的相似的倾向……这样的批评家在一种压倒一切的资本主义逻辑内进行他的分析，他怀疑超验的范畴，最终却把市场作为一个超验的范畴。这和机械的解构主义者对待作品、游戏和延异的方法如出一辙。

新历史主义者认为文化是一套"推理的实践"，这种观点为批评探讨文学

第七章 文化研究和历史研究

文本与社会文本之间的关系提供了一个重要的场地。浪漫主义和后浪漫主义的新批评用例外论和分裂主义的术语来界定文学,因此掩盖了文学是社会的和历史的产物而且富有成效。在这个意义上说,新历史主义朝着超越浪漫主义和后浪漫主义的新批评所传下来的二元论迈出了有意义的一步。然而,当文化话语这个新概念被过于严格而刻板地加以运用时,就带来了一系列新问题,如把有机整体性赋予话语和文化,而过去拒绝将话语与文化赋予文学文本。

一旦我们认识到一种文化和它的话语并不是纯粹的和统一的,而是多元地、矛盾地包含有其他文化和话语时,我们就有可能明白为什么像德莱塞这样的作家确实能够选取一种批评的视角,而没有选取(代表他人或我们)某种超验的视角来考察美国消费文化,因为我们能够批评美国文化的某些方面(它的贪婪或消费中的拜物教),指出它与其他方面(它的公有制社会的讨论或它的平等主义思想)的矛盾。我们有理由说,正是我们的信仰和实践中的内在矛盾使我们能够改变我们的想法,或者使我们能够被艺术家和批评家所说服,因为他们能根据我们已有的信仰来指出这些信仰与我们其他信仰和行为之间的矛盾。

最近有些评论家想使文化、话语和意识形态等概念固定不变,但这种冲动一部分可能是从美国知识分子当前的信念和文化立场中存在的分裂与矛盾所产生的焦虑引起的。文学批评退回到以"文化"作为中心参照系的情况时有发生。同时,当代文化是什么?艺术家和批评家在文化中应起什么作用?这些问题也似乎悬而未决。在这种情况下,过分简单地把话语和意识形态视为意识和事件的绝对决定性因素理所应当地替代了经典马克思主义等关于社会和历史的宏大叙述的解释权力。一方面,已经成功地挑战了新批评的人文主义和文学的形式主义;另一方面也成功地挑战了马克思主义经济学和历史决定论,从而拉开了质询文化产品和生产者的政治能力及其影响的序幕,同时不管在什么情况下,都使人极难以衡量这些政治能力和影响,也令人难以达成一致看法。

第七节 后殖民主义的诸多问题

了解新的文化批评和历史批评方法和目的以后,后殖民主义研究在一定程度上代表了我们的叙述所涵盖的 20 世纪后半叶文学研究许多变化的顶峰。在后殖民文学和批评方面的新课程和新院系的设置证明了学科领域的扩展已远远超越了英美经典文学作品和传统意义上的"文学"文本的范畴,也证明了它的研究方法和研究兴趣向社会学、政治理论和物质性的历史等方向的延伸。的确,这个学科的变化轨迹从后殖民主义者 G. C. 斯皮瓦克的论文集《在他者的世界里》(*In Other Worlds*, 1987)的三个按时间顺序排列的标题中得到了很好的说明:《文学》、《走进世界》和《走进第三世界》。

后殖民主义研究可以算是文化研究的形式之一,它最明显地担负布兰特林格所倡导的知识界非殖民化的任务。在前文我们所引用的段落中,他敦促批评家们"(放弃)他们给予西方文学传统的特权地位",去了解"既是人类共有的,又是不同的……其他传统"。在这方面正如乔治·古格博格(Georg Gugelberger)所说的,"后殖民研究正是比较文学总想要的并声称自己就是的研究,但其实比较文学从来不是这种研究,因为比较文学刻意地、几乎不顾一切地追随以欧洲为中心的价值观、文学经典、文化和语言。"但是,像保守的批评家指出的,后殖民文学和第三世界文学等范畴并没有把非欧洲语言和非欧洲传统的作品包括进去。加强文学比较主义的或学术多元主义同样也没有成为后殖民主义研究的主要理论基础或目标。

当代批评家通常使用"后殖民"和"第三世界"来指代非欧洲的民族、国家和文化。它们显露了欧洲殖民主义和帝国主义、可能还有最近的美国新殖民主义势力的痕迹。因此,这些术语本身就暗示了左翼、经常是马克思主义对跨国资本主义一种的批评。相应地,后殖民研究所涉及的阅读和写作实践以及被称为"第三世界"的文本全是现当代的。同时,正如一部有影响的后殖民研究著作《帝国反写》(*The Empire Writes Back*, 1989)的书名所暗示的那样,这些文本和实践不仅区别于"西方的文学传统"而且是与它对立的。

因此,后殖民主义者同女权主义者、美国非裔文化研究者、大众文化批评家和其他边缘文化的专家一样肩负着同样的任务:辨认被忽略的著作,使主流的、正式的、评价性的文学范式非自然化,并把政治与美学联系起来。但是后殖民作为一个范畴,其内容和功能存在种种问题,而且这个领域内部也一直争论不休。许多问题都来自一个术语的类同化影响。正如比尔·阿什克罗夫特(Bill Ashcroft)、格瑞斯·格里夫斯(Gareth Griffiths)和海伦·蒂芬(Helen Tiffin)在《帝国反写》中所提出的,该术语涵盖了"从殖民化时期至今受帝国主义进程影响的整个文化"。像许多人都反对的那样,"帝国主义进程"的含义在世界不同地方和不同历史时期是不同的。殖民化的后果对以前各殖民地人民也是相当不同的。"帝国"和"后殖民"的概念可能消除不同国家间的语言差异和历史差异,这些国家的文化与它们以前殖民者的文化比它们相互之间的文化更加相像。

更麻烦的仍是,有人指控说,后殖民研究把第三世界文学作为对殖民主义的反抗而进行理论化时，有可能在冒险推行一种相反的新殖民主义。这种新殖民主义使理应受到尊重的文化陈规化和从属化。毕竟，被殖民化的社会内部也不是铁板一块的，而是由不同的阶级、地区和宗教团体组成的。它们的组成部分都经历了不同程度的殖民化过程。殖民化并不是简单地消除或取代了这些团体的文化形式、传统和经验。那么，后殖民理论可能会不动声色地贬低文化生活某些方面的价值。它们不是由殖民主义产生的，而是先于殖民主义就存在的、持久的、比殖民主义存在更久的，或在殖民统治结束后受到其他方面的刺激而形成的。因此，那些前殖民地的各国人民经常指责后殖民研究既自相矛盾地消除了它所想恢复的历史的真实性，又拓展了它希望摧毁的西方文化霸权。

爱德华·赛义德的《东方主义》（*Orientalism*，1978）是后殖民研究的奠基著作之一，因为上述原因受到广泛的推崇又受到广泛的批评。赛义德认为，东方主义是"基于'东方'和'西方'的本体论和认识论差别之上的一种思维方式"。这种差别有助于西方对于"东方"民族及其领土实施帝国主义统治并使其统治合理化。换句话说，东方主义是一个意识形态体系，或者赛义德借用福柯的术语来说，是一个"推理结构"，是假借公正的知识为不合法的权力服务。赛义德在展示了广泛的学科、历史和地理研究之后表明了东方主义如何不仅充满了印度和中东的英法政治家和殖民帝国的执政官员的著作里，而且渗透在当今欧美诗人、小说家、散文家、历史学家、人类学家、记者以及政策制定者的作品之中。正如埃奇兹·阿罕默德（Aijac Ahmad）所评论的，赛义德是"我们揭示欧洲人文主义历史串通欧洲殖民主义历史的最活跃的叙述者"。人们还会说，《东方主义》跟福柯论后启蒙时期对身体惩戒的著作一起，生动地显示了现代知识体系和现代权力体系之间的联系。

然而，《东方主义》本身由于它的欧洲中心主义倾向而受到一些人的批评。正如阿罕默德所说：

> （《东方主义》）研究了西方文本论述非西方的历史，但这种研究完全脱离了下列情况：各殖民地国家的知识界对这些文本怎样承认、接受、修改、质疑、推翻或再创造等……不同寻常的是，除了赛义德自己的声音，我们在这部书中还能听到的就只有一直压抑东方的西方经典的声音，而这也正是赛义德所抱怨的，总是使东方沉默的声音。

批评家也注意到赛义德在论述东方主义起源和原因时所运用的含混性话语。

赛义德的政治批评要求东方主义应该被理解为一种现代西方社会的政治、经济、文化历史和文化目标的产物,但是赛义德有时候把东方主义表达为可以追溯到古希腊的西方文明崛起的构成条件,甚至认为它是人类思想中固有的类别化冲动的表现。赛义德有时候似乎认为所有的分类都是歪曲事实的。他认为,"东方主义提出的主要学术问题"是,"人类现实似乎确实是分门别类的,人们是否(可以)把人类现实分为明显不同的文化、历史、传统、社会甚至种族,而尽力从种种后果中挺过来。"

由于知识和政治行为不可避免地需要分类和区别,赛义德提出的这个令人不快的问题接近我们所叙述过的法兰克福学派、福柯和新历史主义的僵局。如果分类是帝国主义固有的,如果"所有关于印度和埃及的学术知识在某种程度上都已染上并留下了粗野的(帝国主义)政治事实的印痕并受到它的侵犯",如果"西方的无知最终变得越来越精细和复杂,而西方积极的知识体系却没有增大和精确化",那么,纯正知识的前景是什么?反对帝国主义政治的基础又是什么?(我们注意到在前面一章中,针对玛丽·路易斯·普拉特在《帝国眼睛》中关于任何"俯瞰的观点"的批评,我们也可以提出同样的问题。)从赛义德煞费苦心地为西方学术界读者写了《东方主义》可明显看出,他并不认为学术不准确性是不可避免的,也不认为西方文化的无知是无可救药的。同时,赛义德最近期的著作已开始记录并回应非西方的声音,并试图使之影响着欧美文化对话。最终,赛义德为了克服对巴勒斯坦历史和文化的无知和错误的表述所做的批评努力,以及他为建立一个巴勒斯坦国所进行的积极的政治活动都表明了他的信念,正如他在《东方主义》中所说的,"积极的历史和积极的地理这样的东西的确存在。"

然而,《东方主义》揭示不管是殖民主义的辩护士还是后殖民的批评家,他们虽然都声称自己了解其他民族和文化,其实这是很困难的。无论他们的目的有多么不同,这两类人士都拥有不可避免地构成他们表述的相同的文化范畴。同时,两者的兴趣使他们将差异表述为完全对立的东西,将其他的文化表述成"他者"——一个根据自身形象而产生的形象,不管这个自身的形象是得意的还是不满的,是傲慢的还是愧疚的。因此,西方学术界的后殖民批评研究经常提出关于知识和表述同样的实践和理论问题,并围绕着所谓"后现代状况"而引发的争论。当代文化研究中这些后殖民批评问题和后现代性之间的有趣联系在弗列德里克·詹姆逊的《跨国资本主义时代的第三世界文学》(*Third World Literature in the Era of Multinational Capitalism*, 1986)一文中有详尽的阐述。

在这篇论文发表的两年前,詹姆逊发表了一部重要论著,把后现代主义分析为我们这个时代的"主流的文化逻辑或霸权范式"——《后现代主义，或晚期资本主义的文化逻辑》(*Postmodernism, of the Cultural Logic of Late Capitalism*, 1984)。在这篇早期的论文中，詹姆逊抨击后现代主义是"一个意象的文化"，其中"一种新的平面化或无深度的出现"造成了"影响的衰落"和一个社会"所有历史性的丧失"。詹姆逊认为，后现代主义抛弃了传统理解的"深度模式"，该模式承认现象与事实、本源与表征之间存在差异。后现代主义创造了一个认知上的"超空间"。在这一空间个体几乎无法把他们的关系置于更大的社会结构中去。詹姆逊看到，"对于积极干预历史的政治团体来说，只能以一种可悲的、恶劣的、沉溺于意象的文化形式，把过去变成可视的幻像、旧框框或文本，从而有效地消除任何关于未来和集体项目的实践观念。"在詹姆逊这样的马克思主义知识分子看来，对立的、补偿性的"第三世界文学的认知美学"产生于当代西方文化的暗淡幻影。在《跨国资本主义时代的第三世界文学》一文中，詹姆逊将这一看法理论化。

尽管詹姆逊把第三世界文本描述为"不同的"、"被忽略的"、"与传统的西方阅读习惯相对抗的"文本，但是他对"第三世界文学"的定义却完全依赖于他对后现代西方的"文化逻辑"的早期表述。(实际上，詹姆逊把后来的论文看成是他"后现代主义论文的补编")。用他的话说，他所称的"第三世界文化"的整体抽象概念只是对"在西方所获得的东西的""颠倒"或"极端反向"，是解决西方后现代文化迷失方向和瘫痪给知识界带来焦虑的有效方法。詹姆逊尤其强调，虽然"我们所受过训练的文化使我们深信，个人的生活经验在某种程度上说与经济学和政治力学的抽象概念无法比拟"，但是，第三世界文学却否定了这种分裂，并且有助于我们克服日渐衰弱的文化限制因素。詹姆逊认为，运用他的政治无意识的观点来分析，"所有第三世界的文本都必定是……寓言式的。……个人命运的故事总是第三世界公共文化和社会所处困境的一个寓言。"

詹姆逊提出范畴的对立与无数西方和非西方文化产品以及正在被殖民化的和已经殖民化的社会文化产品相矛盾。的确，后殖民研究的近期著作已开始打破霍米·巴巴 (Aomi Bhabha) 所称的"那些建构第三世界与第一世界二元对立关系的民族主义或'本土主义'教育方法"。例如，巴巴认为，"'国家'、'民族'或纯正的民间传统等统一性话语，那些关于文化特性的根深蒂固的神话，并不能随时供我们参考。"后殖民视角一定是研究"混杂性"并"抵制形成整体的社会解释形式的企图"。因此，在巴巴看来，殖民主义和后殖民主义的分析并没有成为一种新的主导叙述，而是使我们回到"当代理论中已经很普遍的符号表征和判断问题——困惑、矛盾、不确定、封闭式话语的问题、对介质的威胁、意图的地位和对'整体化'概念的质疑等等。"

具有讽刺意义的是，詹姆逊恰恰认为，第三世界文学避开或克服了后结构主义思想和后现代文化中存在的这些问题。詹姆逊在他的整体化主张中保留了这些反对意见，但他仍然断言他的论证是有价值的："这篇文章的本意是要对'第一世界'的文学和批评状况进行干预，我认为，强调当代美国背景下某些文学的作用和知识的义务的丧失是很重要的"。这种说法使我们回到一开始提到的我们现代批评史的一个问题：究竟什么是批评家的"文学的作用和知识的义务"？如果作品的主要读者与批评家有着同样的政治视角或职业状况，这些文学的作用和知识的义务在作品中能够完成？我们以对这个问题的简短思考来结束我们的批评史。

结束语:学术性批评及其分歧

本卷文学史主要论述从1940年至今学术性文学批评的兴起和发展。正如我们注意到的,一开始批评就扎根于学术,这种说法似乎内在是自相矛盾的。批评原来是从事文学工作、为报刊撰稿的男性(偶尔是女性)的工作职责。文学研究人员,除了少数渗入这一领域的文化撰稿人以外,都是学者,不是批评家。他们的学术研究通常意味着为其他专业人员收集语文和历史资料;而"批评"通常是给一些业余爱好者随意进行印象主义的、有倾向的评价。然而,20世纪初美国高等教育的发展及其现代化与民主化,要求文学研究既要专业化和学科化,又要发挥广泛的文化和教育功能,这就要求文学批评不能仅仅局限于对语言的专门研究和对资料的学术性积累。但是,到20世纪40年代批评方法的兴起才满足了这一需要。

这些"新的学术性批评"方法就是我们在前面几章所讨论过的,同"新批评"相联系的方法。但是,我们也指出,"新批评"原来指一组多种多样、经常相互争执的研究方法,这种新的学术批评引起人们的兴趣,部分是因为它强调对具体的文学文本的细读或"阐释"。现在看来,文学似乎按本来的意义被理解,真正以其巧妙和独特的美学被阅读,而不仅是根据报刊撰稿人主观上的评判去鉴赏,或是以研究学者冷漠的方式去鉴定资料的真实性。20世纪40年代的新批评家细致地关注文学技巧和批评方法,这使批评的学术研究获得合法性,批评成为可以运用理性的甚至科学的组织原则和分析原则的独立研究领域。但是,这些批评家为成功地确立这个学科的客观性所做出的努力也为某种更深刻的社会目的,甚至使命性的目的服务。

445

对于最有影响的新批评家来说,使文学作品有内在文学性的那些性质,也使文学作品成为复杂的人文价值的宝库,这些与没有根基、物质至上的现代的主流价值观——或者无价值观是相对立的。人们感到，在这个时代，精神意义、个人的伦理选择和令人奋发向上的集体传统都遭到围攻，面临着被工具主义的理性、庸俗的大众媒体和商业带来的荒原文化所替代的危险。很明显，现代文学经典隐退到一个纯美学的王国，实际上构成了对这种精神荒原的深刻谴责。文学依靠结构张力、丰富的肌质和含混等美学特性。相应地，着手研究美学特性的这一学科也具有巨大的社会功效和重要性。

学术批评强调，对文学的细读既是适合教学的文字技巧，又是对人文主义价值观的捍卫，这在几个方面适合美国的文化和教育状况。一股强劲的现代主义思潮影响了诗人 W. B. 叶芝和华莱士·史蒂文斯。他们重温马修·阿诺德在 19 世纪末提出的观点，认为诗歌应该通过提供再也无法从宗教机构获得的精神意义和秩序，弥补宗教信仰的堕落。同时，美国的学院和综合性大学承诺，有组织的英语学习是对各种各样的学生进行文化和语言同化的实用手段，这些多种多样的学生实际上是由移民的孩子们组成的。一些早期的倡导者认为，英语学习是"美国化"的一种方式，所以能控制那些未被教化的大众身上狂野的能量。对其他倡导者来说，英语学习是一种手段，通过英语学习，那些大众能够克服阶级、种族和社会背景等传统障碍。不论从哪一方面看，文学研究都会带来社会约束和适应社会的能力。在我们这个时期初，英语在学校和大学教育中的地位比过去显著得多。因此，文学批评的命运与教学、课程和政治这些问题维系在一起，虽然文学批评与政治的关系这个问题并不经常受到明确地谴责或得到承认。

现在，文学学术研究迫切要求对文化进行研究，这导致了关于文学和批评的性质等问题的理论化和理论争论。20 世纪 40 年代主要围绕"信仰问题"展开了激烈的争论：文学作品含有的信仰，其真实性和合法性是否会影响该文学作品的美学价值？文学作品是否体现各种信仰？另一个引起争执的问题，我们在第三章曾讨论过，即文学民族性的重要性：伟大的文学作品像战后兴起的美国主义批评所认为的，表达了民族属性，还是像一些新批评家所回答的，伟大的文学作品超越了民族性？

虽然，这些问题的争论为专业的批评话语增添了活力，但随着这种话语变得越来越体制化和常规化，文学更广泛的社会关怀和哲学关怀渐渐不为人们所注意了。呈现给学生的"批评"总是被简约至一些不考虑背景的分析练习。继克林思·布鲁克斯和罗伯特·佩恩·沃伦的《理解诗歌》（1938）之后，出现了许多介绍性的文学教科书，从中我们可以发现这个倾向。在这些教科书中，新批评被压缩为一组细读的技巧与广泛的文化关怀和宗教关怀没有多少关系。其实，这些关怀曾经激励了布鲁克斯、沃伦和其他新批评家。

结束语：学术性批评及其分歧

同时，随着批评成为历史研究之外的另一种合法的选择，一种使学者有资格获得任职和晋升的研究，阐释的实践往往脱离有目的性的文化观点。到了 20 世纪 50 年代，阐释批评刚兴起时的新鲜感渐渐消失了，逐渐变成通常的学术研究的最新形式，不再是一种对抗工具理性主义的方法，而是它的翻版。到了 60 年代早期，这种批评遭到越来越多的无休止的谴责，甚至这个运动的发起人布鲁克斯和韦勒克也出来谴责，说新批评只是粗制滥造出脱离实际的机械"阐释"，显然除了为了职称晋升以外，没有其他明显的目的。到了 60 年代中期，女权主义者和新左翼批评家对这种文学批评的机械化发起攻击，他们以激进的方式发展了另一种人们熟悉的批评。事实上，这种批评跟他们所谴责的学术批评的创始人所建立的批评如出一辙。

一旦我们承认了批评的这个历史，就为了解人文学科下一步的发展及现状提供了一种有用的模式。在 20 世纪 60 年代社会大动荡的冲击下，文本批评和传统文学史的机械化和僵化促使许多文学研究者开始接纳 70 年代初期从欧洲涌入美国人文系科的理论和批评方法。戴维·里奇特（David Richter）的学术研究生涯就诞生于这 10 年。他回忆起这个令人兴奋的年代时说，"结构主义和符号学、解构主义、拉康的心理学、阿尔都塞的马克思主义、俄国的形式主义、现象学和接受理论"接二连三地进入他的意识：

> 对我来说，仿佛经历了一种大解放。几年前，这个专业搞出越来越没有道理的 99 种方法，误读了《螺丝在拧紧》（*The Turn of the Screw*），现在却拥有许多想法，十几种有巨大力度和范围的不可比拟的系统，其中许多理论也能够告诉和引导女性和少数群体履行社会责任，追寻在文学上和批评上他们所需要的表现，争取更大的自由和权利。

然而，按照今天的观点回顾这段历史，里奇特承认很失望，他觉得理论革命没有完成他和他这一代人寄予的愿望，理论革命也没有实践自己的诺言。

在最近的文化论战中，不同的派别对当代批评理论的困境和失望有不同的解释，从政治右派到左派，从理论家到反理论家，他们的观点各不相同。一些人认为，如果仅仅靠学术性文学批评的变革就会引起重大的政治变革，以为理论变革与社会变革可以共同发展，这种想法一开始就是幼稚的。其他人辩论道，即使学术性批评可能满足被压迫群体"争取更大的自由和权利"的需要，这也不是文学研究这个学科的目标。还有些人冷嘲热讽地说道，理论运动本身归根到底就是学术名利主义的最新和最花哨的形式。即，这个理论运动提供了一个机会，可以用十分新式的（因此是可以出版）的误读方法代替十分老套的（已经出版）误读《螺丝在拧紧》的方法，比如解构主义的误读方法或福柯的权力—知识理论。许多报刊撰稿人嘲笑，研究者则感到悔恨，他们认为批评理论本身不可避免地孤立起来，因为批评理论的专门用语和深奥的概念只有行内人才懂。

应该注意到，这些观点并不是新的，并且这些观点也不只是代表现代人对学术批评的反应，而是批评史不可缺少的一部分。这些观点以各种形式反复出现在本书的各页中。我们不但要在它们显得有用的情况下，承认它们所起的作用，而且要防范这些观点被过分简单化和被嘲讽的倾向。例如，我们对理论的精英主义或孤立性进行谴责时，也需要权衡学术批评在我们这个时期为公众所做的广泛贡献：数百个作家和文本被发现和翻印，把以前被忽略的文学形式和社会组成部分纳入我们对社会组成部分的"文化"理解；文学理论还推动了文学批评以外的领域，如法律研究，这些理论促使人们重新研究法律如何运作、法官的职责做什么、及如何阐释宪法的程序如何运作；对机构、意识形态和学科权力的批判也给一些行动主义者，其中有艾滋病行动主义者和环保主义者，带来了深远的影响。确实，女权主义分析、心理分析理论和多元文化主义的学术话语已经渗透到范围更广的非学术性文化，其中所使用的那些术语和概念——不管以何种不严谨的或通俗化的形式出现，已经成了那些从未学过批评这个课程的人们所使用的语言。他们也可能会很惊讶地知道他们在"谈理论"。因此，最近媒体攻击学术批评的专业化和不可理解性，这种现象可能是被报刊撰稿人恰恰相反的忧虑所激起的。因为学术批评家们把大众文化和政治引入自己的领域，他们就会含蓄地同报刊撰稿人竞争阐释现代文化生活的权力。

尽管学术批评取得了这些成就，但是在1995年春这部文学史付梓时，来自这一领域的内部和外部对当今学术批评主要研究方向的反对意见仍在广泛传播。当然，这种不满并不是普遍的，但也不只是来自那些鄙视理论用语和理论关注的人，或那些鄙视左翼文化的兴趣和价值观的人。像里奇特这样的十分热情地欢迎20世纪70年代的新方法和理论；还有詹姆逊这样一位杰出的马克思主义批评家，他对现代"批评状况"没有完成"文学功效和知识义务"而深表惋惜（我们在最后一章的结尾已论及），这两位学者显然有相同的感受。虽然来自学科领域内部的不满总是有各种各样的缘由，但是詹姆逊和里奇特所提出的学术批评的功能和义务揭示了当代对学术批评的许多不满的本质。

里奇特理论革命的特点是以赞赏"理论"的异质性开始的，（"有许多观点，有十几种根本不同的研究系统"，）越来越清楚，里奇特也希望这个理论

结束语：学术性批评及其分歧

能稳固和调动多种学术力量，达到重大的社会目的。理论系统的"巨大力度和范围"使它们不仅能够给批评职业注入活力（这个职业曾不尽地对《螺丝在拧紧》误读），而且也能够"告诉和引导……履行社会责任"。詹姆逊也认为，学术批评家和学术批评的"文学功效和知识义务"的完成在于履行某种社会责任：把"我们个人存在的经历"（例如，由长篇小说的个别人物所代表的存在，或阅读这些人物的个人存在经历）同"经济科和政治动力论等（真正）抽象的概念"重新统一起来。换言之，批评的社会责任是帮助被异化的、被分裂的和被剥夺权力的当代公民恢复一种"对未来和集体事业的实用感"。

诚然，并不是每位当代理论家或每种理论批评的方法是对"跨国资本主义时代"进行最终的社会主义变革，即詹姆逊坦言的"集体事业"。但是确实，近来学术批评里大部分有影响的话语探讨了文化生产、文化消费和广义社会意义的文化阐释的具体行动和目的。换言之，这些话语倾向于把作者、读者和文化文本置于种族、社会性别、阶级和民族斗争等广大的社会历史叙述之中；或指定三者在连接像共谋和反抗、决定性和非决定性、神秘化和非神秘化、象征和符号、人文主义或反人文主义和后人文主义等这种抽象概念或意识形态的两极之间的"表意"地位。因此，当前学科的探讨模式对个别批评家和批评著作施加巨大的压力，要求他们界定和维护自己的地位——不仅可以称得上是具体文本或学术发展的响应者，而且是在明确的"社会责任"驱动下，这个或另一个具有"巨大力度和范围"的"集体事业"的贡献者。

这种学科抱负产生了混合的效应，也产生了引起争论的文化分析和前所未有的一批阐释的群体或亚群体。但是，这种学科抱负也诋毁更为专门化的批评实践，鼓励批评家夸大他们文化"介入"的重要性和能力，敦促阐释的亚群体积极捍卫自己的边界。有时会成为话语的飞地，在那里领受圣餐者向那些皈依的人们说教。这种偏狭性和孤立性的危险似乎是批评本身所不可避免的问题，旨在推进社会的民主改革，然而却未能吸引这个学术领域内外尚未接受政治批评的合法性和优先权的人士参加这个改革。当学术批评是在课堂进行时，这个问题也就成了种族问题，因为影响课堂这一公共场所的权力关系和社会责任与那些在社会上获得的普通权力关系和社会责任不同。

虽然当今激进的教育理论家呼吁一种民主的课程设置，但是很多理论家们认为专业的义务是进行社会改革，因此他们把对象局限在某些教师中，那些教师已经认同他们的政治观点，并把他们的教学法当作适当的武器。例如，"批判性教学法"的主要倡导者亨利·吉热斯在一篇论文里写的下面一段话：

应该围绕知识—权力关系重建人文科学的概念。课程设置的问题可看做是文化和政治表现的一种形式,是建立在全体市民和公众智慧的激进思想基础上。

学生应该学习某种批判的语言,具有潜力的语言,这种语言可以培养理性批评的能力,可以摒弃对权力和统治关系的滥用,可以探索和拓展人类潜在的乌托邦思维。

吉热斯主张建立一门"公众智慧"和"人类潜能"的课程,他将这些民主能力局限于"激进的思维"和"乌托邦思想"。批判性的思考等同于对抗性政治,含蓄地把一些学生和教师拒之门外,因为这些学生和教师认为"理性批评的能力"并不一定意味着"统治关系"是美国社会的主要特征;对于他们来说,大学人文学科的目标也不一定是"摒弃对权力的滥用"。

一旦学术研究人员在教学和写作中谈到公众事务,他们既需要一种有效地号召公众的声音,又适当地带来更重大的公共义务。近来保守主义者对他们进行攻击,不管是夸张还是误导,都表明介入社会的教师和批评家如果不能为自己找到同非专业听众交流的方式,或无法同文化左派之外的各种人士进行相应的沟通,那么他们的诋毁者将成为他们的代言人。因此,当代文学研究者面临着两个相关的挑战:一是需要更灵活、更概括地界定他们的公共责任,另一个是在公共范围内更有效地表述他们的研究工作。

有一些令人鼓舞的迹象表明,这种延误的澄清的使命可能正在进行。不仅有许多著作像艾伦·布鲁姆的《美国思想的关闭》(*The Closing of American Mind*)和卡米尔·帕格里阿(Camille Paglia)的《性人格》(*Sexual Personae*, 1990)在进步的学术批评家当中引起健康的自我审视,并重新关注表述自我的重要性,而且这些批评著作的商业成功有助于造成一批非学术性的读者群同他们进行抗辩。在20世纪90年代早期,文学研究者越来越努力吸引这些观众,去关注书本、论文选集、公共专题报导会和普通刊物上的文章。多位作者合著的集子,如《讨论政治正确性:大学校园对政治正确性的分歧》(*Debaring PC: The Controversy over Political Correctness on College Campuses*——保尔·贝曼(Paul Berman)编,1992——和《政治正确性之后:20世纪90年代的人文科学和社会》(*After Political Correctness: The Humanities and Society in the 1990s*)——克里斯托夫·纽菲尔德(Christopher Newfield)和罗·斯蒂克兰德(Ron Stickland)合编,1995——以及如迈克尔·伯鲁贝(Michael Bérubé)所写的《向公众开放:文学理论和美国的文化政治》(*Public Access: Lirerary Theory and American Cultural Politics*, 1994)和亨利·路易斯·盖茨的

结束语：学术性批评及其分歧

《宽松的准则：文化战争随笔》（*Loose Canons：Notes on the Cultural Wars, 1992*），所有这些著作讨论能够协调文化政治范围内各种声音论争的一种新的社会知识批评的前景和问题。确实，建立一种社会知识批评既能联系专业和非专业读者又联系盖茨和其他一些著名的黑人学者。例如，托尼·莫里森在《黑暗中的游戏：白人特征和文学想象》（*Playing in the Dark：Whiteness and the Literary Imagination, 1992*），科内·韦斯特（Cornel West）在《种族问题》（*Race Matters, 1993*），豪斯顿·A. 贝克（Houston A. Baker）在《黑人研究、拉普说唱乐和学院》（*Black Studies, Rap and the Academy, 1993*）中都促进了这个课题研究。

正如劳伦·伯兰特（Lauren Berlant）和迈克尔·华纳在官方出版的专业刊物《现代语言协会刊物》的最新一期（1995年5月）中所提到的，文学研究者必须"在不缩小自己领域的条件下，培养一种严谨的，在学术上又很开明的批评文化"，并且应该试图产生"对生活至关重要的认知"。伯兰特和沃纳认为，把政治意图同个人介入结合起来的批评可以获得这种认知，特别是男性同性恋和女同性恋批评（用他们喜好的词语来说是"怪异"批评）以及"女权主义、美国黑人、拉美/拉美裔和其他少数群体的批评"。这些认知是至关重要的，然而我们寻求包容一切的研究文化时必须承认，这些并不是"对生活至关重要"的唯一认知，或对文学批评者的公共责任和学科责任来说也不是唯一的认知。确实，许多来自学术批评领域内外的研究者合理地反对在当前学术批评中单纯把政治认知当作文学研究唯一有价值的对象。这种观点不但蔑视学生和非专业人员一些合理的兴趣和期望，而且低估了一些研究人员的写作和教学，因为他们专业的主要义务是提高读者个人的阅读阐释能力和乐趣。事实上，我们在这部文学史里，重点关注上半个世纪以来多种多样集体批评实践的支持者和反对者，因而忽略了许多特别的批评家，他们对具体的作家、文本和体裁提出了卓有成效的解读。

因此，作为一种响应公众和专业要求的批评，不但需要避免意识形态的偏狭，而且应该包括和吸引那些兴趣广泛的通才批评家的观点。如理查德·波里尔在《文学复兴》（*The Renewal of Literature, 1987*）和《诗歌和实用主义》（*Poetry and Pragmctism, 1992*）中，哈罗德·布鲁姆在《西方经典：各个时代的著作与流派》（*The Western Canon：The Books and school of the Ages, 1941*）中提出这样的观点：批评和生活至关重要的是在阅读过程获得能力和乐趣，而不是阅读之后应用于涵盖一切的社会或文化目的。然而，正如斯帕克斯在1994年担任现代语言协会会长的就职演说中所说的：最终这些并不是当代学术研究必须选择的范围。我们应该承认这个事实：还有其他"专业能

够更直接地提出混乱而苦难的世界所出现的问题",斯帕克斯也承认:

> 细察托尼·莫里森和约瑟夫·康拉德的作品中紧张的种族关系会促进对社会和自我的审视。在被动语态的障碍中,教育明白地显示出各种不负责任的政治模式……当代教育比以往的教育更适合市民对当代民主的追求。

斯帕克斯总结说,尽管存在这么多政治局限性,文学研究仍具有重大的政治潜力,包括能够开发智力资源和情感资源,"帮助人们过好生活"的潜力。

附录Ⅱ：批评家的小传

我们的叙述追溯了形成我们这个时代领域现状的辩论，我们并不尝试构建文学经典。因此，下面的内容旨在帮助东方读者熟悉一般的传记情况、理论家的批评主张及其著作，这19位批评家在我们的叙述中占有重要地位——他们的著作集体代表了1940年以来批评界的主要事件和活动。

西奥多·阿多诺（1903—1969）

西奥多·阿多诺的著作（见第6章）是新马克思批评理论中变化最多，也最具影响力的。"批评理论"这个术语本身就是由1923年在法兰克福大学成立社会研究所的欧洲进步知识分子组成的多学科团体所创造的。被人们称为法兰克福学派的批评家们发现某些经典马克思主义原则（这些原则包括经济和科学决定论，以及无产阶级先驱的教条）已不适用于先进的、高度媒体化和管理复杂化的资本主义社会。与这些原则决裂后，这些批评家试图发展一种更加灵活的社会、哲学和文化批评。他们主要关注被公认的价值取向中立的工具理性的强制性力量或意识形态力量、现代权力主义的心理基础和影响、先锋派和大众文化的社会学、美学和政治批评之间的关系，以及文化知识分子在倡导社会变革中的作用。

阿多诺与社会研究所的联系最早始于20世纪20年代末。在此之前他在维也纳学习过作曲和音乐理论，深受勋伯格①的技巧和无调音乐的影响。社会

---

① 勋伯格（1874—1951）：奥地利裔美籍作曲家、音乐理论家，追求无调性创作手法，创立十二音体系。——译注

研究所的同事们大多出生于同化了的德国中产阶级犹太家庭。1933年希特勒当权后阿多诺和同事们一起逃离德国。阿多诺和法兰克福学派的领袖人物马科思·霍克海默经常一起工作,后来在伦敦继续从事研究。在1936年,他们移居纽约,并把社会研究所迁入哥伦比亚大学。30年代其他的与社会研究所有关的著名批评家有艾里奇·弗洛姆、沃尔特·本雅明和赫伯特·马尔库塞。40年代初,霍克海默和阿多诺移居洛杉矶,在那里他们和布鲁诺·伯特海姆(Bruno Bettleheim)以及其他伯克利公众意见研究团体的社会、心理研究者一起写作了题为《关于偏见的研究》(Studies in Prejudice)的系列文章。第二次世界大战后阿多诺回到德国,在法兰克福大学帮助重建了社会研究所,于1955年成为研究所的领导人之一,并在研究所一直工作到去世。

阿多诺是法兰克福学派主要的美学评论家,但是他的作品远远超越了艺术哲学的领域,广泛涉及社会学、心理学、政治历史、媒体分析,音乐批评和文学批评。在《启蒙辩证法》一书中,阿多诺和霍克海默坚持认为,启蒙时代理性主义尽管最初反对野蛮和迷信,是为人类自由的终极目标服务的,但是它本身却包含了工具主义、技术统治专制主义和官僚主义的大众社会所造成的统治(法西斯德国是其中极端的例子)等倾向:阿多诺和霍克海默严肃指出,20世纪理性的目的(或者终结)是野蛮。在这部早期著作中有一章,题为"文化工业:欺骗群众的启蒙时代"(The Culture Industry:Enlightenment as Mass Deception),它预示了将会广泛体现在阿多诺后期的著作和论文中的对大众文化和通俗文化的怀疑——同时还有与此相关的对所有实证主义的、系统化的、或者同一的思想或表达的怀疑。他的重要著作有《最微不足道的教化》(Minima Moralia,1951年出版,1974年英译);《多棱镜:文化批评和社会》(Prisms:Cultural Criticism and Society,1955年出版,1967年英译);《真实性的术语》(The Jargon of Authentiaty,1964年出版,1973年英译);《否定辩证法》(Negatilve Dialectics,1966年出版,1973年英译);未完成的《美学理论》(Aesthetic Theory,1970年出版,1984年英译);以及《文学笔记》(Notes to Literature,1974年出版,1991年英译)。阿多诺较为欣赏先锋派现代文学、无调音乐和其他正式的、陌生的以及"美学的"艺术作品,不太推崇早期马克思主义批评家所崇尚的"有社会责任感的"社会现实主义著作。因此,他在这些著作中坚持认为,最伟大的——而且是唯一具有潜在解放力量的——艺术批评应该否定社会、动摇社会规则、否定它用理性"麻木异化现实"来管理社会。

罗兰·巴特（1915—1980）

罗兰·巴特（见第6章）和雅克·德里达、米歇尔·福柯一样在深刻影响了当代文学和文化研究的战后法国学术界占有一席之地。巴特在他的学术生涯中研究了许多批评方面的问题，并以多种写作风格进行实验：从分析到格言体，从诗歌到自传体。但是他的作品中最中心和最深远的主题（大致按时间顺序排列）是：语言学意义的基础元素和条件（结构主义）；符号系统的逻辑（符号学），尤其是渗透于当代社会、商业、文化活动和机构中并产生日常生活"神话"的意义系统；构成"文本"和文学体验的决定论和自由、古典主义和现代性、作者和读者、诠释学和色情论等方面的游戏。

巴特对于阅读和写作中的紧张感、可能性和快感等方面的关注始终贯穿于他的著作中。他的第一部著作的题目《零度写作》（1953年出版，1967年英译）表明了一种文学的现代性。正如让—米歇尔·罗贝特（Jean-Michel Rabate）总结的那样，巴特在书中指明，"像阿尔伯特·加缪那样的作家或非正统小说家……试图创作一种摒弃所有传统标志的中性文体，这种文体强调语言与世界的差距，预示了与语言如此这般的遭遇。"在巴特1968年的论文《作者之死》（The Death of the Author，1977年英译，刊登在《意象—音乐—文本》）中，这种差距逐渐把作者与语言、文化代码所形成的而不是作者所创造的文本分开。在《S/Z》（写于1970，1974年英译）一书中，巴特分解、拆析了巴尔扎克的故事《萨拉辛》（Sarrasine），他把似乎最稳定也最有权威的现实主义文本戏剧性地予以再现，再现了它的"文本性"（结构代码的多重性、多种可能的意义和读者参与并获得愉悦的机会）。文学的极端、违背常规和愉悦是巴特下列作品所关注的主题：《萨德、傅立叶、罗尤拉》（Sade, Fourier, Loyola，写于1971，1976年英译）和《文本的愉悦》（The Pleasure of the Text，写于1973，1975年英译）。

巴特的其他著作有《批评与真理》（Criticism and Truth，1966，1987年译），《符号学基础》（Elements of Semiology，1964，1967年英译），《时尚体系》（The Fashion System，1967，1977年英译），《符号王国》（Empine of Signs，1970，1982年英译），《罗兰·巴特笔下的罗兰·巴特》（Roland Barthes by Roland Barthes，1975，1977年英译），和《明星照相机》（Camera Lucida，1980，1981英译）。然而在早期作品《神话》（1957，1972、1979英译）中，巴特做出了也许是他对当代批评最有影响力的贡献：他把"神话"的概念解释为表达意义的形式，靠这种形式现代社会达到了意识形态的稳定并隐

1940年以来的文学批评

藏了政治力量。对于巴特来说，神话是一种次要的符号系统，其中符号（也许指的是商业产品、社会团体、时尚或民族）失去了他们特定的历史属性和关联，是抽象化的、自然化的和普遍化的，用巴特的话说，"非政治化的"，用以削弱历史的理解、社会批评和变革的可能性。

哈罗德·布鲁姆（1930—— ）

哈罗德·布鲁姆的许多著作和编著都展示了一种文学和批评的范畴，这一范畴被他的最新巨著的标题恰当地描述出来：《西方正典：几个世纪以来的著作和流派》（*The Western Canon：The Books and Schools of the Ages*，1994）。最为显著的是，布鲁姆的作品（见第5章）广泛研究了英美作家的浪漫主义传统、诗论和批评的关系、宗教传统、神秘主义和圣经阐释、弗洛伊德心理分析和德里达解构主义在文学历史和文学批评方面的应用。然而布鲁姆却长期专注于对诗人想象力的研究。在他看来，"强势"诗歌和文学批评一直是一种僭取、持续和更新的努力。

布鲁姆1951年获得康奈尔大学的硕士学位，1966年获得耶鲁大学博士学位，并从此开始了他在耶鲁大学的教学生涯。布鲁姆的所学专长是英国浪漫主义文学，因此，他在早期的作品中尝试对浪漫主义诗歌和诗人进行重新评价，这些诗歌和诗人曾受到布鲁姆老师辈的艾略特和新批评派的蔑视。布鲁姆的著作，诸如：《雪莱的神话创造》（*Shelley's Myth - making*，1959）、《幻想的伴侣：阅读英国浪漫主义诗歌》（*The Visionary Company：A Reading of English Romantic Poetry*，1961，1971年修订），和《布莱克的启示：诗辩研究》（*Blake's Apocalypse：A Study in Poetic Argument*，1963），都高度称赞了布莱克式的幻想力，这种幻想力使自然现象和历史经验融合成为诗歌意象和诗歌思想。布鲁姆阅读尼采和弗洛伊德的作品后，改变了他对诗歌想象的理解，尤为强调权力意志和"迟来的"诗人儿子与"先驱的"诗人父亲为接近代表着诗歌创造性和创造力的缪斯母亲而进行的两代人斗争（以俄狄浦斯式家庭传奇故事为依据）。

布鲁姆在70年代和80年代早期的著作发展了关于文学影响力和创造力的心理分析或神话诗歌理论并把这一理论加以扩展，将它应用于描述诗人和批评家之间的关系上；正如诗人为了确立他自己的（这里特意用这个物主代词来表明布鲁姆理论中关于父权制的思想）诗歌的优越地位和权威而对他的先驱进行必要的"误读"一样，对于布鲁姆而言，强力的批评家的活动一定是误读和替代文学竞争和创造。《影响的焦虑：诗歌理论》（1973）、《喀巴拉和批评》（*Kabbalah and Criticism*，1975）、《误读图释》（*A Map of Misreadig*，1975）、《具有想象力的比喻》（*Figures of Capable Imaginatim*，1976）、《诗歌和压抑：从布莱克到史蒂文斯的诗歌修正》（*Poetry and Repression*：*Pevisionism from Blake to Stevens*，1976）、《抗争：构建修正的理论》（*Agony*：*Towand a Theory of Revisionism*，1982）、《打破器皿》（*The Breaking of the Vessels*，1982）都阐述了这些观点。

布鲁姆同样强调文本意义的可变性和它对压抑的依赖，而文本意义在权力历史关系上的含义把布鲁姆的著作与德里达的解构主义批评联系起来。布鲁姆和他的耶鲁同事希利斯·米勒、杰弗里·哈特曼和保罗·德曼等人在耶鲁大学为解构主义70年代在美国学术界的确立做出了贡献。《西方正典》由26篇论文组成，论文论述了布鲁姆感觉最值得读者关注的作家和作品，前后各有一篇挽歌，哀悼阅读带来的"难得的快乐"的逝去。此外，布鲁姆最新出版了如下著作：《神圣真理的毁灭：从圣经到目前的诗歌和信仰》（*Ruin the Sacred Truths*：*Poetry and Belief from the Bible to the Present*，1989）、《J的书》（*The Book of J*，1991）和《美国宗教：后基督教国家的兴起》（*The American Religion*：*The Emergence of the Post-Christian Nation*，1992）。

朱迪斯·巴特勒（1956— ）

朱迪斯·巴特勒（见第4章）作为一个哲学家，在许多大学，包括乔治·华盛顿大学、约翰斯·霍普金斯大学、卫斯理、耶鲁和加州大学伯克利分校教过跨学科课程。她近来一跃成为重要的当代文学、修辞和文化批评家。巴特勒1990年的著作《社会性别问题》认为，社会性别角色完全是行为性的。她指出，社会性别与解剖学之间没有任何逻辑或必然联系，她还探讨了非二元、多元性别主体存在的含义。这部著作和同年发表的另一篇有影响力的文章《幻想的力量》（The Force of Fantasy：Mapplethorpe, Feminism, and the Discourse of Excess）以及后来出版的两部著作《身体的重要性》（*Bodies That Matter*，1993）和《性欲的益处：性理论和传播时代的政治》（*Erotic Welfare*：*Sexual Theory and Politics in the Age of Epidemic*，1993）帮助界定了男同性恋批评与女同性恋批评领域。巴特勒关于"异性恋霸权在性与政治事务中的策划情况"的深奥批评理论是目前"怪异论"中被广泛引用的文本。巴特勒的第一部著作《欲望的主体：关于20世纪法国的黑格尔式反思》（*Subjects of Desire*：*Hegelian Reflections in Twentieth-Century France*，1987）较少为文学和文化批评家知晓。

1940 年以来的文学批评

保罗·德曼（1919—1983）

保罗·德曼（见第 5 和第 6 章）出生于比利时的安特卫普，在布鲁塞尔学习自然科学和哲学，于 1948 年移民美国。他最初在巴德大学教法语。从 1960 年到 1983 年去世，他先后在康奈尔大学、约翰斯·霍普金斯大学和耶鲁大学教比较文学和批评理论。德曼的教学和写作对欧洲后结构主义理论在 60 和 70 年代美国学术界的传播和接受起了重要作用。德曼和雅克·德里达之间的密切联系使许多人把德曼看做美国解构主义的主要代表人物。

德曼在其最有影响力的论文《暂存的修辞》（*The Rhetoric of Temporality*, 1969）中称象征主义在浪漫主义审美理论中优越于讽喻的根据在于对语言与世界关系，以及对浪漫主义文学本身的神秘化。比喻首先确定它自身与本源之间的距离，并且它摒弃了怀旧情绪和与之相合的愿望，在这种暂存差异的空虚中确立自己的语言，象征主义则渴望取得——并认为有可能取得——生命和形体之间、所指和符号之间的一种有机的、持续的联系，一种"语言的表征功能和语义功能的统一"。德曼认为，从这种意义上说，比喻本身就是关于文学的一个比喻。由于文学自身明显的虚构性、形式与生命的非连续性和它必须适应语言那不稳定的修辞和比喻游戏，因此德曼把文学称作符号意义的独特解密形式。

在《盲点和洞见：当代批评的修辞性论文集》（*Blindness and Insight: Essays in the Rhetoric of Contemporary Criticism*, 1971）和《阅读的比喻：罗素、尼采、里尔克和普鲁斯特的比喻语言》（*Allegorices of Reading: Figural Language in Rousseau, Nietzsche, Rilke, and Proust*, 1979）中，德曼的批评解读典型地表明了文本的暗示意义和字面意义、表征和转喻之间的不一致和矛盾。此外，正如这两部著作的题目所说，任何阅读行为都不可能决定或者统一文本的意义。德曼在他早期的主要论文中说，阅读本身是一种比喻行为而不是象征行为，阅读中的每个真知灼见都建立在一个必要的盲点之上。德曼后期的论文和报告都收集在他去世后才出版的几部书里：《浪漫主义的修辞》（*The Rhetoric of Romanticism*, 1984）、《抵制理论》（*The Resistance to Theory*, 1986）、《美学意识形态》（*Aesthetic Ideology*, 1992）、《浪漫主义和当代批评：高斯研讨会及其他论文》（*Romanticism and Contemporary Criticism: The Gauss Seminars and Other Papers*, 1992）。

德曼去世后，人们发现早在 20 多岁时他曾是战时记者，为两家通敌卖国的比利时报纸写过一些文章，包括《纪实文学中的犹太人》（*Les Juifs dans la*

Littérature Actuelle），这些文章表露了他反犹主义情绪并表示赞同欧洲文化有机主义和统一性的观点。1987年这一发现引起了人们对于德曼的生平和著作的一系列攻击、反驳和重估，一直持续到80年代晚期。

雅克·德里达（1939—　）[①]

雅克·德里达（见第5章）是个法国哲学家，他对于西方哲学传统中心文本和思想的消解或"解构"深刻地影响了当代人文科学关于知识、身份、和有意义的表达的前提等方面的思考。受结构语言学家索绪尔的影响，德里达把语言理解为一个延异的体系，其中单词的意义是通过它们与语言内部其他单词的结构关系和差异产生的，并非在与现实中的事物的对应中产生。德里达按照这个语言学理论，同时吸取了黑格尔、胡塞尔、法国的巴特、福柯、拉康和列维—斯特劳斯、尼采和海德格尔的本体论和认识论，热切地投身于对西方形而上学历史的质疑之中，并与人类学、心理学、社会学和符号学的研究者展开对话。

按照德里达的分析，西方形而上学的思想要求有一种"先验的所指"的概念，也就是即刻为显现于意识中意义或真理。哲学传统一直试图通过它对各种各样等级的划分，如：哲学优于修辞学、内在本质优于外在表象、言语的自我呈现优于书写的替代和派生，以此来产生和保护这种概念。解构主义这个哲学批评和修辞学批评的方法实际上与德里达的名字已成了同义词。解构主义展现出在任何文本或者表达意义的行为中，包括上述等级划分的哲学中心论题中，处于优越等级地位的术语，其身份如何沦为贬值的"次等"术语，而且事实上如何依赖于"次等"术语。通过这种方法，解构主义表明，对完全呈现的要求是不可能实现的，也是自相矛盾的。身份只能"产生"于差异，自我形成于他者，意义靠对持续的能指游戏的任意抑制（或者压抑的否定）来确定，而所为的能指游戏，指的是语言的多义性、不稳定性和意义的构成性。

德里达任教于巴黎哲学院，偶尔去美国的几所大学访问，包括耶鲁、约翰斯·霍普金斯和加利福尼亚大学厄文分校。他对文学、政治和伦理的哲学解读，以及他对文本理论和意义的产生与历史理论的运用，这些仍然是许多学科研究和争论的对象。德里达的主要著作有：《言语和现象：胡塞尔现象学

[①] 2004年10月，德里达逝世于巴黎。——编注

1940 年以来的文学批评

中符号问题导论》(*Speech and Phenomenon*: *Introduction to the Problem of Signs in Husserl's Phenomenology*,1967 出版,1978 英译)、《论书写》(1967 出版,1976 英译)、《书写与差异》(*Writing and Difference*,1967 出版,1978 英译)、《播撒》(*Dissemination*,1972 出版,1981 英译)、《位置》(*Positions*,1972 出版,1981 英译)、《哲学的边缘》(*Margins of Philsopy*,1972 出版,1983 英译)、《教唆:尼采的风格》(*Spurs*: *Nietzsche's Styles*,1976 出版,1981 英译)《论精神:海德格尔和问题》(*Of Spirit*: *Heidegger and the Question*,1987 出版,1989 英译)、《有限公司》(*Limited Inc.*,1988 英译)、《另一个标题:回顾今日欧洲》(*The Other Heading*: *Reflections on Today's Europe*,1990 出版,1992 英译)和《文学行动》(*Acts of Literature*,1992 英译)。

斯坦利·费什(1938—)

斯坦利·费什(见第 5 和第 7 章)一直是美国倡导读者反应文学批评的主要代表人物。他的最新作品更普遍、更有影响力地推进了反基础主义和新实用主义方法在文学研究、司法解释,以及在学科定义和政治定义等方面的运用。他曾在加利福尼亚大学伯克利分校和约翰斯·霍普金斯大学英语系任教。目前,他是杜克大学的英语教授和法律教授,也是杜克大学出版社社长。

费什最初是研究 17 世纪英国文学的学者。1967 年他的著作《罪恶惊人:〈失落园〉的读者》(*Surprised by Sin*: *The Reader in "Paradise Lost"*)出版了,这使他获得了他研究领域之外的声誉。费什认为,弥尔顿的史诗依赖于阅读过程(在阅读过程中,其含义并不马上显现,而是在读者持续的体验过程中构建、修正和反复想象中形成的)。读者在阐释的努力、迷茫和错误中重现亚当和夏娃的堕落。在接下来的 10 年间,费什将这种文本阅读转化为论及文本意义和读者经验之间关系的一种更为宏大的理论。他在《自我消解的艺术品:17 世纪文学经验》(*Self-consuming Artifacts*: *The Experience of Seventeenth - Century Literature*,1972)中发展了这个论题,并在 70 年代出版的《这门课里有没有文本》(*Is There a Text in This Class*)一书的许多论文中充分地论述了阅读理论。费什激进的观点认为新批评的基本观点是反对情感悖论,即,把读者对于作品的反应等同于作品的意义本身。费什认为,这种观点是自欺欺人和空洞的做法,因为文本意义只是读者反应的作用:文本只能通过也只能在人的阅读行为中产生意义;不是文本产生读者和阅读,而是读者和阅读产生了文本。

像解构主义和其他后结构主义批评家一样,费什的读者反应批评理论把意义看做是相关联的历史,而不是绝对的,至少潜在不稳定因素和多义性。

在他近来的作品中，费什发展了一种观点：个人的阐释行为和行为人被他们所属的"阐释团体"所授权和规范。这些团体所拥有的共同设想和义务可以解释阐释的共同性和稳定性。但阐释者可能与不只一个团体存在亲密关系，某些团体内部"目标和对自我的定义可能会发生改变，这都说明为什么阐释会出现分歧和变化"。费什认为，"意义的产生取决于相互竞争的价值观和实际需求，"这一理论使他隐入反理论的争辩中。（这里，"理论"被定义为通向批评和社会评判的抽象和客观途径）。他在最新收集在《按照自然法则行事：法学中的变化、修辞和理论实践》（*Doing What Comes Naturally*：*Change*，*Rhetoric*，*and the Practice of Theory in Legal Studies*，1989）和《没有什么比自由言论更好》（*There is No Such Thing as Free Speech*，*and It's a Good Thing*，*too*，1994）中的论文里，探讨了这个论述对当代法律、文学和社会实践的一些实际意义。

米歇尔·福柯（1926—1984）

在20世纪50年代早期，米歇尔·福柯（见第7章）获得了哲学学位和心理学学位。从70年代开始，他的一系列研究成果给他带来了国际声誉：他对现代机构、技术和社会统治"话语"进行了历史分析和政治分析；他提出了后启蒙社会权力理论，即后启蒙社会的权力是作为一种内在的传播力量，伺机形成其主体的自我意识和世界意识，不公开明显地攻击和限制其主体的身体。福柯对于权力通过文化话语传播的理解、对于单个主体的社会历史构成的兴趣和对于政治统治体制内知识规诫和知识机构的含义的强调都深深地吸引、影响了当代文化批评家和文学家、社会历史学家。

在他执教生涯开始前（他最初在瑞典和波兰任教，60年代初期回法国后曾在几所大学任职，70年代在加州大学伯克利分校教过一些短期课程，也作过一些报告，从1970年直到去世，他一直在巴黎法兰西学院的思想体系史任教授），福柯曾花费了几年的时间在法国精神病医院观察病人，并对法国精神病医院史进行了研究。他的早期作品《疯癫与文明：理性时代的精神病历史》（1961出版，1965年英译）和《临床医学的诞生：医学观念的考古学》（*The Birth of the Clinic*：*An Archaeology of Medical Perception*，1963，1972年修订，1975年英译）汲取了那段经历和研究，构建了对心理学、医学实践和医学机构的总体批评。在后来的作品中，福柯拓展了这种批评，认为其他表面上"人道"的社会机构和知识规诫事实上是一种"权力技术"，它管理和规范着现代群体，并对之进行分类，广泛地限制着他们对"自己"的属性的个人体

1940 年以来的文学批评

验。福柯对于历史、现代以及它与权利和知识话语的关系的最重要、最著名的研究体现在如下著作中：《词与物：人文科学的考古学》（The Order of Things: An Archaeology of the Human Sciences, 1966 出版, 1970 年英译)、《知识考古学和关于语言的话语》（1969，1972 年英译)、《规训与惩罚：监狱的产生》（Discipline and Punish: The Birth of the Prison, 1975, 1977 年英译)、《性史》(History of Sexuality, 第一卷, 1976 出版, 1978 年英译；第二、三卷, 1984 出版, 1986 年英译) 以及收集在下列论文集中的文章：《语言、反记忆和实践：精选论文和访谈录》（Language, Counter-Memory, Practice: Selected Essays and Interviews, 1977）和《权力/知识：精选访谈和其他作品, 1972—1977》（1980）。

诺斯洛普·弗莱（1912—1991）

加拿大批评家诺斯洛普·弗莱（见第 3 和第 6 章）曾在多伦多大学学习英语、哲学和社会学，于 1936 年被任命为加拿大联合教堂的牧师，后来，他在剑桥大学获得英语硕士学位。弗莱的学术生涯主要在加拿大，他先后在维多利亚大学和多伦多大学获教授职位。他的《批评的剖析：四篇论文》（1957）仍然是文学评理论中最有影响力的著作之一。本书确立了它想象结构、类属和原理和对文学本身理论化进行系统分析所需的词汇，方法和惯例。这部著作强有力地巩固了这个主张：研究是一种自主领域，具有它独特的、可以以经验描述的学科目的。

弗莱早期的文学研究兴趣和长期给他带来灵感的人物是威廉·布莱克。他曾经说，从布莱克那里他学到了一切。弗莱的作品尤其学习了布莱克作品中对于圣经的局部解剖性解释，也学习了布莱克为了使圣经中的创世纪、堕落、赎罪和启示录神话适合世俗想象力而进行改写。理查德·斯廷格（Richard Stingle）曾说，对于弗莱来说，"批评和文学的一致是每个社会的中心神话（起作用的结果)。"弗莱的批评理论详细阐述了他所说的西方文化的中心叙述模式，因为它们渗透了西方文化的文学史、语言模式以及思维和欲望结构。除了《批评的剖析》，弗莱的主要著作还包括《威严的匀称：威廉·布莱克研究》（Fearful Symmetry: A Study of William Blake, 1947）、《训练有素的想象》（The Educated Imagination, 1963)、《身份的寓言：诗歌神话研究》（Fables of Identity: Studies in Poetic Mythology, 1963)、《批评之路：论文学批评的社会背景》（The Critical Path: An Essay on the Social Context of Hiterary Criticism, 1971)、《宇宙魂：关于文学、神话和社会的论文集》（Spiritus Mundi:

Essayson Literature, *Myth and Society*, 1976)、《世俗的经典：传奇结构的研究》(The Secular Scripture: A Study of the Structure of Romance, 1976)、《伟大的代码：圣经和文学》(*The Great Code*: *The Bible and Literatare*, 1981)、《强大的语言：圣经和文学的第二次研究》(*Words With Power*: *Being a Second Study of the Bible and Literature*, 1990) 和《双重想象：语言和宗教的意义》(*The Double Vision*: *Language and Meaning in Religion*, 1991)。

小亨利·路易斯·盖茨（1950— ）

小亨利·路易斯·盖茨（见第 7 章）是当代非裔美国文学文化一位最出色的学术批评家。盖茨毕业于耶鲁和剑桥大学，分别于耶鲁、康奈尔、杜克和哈佛大学从事英语和非裔美国研究的教学工作。他的重要著作《黑色图示：词汇、符号和"种族"自我》(*Figures in Black*: *Words*, *Signs and the "Racial" Self*, 1987) 和《表意的猴子》(*The Signifying Monkey*, 1988) 以及他于 1986 年编辑的《批评探索》杂志的影响深远的题为《"种族"、写作和差异》("*Race*", *Writing and Differente*) 特刊，这些都回答了对于黑人文学批评领域的质疑。盖茨在他早期的一篇论文《丛林中的批评》(*Criticism in the Jungle*, 1984) 中，这样描述他所理解的黑人文学批评："（黑人）文学批评原则产生于黑人传统本身，这不仅在批评理论的习语中得到描述，而且在构成'黑人语言'的土语中得到了表现。'黑人的语言'就是形成了我们自己独有传统的能指差异。"盖茨的研究把"黑人语言"和"批评理论的习语"构成一种辩证关系，帮助确立了黑人文学批评的地位：黑人文学批评既是一种独特的社会文化实践活动和一种主要的学科设置，又是一种真正"黑人的"和权威性的"文学批评"。

盖茨作为编辑、时事评论员、讲师和导师的工作是繁重和综合性的。他参与发掘并出版了大量的奴隶记述和其他一些鲜为人知的或绝版的非裔美国文学作品的工作：他编辑了《斯科姆堡图书馆 19 世纪黑人女作家》(*The Schombung Library of Nineteenth Century Black Women Writers*) 丛书以及许多评论集，论述近期才开始被研究的非裔美国作家。此外，盖茨的研究也越来越关注时事和选民问题，并试图把它们融入与文学和学术问题的建设性对话中。他的最新著作有《有色人种：一个回忆录》(*Colored People*: *A Memoir*, 1994)、《宽松的准则：文化战争随笔》(*Loose Canons*: *Notes on the Culture Wars*, 1992) 和他所编辑的论文集《阅读黑人，阅读女权主义者》(*Reading Black*, *Reading Feminist*, 1990)。

斯蒂芬·格林布拉特（1943— ）

斯蒂芬·格林布拉特（见第 7 章）是专攻文艺复兴时期英国文学的批评家。他因创建并主要实践了新历史主义批评理论而闻名于世。新历史主义批评理论是一种具有明显政治性和后结构主义性质的文化历史形式，它最初于 20 世纪 80 年代早期以格林布拉特为核心在加州大学伯克利分校确立起来。格林布拉特形容他的批评活动时，最喜欢用的词汇是"文化诗学"，它是新历史主义批评的主要前提（其他新近的批评理论和活动也具有这个特征）。它表明，在任何历史时期，诗学实践都是社会文化机构、话语和信念所构成的网络的一个组成部分，必须把它放到文化网络的其他组成部分中去理解。因此新历史主义批评反对形式主义者的文学自主观念，也反对旧马克思主义者和历史实证主义者一方面把物质历史具体化为文学的决定性基础，另一方面把它具体化为文学的中性参考背景的观点。相反，新历史主义者倾向于把物质实践和文本实践、政治和诗学看做是互补成分。

早期新历史主义者对于这些辩证关系的阐释主要集中在伊丽莎白和雅各宾时期，但是在过去 10 年，他们扩展了研究范围，开始了对浪漫主义文学家和美国语言文化学家的研究。虽然格林布拉特宣布并提倡了他的理论的异质性，但是新历史主义的活动却在很大程度上受惠于克利福德·吉尔兹（Clifford Geertz）的文化人类学和米歇尔·福柯关于权力和现代主体的散漫结构的理论。至于新历史主义的特征，可参阅格林布拉特在《权力的形式和形式的权力》（*The Forms of Power and the Power of Forms*，1982）中对体裁这一特殊问题的介绍，以及他发表于 1989 年的论文《走向一种文化诗学》（*Towards a Poetics of Culture*）。格林布拉特的著作还包括：《文艺复兴时期的自我塑形》（*Renaissance Self-Fashioning*，1980）、《莎士比亚的商讨：文艺复兴时期英格兰社会力量的循环》（*Shakespearean Negotiations：The Circalation of Social Energy in Renaissance England*，1988）、《学会诅咒：早期现代文化的论文》（*Learning to Curse：Essays in Early Modern Culture*，1990）和《精彩的占有：新世界奇观》（*Marvellous Possessions：The Wonder of the New World*，1991）。

弗列德里克·詹姆逊（1934— ）

弗列德里克·詹姆逊（Fredric Jameson）也许是一位最重要、著作最多、

附录Ⅱ：批评家的小传

研究范围最广的美国马克思主义批评家。他在20世纪80年代和90年代的著作对于文学研究、电影研究、对文化帝国主义的研究、对关于后现代主义的意义和影响的争论以及对后工业社会跨国资本主义的象征形式和物质形式的分析都非常重要。詹姆逊对一系列当代批评话语都做出灵活的反应和吸收，而他长期对于马克思主义批评方法和历史解释的研究促使他对后结构主义和后现代主义痴迷于破碎、迷惑、语言游戏，把语言表征蔑视为游乐场或牢房表示怀疑。

詹姆逊最有影响力的文化和社会理论著作有：《马克思主义与形式：20世纪文学的辩证理论》（Marxism and Form：Twentieth – Century Dialectical Theories of Literature，1971）、《语言的牢笼：对结构主义与俄国形式主义的批判性阐释》（The Prison-House of Language：A Critical Account of Structuralism and Russian Formaliom，1972）、《侵略的寓言：温德哈姆·刘易斯，作为法西斯主义者的现代主义者》（Fables of Aggression：Wyndham Lewis，the Modernist as Fascist，1979）、《政治无意识：作为社会象征行为的叙事》（The Political Unconscions：Narrative as a Social Symbolic Act，1981）、《后现代主义或晚期资本主义的文化逻辑》（Postmodernism，or the Cultunal Logic of Late Capitalism，1991）和《地缘政治审美学：世界体系中的电影和宇宙》（The Geopolitical Aesthetic：Cinema and Space in the World System，1992）。詹姆逊目前在杜克大学任教。

朱莉亚·克里斯蒂娃（1941— ）

在法国女性主义文学评论家中，朱莉亚·克里斯蒂娃（见第4章）对美国文学界关于语言、性别和文化的研究所产生的影响最为重大。克里斯蒂娃出生于保加利亚，为完成法国文学专业的学位论文，1966年她移居巴黎，后来研究结构语言学，成为克劳德·列维—斯特劳斯社会人类学实验室的研究助理，并于70年代晚期完成了在精神分析学方面的学习。作为巴黎第七大学语言学和社会理论专业的教授，克里斯蒂娃和其他著名的当代法国知识分子一样反对学科分类。确实像福柯和其他批评家一样，克里斯蒂娃付出了很大的精力对她所为之工作的学科和话语的绝对化、标准化与理性化权力提出质疑。

克里斯蒂娃吸取了精神分析学派雅克·拉康的理论（她通过修正地阅读弗洛伊德从而把俄狄浦斯恋母情结理解为儿童对于父权语言秩序的接受和进入），把象征语言、意识和父权秩序中受排斥的、边缘化的或者受压抑的"他者"(诗歌、符号语言、身体、女人)都联系起来。然而,在克里斯蒂娃看来,这些他者并不是稳定的相对抗的存在(她宣称,"如此这般的女人不存在"),处于抑制性属性话语之下或边缘的分裂因素,因此是潜在的解放载体。克里斯蒂娃在如下著作中探讨了这些状况和潜力:《诗歌语言的革命》(*Revolution in Poetic Language*,1974 出版,1984 年英译)、《关于中国女人》(*About Chinese Women*,1974,1977 年英译)、《语言中的愿望:研究文学和艺术的符号学方法》(*Desire in Language*:*A Semiotic Approach to Literature and Art*,1977 出版,1980 年英译)、《恐惧的力量:论卑鄙》(*Power of Horror*:*An Essay on Abjection*,1980 出版,1982 年英译)、《语言:未知领域:语言学入门》(*Language*:*the Unknown*:*An Initiation to Linguistics*,1981 出版,1989 年英译)、《开始是爱:精神分析与信仰》(*In the Beginning was Love*:*Psychoanalysis and Faith*,1985 出版,1987 年英译)、《我们的陌生人》(*Strangers to Ourselves*,1989 出版,1991 年英译)和广为传诵的论文《妇女的时间》(*Women's Time*,1979 出版,1981 年英译)。

F. O. 马西森 (1902—1950)

F. O. 马西森(见第 3 章)主要因他里程碑式的著作《美国文艺复兴:爱默生和惠特曼时期的艺术和表现》(1941)而出名的。这部著作确立了美国经典作家的现代经典地位和建立美国文学经典的原则,这些原则渗透了美国文学史的编撰,直到 70 年代女性主义者对此提出质疑。马西森不仅是 30 年代坚定的社会主义者,同时也是 T. S. 艾略特形式主义文学批评的敬慕者。在《美国文艺复兴》一书中,马西森试图把社会政治价值和文学价值统一起来(并认为他述及的五位美国代表作家追求的是一种相似的综合性)。马西森坚定地认为,美国作家和批评家的文学作品推动了民主的进程。尽管许多后来的批评家会认为马西森最终是把政治置于从属于美学的地位,但是,对于他的后继者来说,马西森的观点无疑是一个长期讨论的主要问题。马西森作为哈佛大学美国历史和文学的教授,他的教学影响是巨大的。他的学生包括 50 年代和 60 年代美国文学许多重要的批评家和理论家,如:雷·马科思、亨利·纳什·史密斯、R. W. B. 路易斯、昆廷·安德森(Quentin Anderson)、肯尼斯·林(Kenneth Lynn)和劳伦斯·霍兰德(Laurence Holland)。此外,同性恋女权主义诗人和激进主义分子艾德莉安娜·里奇回忆说,马西森的课"对我作为诗人的影响超过对我在大学时所受的其他方面的影响",而且她还记得,"马西森是哈佛大学超越课本、涉猎外部世界的少有的文学教师。"

马西森的作品除《美国文艺复兴》外,还包括:《T. S. 艾略特的成就:一篇关于诗歌本质的论文》(*The Achievement of T. S. Eliot: An Essay on the Nature of Poetry*, 1935)、《亨利·詹姆斯:主要阶段》(*Henry James: The Major Phase*, 1944)、《从欧洲的中心开始》(*From the Heart of Europe*, 1948)和《西奥多·德莱塞》(*Theodore Dreiser*, 1951)。

约翰·克罗·兰色姆 (1888—1974)

约翰·克罗·兰色姆(见第2和第3章)是一位出色的诗人和文学批评家。他帮助确立了美国的学术批评,命名并领导了新批评的第一次声势浩大的、也许是最成功的运动。兰色姆是南方人,在20世纪30年代加入了保守知识分子的行列,呼唤农业文明和宗教价值的回归,以抑制现代社会和思想领域工业主义和冷酷的工具主义的蔓延。随着农业文明回归运动的失败,兰色姆转向文学和文学教学作为他对"蚕食性的"抽象化和实证主义的抵制。他把抽象化和实证主义与科学、技术文化与技术工艺文化的兴起联系起来。在兰色姆看来,诗歌体现了情感、肌质和物质性等价值,即他在1938年论文集的标题中所谓的"世界的形体"。此外,兰色姆认为,诗歌还需要一种他在1941年的著作《新批评》中所定义的"本体论批评",这种批评被称为"新批评",它提倡对诗歌突出的、本质的属性和特征进行仔细研究,成为美国长达四分之一个世纪的文学研究和文学教学法的特点。兰色姆与艾伦·塔特、克林思·布鲁克斯、罗伯特·佩恩·沃伦、R. P. 布莱克默和雷奈·韦勒克一起设置了美国学术批评和大众文学教育的早期课程。这些批评中有几个曾和兰色姆同在南方大学、万德布利特大学或肯庸学院教学,或与他同在如下期刊的顾问委员会任职:《南方评论》、《西璜尼评论》和《肯庸评论》。

兰色姆的主要批评著作有:《世界的形体》(*The World's Body*, 1983)、《新批评》(*The New Criticism*, 1941)和《论文选集》(*Selected Essays*, 1984)。

莉莲·罗宾逊 (1941—)

莉莲·罗宾逊(见第4章)是美国女权主义文学批评的鼻祖之一。她在早期的论文中预见了女权主义学术研究中后来出现的许多批评问题和研究方向。60年代晚期,罗宾逊成了哥伦比亚大学的硕士研究生,并成为民权运动和反战激进主义分子。她后来的批评活动仍然致力于社会实践的变革目标。罗宾逊的作品把女权主义和马克思主义批评结合起来，探索了性别和阶级问题的交汇，拒斥形式主义、现代主义和法兰克福学派对"自主的"高雅文化的崇尚和对通俗及大众文化的轻蔑。此外，她的作品还对学术的和文学的女权主义批评是否能满足较大的社会目标并满足妇女运动的支持者提出了疑问。罗宾逊对这些问题的关注在它们成为女权主义研究的显著问题之前就已经开始了。

罗宾逊早期有影响的论文收集在《性别、阶级和文化》（1978）一书中。她与人合著了研究跨学科状况和女权主义批评的可能性的作品《女权主义的学问》（*Feminist Scholarship: Kindling in the Groves of Academe*, 1985）。近来重要的论文包括《背叛我们的文本：女权主义向文学经典的挑战》（*Treason Our Text: Feminist Challenges to Literary Canon*, 1984）、《经典之父与神话宇宙》（*Canon Father and Myth Universe*, 1987）、《女权主义批评：如何知道我们何时胜利了？》（1988）以及《文化的意义应该是什么》（*What Culture Should Mean*, 1989）。罗宾逊曾在许多大学教过书，包括夏威夷大学、得克萨斯大学奥斯丁分校，近来在弗吉尼亚理工学院任教。

爱德华·赛义德（1935—2003）

爱德华·赛义德（见第6和第7章）是当代最优秀的文化批评家之一，也是为数不多的"公众知识分子"成员之一。他的作品和生活成功地把学术和文本研究与实际的社会政治活动和影响结合起来。赛义德的重要论文集《世界、文本和批评家》（*The World, The Text, and the Critic*, 1983）的标题暗示了它的第一个术语的优先地位，也表明了赛义德在作品中一再重复的观点："文本［和批评家］…存在于世界中，因此［必须是］世界性的。"赛义德深刻而又兼容并蓄的批评理论使用了许多当代话语和研究方法，但是他的理论特别坚定地保留了他所谓"世俗的"、对任何教条或主体属性的怀疑。此外，他的批评理论与各种不同的理论和拥戴者都保持着松散的"联系"，而不是"亲密地"与之认同。

赛义德认为，世俗的同时又是对立的批评依赖于保持个人的、学术的和政治的参与与脱离之间的辩证关系，这是他作品的中心问题。这种辩证关系也渗透于赛义德的个人经历。赛义德是出生于巴勒斯坦的阿拉伯人，在普林斯顿大学和哈佛大学学习西方人文科学和比较文学。1963年，他成了哥伦比亚大学的教授，并在那里教书至去世。他的第一部作品《约瑟夫·康拉德和自传体小说》（*Joseph Conrad and the Fiction of Autoliography*, 1966）探讨了另一位非本土但母语是英语的流亡作家康拉德作品中的主体、介质和责任问题。

他的第二部作品《源头：意图和方法》（*Beginnings：Intention and Method*，1975）更加系统全面地研究了上述问题。然而，在写这两部书期间，以色列占领了巴勒斯坦并开始在1967年战争中占有的巴勒斯坦领土上迁入居民。赛义德作为一个批评家、公众代言人和政治活动家参与了巴勒斯坦事业。

根据这些经历赛义德写了《巴勒斯坦问题》（*The Question of Palestine*，1979）和《保护伊斯兰教：媒体和专家如何决定我们看待世界其他地方的方式》（*Covering Islam：How the Media and the Experts Determine How We'll See the Rest of the World*，1981）。他还就中东历史、政治和不同文化以及它们在西方的表现写了不少论文、做了许多演讲和公开谈话。此外，这些经历还促使赛义德写了《东方主义》（1978）。这是一部才华横溢、但又颇有争议的著作。它是对于历史叙事、意识形态批评、文学和文化阐释以及对于制度化的话语权力进行福柯式分析等进行雄心勃勃的"世俗性"综合。它标志着美国学术界后殖民批评发展史上一个决定性的时刻——如果不算是新时代的话。最近，赛义德在《文化和帝国主义》（*Culture and Imperialism*，1993）一书中阐述了他关于"文化和帝国之间的普遍联系"的思想。此外，赛义德还是《国家》的音乐评论家，也是论文集《音乐阐述》（*Musical Elaborations*，1991）的作者之一。

加亚特里·C. 斯皮瓦克（1942— ）

加亚特里·C. 斯皮瓦克（见第4、6、7章）和赛义德一样，是美国文学学术界主要的"后殖民主义"批评家和跨文化知识分子之一。斯皮瓦克是孟加拉人，出生于加尔各答。她在加尔各答的管区学院获得英语学士学位，1962年移居美国，在康奈尔大学学习了比较文学。她曾在许多大学教授文学和文化研究课程，包括埃默里大学、得克萨斯大学奥斯丁分校和匹兹堡大学。

斯皮瓦克对于学术批评和理论的独特贡献来源于她的才华，来源于她努力把许多批评话语、"主体立场"和民族语言、文学和文化置于相互质疑和相互启迪的关系中。正如莎拉·哈勒辛（Sarah Harasym）描述的那样，斯皮瓦克意识到自己的位置是在美国工作的"高度受限制的所谓第三世界的马克思主义—女权主义—解构主义的批评家"。她创造了一种批评用语和实践，这种批评实践探讨了她自己的职业身份、政治身份和物质环境等因素之间的联系和矛盾。因此，她的作品促成并塑造了存在于美国后殖民主义批评理论中的性别和种族理论、解构主义和马克思主义、法国、英美和印度的分析框架和文化背景、机构和意识形态定位之间的批评融合。

斯皮瓦克的作品包括：《我自己，我必须翻新：W. B. 叶芝的生活及其诗

◎1940年以来的文学批评

歌》(*Myself, I Must Remake: The Life and Poetry of W. B. Yeats*, 1974)、她对雅克·德里达《书写学》(*Grammatology*, 1976) 的介绍和英译本的翻译，关于诠释策略、印度次大陆研究、法国女权主义、解构主义、后殖民主义和第三世界批评理论的文章，这些文章结集为《在他者的世界里：文化政治学论集》(*In Other Worlds: Essays in Cultural Politics*, 1989)、《后殖民主义批评家：采访、策略和对话》(*The Post-Colonial Critic: Interviews, Strategies, Dialogues*, 1990) 及《教学机器之外》(*Outside In the Teaching Machine*, 1992)。

雷蒙德·威廉斯（1921—1988）

雷蒙德·威廉斯（见第7章）在英国各大学中率先倡导、证明并帮助使跨学科的唯物主义批评成为体系，这一批评后来称之为文化研究。作为威尔士劳工家庭的儿子，威廉斯对实用社会激进主义有热忱信仰和承诺，并给他在剑桥大学的文学研究留下了烙印。威廉斯在牛津大学的校外教学部教过15年书以后，又于1961年返回到剑桥大学。在整个60年代，他为当代文化研究中心提供主要的学术和政治支持。该中心是1964年里查德·霍加特在伯明翰大学创立的。在其他许多运动中，威廉斯对劳工政治和核裁军运动尤为积极。

尽管威廉斯任剑桥大学的戏剧教授，但作为批评家和作家，他的生涯不仅是多产的，而且具有令人信服的跨学科性。他出版650多种著作包括小说、戏剧、政治小册子、新闻、电视评论以及有关于社会经济史、评论、小说、戏剧及交际理论的27部学术著作。概括地讲，威廉斯的著作可以看成是对交际的社会历史发展形式和这些形式同当时社会体制和政治经济关系的阐述。主要著作有：《文化与社会》(*Culture and Society*, 1958)、《漫长的革命：对改变我们社会的民主工业和文化变化的分析》(*The Long Revolution: An Analysis of the Democratic, Industrial and Cultural Changes Transforming Our Society*, 1961, 1966)、《交际》(*Communications*, 1962, 1976)、《国家和城市》(*The Country and the City*, 1973)、《电视：技术和文化形式》(*Television: Technology and Cultural Form*, 1974)、《关键词：文化和社会词汇》(*Keywords: A Vocabulary of Culture and Society*, 1976, 1983)、《马克思主义和文学》(*Marxism and Literature*, 1977)、《政治和文学：与"新左派评论"的谈话》(*Politics and Letters: Interview with "New Left Review"*, 1979)、《唯物主义和文化之问题：论文集》(*Problems in Materialism and Culture: Selected Essays*, 1980)、《文化》(*Culture*, 1981) 和《走向2000年》(*Towards 2000*, 1983)。

大事年表(1940年—1995年)

玛丽·安娜·斯图瓦特·波尔克斯克维

大事年表（1940年—1995年）

　　这个编年记遵循本卷的叙述线索。事实上，它将三种不同的叙述，即美国诗歌、美洲文化研究者的文学评论以及文学评论在美国结合在一起。文本的选择完全是在伊万·卡顿、吉拉尔德·格拉夫和罗伯特·冯·霍尔堡的指导下进行的，在此，我对他们在每一个阶段给我的帮助表示感谢。在"美国事件"和"其他事件"里面，该年表从政治、艺术以及科学的发展和技术的变化（比如在空间和通讯领域）等方面去捕捉具有文化意义的重大事件。在写作过程中，我要感谢史蒂芬妮·霍金斯、塞鲁斯·佩特尔和玛格丽特·雷德的帮助。特别值得感谢的是萨克文·伯科维奇，他一直对我慷慨相助。最后，我还要把我的谢意送给丈夫安得拉斯·波尔克斯克维以及我的孩子安娜和史蒂弗，因为他们给了我许多的关爱和支持。

玛丽·安娜·斯图瓦特·波尔克斯克维

	文　本	美国事件	其他事件
1940	罗伯特·海登(1913—1980),《尘土中的心形》(诗) 托马斯·麦克格拉思(1916—1990),《第一个宣言》(诗) 伊弗·温特斯(1900—1968)《诗选》	国会执行法律,要求外国居民登记;美国的外来人口有五百万。 签订义务兵役和训练法案——第一个和平时期的军事草案。 加州大学的大型回旋加速器,从原子核中生产出介子。 画家彼德·蒙德里安来到纽约。 欧洲作曲家来到美国(勋伯格、斯特拉文斯基、巴尔托克、亨德米斯、克里纳克、米豪、马蒂努、魏尔、托赫、卡尔曼、伯纳次基、亚伯拉罕、斯托兹和奥斯卡·斯特劳斯)。 3000万美国家庭拥有收音机。 美国人口接近1亿3千2百万。	二战继续:德国侵略丹麦、挪威、荷兰、比利时和卢森堡;丘吉尔任英国首相。 意大利对英法宣战;贝当元帅和德国签订停战协定。 英国战争。 英国在北非防御。 奉斯大林之令,托洛茨基在墨西哥被暗杀。
1941	范·威克·布鲁克斯(1886—1963),《论今日文学》(评论) 肯尼斯·伯克(1897—1986),《文学形式的哲学:象征行为的研究》(评论) 弗朗西斯·奥托·马西森(1902—1950),《美国的文艺复兴》(评论) 约翰·克劳·兰色姆(1888—1974),《新批评》(评论) 西奥多·罗特克(1908—63),《开阔的房子》(诗) 威廉·卡洛斯·威廉斯(1883—1963),《断裂的跨度》(诗)	总统罗斯福开始第三任执政。 签订租借法,援助盟军。 全国紧急无限制状态,罗斯福下令冻结德国和意大利在美国的资产,扣押他们在美国港口的船只,关闭德国领事馆。 美国储蓄债券和印花上市。 曼哈顿计划开始对原子深入研究。 本世纪艺术、抽象派和超现实主义美术馆在纽约开放。 国家美术馆在华盛顿特区开放。	二战继续:德国潜水艇战加强;德国入侵苏联。 罗斯福和丘吉尔草拟《大西洋宪章》。 泛美会议在哈瓦那召开。 日军突袭珍珠港、菲律宾、威克岛和关岛(12月7日)。 美英对日宣战;日、德、意盟军对美宣战;美对德、意宣战。

· 大事年表(1940年—1995年)

	文　本	美国事件	其他事件
	爱德蒙·威尔逊(1895—1972),《创伤与神弓:文学的七种研究》(评论)		
1942	约翰·贝里曼(1914—),《诗选》 詹姆斯·伯汉(1905—1987),《管理的革命》(非小说) 詹姆斯·V. 坎宁汉姆(1911—1985),《赫尔斯曼》(诗) 阿尔弗雷德·卡津(1915—),《扎根本土:现代美国散文文学评介》(评论) 华莱士·史蒂文斯(1879—1955),《高级小说论注;世界的几个部分》(诗)	对食品、布料和汽油实行配给制;冻结租金;安装空袭警报器;开始定期灯火熄灭演习。 国会投票决定男子征兵年龄为18或18岁以上。 日美战争转入内陆。 恩里科·费密使原子产生裂变。 发明磁带录音带。 约瑟夫·E. 怀德纳将收藏的绘画和雕刻品献给新开的国家美术馆。	二战继续:吉林成为挪威首相;日本占领新加坡、爪哇和曼谷;英国轰炸鲁伯克和科隆。 巴顿3月份离世。 美国在中途岛击败日本。 德军到达斯大林格勒;阿拉曼战争。 英国和印度军队进驻缅甸。 纳粹死刑毒气室开始屠杀犹太人。 甘地要求印度独立。
1943	达内尔·阿贝尔(1911—),《智性批评》 T. S. 艾略特(1888—1965),《四个四重奏》(诗) 伊弗·温特斯(1900—68),《巨型武器》(诗);《废话的解剖》(评论)	联邦调查局在纽约和佛罗里达逮捕8名纳粹间谍和破坏者。 实行鞋、肉、奶酪、脂肪和所有罐装食品配给制;冻结周薪、月薪和价格,以防止通货膨胀。 底特律和纽约发生种族暴乱。 世界上最大的办公建筑——五角大楼开放。 莱辛·J. 罗森沃德将收藏的印刷品和绘画献给国家美术馆。 小儿麻痹症流行。 上衣齐膝而裤子狭窄的服装流行;林迪舞代替吉特巴舞成为流行舞。	二战继续:罗斯福和丘吉尔在卡萨布兰卡会议上同意让对方最终无条件投降;保累斯将军在斯大林格勒投降。英皇家空军进攻柏林。 华沙犹太居民区大屠杀;德军在突尼斯投降。 盟军在西西里岛登陆,占领巴勒莫;墨索里尼下台;马歇尔·巴多里奥统治意大利。 盟军进驻意大利;意大利于9月8日无条件投降;意大利对德宣战。 美军重新占领太平洋诸岛。丘吉尔、斯大林和罗斯福在德黑兰召开会议。 盟军开始昼夜不停地轰炸德国。

	文本	美国事件	其他事件
1944	罗伯特·洛厄尔(1917—1977),《不同的国度》(诗) 卡尔·夏皮罗(1913—),《V形字母及其他诗抄》(普利策奖) 威廉·卡洛斯·威廉斯(1883—1963),《楔形》(诗)	国会赞成授衔首批五星上将(阿诺德、艾森豪威尔、麦克阿瑟和马歇尔)和海军上将(金、莱希和尼米兹)。军人再调整法案(军人权利法案)。 铀反应堆在田纳西州的克林顿建成。 新的回旋加速器在华盛顿完成。 艾伦·科普兰的芭蕾舞"阿巴拉契亚山之春"由玛莎·格雷汉和她的舞伴在华盛顿区演出。	二战继续:轰炸柏林。 进攻发起日。 美国占领关岛。 联合国在敦巴顿橡树园成立。 戴高乐进入巴黎;布鲁塞尔解放。 第一枚 V—I(6月)和 V—II(9月)火箭射向英国。由胡志明领导的越南宣布脱离法国独立。 世界银行(1946—)成立。
1945	肯尼思·伯克(1897—1986),《动机规范论》(批评) 卡尔·夏皮罗(1913—)《论诗韵》(批评) "艾伯尼"奖由约翰·约翰逊创立。	罗斯福总统开始第四任执政,他于4月12日死于佐治亚州的温泉;杜鲁门宣誓任第33届总统。 结束对肉、黄油和其他商品实行配给制。 第一颗原子弹于7月16日在新墨西哥州的阿拉莫哥多附近爆炸。 点触晶体管在贝尔电话实验室发明。 飞机环球飞行业务开始。 埃兹拉·庞德被关押。 伊戈·斯特拉文斯基成为美国公民。 查理·帕克的比博普爵士乐成为流行乐。	二战继续:入侵德国。 罗斯福、丘吉尔和斯大林相聚雅尔塔。 燃烧弹轰炸德累斯顿、东京和其他城市。 欧洲胜利日——5月8日,德国在柏林签订投降书。 50个国家在旧金山签订联合国宪章。 杜鲁门、艾德礼和斯大林在波茨坦将德国和柏林分为4个区。 美国向广岛和长崎扔原子弹;抗日战争胜利日——9月1日。 战争死亡人数约为4500万(包括纳粹死亡营的1000万)。 纽伦堡审判纳粹战犯开始。
1946	伊丽莎白·毕肖普(1911—79),《北方和南方》(诗)	原子能委员成立。 小约翰·D.洛克菲勒捐资850万美元在纽约市建联合	国际联盟解散,资产分给联合国。 联合国国际法院在海牙召开

大事年表（1940年—1995年）

	文本	美国事件	其他事件
	罗伯特·洛厄尔(1917—1977),《威利勋爵的城堡》(普利策诗歌奖)	国总部。 联合会法案允许无线电台继续使用录制音乐,而不直播音乐家的音乐。 陆军部宣布第一台"Eniac"电子计算机问世。 静电印刷操作由切斯特·卡尔森发明。 电话业务被安装在铁路火车上。	第一次大会。 温斯顿·丘吉尔在密苏里州的富尔顿发表"铁幕"演说。 纽伦堡法庭宣判。 阿尔巴尼亚和外约旦独立；匈牙利成立共和国。 菲律宾摆脱美国的统治成立菲律宾共和国。 胡安·庇隆当选阿根廷总统。 反对法国控制印度支那半岛的战争(1946—1954)。
1947	克林思·布鲁克斯(1906—),《精制的瓮》(评论) J. V. 坎宁汉姆(1911—1985),《法官大怒》(诗) 罗伯特·邓肯(1919—1983),《天上的城市,地上的城市》(诗);《社会中的同性恋》(散文) 华莱士·史蒂文斯(1879—1955),《运到夏天》(诗) 理查德·威尔伯(1921—),《美丽的变化》(诗) 伊弗·温特斯(1900—1968),《为理性辩护》(评论)	设立国防部长职位,詹姆斯·福雷斯特尔任该职。 非美活动委员会调查政府职员和好莱坞创作团体。 塔夫托—哈特莱法案限制有组织的工人权利,拒绝杜鲁门的否决权。 贝尔电话实验室发明面结型晶体管。 引进宝丽来一次成像照相机。 杰克·罗宾逊成为第一个在一家主要俱乐部(布鲁克林·多杰斯)效力的美国黑人。	里约热内卢条约,即美洲国家间共同防御条约。 英国在哈厄尔建立原子反应堆。 巴勒斯坦分裂：以色列犹太国家成立(1947—1948)。 印度、巴基斯坦、缅甸和锡兰(斯里兰卡)摆脱英国获得独立。 印巴战争(1947—1949)。 希腊内战(1947—1949)。 保加利亚共和国成立。 帕布罗·卡尔萨斯发誓在弗朗哥掌权时不当众演出。
1948	W. H. 奥登(1907—1973),《忧郁的时代:巴洛克牧歌》(诗) 约翰·贝里曼(1914—),《一无所有的人》(诗) 理查德·霍夫斯达特(1916—1970),《美国政治传统及其创造者》(历史)	"马歇尔计划"(经济合作政府)授权向欧洲援助53亿美元。 通用联合汽车公司工人合同规定定期按比例上下调整工人的工资,并把工资的增长跟生活的成本挂钩。 联邦租金控制法通过。 5.2万名一战退伍军人在纽约第五大街游行,作为每	美洲国家组织成立。 欧洲联合海牙大会召开。 世界教会理事会成立。 世界犹太人大会在蒙特斯召开。 第一次世界卫生大会在日内瓦召开。 甘地被暗杀。 捷克斯洛伐克发生共产党政变。 苏联封锁柏林(1948—1949)。

	文　本	美国事件	其他事件
	斯坦利·埃德加·海曼(1919—1970),《武装的观点:现代文学评论方法研究》(评论) 埃兹拉·庞德(1885—1972),《比萨诗章》(诗) 西奥多·罗特克(1908—1963),《失落之子》(诗) 罗伯特·斯皮勒(1896—1988),主编《美国文学史》 艾伦·塔特(1899—1979),《论诗歌的极限》(评论) 博林根诗歌奖创立。	年美国退伍军人组织大会活动的一部分。 义务兵役法继续使用军事法草案(直到1973年)。 彼德·戈德马克发明慢转密纹唱片。 首次电视播放歌剧(全国广播公司)和大型交响乐曲(全国广播公司;哥伦比亚广播公司。)	阿拉伯—以色列战争。 蒋介石再次当选中国首脑。 共产党控制匈牙利。
1949	T. S. 艾略特(1888—1965),《论文化阐释》(评论) 托马斯·麦克格拉思(1916—1990),《不大可能的奥尼里的应用诗花环》(诗) 菲利普·拉夫(1908—1973),《意象和观点:论文学主题》(评论) 奥斯丁·沃伦(1899—1986)和雷奈·韦勒克(1903—1989),《文学原理》(评论) 埃兹拉·庞德获博林根奖。	杜鲁门连任总统;首次电视播放总统就职演说。 向柏林空运物资。 11位美国共产党领导人被判犯有同谋罪。 韦斯利·布朗成为安纳波利斯海军学院的第一个黑人毕业生。 美国试射的制导导弹达到250英里的高度。 沃德维尔流行讽刺歌剧回到纽约的皇宫剧院。 "达蒙·鲁尼恩纪念基金"成为第一个电视播放的慈善基金会。 桑巴舞成为流行舞。	苏联试验第一颗原子弹,美国的核垄断时期结束。 德国联邦共和国成立,定都波恩。 爱尔兰共和国在都柏林宣告成立。 北约和华沙条约成立。 南非开始种族隔离。 匈牙利成立人民共和国。 以色列加入联合国。 越南独立,建都西贡。 荷兰同意印度尼西亚独立。 毛泽东领导的共产党统治中国;中华人民共和国成立,周恩来任总理。
1950	克林思·布鲁克斯(1906—)和罗伯特·佩恩·沃伦(1905—1989),《理解诗歌》(课本,原著,1938)	内部安全条约拒绝总统的否决权。 阿尔杰·希斯因伪证罪被判刑。 参议员基弗维尔委员会调查	奥德河—尼斯河一线被宣布为波兰和东德的国界线。 朝鲜战争爆发(1950—1953):联合国派军队支援南韩;美国宣布紧急状态。

大事年表（1940年—1995年）

	文　本	美国事件	其他事件
	肯尼思·伯克（1897—1986），《动机的修辞》（评论） 罗伯特·邓肯（1919—1988），《原始景色》（诗） 亨利·纳什·史密斯（1906—1986）《处女地：作为象征与神话的美国西部》（评论） 莱昂内尔·特里宁（1905—1975），《自由的想象》（评论） 理查德·威尔伯（1921— ），《仪式》（诗）全国图书奖成立。 华莱士·史蒂文斯获博林根奖。	有组织的州际犯罪。 两名波多黎各民族主义者试图暗杀杜鲁门。 尤里乌斯和埃塞尔·罗森堡被捕。 联合国大厦在纽约建成。 全国基督教堂大会成立。 比博普尝试发明"酷"爵士乐、狂情波普爵士乐和热情爵士乐。 抽象表现主义绘画分为动作绘画和多色彩抽象画两派。 自20世纪30年代开始使用的信用卡到50年代被广泛使用。 眠尔通作为镇静剂被广泛使用。 美国拥有150万台电视机。 美国人口为150,697,999人。	印度尼西亚加入联合国。 英国承认中国独立。 美国承认越南独立。 欧洲广播联盟成立。 南非的约翰内斯堡发生反种族隔离骚乱事件。 英国承认以色列独立。 教皇庇护十二世宣布圣母马利亚肉体升天教义。
1951	罗伯特·洛厄尔（1917—1977年），《卡瓦诺家族的磨坊》（诗） 詹姆斯·梅里尔（1926— ），《初期诗篇》	与日本签订和平条约。 与澳大利亚和新西兰签订共同防御协定。 第二十二条修正案限定总统的任期为两届。 杜鲁门解除麦克阿瑟的远东指挥权。	朝鲜战争继续；美国在板门店提出的停战要求失败。 本·古里安政府解散以后以色列成立了联合政府。 约旦国王阿布杜拉在耶路撒冷被暗杀。
	艾德莉安娜·里奇（1931— ）《世界的变化》（诗） 西奥多·罗特克（1908—1963），《赞颂到底!》（诗） 约翰·克劳·兰色姆获博林根奖。	在艾达荷州的阿尔肯，从原子能中产生电力。 路德维格·密斯·范·德·罗厄设计出湖岸大道公寓。 美国拥有大约1,500万台电视机。 哥伦比亚广播公司首次用彩色电视机播放商业信息。电视现场直播基弗维尔犯罪委员会听证会和杜鲁门的日本和平条约讲话。	捷克斯洛伐克清洗共产党。 胡安·庇隆再次当选阿根廷总统。 位于伦敦的英国国家剧院动工兴建。

	文　本	美国事件	其他事件
1952	R. P. 布莱克默(1904—1965),《手势语言:论诗歌》(评论) 罗伯特·克里利(1926—),《疯子》(诗) 唐纳德·戴维(1922—),《英诗中用语的纯洁》(评论) F. O. 马西森(1902—1950),《批评家的责任》(评论) 弗兰克·奥哈拉(1926—1966),《城市之冬》(诗) 修订后的《圣经》标准版问世。 玛丽安·莫尔获博林根奖。	美国在太平洋试验氢弹。 理查德·尼克松发表"收款员"讲话。 首次电视播放全国大选。 《独立宣言》和《宪法》移到国家档案馆。 最高法院裁定公共汽车上的广播不属侵犯隐私行为。"关于美国军人议案"也适用于朝鲜战争的退伍军人。 西尼拉玛系统全景电影——原用于二战时期的沃勒枪炮灵活操作器,被用于电影剧场。 位于纽约市的来弗大厦建成。 艾森豪威尔任第34届总统。	美英法和西德签订和平条约。 波多黎各成为第一个美国联邦国家。 英国拥有原子弹。 埃及发生反英骚乱;穆罕默德·拉古组阁政府;1923年的宪法被废除。 侯赛因·伊本·塔来尔王子宣布成为约旦国王。 西德成为世界银行的成员国。 英国国王乔治六世离世;伊丽莎白二世继位。
1953	M. H. 艾布拉姆斯(1912—),《镜与灯:浪漫主义理论和批评的传统》(评论) 约翰·阿什伯里(1927—),《图兰多和其他诗抄》(诗) 罗伯特·克里利(1926—)《行为的种类;不道德的建议》(诗) 西蒙娜·德·波伏娃(1908—),《第二性》(原著,1949;H. M. 帕希利译) 查尔斯·费德逊(？—),《象征主义与美国文学》(评论) 兰德尔·贾雷尔(1914—1965),《诗与时代》(评论)	沃伦伯爵任最高法院首席法官(1953—1969)。 国会新增卫生部长、教育部长、和福利部长等岗位。 众议院非美活动委员会试图传唤前总统杜鲁门,但杜鲁门以侵犯总统权利为由拒绝这一要求。 艾森豪威尔签发执行令,禁止在所有联邦工作内发生同性恋行为。 哥伦比亚广播公司退出生产后美国无线电公司生产的"协调"彩电流行市场。	在板门店签订朝鲜停战协定。 苏联爆炸氢弹。 斯大林离世(1879年出生)。 埃及成立共和国。 南斯拉夫宣布新宪法;铁托将军任总统。 越南叛乱分子侵略老挝。 联合国第一次全球人口普查:24亿。 新英格兰人埃德蒙德·希拉里和夏尔巴族人登京格·诺尔盖测量珠穆朗玛峰的高度。 美国人詹姆斯·杜威·沃森和英国人弗朗西斯·克里克发现脱氧核糖核酸的分子结构。

大事年表（1940年—1995年）

	文　本	美国事件	其他事件
	佩里·米勒（1905—1963），《新英格兰思想，从殖民地到外省》（评论） 查尔斯·奥尔森（1910—1970）《在冰冷的地狱，在灌木丛里》，《马克西姆斯诗抄1—10》（诗） 西奥多·罗特克（1908—1963），《觉醒》（普利策诗歌奖）。 阿切博尔德·麦克利什和W. C. 威廉斯获博林根奖。		
1954	汤姆·甘恩（1929—），《战斗术语:诗抄》（诗） 安东尼·赫克特（1923—），《呼唤顽石》（诗） 华莱士·史蒂文斯（1879—1955），《诗选》 W. C. 威廉斯（1883—1963），《沙漠音乐》（诗）:《论文选》 罗伯特·克里利，《黑山评论》的编辑（1954—1957）， W. H. 奥登获博林根奖。	布朗对托皮卡教育委员会推翻"普来西对福格森。 波多黎各民族主义分子在众议院走廊开枪打伤5名国会议员。 共产党人控制法案。 美国在太平洋试验基地进行热核试验，伤及多名日本国民，美国为此赔偿80万美元。 电视直播军队——麦克阿瑟听证会；参议院于12月指责麦克阿瑟参议员。 "鹦鹉螺号"，第一个原子能动力核潜艇。 "索尔克"抗小儿麻痹症疫苗。 总统效忠誓言中增加了"上帝作证"一词。 第一个年度新港爵士乐节日。 佩雷兹·普拉多的"曼博舞"流行。 2900万家庭拥有电视。	英、法、美、苏外交部长在柏林会晤；苏联拒绝德国重新统一。 阿尔及利亚内战（1954—1962），导致法国撤退。 埃及上校纳赛尔任国家总统和总理。 印度支那半岛休战；共产党人占领河内。 东南亚条约组织成立。 缅甸—日本条约。 美—日防御协议。 欧洲电视网络建成。

大事年表（1940年—1995年）

	文　本	美国事件	其他事件
1955	唐纳德·戴维(1922—)，《理性的新娘》（诗）；《言语表达的能量：英诗句法探讨》（评论） 莱斯利·菲德勒（1917—），《天真的终结：论文化和政治》（评论） R. W. B. 路易斯（1917—），《19世纪美国亚当的天真、悲剧和传统》（评论） 艾德莉安娜·里奇（1931—），《金刚钻切割刀及其他》（诗） 莱昂·亚当斯和路易斯·博根获博林根奖。	美国空军学院开学。 乔治·米尼将劳联—产联合并。 艾米特·提尔在访问密西比时被绞死。 罗莎·帕克斯因拒绝为白人让座而被捕，引起阿拉巴马州蒙哥马利种族隔离公汽线路工人罢工。 纽约现代艺术"新十年"展。 查理—帕克离世（1920年出生）。	阿根廷总统庇隆辞职。 安东尼·艾登任英国首相。 德国加入北约。 格罗奇任意大利总统。 维也纳条约恢复奥地利的独立。 全球版权准则生效。 联合国起草刑法的国际原则和标准。
1956	约翰·阿什伯里（1927—），《几棵树》（诗） 约翰·贝里曼（1914—），《向布雷兹特夫人致意》（颂诗） 埃德加·鲍尔斯（1924—），《损失的形式》（诗） 艾伦·金斯堡（1926—），《嚎叫及其他》（诗） 默里·克里格（1923—），《诗歌的新辩护士》（评论） 佩里·米勒（1905—1963），《走进荒原的使命》（评论） 查尔斯·奥尔森（1910—1970），《马克西姆斯诗抄11—23》 理查德·威尔伯（1921—），《世间之事》（诗） 康拉德·艾肯获博林根奖。	参议院拒绝将选举制度改为全国公众选举的建议。 炼钢工人6月份罢工影响了全国90%的钢产量。 美国大学教授联合会指责8所高校违反高于效忠宣誓的学术自由。 纽约大剧场开放。 跨大西洋电缆电话业务。 洛斯·阿拉莫斯实验室生产出中微子。 "萨宾"口服小儿麻痹症疫苗。 安佩克斯公司出售第一台磁带录像机。	纳赛尔当选埃及总统。 埃及接管苏伊士运河引起以色列入侵和英法联合控制运河。 赫鲁晓夫控告斯大林。 苏联在匈牙利发生大规模游行之后进军匈牙利；苏联受到联合国大会的指责。 日本加入联合国。 巴基斯坦成为伊斯兰共和国。 苏丹宣布成立独立的民主共和国。

455

大事年表（1940年—1995年）

	文　本	美国事件	其他事件
1957	理查德·蔡斯（1904—1988），《琐碎、粗俗和崇高：警句》（诗） J. V. 坎宁汉姆（1911—1985），《美国小说和它的传统》（评论） T. S. 艾略特（1888—1965），《论诗与诗人》（评论） 诺思洛普·弗莱（1912—），《批评的剖析》（评论） 汤姆·甘恩（1929—），《运动的意义》（诗） 唐纳德·霍尔（1928—），罗伯特·帕克（1929—）和路易斯·辛普森（1923—），主编，《英美新诗人》（选集） 欧文·豪（1920—），《政治与小说》（评论） 伊弗·温特斯（1900—1968），《批语的功能：问题与练习》（评论） 艾伦·塔特获博林根奖。	艾森豪威尔连任总统。 小马丁·路德·金博士组织南部基督教领导大会。 独立革命时期密苏里州的哈里·S. 杜鲁门图书馆举行落成仪式并被交给联邦政府。 艾森豪威尔主义：保护中东不受共产党的袭击。 阿肯色州州长奥维尔·弗布斯号召国民警卫队反对废除种族隔离之后，联邦军队出兵小石城。 新词："垮掉"、"垮掉的一代"和"愤怒的青年"出现。	罗马条约建立欧洲经济共同体（欧共体/共同市场）。 国际原子能机构。 苏联发射首颗"苏工"号绕地球人造卫星。 麦克米伦继艾登之后任英国首相。 英国爆炸热核弹。 卡斯特罗领导古巴起义，反对巴蒂斯塔。 以色列从西奈半岛撤退；联合国重新开通苏伊士运河。 加纳从英国手中独立。 越南战争（1957—1973）。
1958	安东林·阿托德（1896—1948），《戏剧与它的双重性》（原著，1938；玛丽·卡罗林·理查兹译） 理查德·霍加特（1918—），《识字的用途》（评论） 约翰·霍兰德（1929—），《生机勃勃的荆棘》（诗） 西奥多·罗特克（1908—1963），《说给风听》（诗，博林根奖） 肯明斯获博林根奖。	尼克松副总统友好出访南美。 国会通过国防教育法案。 失业人数接近520万。 美国发射"探索者I"号卫星。 国家航空航天局成立。 纽约的海克大厦。 由弗兰克·劳埃德·赖特设计的古根海姆博物馆开放。 "新美国绘画"展在欧洲巡回展出（1958—1959）。 智力竞赛节目丑闻。 嚓嚓嚓流行舞。	菲德尔·卡斯特罗在古巴开始发动全面战争，反对巴蒂斯塔政府。 西印度群岛联盟。 赫鲁晓夫任苏联总理：访问北京。 戴高乐当选法国新政府总统。 在纳赛尔总统领导下埃及和叙利亚成立阿拉伯联合共和国。 阿尤布汗任巴基斯坦总理。 伊姆雷·纳吉在匈牙利秘密审讯后被处死。

456

大事年表（1940 年—1995 年）

	文　本	美国事件	其他事件
1959	费尔迪南·索绪尔（1857—1913），《普通语言学教程》（原著，1916；瓦德，巴斯金译） 卡尔·荣格（1875—1961），《原型和集体无意识》（R.F.C. 胡尔译） 罗伯特·洛厄尔（1917—1977），《人生研究》（诗） 詹姆斯·梅里尔（1926—），《千年平静之国》（诗） 哈罗德·罗森堡（1906—1978），《新的传统》（评论） W.D. 斯诺德格拉斯（1926—），《心针》（诗） 西奥多·罗特克获博林根奖。	艾森豪威尔求助塔夫脱—哈莱法案结束炼钢工人和码头工人罢工。 阿拉斯加成为美国第 49 个州，夏威夷成为第 50 个州。 艾森豪威尔访问欧洲 9 国、中东及非洲诸国（12 月 3 日—22 日）。 卡斯特罗友好访美。 赫鲁晓夫访美。 美—苏文化交流，纽约大剧场和莫斯科的索科尼基公园举办展览。 美国第一艘"萨瓦纳河"号核动力商船下水；第一艘"乔治·华盛顿"号弹道导弹潜艇；第一艘："长滩"号核动力破浪艇。 由迈尔斯·戴维斯、约翰科尔特安和比尔·埃文斯演奏的"勃鲁斯乐曲"中始用"模态爵士乐"。	圣劳伦斯海道开通。 古巴总统巴蒂斯塔逃到多米尼加共和国，菲德尔·卡斯特罗任古巴总理，没收美国管辖的糖厂。 巴黎西方首脑会议。 巴拿马反美游行。 卢旺达胡图人反抗，推翻图西人独裁统治；卢旺达 15 万人流放到乌干达。 联合国接受《儿童人权宣言》。
1960	唐纳德·梅里安·艾伦（1912—），《美国新诗：1945—1960》（选集） 丹尼尔·贝尔（1919—）《意识形态的终结》（社会学） 坎宁汉姆（1911—1985），《传统与诗的结构》（评论） 罗伯特·邓肯（1919—1988），《田野的开掘》（诗） 莱斯利·菲德勒（1917—），《美国小说中的爱情和死亡》（评论） 查尔斯·奥尔森（1910—1970），《马克西姆斯诗抄	美国抗议古巴没收他们的糖厂。 艾森豪威尔访问波多黎各、巴西、阿根廷、智利、乌拉圭、南朝鲜、菲律宾、福摩萨（中国台湾地区）和冲绳岛。 加里·波沃斯的 U—2 飞机坠落苏联，美国航空侦察机飞行因此泄密。 北卡罗来纳州的 A&T 大学的学生首次静坐示威。 电视播放尼克松和肯尼迪辩论。 美国邮局禁止《查特莱夫人的情人》，它被宣布不符合宪法。	勃列日涅夫任苏联总统。 新纳粹政治组织在西德被禁。 法属的非洲殖民地独立。 伊朗、伊拉克、科威特、利比亚、沙特阿拉伯和委内瑞拉组成石油输出国组织，阿拉伯国家成立阿拉伯石油输出国组织。 比利时统治的刚果完全独立。 日本反美游行。 中国炮击金门岛。 塞浦路斯成为独立共和国；大主教马卡里奥斯任总统。

457

大事年表（1940年—1995年）

	文　本	美国事件	其他事件
	1—23》;《距离篇》(诗) 西尔维娅·普拉斯(1932—1963),《巨像》(诗) 雷蒙·威廉斯(1921—1988),《文化与社会,1780—1950》(评论) 德尔默·施瓦茨获博林根奖。	流行艺术和"后绘画抽象派"作为新艺术运动出现。 保罗·德曼在康奈尔(1960—1967)。 休斯航空公司宣布第一次使用激光器。 食品和药品局同意出售节育丸。 电视机数量为3500万台。人口为1.79323亿。	
1961	丹尼尔·阿伦(1912—),《左翼作家:美国文学共产主义的故事》(评论) 韦恩·C. 布思(1921—),《小说修辞学》(评论) 阿伦·杜根(1923—),《诗抄》(诗) 约翰·霍兰德(1929—),《不和谐的天空:英国诗歌的音乐思想,1500—1700》(评论) 勒罗依·琼斯(1934—),《一个20卷自杀笔记的前言》(诗) 罗伯特·洛厄尔(1917—1977),《模仿》(译文) 西奥多·罗特克(1908—1963),《我是! 羔羊说》(诗) 理查德·威尔伯(1921—),《向预言家进言》(诗) 雷蒙·威廉斯(1921—1988),《长期革命》(评论) 伊弗·温特斯获博林根奖。	美国与古巴和多米尼加共和国断交。 艾森豪威尔在告别演说中警告"军事——工业联合"的危险。 约翰·F. 肯尼迪任第35届总统。 "猪湾入侵"进攻计划失败。 自由乘坐州际公共汽车深入南方腹地;美国警察局长奉令阻止暴力。 4架美国飞机遭劫持。	多米尼加共和国独裁拉费尔·特鲁希略被暗杀;美国武力支持巴拉格推翻特鲁希略家族。 联合国大会谴责种族隔离。 卡塔尔加入石油输出国组织。 构筑柏林墙。 尤里·加加林(苏联)成为第一位绕地球飞行的人(4月13日)。 苏联恢复核试验。 在逃纳粹艾希曼在耶路撒冷审判会上被发现犯有战犯罪。 中国革命博物馆在北京开放。 南非联盟退出英联邦后成立南非共和国。

458

大事年表（1940年—1995年）

	文 本	美国事件	其他事件
1962	约翰·阿什伯里（1927—），《网球场宣誓》（诗） J.L.奥斯汀（1911—1960），《如何言行一致》（哲学） 罗伯特·布莱（1926—），《雪原里的宁静》（诗） 罗伯特·克里利（1926—），《为了爱》（诗） 唐纳德·霍尔（1928—），主编，《当代美国诗歌》（选集） 罗伯特·海登（1913—1980），《记忆之歌》（诗） 约翰·霍兰德（1929—），《看电影》（诗） 托马斯·库恩（1922—），《科学革命的结构》（科学史） 詹姆斯·梅里尔（1926—），《水街》（诗） 乔治·奥本（1908—1984），《素材》（诗） 德里克·沃尔科特（1930—），《绿色的夜晚：1948—1960年诗抄》（诗） 约翰·霍尔·惠洛克和理查德·埃伯哈特获博林根奖。	古巴导弹危机，10月22—28日。 联邦军队命令詹姆斯·梅雷迪斯进入密西西比大学。 U—2号飞行员波沃斯和苏联间谍艾贝尔交换。 美国电话电报公司的通讯卫星上天。 电视直播约翰·格伦首次在太空轨道上飞行。 酞胺哌啶酮引起胎儿先天畸形。 "水手"Ⅱ号维纳斯探测飞船上天。 "巨人Ⅱ"号飞。 "小人Ⅰ"号飞船：北极星Ⅰ号，首枚人造卫星发射的弹道导弹。	美洲国家组织取消对多米尼加共和国的制裁；巴拉格辞职；博纳尼为临时总统；胡安·博斯于10月当选总统。 试图暗杀戴高乐。 乌干达和坦噶尼喀独立。 美国军队控制南越南。 印度尼西亚加入石油输出国组织。 艾希曼被绞死。 教皇约翰二十三世在罗马召开第二十一次全基督教大会。 印—中边境冲突。
1963	埃德加·鲍尔斯（1924—），《天文学家》（诗） 贝蒂·弗里顿（1921—），《女性的奥秘》（非小说） 勒罗依·琼斯（1934—），《黑人：美国白人中	肯尼迪出兵3000，保护阿拉巴马州伯明翰的争取民权的游行队伍。 约翰·F.肯尼迪在得克萨斯州的达拉斯遭暗杀。 林顿·B.约翰逊任总统。	美、英、苏签订禁止核试验条约。 英国被欧共体/共同市场拒之门外。 军事政变推翻多米尼加共和国博斯总统政权。

459

大事年表（1940年—1995年）

	文　本	美国事件	其他事件
	的黑人音乐》（评论） 菲利普·列文（1928—），《在边缘》（原著限量发行1961；诗） 乔治·卢卡奇（1885—1971），《当代现实主义的意义》（约翰和内克·曼德译） W. S. 默温（1927—），《移动的靶子》（诗） 西尔维娅·普拉斯（1932—1963），《钟形罩》（诗） 艾德莉安娜·里奇（1931—），《媳妇的快照》（诗） 《纽约书评》在印刷工人罢工，反对纽约报纸期间创立。 罗伯特·佛洛斯特获博林根奖。	电视新闻直播：被指称为暗杀者的里·哈维·奥斯瓦尔德遭杰克·鲁比枪击身亡。 梅德加·艾佛斯被暗杀。 马丁·路德·金在华盛顿游行大会上面对25万观众发表他的《我有一个梦想》演说。 伯明翰教堂发生炸弹爆炸事件，4名美国黑人儿童被炸死。 平等付款议案。	非洲联合组织成立。 伊拉克和也门加入阿拉伯联合共和国。 南越南总统吴庭艳在军事政变中被杀。 第二次梵蒂冈会议作出若干修正，包括在做罗马天主弥撒时改拉丁语为本国语。 教皇约翰二十三世离世；教皇保罗六世继位。
1964	约翰·贝里曼（1914—），《梦歌77首》（诗） 唐纳德·戴维（1922—），《事件和智慧：1957—1963年诗集》（诗） 罗伯特·邓肯（1919—1988），《根与枝》（诗） 勒罗依·琼斯（1934—），《已故的讲师》（诗） 罗伯特·洛厄尔（1917—1977），《献给联邦死难者》（诗） 利奥·马克斯（1919—），《花园里的机器：美国的技术和田园理想》（评论） 马歇尔·麦克卢汉（1911—），《理解媒介》（评论） 西奥多·罗特克（1908—1963），《远方的田野》（诗）（死后出版）	金获得诺贝尔和平奖。 1964年的民权法案通过。 很多城市发生种族骚乱，反对执行民权法。1964年的民权法案通过。 第二十四修正案禁止人头税。 沃伦委员会报告决定对奥斯瓦德单独判决。 东京湾决议在越南战争爆发后生效。 现代美术馆在纽约开放。 英国科学家移居美国。 "漫游者Ⅶ"号飞船拍摄到月球表面的照片。 "北极星Ⅱ"号，运载分导式多弹头导弹。	柯西金代替赫鲁晓夫任总理；勃列日涅任党总书记。 非洲国家国会组织首领纳尔逊·曼德拉因阴谋破坏活动被监禁。 马耳他、尼亚萨兰（马拉维）、肯尼亚、刚果（人民共和国）、桑给巴尔（和坦噶尼喀形成坦桑尼亚）和北罗得西亚（赞比亚共和国）获得独立。 阿拉法特成为法塔赫游击队的新领导人。 夏斯特里继尼赫鲁之后成为印度总理。

	文　　本	美国事件	其他事件
1965	伊丽莎白·毕肖普(1911—1979),《旅行的问题》(诗) 唐纳德·戴维(1922—),《埃兹拉·庞德:犹如雕刻家的诗人》(评论) 约翰·霍兰德(1929—),《来自漫步的幻想》(诗) 希利斯·米勒(1928—),《现实诗人:20世纪的6个作家》(评论) 乔治·奥本(1908—1984),《在这里面》(诗) 加里·斯奈德(1930—)《6卷山水无尽》(诗;1970年有增加)。 德里克·沃尔科特(1930—),《遗弃者及其他诗抄》(诗) 贺拉斯·葛雷戈里获博林根奖。	林顿·约翰逊任第36届总统,并草拟"伟大的社会"。 马尔科姆·X在哈莱姆被暗杀。 加州的瓦兹发生骚乱,死亡35人。 移民法考虑家庭情况、难民的地位及技能,不考虑国籍。 医疗照顾法案签效。 大学校园举行越南战争讨论宣讲会。 休斯顿的天文观察窗开放。 "吉米尼4"号的宇航员爱德华·怀特在太空行走。	苏联宇航员利奥诺夫在太空飘浮。 布鲁塞尔条约重新构建欧共体/共同市场。 法国发射第一颗卫星。 阿尔及利亚革命。 罗得西亚多边独立宣言。 冈比亚独立 冈比亚、新加坡和马尔代夫群岛加入联合国。
1966	约翰·阿什伯里(1927—),《山山水水》(诗) 特纳·卡斯蒂(1929—),《看门娃,夜是什么?》(诗) 爱德华·多恩(1929—),《地理》(诗) 罗伯特·邓肯(1919—1988),《捕捉的岁月》(诗) 艾伦·海默特(1928—),《宗教和美国思想:从大觉醒到独立革命》(评论) 勒依罗·琼斯(1934—),《家》(社会论文集) 詹姆斯·梅里尔(1926—),《日日夜夜》(诗)	"米兰达对亚利桑那"案。 美国B—52战机在西班牙海岸附近坠落,扔下4枚非武装氢弹。 芝加哥和克利夫兰骚乱事件。 哈伊·牛顿和博比·西尔在加州的奥克兰成立黑豹党莫拉纳·卡伦加成立美国人权组织。 国家妇女组织成立。 "探测者I"号在月球上软着陆,"吉米尼12"号飞船上的阿尔德临在太空漫步。	中国开始"文化大革命"(1966—1969)。 苏联"月神I"号着陆月球。 沃斯特任南非总理。 英迪拉·甘地任印度总理。 基辛格任西德首相。 英属圭亚那独立。 以色列和约旦在希布伦发生冲突。

461

大事年表（1940年—1995年）

	文　本	美国事件	其他事件
	西尔维娅·普拉斯（1932—1963），《爱丽尔》（诗） 理查德·波里尔（1925—），《其他某处的世界：美国文学风格的地位》（评论） 艾德莉安娜·里奇（1931—），《生活必需品》（诗） 加里·斯奈德（1930—），《诗歌系列》（诗） 苏珊·桑塔格（1933—），《反对阐释》（评论）	"小人Ⅱ"号飞船。 美国天主教取消大斋期外的星期五为禁肉日的规定。	
1967	罗伯特·布莱（1926—），《身体周围的光》（诗） 罗伯特·克里利《言辞》 爱德华·多恩（1926—），《北大西洋漩涡》（诗） 安东尼·赫克特（1923—），《艰难时刻》（普利策诗歌奖） E. D. 赫奇（1928—），《阐释的正确性》（评论） 罗纳德·约翰逊（1935—），《绿人诗集》（诗） 弗兰克·克姆德（1919—），《结尾的意义：小说理论研究》（评论） 罗伯特·洛厄尔（1917—1977），《大洋附近》（诗歌和翻译） W. S. 默温（1927—），《虱子》（诗） 罗伯特·佩恩·沃伦获博林根奖。	首位美国黑人瑟古德·马歇尔成为最高法院成员。 第二十五修正案生效，提出任命副总统和代理总统。 第11375号执行令禁止联邦合同内的不公正待遇。 新泽西州的纽瓦克成立黑人权力大会。 约有50万反战人士聚集林肯纪念堂。 纽约和旧金山的反越战游行。 克利夫兰、纽瓦克和底特律发生种族骚乱。 斯坦福生产出合成脱氧核糖核酸。 宇航员格里森、怀特和肖非被发射台喷出的火烧死后，美国的载人太空飞行中止。 哥伦比亚广播公司和全国广播公司同播超级杯赛（第一阶段）。	阮文绍和阮高祺当选南越南的总统和副总统。 切·格瓦拉被玻利维亚军队逮捕并杀死。 "托雷峡谷"号油轮搁浅，漏油，污染了英国西南海岸和诺曼底海岸。 持续6天的阿拉伯—以色列战争：以色列控制西奈半岛。 由阿拉法特领导的巴勒斯坦解放组织成立。 中国爆炸首颗氢弹。 阿布扎比酋长国和阿拉伯联合酋长国加入石油输出国组织。

大事年表（1940年—1995年）

	文　　本	美国事件	其他事件
1968	瓦尔特·本雅明（1892—1940），《照明》（原著，1955；哈里·佐恩译） 罗伯特·邓肯（1919—1988），《弯弓》（诗）；《神话的真理和生命：重要自传里的一篇论文》（评论） 玛丽·艾尔曼（1921—1989），《思考女人》（评论） 艾伦·金斯堡（1926—），《行星新闻》（诗） 路易丝·格吕克（1943—），《第一个出生的》（诗） 约翰·霍兰德（1929—），《形状的种类》（诗） 高尔韦·金内尔（1927—），《褴褛的衣衫》（诗） 菲利普·列文（1928—），《不是这头猪》（诗） 赫伯特·马科斯（1898—1979），《否定》（杰雷米·J. 夏皮罗译） 查尔斯·奥尔森（1910—1970），《马克西姆斯Ⅳ，Ⅴ，Ⅵ》（诗） 乔治·奥本（1908—1984），《论许许多多》（诗） 罗伯特·品斯基（1940—），《兰德的诗》（评论） W. D. 斯诺德格拉斯（1926—），《经历之后》（诗） 加里·斯奈德（1930—），《穷乡僻壤》（诗） 查尔斯·肯尼思·威廉斯（1936—），《安妮·弗兰克的一天》（诗）	美莱大屠杀（3月16日）。 小马丁·路德·金被暗杀。 罗伯特·肯尼迪被暗杀。 大规模游行；学生占领哥伦比亚大学的楼房。 战略空军司令部 B—52 轰炸机在格陵兰岛坠毁，4枚未爆炸的氢弹的放射性原料覆盖大片地区。 美国"普韦布洛"号船只在日本海被扣，83名船员在10月被释放。 民主大会内部和芝加哥街头发生暴力事件。 雪莉·奇泽姆成为首位被选进众议院的美国黑人女性。 妇女平等行动联合会成立。 美国在地下试验氢弹。 新型通讯卫星"国际通信卫星3A"上天。 载有3人的"阿波罗8号"飞船绕月球轨道飞行。 耶鲁大学宣布将招收女学生。 保罗教皇在"人类的简历"讲话中禁止人工避孕。	杜布切克成为第一个捷克斯洛伐克共产党书记；发表"行动计划"。 法国、西德、波兰、捷克斯洛伐克和日本发生学生骚乱事件。 以色列和阿拉伯联合共和国同意交换战俘。 萨达姆·侯赛因统治伊拉克。 毛里求斯成为联邦国家内的独立国家。 越共发动"春节攻势"。 苏军入侵捷克。 捷克难民进入奥地利。 埃及的阿斯湾大坝竣工。 魁北克人分裂党成立。

463

	文本	美国事件	其他事件
1969	罗伯特·克里利（1926—），《片断》（诗） 罗伯特·洛厄尔（1917—1977），《1967—1968年笔记》 詹姆斯·梅里尔（1926—），《火幕》（诗） 艾德莉安娜·里奇（1931—），《传单》（诗） 加里·斯奈德（1930—），《泥房子占有权》（论文集）；《山间马道铺路石和寒山诗抄》 莱昂内尔·特里宁（1905—1975），《真诚和真实》（1969—1970年诺顿讲稿） 理查德·威尔伯（1921—），《走到睡觉》（诗） C. K. 威廉斯（1936—），《谎言》（诗） "黑人研究杂志"由莫利菲·阿桑特和罗伯特·辛格顿在加利福尼亚大学洛杉矶分校创立。 约翰·贝里曼和卡尔·夏皮罗获博林根奖。	沃伦·伯格被任命最高法院首席法官(1969—1987)。 阿格纽的媒体宣传被认为是"衰老的势利知识分子"发言。 学生占领康奈尔大学学生活动中心，抗议校园的种族主义。 几百万人响应罢课日，抗议越南战争。 盖伊·波尔，"石墙骚乱"。 几起劫机事件。 伍德斯托克音乐节。 盖洛普民意测验显示，70%的人感觉到宗教在美国的影响在减弱。 通用汽车公司收回近5百万辆问题车。 禁止使用滴滴涕。 电视直播飞船登陆月球；"阿波罗Ⅱ"号上的阿姆斯特朗和阿尔德临在月球表面行走。 索尼公司向美国出口盒式录像带。 融合爵士乐在"废话酿造厂"始行。	索尔仁尼琴被逐出苏联作家联合会。 世界范围的通货膨胀问题。 首批军队撤出越南。 胡志明离世(1890年出生)。 在罗马召开39国会议，讨论海洋污染问题。 阿尔及利亚加入石油输出国组织。 北爱尔兰发生新教—罗马天主教暴力冲突；英国派军进入贝尔法斯特。 戴高乐辞职；蓬皮杜当选法国总统。 威利·勃兰特任西德总理。 亚瑟尔·阿拉法特任巴勒斯坦解放组织主席。 戈尔达·梅厄任以色列总理。 杜伯克被解雇；捷克实施新党路线。 "协和"飞机首次试飞。
1970	约翰·阿什伯里(1927—)，《春天的双重梦想》（诗） 米歇尔·福柯(1926—1984)，《词与物：人文科学的考古学》（原著,1966） 保罗·费雷尔（1921—），《受压迫者的教育学》（迈勒·伯格曼·雷莫斯译） 杰弗里·哈特曼（1929—），《形式主义之外：文	经济衰退。 联邦大陪审团宣布芝加哥第一次大型邮政工人罢工无罪。 各高校关门或学生罢课，抗议入侵柬埔寨，肯特州立大学的4名学生被俄亥俄国民警卫队杀死。 邮政重组法案。 全国空气质量控制法案（12月31日）。	自由市场的黄金价格下跌。 美国军队于4月30日进驻柬埔寨；最后一批军队于6月29日撤出。 美军在越南的人数不足400,000人。 直升机援救河内附近的美国战俘的努力失败。 美苏同意规范宇宙飞船的对接系统。 冈比亚宣布为英联邦内部的

	文本	美国事件	其他事件
	学论文集》（评论） 欧文·豪（1920—），《新东西的衰落》（评论） 托马斯·麦克格拉思（1916—1990），《致一位想象中的朋友的信，第Ⅰ和Ⅱ部分，1970》 凯特·米利特（1930—），《性别政治》（评论） 加里·斯奈德（1930—），《考虑波浪》（诗）	管理和预算办公室成立。 4月22日为第一个地球日。 环境教育法通过。 环境保护署创立。 第一次完整的基因合成（威斯康星大学）。 "小人Ⅲ"号，多弹头分导载人飞行器。 美国人口为2.03302031亿。	共和国。 萨尔瓦多·阿连德当选智利总统。 希思成为继威尔逊之后的英国首相。 以色列和阿拉伯联合共和国沿苏伊士运河休战90天。 联合国人权委员会建立申诉程序。
1971	罗伯特·布莱（1926—），《武装到牙齿的母亲终于裸了》（诗） 保罗·德曼（1919—1983），《盲点与洞见：关于当代批评的修辞》（评论） 汤姆·甘恩（1929—），《黄花茗葱》（诗） 约翰·霍兰德（1929—）《夜镜》（诗） 高尔韦·金内尔（1927—），《噩梦篇》（诗） 菲利普·列文（1928—），《红尘》（诗） 西尔维娅·普拉斯（1932—1963），《渡湖》（诗） 艾德莉安娜·里奇（1931—），《变化的意志》（诗） 杰伊·赖特（1935—），《回家的歌手》（诗） 理查德·威尔伯和莫娜·范·邓恩获博林根奖。	汽车犯罪控制法案通过，联邦政府帮助各州和地方法律部门执行。 小威廉·L.卡里上校被判在美莱大屠杀中有罪。 第二十六修正案降低选民年龄。 "五角大楼文件"的部分内容出版。 水陆两用车开始投入使用。 90天的工资、价格和租金被冻结。 阿提卡州监狱发生5天的暴乱，42人丧生。 美元贬值。 最高法院裁定联邦和州政府援助教区学校属违反宪法。 联邦竞选法案通过。 NASDAQ成立。 位于华盛顿特区的肯尼迪表演艺术中心开放。 "阿波罗14"号和15号到达月球，"水手9"号首次绕另一行星（火星）飞行。	美国大规模轰炸北越南；轰炸老挝境内的胡志明路。 英国教堂和罗马天主教堂结束长达400年的有关圣餐意义的争论。 加中建交；美国乒乓球队访问中国；尼克松取消对中国的贸易禁令； 中国重返联合国。 北爱尔兰暴力升级。 美苏禁止在海底使用核武器。 阿尔及利亚夺取法国的石油和天然气利益。 尼日利亚加入石油输出国组织。

大事年表（1940年—1995年）

465

	文　本	美国事件	其他事件
1972	西奥多·阿多诺（1903—1969），和马克斯·霍克海默（1895—1973），《启蒙辩证法》（原著，1969；约翰·卡明译） 约翰·阿什伯里（1927—），《三首诗》（诗） 罗兰·巴特（1915—1980），《神学》（原著，1957；安内特·拉佛斯译） 菲利普·列文（1928—），《他们吃，他们威势》（诗） 托马斯·麦克格拉思（1916—1990），《世界末日的电影：诗选集》（诗） 詹姆斯·梅里尔（1926—），《风雨冒险》（诗） 迈克尔·帕尔默（1943—），《布莱克的牛顿》（诗） C. K. 威廉斯（1936—），《我的名字叫痛苦》，《给人美感的总统》。（诗） 佛洛伦斯·豪创立女权主义出版社，开始重印女性文学作品。 女权主义研究杂志创刊。	尼克松同意开发航天飞机。播放美国飞机上的乘客反抗劫机者。 5 人因闯入水门大厦的民主党国家总部而被逮捕。 亚拉巴马州州长乔治·华莱士遭枪杀。 平等权利修正案通过。 安吉拉·戴维斯无罪释放。 全国黑人政治大会在印地安那州的加里举行。 雪莉·奇泽姆竞选总统。 萨莉·普雷桑德成为第一个犹太法学女博士。 参议院批准战略武器限制条约。 水污染控制法案拒绝尼克松的否决权。 全志愿兵武装力量被分阶段使用。 第二阶段的工资、价格利益控制。 美国石油生产短缺。 "阿波罗" 16、17 号宇航员探测月球表面；"先锋" 10 号先后着陆水星和木星。	美国将冲绳岛归还日本。 尼克松下令开采海防港。 到年末，美军在越南的人数不足 2.4 万人；重型 B—52 炸弹重新轰炸北越。 隆诺尔控制柬埔寨政府。 英国强行控制北爱尔兰。 尼克松访问中国和苏联。 阿拉伯恐怖分子杀害在慕尼黑夏季奥运会上被扣为人质的以色列运动员。 菲律宾总统费迪兰。 德·马科斯宣布戒严令。 阿连德继续使智利的大工业国有化。 R. 利基和 G. 艾萨克在肯尼亚发现 250 万年前的人的颅骨。
1973	弗兰克·比达特（1939—），《金色的国度》（诗） 哈罗德·布鲁姆（1930—），《影响的焦虑：诗歌理论》（评论） 罗伯特·布莱（1926—），《手拉手的入睡者》（诗） 埃德加·鲍尔斯（1924—），《一起生活》（诗）	理查德·尼克松开始第二任总统；副总统斯皮罗·阿格纽辞职；杰拉德·福特任副总统。 水门丑闻：司法部长理查德·G. 克雷迪恩斯特和尼克松的助手 H. R. 霍尔德曼、约翰·D. 埃尔里奇曼以及约翰·W. 迪恩相继辞职；参议院举行听证会，阿奇博德·	巴黎和平协议 美国从越南撤军。 勃列日涅夫访问美国。 英国、爱尔兰和丹麦加入欧共体/共同市场。 北爱尔兰持续暴力冲突。 东德和西德建交。 阿以赎罪日战争。 西班牙首相布兰科被暗杀。 阿拉伯为报复美国、西欧和

	文 本	美国事件	其他事件
	特纳·卡斯蒂（1929—），《巴贝尔的修建工人》（诗） 罗伯特·哈斯（1941—），《野外指导》（诗） 休·肯纳（1923—），《庞德时代》（评论） 罗伯特·洛厄尔（1917—1977），《为利齐和哈里特而作》；《历史》；《海豚》（普利策奖）（诗） 乔治·奥本（1908—1984），《海景》（诗） 迈克尔·帕尔默（1943—），《这是歌曲》（诗） 艾德莉安娜·里奇（1931—），《向毁灭俯冲》（诗） 理查德·斯洛特金（1942—），《在暴力中再生：美国边疆的神话》（评论） 德里克·沃尔科特（1930—），《另一种生活》（诗） 詹姆斯·梅里尔获博林根奖。	考克斯被任命为特别起诉人（5月）；白宫的录音系统曝光（7月）；考克斯和副司法部长威廉·D.鲁克尔晓斯被解雇；司法部长艾略特·理查逊辞职（10月）；威廉·B.萨克斯比任司法部长，利昂·焦沃斯基任特别起诉人。 能源危机：缩减燃料消耗设施和工业；失业率增加。 尼克松结束绝大部分的工资—价格控制。 罗诉韦德案。 尼克松签署阿拉斯加管道法案。 长达70天的控制伤膝（Wounded Knee） 全国黑人女权主义组织成立。 全国同性恋特别组织在纽约市成立。 "太空实验室Ⅰ、Ⅱ、Ⅲ"号建成。	日本支持以色列，实行石油禁运，导致世界性的能源危机。 英国同意巴哈马独立。 希腊首相帕帕多普洛斯遭驱逐；费顿·吉济基斯将军当选总统。 智利阿连德政府动荡并垮台。 胡安·庇隆和他的妻子当选阿根廷的正副总统。 厄瓜多尔加入石油输出国组织。
1974	韦恩·C.布思（1921—），《讽刺的修辞》（评论） 菲利普·利文（1928—），《1933》（诗） 朱丽叶·米歇尔（1940—），《心理分析和女权主义》（评论） 迈克尔·帕尔默（1943—），《圆形门》（诗）	所有的工资和价格控制结束。 总统尼克松访问埃及、沙特、叙利亚和苏联。 水门事件：众议院于5月9日开始对尼克松进行弹劾调查；众议院司法委员会于7月27日牙口30日通过三项弹劾条款。 总统尼克松于8月8日辞职；	世界性的通货膨胀。 叙利亚和以色列在戈兰高地停火。 施米特继承勃兰特任西德总理。 威尔逊继承希思任英国首相。 阿根廷总统庇隆离世；他妻子玛丽亚·埃斯特拉继位。 希腊军政府辞职；君士坦丁·卡拉曼里斯任总理。

大事年表（1940年—1995年）

	文　　本	美国事件	其他事件
	加里·斯奈德（1930—），《龟岛》（诗和散文，普利策奖） 全国图书评论家协会创立。 MELUS杂志创刊。 《批评探索》杂志创刊。	杰拉德·福特任第38届总统；纳尔森·D.洛克菲勒任副总统。 福特原谅尼克松；同意有限制地赦免越南战争的逃兵。 信息自由法案通过。 美国精神病学家阿森把同性恋从精神失常病史册中删除。 汽油短缺。 "水手10"号将拍摄金星和水星的照片传到地面。	葡萄牙属几内亚获准成立几内亚—比绍独立国家。 格林纳达宣布独立。 印度爆炸核装置；英国、中国和法国进行核试验。
1975	约翰·阿什伯里（1927—），《凸镜下的自画像》（诗） 让·波德里亚（1929—），《生产的镜子》（原著,1973；马克·波斯特译） 罗兰·巴特（1915—1980），《文本的愉悦》（原著,1973；理查德·米勒译） 萨克文·伯科维奇（1933—），《美国自我的清教起源》（评论） 哈罗德·布鲁姆（1930—），《误读图释》（评论） 特纳·卡斯蒂（1929—），《黄色代表危险,黑色代表美丽》（诗） 爱德华·多恩（1929—），《带枪的歹徒》（诗） 路易丝·格吕克（1943—），《沼泽地上的房屋》（诗） 杰弗里·H.哈特曼（1929—），《阅读的命运和其他论文》（评论）	前总统尼克松的助手被判在水门丑闻中有罪。 失业率为8.2%。 马里亚纳群岛成为美国的联合帮。 两次试图暗杀福特总统。 行政机构委员会消除禁止同性恋者在联邦机构工作的禁令。 雅克·德里达在耶鲁大学开始开设年度专题研究班。 1975年春，米歇尔·福柯开始对加利福尼亚大学的伯克利分校进行一系列访问。 摄像机开始被使用；索尼公司介绍Betamax格式盒式磁带录像机；松下公司介绍家用录像系统的设计；电视游戏引入美国。	西贡沦陷。 柬埔寨红色高棉驱逐朗诺。 巴特寮控制老挝。 苏伊士运河重新开通。 黎巴嫩发生基督教—穆斯林内战。 加蓬加入石油输出国组织。 葡萄牙宣布它所有的非洲殖民地独立。 巴布新几内亚从澳大利亚手中独立。 福特总统在中国会见毛泽东；访问印度尼西亚和菲律宾。 西班牙右翼独裁者弗朗哥离世；国王胡安·卡洛斯一世掌权。 石油输出国组织提高石油价格10%。 关于人权问题的赫尔辛基协议签效。

文　　本	美国事件	其他事件
约翰·霍兰德（1929—），《讲述父亲的故事》（诗）； 《幻想与共鸣：诗歌形式的两种意义》（评论） 弗兰克·克姆德（1919—），《永恒与变化中的经典文学形象》（评论） 安妮特·科洛德尼（1941—）《地形：作为美国文学经验和历史的隐喻》（评论） 罗伯特·品斯基（1940—），《悲伤和幸福》（诗） 帕特丽夏·安·迈耶·斯帕克斯（1929—），《女性的想象》（评论） 《符号》杂志发行。 A. R. 阿蒙斯获博林根奖。		
1976 伊丽莎白·毕肖普（1911—1979），《地理Ⅲ》（诗） 罗伯特·克里利（1926—），《走开》（诗） 雅克·德里达（1930—），《论书写》（原著，1967；加娅特丽·C. 斯皮瓦克译） 特里·伊格尔顿（1943—），批评和意识形态；《马克思主义文学理论研究》（评论） 汤姆·甘恩（1929—），《稻草人的城堡及其他诗抄》（诗） E. D. 赫奇（1928—），《阐释的目的》（评论）	国庆200周年庆典，包括来自31个国家的大船航行操作表演。电视直播福特—卡特辩论；首次副总统辩论（多尔—蒙代尔）。 环保协会禁止使用含汞的农药。 空军学院全是男性的传统结束，155名女性成为新学员。 穆恩牧师的联合教堂。 费城大会上发生"军团病"。 发现喷式罐头里的气体对臭氧有害。 联邦资助的联合铁路公司接管因管理失败的东北6条铁路。 "海盗Ⅰ"号登陆火星。	最后一批美军离开泰国。 美苏同意限制核试验并互检试验基地。 北越南和南越南联合组成越南社会主义共和国，首都为河内；西贡再命名为胡志明市。 乔森潘任柬埔寨国家主席团主席；波尔波特任总理。 泰国政变。 反种族隔离的索韦托骚乱。 以色列突击队在乌干达的恩德培机场救出人质。 中国总理周恩来逝世（1898年出生）。 阿根廷的庇隆政府被军政府推翻。 毛泽东逝世；华国锋任中华

大事年表（1940年—1995年）

	文　本	美国事件	其他事件
	约翰·霍兰德（1929—），《思考间谍》（诗歌评记） 菲利普·列文（1928—），《失者的名字》（诗） 詹姆斯·梅里尔（1926—），《神曲》（普利策诗歌奖） 艾伦·莫尔斯（1928—），《文学妇女》（评论） 理查德·欧曼（1931—），《美国英语：对这一专业的激进观点》 艾德莉安娜·里奇（1931—），《天生的女人：作为经验和制度的母亲身份》（评论） 理查德·威尔伯（1921—），《读心者》（诗） 杰伊·赖特（1935—），《历史的维度》（诗）		人民共和国主席。 安哥拉内战。
1977	路易·阿尔都塞（1918—1990），《阅读"资本"》（原著，1965；本·布鲁斯特译） 约翰·阿什伯里（1927—），《划游艇的日子里》（诗） 弗兰克·比达特（1939—），《身体的书》（诗） 唐纳德·戴维（1922—），《在快要停下来的火车上》（诗） 安·道格拉斯（1940—），《美国文化的女性化》（评论） 米歇尔·福柯（1926—1984），《规训与惩罚：监狱》	吉米·卡特当选第39届总统。 向因违反人权而造成被孤立的阿根廷、乌拉圭和埃塞俄比亚提供援助。 能源部创立。 理查德·赫尔姆斯（1966—1973年任中央情报局局长）被判罚金并缓期判刑，因为他在参议院举行的有关在智利的中央情报局行动计划的听证会上做伪证。 雅各琳·米恩斯，美国第一位女主教牧师。 美国司法部调查南韩游说事件。 美国建立200英里的捕鱼区。	捷克通过"人权宣言"。 安哥拉武装入侵扎伊尔的沙巴省。 英迪拉·甘地辞职：莫拉尔吉·R.德赛任印度总理。 梅纳亨·贝金成为继拉宾之后的以色列总理。 巴基斯坦宣布戒严令。 勃列日涅夫当选苏联最高苏维埃主席。 巴拿马运河条约签效。 埃及总统安沃尔·萨达特访问以色列。 军政府控制泰国。

大事年表（1940年—1995年）

	文 本	美国事件	其他事件
	的产生》(原著,1975:阿伦·谢里顿译) 安东尼·赫克特(1923—)，《奇影百万》(诗) 雅克·拉康(1901—1981)，《作品:选择》(原著,1966;阿伦·谢里顿译) 小罗伯特·洛厄尔(1917—1977)，《日复一日》(诗集) 迈克尔·帕尔默(1943—)，《没有音乐》(诗) 罗伯特·品斯基(1940—)，《诗的形势》(评论) 伊莱恩·肖沃尔特(1941—)，《她们自己的文学:从勃朗特到莱辛的英国女小说家》(评论) 巴巴拉·史密斯(1946—)，《关于一个黑人女权主义者的批评》(评论) W. D. 斯诺德格拉斯(1926—)，《元首的掩蔽部》(诗) C. K. 威廉斯(1936—)，《相伴无知》(诗) 戴维·伊格纳托获博林根奖。	新公司出售第一台"苹果"Ⅱ型个人电脑。 小说《根》创造历史上最多的电视观众记录。 纽约市发生大规模的停电。 阿拉斯加石油管道开通。 美国试验中子弹。 "企业"号航天飞机首次载人飞行;"海盗Ⅱ"号登陆火星;"航行者"Ⅰ、Ⅱ号上天,探索太阳系外部空间。	罗得西亚总理伊恩·史密斯准备跟黑人多数党解决政治争端问题。 南非黑人领袖史蒂文·比科离世。
1978	尼娜·贝姆(1936—)，《妇女小说:由妇女所作和关于妇女的美国小说指南:1820—1870》(评论) 萨克文·伯科维奇(1933—)，《美国哀史》(评论)	美国历史上最长的一次罢工:采煤工人罢工。 义务退休年龄从65岁提到70岁。 前联邦调查局局长帕特里克·L.格雷和其他两位因犯同谋罪被起诉。 航空工业出现无调控状态。	圭亚那人民教堂的900多名成员自杀。 尼加拉瓜的桑地诺游击队暴力行动开始,试图推翻索摩查政府。 阿富汗军政府掌权。 所罗门群岛、图瓦努(艾里斯群岛)和多米尼加成为独立国家。

471

大事年表（1940年—1995年）

	文　　本	美国事件	其他事件
	南希·科多罗（1944—），《再生母亲：性的心理分析和性的社会学》（心理学） 罗伯特·克里利（1926—），《以后》（诗） 雅克·德里达（1930—），《书写与差异》（原著，1967；阿伦·巴斯译） 米歇尔·福柯（1926—1984），《性史》（原著，1976；罗伯特·赫利译） 约翰·霍兰德（1929—），《幽灵似的发射》（诗） 艾德莉安娜·里奇（1931—），《共同语言之梦》（诗） 迈克尔·里法特（1924—），《诗的符号学》（评论） 爱德华·赛义德（1935—），《东方主义》（评论） C. K. 威廉斯（1936—），索福克勒斯的《特拉克斯妇女》（译文）	国家能源法案规定天然气价格和燃料使用标准。 宣布洛夫运河为联邦灾难区。 美国批准巴拿马运河条约。 国会同意平等权利修正案的有效期到1982年6月。 巴克决议，最高法院对反歧视作出裁决。 玛格丽特·A. 布鲁沃准将是美国海军的第一位女将军。 美元对日元、西德的马克和瑞士法郎的汇率跌入历史最低点。 激光唱片由菲利普公司传入美国。 "先锋"Ⅰ、Ⅱ号探测金星。 发现月球绕冥王星的轨道转。"芝加哥每日新闻"停止出版（1875—1978）。	军政府控制洪都拉斯。 以色列和埃及在华盛顿特区进行双边和平条约谈判。 军人统治伊朗；罢工者关闭石油工业；自我流放的阿雅托拉哈·科梅尼号召推翻伊朗国王。 军队驱逐玻利维亚总统。 约翰·保罗一世当选教皇，但34天后离世；约翰·保罗二世（波兰人）成为456年来第一位非意大利人教皇。 莱斯利·布朗试验成功第一个"试管婴儿"。 超级油轮"阿莫科·卡迪兹"号在法国布列塔尼海岸附近出事，污染了长达110英里的海岸线。
1979	约翰·阿什伯里（1927—），《众所周知》（诗） 罗伯特·邓肯（1919—1988），《虚构的确定性》 桑德拉·吉尔伯特（1936—）和苏珊·格巴（1944—），《阁楼上的疯女人：女作家与19世纪的文学想象》（评论） 乔苏韦·哈拉里（1944—）主编，《本文策略：后结构主义批评的视角》	能源危机：天然气短缺，导致价格猛涨，对更高效汽车的需求；30万汽车工人失业；联邦政府贷款15亿美元拯救克莱斯勒汽车公司，不使它破产。 美中全面建交。 众议院投票通过电视现场直播决议。 成立教育部。 安德鲁·扬辞去美国驻联合国大使职务，因为他未经同	巴拿马获得巴拿马运河区的控制权。 尼加拉瓜的桑地诺游击队武装推翻安纳斯塔西奥·索摩查总统政府。 玛格丽特·撒切尔当选英国首相。 柬埔寨的波尔布特统治垮台。 埃及和以色列签订和平条约。 伊朗发生全民革命，国王被

472

大事年表（1940年—1995年）

	文　　本	美国事件	其他事件
	（评论） 罗伯特·哈斯（1941—），《赞颂》（诗） 安东尼·赫克特（1923—），《威尼斯晚祷》（诗） 菲利普·列文（1928—），《某处的七年》《灰烬》（诗） 凯瑟琳·A. 麦克金伦（1946—），《女工人的性骚扰：一个性别歧视的案例》（法律） 罗伯特·品斯基（1940—），《解释美国》（诗） 艾德莉安娜·里奇（1931—）《论谎言、秘密和沉默》（评论） 蒂莫西·斯蒂尔（1948—），《不确定和休息》（诗） W. S. 默温获博林根奖。	意而同巴勒斯坦解放组织接触一事败露。 国家会计办公室报告：美军在越南喷撒过橙剂。 三涅岛核电厂事故。 卡特总统授权研发洲际战略导弹。 "航行者Ⅰ"号到达距离木星最近距离。 "先锋Ⅱ"号发现土星的新光环及第11颗绕它转的月球。	废黜；阿亚图拉·霍梅尼任伊朗领袖。 伊斯兰教学生将美国驻伊朗大使馆工作人员扣为人质，要求美方归还纽约医院的伊朗王，作为人质交换。 美国在巴基斯坦和利比亚的大使馆遭袭击。 苏联入侵阿富汗。 石油输出国组织倍增石油价格，从每桶14美元涨到28美元。
1980	凯瑟琳·贝尔茜（1940—），《批评的实践》（评论） 巴巴拉·克里斯蒂安（1943—），《黑人女小说家：传统的发展，1892—1976》（诗） 丽塔·达夫（1952—），《转弯处的黄房屋》（评论） 斯坦利·费什（1938—），《这门课有没有文本：理解共同体的权威》（评论） 路易丝·格吕克（1943—），《下降的人物》（诗）	美国抵制莫斯科夏季奥运会。 联邦调查局施行"阿卜杜勒骗局"。 银行业失调；对联邦储蓄保险公司账目的限制提高到100,000美元。 美国和伊朗断交；军事行动拯救人质失败，造成8人死亡，5人受伤。 出现储蓄和货款危机（1980—1988）。 一名美国黑人男子被4名白人警察打死，但后者被判无罪，由此引发迈阿密州的种族骚乱。	尼加拉瓜遭驱逐的统治者安纳斯塔西奥·索摩查在巴拉圭被暗杀。 列奇·瓦尔塞领导被兰船厂工人在格顿斯克举行大罢工，他们赢得独立的联盟权，并组成联盟。 两伊战争（1980—1988）。 伊朗被废黜的国王穆罕默德·雷泽·马哈拉维离世。 英国在非洲的最后一个殖民地津巴布韦独立。

473

大事年表 (1940年—1995年)

	文　　本	美国事件	其他事件
	斯蒂芬·格林布拉特(1943—),《文艺复兴的自我塑形:从莫尔到莎士比亚》(评论) 高尔韦·金内尔(1927—),《凡人的行为,凡人的话》(诗) 朱莉娅·克里斯蒂娃(1941—),《语言的欲望》(原著,1968,1977;托马斯·高拉、艾丽丝·贾尔丁和利昂·S.鲁迪兹译) 弗兰克·兰特里基亚(1940—),《新批评之后》(评论) 伊莱恩·马克斯(1930—)和伊莎贝拉·德·古提维伦(1946—)主编,《法国新女权主义:选集》(评论) 沙伦·奥尔兹(1942—),《撒旦的话》(诗) 迈克尔·帕尔默(1943—),《阿洛冈》(诗) 杰伊·赖特(1935—),《科摩的双重发明》(诗) 《语言》杂志创刊(1980—1984)	圣海伦斯山火山爆发。 第一名女生从西点军校毕业。 卡特授权政府在华盛顿区辟地,为死于东南亚的老兵建纪念馆。 "三叉戟 IV"号。 美国人口为 2.26545805 亿人。	
1981	约翰·阿什伯里(1927—),《影子火车》(诗) 米哈伊尔·巴赫金(1895—1975),《问答的想象》(原著,1975;卡里尔·爱默生和迈克尔·霍尔奎斯特译) 雅克·德里达(1930—),《播撒》(原著	罗纳德·里根任第40届总统。 52名美国人质在伊朗被关押444天之后回到美国。 桑德拉·德·奥康诺:第一位在最高法院的女性。 里根总统和其他3人遭到小约翰·W.亨克利枪击。 联邦空运管理者开始罢工;政府在8天后解雇了罢工者。	波兰实行戒严令。 埃及总统安沃尔·萨达特被暗杀。 企图暗杀教皇约翰·保罗二世。 以色列轰炸伊拉克核反应基地;并袭击被认为可能的位于贝鲁特的巴勒斯坦的解放组织总部。

大事年表(1940年—1995年)

文　本	美国事件	其他事件
1972；巴巴拉·约翰逊译) 斯蒂芬·格林布拉特(1943—)，主编，《寓言和表现》(评论) 弗列德里克·詹姆逊(1934—)，《政治无意识：作为一个社会象征行为的叙述》(评论) 巴巴拉·约翰逊(1947—)，《批评的差异：阅读的当代修辞论文集》(评论) 菲利普·列文(1928—)，《一个为玫瑰的人》(诗) 迈克尔·帕尔默(1943—)，《回音湖札记》(诗) 艾德莉安娜·里奇(1931—)，《轻率的忍耐把我带到这么远》(诗) 艾伦·夏皮罗(1952—)，《挖掘之后》(诗) 霍华德·聂默罗夫和梅·斯温森获博林根奖。	两架F-14海军战斗机在利比亚海岸附近击落两架利比亚战斗机。 梅耶·Y.林设计在越南阵亡的老兵纪念馆。 IBM出售第一台个人电脑。 音乐电视网络开始播放。 美国国家航空航天局发射第一架"哥伦比亚"号航天飞机。	西欧国家抗议美国计划部署战术核武器。 美苏在日内瓦就裁军问题会谈。 希腊加入欧共体(共同市场)。
1982	罗伯特·克里利(1926—)，《回响》(诗) 卡罗·吉利甘(1936—)，《用不同的声音：心理学理论和妇女的发展》(心理学) 汤姆·甘恩(1929—)，《欢乐的通道》(诗) 苏珊·豪(1937—)，《毕达哥拉斯的沉默》(诗) 格劳里亚·T.胡尔(1944—)、帕特里西亚·贝尔·司各特(1950—)和巴巴拉·史密斯	失业率为10.2% 为解决1974年反信托诉讼案，美国电话电报公司放弃22个贝尔系统公司。 美国因利比亚参与国际恐怖组织而对它实行经济制裁。 平等权利修正案未获通过。 美国海军驶入贝鲁特，作为多国维和力量的一部分。 宣布创历史纪录的财政赤字为1100个亿美元。 被重新引进的激光唱片代替慢转唱片，盒式带成为人们首选的录音带。	英国和阿根廷在佛克兰群岛燃起战火。 黎巴嫩基督教长枪党人在西贝鲁特的巴勒斯坦难民营打死数百名难民。 埃及重新控制西奈。 勃列日涅夫离世；尤里·安德罗波夫继位。

475

	文　本	美国事件	其他事件
	（1946—），主编，《所有的妇女是白人,所有的黑人是男人,但是我们当中有些勇敢的人》（评论） 卡拉·杰伊（1947—），《出柜：同性恋者解放的声音》（评论） 雅克·拉康（1901—1981），《女性的性》（杰克林·罗斯译） 布拉德·累特奥塞（1953—）《萤火虫数百》（诗） 詹姆斯·梅里尔（1926—），《桑多弗变幻着的光》（诗） 理查德·罗蒂（1931—），《实用主义的结果》（哲学） 艾伦·特拉奇顿堡（1932—）《美国的联合》（评论） "女性文学的塔尔萨研究"杂志创刊。		
1983	弗兰克·比达特（1939—），《牺牲》（诗） 丽塔·达夫（1952—），《博物馆》（诗） 特里·伊格尔顿(1943—)，《文学理论导论》（评论） 戴维·费里（1957—），《陌客：一本关于诗的书》（诗） 苏珊·豪（1937—），《将布拉格抛出窗外》（诗） 勒罗依·琼斯（1934—），《证实：美国黑人妇女选集》（评论）	由于二氧芑释放,总统里根宣布密苏里州的时代海滩为联邦灾区。 失业人口达1200万人。 美国承认庇护纳粹盖世太保头子克劳斯·巴比。 通用一本田汽车公司同意联合为美国生产微型汽车。 里根要求科学家开发"星球大战"防御体系。 "挑战者"航天飞机载着4名人员执行5天的飞行任务；莎莉·莱德成为第一位漫游太空的女性。	尼加拉瓜指责美国,由它支持的反对派叛乱分子从洪都拉斯入侵尼加拉瓜。 美国驻贝鲁特大使馆因汽车爆炸而被毁坏；47人被炸死（4月）。 苏联击落一架朝鲜客机,机上269人丧生。 西欧发生大规模游行,抗议美国部署导弹。 美国和加勒比武装力量入侵格林纳达。 本尼格诺·阿基诺在马尼拉遇刺身亡。

	文　本	美国事件	其他事件
	弗兰克·兰特里基亚(1940—),《批评与社会改造》(评论) 托马斯·麦克格拉思(1916—1990),《迷宫里的回响》(诗) 迈克尔·帕尔默(1943—),《信号的密码》(评论) 爱德华·赛义德(1953—),《世界、文本和批评家》(评论) 艾伦·夏皮罗(1952—),《礼貌》(诗) C. K. 威廉斯(1936—),《柏油》(诗) 《表象》杂志创刊。 安东尼·赫克特和约翰·霍兰德获博林根奖。	摄像放像机,即流线型摄像机简化了个人录像机;家庭电视游戏非常普及。 科学家萨根和埃尔利希警告人们:美国和苏联的核武器库哪怕只发生一点爆炸,都会造成"核冬天"后果的危险。	美国驻贝鲁特海军总部发生汽车爆炸事件,241 名军人丧生。 埃及总统霍斯尼·穆巴拉克在开罗会见巴勒斯坦解放组织领导人亚瑟尔·阿拉法特。 美苏裁军谈判中断。
1984	布鲁斯·安德鲁斯(1948—)和查尔斯·伯恩斯坦(1950—),主编,《语言论》(评论) 约翰·阿什伯里(1927—),《浪》(诗) 小豪斯顿·A. 贝克(1943—),《美国黑人感伤歌曲意识形态和美国黑人文学:本土理论》(评论) 威廉·J. 贝纳特(1943—),《要求回收遗产:关于高等教育人文学科的报告》(NEH 报告) 罗伯特·克里利(1926—),《记忆》(诗) 罗伯特·哈斯(1941—),《20 世纪的欢乐:论诗的散文》(评论)	失业率和通货膨胀下降;国际市场上美元价值上升。 杰西·杰克逊竞选民主党的总统提名。 杰拉尔丁·费拉罗,第一位主要政党副总统的女候选人。 总统里根因动用联邦资金开采尼加拉瓜海港而遭国会指责。 凯瑟琳·沙利文,第一位漫步太空的女性。	约瑟·拿破仑·杜阿特当选萨尔瓦多总统。 英迪拉·甘地遭暗杀。 美国与梵蒂冈于 116 年来首次建交。 美国海军撤出贝鲁特。 苏联领导人安德罗波夫离世;康斯坦丁·契尔年科继任。 印度博帕尔的联合碳化钙厂毒气泄漏,毒死 2000 人,毒伤 15 万人。

大事年表(1940年—1995年)

	文 本	美国事件	其他事件
	罗纳德·约翰逊(1935—),《方舟50》(诗) 朱莉娅·克里斯蒂娃(1941—),《诗歌语言革命》(原著,1974;玛格丽特·沃勒译) 让·利奥塔(1924—),《后现代状况:关于知识的报告》(原著1979;杰弗·贝宁顿和布赖恩·马苏米译) 切斯瓦夫·米沃什(1911—),《被拆散的笔记簿》(译文,诗) 沙伦·奥尔兹(1942—),《死者和生者》(诗) 迈克尔·帕尔默(1943—),《第一个数字》(诗) 罗伯特·品斯基(1940—),《我的心史》(诗) 加里·斯奈德(1930—),《斧柄》(诗)		
1985	菲利普·费什尔(1941—),《铁的事实:美国小说中的场景和形式》(评论) 桑德拉·吉尔伯特(1936—)和苏珊·格巴(1944—),《诺顿妇女文学选集:英语的传统》(评论) 路易丝·格吕克(1943—),《阿喀琉斯的胜利》(诗) 露西·依利加芮(1939—),《并非单一的性》(原著,1977;凯瑟琳·波特和卡罗林·伯克译)	里根连任总统。 里根受批评,因为他访问了西德的比特堡墓地,那儿埋着德国军官。 贝鲁特的最后39名美国人质获释。 沃克斯父子因海军间谍案被判刑。 里根签订"格腊曼—德曼法案",要求国会平衡预算。	米哈伊尔·戈尔巴乔夫任苏联领导人,推出改革开放新政策。 南太平洋论坛起草"南太平洋核自由区条约"。 里根和戈尔巴乔夫就裁军和文化交流问题进行高层会晤。 恐怖分子袭击罗马和维也纳机场,打死19人。

大事年表（1940年—1995年）

	文　本	美国事件	其他事件
	托里尔·莫伊（1953—），《性/文本政治：女权主义文学批评》（评论） 伊莱恩·肖沃尔特（1941—）主编《女权主义批评：论妇女、文学和理论》（评论） 简·托姆帕金斯（1940—），《感觉的设计》（评论） 约翰·阿什伯里和弗雷德·查珀尔获博林根奖。		
1986	萨克文·伯科维奇（1933—）和迈拉·耶伦（1940—），主编《意识形态和美国经典文学》（评论） 劳伦斯·布尔（1939—），《从革命时期到文艺复兴的新英格兰文学文化》（评论） 特纳·卡斯蒂（1929—），《暴风灯》（诗） 埃琳娜·西苏（1937—），《新生女性》（原著1975；贝特塞·温泽） 特雷塞·德·劳雷提斯（1938—），主编，《女权主义研究/批评研究》（评论） 保罗·德曼（1919—1983），《抵制理论》（评论） 丽塔·达夫（1952—），《托马斯和比尤拉》（诗） 布拉德·累特奥塞（1953—）《庙里的猫》（诗）	"挑战者"航天飞机爆炸，炸死7名成员。 小马丁·路德·金的生日成为全国假日。 恐怖分子袭击罗马和维也纳之后，里根总统下令对利比亚实行经济制裁。 由于尼加拉瓜反叛分子的存在，美国众议院拒绝向它提供1亿美元的援助。 伊朗——反政府武装事件；秘密向伊朗派军和盗用出售武器给尼加拉瓜的资金两件事均败露。 联合碳化钙厂解决博帕尔毒气泄漏诉讼案。 报道艾滋病毒。 "航行者2"号探索天王星。 罗伯特·佩恩·沃伦当选美国第一个桂冠诗人。	美国和西方海军干涉波斯湾。 西班牙和葡萄牙加入欧共体（共同市场）。 海地总统让—克劳德·杜瓦埃逃到法国。 马科斯总统逃离菲律宾。 瑞典首相奥拉夫·帕尔梅被暗杀。 美国飞机袭击利比亚恐怖分子活动中心。 德斯蒙德·图图当选南非大主教。 苏联的切尔诺贝利核电站灾难。

479

	文　本	美国事件	其他事件
	切斯瓦夫·米沃什（1911—），《不可到达的地球》（译文,诗） 加里·斯奈德（1930—），《留在外面的雨中》（诗） 蒂莫西·斯蒂尔（1948—），《反抗愤怒的萨福体诗及其他诗抄》（诗）		
1987	约翰·阿什伯里（1927—），《四月的武装商船》（诗） 艾伦·布鲁姆（1930—1992），《美国思想的关闭：高等教育如何使民主丧失，使今天的学生精神枯竭》（非小说） 海泽尔·卡比（1948—），《重建女性特征：美国黑人女小说家的崛起》（评论） 吉拉尔德·格拉夫（1937—），《以文学为业》（评论） 苏珊·豪（1937—），《表达时间中的声音形式》（诗） 布拉德·累特奥塞（1953—）《跳跃之间》（诗） 道格拉斯·梅塞里（1947—），《语言诗：选集》（诗） 瓦特·本·迈克尔斯（1948—），《金本位和自然主义的逻辑》（评论） 沙伦·奥尔兹（1942—），《金色的小屋；世间的事》（诗）	总统里根首次提交10,000亿美元的预算，这在美国历史上是无前例的。 威廉·H. 恩奎斯特被任命为最高法院首席法官。 高级委员会认定，里根的高级顾问们对伊朗—反政府武装事件负有责任，并认为总统跟他的国家安全委员会的行动缺乏联系。 电视直播伊朗—反政府武装的听会证。 同意用叠氮胸苷治疗艾滋病。 奥地利总统库尔特·瓦尔德海姆被禁止访美，因为他在二战期间跟德国军队有来往。 华尔街有史以来最糟糕的一天（10月19日），道·琼斯指数下跌22.6%。 国防部长卡斯帕·温伯格辞职；弗兰克·卡卢奇继任。 伊范博斯基因内部人士非法的贸易活动而被罚款1亿美元。 理查德·魏尔伯成为美国的桂冠诗人。	贝鲁特大学的3名美国工作人员被穆斯林恐怖主义分子逮捕。 总统里根和加拿大总统布赖恩·穆罗尼签订自由贸易协议。 美国在政治犯被释放后列出制裁波兰的清单。 美苏中程核力量条约规定双方拆除部署在欧洲的所有中、短程导弹。 伊拉克导弹攻击美国在波斯湾的大型驱逐舰，打死37人；伊拉克就此道歉。 撒切尔第三次任英国首相。 二战时驻里昂地区的盖世太保首领克劳斯·巴比被法国法院当作战犯判为终身监禁。

大事年表（1940年—1995年）

	文　本	美国事件	其他事件
	理查德·波里尔（1925—），《文学复新》（评论） 艾伦·夏皮罗（1952—），《幸福时刻》（诗） 查尔斯·肯尼思·威廉斯（1936—），《肉与血》（诗） 斯坦利·库涅茨获博林根奖。		
1988	林恩·V.切尼（1941—），《美国的人文学科：向总统、国会和美国人民汇报》（NEH Report） 唐纳德·戴维（1922—），《烧焦或冰冻：论圣者的诗》（诗） 亨利·路易斯·盖茨（1950—），《表意的猴子：美国黑人文学批评理论》（评论） 切斯瓦夫·米沃什（1911—），《诗选，1931—1987》（译文，诗） 罗伯特·品斯基（1940—），《诗和世界》（评论） 加亚特里·C.斯皮瓦克（1942—），《在他者的世界里：论文化政治》（评论） 凯瑟琳·R.斯廷普森（1936—），《意义在哪里》（评论）	民权修正法案拒绝总统的否决权。 前国家安全顾问罗伯特·麦克法雷承认在伊朗反政府武装案中有罪。 决议信托公司处理储蓄和贷款危机中的破产资产。 美国黑人研究（坦普尔）中第一个博士大纲。 哈佛大学为研制高级生命形式（改变基因的老鼠）颁发第一个专利。 在政府规定5月4日为最后期限之前，约有140万非法外国居民申请赦免。 巴巴拉·哈里斯，美国第一个圣公会女主教。 霍华德·聂默罗夫获桂冠诗人称号。	泛美客机在苏格兰的洛克比发生空难，103人丧生。 美国海军"文森尼"号巡洋舰在波斯湾击落一架伊朗客机，290名乘客和机组人员死亡。 苏联开始从阿富汗撤军。 巴基斯坦总统穆罕默德·赞·乌·哈克在飞机爆炸中丧生；贝纳泽尔·布托继任，她是第一位穆斯林女总理。
1989	罗伯特·阿尔特（1935—），《意识形态年代阅读的乐趣》（评论） 埃德加·鲍尔斯（1924—），《致路易·巴斯德》（诗）	乔治·布什任第41届总统。失业率为5.1%。 奥利弗·诺思在伊朗—反政府武装审讯中，指控他的12项罪行中有3项罪名成立。 国会又向尼加拉瓜反政府武	美国入侵巴拿马，赶走总统曼努瓦·诺列加，并指派奎来莫·恩达拉领导新政府。 东欧发生大规模的亲民主暴动。 西南非洲的纳米比亚实行公

大事年表（1940年—1995年）

文　　本	美国事件	其他事件
斯坦利·卡佛尔（1926—），《这个新的但无法接近的美国：爱默生和维特根斯坦之后的讲稿》（哲学） 丽塔·达夫（1952—），《优雅笔记》（诗） 斯坦利·费什（1938—），《按照自然法则行事》（评论） 戴安娜·法斯（1960—），《从根本上说：女权主义、自然和区别》（评论） 罗伯特·哈斯（1941—），《人的愿望》（诗） 苏珊·豪（1937—），《国王之书的参考书目：或巴西来克画像》（诗） 安德鲁·罗斯（1956—），《没有尊重：知识分子和大众文化》（评论） 沃勒·索洛斯（1943—），《种族的发明》（评论） 阿兰·维塞（1950—），主编，《新历史主义》（评论）《美国文学史》杂志创刊。 埃德加·鲍尔斯获博林根奖。	装反叛分子提供4,000万美元的援助。 最高法院对妇女堕胎的权利作了新的限制。 加利福尼亚北部发生地震（10月17日）。 "航行者2"号将海王星的照片传到地面。 得克萨斯太空业务公司，第一家私人商业太空发射公司。 "航行者2"号探索海王星及其月球。 "埃克斯森·伏尔德兹"号油轮在阿拉斯加的普林斯·威廉·桑德泄漏原油1100万加仑。	开选举。 F. W. 德·克勒克当选南非总统。 伊朗的阿亚图拉·霍梅尼离世。 柏林墙开放。 罗马尼亚共产党政府垮台；总统齐奥塞斯库被处死。 匈牙利的艾米尔·纳吉作为1956年起义的民族英雄被重新安葬。
1990　伊丽莎白·亚历山大（1962—），《维纳斯霍屯督语》（诗） 霍米长·巴布哈（1949—），《国家和叙述》（评论） 弗兰克·比达特（1939—），《西方之夜，1965—1990年诗选》（诗）	迈克尔·米肯因违反联邦税收和安全法律被处以6亿美元的罚金，分10年付清。 美国上诉法院推翻诺思的指控。 最高法院判定焚烧美国国旗视为言论自由的保护。 哈博望远镜刚开始投入使用便发现有毛病。	诺列加将军在巴拿马投降。 维奥莱塔·巴里奥斯·德·查莫罗任尼加拉瓜总统。 东、西德合并。 莱赫·瓦文萨任波兰总统。 约翰·梅杰继撒切尔成为英国首相。 伊拉克入侵科威特，海湾战争爆发；美国派遣52.7万名

文 本	美国事件	其他事件
朱迪斯·巴特勒(1956—)《性别苦恼》(评论) 小亨利·路易斯·盖茨(1950—),主编,《阅读黑人,阅读女权主义者:批评文选》(评论) 路易丝·格吕克(1943—),《阿勒山》(诗) 斯蒂芬·格林布拉特(1943—),《学会诅咒:论早期现代文化》(评论) 苏珊·豪(1937—),《唯一;相信欧洲》(诗) 保罗·劳特(1932—),主编,《美国文学荒原文集》 布拉德·累特奥塞(1953—),《来自任何地方的邮件》(诗) 迈克尔·帕尔默(1943—),《太阳》(诗) 罗伯特·吕斯基(1940—),《缺少骨头》(诗) 伊弗·科索夫斯基·塞奇维克(1950—),《柜子里的认识论》(评论) 加亚特里·C. 斯皮瓦克(1942—),《后殖民主义批评家:来访、策略、对话》(评论) 蒂莫西·斯蒂尔(1948—),《省去标准:现代诗和对韵律的反叛》(评论)	马克·斯特朗德获桂冠诗人称号。 美国人口达 2.48709873 亿人。	官兵到沙特阿拉伯执行"沙漠之盾"行动。 南非取消对政治反对组织的禁令;非洲全国大会首领纳尔逊·曼德拉及其他政治犯被释放。 图西武装从乌干达进入卢旺达。 戈尔巴乔夫采用紧急权力。

大事年表（1940年—1995年）

	文 本	美国事件	其他事件
1991	约翰·阿什伯里（1927—），《流程图》（诗） 苏珊·哈恩（1941—），《哈里特·罗宾母亲的木手》（诗） 弗列德里克·詹姆逊（1934—），《后现代主义，或晚期资本主义的文化逻辑》（评论） 菲利普·列文（1928—），《工作是什么》（诗） 切斯瓦夫·米沃什（1911—），《省》（译文，诗） 沙伦·奥尔兹（1942—），《土星的标记》 艾伦·夏皮罗（1952—），《契约》（诗） 霍尔顿斯·J.斯皮勒斯（1942—），主编，《美国人身份可比较的：现代文本中的种族、性别和国籍》（评论） 罗宾·R.瓦尔霍尔（1955—）和戴安娜·普林斯·赫德尔（1959—），主编，《女权主义：文学理论和批评选集》（评论） 杰伊·赖特（1935—），《波列罗舞》（诗） 劳拉·赖丁·杰克逊和唐纳德·奥斯丁获博林根奖。	失业率为6.5% 特古德·巴歇尔法官宣布从最高法院退休；克拉伦斯·托马斯被提名为继承人。 在参议院司法委员会面前举行托马斯—希尔关于性骚扰指控听证会；克拉伦斯·托马斯正式上任。 查尔斯·济廷被判在储蓄和货款危机中有欺骗罪。美国管理者查封国际信用和商业银行，因为它被指控对各国有欺骗行为和对现金的变相（非法）处理。 关在黎巴嫩的最后一批美国人质被解释。 关于政治上的正确性和准则修改的全民争论达到最高潮。 由于检查艾滋病毒呈阳性，篮球明星"魔术师"埃尔文·约翰逊宣布退休。 约瑟夫·布罗茨基获桂冠诗人称号。	萨尔瓦多战争结束。 "沙漠风暴"行动（1月17日—2月27日） 海地总统让—贝特朗·阿里斯蒂德被军事政变罢免。 南非总统德克勒克取消"土地法"（1913—1936年间），"族群住法"和"人口登记法"（种族隔离的法律依据）。 克罗地亚共和国、斯洛文尼亚共和国和马其顿共和国宣布脱离南斯拉夫独立。 柏林再次成为德国首都。 华沙条约解散。 戈尔巴乔夫辞职；独联体形成。鲍里斯·叶利钦任俄罗斯总统；立陶宛、爱沙尼亚和拉脱维亚独立。 南斯拉夫因入侵克罗地亚而受到欧共体制裁。 马斯特里赫条约（1994年生效）。 中国接受"核不扩散条约"。

大事年表（1940年—1995年）

	文　本	美国事件	其他事件
1992	约翰·阿什伯里（1927—），《旅馆洛特拉蒙特》（诗） 戴维·费里（1957—），《吉尔伽美什:英诗的新表达》（诗） 简·加洛普（1952—），《女儿被诱奸:女权主义和心理分析》（评论） 马乔里·B. 加伯（1944—）《既得利益:穿异性服装和文化忧虑》（评论） 小亨利·路易斯·盖茨（1950—），《宽松的准则:文化战争随笔》（评论） 路易丝·格吕克（1943—），《野蝴蝶花》（诗） 劳伦斯·格罗斯堡（1947?—）、加里·内尔森（1946—）和保拉·特雷奇勒（1943—），合编，《文化研究》（评论） 汤姆·甘恩（1929—），《盗汗的人》（诗） 沙伦·奥尔兹（1942—），《父亲》（诗） C. K. 威廉斯（1936—），《思想之梦》（诗）	美国人伤残法案生效。 4名殴打罗德尼·金的洛杉矶白人警官被判无罪，由此引发洛杉矶骚乱。 参议院同意战略武器限制条约。 第二十七修正案禁止国会在众议院选举之前投票决定自行加薪。 美国取消对中国的制裁。 在首次地球高层会晤会上，美国是唯一没有在生物多样化公约上签字的国家。 罗斯·佩鲁特参加总统竞选。 参议院推翻总统否决在联邦资助的计划生育医院里撤销"禁止言论自由的规定"的权力。 总统布什原谅了里根政府的6名官员，他们在伊朗反政府武装事件中被指控。 R. H. 麦西和环球航空公司的破产诉讼案。 莫娜·范·杜恩获美国桂冠诗人称号。	美国与俄罗斯签订"斯达特"Ⅱ号核武器条约。 布什和叶利钦宣布"冷战"正式结束。 7个工业国家援助俄罗斯。 美国离开苏比克湾海军基地,结束在菲律宾驻军。 恢复希望行动:美国海军陆战队和海军"海豹"武装力量在索马里的摩加迪沙登陆。 南非的公民复决制度支持新宪法;科萨人和祖鲁人发生冲突。波斯尼亚—黑塞哥维那共和国脱离南斯拉夫;南斯拉夫联盟解体;新的、更小的南斯拉夫共和国成立。 美国和联合国投票赞成对贝尔格莱德实行制裁。
1993	戴维·费里（1957—），《住处:诗和翻译》（诗） 苏珊·哈恩（1941—），《荒淫》（诗） 苏珊·豪（1937—），《胎记:美国文学史中不确定的荒野现象》（评论）《不墨守成规者纪念堂》	威廉·J. 克林顿当选第42届总统。 世界贸易中心爆炸（2月26日）。 北美自由贸易协议通过。 位于得克萨斯州韦科的布兰奇·戴维营遭袭击:80人丧生。 军队里关于同性恋的"不要问;不要讲"政策	美、法、英联合空袭伊拉克导弹基地。 美军撤出索马里:联合国接管对索马里的援助。 美国向海地的统治军人集团施压;海地难民继续流动。 南非除因卡塞自由党以外的所有政党都赞同新宪法。

485

大事年表（1940年—1995年）

	文 本	美国事件	其他事件
	（诗） **布鲁斯·罗宾斯**，《世俗的职业：知识分子、职业精神和文化》（非小说） **艾伦·夏皮罗**（1952—），《不纯洁颂：诗歌和伦理想象》（评论） **艾里克·桑奎斯特**（1952—），《唤醒各民族：美国文学形成中的种族》（评论） **科内·韦斯特**（1953—），《种族问题》（评论）	布雷迪法通过。 4名洛杉矶警官中有2人被发现有罪，他们违反了罗德尼·金的公民权。 最高法院对工作场所发生的性骚扰作出新的解释。 航天飞机上的宇航员戴上哈博望远镜。 美国于20世纪40—50年代在人身上进行发射性试验一事曝光。 瓦尔特·H.艾伦堡宣布拿出5亿美元奖励教育改革团体。 灼伤目录册停止出版。 丽塔·达夫获美国桂冠诗人称号。	瓦茨拉夫·哈维尔当选捷克总统。 美国向波斯尼亚空投物资。 克林顿、叶利钦会晤，美国援助俄罗斯。 以色列和巴勒斯坦解放组织认同双方的存在。 中国的核试验。 中央情报局报告北朝鲜拥有原子弹。 美苏同意禁止生产、储备和使用化学武器。 英国和爱尔兰共和军秘密接触。
1994	**约翰·阿什伯里**（1927—），《群星璀璨》（诗） **胡克斯·贝尔**（1952—），《教人犯规：作为自由实践的教育》（评论） **哈罗德·布鲁姆**（1930—），《西方正典：各个时代的经典和流派》（评论） **路易丝·格吕克**（1943—），《证据和定理》（评论） **菲利普·列文**（1928—），《简单的真理》（诗） **罗伯特·品斯基**（1940—），《但丁的地狱》（诗，译文）	"北大西洋自由贸易区"生效。 犯罪法案通过，向新警署和更多的监狱提供资金，禁止使用攻击武器。 为家庭请假法案通过，请假照顾孩子或双亲的工人不发工薪。 最高法院规定，反敲诈勒索法可以用来控告反堕胎的狂暴抗议者。 美国取消向中国、俄罗斯和西欧出口通讯设备和小型计算机的限制。 洛杉矶地震。 取消对越南长达19年的贸易禁令。 美国9400万以上的家庭拥有电视机。	马斯特里奇条约，即欧洲联盟生效。 美国停止对海地难民的拦截和遣返；跟军人集团谈判；同意赦免领导人；阿里斯帝德重新掌权。 卢旺达继续发生暴力事件。 埃内斯托·塞迪略·庞塞·德·莱昂当选墨西哥总统。 曼德拉任南非总统。 希布伦清真寺遭巴鲁克·戈尔登斯坦袭击。 穆斯林—克罗地亚联合反对塞尔维亚在维也纳签字，成立联邦政府。 北约历史上首次军事行动（反对塞尔维亚民兵组织）。 爱尔兰共和军在北爱尔兰宣布停火。

大事年表(1940年—1995年)

	文　本	美国事件	其他事件
1995	罗伯特·克里利(1926—),《环》(诗) 丽塔·达夫(1952—),《母爱》(诗) 布拉德·雷特奥塞(1953—),《偏爱和位置》(评论) 切斯瓦夫·米沃什(1911—),《向着河流》(译文,诗) 艾德莉安娜·里奇(1931—),《共和国的黑田地:1991—1995年诗集》	俄克拉·荷马城的联邦办公大楼发生爆炸,炸死160多人,炸伤400多人,由此导致人们一致要求联邦调查局加强调查力量。 二战结束50周年庆典。	欧盟成员国增加到16个(包括奥地利、芬兰、挪威和瑞典)。 自纽伦堡和东京大审判之后联合国首次召开战犯审判会,听取有关被指控的塞尔维亚暴行的证词;首次将强奸视为战犯行为。

参考书目

Abelove, Henry, Michele Aina Barale, and David M. Halperin, eds. *The Lesbian and Gay Studies Reader*, New York: Routledge, 1993.

Abrams, M. H. *The Mirror and the Lamp: Romantic Theory and the Critical Tradition.* New York: Oxford University Press, 1953.

Adams, Hazard, and Leroy Searle, eds. *Critical Theory Since* 1965. Tallahassee: Florida State University Press, 1986.

Adorno, Theodor. *Negative Dialects.* Translated by E. B. Ashton. New York: Seabury Press, 1973.

Adorno, Theodor, and Max Horkheimer. *Dialect of Enlightenment.* Translated by John Cumming. London: Verso, 1979.

Ahmad, Aijaz. *In Theory: Classes, Nations, Literatures.* London: Verso, 1992.

Althusser, Louis. *Lenin and Philosophy. And Other Essays.* Translated by Ben Brewster. New York: Monthly Review Press, 1972.

Altieri, Charles. Enlarging the Temple: New Directions in American Poetry during the 1960s. Lewisburg, Pa.: Bucknell University Press, 1979.

   Self and Sensibility in Contemporary American Poetry. Cambridge University Press, 1984.

Arato, Andrew, and Elke Gebhardt, eds. *The Essential Frankfurt School Reader.* New York: Continuum, 1982.

Ashbery, John. *Reported Sightings: Art Chronicles*, 1957—1987, ed. David Bergman. Cambridge, Mass.: Harvard University Press, 1991.

Austin, J. L. *How to Do Things With Words.* Cambridge, Mass.: Harvard University Press, 1962.

Baker, Peter. *Obdurate Brilliance: Exteriority and the Modern Long Poem.* Gainesville: Univesity of Florida Press, 1991.

Bakhtin, Mikhail. *The Dialogic Imagination: Four Essays*, ed. Michael Holquist. Translated by Caryl Emerson and Michael Holquist. Austin: University of Texas Press, 1981.

Barthes, Roland. *Mythologies.* Selected and translated by Annette Lavers. New York: Hill & Wang, 1968.

Writing Degree zero. Translated by Annerte Lavers and Colin Smith. New York: Hill & Wang, 1968.

Bartlett, Lee. *Talking Poetry: Conversations in the Workshop with Contemporary Poets.* Albuquerque: University of New Mexico Press, 1986.

Bawer, Bruce. *The Middle Generation: The Lives and Poetry of Delmore Schwartz, Randall Jarrell, John Berryman, and Robert Lowell.* Hamden, Conn. : Archon Books, 1986.

Beach, Christopher. *ABC of Influence: Ezra Pound and the Remaking of American Poetic Tradition.* Berkeley and Los Angeles: University of California Press, 1992.

Belsey, Catherine. *Critical Practice.* London: Methuen, 1980.

Benjamin, Walter. *Illuminations*, ed. Hannah Arendt. Translated by Harry Zohn. New York: Schocken Books, 1969.

Bennett, Tony. *Formalism and Marxism.* London: Methuen, 1979.

Bercovitch, Sacvan. *The American Jeremiad.* Madison: University of Wisconsin Press, 1978.

The Rites of Assent: Transformations in the Symbolic Construction of America. New York: Routledge, 1993.

Bernstein, Charles. Content's Dream: Essays, 1975—1984. Los Angeles: Sun and Moon Press, 1986.

A Poetics. Cambridge, Mass. : Harvard University Press, 1992.

Berryman, John. *The Freedom of the Poet.* New York: Farrar, Straus, & Giroux, 1976.

Bhabha, Homi. *The Location of Culture.* London: Routledge, 1994.

Birkerts, Sven. *The Electric Life: Essays on Modern Poetry.* New York: William Morrow, 1989.

Bloom, Harold. *The Anxiety of Influence: A Theory of Poetry.* New York: Oxford University Press, 1973.

A Map of Misreading. New York: Oxford University Press, 1975.

Bly, Robert. *American Poetry: Wildness and Domesticity.* New York: Harper & Row, 1990.

Talking All Morning. Ann Arbor: University of Michigan Press, 1980.

Booth, Wayne C. *Critical Understanding: The Powers and Limits of Pluralism.* Chicago: University of Chicago Press, 1979.

The Rhetoric of Fiction. Chicago: University of Chicago Press, 1961.

Boyers, Robert, ed. *Contemporary Poetry in America: Essays and Interviews.* New York: Schocken Books, 1974.

Breslin, James E. B. *From Modern to Contemporary: American Poetry,* 1945—1965. Chicago: University of Chicago Press, 1984.

Breslin, Paul. *The Psycho-political Muse: American Poetry Since the Fifties.* Chicago: University of Chicago Press, 1987.

Brooks, Cleanth. *The Well Wrought Urn.* New York: Reynal & Hitchcock, 1947.

Brooks, Cleanth, and Robert Penn Warren. *Understanding Poetry: An Anthology for College Students.* New York: Hens,7 Holt & Company, 1938.

Burke, Kenneth. *A Rhetoric of Motives.* New York: Prentice-Hall, 1950.

The Philosophy of Literal Form: Studies in Symbolic Action. New York: Vintage Books, 1957.

Butler, Judith. *Gender Trouble: Feminism and the Subversion of Identity.* New York: Routledge, 1990.

Byers, Thomas B. *What I Cannot Say: Self, Word, and World in Whitman, Stevens, and Merwin.* Urbana: University of Illinois Press, 1989.

Carby, Hazel V. *Reconstructing Womanhood: The Emergence of the Afro-American Woman Novelist.* New York: Oxford University Press, 1987.

Chawla, Louise. *In the First Country of Places: Nature, Poetry, and Childhood Memory.* Albany, N.Y.: SUNY Press, 1994.

Clark, Tom. *The Poetry Beat: Reviewing the Eighties.* Ann Arbor: University of Michigan Press, 1990.

Conte, Joseph M. *Unending Design: The Forms of Postmodern Poetry.* Ithaca, N.Y.: Cornell University Press, 1991.

Creeley, Robert. *The Collected Essays.* Berkeley and Los Angeles: University of

California Press, 1989.

Culler, Jonathan. *Structuralist Poetics*: *Structuralism, Linguistics, and the Study of Literature.* Ithaca, N.Y. : Cornell University Press, 1975.

Damon, Maria. *The Dark End of the Street*: *Margins in American Vanguard Poetry.* Minneapolis: University of Minnesota Press, 1993.

Davidson, Michael. *The San Francisco Renaissance*: *Poetics and Community at Mid – Century.* Cambridge University Press, 1989.

Davison, Peter. *One of the Dangerous Trades*: *Essays on the Work and Working of Poetry.* Ann Arbor: University of Michigan Press, 1991.

De Lauretis, Teresa, ed. *Feminist Studies, Critical Studies.* Bloomington: Indiana University Press, 1986.

de Man, Paul. *Allegories of Reading*: *Figural Language in Rousseau, Nietzsche, Rilke, and Proust.* New Haven, Conn. : Yale University Press, 1979.

   Blindness and Insight: *Essays in the Rhetoric of Contemporary Criticism.* Minneapolis: University of Minnesota Press, 1983.

de Saussure, Ferdinand. *Courses in General Linguistics*, ed. Charles Bally and Albert Sechehaye in collaboration with Albert Reidlinger. Translated by Wade Baskin. New York: McGraw – Hill, 1959.

Derrida, Jacques. *Dissemination.* Translated by Barbara Johnson. Chicago: University of Chicago Press, 1981.

   Of Grammatology. Translated by Gayatri Chakravorty Spivak. Baltimore: Johns Hopkins University Press, 1976.

   Spurs: *Nietzsche's Styles.* Translated by Barbara Harlow. Chicago: University of Chicago Press, 1979.

   Writing and Difference. Translated by Alan Bass. Chicago: University of Chicago Press, 1978.

Dickey, James. Babel to Byzantium: *Poets and Poetry Now.* New York: Farrar, Straus, & Giroux, 1968.

Diehl, Joanne Feit. *Women Poets and the American Sublime.* Bloomington: Indiana University Press, 1990

Dodd, Wayne. *Toward the End of the Century*: *Essays into Poetry.* Iowa City: University of Iowa Press, 1992.

Douglas, Ann. *The Feminization of American Culture.* New York: Knopf, 1977.

Duncan, Robert. *Fictive Certainties*: *Essays.* New York: New Directions, 1985.

Eagleton, Terry. *Literary Theory: An Introduction*. London: Basil Blackwell, 1983.

Elder, John, *Imagining the Earth: Poetry and the Vision of Nature*. Urbana: University of Illinois Press, 1985.

Faas, Ekbert, ed. *Towards a New American Poetics: Essays and Interviews*. Santa Barbara, Calif. : Black Sparrow, 1978.

Feidelson, Charles. *Symbolism and American Literature*. Chicago: University of Chicago Press, 1953.

Felperin, Howard. *Beyond Deconstruction, The Uses and Abuses of Literary Theory*. New York: Oxford University Press, 1985.

Fetterley, Judith. *The Resisting Reader*. Bloomington: Indiana University Press, 1978.

Fiedler, Leslie. *An End to Innocence: Essays on Culture and Politics*. Boston: Beacon Press, 1955.

Love and Death in the American Novel. New York: Stein & Day, 1960.

Finkelstein, Norman. *The Utopian Moment in Contemporary American Poetry*. Lewisburg, Pa. : Bucknell University Press, 1993.

Fish, Stanley. Doing *What Comes Naturally*. Durham, N. C. : Duke University Press, 1989.

Is There a Text in This Class?: The Authority of Interpretive Communities. Cambridge, Mass. : Harvard University Press, 1980.

Foucault, Michel. *Discipline and Punish: The Birth of the Prison*. Translated by Alan Sheridan. New York: Pantheon, 1977.

The History of Sexuality, vol. I. Translated by Robert Hurley. New York: Pantheon, 1978.

Power/Knowledge: Selected Interviews and Other Writings, 1972—1977. Edited and translated by Colin Gordon. New York: Pantheon Books, 1980.

Fraser, Nancy. *Unruly Practices: Power, Discourse, and Gender in Contemporary Theory*. Minneapolis: University of Minnesota Press, 1989.

Fredman, Stephen. *Poet's Prose: The Crisis in American Verse*. Cambridge University Press, 1983.

Frye, Northrop. *Anatomy of Criticism: Four Essays*. Princeton, N. J. : Princeton University Press, 1957.

Fables of Identity,' Studies in Poetic Mythology. New York: Harcourt, Brace & World, 1963.

Fuss, Diana. *Essentially Speaking: Feminism, Nature and Difference*. New York:

Routledge, 1989.

Gates, Henry Louris, Jr. *The Signifying Monkey: A Theory of African – American Literary Criticism.* New York: Oxford University Press, 1989.

——— ed. *Reading Black, Reading Feminist: A Critical Anthology.* New York: Meridian, 1990.

Gilbert, Roger. *Walks in the World: Representation and Experience in Modern American Poetry.* Princeton, N.J.: Princeton University Press, 1991.

Gilbert, Sandra, and Susan Gubar. *The Madwoman in the Attic.* New Haven, Conn.: Yale University Press, 1979.

Gotera, Vince. *Radical Visions: Poetry by Vietnam Veterans.* Athens: University of Georgia Press, 1994.

Greenblatt, Stephen. *Leafing to Curse: Essays in Early Modern Culture.* New York: Routledge, 1990.

——— Renaissance *Self – Fashioning.. From More to Shakespeare.* Chicago: University of Chicago Press, 1980.

Greenblatt, Stephen, and Giles Gunn, eds. *Redrawing the Boundaries: The Transformation of English and American Literary Studies.* New York: Modern Language Association, 1992.

Groden, Michael, and Martin Kreiswirth, eds. *The Johns Hopkinsrn Guide to Literary Theory and Criticism.* Baltimore: Johns Hopkins University Press, 1994.

Grossberg, Lawrence, Cary Nelson, and Paula Treichler, eds. *Cultural Studies.* New York: Routledge, 1992.

Grossman, Allen, with Mark Halliday. *The Sighted Singer: Two Works on Poetry for Readers and Writers.* Baltimore: Johns Hopkins University Press, 1992.

Gunn, Thom. *The Occasions of Poetry: Essays in Criticism and Autobiogrphy*, ed. Clive Wilmer. San Francisco: North Point, 1985.

——— *Shelf Life: Essays, Memoirs, and an Interview.* Ann Arbor: University of Michigan Press, 1993.

Hall, Donald. *Goatfoot, Milktongue, Twinbird, Interviews, Essays, and Notes on Poetry, 1970—1976.* Ann Arbor.: University of Michigan Press, 1978.

——— *Poetry and Ambition: Essays, 1982—1988.* Ann Arbor: University of Michigan Press, 1988.

——— *Remembering Poets: Reminiscences and Opinions.* New York: Harper & Row, 1978.

Harari, Josue V., ed. *Textual Strategies: Perspectives in Post-Structuralist Criticism*. Ithaca, N.Y.: Cornell University Press, 1979.

Hartley, George. *Textual Politics and the Language Poets*. Bloomington: Indiana University Press, 1989.

Hartman, Geoffrey. *Beyond Formalism: Literary Essays*. New Haven, Conn.: Yale University Press, 1970.

Hass, Robert. *Twentieth Century Pleasures: Prose on Poetry*. New York: Ecco, 1984.

Heaney, Seamus. *The Government of the Tongue: Selected Prose, 1978—1987*. New York: Farrar, Straus, & Giroux, 1988.

Hebdige, Dick. *Subculture: The Meaning of Style*. London: Methuen, 1979.

Hecht, Anthony. *Obbligati: Essays in Criticism*. New York: Atheneum, 1986.

Hirsch, E. D. *The Aims of Interpretation*. Chicago: University of Chicago Press, 1976.

Validity in Interpretation. New Haven, Conn.: Yale University Press, 1967.

Holden, Jonathan. *Style and Authenticity in Postmodern Poetry*. Columbia: University of Missouri Press, 1986.

Hollander, John. *Vision and Resonance: Two Senses of Poetic Form*. New York: Oxford University Press, 1975.

Howard, Richard. *Alone with America: Essays on the Art of Poetry in the United States Since 1950*. New York: Atheneum, 1971.

Howe, Irving. *Celebrations and Attacks: Thirty Years of Literary and Cultural Commentary*. New York: Horizon Press, 1979.

Decline of the New. New York; Harcourt, Brace & World, 1970.

Hull, Gloria T., Patricia Bell Scott, and Barbara Smith, eds. *All the Women are White, All the Blacks are Men, But Some of Us are Brave*. Old Westbury, N.Y.: The Feminist Press, 1982.

Huyssen, Andreas. *After the Great Divide: Modernism, Mass Culture, Postmodernism*. Bloomington: Indiana University Press, 1986.

Hyman, Stanley Edgar. *The Armed Vision: A Study in the Methods of Modern Literary Criticism*. New York: Knopf, 1948.

Irigaray, Luce. *This Sex Which is Not One*. Translated by Catherine Porter with Carolyn Burke. Ithaca, N.Y.: Cornell University Press, 1985.

Iser, Wolfang. *The Act of Reading: A Theory of Aesthetic Response*. Baltimore: Johns Hopkins University Press, 1978.

Jackson, Richard. *The Dismantling of Time in Contemporary Poetry.* Tuscaloosa: University of Alabama Press, 1988.

Jameson, Fredric. *The Political Unconscious: Narrative as a Socially Symbolic Act.* Ithaca, N.Y: Cornell University Press, 1981.

  Postmodernism, or the Curltural Logic of Late Capitalism. Durham, N.C.: Duke University Press, 1991.

Jardine, Alice, and Paul Smith, eds. *Men in Feminism.* New York: Methuen, 1987.

Jarrell, Randall. *Poetry and the Age.* New York: Knopf, 1953.

  A Sad Heart at the Supermarket: Essays and Fables. New York: Atheneum, 1962.

  The Third Book of Criticism. New York: Farrar, Straus, & Giroux, 1969.

Johnson, Barbara. *The Critical Difference: Essays in the Contemporary Rhetoric of Reading.* Baltimore: Johns Hopkins University Press, 1985.

Kalaidjian, Walter. *Languages of Liberation: The Social Text in Contemporary American Poetry.* New York: Columbia University Press, 1989.

Kazin, Alfred. *On Native Grounds: An Interpretation of Modern American Prose Literature.* New York: Reynal & Hitchcock, 1942.

Keller, Lynn. *Re–Making It New: Contemporary American Poetry and the Modernist Tradition.* Cambridge University Press, 1987.

Kenner, Hugh. *The Pound Era.* Berkeley and Los Angeles: University of California Press, 1973.

Kermode, Frank. *The Genesis of Secrecy: On the Interpretation of Narrative.* Cambridge, Mass.: Harvard University Press, 1979.

  The Sense of an Ending: Studies in the Theory of Fiction. Now York: Oxford University Press, 1967.

Kinnell, Galway. *Walking Down the Stairs: Selections from Interviews.* Ann Arbor: University of Michigan Press, 1978.

Kizer, Carolyn. *Proses: On Poems and Poets.* Port Townsend, Wash.: Copper Canyon, 1993.

Krieger, Murray. *The New Apologists for Poetry.* Minneapolis: Univdrsity of Minnesota Press, 1956.

Kristeva, Julia. *Desire in Language: A Semiotic Approach to Literature and Art*, ed. Leon S. Roudiez. Translated by Thomas Gora, Alice Jardine, and Leon S. Roudiez. New York: Columbia University Press, 1980.

Kumin, Maxine. *To Make a Prairie: Essays on Poets, Poetry, and Country Living.*

Ann Arbor: University of Michigan Press, 1979.

Kutzinski, Vera M. *Against the American Grain: Myth and History in William Carlos Williams, Jay Wright, and Nicolás Guillén.* Baltimore: John Hopkins University Press, 1987.

Lacan, Jacques. *Ecrits: A Selection.* Translated by Alan Sheridan. New York: Norton, 1997.

Lane, Michael, ed. *Structuralism: A Reader.* New York: Basic Books, 1970.

Lauter, Paul, and Louis Kampf, eds. *The Politics of Literature: Dissenting Essays on the Teaching of English.* New York: Pantheon Books, 1972.

Lawall, Sarah N. *Critics of Consciousness: The Existential Structures of Literature.* Cambridge, Mass.: Harvard University Press, 1968.

Lensing, George, and Ronald Moran. *Four Poets and the Emotive Imagination: Robert Bly, James Wright, Louis Simpson, and William Stafford.* Baton Rouge: Louisiana State University Press, 1976.

Lentricchia, Frank. *After the New Criticism.* Chicago: University of Chicago Press, 1980.

Criticism and Social Change. Chicago: University of Chicago Press. 1983.

Levine, Philip. *Don't Ask.* Ann Arbor: University of Michigan Press, 1981.

Levinson, Sanford, and Steven Maillous, eds. *Interpreting Law and Literature.* Evanston, Ill.: Northwestern University Press. 1988.

Lewis, R. W. B. *The American Adam: Innocence, Tragedy, and Tradition in the Nineteenth Century.* Chicago: University of Chicago Press, 1955.

Libby, Anthony. *Mythologies of Nothing: Mystical Death in American Poetry, 1940—1970.* Urbana: University of Illinois Press, 1984.

Lieberman, Laurence. *Unassigned Frequencies: American Poetry in Review, 1964—1977.*

Urbana University of Illinois Press, 1977.

Lowell, Robert. *Collected Prose*, ed. Robert Giroux. New York: Farrar, Straus, & Giroux, 1987.

Lukács, Gyorgy. *The Meaning of Contemporary Realism.* Translated by John and Necke Mander. London: Merlin Press, 1963.

Lyotard, Jean-François. *The Post Modern Condition: A Report on Knowledge.* Translated by Geoff Bennington and Brian Massumi. Minneapolis: University of Minnesota Press, 1984.

Mackey, Nathaniel. *Discrepant Engagement: Dissonance, Cross - Culturality, and Experimental Writing*. Cambridge University Press, 1993.

Mariani, Paul. *A Usable Past: Essays on Modern and Contemporary Poetry*. Amherst: University of Massachusetts Press, 1984.

Marx, Leo. *The Machine in the Garden: Technology and the Pastoral Ideal in Americca*. New York: Oxford University Press, 1964.

Matthiessen, F. O. *American Renaissance*. New York: Oxford University Press, 1941.

McClatchy, J. D. *White Paper: On Contemporary American Poetry*. New York: Columbia University Press, 1989.

McCorkle, James. *The Still Performance: Writing, Self, and Interconnection in Five Postmodern American Poets*. Charlottesville: University of Virginia Press, 1989.

McDowell, Robert, ed. *Poetry after Modernism*. Brownsville, Ore.: Story Line Press, 1991.

McGann, Jerome J. *A Critique of Modern Textual Criticism*. Chicago: University of Chicago Press, 1993.

McHugh, Heather. *Broken English: Poetry and Partiality*. Hanover, N. H.: Wesleyan University Press, 1993.

Merrill, James. *Recitative: Prose*, ed. J. D. McClatchy. San Francisco: North Point, 1986.

Mersmann, James F. *Out of the Vietnam Vortex: A Study of Poets and Poetry against the War*. Lawrence: University of Kansas Press, 1974.

Michaels, Walter Benn. *The Gold Standard and the Logic of Naturalism*. Berkeley and Los Angeles: University of California Press, 1987.

Miller, J. Hillis. *Poets of Reality: Six Twentieth Century Writers*. Cambridge, Mass.: Belknap Press of Harvard University Press, 1965.

Millet, Kate. *Sexual Politics*. New York: Avon, 1970.

Mills, Ralph J., Jr. *Cry of the Human: Essays on Contemporary American Poetry*. Urbana: University of Illinois, 1975.

Mitchell, Juliet. *Psychoanalysis and Feminism*. New York: Vintage, 1974.

Moi, Toril. *Sexual/Textual Politics: Feminist Literary Theory*. London: Methuen, 1985.

Molesworth, Charles. *The Fierce Embrace: A Study of Contemporary American Poetry*. Columbia: University of Missouri Press, 1979.

Montefiore, Jan. *Feminism and Poetry: Language, Experience, Identity in Women*

    Writing. London: Pandora, 1987.

Nelson, Cary. *Our Last First Poets: Vision and History in Contemporary American Poetry*. Urbana: University of Illinois Press, 1981.

Nemerov, Howard. *Figures of Thought: Speculations on the Meaning of Poetry and Other Essays*. Boston: David R. Godine, 1978.

    New and Selected Essays. Carbondale: Southern Illinois University Press, 1985.

    ed. *Poets on Poetry*. New York: Basic Books, 1966.

Norris, Christopher. *Deconstruction: Theory and Practice*. London: Methuen, 1982.

Ohmann, Richard. *English in America: A Radical View of the Profession*. New York: Oxford University Press, 1976.

Olson, Charles. *Human Universe and Other Essays*, ed. Donald Allen. San Francisco: Auerhahn Society, 1965.

Ostroff, Anthony, ed. *The Contemporary Poet as Artist and Critic: Eight Symposia*. Boston: Little, Brown, 1964.

Parker, Hershel. *Flawed Texts and Verbal Icons: Literary Authority in American Fiction*. Evanston, Ill. : Northwestern Universty Press, 1984.

Parkinson, Thomas. *Poets, Poems, Movements*. Ann Arbor: UMI Research Press, 1987.

Paul, Sherman. *Hewing to Experience: Essays and Reviews on Recent American Poetry and Poetics, Nature and Culture*. Iowa City: University of Iowa Press, 1989.

    The Lost America of Love, Rereading Robert Creeley, Edward Dorn, and Robert Duncan. Baton Rouge: Louisiana State University Press, 1981.

    Radical Artifice: Writing Poetry in the Age of Media. Chicago: University of Chicago Press, 1991.

Pinsky, Robert. *Poetry and the World*. New York: Ecco, 1988.

    The *Situation of Poetry: Contemporary Poetry and Its Traditions*. Princeton, N. J. : Princeton University Press, 1976.

Poirier, Richard. *Poetry and Pragmatism*. Cambridge, Mass. : Harvard University Press, 1992.

    The Renewal of Literature: Emersonian Reflections. New Haven, Conn. : Yale University Press, 1987.

Pratt, Mary Louise. *Imperial Eyes: Travel Writing and Transculturation*. New York: Routledge, 1992.

Rahv, Philip. *The Myth and the Powerbouse*. New York: Farrar, Straus, & Giroux,

1965.

Ransom, John Crowe. *The New Criticism.* Norfolk, Conn.: New Directions, 1941.

Reichert, John. *Making Sense of Literature.* Chicago: University of Chicago Press, 1977.

Reinfeld, Linda. *Language Poetry; Writing as Rescue.* Baton Rouge: Louisiana State University Press, 1992.

Reising, Russell. *The Unusable Past: Theory and the Study of American Literature.* New York; Methuen, 1986.

Rexroth, Kenneth. *American Poetry in the Twentieth Century.* New York: Herder and Herder, 1971.

Assays. Norfolk, Conn.: New Directions, 1961.

Bird in the Bush: Obvious Essays. New York: New Direction, 1959.

Rich, Adrienne. *Blood, Bread and Poetry; Selected Prose, 1979—1985.* New York: Norton, 1986.

On Lies, Secrets, and Silence: Selected Prose, 1966—1978. New York: Norton, 1979.

What Is Found There: Notebooks on Poetry and Politics. New York: Norton, 1993.

Ricoeur, Paul. *The Conflict of Interpretations: Essays in Hermeneutics*, ed. Don Ihde. Evanston, Ill.: Northwestern University Press, 1974.

Riffaterre, Michael. *Semiotics of Poetry.* Bloomington: Indiana University Press, 1978.

Robinson, Lillian. *Sex, Class, and Culture.* Bloomington: Indiana University Press, 1978.

Roethke, Theodore. *On the Poet and His Craft: Selected Prose*, ed. Ralph J. Mills, Jr. Seattle: University of Washington Press, 1965.

Rorty, Richard. *Consequences of Pragmatism.* Minneapolis: University of Minnesota Press, 1982.

Rosenberg, Harold. *The Tradition of the New.* New York: Horizon Press, 1959.

Rosenthal, M. L. *The New Poets: American and British Poetry since World War II.* New York: Oxford University Press, 1967.

Rosenthal, M. L., and Sally M. Gall. *The Modern Poetic Sequence: The Genius of Modern Poetry.* New York: Oxford University Press, 1983.

Ross, Andrew. *No Respect: Intellectuals and Popular Culture.* New York: Routledge, 1989.

Rothenberg, Jerome. *Pre-Faces and Other Writings.* New York: New Directions, 1981.

Sacks, Sheldon. *Fiction and the Shape of Belief.* Berkeley and Los Angeles: University of California Press, 1964.

Said, Edward W. *Orientalism.* New York: Pantheon, 1978.

The World, the Text, and the Critic. Cambridge, Mass.: Harvard University Press, 1983.

Schwartz, Delmore. *Selected Essays*, ed. Donald A. Dike and David H. Zucker. Chicago: University of Chicago Press, 1970.

Schweik, Susan. *A Gulf So Deeply Cut: American Women Poets and the Second World War.* Madison: University of Wisconsin Press, 1991.

Sedgwick, Eve Kosofsky. *Epistemology of the Closet.* Berkeley and Los Angeles: University of California Press, 1990.

Shapiro, Alan. *In Praise of the Impure: Poetry and the Ethical Imagination.* Evanston, Ill.: Northwestern University Press, 1993.

Shaw, Robert B. *American Poetry Since* 1960 – *Some Critical Perspectives.* Cheshire, England: Carcanet, 1973.

Showalter Elaine, ed, Feminist *Criticism: Essays on Women, Literature, and Theory.* New York: Pantheon, 1985.

Shumway, David R. *Creating American Civilization: A Genealogy of American Literature as An Academic Discipline.* Minneapolis: University of Minnesota Press, 1994.

Silliman, Ron. *The New Sentence.* New York: Roof. 1987.

Simpson, Eileen. *Poets in Their Youth: A Memoir.* New York: Random House, 1982.

Smith, Barbara Herrnstein. *Contingencies of Value: Alternative Perspectives for Critical Theory.* Cambridge, Mass.: Harvard University Press, 1988.

Smith, Dave. Local Assays: *On Contemporary American Poetry.* Urbana: University of Illinois Press, 1985.

Smith, Henry Nash. *Virgin Land: The American West as Symbol and Myth.* Cambridge, Mass.: Harvard University Press, 1950.

Snodgrass, W. D. *In Radical Pursuit: Critical Essays and Lectures.* New York: Harper & Row, 1975.

Snyder, Gary. *The Real Work: Interviews and Talks, 1964—1979*, ed. William Scott McLean. New York: New Directions, 1980.

Spacks, Patricia Myer. *The Female Imagination.* New York: Knopf, 1975.

Spiegelman, Willard. *The Didactic Muse: Scenes of Instruction in Contemporary A-*

merican Poetry. Princeton, N. J. : Princeton University Press, 1989.

Spiller, Robert, et al. , eds. *Literary History of the United States*. New York: Macmillan, 1948.

Spivak, Gayatri Chakravorty. *In Other Worlds: Essays in Cultural Politics*. New York: Methuen, 1987.

The Post – Colonial Critic: Interviews, Strategies, Dialogues, ed: Sarah Harasym. New York: Routledge, 1990.

Stafford, William. *Writing the Australian Crawl: Views on the Writer's Vocation*. Ann Arbor: University of Michigan Press, 1978.

Steele, Timothy. *Missing Measures: Modern Poetry and the Revolt against Meter*. Fayetteville: University of Arkansas Press, 1990.

Stepanchev, Stephen. *American Poetry since 1945: A Critical Survey*. New York: Harper & Row, 1965.

Stitt, Peter. *The World's Hieroglyphic Beauty: Five American Poets*. Athens: University of Georgia Press, 1985.

Thurley, Geoffrey. *The American Moment: American Poetry in the Mid – Century*. New York: St. Martin's Press, 1977.

Tompkins, Jane. *Sensational Designs: The Cultural Work of American Fiction, 1790—1860*. New York: Oxford University Press, 1985.

ed. *Reader Response Criticism: From Formalism to Post – Structuralism*. Baltimore: Johns Hopkins University Press, 1981.

Trilling, Lionel. *Beyond Culture: Essays on Literature and Learning*. New York: Viking Press, 1968.

The Liberal Imagination: Essays on Literature and Society. Garden City, New York: Doubleday, 1953.

Turner, Frederick. *Natural Supernaturalism: Essays on Literature and Science*. New York: Paragon House, 1985.

Veeser, H. Aram, ed. *The New Historicism*. New York: Routledge, 1989.

Vendler, Helen. *The Music of What Happens: Poems, Poetics, Critics*. Cambridge, Mass: Harvard University Press, 1988.

Part of Nature, Part of Us: Modern American Poets. Cambridge, Mass. : Harvard University Press, 1980.

Soul Says: Recent Poetry. Cambridge, Mass. : Belknap Press, 1995.

von Hallberg, Robert. *American Poetry and Culture, 1945—1980*. Cambridge,

Mass. : Harvard University Press, 1985.

Waldman, Anne, and Marilyn Webb, eds. *Talking Poetics from Naropa Institwte: Annals of the Jack Kerouac School of Disembodied Poetics*. Two volumes. Boulder, Colo. : Shambhala, 1978.

Warren, Austin, and Rene Wellek. *Theory of Literature*. New York: Harcourt & Brace, 1949.

Warren, Robert Penn. *Democracy and Poetry*. Cambridge, Mass. : Harvard University Press, 1975.

Wilbur, Richard. *Responses: Prose Pieces, 1953—1976*. New York: Harcourt Brace Jovanovich, 1976.

Williams, Raymond. *Culture and Society, 1780—1950*. New York: Doubleday, 1960. *The Long Revolution*. New York: Columbia University Press, 1961.

Williamson, Alan. *Introspection and Contemporary Poetry*. Cambridge, Mass. : Harvard University Press, 1984.

Wilson, Edmund. *Axel's Castle: A Study in the Imaginative Literature of 1870—1930*. New York: Charles Scribner's Sons, 1931.

Winters, Yvor. *In Defense of Reason*. New York: Swallow Press & W. Morrow, 1947.

Yorke, Liz. *Impertinent Voices: Subversive Strategies in Contemporary Women's Poetry*. London: Routledge, 1991.

索 引

Abel, Darrell 达雷尔·艾贝尔,《智性批评》, 290
Abel, Lionel 莱昂内尔·艾贝尔, 295
Abrams, M. H. M. H. 埃布拉姆斯, 380—381
Abstract expressionism 抽象表现主义, 83—84
Abstract Expressionists 抽象表现主义者, 104, 105, 106, 111
Academic poetry 学术诗歌, 19, 57, 111—112, 124
Action Painters 动作画派, 104
Adamic theme in literature 文学中的亚当主题, 123
Adams, Henry 亨利·亚当斯, 321
Adler, Mortimer J. 莫提梅·阿德勒, 288, 289
Adorno, Theodor 西奥多·阿多诺, 300, 399, 401, 405, 414, 436;《承担义务》403—404, 407—408;《真实性的术语》, 123, 403;传记, 434—435
Agrarianism 重农主义, 293, 313
Akhmatova, Anna 安娜·阿赫玛托娃, 23
Alcheringa 《黄金时代》, 171, 172
Alexander, Elizabeth 伊丽莎白·亚历山大, 154—155, 156—157, 158, 159;《波士顿年》, 156;《新英格兰船员柯文》, 156—157, 158;《信：爵士舞曲》, 154—155;《霍屯督人的维纳斯》, 154;传记, 213—214
Alienation 异化, 404, 407
All the Women are White, All the Blacks are Men, But Some of Us Are Brave 《所有的女人是白人，所有的黑人是男人，但我们当中有些勇敢的人》, 343, 344
Allen, Donald 唐纳德·艾伦,《美国新诗选集》, 99, 111

---

* 索引中所示页码为《剑桥美国文学史》英文版页码，在中文版中显示为边码。

索 引

Alter, Robert　罗伯特·阿尔特,《意识形态年代的阅读乐趣》, 282
Althusser, Louis　路易·阿尔都塞, 277, 398, 405—406, 408—409, 416
American literary studies, development of　美国文学研究的发展, 308—309, 310—311
American Literature and Academy　《美国文学与学院》, 308
Americanists, early　早期的美洲历史文化学家, 308—309, 310—311, 312—313, 319—320, 327, 337
Americanness, concept of　美国性的概念, 310—311, 312—313, 319—320, 327, 337
Ammons, A. R.　A. R. 安蒙斯, 42
Anderson, Benedict　本尼迪克特·安德森, 270
Anderson Sherwood　舍伍德·安德森, 166
Andrews, Bruce　布鲁斯·安德鲁斯, 86, 112
Anzaldua, Gloria, 格罗利亚·安扎杜阿, 344
Arac, Jonathan　乔纳森·阿拉克, 276, 277
Aragon, Louis　路易·阿拉贡, 24
Arato, Andrew　安德鲁·阿拉托, 404—405
Archetypal criticism　原型批评, 316—318, 319—320
Arendt, Hannah　汉娜·阿伦特, 20
Aristotle　亚里士多德,《诗学》, 323
Arnold, Matthew　马修·阿诺德, 195, 196, 197, 200, 205, 289, 446
Arrowsmith, William　威廉·阿罗史密斯, 20
Artaud, Antonin　阿托南·阿托德: 83, 87, 88, 90;《戏剧及其重影》, 87—88
Ashbery, John　约翰·阿什伯里: 57, 64, 86, 104, 105, 106, 115;《滴漏计时器》, 108—109;《山山水水》, 108;《凸镜下的自画像》, 107;《几棵树》, 107;《网球场誓言》, 107—108; 传记, 214—215
Ashcroft, Bill　Gareth Griffiths and Helen Tiffin　比尔·阿什克罗夫特, 格瑞斯·格里菲夫斯和海伦·蒂芬,《帝国反写》440
Ashton, Dore　多恩·阿什顿, 104
Atlantic　《大西洋报》, 287
Atlas, James　詹姆斯·阿特拉斯,《书战》, 282
Auden, W. H.　W. H. 奥登, 64, 65, 73, 93, 108, 112, 162
Audience, for poetry　诗歌, 读者, 26, 124; 翻译, 读者, 167—168
Auerbach, Nina　尼娜·欧巴奇,《女性社区: 小说中的一个主题》, 335
Austin, J. L.　J. L. 奥斯丁, 372—373, 380;《如何用语言做事》, 376—377
Authority　权威, 324
Autobiography　自传, 见自白派诗歌
Autonomous self　独立存在的自我, 327
Avant - garde　先锋派: 94—96, 99; 爵士乐的先锋派 (in jazz), 83, 84—86; 绘画艺术

的先锋派（in painting），83—84，402；诗歌的先锋派（in poetry），见黑人艺术运动；黑山学院；黑山派；格林威治村；语言派诗人

Babbitt, Irving　欧文·白璧德，315，316

Baker, Houston A.　豪斯顿·A. 贝克，《黑人研究，拉普说唱乐和学院》，452

Bakhtin, Mikhail　米哈伊尔·巴赫金，379，402

Baldwin, James　詹姆斯·鲍德温，112

Baraka, Imamu Amiri　伊马姆·艾米里·巴拉卡，见勒罗伊·琼斯（see Jones, LeRoi）

Barfly，208

Barrett, William　威廉·巴雷特，16

Barthes, Roland　罗兰·巴特：113，279，413—414，436；《今日的神话》，395—396，397；《神话》，394—395；《零度写作》，407；传记，455—456

Baudelaire, Charles　查尔斯·波德莱尔，《恶之花》，204

Baudrillard, Jean　让·鲍德里亚，428—429

Bawer, Bruce　布鲁斯·鲍尔，74，75，79

Baym, Nina　尼娜·贝姆：《受挫男子汉传奇剧》，328，329；《女性小说：美国女性小说导读（1820—1870）》，335

Bazelon, David　大卫·贝兹伦，18

Beauvoir, Simone de　西蒙·德·波伏瓦，334

Bebop　比博普爵士乐，83，84—86

Belitt, Ben　本·贝利特，161

Bell hooks　钟形钩，342

Bell, Daniel　丹尼尔·贝尔，42，98

Belsey, Catherine　凯瑟琳·贝尔茜，279，357，406，410；《批评实践》，346—347

Benjamin, Jessica　杰西卡·本雅明：《爱的束缚》，331，332

Benjamin, Walter　瓦尔特·本雅明，51，210，399；《机械复制时代的艺术》，404，405

Benn, Gottfried　歌特弗赖德·本，95

Bennett, Tony　托尼·本内特，418—419

Bennett, William J.　威廉·J. 本内特，《重申人文精神》，265，266，268，269，270

Bercovitch, Sacvan　萨克文·伯科维奇：273，274，276，277；《论美国自我的清教起源》，372

Berlant, Lauren　劳伦·伯兰特，452

Berlind, Bruce　布鲁斯·伯林德，19

Berman, Paul　保尔·贝曼：《讨论政治正确性：大学校园对政治正确性的分歧》，451

Berman, Russell A.　拉塞尔 A. 贝曼，400，402

Bernstein, Charles　查尔斯·伯恩斯坦，86，112，113，115，117，137，207

Berry, Wendell　温德尔·贝里，201

Berryman, John　约翰·贝里曼，13，19，20，22，91，126，200

Bérubé, Michael 迈克尔·伯卢贝：《向公众开放：文学理论和美国的文化政治学》，451

Bhabha, Homi 霍米·巴巴，271，443—444

Bidart, Frank 弗兰克·比达特，137—138，189；《致死者》，138—140，145，159，162；传记，215—216

Biography as criticism 传记批评，306

Birkerts, Sven 西文·柏克斯，175

Bishop, Elizabeth 伊丽莎白·毕肖普，13，15，58，74，155，209—210

Black Arts Movement 黑人艺术运动，109—112

Black feminist criticism 黑人女权主义批评，342，343—344

Black Mountain College 黑山学院，83，84，89—90，104

Black Mountain Poets 黑山派，85，86，87，90—92，93，94—96，99，102，120，121—122

Black Mountain Review 《黑山评论》，86，87，90，95，99

Blackburn, Paul 保尔·布莱克伯恩，89

Blackmur, R. P. R. P. 布莱克默，19，23，24，194，308

Black, William 威廉·布莱克，205

Blanchot, Maurice 莫里斯·布兰肖特，363

Bloom, Allan 艾伦·布鲁姆：《美国思想的关闭》，266，268，298，451

Bloom, Harold 哈罗德·布鲁姆，197，210；《影响的焦虑》，373—376；《西方正典：各个时代的著作和流派》，452；传记，457—458

Blues 勃鲁斯音乐，152

Bly, Robert 罗伯特·布莱，23，27，57，117，123，125，150，163，170，184；作为社会批评家，201—202，205—207，208；《武装到牙齿的母亲终于裸了》，46—47，49；传记，216—217

Bollingen controversy 博林根争论，24

Boorstin, Daniel 丹尼尔·布尔斯丁，313

Booth, Wayne 韦恩·布思：《批评的理解：多元化的威力和局限》，323；《小说修辞学》，322—323

Bové, Paul 保罗·博韦，411

Bowers, Edgar 埃德加·鲍尔斯，64，65，66；《天文学家》，68；《致路易丝·巴斯特》，68—69；《失去的形式》，68；《生活在一起》，67—68；传记，217—218

Bradley, A. C. A. C. 布莱德利，292，300

Brantlinger, Patrick 帕特里克·布兰特林格，422—423，424，425，426，439

Brathwaite, Kamau 卡莫·布拉特威特，156，158，159；《石头》156，158

Brecht, Bertolt 贝托尔特·布莱希特，404

Brodsky, Joseph 约瑟夫·布罗茨基，26，177

Bronk, William 威廉·布朗克，98

索引

Brook, Thomas　托马斯·布鲁克，438

Brooks, Cleanth　克林思·布鲁克斯，291—292，293，294，295，321，324，447；《现代诗歌与传统》，306—307；《精致的瓮》，290，360—361

Brooks, Cleanth, and Robert Penn Warren　克林思·布鲁克斯和罗伯特·佩恩·沃伦：《理解诗歌》，33，447

Brooks, Peter　彼得·布鲁克斯，353

Brooks, Van Wyck　范·威克·布鲁克斯，270—271，300；《美国的成年》，301

Brower, Reuben　鲁本·布劳尔，167

Brown, Clarence　克拉伦斯·布朗，163

Brunt, Rosalind　罗莎琳·布兰特，422

Buchenwald　布痕瓦尔德，89

Bulkin, Elly　埃莉·巴尔金，339—340，342

Burke, Kenneth　肯尼斯·伯克，17，197，293；《文学形式的哲学》，322

Burnham, James　詹姆斯·伯恩汉姆：《管理的革命》，17—18

Butler, Judith　朱迪斯·巴特勒：《性别的烦恼》，245—246，335，336，337；传记，458

Butler, Nicholas Murray　尼古拉斯·默里·巴特勒，272—273

Cage, John　约翰·凯奇，64，106，107

Caglii, Corrado　柯拉多·凯格里，88

Cambridge History of American Literature　《剑桥美国文学史》，1，274，276，277

Campbell, Oscar James　奥斯卡·詹姆斯·坎贝尔，290

Canon wars　文学原理之争，263，448—453

Canon, poetic　诗歌的原则，289

Carby, Hazel　黑泽尔·卡比，《重构女性：美国黑人女小说家的崛起》，342—343，343—344

Carne-Rose, D. S.　D. S. 卡恩-罗斯，169

Carruth, Hayden　海登·卡鲁斯，168

Carton, Evan　伊凡·卡顿：《美国传奇文学修辞》，372

Cary, Joyce　乔伊斯·凯利，166

Cassity, Turner　特纳·卡斯提，26，64，65，69，70，74，145；《我这个猪倌》，70；《杰克尔博士和他的怪案》，69—70；传记，218

Castle, Terry　特里·卡塞尔，346

Cathy, Willa　威拉·凯瑟，350

Cavalcanti, Guido　基多·卡瓦尔肯蒂，190—191

Chamberlain, John　约翰·张伯伦，104

Chase, Richard　理查德·蔡斯：《美国小说及其传统》，318，320

Cheney, Lynne V.　林恩·V. 切尼，《美国的人文学科》，265，266，268，269

Cheyfitz, Eric　埃瑞克·切菲茨，165

507

Chicago School of Criticism 芝加哥批评学派，323

Chicana feminist criticism 墨西哥裔美国女性主义批评，341，344，346

Christian, Barbara 巴巴拉·克里斯蒂安，343，344

Cixous, Hélene 埃琳娜·西苏，349，350

Coleridge, Samuel Taylor 塞缪尔·泰勒·柯勒律治，200，283，300；传记，195

Colonialism 殖民主义，440—441，444

Coltrane, John 约翰·考特，154

Commentary 《评论》，285

Commodification 商品化，437

Common reader 普通读者，282，300，303

Conant, James Bryant 詹姆斯·布莱恩特·科南特，288

Condit, Celeste Michelle, and John Lucas Lucaites 西莱斯特·米歇尔·康狄和约翰·路卡斯·路加斯特，《欺骗性的平等：美国的英－非词汇》，424

Confessional poetry 自白诗歌，74，126，147，178—179

Consensus 共识，273—274，276—277

Constructivism and realism 建成主义和现实主义，384—385，419

Continental theory 大陆理论，282—283

Cooper, James Fenimore 詹姆斯·费尼莫尔·库珀：《杀鹿者》，271

Corman, Cid 西德·柯曼，87，88，89，91

Cowley, Malcolm 马尔科姆·考利，24

Crane, Hart 哈特·克莱因，56，65，89

Crane, R. S. R. S. 克兰，323

Creeley, Robert 罗伯特·克里利：41，57，85，87，88，93，97—98，99，104，111，138，170，178；《为了爱》，99；传记，219—220

Critic, amateur 业余批评家，282，283

Critic, public 大众批评家，281

Criticism, nonacademic 非学术批评，283—286；见学术批评；原型批评；黑人女权主义批评；芝加哥批评学派；文化研究；结构主义；女权主义批评；法兰克福学派；法国女权主义批评；同性恋研究；性别研究；新批评；新历史主义；现象学批评；后殖民研究；后结构主义；心理分析批评；酷儿理论；读者反应批评；话语行为理论（see academic criticism; archetypal criticism; black feminist criticism; Chicago School of Criticism; cultural studies; deconstruction; feminist criticism; Frankfurt School; French feminist criticism; gay studies; gender studies; New Criticism; new historicism; phenomenological criticism; postcolonial studies; post-structuralism; psychoanalytic criticism; queer theory; reader-response criticism; speech act theory）

Crosby, Caresse 卡列斯·克洛斯比，88

Culler, Jonathan 乔纳森·卡勒，350

Cultural criticism 文化批评，403
Cultural discourse 文化话语，437—438
Cultural logic 文化逻辑，428—429
Cultural poetics 文化诗学，426
Cultural studies 文化研究，344，390—391，415，416—420，422—425
Cultural term 文化术语，"官僚政治的""bureaucratic" as，16—19；"政治的""political" as，23—26
Cultural industry 文化工业，398
Culture wars 文化战争，263，448—453
Cunningham, J. V J. V. 坎宁汉姆：65，66—67，106，145，198，200，426—427；《老情人用平淡的口吻讲述着往事》66；传记，220—221
Cvetkovich, Ann 安·斯维特科维奇，402
D'Souza, Dinesh 迪乃斯·德苏扎，355
Davenport, Guy 盖·达文波特，166—167
Davidson, Donald 唐纳德·戴维森，15
Davie, Donald 唐纳德·戴维，183—189，192—193；（"Devil on Ice,"）187；（"Hearing Russian Spoken,"）188；（"His Themes,"）188；（"In the Stopping Train,"）184，186，187，188，193；传记，221—223
Davies, Alan 艾兰·戴维斯，112，113
Davis, Bette 贝蒂·戴维斯，423
Davis, Miles 迈尔斯·戴维斯，85
Davy, Kate 凯特·戴维，344—345
Dead Poets' Society 死亡诗社，208—209
Deconstruction 解构，354，355—359，361—362；政治（politics），389—390，393—394
Deep Image Poetics 深层意象派诗学，170—171，172，206，207
Dekker, George 乔治·德科，191
DeLillo, Don 唐·德里罗，432
Democratic culture 民主文化，286，298，299，301—302，311—312
Departmentalization 本位主义，296
Derrida, Jacques 雅克·德里达，97，113，132，302，355—357，359，362，363—364，373，374，377，379，380—381，387，411，412；《独立宣言》，371—372；《有限公司》，394；《柏拉图的药房》，364—369；《刺激》，350；传记，460—461
Des Pres, Terence 特伦斯·德普雷斯，25
Determinacy 确定性，274—275
Dewey, John 约翰·杜威，16
Dialectic of Enlightenment 启蒙辩证法，401
（biography）ialogism 对话，427—428

Dickey, James 詹姆斯·迪基, 58

Dickinson, Emily 艾米莉·狄金森, 124

Didactic poetry 教诲诗, 91—92, 93, 94, 103—104

Dietrich, Marlene 马琳·迪特瑞奇, 423

Discursive practices 推理的研究实践, 396—397, 431—432

Dissensus 异化, 274, 277, 299, 302, 303

Dorn, Edward 爱德华·多恩, 26, 42, 49, 96, 111, 112

Douglass, Ann 安·道格拉斯, 315

Dove, Rita 丽塔·达夫, 152—154;《黑人的歌：一个奥德赛》, 152—153;《老人们的家，耶路撒冷》, 153—154; 传记, 223

Du Bois, W. E. B. 杜波依斯, 152

Dudek, Louis 路易·杜德克, 91, 96

Duffy, William 威廉·杜菲, 170

Dugan, Alan 阿伦·杜根:《在弗拉阿塔前的大屠杀》, 53, 54; 传记, 223—224

Duncan, Robert 罗伯特·邓肯, 19, 27, 39, 57, 84, 91, 96, 99, 102—104, 171, 188, 191, 210;《谣传这个地方是多玛》, 99—100;《以品达的一行诗开头的诗》, 100—102; 传记, 224—226

Eagleton, Terry 特里·伊格尔顿, 279, 397, 402

écriture feminine 女性写作, 336, 349, 350

Edel, Leon 雷奥·艾德, 306

Eliot, T. S. T. S. 艾略特, 13, 14, 15, 16, 19, 24, 56, 57, 65, 72, 73, 74, 87, 88, 92, 107, 108, 113, 114, 115, 126, 127, 167, 183, 194, 195, 196, 200, 208, 293, 294, 298, 299, 306, 321, 322, 363, 427, 428

Ellington, Duke 杜克·艾林顿, 154

Ellmann, Mary 玛丽·艾尔曼, 350;《关于女性的思考》, 334—335

Ellmann, Richard 理查德·艾尔曼:《詹姆斯·乔伊斯》《叶芝：本人与面具》, 306

Emerson, Ralph Waldo 拉尔夫·沃尔多·爱默生, 307, 315, 317

English literature and immigration 英国文学与移民, 271—272

Enslin, Theodore 西奥多·恩斯林, 87

Epstein, Jason 杰逊森·爱泼斯坦, 168

Epstein, Joseph 约瑟夫·爱泼斯坦, 71, 73, 75, 179, 355;《谁杀死了诗歌?》, 209—210

Erskine, John 约翰·厄斯金, 287

Eshleman, Clayton 克莱顿·艾斯勒曼, 163

Essentialism 本质主义, 334—336, 337, 339—340, 342—343, 346, 350—351, 413—414, 422

Ethnopoetics 民族志诗学, 171, 172, 173

Evaluation 评价，316，418—422

Evergreen Review 常青评论，110

Existentialism 存在主义，313—314

Explication 阐说，300，301—302；又见：解释；意义（see also interpretation；meaning）

Faderman, Lillian 利莲·菲德曼，346

False consciousness 虚假意识，405

Fascism 法西斯主义，400，401

Feidelson, Charles 查尔斯·菲德逊，318；《象征主义与美国的文学》，321

Felperin, Howard 霍华德·费尔佩林：《超越解构》，370

Feminism and the academy, 女权主义和学术，340—342，343

Feminist criticism 女权主义批评，324，329—331，341，346—348，352

Feminist critique of American literature 美国文学女权主义批判，325，326—329

Feminist Marxist criticism 马克思主义女权主义批评，352

Feminist Press, The 女权主义出版社，326

Feminist Studies 女权主义研究，326，339

Ferry, David 戴维·费里：《吉尔伽美什》，167；传记，226—227

Feminism 女性主义, commodity 商品，402

Fetterley, Judith 朱迪斯·菲特利：《抵御性的读者》，326，327，328

Fiedler, Leslie 列斯利·菲德勒，24，319，320；《天真的结束》，295，304；《美国小说中的爱情与死亡》，327

Fish, Stanley 斯坦利·费希，362，371，390，394，428；《想做什么就做什么》，372，373，381；《这门课里有没有文本？》，381—383；传记，461—462

Fisher, Philip 菲利普·费什尔，396

Fishkin, Shelley Fisher 雪莉·费希尔·费希金：《质询"白色"，搅乱"黑色"：重构美国文化》，424

Fiske, John 约翰·费斯克，422

Fitzgerald, Robert 罗伯特·菲茨杰拉德：《奥德赛》，166，167

Fiegelman, Jay 杰·弗里格尔曼：《共和国信札》，372

Floating Bear, 漂泊的熊，111

Foley, Barbara 巴巴拉·福莱，347

Forché, Carolyn：(The Country Between Us)，33

Formalism 形式主义，292，293

Foucault, Michel 米歇尔·福柯，347，400，406，410，411，415，429—433，434，435，441，442；传记，462—463

Frankenthaler, Helen 海伦·弗兰肯瑟勒，104，105

Frankfurt School 法兰克福学派，397—401，403—405，416，422，431，439，442

Fraser, Nancy 南希·弗里泽，432—433；《不守规矩的实践》，348，352

511

◎索　引

Free verse　自由诗，124，125

French feminist criticism　法国女权主义批评，348，349—351，399，402

Freud, Sigmund　西格蒙德·弗洛伊德，332—333，348，349，374—375

Fromm, Erich　埃利希·弗罗姆，399

frontier theme　边疆主题，327—328

Frost, Robert　罗伯特·弗罗斯特，73，74，140—141；《怜悯假面具》，24

Frye, Northrop　诺思洛普·弗莱，33，169，197，324，325，354，392，419；《批评的解剖》，315—318，320，321，394，395，396，397；传记，463—464

Fuss, Diana　黛安娜·法斯，422，423

Futurists　未来派，83，86

Gallagher, Catherine　凯瑟琳·加格弗，415

Gallop, Jane　简·加洛普，333—334，336

Garcia Lorca, Frederico　费多里科·加西亚·洛尔卡，161—162

Gasché, Rudolph　鲁道夫·加谢，362

Gates, Henry Louis　亨利·路易斯·盖茨，Jr.，424，452；《宽松的准则：文化战争随笔》，451；传记，464

Gay studies　同性恋研究，346，423

Gayley, Charles Mills　查尔斯·米尔斯·盖利：《莎士比亚与美国自由的奠基人》，272

Gender domination　性别支配，332—333；性别研究（gender studies），341—342，344—346；又见：本质主义（see also essentialism）

German romantics　德国浪漫主义，283

Gilbert, Sandra　桑德拉·吉尔伯特，苏珊·格巴（Susan Gubar）：《阁楼上的疯女人：女作家与19世纪的文学想象》，335

Ginsberg, Allen　艾伦·金斯伯格，19，23，27，31，45，47，57，74，117，123—124，125，167；《嚎叫》，36，45—46，47；传记，227—228

Giroux, Henry　亨利·吉热斯，450—451

Glück, Louise　路易丝·格吕克，140—141，142，143，147；《生日》141—142；《榆树》，143—144；《祖母》，142—143；《模仿桔子》，143；《野蝴蝶花》，144—145；传记，228—229

Goodheart, Eugene　尤金·古哈特，396

Graef, Ortwin de，385

Graff, Gerald　杰拉尔德·格拉夫，392

Gramsci, Antonio　安东尼奥·葛兰西，398

Great Books　经典，265，267，272

Greenberg, Clement　克里门特·格林伯格，13，19，20，24，208

Greenblatt, Stephen　斯蒂芬·格林布拉特，415，428，429；《走向文化诗学》，426；传记，464—465

索引

Greene, Gayle　盖勒·格林：《再谈神话的中立性》，410
Greenwich Village　格林威治村，104；又见：纽约诗人（see also New York poets）
Grene, David　戴维·格林：《希腊悲剧全集》，166，168，169
Grossman, Allen　艾伦·格罗斯曼，161，173，210；《总结诗学》，209
Guest, Barbara　巴巴拉·格斯特，104
Gugelberger, Georg　乔治·古格博格，439–440
Guillory, John　约翰·基拉里，19
Gullans, Charles，查尔斯·古兰斯，66—67
Gunn, Thomson　汤姆逊·甘恩，183，184，186，189—193；《差异》，190—191；即兴创作，191—192；《黄花苔葱》，189；《过渡仪式》，189；《运动的意义》，189；传记，229—231
Habermas, Jürgen　尤金·哈贝马斯，409
Hahn, Susan　苏珊·哈恩，147—149，159；《忏悔》，147；《失禁》，147；《妒忌》，147—148；《疯狂》，148—149；传记，231—232
Hall, Donald　唐纳德·霍尔，206
Hall, Stuart　斯图亚特·霍尔：《文化研究及其理论遗产》，390—391
Harlequin Romance　滑稽剧，419，421—422
Harper's　哈珀斯月刊，289
Harpham, Geoffrey　杰弗里·哈凡姆，144
Hart, Jeffrey　杰弗里·哈特，355
Hartigan, Grace　格雷丝·哈蒂根，104，105
Hartman, Geoffrey　杰弗里·哈特曼，373—374
Hartmann, Heidi　海蒂·哈特曼，352
Hartz, Louis　路易·哈兹，313
Hass, Robert　罗伯特·哈斯，130，133，137，163，176，177，180，184，189，196—197，198，199，200，207；《反对波提切利》，132—135；《伯克利田园诗》，135—136；《野外指导》，130—131；《人的愿望》，135，137；《拉古尼塔斯畔的深思》，131—132；《博物馆》，135，136—137；《赞扬》，131；传记，232—233
Hassan, Ihab　伊哈布·哈桑，402
Hawthorne, Nathaniel　纳撒尼尔·霍桑，276，312；《红字》，420—421
Hayden, Robert　罗伯特·海登，157；《那些周日的早晨》，157—158；《鞭打》，157—159；传记，233
Hayford, Harrison　哈里森·海福德，372
Hayward, Max　马克斯·海瓦德，162
Heaney, Seamus　西默斯·希尼，160，178—179
Hebdige, Dick　狄克·海博狄基：《亚文化：风格的意义》，422，423
Hecht, Anthony　安东尼·赫克特，200；《看，田野上的百合花》，53—54，58，64，65；

传记，234

Hegel, G. W. F. 黑格尔，399

Hegemony 霸权，398，400

Heidegger, Martin 马丁·海德格尔，313，363，378，386，403

Heilbrun, Carolyn G. 卡罗琳·G. 黑布莱：《重新想象女性特征》，335

Henderson, Mae Gwendolyn 梅·格温多琳·亨德森，344

Henderson, Stephen 斯蒂芬·亨德森，152

Herbert, J. Walter J. 沃尔特·赫伯特，315

Herder, Johann 约翰·赫尔德，269

Hermeneutics of suspicion 怀疑诠释学，又见：否定诠释学（see negative hermeneutics）

Hesse, Mary 玛丽·赫黑，410

Hicks, Granville 格兰维尔·希克斯，14，18

Himmelfarb, Gertrude 格特鲁德·希梅法布：《社会的败坏道德：从维多利亚的道德观到现代价值》，288—289

Hine, Daryl 戴里尔·海因：《戒指》，94

Hirsch, E. D. 赫奇，379—380，421

History, as idea in poetry, 179；互文性（textuality of），3—5

Hofstadter, Richard 理查德·霍夫施塔特，313

Hoggart, Richard 理查德·霍加特：《文化的用途》，416

Hölderlin, Friedrich 弗里德里希·荷尔德林，386

Hollander, John 约翰·霍尔兰德，19，58，64—65，112，152

Holloway, Joseph 约瑟夫·哈罗威，沃斯·温妮费雷：《美国英语的非洲传统》，424

Holub, Robert 罗伯特·赫鲁伯，387

Homosexual, the 同性恋者，432

Hook, Sidney 悉尼·胡克，16

Horkheimer, Max 马克斯·霍克海默，399，400，401，405；《理性的终结》，401

Horwitz, Howard 霍华德·霍维兹，390—391，394

Howard, Richard 理查德·霍华德，58

Howe, Florence 弗罗伦斯·豪，324，325

Howe, Irving 欧文·豪，295，407，436；《政治与小说》，296

Howe, Susan 苏珊·豪，114，115，119；《表达时间中的声音形式》，119—120；传记，234—235

Hudson Review 哈德逊评论，39

Humanism 人文主义，288

Hutcheon, Linda 琳达·哈钦，402

Hutchins, Robert Maynard 罗伯特·梅纳德·哈金斯，288，289

Huyssen, Andreas 安德雷斯·胡森，402

索 引

Hybridity of cultures　文化杂交，271，444

Hyman, Stanley Edgar　斯坦利·埃德加·海曼：《武装的观点：现代文学批评方法研究》，292—293，294，296，297

Hymes, Dell　戴尔·海姆斯，172

Identity politics　身份政治，265，268，269

Ideology　意识形态，272，276，277，307，341—342，396—397，398，405—414

Imagination, female　女性想象 337—338

Imagists　意象主义者，98，191

Immanent critique　内在批判，399

Immigrants　移民，271—272，273，446

Indeterminacy　不确定性，369—370

Individualism　个人主义，404—405

Intentional fallacy　意图谬误，306

Interdisciplinary study of literature　跨学科文学研究，292—293，294，295

Interpellation　质问，409—409

Interpretation　阐释，286，297，298，299—300，302—303，305，348，364—365，372，379—380，legal and literary, 381—383；法律与文学，372；同时参考"解释"；"含义"（see also explication; meaning）

Interpretive community　解释群体

Irigaray, Luce　露西·伊利格瑞：《非单一的性》，345，349，350

Iterability　可重复性，366，380

Jocoby, Russell　卢梭·雅各比：《最后的知识分子》，282

James, Henry　亨利·詹姆斯，300—301

Fredric Jameson　弗列德里克·詹姆逊：113，114，115—117，118，197，210—212，398，414，449，450；《后现代主义，或晚期资本主义的文化逻辑》，211，442—443；传记，465—466

Jargon　术语，277，278—279，290—291

Jarrell, Randall　兰德尔·贾雷尔，13，15，17，19，20，21，197，198—199，200，297—298，300；《批评的时代》，296—297

Jauss, Hans Robert　汉斯·罗伯特·姚斯，210

Jay, Gregory　格雷高利·杰：《作为公证人的美国：解构和文学历史的主题》，372

Jay, Martin　马丁·杰，397—398；《低垂的眼睛》，411

Jazz　爵士乐，83，84—86，152，154，191，

Jeffers, Robinson　罗宾逊·杰弗斯，43

Johnson, Barbara　巴巴拉·约翰逊：《批评的差异》，358，362，372；《差异的世界》，372

Johnson, Ronald　罗纳尔德·约翰逊：《收音机》，163—165

Jones, Ann Rosalind　安·罗莎琳德·琼斯，349—350

515

◎索　引

Jones, LeRoi　勒罗伊·琼斯，26，35，117，152，157，159，200；传记，111；"富裕画家的政治"，111，112；《〈二十卷自杀笔记〉的前言》，110；传记，236—237
Jordan, June　琼·乔丹，205
Journalists　记者，284—285
Joyce, James　詹姆斯·乔伊斯，115，167，350
Kafka, Franz　弗朗兹·卡夫卡，20，383，384，407—408
Kant, Immanuel　伊曼努尔·康德，378
Kats, Alex　阿里克斯·卡兹，106
Kavanagh, James　詹姆斯·卡瓦纳夫，413
Kazin, Alfred　阿尔弗雷德·卡津，295，436；《扎根本土》，296
Keast, R. W.　R. W. 基斯特，323
Kelly, Robert　罗伯特·凯利，171
Kemp, Lysander　黎桑德·坎普，87
Kenney, A. G　A·G·肯尼，195
Kenyon Review　《肯庸评论》，13，16，39，91，167，285
Kernan, Alvin　阿尔文·柯南：《文学的死亡》，282
Kimball, Roger　罗格·金伯：《享有终身职位的激进分子》，282
Kinnel, Galway　高尔韦·金内尔，25，48
Klancher, Jan　简·克兰彻，428，429
Kline, Franz　弗朗兹·克莱恩，104
Knight, Etheridge　伊塞里奇·赖特，205—206
Koch, Kenneth　肯尼斯·科什，104，105
Kolodny, Annette　安妮特·克洛德尼《舞过雷区：对女权主义文学批评理论、实践和政治的几点看法》，338—341
Koonings, Elaine and Willem de　德·艾雷思和威列姆·库宁，104
Kramer, Hilton　希尔顿·克莱默，71，72，73，74，75
Krieger, Murray　默里·亚克里格，313；《诗歌的新辩护士》，289—290
Kristeva, Julia　朱莉亚·克里斯蒂娃，113，197，349，351；传记，466
Kuhn, Thomas　托马斯·库恩：《科学革命的结构》，382
Kwock, C. H.　C. H. 库瓦克，165
Lacan, Jacques　雅各·拉康，348—349，351，406
Language games　语言游戏，410，429
Language poets　语言诗人，83，86，112—115，117—119，122
语言，参考 "解构主义；确定性；不确定性；隐语；符号学；语言艺术理论；翻译"
　　（Language, see deconstruction; determinacy; indeterminacy; jargon; semiotics; speech art theory; translation）
Larkin, Philip　菲利普·拉金，183，184，209—210

索　引

Lattimore, Richmond　里奇曼德·拉莉默：《伊利亚特》，166；《希腊悲剧全集》，166，168，169

Lauretis, Teresa de　特丽莎·德·劳雷蒂斯，345，423

Lawall, Sarah　萨拉·拉维尔，《意识批评家》，363

Lawrence, D. H.　D. H. 劳伦斯，《美国经典文学研究》，317，333

Layton, Irving　欧文·雷顿，98

Leavis, F. R.　F. R. 列维斯，330

Legitimation　合法化，324，368—369，371—372

Leithauser, Brad　布拉德·雷索塞，75，77；《旧帽子》，77；《返回小屋》，76；传记，237—238

Lentricchia, Frank　弗兰克·兰特里基亚，210，392，434—435，436

Lesbian feminist criticism　同性恋女性主义批评，344—346；同时参考"性别研究"（see also gender studies）；本质论（essentialism）

Levernz, David　大卫·莱文斯，315

Levertov, Denise　丹尼斯·莱维托夫，27，33，35，48，55，96，117，163，171

Levin, Harry　哈里·列文 344，16，24

Levin, Richard　理查德·列文，396，409—410

Levine, Lawrence　劳伦斯·莱文，268

Levine, Philip　菲利普·列文：《走近》，150—151；《每一个神圣日》，151；《工作是什么》，149—150；传记，238

Lewis B. W. B.　B. W. B. 刘易斯，313；《美国亚当》，318

Lewis, Wyndam　温德汉姆·刘易斯，15，18

Liberalism　自由主义，295

Lipking, Lawrence　劳伦斯·李普金，147

Lipman, Smuel　塞缪尔·李普曼，72

Lipman, Bertram　伯特拉姆·李普曼，90

Literary History of the United States, The《美国文学史》，1，266，273，274，275，276，276，277

Literary Studies　《文学研究》，283，286，313，315，354，446

Literature and Philosophy　文学与哲学，370—371

Little Review，《小评论》，90

Liu, Alan　刘阿兰，434，436；《局部超越：文化批评，后现代主义和细节的浪漫主义》，425

Lorde, Audre　奥德尔·劳德，205，344，424

Lowell, Robert　罗伯特·洛厄尔，13，19，20—22，23，39，45，48，85—86，91，113，114，125，137，138，147，155，162，184，194，200；《人生研究》，22，26，36，57，125—126，127—128，129—130；《威利勋爵的城堡》，20，21—22，127，128—

517

129, 130；传记，239—240

Ludwig, Jack　杰克·路德维，170

Lukacs, Georg　乔治·卢卡契，401, 402, 403, 407, 414, 436

Lyotard, Jean Francois　让-弗朗索瓦·利奥塔，428—429；《后现代状况》，410, 411

Mc Cosh, James　詹姆斯·麦克科什，268

McCaffery, Steve　史蒂夫·麦卡弗里，112, 113

McCarthy, Mary　玛丽·麦卡锡，295

McDowell, Deborah E.　德波拉·E·麦克道威尔，343, 344

McGann, Jerome　杰罗姆·麦克甘恩，137；《对现代文本批评的批评》，372

McGrath, Thomas　托马斯·麦克格拉思，26, 28, 31—32；《致想象中的友人》第1和2部分，28—33；传记，240—242

McHugh, Vincent　文森特·麦克休，165

MacKinnon, Catharine A.　凯瑟琳·麦金农：《职场女性所遭受的性骚扰：性别歧视的一个案例》，352

MacLean, Norman　诺曼·麦克林，323

MacLow, Jackson　杰克逊·麦克罗，118

McLuhan, Marshall　马歇尔·麦克卢汉，16, 17

McMichael, James　詹姆斯·麦麦克尔：《四件好东西》，115

Magazine journalism　杂志新闻工作，285

Mademoiselle　《小姐》，423

Mailer, Norman　诺曼·梅勒，333

Mailloux, Steven　史蒂文·梅卢克斯，《修辞的力量》，372

Mailloux, Steven, and Sanford Levinson　史蒂文·梅卢克斯与列文森·斯坦弗，《阐释法律与文学》，372

Malraux, Andre　安德烈·马尔罗，18, 112

Man, Paul de　保罗·德曼，210 362 373—374 377 391 392；传记，458—459

Mandelbaum, Allen　艾伦·曼德博姆，《埃涅阿斯纪》，166

Marcus, Jane　简·马库斯，326, 339

Marcuse, Herbert　赫伯特·马尔库塞，403；《否定》，399—400, 401, 414

Marinetti　马里内蒂，94

Marks, Barry　巴里·马克思，319

Marx and Engels　马克思和恩格斯：《德意志意识形态》，405

Marx, Karl　卡尔·马克思，397—398, 402, 415

Marx, Leo　利奥·马克思，319

Marxist criticism, see Frankfurt School　马克思主义批评，参考"法兰克福学派"

Masculinity　男性气概，315—316

Masters, Edgar Lee　埃德加·李·马斯特斯，306

Matthiessen, F. O F. O. 马西森, 37, 309；《美国的文艺复兴》, 301, 311—312；传记, 467

Mayer, Bernadette 伯纳黛特·梅耶, 119

Meaning 含义, 297, 298, 355, 356, 357—358, 377, 378, 379；隐秘的含义（hidden meaning）, 299—300, 302；诗歌的含义（of a poem）, 374—375；意义的产生（production of）, 329, 381—383；同时参考"解释"，"阐释"（see also explication; interpretation）

Melville, Herman 赫尔曼·梅尔维尔, 318

Mencken, H. L. 亨利·路易斯·门肯, 292

Merrill, James 詹姆斯·梅里尔, 64, 65, 91, 112, 200；《以法莲之书》, 57—58；《桑多弗变幻着的光》, 64

Merwin, W. S. W. S. 默温, 19, 48, 91, 112, 124, 140, 144, 150, 159, 163, 170；《虱子》, 140

Messer-Davidow, Ellen 艾伦·梅塞尔·戴维德,《女权主义文学批评的哲学基础》, 353

Methodology 方法论, 284—286, 290, 291—292, 293—294, 295, 296—297, 299, 303, 445

Michaels, Walter Benn 沃尔特·本·迈克尔斯, 382, 390, 394, 415；《黄金标准与自然主义的逻辑》, 436—438

Michelet, Jules 朱尔斯·米什莱, 269

Miles, Josephine 约瑟芬·迈尔斯, 17

Miller, Henry 亨利·米勒, 333

Miller, J. Hillis 希利斯·米勒, 159, 362, 373—374；《现实诗歌》, 363

Miller, Perry 佩里·米勒, 313

Millett, Kate, 338 米利特·凯特；《性政治》, 331—334

Milosz, Czeslaw 切斯瓦夫·米沃什, 64, 160, 175, 176—183, 193；《忏悔》180—181；传记, 242—243

Milton, John 约翰·弥尔顿, 163—165

Mitchell, Juliet 朱利叶·米切尔, 333, 348

Mitchell, W. J. T. W. J. T. 米歇尔, 211

Modern Language Association 现代语言协会, 16, 17, 195, 452—453

Modernism 现代主义, 402

Modernist poetry 现代主义诗歌, 56—57

Moers, Ellen 艾伦·莫尔斯：《文学妇女：伟大的作家》, 335

Moi, Toril 托丽·莫伊, 331—332, 335, 350, 351

Montrose, Louis 路易斯·蒙特罗斯, 370, 371, 426, 427—428

Moore, Marianne 玛丽安·莫尔, 57, 93, 127, 183, 195

Moraga, Cherrie 雪莉·马拉格, 344

Morrison, Toni 托妮·莫里森, 453;《黑暗中的游戏:白色和文学想象》, 452;《不能说的不说:美国黑人文学中非裔美国人的存在》, 424

Motherwell, Robert 罗伯特·马德韦尔, 104

Murphy, Bruce 布鲁斯·墨菲, 175—176

Myth criticism 神话批评, 参考"原型批评"(see archetypal criticism)

Myth 神话, 315—317, 318, 394—396

Nobokov, Vladmir 弗拉基米尔·纳博科夫: 170;《洛丽塔》, 419, 421—422

Narrative literature, modes of 叙事文学的模式, 317

Nationalism 民族主义, 267—268, 269, 270—271, 271, 447

Nationalism, literary 文学民族主义, 269—270, 271—272, 273, 306—310

Nationalist politics 民族主义政治, 272—273

Neal, Larry 拉里·尼尔, 152, 157

Negative critique 消极批评, 399—400; 同时参考"反对论"(see also oppositionalism)

Negative hermeneutics 消极释义学, 330—331

Nelson, Cary, Paula A. Treichler, and Lawrence Grossberg, eds. 卡里·纳尔森, 宝拉·A. 特雷奇勒和劳伦斯·格罗斯伯格合编:《文化研究》, 417, 418

Nemerov, Howard 霍华德·聂默罗, 197, 199;《在举国哀悼的时候》, 57

New Criterion, The 《新标准》71—75

New criticism 新批评, 194, 291, 292, 296, 300, 301, 305—307, 309, 311, 317, 320, 321, 322, 323, 354, 359, 360—362, 363, 426—427, 446, 447; 同时参考"学术批评"(see also academic criticism)

New Critics 新批评派, 73, 96, 114, 115, 125

New Formalists 新形式主义者, 71—75, 76, 79, 81—82

New historicism 新历史主义, 371, 390, 415, 425—428, 429—430, 433—436, 442

New Republic 《新共和》, The, 25, 56

New York Intellectuals 纽约知识分子, 264, 295—296

New York poets 纽约派诗人, 104—109; 参考"格林威治村"(see also Greenwich Village)

New York Review of Books, The 《纽约书评》, 25

New York Times, The 《纽约时报》, 266 267 272 353

New Yorker 《纽约人》, The, 57

Newfield, Christopher, and Ron Strickland, eds. 克里斯托夫·纽菲尔德和罗·斯蒂克兰德合编:《政治正确性之后: 20世纪90年代的人文科学和社会》, 451

Nietzsche, Friedrich 弗里德里希·尼采, 363, 377

Noland, Kenneth 肯尼斯·诺兰德, 104

Norris, Christopher 克里斯托夫·诺里斯, 358, 362 380;《非批判理论: 后现代知识分子和海湾战争》, 429

Nossack, Hans Erich 汉斯·埃瑞希·诺萨克, 166

Nouvelle Revue Francaise 《法国新期刊》，90

O'Hara, Frank 弗兰克·奥哈拉，57，86，104，105，106，107，115，160

Oakley, Francis 弗朗西斯·欧克利，267

Ohmann, Richard 理查德·欧曼：《美国英语》，397

Olds, Sharon 沙伦·奥尔兹，145—147；《父亲》，146；《玻璃杯》，146—147；传记，244

Olson, Charles 查尔斯·奥尔森，15，19，36，39，41，42，57，64，84，85，87，89，90，91，92，97，99，104，106，111，112，113，119，120，121—122，178，179，200；《在冰冷的地狱里》，93，94；《在寒冷的地狱，在灌木丛里》，88；《翠鸟》，92—94；《序诗》，91，92；《赞扬》，94；《投射诗》，86；《Y 和 X》，88；传记，244—246

Olson, Elder 艾尔德·奥尔森，323

Oppen, George 乔治·奥本，41，97，98，140

Oppositionalism 反对论，2—3

Oral speech 口语，302，366，367，368

Origin 《起源》，84，86，87，89，90—91，95，99

Orwell, George 乔治·奥威尔，14，15；《一九八四》，384，431；《政治与英语》，384

Otherness 他者，他性，365，374，424—425，442

Paglia, Camille 卡密尔·帕格里阿：《性人格》，451

Palmer, Michael 麦克尔·帕尔莫：《六首赫尔墨斯之歌》，121；传记，246—247

Paradigms 范式，320，327，339，382，383

Parker, Charlie 查理·帕克《鸟》"Bird"，85，92

Parker, Herschel 赫什尔·帕克：《缺陷的文本和语像》，372

Parrington, Vernon L 弗农·帕灵顿，295

Partisan Review 《党派评论》，13，14，16，17，18，20，24，36，39，45，54，85，105，106，109，130，178，285，295，296

Pater, Walter 华尔德·帕特，292

Patriotism 爱国主义，307—308

Pattee, Fred Lewis 弗雷德·路易斯·帕特，273

Patterson, Rena Grasso 里纳·格拉索·帕特森，340—341，342

Paz, Octavio 奥托维奥·帕斯，166

Pedagogy, critical 危急的教育学，450—451

Pells, Richard H. 理查德·佩尔斯，313

Perelman, Robert 罗伯特·佩里尔曼，114；《中国》，115—117，118

Performance, concept of 行为的概念，83—84，85

Performative aesthetic 行为美学，121—122

Performatives 行为主义者，270，347，376—377，380，412

Perloff, Marjorie 玛乔丽·帕洛夫，74，104，126，128，137，183，184，402

Perry, Bliss 布里斯·帕里，287

Phelps, William Lyon 威廉·莱昂·费尔帕斯，287

Phenomenological criticism 现象学批评，363

Philips, William 威廉·菲利普斯，295

Philology 语言学，文献学，284—285，315

Piccone, Paul 保罗·皮彼孔，400

Piersen, William 威廉·帕森：《黑人遗产：美国的隐性传统》，424

Pinsky, Robert 罗伯特·品斯基，42，48，53，66，137，140，163，176，177，198，207；《美国的解释》，48—51，71—72；《但丁的地狱》，167；传记，247—248

Plath, Sylvia 西尔维娅·普拉斯，19，20，22，124，126，141，142，143，147；《爸爸》，142；传记，248—249

Plato 柏拉图，364—369

Pluralism 多元主义，339，344

Podhoretz, Norman 诺曼·波多莱兹，71

Poe, Edgar Allen 埃德加·爱伦·坡，283，292

Poem, as democratic state 民主的状态诗歌，311；中心意识（central consciousness of），107—108

Poem, praise 诗歌，赞美，27，38，102；关于退隐独居（of retirement），38，43

Poet - critics 诗人——批评家，197—201

Poetry and religion 诗歌和宗教，289

Poetry, and deconstruction 诗歌和解构主义，373—376；推论（discursive），100，101；从事，（engagement in），24—25；形式的传统（formal conventions of），48—49，56—58，70；功能（function of），91；政治的（political），23，25—28，55，51，52；平民主义（populist），28；私密诗歌，(private poetry)，25，26，36—37 又见退隐诗歌（see also poem of retirement）；又见学术诗歌（see also academic poetry）；自白诗；(confessional poetry)；训教诗（didactic poetry）；现代主义诗歌（modernist poetry）；新形式主义者（New Formalists）

Poirier, Richard 理查德·波里尔，318，319，425；《诗歌、实用主义》和《文学的复兴》，452

Political correctness 政治的正确性，265—266，267

Politics, and criticism 政治和批评，324—325，338 又见土地均分运动；社会主义运动（see also agrarianism; socialism）；和诗歌（and poetry），33—34，40，5，59—60，70，94—98，100，102，117，124，125，171，177—178

Porter, Carolyn 凯洛琳·波特，434，436

Positivism 实证主义，286，287，288，329

Postcolonial studies 后殖民主义研究，391，439—442，444

索引

Postmodern art　后现代艺术, 115, 118
Postmodernism　后现代主义, 402—403, 442—443
Poststructuralism　后结构主义, 343—344, 354, 370
Postwar America　二战后的美国, 13—16, 20, 61
Pottle, Frederic　弗莱德里克·波特尔:《诗歌的习语》, 287
Poulet, George　乔治·布莱, 363
Pound, Ezra　埃兹拉·庞德, 21, 23, 56, 57, 89, 92, 93, 98, 99, 107, 112, 115, 117, 120, 127, 152, 19, 161, 162, 163, 167, 177, 183, 184—185, 187, 188, 189, 190, 191, 194, 195, 196, 200, 208, 322;《休·塞尔温·莫伯利》, 184—185;《比萨诗章》, 23—24, 56, 185
Power relations　权力关系, 408—409, 430—433, 434, 435—436
Pratt, Mary Louise　玛莉·路易斯·普拉特:《帝国的眼睛: 游记和跨文化》, 410—411
Presentism　在场, 427—428
Professionalism　职业化, 297, 338
Professionalization of criticism　文学批评的专业化, 263, 282, 314, 320, 326; 文学研究 (of literary studies), 195, 282, 286; 关于诗人 (of poets), 16, 19—20
Psychoanalytic criticism　心理分析批评, 333, 345, 348
Public intellectual　公共知识分子, 451—453
Putnam, Hilary　希拉里·普特南, 280
Pynchon, Thomas　托马斯·品钦, 432
Queer theory　同性恋理论, 346
Radical feminism　激进的女性主义, 335—338
Radway, Janice　简尼斯·罗得威, 422
Rahv, Philip　菲利普·拉夫, 295;《神话和精力旺盛的人》, 296
Ransom, John Crowe　约翰·克罗·兰色姆, 13, 16, 19, 56, 91, 125, 167, 194, 195, 286, 310, 313—314, 317, 359—360, 361; 新批评, 293—294, 311; 传记, 467—468
Rasula, Jed　杰德·拉秀拉, 114, 117
Rationality　合理性, 362—363, 363
Rationalization　合理化, 401
Rauschenberg, Robert　罗伯特·劳申伯格, 104, 10
Read, Herbert　赫伯特·李德, 98
Reader, see common reader; reading　读者, 见普通读者; 阅读
Reader–response criticism　读者反应批评, 373, 381—383
Reading　阅读, 299, 300, 301—302, 303, 358, 446; 作为对抗 (as resistance), 327—328, 330; 信仰的作用 (role of belief in), 321, 322, 323
Realism　现实主义, 436

523

Reality effect 现实效果，407，428—429

Reality 现实，396

Referentiality in poetry 诗歌的参照性，113，132

Reichert, John 约翰·雷彻特：《理解文学》，421—422，427

Reification 具体化，401—402

Relationality 文法关系，355—356，358

Relativism, historical 历史的相对论，287，288

Renaissance studies 文艺复兴研究，426—427；

Representation 再现，437—438

Representations 《再现》，415

Representativeness 典型性，327

Research scholars 研究型学者，284—285，285，286，287—288，447

Research university 研究型大学，284—285

Rexroth, Kenneth 肯尼斯·雷克斯罗斯，169，198

Rhetoric 修辞学，322—323，377，378，383—384

Rice, Dan 丹·里斯，104

Rich, Adrienne 阿德莉安娜·里奇，26，33，35—38，48，55，109，112，117，124，159，200—201，202—205，208；《血，面包和诗歌》，202；《潜入残骸》，33；《北美隧道美景》，203；《生为女人》，201；《媳妇的快照》，34—35；《那里找到了什么》，202；《变革的意志》，33；传记，249—251

Richards, I. A. I. A. 瑞恰兹，293，294，361；《文学批评的原则》，283

Richards, M. C. M. C. 瑞恰兹，83—84

Richman, Robert 罗伯特·里奇曼，72—74，75

Ritcher, David 戴维·里奇特，447—448，449

Riddel, Joseph 约瑟夫·里德尔，362；《倒置的钟》，372

Riding, Laura 劳拉·赖尔丁，120

Riesing, Russel 卢梭·雷辛，312—313，318

Rivers, Larry 拉里·里维斯，104，105，111

Robbins, Bruce 布鲁斯·罗宾斯：《世俗的职业》，282，411

Robinson, Lillian 莉丽安·罗宾逊：《性，阶级和文化》，342；《工作女人写作》，"352—353；传记，468

Roediger, David 戴维·罗迪格：《白人的工资：种族和美国工人阶级的形成史》，424

Roethke, Theodore 西奥多·罗什克，126

Romance tradition 传奇传统，314—315，317，318

Rorty, Richard 理查德·罗蒂，97

Rosenberg, Harold 哈罗德·罗森伯格，20，84，104，295

Ross, Andrew 安特鲁·罗思：《没有尊敬：知识分子和通俗文化》，422，423

索引

Rossetti, Dante Gabriel 但丁·加布列尔·罗赛蒂，166
Rothenberg, Jerome 杰罗姆·罗森伯格，121，163，170—173
Rowe, John Carlos 约翰·卡罗斯·罗威：《亨利·詹姆斯的理论之维》，372
Rubin, Gayle 盖利·鲁宾：《女性中的交易：关于性的'政治经济'笔记》，352
Rubin, Joan Shelly 琼·雪莱·鲁宾：《大众文化的形成》，287
Ryan, Michael 迈克尔·里安，370，371
Sachs, Sheldon 谢尔顿·萨奇：《小说和信仰的形成》，323
Said, Edward 爱德华·赛义德，392，393；《东方主义》，441—442；传记，468—369
Samuels, Ernest 欧内斯特·塞缪尔斯：《亨利·亚当斯》，306
Sandburg, Carl 卡尔·桑德堡，306
Sappo 萨福，147
Satre, Jean Paul 让·保罗·萨特，24，313
Saussure, Ferdinand de 费迪南德·索绪尔，347，356，357
Schjeldahl, Peter 彼得·施业达尔，113
Schlegel, Friedrich 弗莱德里克·施莱格尔，269
Schlesinger, Arthur M. Jr. 小阿瑟·梅尔·史莱辛格，14，18，98
scholar–critics 学者——批评家，194—197
Schorer, Mark 马克·斯柯勒，16
Schuyler, James 詹姆斯·舒勒，104，105
Schwartz, Delmore 德尔莫尔·施瓦茨，13
Science and criticism 科学和文学评论，310，316，324，又见方法论和诗歌（see also methodology）and poetry, 360—361
Sedgewick, Eve Kosofsky 伊弗·科索夫斯基·塞奇威克，346；《柜子里的认识论》（*Epistemology of the Closet*），372
Self–presence 自我表现，369
Semiotic, the 符号学，351
Seth, Vickram 威克拉姆·塞思：《金色的门》，79
Sewanee Review 《西璜尼评论》，13，15，16，24，285
Seymour–Smith, Martin 马丁·西摩尔·史密斯，90
Shapiro, Alan 艾伦·夏皮罗，72，79；《挖掘之后》，79；《额外》，80—81；《幸福时刻》，79—80；《主人》，81；《功课》，81；传记，251
Shepp, Archie 阿奇·谢普，111
Showalter, Elaine 伊莱恩·肖沃尔特，341，39；《她们自己的文学：从勃朗蒂到莱辛的英国女性小说家》，335
Shumway, David 戴维·沙姆威：《创立美国文明》，270
Signifying 能指，424
Signs 符号，326

Silliman, Ron 隆·西利曼，86，113，117，118，137，207

Simic, Charles 查尔斯·西密克，51—52

Simpson, David 戴维·辛普森，269

Smith, Barbara Herrnstein 芭芭拉·赫恩斯坦·史密斯：《价值的偶然性》，419—420

Smith, Barbara 巴巴拉·史密斯，340；《接近一个黑人女性主义者的批评》，342

Smith, Henry Nash 亨利·纳什·史密斯，313；《处女地：作为象征和神话的美国西部》，319

Smith, Paul, and Alice Jardine 史密斯·保罗和艾丽斯·雅克丁：《女性主义中的男人》，353

Smith-Rosenberg, Carroll 卡洛·史密斯-罗森伯格，377—378

Snodgrass, W. D. W. D. 斯诺德格拉斯，126，200

Snyder, Gary 加里·斯奈德，33，38—40，41—42，43，57，117，124，201；《斧柄》，42；《他射箭，但不射栖息的鸟》，38；《1954年夏天迟到的大雪和伐木工人大罢工》，40；《看有待收拾的图片》，43；《形成》，40—41；《龟岛》，43—45；传记，251—253

Socialism 社会主义，312—313，314

Socrates 苏格拉底，364—369

Sontag, Susan 苏珊·桑塔格，407；《反对理解》，301；《营中笔记》，423

Southern Review, The 《南方评论》，285

Spacks, Patricia Meyer 帕特丽夏·迈耶·斯帕克斯，452—453；《女性想象：对妇女作品的文学和心理的考察》，335—336，337—338

Specialization 专业化，287

Speech act theory 言语行为理论，372—373；see also Austin, J. L.

Speech-based poetic 言语为基础的诗意的，126，149，152，154，155，156，157

Spiller, Robert 罗伯特·斯皮勒，273，274，275，276，309，310；《美国文学史》，307，308，310

Spillers, Hortense 赫顿·斯皮勒，344

Spingarn, Joe E. 乔·斯宾格恩，284，291，292

Spitzer, Leo 雷奥·斯皮茨，303

Spivak, Gayatri Chakravorty 加亚特里·斯皮瓦克，351—352，391；《在他者的世界里：文化政治论集》，352，439；《后殖民主义批评家：采访，策略和对话》，352；传记，469—470

Starobinski, Jean 让·斯塔罗宾斯基，363

Steele, Timothy 蒂莫西·斯提尔，75；《黄金时代》，82，《等待》，77—79；传记，253—254

Stein, Gertrude 格特鲁德·斯坦因，117，120

Steiner, George 乔治·斯坦纳，160，167

Stevens, Wallace 华莱士·史蒂文森，56，93，98，115，127，183，205—206，363，446

Stimpson, Catharine 凯瑟琳·斯蒂普森, 346
Stowe, Harriet Beecher 哈里艾特·比彻尔·斯托:《汤姆叔叔的小屋》, 312, 420—421
Subaltern 下层, 391
Subcultures 亚文化群, 422—425
Subjectivities 主观性, 406
Sullivan, Louis 路易斯·沙利文, 312
Sundquist, Eric 艾里克·桑德奎斯特:《唤醒民族：美国文学史中的种族》, 424
Tate, Allen 艾伦·塔特, 13, 23, 56, 125—126, 194, 195, 360
Tedlock, Dennis 丹尼斯·泰德洛克, 171
Tennyson, Alfred Lord 阿尔费雷德·丁尼生勋爵:《悼念文集》, 203—204
Textual analysis 文本分析, 393; 亦见结构主义和现实主义
Textual editing 文本编辑, 372
Textuality 文本性, 390, 亦见结构主义和现实主义
Theory of literature 《文学原理》, 296
Theory 理论: 277—278, 301, 447—449; 政治影响, 389—392（亦见保罗·德曼）
Thomas, Brook 布鲁克·托马斯, 438
Thomas, Dylan 狄兰·托马斯, 19, 84, 85
Thomas, Edward 爱德华·托马斯, 73—74
Thompson, E. P E.P. 汤普森,《理论的困乏》, 416
Tibor de Nagy gallery 堤包德纳吉画廊, 104—105
Tompkins, Jane 简·托姆帕金斯: 427;《读者反应批评》, 381, 383;《感觉图式》, 303, 420—421
Trachtenberg, Alan 艾伦·塔拉凯堡, 327
Tradition 传统: 298—299; 女性, 336; 337
Translation, academic publishing and 翻译, 学术出版: 167; 受众, 167—168; 忠实于意义或发音, 162—163; 重视意象的, 170—172
Trilling, Lionel 莱昂奈尔·特里宁: 18, 313, 407;《自由的想象》, 295;《忠诚与真实》, 159
Trobar 《特罗巴》, 170—171
Tulsa Studies in Women's Literature 《塔尔萨妇女文学研究》, 326
Tuttleton, James 詹姆斯·塔特顿, 272
Tuve, Rosemond 罗斯蒙德·托夫, 426—427
Tworkov, Jack 杰克·特沃科夫, 104
Undecidablity 不可判定性, 363—364, 369
Undergraduate general education 大学本科普通教育, 15—16, 288
University, center of literary culture 大学, 文学文化中心, 18—19, 45, 90, 97, 103, 113—114, 122

Valery, Paul 保罗·瓦雷里，24

Vesser, Cyrus 赛鲁斯·维瑟尔，272

Vendler, Helen 海伦·凡德勒，145

Venuti, Lawrence 劳伦斯·维纽蒂，《译者的隐形》，115，163，193

Walcott, Derek 德雷克·沃尔科特：26，155—156；《光荣的号兵》，155；《小四十》，156；传记，254—255

Walker, Alice 艾丽斯·沃克，《寻找我们母亲的花园》，343

Warner, Michael 迈克尔·华纳，346，452；《共和国信札》，372

Watkins, Mel 威金斯，梅尔，《真实的一面：欢笑，撒谎和象征——促使美国文化从奴役制向理查德·普莱尔转变的地下非裔美国幽默传统》，424

Watten, Barrett 巴雷特·沃顿，114

Weber, Max 马克斯·韦伯，401，402

Weinberger, Eliot 艾略特·温伯格，113，115

Wellek, Rene 雷奈·韦勒克，309，447

Wellek, Rene and Austin Warren 雷奈·韦勒克，和奥斯丁·沃伦，《文学理论》，113，296

West, Cornel 科内·威斯特，452

West, Mae 梅·威斯特，423

Wharton, Edith 伊迪丝·华顿，28，45，46，89，207，307，317

Whorf, Benjamin Lee 本杰明·李·沃尔夫，384

Wlibur, Richard 理查德·威尔伯：41，57—58，71，91，97，112，162，200《洁净》，62；《弃物》，60—61；《读心者》，62—64；《破损的家园》，58—59；《土豆》，59；《那时》，60；传记，256—257

Willams, Raymond, 雷蒙德·威廉斯，197；《文化与社会》；《漫长的革命》，417—418；传记，470—471

Williams, Charles Kenneth 查尔斯·肯尼思·威廉斯：48，53；《望窗外》，51—53；传记，257—258

Williams, Sherley Anne 雪利·安·威廉斯，343

Williams, William Carlos 威廉·卡洛斯·威廉斯：13，19，56，57，65，74，87，88，89，102，120，127，159，178，183，200，363，396；《沙漠音乐》，96；《在美国的土地上》，204；《佩特森》，57，88

Wilson, Edmund 埃德蒙·威尔逊，295，297

Wimsatt, W. K. and Monroe Beardsley W. K. 温姆萨特和蒙罗·比厄兹利，306

Winters, Yvor 伊沃尔·温特斯：56，65，69，194，195，293，294，297，321，330；《原始主义与颓废》，65

Winthrop, John 约翰·温思罗普，317

Wise, Gene 吉内·怀斯，313

Wolfe, Tom 汤姆·沃尔夫：《从包豪斯建筑学院到我们的房子》, 301
Woman's body 女性身体, 349—350
Women, as class 妇女, 阶层, 324；
Women in Literature 《文学中的女性》, 326
Women studies 女性研究, 326, 336, 344
Woolf, Virginia 弗吉尼亚·吴尔芙：《一间自己的房子》, 326；《三个基尼》, 204
Wright, Jay 赖特, 杰伊：173—175；《科摩的双重发明》, 173—175；传记, 258—259
Writing 写作, 302, 364—369；亦见雅克·德里达
Yale School 耶鲁学派, 见解构（deconstruction）
Yale Younger Poets Series 耶鲁大学青年诗人丛书, 65, 161—162
Yeats, William Butler 威廉·巴特勒·叶芝, 112, 184, 207, 322, 446
Zabel, Morton. D. 莫顿·D. 赞贝尔, 276
Zimmerman, Bonnie 邦妮·齐默曼, 346
Zukofsky, louis 路易斯·朱可夫斯基, 92, 98, 120, 162, 163, 172

译 后 记

反复多年，《剑桥美国文学史》（第八卷）终于问世了。这对于我国学界是个值得庆幸的事。

美国文学，历史较短，但影响深远。美国文学史引起了人们的广泛兴趣。迄今为止，美国学者写的美国文学史中，影响最大的有三部：由罗伯特·斯皮勒等五位教授合编的《美国文学史》（1946，1947，1948，1953，1963，1966，1968）、艾默里·艾利奥特主编的《哥伦比亚美国文学史》（1988）和萨克文·伯科维奇任总编的《剑桥美国文学史》（共8卷，分别出版于1996年前后，中文版将由中央编译出版社陆续推出）。从出版的时间来看，《剑桥美国文学史》是最新最长的一部美国文学发展史。它的主要特点是：如实地反映现当代美国多种文学批评视野中学界对各个历史阶段不同流派、不同作家及其作品的不同看法，而不是像斯皮勒等人合编的《美国文学史》那样表述了学界对不同流派、作家和作品的共识。这么做，有助于扩大文学批评的视野，为读者提供参与和思考的空间。

《剑桥美国文学史》第八卷包括1940年至1995年美国诗歌和文学批评两大部分。该卷出版于1996年。全书内容丰富，视角新颖，但英文深奥难懂。撰稿人不是按照惯例，选择美国著名诗人的代表作进行评点，表达自己的看法，而是选择诗人有趣而独特的诗作，广泛介绍当时主要报刊的不同评论，然后加以概括和归纳，提出自己的见解。所以，虽然此卷问世已十余年，仍很有参考价值。

同时，我们不能不注意到，书中涉及一些重大的政治人物和政治事件的问题，如对斯大林的评价和二次大战前前苏联与德国签订互不侵犯条约的描述仍然需要进一步探讨和斟酌。这些地方，希望读者阅读时多加思考，辨别是非。

1999年，中央编译出版社原副社长刘庸安编审从深圳来厦门，约我们翻译《剑桥美国文学史》第八卷，我们愉快地接受了。2001年，我去美国哈佛大学访问，刘编审又亲自约我请在哈佛大学英文系任教的伯科维奇教授撰写中文版序。伯科维奇教授热情地答应了，并于翌年春天写好寄来。我随即将他的"中文版序"译成中文，发表于《中华读书报》，以飨读者。

因此，在本卷即将出版之际，我们首先要向刘庸安编审和伯科维奇教授表示深切的谢意。

参加本卷翻译的有我的博士詹树魁教授、陈世丹教授、甘文平教授、谷红丽教授、张龙海副教授、蔡春露副教授、王烺烺副教授、萨晓丽讲师和博士生胡永红讲师等，由甘文平教授和蔡春露副教授汇总初稿，最后由我统一定稿，重译了诗歌引文和统一文学批评术语，并对全书进行润饰和审定。

2006年5月，中央编译出版社编辑高立志来电告诉我们：《剑桥美国文学史》即将出版，我们感到很高兴。6月下旬，我们便收到出版社排好的全书清样。我便利用赴美国访问的机会对全书进行了仔细审校。返校前后，又由蔡春露博士和博士生孙坚副教授和王海燕副教授核对文字的差错，并由我的博士生林莉、范小玫、肖飙和江春兰补译了全书的索引，最后由孙坚审定。今年5月，中央编译出版社又寄来清样二稿，分别由詹树魁、蔡春露、王海燕和孙坚再复校一遍，最后由我从头至尾仔细地作最后定稿。这里，我要感谢参加工作的上述各位同志，特别要感谢郑锦和高立志两位编辑，没有他们的学术热情和勤勉工作，本卷是难以与读者见面的。

此外，我们还要深深地感谢美国富布莱特文学教授、曾在我校任教的弥默莎·史蒂文森博士。她在教学之余热情地帮助我们解决了翻译中不少疑难问题，使我们比较顺利地完成了初稿的翻译工作。

"梅花香自苦寒来"。一部巨著的翻译经历了多人多年的艰苦努力。在全卷付梓之时，我们深感苦乐参半，内心喜悦溢于言表。我们虽尽了极大的努力，但由于资料和水平的限制，欠缺之处恐难以避免，祈望学界同仁和广大读者不吝指教，以便再版时斧正。

杨仁敬
于厦门大学敬贤楼
2007年6月6日

北京市版权局著作权合同登记章
图字：01-2006-3245

The Cambridge History of American Literature, Volume 8
Edited by Sacvan Bercovitch
Originally published by the Press Syndicate of the University of Cambridge
Copyright © Cambridge University Press 1996

本书全球简体中文版由剑桥大学出版社授予中央编译出版社独家出版发行。
版权所有，非经书面授权，禁止以任何形式进行摘录、复制或转载。

图书在版编目（CIP）数据

剑桥美国文学史. 第八卷/（美）伯科维奇（Bercovitch, S.）主编；
杨仁敬等译. —北京：中央编译出版社，2007.5
ISBN 978-7-80211-423-4

Ⅰ. 剑…
Ⅱ. ①伯…②杨…
Ⅲ. ①文学史—美国　②诗歌史—美国　③文学批评史—美国
Ⅳ. I712.09

中国版本图书馆 CIP 数据核字（2007）第 040315 号

剑桥美国文学史. 第八卷

出 版 人：和　龑
责任编辑：高立志
特约编辑：尹艳霞　詹　黎
责任印制：尹　珥
出版发行：中央编译出版社
地　　址：北京西单西斜街 36 号（100032）
电　　话：(010) 66509360　66509366（编辑部）
　　　　　(010) 66509364（发行部）　(010) 66509618（读者服务部）
网　　址：http://www.cctpbook.com
经　　销：全国新华书店
印　　刷：北京新丰印刷厂
开　　本：787×1092 毫米　1/16
字　　数：615 千字
印　　张：34.25
版　　次：2008 年 3 月第 1 版第 1 次印刷
定　　价：80.00 元

本社常年法律顾问：北京建元律师事务所首席顾问律师　鲁哈达
凡有印装质量问题，本社负责调换。电话：010-66509618